Marion Schreiner
Stumme laute Schreie

Das Buch

Daryl ist zehn Jahre alt, als er seinen Vater erhängt auf dem Dachboden findet. Seine Mutter ist danach bemüht, ihm und seinem Bruder Joe mit allen Mitteln wieder zu einem normalen Leben zu verhelfen, doch Daryl ahnt, dass sich viele grausame Dinge mit dem Tod seines Vaters in Gang setzen werden. Und er behält Recht. Der kinderhassende Jason Brightfull macht sich an Daryls Mutter heran, und dann lernt Daryl den Mörder seiner Mutter kennen ...

Die Autorin

Marion Schreiner wurde 1963 in Hilden im Rheinland geboren und lebt in einer kleinen Stadt zwischen Düsseldorf und Köln. Seit ihrer Kindheit fasziniert sie die Welt der Bücher und die Welt des Schreibens. Mit 10 Jahren beginnt sie lustige Kurzgeschichten zu verfassen, später Krimis, dann sozialkritische Texte und schließlich Thriller. 1996 geht die Autorin erstmalig mit ihren Texten an die Öffentlichkeit. Sie gründet einen Kleinverlag, dann eine Literaturgruppe und beginnt für die Fachzeitschrift »Kanada aktuell« zu schreiben. Sie schreibt mit großer Leidenschaft und legt den Stift erst dann beiseite, wenn ihrer Einschätzung nach genug Spannung in den Geschichten enthalten ist.

Mehr über die Autorin können Sie unter www.marionschreiner.com erfahren.

MARION SCHREINER

STUMME LAUTE SCHREIE

Deutsche Erstveröffentlichung bei
Edition M, Amazon EU S.á.r.l
5 Rue Plaetis, L-2338, Luxembourg
November 2014

Copyright © der Originalausgabe 2014
by Marion Schreiner
All rights reserved.

Umschlaggestaltung: bürosüd⁰ München, www.buerosued.de
Lektorat: Kay Szantyr
Satz: Monika Daimer, www.buch-macher.de

Gedruckt durch
Amazon Distribution GmbH
Amazonstraße 1
04347 Leipzig, Deutschland

ISBN: 978-1-47782609-6

www.amazon.de/editionm

Daryl:

Lieber Leser, bitte wundere dich nicht, wenn du diese Geschichte liest. Obwohl, wundern wirst du dich erst am Ende. Und du wirst dich fragen, wie es möglich sein kann, dass ich diese Geschichte überhaupt geschrieben habe. Aber ich bin sicher, du wirst es herausfinden.

Du wirst mich fühlen, wenn du mit mir durch mein Leben gehst. Vielleicht packt dich eine gewisse Spannung oder deine Lust auf das Gemeine und Grausame, die dich keine Sekunde mehr loslassen wird … Wer weiß! Meine Geschichte wird dir vielleicht schlaflose Nächte oder Albträume verursachen. Oder vielleicht wirst du hier ein Stückchen Wahrheit finden, die dein eigenes Leben betrifft. Manchmal wird es auch die Genugtuung sein, dass in dieser Geschichte Dinge passieren, die dich wütend machen, und die Menschen genau das tun, was du dir heimlich in deinen Träumen wünschst … Die Welt wird angeblich von Recht und Gerechtigkeit regiert. So wird es uns zumindest von klein auf erklärt. Doch wie schnell merken wir, dass unsere kindliche Vorstellung von Gerechtigkeit nicht lange funktioniert. Wie lange hat es bei dir gedauert, bis die gesamte Welt, die deine Eltern dir beizubringen versucht haben, in sich zusammenbrach und nichts weiter hinterließ als einen Scherbenhaufen von Erinnerungen? Nun, dann will ich dir meine Geschichte erzählen, die sich genau darum dreht. Eigentlich kann ich sie dir nicht erzählen, weil es mich zu Beginn der Geschichte noch gar nicht gibt. Stell dir einfach vor, dass es möglich ist. Sieh einfach mal von der Logik ab – es ist nur eine Geschichte. Stell dir vor, ich schwebe über einem Ort, der Jackson Hole heißt, und beobachte alle Menschen von dort oben aus. Ich kann in ihre Seelen sehen und ihre Gedanken lesen. Ich kenne ihre Schwächen und ihre Stärken. Ich weiß immer, was sie wann tun. Und ich lebe trotzdem mitten unter ihnen. Wie das möglich ist?

Das kannst du nur herausfinden, wenn du dich auf meine Geschichte einlässt.

Ach übrigens, ich heiße Daryl Houston, und wie gesagt, es gibt mich am Anfang noch gar nicht. Hab' keine Angst, ich bin ein guter Junge!

Ich sterbe.
Ich werde mich sterben lassen.
Ich werde mich umbringen.
Ich werde mich erhängen.
Mit einem Seil.
Direkt unter dem Dach.

Der zehnjährige Richy Houston schrak aus einem Alptraum hoch. Sein Wecker zeigte halb sieben. Er würde gleich klingeln. Angstschweiß klebte an seinem Pyjama. Er hatte seinen ersten Albtraum hinter sich. Benommen suchte er das Bad auf und machte sich für die Schule fertig.

Richy Houston war mein Vater.

Der Anfang

Der kleine Ort Northbrook am nördlichen Rand von Cook County in Illinois, dort, wo mein Vater als Kind lebte, hatte gerade einen heißen Sommertag hinter sich. Gegen Abend zog ein gewaltiges Gewitter über den Ort und feuerte dicke schwere Regentropfen auf die ausgetrocknete Erde und die Dächer der Menschen.

Mein Vater hatte Glück gehabt. Er hatte sich gerade mit dem Rad auf dem Heimweg von seinem Freund Jimmy befunden und es noch rechtzeitig ins Haus geschafft, bevor der Regen ihn erwischen konnte. Er schleuderte seine Sandalen in den Flur, rannte grußlos an der Küche vorbei, in der seine Mutter gerade den Boden wischte, dann die Treppe hinauf in sein Zimmer und schmiss sich aufs Bett. Sein Zimmer befand sich direkt unter dem Dach. Als er nun zur Decke starrte, lauschte er dem Klang der Regentropfen, die hart auf das Dach des Hauses einschlugen. Er war froh, noch vor dem Wolkeneinbruch zuhause gewesen zu sein.

Sein Freund Jimmy war heute nicht gut drauf gewesen. Er hatte eine schlechte Note in Mathe kassiert und mächtig Ärger mit seinem Vater am Abend bekommen. Das war der Moment gewesen, in dem mein Vater die Kurve gekratzt hatte, denn seine Note war genauso schlecht ausgefallen, und er wollte von Jimmys Vater nicht auch noch eine Schelte kassieren. Sein eigener Vater, also mein Großvater, würde sich deswegen keine Sorgen machen. Der war cool. Er sagte immer: »Du kannst nur das aus dir herausholen, was dir der Kopf gerade freigibt. Es trifft nicht im Entferntesten das Potenzial, das wirklich in dir steckt.

Das weiß ich, und deswegen ist es nicht schlimm, welche Note du heimbringst. Ich weiß ja, dass du es kannst. Außerdem reicht es immer noch, wenn du dieses Potenzial dann einsetzt, wenn du es wirklich brauchst. Spare lieber die Energie für später auf, wenn du ins Leben gehst. Es ist nicht so wichtig, was du in der Schule schaffst. Es ist wichtig, was du später daraus machst.«

Es waren genau diese Worte, die meinen Großvater bei den Lehrern so unbeliebt machten. Aber es waren auch die Worte, die meinen Vater derzeit zu einem glücklichen Jungen machten. Gut, seine Mutter, also meine Großmutter, teilte diese Einstellung nicht ganz – vermutlich muss es immer einen geben, der die böse Rolle übernimmt. Aber sie war nicht wirklich böse, sie war nur etwas besorgter um die Zukunft ihres Sohnes. Bei Müttern kommt die Gelassenheit vielleicht nicht so zum Vorschein wie bei Vätern. Wer weiß. Auf jeden Fall war es bei meinen Großeltern so der Fall. Leider stand mein Großvater später nicht mehr zu seinen Worten. Leider. Er fand es überhaupt nicht gut, was sein Sohn aus seinem Leben machte.

Das Zimmer meines Vaters unter dem Dach hatte ihn im Laufe seines Lebens mit allen Geräuschen des Wetters vertraut gemacht. Da gab es das unheimliche Pfeifen des Windes im Herbst, das Scheppern der Hagelkörner im Frühling, und eben dieses Prasseln eines Sommerregens. Manchmal hörte er im Frühjahr die Schwalben, die sich im Giebel unter den Pfannen einnisteten und ihre Jungen versorgten. Mein Vater konnte genau hören, wann sie Futter bekamen. Doch seit diesem Albtraum vor zwei Tagen war ihm dieses Zimmer unheimlich geworden. Er sah zur Decke und konnte sich nicht vorstellen, wo man sich hier aufhängen konnte. Es befand sich kein offener Balken im Raum; auch kein Haken, an dem er ein Seil befestigen konnte. Und überhaupt, wie kann man sich selbst aufhängen? Wie blöd muss man sein und sich freiwillig eine Schlinge um den Hals legen, um dann ins Leere zu springen?

Immer und immer wieder kehrten die Gedanken an diesen Albtraum zurück. Ein Geräusch von unten unterbrach sie.

Er hörte seine Mutter in der Küche die Spülarbeit verrichten. Geschirr klapperte und wurde in den Schrank gestellt. Sie dachte sicher, er würde oben in seinem Zimmer endlich mit den Hausaufgaben beginnen. Das hatte er auch vorgehabt, doch gerade jetzt fiel ihm dieser prächtige Bildband über Wyoming im Bücherregal ins Auge. Das Buch war schon etwas abgegriffen. Mein Großvater hatte es von einem Trucker-Kollegen geschenkt bekommen, als er hörte, dass sich sein Sohn für diese Gegend interessierte.

Jetzt lag mein Vater auf seinem Bett, verdrängte den Albtraum und wog zwischen Hausaufgaben und seinen guten Träumen ab. Natürlich gewannen die guten Träume, und er holte sich das große Buch aus dem Regal. Er legte sich bäuchlings auf das Bett, schlug das Buch auf und ließ seine Füße vergnügt in der Luft zappeln. Vor ihm lag Wyoming. Die Bilder schenkten ihm Glück. Mein Vater spürte jedes Mal ein Kribbeln in seinem Bauch, wenn er sie betrachtete. Es zog sich tief bis in sein Herz hinein, wo es wie ein Feuerwerk explodierte und energiegeladene Funken auf ihn regnen ließ. Der kleine Ort Jackson Hole hatte es ihm besonders angetan. Er las:

Jackson liegt zu Füßen der gigantischen Teton Mountains, einem Teil der Rocky-Mountains-Gebirgskette in Wyoming. Vulkanaktivitäten hatten vor vielen Millionen Jahren Erdkrusten aufbrechen lassen und diese Bergkette gefaltet, während das Jackson-Tal immer tiefer sank. Zu Beginn des 19. Jahrhunderts erhielt es die Bezeichnung Jackson Hole, benannt nach dem Trapper Davis Jackson, der mit seinem Partner William Subleite in dieser Region Biber gejagt und den Handel mit Indianern aufgebaut hatte. Im Gebiet der Tetons herrschte zu jener Zeit Gesetzlosigkeit; Jackson Hole diente über ein Vierteljahrhundert lang als Versteck berüchtigter Banditen wie Butch Cassidy. Zu Beginn des 20. Jahrhunderts wurde Jackson Hole durch die Großwildjagd bekannt. Viele Farmen nahmen Übernachtungsgäste auf. Damit begann die Besiedlung.

Pferdegezogene Planwagen brachten über den Pass der Tetons mühsam Stück für Stück Bauutensilien für die weißen, schindelgedeckten Häuser heran, die heute noch rund um den zentralen Marktplatz im Originalzustand zu sehen sind. Postkutschen und Wege aus Holz tragen bis heute zur nostalgischen Stimmung der Siedlung bei. Manche Bewohner tragen sogar noch typische Westernkleidung, und gesattelte Pferde werden heute ebenso auf der Main Street angebunden wie vor hundert Jahren.

Jackson Hole ist die Geburtsstätte wildromantischer Legenden und besitzt eine atemberaubende Naturvielfalt. Die Besiedlung hat sich bis heute so verdichtet und blieb doch so verstreut, dass das Tal nichts an Schönheit einbüßen musste.

Mein Vater, Richy Houston, schwor genau in diesem Moment, als die schweren Regentropfen einen fast mystischen Augenblick erschufen, vor Gott und sich selbst, dass er eines Tages dort einmal leben werde. Weit weg von diesem Albtraum, der ihm immer mehr Angst einjagte. Er ahnte nicht, dass er geradewegs auf ihn zusteuerte.

Das Leben in Jackson Hole

Aus meinem Vater wurde ein junger Mann mit Namen Richard. Er beendete die Highschool mit 16 Jahren und ging in die Autowerkstatt meines Großonkels zur Ausbildung, weil ihn Autos schon immer fasziniert hatten. Er ließ auch in dieser Zeit nie von seinem Traum ab, eines Tages in Jackson Hole zu leben. Das Fernweh war oftmals so schmerzhaft, dass er glaubte, daran sterben zu müssen. Er konnte dieses Gefühl mit niemandem teilen, weil sich einfach niemand dafür interessierte. Im Gegenteil, sobald er versuchte, es in Gegenwart seiner Freunde ganz vorsichtig anzudeuten, reagierten sie mit Lästerei und lachten ihn aus. Meine Großeltern taten es schlicht als vorübergehende Schwärmerei ab. Aber es war nicht vorübergehend für meinen Vater. Sein Wunsch umklammerte Jahr für Jahr stärker sein Herz.

Mit 20 Jahren lernte er ein Mädchen namens Janet kennen und lieben. Sie wurde meine Mutter. Janet hatte wunderschönes blondes und langes Haar, immer zu einem Pferdeschwanz gebunden, und sie begann sich von der Schwärmerei meines Vaters anstecken zu lassen. Erst nur oberflächlich, doch dann erfasste die Begeisterung auch ihr Herz vollständig. Mein Vater holte immer mehr Informationen ein über diesen Ort, nahm Kontakt mit der dort ansässigen Gemeinde auf und buchte schließlich den ersten Flug mit meiner Mutter dorthin. Danach gab es kein Entrinnen mehr.

Sie fanden im Tal diese alte Ranch am Rande des Ortes, die dort lag, als hätte sie nur darauf gewartet, von diesen beiden jungen Menschen gefunden zu werden. Alles wurde zu einem nahezu mystischen Erlebnis. Niemand kannte den Besitzer. Man erzählte meinem Vater, die Ranch sei aus dem Jahr 1809, als Trapper auf der Suche nach Biberpelzen hierher geströmt waren. Als er das Anwesen zum ersten Mal sah, stand er nur da und betrachtete das baufällige Haus. Man hörte immer noch das Lachen einstiger Trapper und roch den Geruch vieler biertrinkender Großwildjäger. Mein Vater konnte alles hören, alles riechen und: Er würde alles wieder herrichten – größer und schöner – das Haus und den Schuppen auf der anderen Seite des Hofes. Hier wollte er leben, hier wollte er arbeiten und mit meiner Mutter Kinder bekommen und großziehen, weit weg von einer Großstadt. Der Blick auf die Teton Range wiegte jedes Mal seine Seele in großem Glück.

Meine Mutter stand hinter ihm als er die alte Ranch betrachtete. Sie wagte nicht, sich neben oder gar vor ihn zu stellen. Sie schwieg und teilte mit ihm den großartigen Moment, umgeben von verdorrtem Gras und uralten Bäumen.

Man schenkte ihm die Überreste der Behausung und überließ ihm gegen eine geringe Erwerbsgebühr das Land.

Perfekt.

Mein Vater fand im Ort eine Stelle als Automechaniker und verdiente sich durch Überstunden das Geld, das er brauchte, um die Ranch Stück für Stück herzurichten. Es dauerte knapp zwei Jahre, bis er das Haus fertig gebaut und den Schuppen wieder benutzbar gemacht hatte. Das Haus ist natürlich etwas größer geworden; schließlich plante er, dort eine Familie zu gründen.

Er feierte seinen vierundzwanzigsten Geburtstag und die Geburt seines Sohnes Joe, meines Bruders. Ich erblickte zwei Jahren später das Licht der Welt auf dieser Farm. Die Augen meines Vaters glänzten immer noch so wie an jenem Tag, als er die Ranch zum ersten Mal sah. Meine Mutter sah immer noch hübsch aus, und Joe und ich wuchsen zu zwei prächtigen Burschen heran. Alles war perfekt, alles schien perfekt. Zu perfekt.

Ich bin ein großer Zweifler der heilen Welt. Ich lebe zwar in einer eigenen Welt, aber sie ist keineswegs heil. Sie ist oft sehr laut, unruhig und raubt mir den Schlaf. Manchmal habe ich Tränen in den Augen, obwohl ich nicht weine. Es kommt, wenn es um mich herum zu laut und zu unruhig wird. Aber es geht in dieser Geschichte nicht um mich. Ich gehöre nur dazu.

Als alles perfekt schien, kam alles zu einem Ende. Es geschah ganz plötzlich. Eine Krankheit, die mein Vater nicht verschuldet, die er nicht einmal gespürt hatte und die nicht mehr heilbar war, trat ein.

Er konnte sich erinnern, dass er während der Renovierungsphase seines Hauses Gleichgewichtsstörungen verspürt und oder auch eine Art Schleier vor den Augen wahrgenommen hatte. Wer versteht nicht die Stresssymptome seiner Doppelbelastung? Während er tagsüber in Randys Werkstatt Autos reparierte, beseitigte meine Mutter den Dreck der Renovierungsarbeiten vom Abend und der Nacht davor und kümmerte sich um uns. Mein Vater kam nie auf die Idee, einen Arzt aufzusuchen.

Jetzt aber wusste er, dass er bereits seit langer Zeit eine chronische Entzündung von Gehirn und Rückenmark in sich trug. Der Bau des Hauses war das reinste Gift für seinen Körper gewesen. Jetzt wusste er, dass er jene positive Lebenseinstellung brauchte, die er einst gehabt hatte. Wie groß war die Macht der Gedanken? Sein Pessimismus zerfraß alles: seine Nerven, seine Muskeln und seine Bewegungen, seit zwei verdammten Jahren.

Ich saß vor dem Fernseher. Das liebte ich, wenn es draußen heiß war. Gerade hatte Clint Eastwood auch seinen letzten Widersacher besiegt und grinste, als er den glühenden Zigarillo in den rechten Mundwinkel schob. Mann, fand ich diese Szene toll! Ich hätte mir den Film hundert Mal anschauen können, aber wir hatten ihn nicht auf der Videokassette.

Ich sah kurz zum Fenster hinaus in den Himmel, der vor sengender Hitze wie vergilbt schimmerte. Ich war neun und drückte mich aus dem Schneidersitz hoch, während der Film mit dem Klang einer Mundharmonika beendet wurde. Herrlich! Der Held ritt in den Sonnenuntergang, und ich schaltete den Fernseher aus. Klick. Ruhe. Genug. Ich war allein im Haus, vollkommen eins mit mir und genoss diesen Augenblick. Ich dachte über Enttäuschungen nach. Es kam ganz plötzlich. So geht es mir oft. Ich fühle mich sehr wohl, und plötzlich schleicht sich ein unerwünschter Gedanke ein und schmeißt mein ganzes Wohlbefinden von einer Sekunde auf die andere über den Haufen. Diese Filme hatten immer die gleichen Abläufe. Es gab Gute und Böse, Gerechte und Ungerechte, Enttäuschte und die, die Enttäuschungen verursachten. In den meisten Filmen siegte natürlich das Gute und Gerechte, und die Enttäuschung hob sich damit auf.

Ich sah wieder zum Fenster hinaus in den Himmel. Warum musste ich nur immer denken? Es hörte nie auf, dabei waren es nicht einmal sinnvolle Gedanken. Ich versuchte ständig die Zusammenhänge der Welt und des Lebens zu finden und setzte gigantische Prozesse in meinem Gehirn in Gang. Heute dachte ich über Narben nach. Ich dachte, wenn Enttäuschungen sichtbare Narben hinterlassen würden, würde ich wie ein Monster aussehen. Selbst an den unsichtbaren Stellen würden sie wuchern wie Unkraut. Aber Narben können auch stark machen, einen verwegen und erfahren aussehen lassen. Cool, so mit Hut und später vielleicht auch mit Bartstoppeln im Gesicht.

Ich sah an mir herunter. Narben, dachte ich. Ich hatte keine wirklichen Narben, nicht die, die man so richtig sehen und mit denen man angeben konnte. Ein Jammer.

Ich schlenderte zum Hof hinaus und sah zu den wilden Blumen zwischen dem Gras, das schon längst gemäht werden musste. Ich dachte über Wurzeln nach. Jede Blume hat eine Wurzel. Jede. Es gibt keine Blumen ohne Wurzeln. Der Sommerwind sorgt lediglich dafür, dass die Blumensamen einen neuen Standort für den nächsten Sommer finden. Die Blume blüht dann woanders. Mit neuen Wurzeln. Manches Jahr in großer Blüte, manches Jahr in kleiner. Sie lässt sich nicht unterkriegen.

Sie verändert sich nur ein bisschen. Bis ein Sturm kommt, der sie dann vollkommen auslöscht. Bumm! Wurzeln können also verschwinden.

Ich sah meine nackten Zehen im Dreck stehen. Wo waren eigentlich meine Wurzeln? Ich fühlte mich ständig vom Sommerwind an einen anderen Platz geweht, konnte nirgends richtig verweilen, und ich konnte auch nicht mit den anderen fühlen. Dabei hatte ich meinen Platz doch gar nicht verlassen. Habe ich schon erwähnt, dass ich ziemlich komische Gedanken und Gefühle habe? Nein? Dann ist es hiermit geklärt.

Ich, Daryl Houston, bin hier geboren worden, hier im Tal von Jackson, in diesem Haus. Wie nur konnte ich meine Wurzeln verloren haben, ohne je diesen Ort zu verlassen? Kann mir das mal einer erklären? Ich fragte mich, ob ich je Wurzeln gehabt habe.

Ich erinnere mich an die heißen Sommertage im letzten Jahr, als ich barfuß von Grasbüschel zu Grasbüschel gehüpft bin, um mir nicht die Fußsohlen zu verbrennen. Ich hätte meine Sandalen anziehen können, aber damit hätte ich gegen jede Regel verstoßen, die in Jackson Hole für sechs- bis zehnjährige Jungen im Sommer galt. Sandalen waren im Sommer nämlich verboten. Wer sie dennoch trug, war eine Memme. Überall in der Schule würde ich eine Memme sein, wenn ich Sandalen tragen würde. Das war schlimmer als Prügel. Übrigens, ich war schon einmal ein Jahr lang eine Memme in der Schule gewesen. Dabei konnte ich vor zwei Jahren überhaupt nichts dafür …

… Um meinen linken Fuß war damals ein dicker weißer Verband gewickelt. Ich hatte eine schwere Verbrennung an diesem Fuß, deshalb musste er gut geschützt werden. Die Ärzte sagten mir damals, dies sei wegen einer Infektion vonnöten. Ich war leider vom Schmerz zu betäubt gewesen, um den Ärzten das Problem mit der Memme zu erklären. Wer von den Großen verstand schon die Probleme der Kleinen? Oder besser gesagt: Wer verstand schon meine Probleme – wie wichtig es gerade für mich war, dazuzugehören, wo ich doch so anders war. Ich kann nur sagen, es ist so maßlos anstrengend, sich an das Leben der anderen anzupassen, nur um nicht aufzufallen.

Mein verbundener Fuß bekam also eine Sandale. Eine Sandale!

Ich hatte versucht, wenigstens den rechten Fuß nackt zu lassen, aber eine halbe Memme war so mies wie eine ganze. Also war ich ein Jahr lang Memme.

Ich weinte in der Nacht, denn in jenem Jahr hatte ich keine Freunde – nicht einmal mehr Jimmy, der sonst immer zu mir hielt. Er war mein einziger richtiger Freund. Er sagte nur, im Winter komm' ich wieder zu Dir. Er wollte eben nicht neben einer Memme gehen und schloss sich Ben und Willie an, die ihre Macht genossen. Dabei war an allem mein Vater schuld. Er hatte nicht aufgepasst und mir das kochende Wasser über den Fuß geschüttet. Der Topf war ihm einfach aus der Hand geglitten. Seine Hände wollten das schwere Gefäß mit Wasser nicht mehr halten, und er hatte es loslassen müssen. Das Wasser hatte sich dann dampfend über meinen nackten Fuß ergossen.

Mein Vater hatte versucht, der Verbrennung mit einem nassen Küchenhandtuch entgegen zu wirken, aber ich hatte ohne Ende geschrien, bis er schließlich den Notarzt anrief, der mich sofort mit Medikamenten versorgte und mit ins Spital nahm.

Meine Mutter kam erst spät an diesem Abend von der Arbeit nach Hause. Sie musste im Supermarkt länger arbeiten und erfuhr erst danach von meinem Unfall. Kurze Zeit später saß sie mit meinem Vater an meinem Bett. Ich war wegen eines Schlafmedikaments eingeschlafen. Ich hasste Schlafmedikamente, aber ich hatte nicht aufhören können zu schreien. Schreie, die über die Schmerzen im Fuß längst hinausgegangen waren. Schreie, die den ganzen Sommer lang anhielten und erst im Herbst verstummten.

Mein Vater arbeitete seit einem Jahr nicht mehr. Er konnte es nicht mehr. Zuerst hatten die Ärzte gedacht, er hätte sich in der Autowerkstatt mit seinem linken Arm verhoben. Dann aber hörte der Schmerz nicht mehr auf und man diagnostizierte eine Nervenentzündung. Dann verschwanden die Schmerzen so plötzlich, wie sie gekommen waren. Und vor einem Jahr wurde sein linker Arm ganz plötzlich starr und taub. Mein Vater erinnerte sich, dass er am Tag zuvor so seltsam gekribbelt hatte. Da erst fanden die Ärzte heraus, dass er Multiple Sklerose hatte. Das wäre eine Krankheit, die in diesem Gebiet häufiger auftreten würde. Eigentlich nichts außergewöhnliches, hatte mein Vater den Arzt lächelnd sagen hören. Seien Sie positiv, und Sie werden zu denen gehören, die einen leichten, vielleicht sogar fast unbemerkten Verlauf erleben werden.

Was hieß Verlauf? Würde es denn nicht zu heilen sein? Mein Vater konnte doch mit einem steifen und tauben Arm nicht mehr arbeiten! Schübe, hatte der Arzt ihm gesagt. Schübe kommen und gehen, wie eine Grippe. Dann muss man sie ein bisschen behandeln, und alles wäre vorbei. Was der Arzt nicht sagte, war: ... bis zum nächsten Schub. Positiv bleiben, wiederholte der Arzt, als mein Vater die Tür mit der rechten Hand hinter sich schloss. Ein komisches Gefühl, als Linkshänder keine linke Hand mehr zu haben.

Zwei Tage später war sein linker Arm wieder voll einsatzfähig und mein Vater dachte an die Grippe. Drei Monate später traten leichte Krämpfe in seinem linken Bein auf, und seine Welt brach wie ein Kartenhaus zusammen. Er bekam die Medikamente Kortison und Baclofen, die die Rückbildung der Symptome beschleunigen sollten. Mein Vater wollte Randy gegenüber, das war sein Chef, aufrichtig sein und erzählte ihm von der Krankheit. Und auch davon, dass alles nur kurze Schübe seien, die immer wieder vorbeigingen. Randy galt allgemein als sehr freundlich und hilfsbereit, aber er konnte einen unzuverlässigen Mitarbeiter nicht gebrauchen. Also war auch er aufrichtig und kündigte ihm.

Danach bekam mein Vater Valium.

Er war gerade 37 Jahre alt geworden – drei Jahre älter als meine Mutter. Er blieb zuhause und versuchte, den Haushalt so gut wie möglich gemeinsam mit Joe und mir zu versorgen, während meine Mutter im Supermarkt arbeitete. Das funktionierte irgendwie – nur die Psyche von meinem Vater funktionierte nicht, und damit auch nicht seine Gesundung.

Die Schübe wurden stärker. Seine Hände hatten immer weniger Kraft, und er wartete nur noch deprimiert auf den Tag, an dem ihn ein Rollstuhl an das Haus fesseln würde. Dann könnte er nicht einmal mehr in den Garten oder in den Schuppen gehen, wo er so gerne werkte, oder nur noch mit Hilfe. Vielleicht, wenn jemand eine Rampe an die fünf Stufen der Veranda baute. Bittere Aussichten.

Wo andere von neuen Häusern und Urlaub träumten, träumte mein Vater von Rollstühlen und Rampen, dann von Seilzügen, die ihn die Rampe auch wieder hinaufziehen würden.

Der Arzt versuchte, mit mir und Joe über die Krankheit unseres Vaters zu reden, aber in meinem Kopf hatte sich bereits ein komischer Prozess in Gang gesetzt. Ich begann zu summen, und so konnten Joe und ich nichts von dem, was der Arzt uns erklärte, verstehen. Zeit, sagte der Arzt, und meinte wohl mich. Der Junge braucht Zeit, um es anzunehmen. Meine Eltern nickten unbeholfen und schwiegen. Und dann zeigten sich die ersten Folgesymptome. Schmerz war ein erstes Anzeichen. Mein linker Fuß war verbrannt. Zum ersten Mal lag ich in einem Krankenhaus. Alleine. Meine Mutter kam erst, als ich schon schlief.

Gehen Sie heim, sagte der Arzt, er wacht vor morgen früh nicht auf.

Mein Vater setzte sich in dieser Nacht traurig in die Küche und sah auf die Wasserpfütze, die das kochende Wasser hinterlassen hatte. Er hasste sich für diesen Vorfall – diesen ersten Vorfall. Wie viele mochten in diesem Haus noch auf uns alle warten?

Ich begann, nachdem ich die Diagnose von meinen Vater erfahren hatte, ständig monoton vor mich hin zu summen. Es klang fast unheimlich. Mein Summen wurde besonders laut, wenn mein Vater in meine Nähe kam. Ich summte sogar während des Essens, wobei nur mein Bruder Joe hin und wieder Protest einlegte. Meine Eltern dachten, dass es vorbeigehen würde, und schwiegen.

Joe übernachtete für eine Woche bei seinem besten Freund Brian, der wohnte zwei Straßen weiter. Das brauchte er, um meinem Gesang hin und wieder zu entfliehen.

Mein Vater hatte versucht, sich zu entschuldigen, aber er konnte mich nicht übertönen. Selbst im Traum summte ich schon.

Mein Vater konnte nicht wissen, welche Qualen ich im Sommer wegen ihm in der Schule erleiden musste. Ich ging alleine zur Schule, ich war allein in der Pause und allein am Nachmittag – allein mit einem verdammten Verband am linken Fuß. Wo ich doch sowieso immer schon Probleme mit Freundschaften hatte. Der Arzt hatte gesagt: Wenn du den Verband abmachst und eine Infektion entsteht, musst du wieder ins Krankenhaus. Für viele Tage. Ich ließ daraufhin den Verband dran und litt unter der zusätzlichen Isolation, aber ich hasse meinen Vater nicht dafür. Ich hatte ihn nie gehasst. Meine Summlieder waren eine Eigenkomposition meiner Trauer, meines Mitgefühls und meiner Liebe zu ihm – aber auch meiner Wut. Aber wer verstand das schon? Es war eine Flucht vor den Worten, die ich nicht hören wollte und die ich nicht verarbeiten konnte.

Mein Vater war immer ein großartiger Dad gewesen. Der beste überhaupt! Er konnte alles: angeln, Modellflugzeuge bauen, Autos reparieren, Häuser bauen, kochen, putzen und manchmal auch viel Bier trinken. Er war ein wunderbarer Dad. Fünfzehn Modellflugzeuge hatten Joe und ich in unseren Zimmern hängen. Manchmal trieb sie der Wind beim Lüften durch den Raum, und Staub wirbelte nieder. Abends hingen sie wie tot. Ich liebte diese Modelle und wünschte mir oft, ich säße in einem dieser Flugzeuge mit meinem Vater, und wir flogen fort in ein Land, wo man jede Krankheit heilen konnte. Doch das ging nicht. Dafür funktionierte das Summen.

Die Memmenzeit sollte vorbeigehen. Ich hatte die große Leere im Sommer ohne meinen einzigen Freund Jimmy überstanden. Mein Vater hatte mir einmal erzählt, dass sein bester Freund auch Jimmy hieß. Was aus ihm geworden war, wusste er nicht.

Als mein Vater Northbrook verlassen hatte, hatte er auch alle Kontakte zu seinen Freunden und seiner Familie abgebrochen. Niemand wollte die Träume und Wünsche meines Vaters unterstützen, nicht einmal mehr mein Großvater. Alle hatten ihn immer nur gewarnt. Das hatte ihm sehr weh getan. Meine Mutter war die Einzige, die an ihn glaubte. Aber auch sie bekam Ärger mit ihrer Familie, auch sie brach alle Kontakte ab. Ich glaube, wenn man ganz besondere Träume hat, die kein anderer träumt, dann ist es einfach zu schwer für die anderen, sie zu verstehen. Dann bleiben einem nur zwei Möglichkeiten: Entweder man vergisst seine Träume oder man vergisst seine Familie. Wer einen Weg dazwischen kennt, möge mir Bescheid sagen. Ich bin wohl zu dumm dafür.

Nun war ich fast so alt wie mein Vater damals war, als seine Träume begannen. Nur dass ich diese Träume nie gehabt hatte. Ich war neun Jahre alt, aber anstatt ein glücklicher Junge zu sein, hatte ich einen verbrannten Fuß, wenn dieser auch – Gottseidank – gut verheilte. Dafür heilte bei meinem Vater gar nichts, oder es heilte in die falsche Richtung. Er konnte seine Hände kaum noch gebrauchen und redete in letzter Zeit auch von einer Rampe ...

Sein Traum kehrte zurück.

Ich sterbe.
Ich werde mich sterben lassen.
Ich werde mich umbringen.
Ich werde mich erhängen.
Mit einem Seil.
Direkt unter dem Dach.

Mein Vater schreckte siebzehn Jahre später schweißgebadet erneut aus diesem Albtraum hoch.

Ich wurde morgens durch ein lautes Hämmern geweckt. Der Hammer schlug wieder auf die Eisennägel. Dad!, schoss es durch meinen naiven Verstand. Dad ist wieder gesund und kann wieder hämmern! Ich sprang aus dem Bett und rannte zum Fenster, während von draußen unnachgiebig das Hämmern erklang. Ich konnte nicht sehen, woher es kam, nur dieser andauernde Lärm lag in der Luft. Vielleicht aus dem Schuppen – oder etwa hinter dem Haus?

Ich rannte die Treppen hinunter. Über viele Jahre hinweg hatte ich gelernt, mich während des Treppenhinunterlaufens komplett anzuziehen. Eine Errungenschaft, die jeder Junge in Jackson Hole besitzen musste, um nichts zu verpassen. Das hatte ich von Jimmy gelernt. Ich weiß bis heute nicht, wofür es nützlich ist, denn mich interessierte es nicht, was die anderen machten. Aber ich lernte dieses sinnlose Anziehen auf der Treppe, um wenigstens sagen zu können, dass ich es beherrschte. Für den Fall, dass es jemand kontrollieren würde.

Ich war aufgeregt, so aufgeregt, dass ich nicht einmal bemerkte, dass ich mein T-Shirt verkehrt herum trug.

Dad ist wieder gesund!, hämmerte es in meinem naiven Kopf, und mein einfältiges Herz überschlug sich. Endlich brauchte ich nicht mehr zu summen, endlich nicht mehr endlos lange Gebete erfinden und stumm aufsagen.

Draußen brannte die Sonne schon erbärmlich heiß. Ich warf einen kurzen Blick in die Küche. Niemand war da. Joes Cornflakes standen halb gegessen auf dem Frühstückstisch. Sie waren sicherlich alle draußen, um Dad hämmern zu sehen. Welch ein Tag! Ich war mal wieder der Letzte, der etwas mitbekam, und stürmte durch die Insektengittertür zur Veranda. Es hämmerte immer noch, so wohltuend, so gesund.

Ich stand da – breitbeinig wie Clint Eastwood vor dem Saloon – und ließ meinen Blick, leider nicht ruhend, sondern aufgeregt, über den Hof schweifen. Es war niemand zu sehen. Das Hämmern verstummte. Ich rannte hinter das Haus. Auch dort war niemand. Das Hämmern erklang wieder. Es kam aus dem alten Schuppen. Welch überwältigender Anblick würde sich wohl hinter der alten Schuppentür verbergen?

Ich griff nach dem alten verrosteten Eisengriff. Die Schuppentür hatte kein Schloss. Wer brauchte hier schon ein Schloss? Man brauchte nicht einmal die Polizei.

Ich wollte ihn theatralisch und würdevoll tun – den ersten Schritt hinein, hinein zu meiner alten Familie. Also hob ich stolz das Kinn, holte tief Luft und zog an dem Eisengriff ...

Rost puderte in meine Hand. Eklig. Aber war das jetzt wichtig?

Ich wollte die Augen schließen und sie dann ganz langsam drinnen wieder öffnen. Ich hörte das rhythmische Hämmern. Es klang wie die schönste Musik, die ich je gehört hatte. Ich brauchte nicht mehr zu summen! Nie mehr! Ich dachte an die Zeit, als ich auf den Schultern meines Vaters den Mount Leidy ein Stück erklommen hatte. Ich musste drei oder vier Jahre alt gewesen sein. Die Schritte meines Vaters hatten damals genau wie dieses Hämmern geklungen – rhythmisch, stark und unverwüstlich. Ich hatte einen großartigen Vater. Einen Vater, der alles schaffte! Der auch diese verdammte Krankheit heilen konnte.

Ich öffnete die Schuppentür mit einem kräftigen Zug und vergaß die Augen zu schließen. Ich vergaß meinen Stolz und meine wunderbare Freude, die ich eben noch so tief in mir gespürt hatte. Meine Mutter stand in einem Kittel mitten im Schuppen und schniefte. Ihre Augen waren rot, also musste sie geweint haben. Das Hämmern erklang voller Kraft weiter. Sie stand neben einem Stuhl, auf dem mein Vater saß. Er saß mit gesenktem Kopf, und seine Hände hingen schlaff herunter – schwach, kraftlos, tot. Seine Beine standen zueinander verdreht – unnormal, komisch, hässlich. Auch er schniefte.

Mein Blick schwenkte durch den Schuppen. Es hämmerte. Joe stand an dem großen Arbeitstisch unseres Vaters und nagelte, rhythmisch hämmernd, voller Kraft, voller Wut, eine Rampe zusammen.

Ich begann wieder zu summen, lauter denn je. Ich dachte, es muss an dem Land liegen oder der Luft, oder vielleicht sogar an dem Boden. Er dünstete sicher geheimnisvolle Viren aus. Die zogen dann in die Arme und Beine der großartigsten Männer. Ich hasste Jackson Hole dafür. Vielleicht konnte mein Hass die Viren töten. Wozu gab es sonst den Hass?

Mom verabscheute den Hass. Kein Wunder, dass Dad nicht gesund wurde. Dafür hasste ich meine Mutter – genau dafür.

Manchmal verstehe ich die Welt nicht. Ich beobachte oft, dass sich immer die gleichen Dinge ereignen. In der Schule, im Geschäft, beim Arzt. Es sind immer die gleichen Abläufe. Doch die Abläufe in meinem Elternhaus waren immer anders. Deswegen konnte ich mich auch nicht an sie gewöhnen. Ich kann mich nur an etwas gewöhnen, wenn ich es durch Wiederholungen lernen kann. Damit meine ich nicht, dass ich es verstehen lerne, nein, ich lerne Abläufe auswendig.

Mein Vater verschwand plötzlich viele Tage von zu Hause. Seitdem hämmerte es ständig, entweder in meinem Kopf oder draußen, wo Joe unablässig Rampen und Seilzüge baute. Er baute einen Spezialtisch und einen Spezialstuhl mit Armlehnen. Sogar einen Ständer, auf den man ein Buch legen und die Seiten festklemmen konnte. Ich bewunderte ihn, aber irgendwann begann ich das Hämmern zu hassen. Aber ich hasste niemals Joe, denn ich wusste, dass er nicht summen konnte – deswegen hämmerte er. Mom hatte überhaupt die dümmste Methode von allen: Sie arbeitete und weinte. Wie einfallslos!

Tja, und dann begann sich bei mir wieder eine merkwürdige Sache in Gang zu setzen. Ich ertappte mich immer öfter dabei, wie ich einen rechten Winkel auf dem Hof in den Sand malte, wenn es heiß war und ich Langeweile hatte. Ein Strich nach oben, ein Strich nach rechts. Joe kam über den Hof. Er hatte gerade wieder etwas aus seiner Patentkiste zusammen gehämmert und blieb bei mir stehen. »Was malste da?«, fragte er, als ich zu ihm aufsah.

»Striche«, antwortete ich, denn es waren Striche. Joe bückte sich. Seine Finger fuhren in den Sand und fügten an den rechten Winkel einen kleinen Strich nach unten hinzu. Und darunter malte er ein kleines Strichmännchen. »So«, sagte er, »jetzt ist er endlich fertig.«

»Wer?«, fragte ich.

»Der Galgen. – Du Blödmann.«

Joe ging ins Haus. Ich summte, lauter als zuvor. Ich sah in meinem Kopf jemanden daran hängen, den ich sehr liebte.

Siehst du, lieber Leser, jetzt fängt es an. Ich sehe manchmal komische Dinge voraus. Mit Sehen meine ich nicht, dass ich es mit den Augen sehe. Es ist mein Kopf, der mir Gedanken und Bilder schickt, die ich nicht verstehe, aber es passiert ohne meinen Willen. Das Schlimmste für mich ist, wenn die Dinge, die ich sehe, auch zutreffen. Wie soll ich jemandem erklären, dass ich es schon vorher gewusst habe?

☆ ☆ ☆

Jimmy, mein bester Freund, kam vorbei als es regnete. Er war genauso alt und groß wie ich, aber in letzter Zeit etwas reserviert. Er wohnte auf der anderen Seite des Ortes, und seine Mom war ständig daheim. Sein Dad arbeitete auch als Automechaniker, allerdings bei Rouwl's Garage in der Stadt, da wo alle Reichen ihre Autos hinbrachten und gute Trinkgelder gaben. Da arbeitete auch Ben Draithon, der Vater von Brian, Joes bestem Freund – aber dazu später mehr.

Jimmy war Einzelkind und stolz, in der Schule so einen Freund wie mich gefunden zu haben, denn ich hatte immer viele tolle Ideen gehabt. Dann hatte ich nur noch Ideen und jetzt gar nichts mehr. Momentan noch nicht einmal mehr Eltern. Mein Dad lag irgendwo – wer wusste das schon – in einem Krankenhaus, und meine Mutter war bis spät abends im Supermarkt. Immer freundlich, immer zugegen, aber eben nur an der Kasse.

Jimmy sah, dass hinter dem Haus meiner Eltern ein Dschungel von Unkraut wuchs und sich Konservendosen neben dem Mülleimer stapelten. Suppen, Soßen, Fischdosen, Fleischdosen. Hundefraß, dachte Jimmy sicherlich und ging zur unserer Haustür. Er musste mir zeigen, dass er immer noch mein Freund war – irgendwie. Er wollte die Insektengittertür öffnen, doch sie klemmte. Das war völlig neu. Er versuchte auf die Klingel zu drücken, doch die war mit einem Pflaster überklebt. Darauf stand in kritzligen Buchstaben kaputt. Wann war bei uns jemals etwas kaputt gewesen? Jimmy überkam Traurigkeit und Mitleid. Schulterzuckend klopfte er lautstark gegen den Türrahmen und horchte. Nichts. Dann rief und klopfte er gleichzeitig. Er hörte, wie meine leisen tapsenden Schritte die Treppe hinunterkamen.

»Wer ist da?«, fragte ich müde hinter der Tür.

»Ich bin's, Jimmy.«

Ich drehte den Schlüssel. Wann hatten wir je die Tür zusätzlich verriegelt? Alles war so verdammt anders geworden.

»Hi«, kam es leise aus meinem Mund.

»Hi.«

»Komm rein.«

Jimmy trat ein. Es roch nach Hundefutter, nach süßlichem Rindfleisch. Er musste schlucken. Und es roch muffig. Wann hatte es bei uns je muffig gerochen?

Der Muff ließ das Haus noch unheimlicher erscheinen als es eigentlich war, fast wie ein Geisterhaus. Jimmy fühlte sich unwohl. Er versuchte durch einen Blick zu mir etwas Aufmunterung zu erhaschen, aber ich war müde und erschöpft.

»Alleine?«, fragte Jimmy.

Und wie. »Ja«, antwortete ich tonlos.

»Machen wir was?«

»Was?«

»Weiß nich'. Du hast doch immer die Ideen.«

»Hab grad Musik gehört. Mom hat mir einen neuen Kopfhörer aus dem Supermarkt mitgebracht. Da kannste dir jetzt voll das Ohrensausen holen.«

Wir holten uns zwei Stunden lang Ohrensausen, bis wir beschlossen, dass das Fiepen in unseren Ohren nun laut genug war.

»Wo ist Joe?«, fragte Jimmy.

»Bei Brian.«

Jimmy nickte. »Was macht dein Dad?«

»Er lernt.«

»Was?«

»Mit dem Rollstuhl zurechtzukommen.«

Jimmy zeigte mit dem Zeigefinger zu Boden. »Die Rampe unten, he?«

»Ja, die. Er braucht den Rollstuhl nicht immer. Manchmal geht's auch ohne. Manchmal geht alles prima. Manchmal – Mom sagt, er hätte einen neuen Schub.«

»Einen was?«

»Na, erst geht's weg, dann kommt's wieder – nur doller. Er wird mit Medikamenten versorgt. Kortison.«

Jimmy nickte altklug. Er wusste zwar nicht, was Kortison ist, aber das Nicken half gewaltig, auch mir.

»Wann kommt er wieder heim?«

»Weiß nicht.«

»Sollen wir draußen Ballspielen?«

Ich zuckte ratlos mit den Schultern, dachte an den Kopfhörer und das Ohrensausen. Aber Ballspielen? Nee. Vielleicht nächste Woche.

Jimmy ging, rutschte die Rampe vor der Holzveranda auf dem Po runter und dachte, dass dieses Ding im Winter eine prima Rutschbahn wäre. Er schlenderte enttäuscht zu Ben.

☆☆☆

Ich wurde zehn. Ein ganz besonderes Alter für mich. Zum ersten Mal in meinem Leben hatte ich eine zweistellige Geburtstagszahl.

Es war der letzte Geburtstag, an dem es meinem Vater einigermaßen gut ging. Er brauchte keinen Rollstuhl und somit auch keine Rampe. Das war das schönste Geschenk für mich überhaupt.

Meine Mutter hatte etwas für mich vorbereitet, das wusste ich bereits, auch wenn es ein Geheimnis sein sollte, denn sie hatte sich gestern stundenlang in der Küche verbarrikadiert. Ob sie meine Freunde wohl auch eingeladen hatte?

Das alles wurde verschwindend klein, als ich am Morgen meinen Vater ohne Stock die Treppe herunter kommen sah. Bei diesem Anblick begannen meine Augen zu glänzen und es regnete Glückssterne in meinem Herzen!

Der letzte Schub hatte sich erstaunlicherweise schnell zurückgezogen, obwohl er der heftigste von allen gewesen war. Wie heftig mochte erst der nächste sein?

Ganz ohne Schmerzen ging es zwar nicht, das spürte mein Vater schon auf der ersten Stufe, doch mein Anblick, der Anblick seines Sohnes Daryl, war an diesem Morgen wirkungsvoller als die beste Schmerzdroge. Schon alleine der Gedanke, dass sein jüngster Sohn den ersten runden Geburtstag seines Lebens feierte, hatte ihm genug Willen geschenkt, um wenigstens diese Treppe zu schaffen. Ich sollte nicht sehen, wie schmerzhaft es war.

Wir wollten uns in die Arme fallen, aber wir blieben voreinander stehen und sahen uns zunächst nur stolz an. In-die-Arme-fallen war etwas für kleine Kinder oder alte Leute. Also versuchte ich, meinen Vater mit anerkennendem Männerblick zu mustern, aber meine Knie knickten ein und ich fiel ihm heulend in den Arm.

Mein Vater fing mich auf. Meine Mutter reagierte schnell und hielt ihn fest. Joe tat nichts. Er stand da und sah, wie wir drei uns hielten und dachte daran, wann der Geburtstagskuchen endlich angeschnitten werden würde. Er fühlte sich außen vor, oder vielleicht stellte er sich selbst außen vor. Wie gerne hätte auch Joe die Arme unseres Vaters um seinen Körper geschlungen gefühlt? Er fand Trost in dem Gedanken, dass er Rampen und Spezialstühle bauen konnte. Das war auch viel wichtiger als dieses alberne Umarmen.

Mein Vater riss sich den ganzen Tag zusammen. Er lachte, wenn auch künstlich, und sah von seinem Stuhl aus zu, wie prächtig ich mich mit Freunden, Kuchen und Spielen vergnügte. Joe war stets der Schiedsrichter und ich stets der Gewinner.

Der Tag war heiß, und die Obstbäume hinter dem Haus warfen erholsame Schatten. Einen weniger erholsamen Schatten warfen sie über das versteinerte Lächeln meines Vaters. Sein Körper kribbelte wieder, und er konnte nicht einmal deuten, wo genau es herkam. Es waren die Vorzeichen für einen neuen verdammten Schub. Wie nur konnten sie so knapp hintereinander kommen? Wie nur konnte der Arzt stets lächelnd sagen: »Es liegt an Ihrer negativen und angstvollen Einstellung, Mr. Houston. In Hoback Junction gibt's eine Selbsthilfegruppe, die Lifewalker. Gehen Sie mal hin.«

Gehen! Ha! Rollen wäre wohl angebrachter. Meine Mutter konnte ihn doch unmöglich einmal in der Woche nach Hoback bringen. Sie war selbst kaum zu Hause.

Fahrgemeinschaft, schlug der Arzt vor. In Jackson gab es noch dreizehn weitere MS-Fälle. »Da können Sie sich doch abwechseln.«

Mein Vater wollte weder die Namen der anderen Fälle noch etwas von Fahrgemeinschaften wissen. Er wollte nur wissen, wie er sein Lächeln für mich wieder echt werden lassen konnte, und erkannte nicht den unmittelbaren Zusammenhang der Dinge. Es war ihm zuwider, dieses Problem mit jemandem zu teilen, geschweige denn überhaupt preiszugeben.

Das versteinerte Lächeln meines Vaters erlahmte gegen Abend. Es war dämmrig, alles wurde langsam unsichtbarer. Ich war erhitzt vom Toben und Spielen und Joe heiser vom Herumkommandieren. Das Fest wurde leise, und der Kuchen verschwand, genau wie die Gäste. Eltern kamen und gingen.

Meine Mutter hatte meine gesamte Klasse eingeladen, insgesamt 18 Kinder. Brian, Joes Freund, der noch kurz vorbeigekommen war, hatte gratuliert und durfte selbstverständlich bleiben.

»Na, geht doch«, bemerkte er kurz meinem Vater gegenüber, als er ihn lächelnd auf dem Stuhl sitzen sah. Eine Bemerkung, die ich respektlos fand und die mir schwer zusetzte.

Ich konnte zu Brian nie richtig Kontakt aufbauen, aber zu wem konnte ich das schon? Ich nahm ihn als einen Jungen wahr, der Zeit mit meinem Bruder verbrachte. Was die beiden je zusammen gemacht haben, weiß ich nicht. Ich konnte mich in das Leben meines Bruders nie richtig hineinversetzen. Er war eben da. Und er war älter und anders als ich. Ich kann nicht sagen, dass ich ihn beneidet habe, nein, ich beneidete niemanden um sein Leben, weil ich mir einfach nicht vorstellen konnte, wie das Leben der anderen aussah.

Ich lag in dieser Nacht in meinem Bett und stellte fest, dass ich den ganzen Tag über nicht einmal gesummt hatte. Er war mein bester Tag seit langer Zeit gewesen. Kein Rollstuhl, kein Fluchen, kein Kummer. Es war ein großartiger zehnter Geburtstag gewesen – unter den Bäumen hinter dem Haus im Schatten und ohne Blick auf die Rampe an der Veranda.

Ich hegte zum ersten Mal die Hoffnung auf eine Besserung. Vielleicht war doch alles nur vorübergehend und bald vorbei. Ich musste meinen Vater morgen unbedingt dazu ermutigen, so weiterzumachen. Dafür würde ich auch das Summen einstellen. Vielleicht war es der monotone Ton, der meinen Vater depressiv machte. Mit diesem Gedanken schlief ich ein und träumte von Modellflugzeugen, die morgens beim Lüften durch mein Zimmer segeln würden.

Ist es nicht komisch mit mir? Da erzähle ich euch, dass ich manchmal Dinge voraussehe, und gleichzeitig glaube ich an Wunder, die niemals eintreffen. Wieso kann ich keine Wunder voraussehen? Aber vielleicht ist es die Hoffnung, die eine Voraussicht verschleiert. Hoffnung ist im Grunde ein Begriff, der nicht wirklich nützlich für mich ist. Immer, wenn ich Hoffnung hege, erscheint mir das Leben wie ein tiefblauer Himmel im Hochsommer. Doch sobald die Hoffnung zerstört ist, wirkt es auf mich wie ein heftiger Hagelsturm, dem ich nackt ausgesetzt bin. Dann erleide ich überall Schmerzen, die ich kaum aushalte. Also lasse ich das besser mit der Hoffnung.

Meine Mutter war von den Vorbereitungen und der Feier so sehr erschöpft, dass sie es nicht einmal mehr schaffte, sich mit meinem Vater über den heutigen Tag zu unterhalten. Sie musste sich heute auch nicht um seine Pflege kümmern und fragte sich lediglich für einen Moment, warum er seine offenbar vorhandene Bewegungsfreiheit nur heute so konsequent genutzt hatte. Dann schlief sie mit dem Gedanken ein, morgen nicht nur bis abends arbeiten, sondern danach auch noch die Reste der Feier beseitigen zu müssen.

Mein Vater schlief überhaupt nicht. Er tat nur so, wie so oft, wenn meine Mutter sein Wachsein nicht merken sollte. Und tagsüber dachte er dann an sein Selbstmitleid und dass er es nicht schaffte, es abzustellen. Es war zum Verzweifeln. Es war ihm nicht möglich, positiv zu denken. Er wusste, dass sein Arzt Recht hatte, dass ihm die innere Einstellung zu der Krankheit fehlte. Er musste sie zu seinem Freund machen und sich auf sie einlassen, doch wie ließ sich das bewerkstelligen? Er hatte heimlich Zeitungsberichte über zufriedene und ausgeglichene MS-Betroffene gelesen, die fast gar keinen oder höchst selten einen Schub bekamen. Doch ihm war diese Einstellung einfach nicht möglich. Jeder Schub schloss wieder den Kreislauf der schlechten Gedanken. Die Zeit dazwischen, wenn es eigentlich erträglich war, vermochte er gar nicht mehr wahrzunehmen.

Alles war zu schnell gekommen, zu heftig. Nach drei Jahren, wenn andere noch lachend im Supermarkt herumliefen, saß mein Vater schon im Rollstuhl. Er hasste die anderen, und er hasste seinen ehemaligen Chef, der ihm so ehrlich in weiser Voraussicht gekündigt hatte. Er hasste es, nicht nur sich selbst zur Last zu fallen, sondern auch meiner Mutter, Joe und mir. Die Depression brach wie ein Orkan in dieser Nacht über ihn herein. Er weinte. Er hatte sich verloren.

Ich spürte in dieser Nacht seine Verzweiflung, doch mir fiel nichts ein, was sie nehmen konnte. Es überkam mich ein komisches Gefühl, wie so oft, doch diesmal war es besonders komisch. Man weiß nicht, ob man Angst davor haben muss oder ob man es einfach nur aushalten sollte, bis alles wieder vorbei ist. Man weiß nur, dass etwas passiert, was einem nicht gefällt. Und es macht traurig. Sehr traurig.

Meine Mutter war schon früh auf den Beinen. Joe und ich mussten nicht zur Schule, denn es war Samstag. Wir lagen noch in unseren Betten und Gott segnete uns mit Ruhe und Abstand zu den Dingen, die jeden Tag neu wie eine Seuche über uns hereinbrachen. Seuche – dieses Wort hatte Joe vor drei Tagen ganz unerwartet beim Essen in die Runde am Tisch geworfen. Niemand sah auf, und doch hatte es jeder gehört – und verstanden.

Meine Mutter überlegte, ob sie meinen Vater schon für den Tag fertigmachen sollte. Er hatte diese Nacht sehr unruhig geschlafen, leise vor sich hin geseufzt und sich ständig gedreht. Sie sollte ihn liegen lassen. Er war an meinem Geburtstag auch ohne sie zurecht gekommen. Vielleicht sollte sie ihn viel mehr ignorieren, ihn fordern oder gar provozieren, sich den Dingen zu stellen. Vielleicht tat sie zu viel für ihn. Alles war zu selbstverständlich auf ihren Rücken gepackt worden. Sie konnte nicht mehr, denn sie bestritt den Lebensunterhalt, den Haushalt, kümmerte sich um uns, die Ranch mit allen anfallenden Reparaturen – mehr oder weniger – und vieles mehr. Sicher, mein Vater gab sich viel Mühe, Joe und mich tagsüber zu versorgen, doch was konnte er schon wirklich aufräumen oder richten? Er konnte uns höchstens noch ein schlechtes Vorbild dafür sein, wie man nicht mit einer Krankheit umgeht. Sollte es nicht eine Herausforderung für ihn sein, uns mit gutem Beispiel voranzugehen? Was würden wir lernen? Genauso pessimistisch dahinzusiechen, wenn der Arzt uns einmal eine unschöne Diagnose mitteilte? Ich weiß, dass MS erblich sein kann, es aber nicht sein muss. Die Veranlagung jedoch gibt es. Ein erschreckender Gedanke, der mich wütend machte.

Nach der Wut kommt bei mir die Traurigkeit.

Mein Vater brachte nicht nur meine Mutter durcheinander, er brachte sogar bereits Freunde und Nachbarn gegen uns auf. Das merkte ich daran, dass uns niemand mehr besuchen kam und die Nachbarn nur noch knapp grüßten. Früher hatten sie immer viel gefragt, doch jetzt wollte keiner mehr etwas von unseren Problemen wissen. Das ist ganz typisch. Solange alles funktioniert, sind alle da. Doch sobald etwas kompliziert wird, schaut man weg. Ich bin erst zehn und habe das schon begriffen! Mein Vater sagte einmal: Solange du erfolgreich bist, wollen alle in deinem Erfolg mitschwimmen, aber wenn der Erfolg ausbleibt, bleiben auch die Freunde aus. Jetzt weiß ich, was er damit meinte, und das fühlt sich überhaupt nicht schön an.

Ich summte oder schwieg nur noch und entwickelte ein völliges Desinteresse an der Schule. Es war mir völlig egal, was die Lehrer dort erzählten. Es machte mein Leben nicht besser. Freunde kamen schon lange nicht mehr zu uns. Selbstmitleid wirkt nicht gerade wie ein Magnet für Freunde. Sie waren es überdrüssig, einem vergrämten, pöbelnden Menschen zu begegnen.

Aber konnte mein Vater mir denn nicht einmal zur Seite stehen, was meine sich immer weiter verschlechternden Noten anging, und mit mir die Schularbeiten erledigen? Schließlich hatte sein Verstand keine MS!

Und Joe interessierte sich schon lange nicht mehr für unsere Familie. Er baute zwar hin und wieder einige Behindertenmöbel, doch letztendlich wurde er dabei eher durch seine handwerkliche Neugier angetrieben als durch familiäres Interesse. Der Vater seines Freundes Brian war inzwischen mehr ein Vater für ihn geworden als unser Vater. Das ist eine ziemlich armselige Feststellung für einen Bruder! Wie sollte es nur weitergehen?

Meine Mutter duschte. Sie trocknete sich ab und holte meinen Vater aus dem Schlaf. »Bin weg«, sagte sie laut und wütend zu ihm. Dann ließ sie ihn zurück und bekam das gute Gefühl, endlich einen richtungsweisenden Schritt unternommen zu haben. Aber sie vergaß, dass sie auch mich zurückließ.

Jetzt bringe ich Jason Brightfull ins Spiel. Er tickt so ähnlich wie ich, aber er hat eine sehr egoistische Einstellung, die ich nicht habe. Dennoch, er tickt ähnlich. Diesen Mann solltest du dir merken, denn zu ihm fällt mir ein Spruch ein: Jeder bekommt das, was er verdient.

Ich mag ihn nicht besonders gut leiden. Dabei tut er mir jetzt schon leid.

Jason Brightfull war vierundfünfzig und betrieb schon seit achtzehn Jahren einen kleinen Supermarkt im Ort. Er hatte miterlebt, wie meine Eltern in dieses Tal gezogen waren. Mein Vater war wie ein Lavastrom aus Kraft und Energie in den Ort hineingewalzt, sodass alle glaubten, er würde einmal ein ganz besonderer Bürger der Stadt Jackson werden, vielleicht sogar der Bürgermeister. Doch der Vulkan stellte vor drei Jahren plötzlich seine Aktivität ein, und seit einem Jahr lag nur noch erkaltete Lava, Reste des Stroms, um unsere Ranch herum. Alle wussten von der Erkrankung meines Vaters, mehr oder weniger. Und bereits seit zwei Jahren arbeitete meine Mutter in der Stadt bei Brightfulls Discount an der Kasse oder half die Regale einzuräumen.

Meine Mutter war fleißig, sauber, freundlich und immer pünktlich. Sie war sofort beliebt und fand schnell heraus, wie man Unterhaltungen mit den Kunden an der Kasse pflegte. Standen viele an, führte sie kurze und freundliche Gespräche. Stand kein wartender Kunde mehr an, plauderte sie lustig ein wenig länger. Man mochte meine Mutter. Sie schien kein Eigenleben und keine Probleme zu haben. Neugierigen Fragen nach meinem Vater wich sie freundlich aus. Das war auch gut so, denn es fragten immer die falschen Leute – nämlich die, die später völlig andere Sachen weitererzählten, als sie gehört hatten. Kennst du das? Es ist das gleiche Spiel wie Stille Post. Am Anfang sagt einer einen kurzen Satz, der bei jedem Weiterflüstern immer mehr missverstanden wird, oder bei dem jeder etwas dazudichtet, sodass am Ende etwas völlig Irres herauskommt. So ähnlich funktioniert das Tratschen hier im Ort. Meine Mutter wusste das. Darüber hinaus war sie als nichts erzählende Zuhörerin eine viel zu große Annehmlichkeit für einige Bürger. Sie war ein kostenloser Psychologe.

Mr. Brightfull stellte fest, dass meine Mutter mit ihrer Art auch die Kunden in den Discount lockte, die er zuvor nie gesehen hatte, die, die meistens in Jackson einkauften, weil es dort etwas billiger war. Sie alle kamen plötzlich und bezahlten wohl mehr für das Zuhören von meiner Mom als für die Ware.

Meine Mutter kam gerne, wenn auch nicht immer mit Elan. Ein großer Teil ihrer Kraft blieb oft morgens schon auf der Strecke, wenn sie uns und meinen Vater für den Tag fertig machte. Der Supermarkt holte sich dann den Rest ihrer Energie. Abends saß sie vor ihrer Tasse Kaffee wie eine poröse Luftmatratze, die man nicht mehr aufpumpen konnte.

Heute Morgen stellte Jason jedoch fest, dass meine Mutter munterer wirkte als sonst. Ihr Gesicht strahlte auf eine sehr entschlossene Art und Weise. Ja, sie sah plötzlich energiegeladen aus und Jason Brightfull überlegte, ob die Stadt vielleicht einen neuen Psychologen hatte, den sie besucht und dem sie all ihre Probleme anvertraut hatte. Das ließ ihn eifersüchtig werden, doch er zeigte es nicht. Wenn Jason Brightfull etwas beherrschte, dann war es Verschleierung. Ich stelle mir das wie eine dichte Gardine vor: Brightfull steht dahinter und sagt mir, dass er nicht lacht, doch ich kann es nicht sehen. Erst wenn ich dahinter schaue, sehe ich, dass er mich belogen hat.

»Sie sehen heute so anders aus, Janet«, sagte der Chef meiner Mutter, als er wie immer in der Mittagspause mit einer Tasse Kaffee bei seinen Angestellten im Hinterzimmer saß. »Sie sahen in letzter Zeit gar nicht gut aus.«

Meine Mutter blickte ihn ernst an.

»Nicht so, wie Sie meinen«, stammelte Brightfull, verärgert über seine misslungene Formulierung. »Verstehen Sie mich nicht falsch. Sie sehen immer gut aus. Sie sind eine nette Erscheinung, aber Ihre Seele scheint oft müde. Hab ich recht?« Er wartete ihr Nicken nicht ab. »Ist zu Hause schon schwer ... nicht wahr?«

Jetzt nickte sie. Zum ersten Mal wich sie nicht aus, sondern nickte.

»Richard?«

Sie nickte wieder.

»Die Kinder?«

Sie nickte.

»Das Haus?«

Jetzt nickte auch Jason. Dieser verfluchte Hund! Schmeichelte sich bei meiner Mutter ein! »Wie viele Seelen haben Sie, um das alles zu schaffen?«

Meine Mutter seufzte. »Wissen Sie, es ist sehr nett, dass Sie so viel Anteil an meinen Problemen zeigen, aber letztendlich schafft man sich sein Leiden doch selbst.«

Brightfull lehnte sich irritiert zurück. »Wie meinen Sie das, Janet?«

»Wenn man alles zulässt, ich meine, wenn man alles so weit kommen lässt. Wenn man ewig gibt und bereitsteht und nichts dafür einfordert, dann trägt man auch eine gewisse Eigenschuld. Ich habe es verpasst, Grenzen zu setzen. Ich habe vergessen, einen Schutzwall in dem Krieg um mich zu ziehen. Vielleicht wollte ich aber auch die Schaufel dafür nicht finden. Jetzt hat der Krieg mich auf ganzer Linie erwischt, ich meine, mehr, als ich verkraften kann. Irgendwie habe ich immer gehofft, dass alles, was ich erdulde, irgendwann einmal von alleine aufhört. Aber alles wird immer schlimmer, wenn ich es nicht aufhören lasse. Das ist mir heute Nacht bewusst geworden. Leider ist es schon ziemlich spät. Das Warten hat tiefe Wunden gerissen.

Am schlimmsten ist Daryl verletzt. Er hat einen Schutzwall um sich errichtet. Leider zu hoch. An ihn kommt nun niemand mehr ran. Noch nicht einmal mehr Menschen, die keinen Krieg mit ihm wollen. Er hört niemandem mehr zu. Das macht mir am meisten Sorgen. Joe geht zu Brian und spricht sich dort aus. Wissen Sie, der von den Draithons. Aber Daryl hat niemanden. Selbst mit mir redet er nicht mehr. Richard könnte an ihn herankommen, aber der kommt nicht mal an sich selbst heran. Ich versuche, ihm immer wieder klar zu machen, wie sehr er das alles selbst in der Hand hat, aber er findet aus seiner Enttäuschung nicht heraus. Heute Nacht ist mir klar geworden, dass ich mit meiner Geduld alles nur noch schlimmer mache. Es ist an der Zeit, dem Paroli zu bieten – den Krieg von der anderen Seite zu beginnen. Ist es nicht komisch? Erst investiert man alle Kraft, um die Dinge dahin zu jagen, wo man sie zum Schluss gar nicht mehr haben will. Und wo nimmt man dann die Kraft her, um alles wieder zu beseitigen?«

Meine Mutter schaute Mr. Brightfull niedergeschlagen an. Dann trat ein Leuchten in ihre Augen. »Wissen Sie, Jason, ich habe mir heute Nacht ein neues Ziel gesetzt. Jetzt beginne ich, an der Strategie zu arbeiten.«

Mr. Brightfull brauchte sie nicht nach ihrem Ziel zu fragen; er sah es in ihren Augen. Diese Augen, die heute Morgen so ganz anders strahlten als sonst – diese Frau, die vor ihm saß und plötzlich so viel von sich und ihren Gefühlen preisgab wie noch nie zuvor. Das freute ihn sehr. Er wusste, dass meine Mutter ab heute ihrem Mann den Krieg erklären würde. Was auch immer das heißen mochte, es hörte sich gut an!

Ich finde es nicht ganz fair, Jason Brightfull nur von seiner schlechten Seite zu sehen. Er hat auch gewiss eine freundliche Seite. Man findet sie nicht direkt, aber wenn man genau hinschaut, wird man fündig.

Jason Brightfull war seit fünf Jahren Witwer. Seine Frau war an Nierenkrebs gestorben. Selbst in dem großen Krebszentrum in Denver hatte man ihr nicht mehr helfen können. Er fand meine Mutter nicht gerade unattraktiv. Er fand aber auch, dass er sich aus allem erst einmal heraushalten sollte. Schließlich war er ihr Arbeitgeber. Doch heute hatte ihn irgendetwas veranlasst, sie anzusprechen. Er erlebte dieses Leid nun schon von Anfang an mit, und heute, gerade heute, als sie den ersten fröhlichen Blick mit ins Geschäft gebracht hatte, war ihm der Kragen geplatzt. Der Blick war irgendwie alarmierend gewesen. Oh ja, das war er.

Meiner Mutter tat es gut, dass sie ihre Gefühle ihrem Chef anvertraut hatte. Es war gut, dass sie ihre Gedanken endlich in Worte gepackt hatte. Soeben hatte sie selbst gehört, dass die Wende möglich war. Dass sie da war.

Das erste Ziel, das sie beschießen wollte, war mein Vater, und das habe ich ihr sehr verübelt. Sie erklärte es so: Es hatte keinen Zweck, eine Veränderung von mir oder Joe zu erwarten. Sicher, der Gedanke wirkte irgendwie erschreckend, es auf ein Opfer abzusehen, aber wann wurde das Opfer zum Täter, ohne dass es dies bemerkte?

Sie wusste, dass es nicht einfach werden würde, besonders wenn ich bemerken würde, dass sie gegen meinen Vater mobil machte. Wäre ich in der Lage, es zu verstehen? Wohl kaum. Sie brauchte Verstärkung. Und sie suchte sich ausgerechnet ihren Chef aus, der ihr gegenüber saß und ihr die Hand anbot. Sie lächelte Jason Brightfull an. Das war seine Chance! Ich hasste ihn ab diesem Moment.

Als ich gegen Mittag von einem Besuch bei Jimmy heimkam, hörte ich meinen Vater in der Küche fluchen, dann fiel ein Blechtopf auf die Fliesen. Der Aufprall hinterließ eine große Kerbe, wie es schon so viele Kerben in unserem Haus gab. Meine Mutter hatte viel Arbeit mit dem Haus. Nun musste sie auch bald die Küche neu fliesen.

Ich erschrak fürchterlich bei dem Aufprall des Topfes und erinnerte mich an meinen Unfall mit dem verbrannten Fuß vor zwei Jahren. Deswegen rannte ich geradewegs die Treppe hinauf in mein Zimmer, schlug die Tür hinter mir zu und holte mir mit meinen neuen Kopfhörern Ohrensausen. Das beruhigte mich.

Mein Vater hatte mich kommen und sofort die Treppe hinauflaufen hören. Dann war alles still. Er dachte an die Kopfhörer und ob es gut gewesen war, mir diese Dinger zu kaufen. Waren sie nicht ein fürchterlicher Ersatz für ein Gespräch am Mittagstisch? Mein Vater sah zum Tisch. Es stand nicht einmal ein Teller darauf, also – welcher Mittagstisch? Unter großer Anstrengung hob er den Kochtopf wieder auf und rollte mit seinem

Rollstuhl zum Küchenfenster. Er dachte an meine Mutter, die ihn heute Morgen einfach sich selbst überlassen hatte. Das hatte sie noch nie getan. Sollte das der Anfang eines weiteren Unglücks werden? Er dachte an meinen Bruder Joe, der heute Morgen schon angekündigt hatte, die ganze nächste Woche bei Brian zu verbringen. Und er dachte wieder an mich, daran, dass ich mich oben mit einem Kopfhörer tröstete. Dann dachte er an die Pest. Er musste die Pest haben – oder warum sonst flüchteten alle vor ihm? War er mit dieser Krankheit nicht schon genug gestraft? Ja, zum Hausbauen und Geldverdienen war er einst gut genug gewesen. Jetzt funktionierte er nicht mehr, jetzt konnten sie ihn ja wegwerfen. Was liebte er eigentlich noch an meiner Mutter? Sex hatten sie schon seit über einem Jahr nicht mehr gehabt, und wenn sich seine Hand ihr einmal näherte, gab sie unmissverständlich zu verstehen, dass sie keinen Sex mit ihm wollte. Sie sagte, es sei der Stress. Er ließe sie gefühlsmäßig nicht mehr zu sich kommen. Und was war früher gewesen, als er gearbeitet hatte? Hatte er da etwa keinen Stress gehabt? Nein, diesen Vorwand hatte er nie benutzt. Das alles dachte mein Vater in diesem Moment. Sehr schlechte Gedanken, wie ich finde. Er drehte den Rollstuhl mit einer aggressiven Bewegung vom Küchenfenster weg und rollte zur Toilette. Er hatte den Drang seiner Blase verpasst, und ehe er sich auf den Klodeckel setzen konnte, bildete sich bereits eine Pfütze unter seinem Po auf dem Rollstuhl.

Als ich nach oben gelaufen war, hatte ich einen flüchtigen Blick ins Wohnzimmer geworfen. Es war wieder einmal nichts aufgeräumt. Auch das Schlafzimmer roch nach ungemachten Betten. Meine Mutter hatte ihre Bettseite zum Lüften aufgeschlagen, mein Vater – wie immer – nichts dergleichen. Die Kissen lagen zu kleinen Knitterbällen zusammengepresst am Kopfende, die Zudecke lag zerdrückt quer über das Bett.

Joe hatte mir einmal das Problem mit den Milben erklärt. Was sie nährt und sich vermehren lässt, bis die Matratze nur so wimmelt von diesen Erregern. Solange, bis sie die ganze Fläche beherrschen und den Menschen krank werden lassen. Wer weiß, woher die vielen Schübe bei meinem Vater ausgelöst wurden? Wer weiß, ob er nicht selbst schuld an seinem Zustand war? Fest stand, dass sich die Milben in dem feuchtwarmem Klima rasend schnell vermehren mussten. Das war selbst mir klar, obwohl ich sonst nicht so viele Dinge verstand. Der Muff ließ ahnen, dass mein Dad noch nicht einmal die Fenster geöffnet hatte. Eigentlich tat Mom dies immer, aber heute war sie plötzlich ohne diese Dinge zu verrichten zur Arbeit gefahren. Dann war Joe mit Cornflakes im Mund und Rucksack im Arm zu Brian verschwunden und ich mit Smaks im Mund zu Jimmy.

Joe hatte schon lange keine Lust mehr auf diese Kümmerdich-um-mich-Geschichte. Er beschimpfte unsere Mutter öfter wegen ihrer Aufopferungsbereitschaft, wie er es nannte, legte selbst aber keine Hand an. Er sagte, so tief würde er sich nicht fallen lassen. Meinte er meine Mutter oder meinen Vater?

Joe führte immer schon ein Eigenleben, im Gegensatz zu mir, obwohl ich mich immer zu meinem Vater hingezogen fühlte. Joe bedankte sich hin und wieder für Kost und Logis, wie er es nannte, aber sonst teilte er kaum etwas mit uns. Unser Vater war ihm früher zu protzend gewesen und heute zu jämmerlich und unsere Mutter eine Sklavin ihrer Harmoniesucht. Und ich, ja ich, ich war ein Hosenkacker, der ohne Dad gar nichts mehr zustande brachte. All diese Beschimpfungen musste ich mir von Joe anhören, wenn er sauer war. Die Krankheit unseres Vaters berührte ihn augenscheinlich nicht. Ich nannte ihn einen egoistischen Egozentriker, dabei wusste ich nicht einmal, was das war. Aber es klang gut, war aus irgendeinem Film, den ich gesehen hatte. Seit unser Vater so krank war, stritten wir uns immer öfter. Manchmal war es so schlimm, dass Joe mir am liebsten eine ins Gesicht geklatscht hätte, weil ich Widerworte gab. Aber er tat es nicht. Ich glaube, als dieser Wunsch in ihm aufkam, war das genau der Moment, in dem ich mich von ihm löste.

Ich löse mich dann von Menschen, wenn sie meine Grenzen überschreiten. Gewalt ist eine Grenze. Das geht ganz einfach und schnell. Ich lasse sie einfach nicht mehr in meine Gefühle hinein. Ich will es mal so beschreiben: Wenn Joe tödlich verunglücken würde, würde es mich nicht mehr sonderlich berühren. Ich kann dieses Gefühl nicht steuern, es ist einfach mit mir auf die Welt gekommen.

Joe mochte seinen Freund Brian Draithon und dessen Familie sehr. Sie waren eine wirkliche Familie – gesund und voller Ideen. Brians Eltern hatten Charisma und waren wahre Realisten, besonders Brians Vater. Er stand mitten im Leben und war nicht so ein Träumer wie unser Vater, der mit seinen Träumen zerplatzte.

Brians Vater hatte vor drei Jahren durch einen Unfall eine Niere verloren. Nach der OP sah er hoch erhobenen Hauptes wieder der Zukunft entgegen und bekräftigte, dass es nichts gäbe, was ihn aus der Bahn werfen könnte. Er arbeitet voller Stolz weiterhin in Rouwl's Garage und verdiente viel Geld. Er war es dann auch, der meinem Bruder den Zustand unseres Vaters erklärte, dass dessen Gedanken eben nicht richtig funktionieren würden. Das alles erzählte mir Joe, wenn er ganz ganz wütend war. Dass diese ganze Geschichte über die Draithons gelogen war, werde ich später erzählen. Du kannst dich auf einiges gefasst machen! Glaub mir.

Als meine Mutter am Abend nach Hause kam, sah sie das unaufgeräumte Wohnzimmer und einen leeren Kochtopf auf dem Küchentisch. Sie rief nach meinem Vater, aber es kam keine Antwort. Sie rief noch einmal, zweimal, dann schaute sie ins Badezimmer und fand ihn. Mein Vater saß im Rollstuhl vor der Toilette, unbeweglich und in einer Urinpfütze, seit über sechs Stunden. Meine Mutter nahm den strengen Geruch von Ammoniak wahr und sah die gelben Tropfen beharrlich vom Rollstuhl zu Boden fallen, schluckte und dachte an die Kriegserklärung, die sie ihm machen wollte. »Du Schwein!«, zischte sie und kehrte in die Küche zurück. Sie kochte sich einen Kaffee und dachte an Jason Brightfull, mit dem sie jetzt gerne einen Kaffee trinken würde. Sie hörte eine flehende Stimme, die »Janet!« rief. Sie hörte aber auch ihre eigenen Worte: »Hilf dir selbst. Ich kann es nicht mehr.«

Ich hörte von unten die Worte meiner Eltern und zog meinen Kopf tief zwischen die Schultern. Dann holte ich mir wieder den Kopfhörer und ließ den kreischenden Klang von E-Gitarren in mein Gehirn fließen, was jedes Gefühl in mir abtöten sollte. Meine Erinnerung an meinen zehnten Geburtstag vor einigen Tagen war inzwischen wie eine Seifenblase zerplatzt. So hörte ich kurz darauf nicht das Klopfen an meine Zimmertür. Meine Mutter trat ein und sah mich auf dem Bett kauernd die Wand anstarren, während grelle Töne über den Kopfhörer hinaus in das Zimmer drangen. Sie setzte sich neben mich auf das Bett, nahm mir behutsam die Kopfhörer vom Kopf und fragte: »Hunger?«

Ich verharrte steif, fühlte mich innerlich erstarrt und zuckte mit den Schultern.

»Burger King?« Sie sah ein Zucken auf meinen Augenlidern, erhob sich, nahm mich an die Hand und zog mich vom Bett herunter. Wir gingen zusammen die Treppe hinab, zum Auto hinaus und fuhren nach Jackson zu Burger King.

»Wo ist Joe?«, fragte sie während der Fahrt.

Meine Erstarrung löste sich etwas. »Bei Brian.«

Sie nickte. Joe war ihr längst entglitten. »Wie lange?«

»Bis Montag. Nach der Schule. Abends.«

Sie nickte erneut und lenkte unseren alten Ford auf den Parkplatz des Fastfood-Restaurants.

»Kindertüte oder Erwachsenenfutter?«, fragte sie lächelnd.

»Ersteres«, sagte ich müde, und meine Mutter war enttäuscht, aber ich mochte dieses Zeug nicht wirklich. Ich weiß auch nicht, wie meine Mutter immer darauf kam, ich würde diese Burger gerne essen, nur weil ich einmal so glücklich gestrahlt hatte, als ich in eines dieser Dinger biss, als wir noch eine gesunde Familie waren.

In Müttern setzt sich manchmal ein komisches Verhalten fest, was ich nicht verstehe. Man darf als Kind niemals äußern, was man mag, sonst bekommt man es bis zum Lebensende verabreicht. Ist doch so. Hab ich recht?

Dieser trockene Burger, den ich nun in meinen Händen hielt, war der beste Beweis dafür. Mein Biss in den verbrannten Klumpen war appetitlos.

»Wir müssen etwas unternehmen, Daryl.« Sie versuchte, ihre Worte geschickt zu wählen, denn sie wusste, wie sehr ich an meinem Vater hing. Wenn sie einen Krieg gegen ihn zu führen begann, so kämpfte sie gleichzeitig auch gegen mich. Mich auf ihre Seite zu ziehen, dachte sie, sei eine große Herausforderung. Falsch! Es war völlig unmöglich. Und doch versuchte sie es.

»Es geht so nicht weiter. Wir sind alle sehr unglücklich. Und du am meisten.«

Ich sah nicht auf, sondern versuchte, mit kleinen Bissen den Burger zu bekämpfen und Zeit zu schinden.

»Ich habe Dad bisher immer viel geholfen. Das weißt du. Aber eigentlich war das nicht immer richtig.«

Ich sah mit ernstem Blick auf. Er sollte töten, aber ehrlich, man kann mit Blicken nicht wirklich töten, sondern nur unangenehme Fragen aufwerfen. Meine Mutter ließ sich nicht beirren und sprach weiter: »Ich habe ihm Dinge abgenommen, die er durchaus noch selber erledigen kann. Aber gerade dadurch fühlt er sich noch hilfloser. Und weißt du, er gewöhnt sich an seine Hilflosigkeit und fällt immer tiefer hinein. Verstehst du das?«

Nein! Mein Blick wurde noch durchdringender, doch sie ließ sich nicht ablenken. Ich wusste bereits, wie alles enden würde, und doch sah ich keine Möglichkeit, es zu stoppen. Ich sah, wie sie in ihrem Salat herumstocherte und den größten Fehler ihres Lebens beging. Sie erwartete keine Antwort, nein, sie führte ein Zwiegespräch mit sich selbst, doch sie wollte zumindest den Versuch unternehmen, mir das zu erklären. Aber es war nicht nur das Todesurteil meines Vaters, was sie da gerade zu erklären begann, nein – sie wusste nicht, dass es auch ihr eigenes sein würde. Und meins.

Das Kausalitätsgesetz

Das Kausalitätsgesetz beschreibt die Abfolge von Ereignissen. Wenn etwas einmal in Gang gebracht wird, kann man es nicht mehr aufhalten. Alles hat einen Grund. Aber macht es auch Sinn? Das Kausalitätsgesetz beweist, dass der Sinn leider allzu oft verloren geht. Alles was jetzt passiert, macht keinen Sinn, aber eine gewisse Logik wird sich nicht leugnen lassen. Wir sterben. Alle. Irgendwann. Das weiß selbst mein naiver Verstand. Aber mein Verstand hat auch eine andere Seite. Das ist die Ahnung. An diesem Punkt der Geschichte nahm eine schlimme Ahnung ihren Anfang. Mein eigenes Kausalitätsgesetz!

»MS kann auch sehr positiv verlaufen«, hörte ich meine Mutter sagen, »ja, sogar fast unbemerkt. Es kommt immer darauf an, wie traurig man über die Krankheit ist. Traurigkeit macht den Körper müde. Und Müdigkeit macht jede Krankheit stärker, als sie in Wirklichkeit ist. Dadurch, dass wir Dad sehr viel Arbeit abnehmen und ihm alles richten, wird er immer müder. Er kann vor lauter Müdigkeit nicht mehr lachen und fröhlich sein. Er ist gelangweilt und hat viel zu viel Zeit, über schlechte Dinge nachzudenken. Verstehst du?«

Sie gab sich so viel Mühe, aber ich nippte nur ungerührt an meiner Limo und spürte die Hölle in ihren Worten brennen.

Meine Mutter unternahm einen weiteren Versuch. »Ich habe mir überlegt, dass wir uns bemühen sollten, Dad wieder in ganz viele Arbeiten einzuspannen, um ihm zu zeigen, dass wir ihn wirklich brauchen. Kannst du dich an deinen Geburtstag letzte Woche erinnern?«

Blass, schemenhaft. Ich sah nicht auf.

»Da hatte ich vor lauter Trubel keine Zeit für ihn, und er musste alles selber machen. Und weißt du was? Er hat sein Bett selber gemacht und ist sogar alleine die Treppe heruntergekommen, weil ihm niemand die Arbeit abgenommen hat. Dann hat er den ganzen Nachmittag draußen hinter dem Haus auf einem Stuhl im Schatten gesessen, ohne Hilfe. Er hat gelacht und deinen Freunden und dir beim Feiern zugesehen. Kannst du dich daran erinnern?«

Ich nickte, um ihren Redefluss zu beenden. Vielleicht gab sie dann endlich Ruhe. Ich wusste, sie sollte nicht weiterreden. Ich flehte, sie möge nicht weiterreden. Doch sie tat es. Ich sah es genau: Das Kausalitätsgesetz trabte heran.

»Wir sollten versuchen, ihm klipp und klar zu sagen, was er selbst erledigen soll. Muss! Verstehst du? Das wird ihn anfangs wütend machen, aber nach einigen Tagen wird es ihm besser gehen. Er wird wieder lachen. Du musst ihn auffordern, mit dir die Schulsachen zu erledigen oder etwas Leckeres zu kochen. Ich werde ihn auffordern, das Haus mehr in Ordnung zu halten und abends vielleicht einmal ein Bierfässchen mit Freunden anzuschlagen. Vielleicht braucht er dann den Rollstuhl nicht mehr. Was meinst du?«

Nein! Nein! Nein! Das war nicht der Weg, der funktionieren würde! Ich wusste es, doch ich war innerlich erstarrt und hatte keine Ahnung, wie ich mich erklären sollte. Mir fehlten die Worte und die Stimme. In meinem Hals setzte sich ein Klumpen Burger fest, den ich nicht herunterschlucken konnte. Ich würgte, und meine Mutter hielt mir den Becher Limonade entgegen. Damit erstickte ich meine Gedanken. Meine Erstarrung ging zu tief.

Ich wollte es ihr erklären, doch es kamen ganz andere Worte über meine Lippen: »Die Fliese ist bestimmt kaputt.«

»Was?«, fragte sie irritiert.

»Der Topf. Ist draufgefallen. Zu doll.«

Falsch! Alles falsch! Warum passierte mir das ständig? Mein Mund spuckte völlig andere Worte aus, als mein Verstand losschickte. Irgendwo in meinem Kopf musste eine Fehlleitung sein. Ich will etwas sagen, aber es kommt ein völlig anderes Thema heraus. Ich hasste diese Erstarrung!

Meine Mutter holte tief Luft, um sie sogleich in einem einzigen langen Ausatmen wieder auszustoßen. Wie hätte ich anders werden können mit diesem Vater, diesem Vorbild?

»Hör zu, Daryl. Ich möchte, dass du weißt, dass ich Dad in nächster Zeit etwas unfreundlich ansprechen werde. Ich werde ihn auffordern, gewisse Dinge alleine zu regeln. Ich möchte nicht, dass du denkst, ich würde ihn nicht mehr lieb haben. Ich tue das aus Liebe, verstehst du? Ich rüttle ihn aus Liebe wach. Manchmal geht der Weg der Liebe eben einen unfreundlichen schweren Weg. Dad ist mittlerweile so traurig, dass er mich nur noch hört, wenn ich ganz streng mit ihm bin. Bitte verstehe das nicht falsch.«

Wenn Liebe mit dem Tod bezahlt wird, möchte ich niemals lieben!

»Pass auf«, hörte ich meine Mutter sagen, »jedes Mal, wenn ich Dad streng anspreche, werde ich dir mit den Augen zuzwinkern. Schau mal, so.« Sie zwinkerte, aber ich sah nicht hin. Es hatte keinen Zweck. Sie wollte es herausfinden? Nun gut, dann finde es heraus – Mutter!

»Dann weißt du, dass ich es aus Liebe tue und nicht, um mit Dad zu zanken.«

Meine Mutter vermochte nicht abzuschätzen, was bei mir wirklich angekommen war. Das vermochte niemand. Meine Gedanken waren von denen anderer oft meilenweit entfernt. Sie waren völlig anders. Ich steuerte auf meinen eigenen Tod zu. Doch zuvor sollte der Tod meinen Vater holen, dann meine Mutter und zuletzt erst mich.

Als wir wieder daheim waren, hatte sich im Haus nichts verändert. Mein Vater saß immer noch in seinem Rollstuhl vor der Toilette, nur die Urinpfütze war größer geworden. Das war seine Form der Erstarrung.

Meine Mutter ging völlig erschöpft ins Bett. Sie hatte meinen Vater unten stehen lassen und sich oben zur Nacht geduscht. Sie sah auf das ungemachte Bett ihres Ehemannes und dachte daran, wie wunderbar doch alles zusammen passte: das unordentliche Wohnzimmer, der leere Kochtopf, die Urinpfütze und das stinkende Bett. Es war eigentlich ein Tag wie jeder andere in letzter Zeit. Sie rollte sich unter der Bettdecke zusammen und dachte daran, wie schön das Schlafzimmer bei Sonnenuntergang aussah. Alles leuchtete golden. Die schimmernden Schatten und Umrisse der Möbel hatten immer dieses wunderbare Glücksgefühl in ihr ausgelöst. Jetzt war es vollkommen weg.

☆☆☆

Sonntag war ein Tag, der die wöchentliche Langeweile krönte. Meine Mutter putzte in der Regel das ganze Haus und erledigte etwas Gartenarbeit. Mein Vater quengelte und Joe ließ Musik dröhnen, die niemand mochte.

Doch dieser Sonntag war irgendwie anders. Joe war bei Brian. Mein Vater hatte in der letzten Nacht noch irgendwie den Weg ins Bett gefunden und schlief, und meine Mutter war viel früher als üblich unten in der Küche. Das machte mich neugierig, und ich schlich leise die Treppe hinunter. Sicherlich hatte sie viel im Haus aufzuräumen und sauber zu machen. Ich dachte nur an das verunreinigte Bad, das reichte schon. Gestern war nicht gerade einer von Dads erfolgreichsten Tagen gewesen.

»Hi, Dar!«, rief meine Mutter frohgelaunt. Sie hatte meinen Schatten an der Treppe gesehen. Es war ein wunderbar klarer Septembermorgen und ich wusste, wie sehr sie diese Jahreszeit mochte. Einer der schönsten Jahreszeiten im Jackson-Tal. Der Indian Summer brach an, ein Geschenk für alle Menschen, die hier lebten.

»Ich fahre heute zum Jackson Lake. Zum Picknick. Ausruhen. Kommst du mit? Habe auch Batterien für deinen Discman besorgt.«

Mein Schatten bewegte sich nicht.

»Ich gehe gleich nach oben und frage Dad, ob er auch mitkommen möchte. Bin gerade dabei, das Essen zusammenzusuchen.«

Mein Schatten huschte wieder nach oben. Meine Mutter spürte einen Kälteschauer durch ihren Körper fahren. Sie ging nach oben ins Schlafzimmer, setzte sich auf der Seite meines Vaters auf die Bettkante und streichelte sein Gesicht. Mein Schatten sah zu. Er sah so unbekümmert und friedlich aus, wenn er schlief. Wie einst, als er diese Ranch aufgebaut hatte.

Mein Vater hatte die Geräusche aus der Küche oberflächlich wahrgenommen. Er war in dieser Nacht erst um zwei Uhr in sein Bett gekommen. Unter großer Mühe und mit einer gehörigen Portion Zorn hatte er sich aus dem Rollstuhl erhoben und die verschmutzte Kleidung vom Körper gestoßen. Ebenso mühevoll war er die Treppe hinaufgekrochen und in sein Bett gefallen. Er hatte erst vier Stunden Schlaf hinter sich und konnte sich mit dem Gedanken, jetzt schon wieder aufstehen zu müssen, überhaupt nicht anfreunden.

»Draußen scheint die Sonne. Ich wollte gerne zum Jackson Lake. Picknick und Faulenzen. Kommst du mit? Ich würde mich sehr darüber freuen. Ich wünsche es mir von dir. Bitte. Lass uns mal der ganzen Sache hier entfliehen und nur das schöne Wetter genießen. Auf einer Decke mit Kaffee und Sandwich. Was hältst du davon?«

Er drehte sich weg – weg von ihr. Sie dachte ungewollt an die Urinpfütze im Bad und fühlte Ekel in sich aufsteigen.

»Rich, bitte. Einmal. Es wird uns gut tun. Den See hast du doch immer so geliebt. Alles ist bunt draußen und warm.«

Mein Vater drehte sich nicht mehr zu ihr um, und meine Mutter streichelte nicht mehr sein Gesicht. Er hatte ihr ihre Reaktion von gestern Abend noch nicht verziehen.

Verzweiflung stieg in ihr auf, aber ein kleiner Hoffnungsschimmer trieb sie in mein Zimmer. Ich saß im Schlafanzug auf der Fensterbank, als sie eintrat, und ließ mich von der Sonne wärmen. Der Ausblick war fantastisch. Man sah von meinem

Fenster aus direkt auf die Teton Range. Meine Mutter trat zu mir und sagte: »Schön, nicht wahr?«

Ich sah nicht zu ihr hin, wollte nur noch aushalten, bis sie endlich weg war.

»Kommst du mit?«

Ich schwieg, war gefangen in meiner Erstarrung. Kein Wort, keine Bewegung. Alles war falsch. Ich wollte, dass sie wegging, mich alleine ließ, damit ich mich wieder aus der Erstarrung lösen konnte, doch sie ging nicht.

»Dad kommt nicht mit. Ich hab ihn gefragt. Ganz lieb. Er will nicht.«

Ich sah auf die Tetons, in deren Richtung sich der Jackson Lake befand.

»Bitte, Dar. Ich würde mich so freuen. Es wäre großartig für uns beide. Nur ein paar Stunden. Ich habe sogar Schoko-Smacks für dich mitgebracht.«

Mir entglitt nur ein genervter Seufzer.

Meine Wut krallte sich an meine Mutter, und sie wendete sich ab. Wie sollte ich auch anders sein, bei diesem Vater!

Sie schaute noch einmal kurz ins Schlafzimmer hinein und sagte laut und deutlich: »Daryl kommt auch nicht mit. Er bleibt bei dir. Bitte denke an die Toilette unten und überlege dir eine gute Ausrede für den Jungen. Und übrigens, er wird gleich Hunger haben.«

Damit ging sie die Treppe hinunter, packte den Picknickkorb und fuhr geradewegs zu Mr. Brightfull. Vielleicht hatte er ja Lust auf einen Ausflug.

☆ ☆ ☆

Wenn es eine Hölle gibt, dann habe ich sie gefunden! Derzeit brennt nur ein kleines Feuer, aber bald wird es neue Holzscheite regnen! Trocken und lodernd!

Jason Brightfull war für jeden Sonntag dankbar. Es war der einzige Tag in der Woche, an dem er sich um nichts kümmern musste. Samstag am Nachmittag erledigte er mit meiner Mutter und Sally zusammen die Reinigungsarbeiten und die Regalausstattung im Discount. Sie waren ein gut durchorganisiertes Team.

Seit Brightfulls Frau vor fünf Jahren gestorben war, arbeitete Sally, die siebenunddreißigjährige Cousine seiner Frau, im Discount mit. Sie war tüchtig, aber oft sehr redselig – unangebracht redselig – im Gegensatz zu meiner Mutter. Aber sie erledigte ihre Arbeit und war zuverlässig. Brightfull war zufrieden mit ihr. Dafür wuchs die Angst in ihm, dass sich eines Tages ein großer Supermarkt in Jackson niederlassen würde. Das wäre das Aus für sein Geschäft. Er konnte zwar alle notwendigen Haushaltsartikel anbieten, aber eben nicht so viel Auswahl wie ein großer Supermarkt. Sicher, er würde dort vielleicht eine Arbeit finden, aber er würde die Abwechslung und vor allen Dingen die Verantwortung vermissen – eben das Gefühl, alles zu bestimmen. Noch florierte sein Geschäft; viele Bürger wussten es zu schätzen. Der Ort wuchs. Ein falscher Geschäftsmann unter ihnen, und der Supermarkt wäre auf dem Vormarsch. Der Gedanke ließ Brightfull einfach nicht los. Was konnte er noch verbessern? Sein Nachbar Jack Klimber schlug ihm einmal vor, doch selbst ein Einkaufscenter zu eröffnen – damit ließe sich die Konkurrenz etwas abschrecken. Aber diese Idee schreckte Brightfull in gleichem Maße ab.

Heute aber war Sonntag, und alles befand sich in vollkommener Ordnung. Sein privates Leben hatte, seit Susan tot war, wieder in den alten Rhythmus zurückgefunden. Anfangs war es komisch gewesen, denn er hatte sein Privat- und Geschäftsleben mit seiner Frau immer verbunden. Als sie starb, hatte er nicht getrauert, sondern sich in die Geschäftsorganisation gestürzt. Es war niemand zum Reden dagewesen, aber er wollte die Trauer auch nicht spüren. Er begann mit Sally und meiner Mutter zu arbeiten, und meine Mutter gefiel ihm wirklich sehr. Jason Brightfull dachte viel an sie und ihr Schicksal – dabei war es doch unser aller Schicksal. Aber Brightfull sah nur sie.

Jackson Hole war ein Ort, in dem man alles mitbekam. Manches weckte Schadenfreude, manches echte Freude und manches Traurigkeit und Mitgefühl. In der Kirche stand Brightfull manchmal hinter meiner Mutter. Sie ging nicht oft hin, doch wenn, dann roch er ihr Haar und dachte daran, dass ihr Schicksal vielleicht eine Vorsehung sein könnte. Vielleicht gedachte Gott, etwas zusammenzufügen, dass ihm und meiner Mutter ... ich will an dieser Stelle den Satz nicht zuende schreiben, so, wie er den Gedanken nicht zuende dachte, schließlich befand er sich in einer Kirche. Doch diese Vorstellung versüßte göttlich seine Nächte.

Ich frage mich bis heute, wie sein Gott aussah. Damit meine ich nicht die Äußerlichkeit, ich meine den Charakter. Wenn sein Gott seine Gedanken tolerierte und ihn in allem unterstützte, was er sich vorstellte, dann glauben wir nicht an denselben Gott.

Bei mir ist das ganz komisch. Ich bin erst zehn Jahre alt, aber man musste mir Gott nie erklären. Er war und ist für mich einfach da. Er ist der, der mit mir in der Blase meiner Erstarrung sitzt und meine Hand hält, bis sich die Erstarrung wieder löst. Er ermutigt mich, nie aufzugeben, aber hin und wieder auch einfach nur auszuhalten. Er zeigt mir und flüstert mir Dinge zu, die ich nicht sehen und wissen kann. So wie dies hier:

Jason Brightfull liebte die Sonnenaufgänge in diesem kleinen Ort in Wyoming. Sein Schlafzimmerfenster blickte, genau wie mein Fenster, nach Osten auf die Teton Range. Gewöhnlich stand er Sonntagmorgen am Fenster und genoss bei einer Tasse Kaffee den Sonnenaufgang, doch heute Morgen lag er zufrieden im Bett und dachte an das gestrige Gespräch mit meiner Mutter. Sie hatte sich ihm zum ersten Mal anvertraut. Es war ein erster Schritt. Sie kommt, ohne dass ich nachhelfen muss, dachte Brightfull. Vielleicht noch bevor ihr Ehemann geht (wie geschmacklos!). Eine vertraute Freundschaft wäre ein gutes Fundament für eine spätere Beziehung. Er würde ihr unter dem Deckmantel einer platonischen Freundschaft näher kommen. Plötzlich schrak Brightfull hoch. Es hatte geklingelt. Wer, in

Gottes Namen, wagte es, am Sonntagmorgen bei ihm zu klingeln? Vielleicht die freche Göre seines Nachbarn? Oder dieser verfluchte Tom Klimber? Oh, wie er uns Kinder hasste!

Es klingelte ein zweites Mal und Brightfull sah auf die Uhr. Es war halb neun in der Frühe. Nein, das konnten nicht die Bälger sein. Zum Teufel! Er schmiss die Bettdecke von sich herunter und besah sich seinen zwanzig Jahre alten Pyjama. Sein Morgenmantel befand sich in einem noch weitaus schlechteren Zustand, wie er mit einem Blick zum Haken an der Tür feststellte.

Er klingelte erneut. Verflucht, wer mochte dort unten stehen? Vielleicht sollte er es einfach überhören.

»Jason?«, hörte er eine Frauenstimme von draußen rufen. Es war die Stimme meiner Mutter! Oh mein Gott! Dieser hässliche Pyjama! So konnte er ihr unmöglich unter die Augen treten. Ich werde nur einen kleinen Spalt der Türe öffnen.

»Janet?«, fragte er durch die verschlossene Tür. Er wagte es nicht, sie zu öffnen, hatte immer noch diesen grässlichen Zwiebelgeruch von der Aufbackpizza gestern Abend im Mund. Er würde bei jedem anderen öffnen, aber nicht bei meiner Mutter.

»Jason?«, hörte er wieder ihre Stimme. »Ich dachte, Sie wären schon auf. Ich wollte zum See. Für ein Picknick. Richard und Daryl wollen nicht mit und Joe ist nicht da. Da dachte ich, dass Sie vielleicht …«

Ja! Ja! Ja! Er hörte nicht weiter zu. »Ja!«, stammelte er, »ja … so … ich … also.« Also was? Was wollte er eigentlich sagen? Dass er einen unansehnlichen Pyjama anhatte? Dass er nach Zwiebeln stank? »Gerne«, sagte er schließlich und überwand seine Verlegenheit. »Aber ich bin noch nicht angezogen.«

»Kein Problem, ich warte«, sagte sie völlig unbekümmert.

Ach, Janet! Er verschwand eilig unter die Dusche.

Jason Brightfull fühlte sich wie im Himmel. Niemand sah seine Teufelshörner. Er nahm sich vor, charmant, zurückhaltend und aufmerksam zu sein, genau das, was meine Mutter jetzt brauchte. Er dachte an die platonische Liebe und verbannte seine anderen Sehnsüchte in den tiefsten Kerker seiner Seele. Er würde als Sieger aus dieser ersten Runde hervorgehen. Dessen war er sich sicher.

Meine Mutter war froh, dass wenigstens Jason mitkam. Sie redeten auf der Fahrt sehr wenig, denn es war eine ungewohnte Situation, in der sich beide befanden, besonders für Brightfull, der sich seit vielen Jahren nicht mehr mit einer Frau zusammen hatte sehen lassen. Schatten der Bäume und Berge wanderten die Windschutzscheibe entlang, während sie zum See fuhren.

Meine Mutter wusste nicht, ob es wirklich richtig war, ihren Chef um diesen Gefallen zu bitten, aber sie war es satt, auf alles zu verzichten, was ihr guttat. Es gab nur noch traurige Momente in ihrem Leben, und so sollte es nicht weitergehen. Sie beschloss, die Gegenwart von Jason Brightfull zu genießen, egal, was andere dachten. Er war ein richtiger Freund – uneigennützig und ganz Gentleman, dachte sie. Leider.

Auch Brightfull genoss ihre Gegenwart, aber anders als meine Mutter. Seine Gedanken waren längst bei der praktischen Verwertung angekommen.

Der Vormittag verlief in vollkommener Harmonie. Brightfull überließ ihr taktvoll das Gespräch. Er hörte wieder diese Verzweiflung in ihren Worten darüber, wie ihre Familie auseinanderbrach. Sie wusste nicht, wie sehr es seinen Vorstellungen entgegenkam. Um zwei Uhr am Nachmittag brachte sie Brightfull wieder heim, genau in dem Moment, als Joe mit Brian um die Ecke der Straße bog. Joe tat so, als würde er sie nicht sehen, doch Brian stieß ihn in die Seite. Sie gingen an Brightfulls Haus vorbei, dann zwei Straßen weiter zu den Draithons.

☆☆☆

Ich war, nachdem meine Mutter das Haus verlassen hatte, lange vor meinem Fenster stehen geblieben und hatte den Sonnenaufgang beobachtet. Ich liebte diesen Ausblick schon als kleines Kind. Ehrlich gesagt wäre ich gerne mit meiner Mutter zum See gefahren, aber ich fühlte mich, als teilte ich mich ständig in zwei

Hälften. Und immer würde die falsche Hälfte alle Entscheidungen treffen. Diese falsche Hälfte war um so vieles stärker als die andere, die stets mein Bestes wollte. Mein Drang, mich selbst zu quälen, wurde jeden Tag mächtiger. Ich versuchte dagegen anzukämpfen, doch es war ein Kampf, den ich ständig verlor.

Man muss sich das so vorstellen: Jemand bietet dir ein leckeres Eis oder eine Ohrfeige an. Dann ist es doch logisch, dass du dich für das Eis entscheidest, nicht wahr? Jetzt fängt das Problem an. Bei mir war es genau umgedreht. Ich dachte ständig, dass ich das Eis nicht verdient hätte, und entschied mich für die Ohrfeige. Warum war das so? Weil ich schon sehr früh in meinem Leben festgestellt habe, dass ich irgendwie falsch geworden bin. Meine ganze Bauweise ist schiefgelaufen, am meisten aber die Konstruktion meines Gehirns – oder wie sollte ich meine komische Wahrnehmung erklären? Warum schwieg ich, wenn ich meiner Mutter jubelnd um den Hals fallen wollte? Warum schuf ich ständig diese Barrieren zwischen allen Menschen, die mich liebten? Warum empfand ich so viel mehr für meinen Vater als für meine Mutter? Dabei schien meine Mutter eindeutig die Stärkere und Vernünftigere zu sein. War es vielleicht gerade das? Hatte die Solidarität mit meinem Vater etwas mit meinen Schwächen zu tun? Ob das in anderen Familien auch so ist?

Eines aber wusste ich mit aller Gewissheit: Dieses zweigeteilte Gefühl war ziemlich beschissen. Es kam einer ständigen Bestrafung gleich. Meine Mom war so geduldig und liebevoll und doch so weit weg für mich. Ich fühlte mich nie ganz gesund im Kopf. Ich baute Schranken auf, wo keine hingehörten; ich verschloss mein Herz, obwohl gerade einen Menge Liebe hineinfließen wollte; ich war trotzig und stur, wo mir Sanftmut und Verständnis entgegen kamen. Ich war überhaupt nicht in Ordnung.

Mom sprach davon, Dad mehr zu motivieren und ihn Dinge erledigen zu lassen. Nein, das konnte sie nicht verlangen! Nein, sie würde mir nicht meinen Dad madig machen. Dad war immer ein Vulkan gewesen. Es würde ihn auslöschen, wenn sie Wasser darüber goss, und egal wie logisch die Worte meiner Mutter geklungen hatten, sie würde niemals gegen meinen Willen ankommen.

Mein Vater rührte sich bis Mittag nicht. Er lag im Bett und dachte daran, wie sehr er allen zur Last fiel – am meisten sich selbst. Ein Picknick mit meiner Mutter wäre nur wieder ein Beweis seiner Unbeholfenheit. Es würde alle Erinnerungen wieder an die Oberfläche holen, Erinnerungen an eine Zeit, in der er mit uns Ball gespielt hatte, gegrillt, gebadet, herumgealbert. Er würde auf der Wiese sitzen und sitzen und sitzen und … nein! Womöglich noch Sitzball spielen. Alle sitzen mit gespreizten Beinen im Kreis und rollen sich den Ball zu. Nicht den Namen desjenigen vergessen, dem der Ball zugerollt wird! Niemals!

Er würde sich nur wieder die Zunge an dem heißen Kaffee verbrennen. Es wäre nicht das erste Mal, dass seine Zunge die Temperatur nicht spürte.

Nein, da bliebe er lieber liegen und seinem Leiden treu. Ich würde mir schon selbst etwas zum Frühstück richten. Ich war übrigens der Einzige, der sich korrekt verhielt, fand er. Ich verbarg meine Enttäuschung jedenfalls nicht. So brauchte er sich als Vater mir gegenüber nicht verstellen und den starken Mann spielen, der er nicht mehr war. Ich würde es auch verstehen, wenn er so lange im Bett bliebe, bis meine Mutter wiederkam und ihm beim Aufstehen half. Doch im Haus tat sich nichts. Es war bereits nach zwölf, und ich hatte mir immer noch nichts zum Essen gemacht. Vielleicht sollte er doch einmal aufstehen und nach mir sehen.

Mein Vater kam mit einem lauten Stöhnen in die Höhe. Wieder drängte seine Blase. Nein, diesmal nicht. Nicht in die Hose. Diesmal würde er es bis zum Bad schaffen. Er hangelte sich an sämtlichen Möbeln entlang, dann an den Wänden, bis er schließlich auf der Toilette saß.

Ich hörte die Spülung und sah auf. Ich hörte das Knarren der Bodendielen im Flur, dann im Schlafzimmer, dann auf der Treppe. Bewegungen! Mom war nicht da, auch Joe nicht. Also waren die Bewegungen von Dad. Sollte ich jetzt wieder an ein Wunder glaubend auf den Flur hinaus rennen, um etwas zu sehen, was kein Wunder war?

Ich horchte intensiver. Das Knarren der Dielen klang müde und trostlos.

Ich schmiss mich aufs Bett und sah die gleißende Mittagssonne, die stickig in mein Zimmer drang.

Unten in der Küche schepperte etwas. Dem Scheppern folgte ein brummendes Fluchen. Dad wollte wohl Frühstück zubereiten. Zu schade für einen Sonntag. Ich dachte an die Sonntage der anderen Familien. Das Haus duftete den ganzen Morgen nach Kaffee, Eiern, Speck und Waffeln. Ich kannte den Duft – aus meiner Erinnerung. Wenn Joe da wäre, würde ich jetzt runtergehen und beim Frühstück helfen, aber bei Dad traute ich mich nicht. Irgendwie war es schlimm mit ihm alleine. Niemand traute sich, ihm richtig in die Augen zu sehen. Seine Blicke verteilten Hilfeschreie und Hiebe zugleich. Mom versuchte ihm schon so lange zu helfen, redete ihm gut zu, bot Hilfe an, aber sie kassierte immer nur Hiebe dafür. Ich bekam dann die Hilfeschreie ab. Und Joe? Der war erst gar nicht da. Wie?, schrie meine innere Stimme. Wie sollte ich ihm helfen, wenn schon Mom nichts ausrichten konnte? Ich entschloss kurzerhand, nicht in die Küche hinunterzugehen und stattdessen auf Mom zu warten. Aber sie kam nicht.

Das war eines der letzten schlimmen Gefühle die ich aushalten musste, bevor mich das allerschlimmste Gefühl einholte.

Mein Vater hatte sich um Atem ringend auf einen Stuhl sinken lassen und schaute auf den geöffneten Kühlschrank. Grelles Licht ließ sein Gesicht leichenblass erscheinen. Er sah die Milchflasche in der Tür und wusste, dass es nicht klappen würde, sie heil zum Tisch zu tragen. Also saß er in der Küche und starrte in das grelle Licht des Kühlschranks, während ich oben in meinem Zimmer lag und in die Sonnenstrahlen sah. Meine Mutter hatte heute Morgen alle Kraft mit aus dem Haus genommen.

Sie kam erst kurz nach drei Uhr am Nachmittag zurück. Die Ruhe am See hatte ihr gut getan. Auch Mr. Brightfull hatte ihr gut getan. Jetzt stand sie in der Küchentür und sah, wie mein Vater in den geöffneten Kühlschrank starrte. Wie lange mochte er dort schon sitzen? Es war kühl in der Küche, also schon länger. All ihre Ruhe schwand, und es braute sich erneut eine große Wut in ihr zusammen. Verständnis hatte sie schon lange nicht mehr. Vor einem Monat war sie noch in die Kirche gegangen, um Vergebung und Nächstenliebe neu zu erlernen. Es hatte nicht geklappt. Sie konnte nicht mehr vergeben, und verständnisvoll helfen konnte sie auch nicht mehr. Sie war leer. Ich kenne das Gefühl.

Leer bin ich, wenn ich nichts mehr fühle. Es ist wie die Erstarrung. Ein absoluter Stillstand aller Sinne in mir.

»Daryl, Schatz«, rief sie nach oben. »Bist du da?«

»Ja«, rief ich aus meinem Zimmer.

»Ist Joe auch oben?«

»Nein.«

»Hast du schon was gegessen?«

»Nein.«

Meine Mutter warf meinem Vater einen vorwurfsvollen Blick zu.

»Willst du was haben?«, rief sie wieder zu mir hoch.

Ich wusste, dass sie jetzt wieder ihre Ignoriere-Dad-Methode durchzog und rief: »Nein.«

»Aber du musst was essen, Schatz.«

»Nein.« Ich konnte es noch ohne weiteres einige Stunden aushalten.

»Okay, dann mache ich einfach später etwas. Kommst du dann runter?«

»Vielleicht.«

»Weißt du, wann Joe heimkommt?«

»Nö.« Damit war das Gespräch mit ihr beendet.

Mein Vater sah zu ihr hoch, wie sie mit mir durch das ganze Haus kommunizierte.

»Hi, Janet.«

Sie sah irritiert zu ihm hin, schloss dann wütend den Kühlschrank und ging ins Wohnzimmer. Sonntag, dachte sie und unterdrückte ihren Zorn. Mein einziger freier Tag!

»Mrs. Houston, Ihr Zorn ist absolut verständlich«, sagte ihr Dr. Height. »Es wird die einzige Methode sein, Ihren Mann zu aktivieren. Ihre Hilfe hat alles nur schlimmer gemacht. Ihr Mann lässt sich dadurch noch mehr fallen.«

»Aber es tut sich nichts. Seit vier Wochen quälen wir uns aneinander vorbei. Ich kann ihn doch nicht stundenlang ohne Essen rumsitzen lassen. Und noch dabei zuschauen, wie er sich in die Hose macht. Sagen Sie, steht es wirklich so schlimm um ihn, und überschätze ich seine Fähigkeiten? Sein Arzt sagt, dass es nicht die Schübe sind, sondern sein Wille. Alle Untersuchungen haben gezeigt, dass er sich durchaus schmerzfrei bewegen könnte. Aber da haben sich Depressionen entwickelt, die sozusagen Phantomschübe oder Phantomschmerzen herbeiführen.«

Dr. Height wiegte sein Kinn zwischen Zeigefinger und Daumen, und seine Lippen wurden zu einem Strich.

»Was kann ich tun?«, fragte meine Mutter mit ratlosem Blick. Sie sah blass aus und suchte Dr. Height bereits zum dritten Mal für eine Beratung auf.

»Es ist festzustellen, wie weit ihn Ihre Ignoranz treibt. Wie tief lässt er sich wirklich fallen? Findet er damit wirklich den Weg wieder heraus?« Dr. Height begann selbst Zweifel zu hegen, denn Depressionen waren meist unberechenbar.

»Was ist mit Ihren Söhnen? Wie reagieren die?«

»Oh, Joe wirkt sehr gelassen. Er verdrängt das Ganze und tut es als Nerverei ab. Er ist kaum noch zu Hause. Aber Daryl macht mir große Sorgen. Er hat eine Mauer voller Schießscharten um sich gebaut. Er lehnt den Kontakt zu mir kategorisch ab, und wenn ich ihm trotzdem näher komme, schießt er los. Er wird in der Schule immer schlechter und deswegen natürlich gehänselt. In letzter Zeit wird er häufiger in Streitereien verwickelt.«

»Vielleicht wehrt er sich gegen blöde Bemerkungen. Redet er mit Ihnen darüber?«

»Nein, seine Lehrerin hält mich auf dem Laufenden. Sie weiß Bescheid und hilft mir sehr.«

»Das ist gut. Ist er zu Hause angriffslustig oder ruhig?«

»Ruhig. Ganz ruhig. Ich habe Angst. Manchmal habe ich den Eindruck, er macht mich für alles verantwortlich.«

»Konnten Sie ihm die Situation schon einmal erklären?«

»Ja, ich habe ihm schon vieles erklärt, genauso wie ich ihm immer vorher mitteile, was ich tun werde und warum. Aber er hört mir nicht wirklich zu.«

»Bekommt er therapeutische Hilfe?«

»Er will nicht.«

Dr. Height schaute auf seine Unterlagen. »Das hat mit seinem Willen nichts zu tun. Das müssen Sie schon aktiv in die Wege leiten. Daryl ist viel zu jung, um so etwas alleine zu entscheiden. Er sollte unbedingt einen Kinderpsychologen aufsuchen.«

»Wie soll ich das noch alles schaffen?«, warf meine Mutter dem Arzt vor.

Der Arzt sah betroffen in seine Unterlagen. Meine Mutter war vollkommen überfordert. »Soll ich mal einen Termin bei einem Kollegen für Daryl machen? Sie müssten ihn dann nur hinbringen.«

»Und wenn er nicht will?«

»Mrs. Houston, ich frage mich gerade, wer hier nicht will. Lassen Sie sich das Angebot durch den Kopf gehen. Halten Sie mich auf dem Laufenden über das, was mit ihrem Mann passiert, damit wir rechtzeitig die Notbremse ziehen können.«

»Und dann?«

»Wenn Sie sagen, dass Sie seine Pflege nicht mehr schaffen, dann muss das jemand anderes übernehmen.«

»Sie meinen ein Heim?«

»Oder eine häusliche Hilfe.«

»Wer bezahlt das?« Sie sah ihn an, und er sah weg.

»Ich muss jetzt nach Hause«, sagte meine Mutter und rang draußen nach frischer Luft. Wir werden rechtzeitig die Notbremse ziehen, dachte sie und lachte hysterisch vor sich hin.

Mein Vater saß wie so oft am Küchenfenster und sah zum Hof hinaus. Die Berge und die Bäume, die sich die Hügel hinaufzogen, übten einen unerträglichen Druck auf ihn aus. Er würde nie wieder dort hinaufgehen und den Duft von Gras und Erde riechen.

Meine Mutter kam nicht nach Hause, obwohl ihre Arbeitszeit bereits zu Ende war. Joe war auch nicht heimgekommen, sondern hatte nur kurz angerufen. Er blieb wieder bei Brian. Ich saß oben in meinem Zimmer unter dem Kopfhörer. Ein beschissener Tag! Jeden Tag das Gleiche, nein, nicht das Gleiche, es wurde schlimmer. Nun begann meine Mutter nach dem Abend etwas zu tun, von dem mein Vater nicht wusste, was verdammt es war. Joe blieb immer öfter weg, und ich durchlebte gar keine Entwicklung mehr. Das alles nur wegen ihm. Alles schien ausweglos.

In diesem Moment kam meinem Vater zum ersten Mal der Gedanke an den Tod. Ganz plötzlich ein so befreiendes Wort: Der Tod – die Lösung für alles. Meine Mutter könnte wieder entspannt heimkommen, Joe wäre zu Hause und würde sich über die Ordnung im Haus freuen, und ich würde die Geschichten, die in der Schule passierten, freudig erzählen. Drei glückliche und lachende Gesichter, die wieder gerne zusammen wären. Er dagegen war nur noch ein Lebenstöter, ein Vertreiber, ein Überflüssiger.

Wie sehr würde das Sterben schmerzen? Mehr als das hier? Vielleicht viel mehr. Aber dann wäre es vorbei, für alle. In Hinsicht auf die Tatsache, dass sich nichts bessern würde, wenn er am Leben bliebe, war der Tod eine geniale Lösung. Verantwortungsvoll. Er ließ sich das Wort auf der Zunge zergehen. War es nicht das, was alle von ihm erwarteten? Verantwortungsvolles Handeln?

Mein Vater lächelte und fühlte sich plötzlich merkwürdig befreit. Er sah den Wagen meiner Mutter auf den Hof rollen, und obwohl sie erzürnt aussah, lächelte er zum ersten Mal seit Monaten. Der Tod.

Ich spürte die Veränderung, die in meinem Vater vorging, und zog mich immer mehr in mein Zimmer zurück, weil ich nicht wusste, wie ich darauf reagieren sollte. Die seltsame Bindung zu meinem Vater zerrte an den Rettungsseilen, die ich in meinem Zimmer für mich selbst zu spannen versuchte.

Ich hörte ebenfalls den Wagen meiner Mom auf dem Hof ankommen. Ihr Bremsen war abrupt und trug ihre Stimmung bis in mein Zimmer. Na prima, noch eine Stimmungsrakete im Haus. Ich stöhnte.

Unten knallte die Haustüre. Energische Schritte bis ins Bad, dann ein lautes Fluchen. Ich drehte die Musik lauter. Sie rief nach Joe. Nichts.

»Wo ist Joe?«, fragte meine Mutter und sah meinem Vater direkt in die Augen.

»Woher soll ich das wissen?«, giftete er zurück.

»Was weißt du überhaupt von ihm? Hast du dir mal seine Schulsachen angesehen? Er ist erst zwölf! Weißt du, wann er Prüfungen hat? Weißt du, was er mit Brian macht? Weißt du, ob er Alkohol trinkt oder Drogen nimmt? Bekommst du überhaupt noch etwas von deinen Kindern mit? Alles Sachen, die du immer von mir erwartet hast!«

Der Tod, dachte mein Vater, während meine Mutter ihn mit Vorwürfen überschüttete. Wie süß das Wort klang. Er lächelte. Er dachte an mein Summen, wie sehr es ihn entspannte.

Meine Mutter wurde aufmerksam, als mein Vater plötzlich so komisch lächelte. Wie ein Irrer. Hatte er denn nicht zugehört? Wallende Hitze stieg in ihr auf und sie ließ sich auf einen Küchenstuhl fallen. Mit leiser Stimme fragte sie: »Hat Daryl heute etwas zu essen bekommen?« Sie wartete und sah sein Lächeln. Was war nur los? Ging es ihm heute so gut – oder war er im Begriff durchzudrehen?

»Richard?«

Er lächelte sie sanft an.

»Richard? Verstehst du mich?«

»Ja.«

»Hat Daryl heute zu Hause gegessen?«

»Nein.« Er klang so leise, so versöhnlich. Sie wurde immer aufmerksamer.

»Geht es dir nicht gut?«

»Oh doch, sehr gut sogar.«

Sehr gut? Und wieso dann dieser Zustand hier im Haus? »Richard! Was ist los? Irgendwas stimmt nicht mit dir.«

»Doch Janet, jetzt stimmt alles.« Er wendete seinen Kopf von ihr ab und sah zum Fenster hinaus, auf die Bäume. Es herrschte ein leichter Fön. Wie angenehm. Der letzte Herbst.

Meine Mutter wurde ruhig und unruhig zugleich. Entweder fruchtete ihre Methode und es ging ihm langsam besser, oder die Depression verstärkte sich und schickte ihm obskure Gedanken. Sie konnte es nicht deuten. Nachdem sie das Haus hergerichtet hatte, ging sie wie erschlagen zu Bett.

Mein Vater war zwar langsam, aber alleine zu Bett gegangen, mit einem breiten Grinsen im Gesicht. Er schlief mit ruhigem Atem neben ihr ein, während die Angst meine Mutter durch die Nacht jagte. Wir ziehen die Notbremse, dachte sie noch.

☆☆☆

»Guten Morgen«, flötete Jason Brightfull meiner Mutter gut gelaunt entgegen, als sie ihren Platz an der Kasse einnahm. Sally räumte frisches Gemüse und Obst in die Körbe, und Brightfull schloss den Eingang des Supermarktes auf. Ein ganz normaler Geschäftstag begann.

»Sie sehen zwar müde, aber immer noch bezaubernd aus«, versuchte Brightfull meine Mutter aufzumuntern. Ihr besorgter Blick war ihm nicht entgangen. Sie sah nur kurz mit einem schüchternen Lächeln auf, da bemerkte sie bereits seine Veränderung. Brightfull hatte die Haare geschnitten und trug sportliche Kleidung. Seine Augen strahlten.

»Trinken Sie heute Abend nach der Arbeit noch einen Kaffee mit mir? Sie sehen aus, als bräuchten Sie das«, hörte sie ihren Chef sagen. Er sah sie dabei erwartungsvoll an. Sie ahnte nicht, wie sehr ihm ihr müdes Gesicht entgegenkam.

»Weiß nicht«, antwortete meine Mutter mit einem Schulterzucken. »Ich schau nachher mal. Eigentlich muss ich schnell heim. Wegen Daryl. Er isst kaum noch.«

Brightfull nickte verständnisvoll. »Sicher. Vielleicht ein anderes Mal.« Nicht zu aufdringlich werden, dachte der Schisser. (Entschuldigung, ist mir so herausgerutscht!)

Meine Mutter wagte nicht zu fragen, ob sie heute drei Stunden früher gehen durfte, und dabei wäre es heute besonders wichtig gewesen. Ich musste für eine Klassenarbeit üben, und sie hätte mit mir und Joe unbedingt neue Kleidung kaufen müssen. Hätte sie sich doch nur durchgerungen zu fragen! Sie wollte neue Abmachungen treffen, hatte sie uns vor einigen Tagen gesagt. Es mussten neue Regeln her, nicht nur für meinen Vater, sondern auch für uns. Wir mussten unbedingt wieder einen geregelten Alltag bekommen. Wie auch immer. Aber sie fragte nicht nach den Freistunden. Mr. Brightfulls Angebot, mit ihr noch auszugehen, war einfach zu freundlich gewesen.

Das Gesetz der Kausalität funktioniert immer, wie sich zeigen sollte ...

Ich kam um vier Uhr nach Hause. Mein Freund Jimmy hatte versucht, mich zu einem gemeinsamen kleinen Imbiss in der Mensa zu überreden. Vergebens. Ich mied die Mensa wie die Pest. Dafür hatte Jimmy mir seinen Schokoriegel geschenkt. Das ging. Ich aß ihn heimlich in einer Ecke auf dem Hof. ›Märtyrer‹ hatte Jimmy mich genannt. Natürlich wusste er nicht, was das war, auch ich nicht, aber es klang cool, wie so viele Worte der Erwachsenen cool klangen. Und alle nickten dann immer altklug.

»Wie kann man von nix leben?«, hatte Jimmy mich in der achten Stunde gefragt. Meine Arme waren dünn wie Kleiderbügel geworden, und ich hatte nur mit den Schultern gezuckt.

»Kommste nach der Schule mit zu mir? Kannst bei uns Abendbrot essen. Meine Mom würde sich freuen. Die mag dich.«

Und ich tu ihr leid, dachte ich. »Nö.«

Weißt du, wie sich Angst anfühlt? Ich meine, so richtige Angst? Wenn sie in mir aufkommt, steige ich schnell in meine Blase und suche die Hand Gottes. Jetzt zum Beispiel.

Ich schloss die Eingangstür auf und spürte eine merkwürdige Ruhe im Haus. Nicht die Art von Ruhe, die mich entspannt eintreten lässt, sondern die Art, die mir Angst macht. Irgendetwas war anders.

»Dad?«, rief ich voller Furcht.

Er antwortete nicht.

»Dad, bist du da?«

Dass mein Dad irgendwann nicht mehr sprechen können würde, hatte meine Mutter mir nicht gesagt. Sie hatte nur gesagt, dass er hin und wieder Probleme mit Armen und Beinen hätte.

Also versuchte ich es noch einmal: »Dad? – Antworte, wenn du da bist.« Aber er antwortete nicht. Es war nicht einmal ein Geräusch zu hören. War er wieder in einem Krankenhaus, und meine Mutter hatte vergessen, es mir mitzuteilen?

Ich schmiss meine Schultasche in die Ecke des Flurs und trottete in die Küche. Es sah aufgeräumt aus. Goldene Sonnenstrahlen malten unsere Schränke, den Tisch und die Stühle an. Meine Mom hatte mir ein Baguette zum Aufbacken auf den Tisch gelegt. Daneben lag ein Zettel: Nur für Daryl. Belag ist im Kühlschrank. Als Unterschrift hatte sie einen Kuss mit Lippenstift auf das Papier gedrückt. Das fand ich nett, aber es nahm mir nicht die Wut auf sie. Ich ging weiter ins Wohnzimmer. Alles war so aufgeräumt wie heute Morgen. Mom hatte gestern Abend alles in Ordnung gebracht. Das Haus sah wieder richtig gut aus. Die Toilette war auch sauber.

Ich rief wieder: »Dad? Wo bist du?«

Ich sah die Treppe hinauf. Schlief mein Vater etwa noch? Das hatte er noch nie so lange getan. Ich nahm die ersten Stufen und sah sofort die offene Dachbodenklappe, die eigentlich nie auf war. Ich rief wieder: »Dad?«

Keine Antwort.

Irritiert sah ich im Schlafzimmer nach, im Bad und in unseren Kinderzimmern. Mein Vater war verschwunden. Hatte Mom ihn zum Arzt gebracht und dabei noch schnell etwas vom Dachboden geholt? Und dann vergessen, die Klappe zu schließen? Ich begann zu zittern und spürte eine Angstwelle auf mich zurollen. Die herabhängende Klappe machte mir noch mehr Angst; sie wirkte wie ein Fangnetz für meine Seele auf mich. Der Dachboden war schon immer irgendwie unheimlich gewesen. Ein Ort für seelenlose Geister und Monster, die auf der Suche waren.

»Hallo?«, kam es heiser aus meinem Mund, um Geister und Monster zu rufen. Wie so oft, wenn ich Angst hatte, versagte meine Stimme. Ich sah hinauf in das über mir schwebende Loch zum Dach. »Hallo?« Als wenn sich jemand melden würde! Sollte ich hinaufsteigen und feststellen, ob mein Angstpegel in den letzten Jahren gesunken war? Es war ja offensichtlich niemand da, der mich auslachen konnte, falls ich noch mehr Angst bekommen würde. Joe hatte in der Schule schon gesagt, dass er mit Brian heimginge. Also – warum sollte ich nicht versuchen, der niedergelassenen Hölle dort oben einen Besuch abzustatten?

Die erste Stufe war einfach. Die zweite brauchte viel Atem. Die dritte ließ mich die Luft anhalten, und die vierte ließ mich nach oben sehen. Na, klappte doch! Dann die fünfte Stufe. Meine Sicht auf den Dachboden wurde mehr. Ich konnte die ersten Möbel sehen, die vor langer Zeit einmal unten im Wohnzimmer gestanden hatten. Und noch eine Stufe. Mein Blick fuhr mutig zur anderen Seite. Ich sah zuerst die Schuhe, die merkwürdig verdreht in der Luft hingen. Dann sah ich die Beine, die in einer Pyjamahose baumelten, dann die schlaffen Arme und den schiefen Kopf. Der hing in einer Schlinge. Ein Tau, das eigentlich immer im Schuppen angebracht war, wo im Sommer die Schaukel dranhing.

Die Augen waren es, die mir sagten, dass er tot war. Es waren nur die Augen.

Ich verlor den Halt und purzelte nach hinten die Stufen hinunter. Ich fiel direkt auf meinen Steiß und spürte einen scharfen Schmerz, der meinen Körper durchzuckte. Dann war der Schmerz plötzlich weg, eine Art Lähmung holte mich ein. Ich wollte es in meine Blase der Erstarrung schaffen, aber sie zerplatzte. Ich sah noch die Hand, die mir entgegengestreckt wurde ... ich konnte sie nicht mehr erreichen. Nun gab es keinen sicheren Ort mehr für mich. Ich landete in einer Ecke des Flurs und saß dort, völlig außerhalb meines Körpers, und wartete darauf, dass mich jemand einsammeln und wieder in ihn hineinstecken würde. Doch es kam niemand. Ich weiß nicht, wie lange ich dort gesessen habe.

Aus der Ferne hörte ich eine Stimme flüstern: »Mom ...?« War das etwa meine Stimme?

Meine Mutter konnte mich nicht hören. Sie hatte sich nicht getraut, Mr. Brightfull nach ein paar Freistunden zu fragen. Sie übergab also pünktlich um achtzehn Uhr die Kasse an Sally und trank im Personalraum noch Kaffee mit Jason Brightfull, während ich unter größten Anstrengungen Atem in meinen Körper presste, um zu überleben.

Der Tag im Geschäft war für sie nicht sehr anstrengend gewesen. Meiner hingegen tötend.

Diese Momente zeigten, dass meine Mutter und ich keinerlei Verbindung miteinander besitzen – sonst hätte sie die Not, in der ich mich befand, gespürt.

Erst gegen neunzehn Uhr fuhr meine Mutter heim. Ich hatte in meiner ersten Angst die Eingangstüre offen stehen gelassen. Im Sommer konnte man das mal machen, aber bei diesen herbstlichen Temperaturen war das überhaupt nicht mehr in Ordnung. Meine Mutter dachte zunächst, dass mein Vater vielleicht versucht hatte, das Haus zu verlassen. Ging es ihm besser? Sie verließ den Wagen und fühlte eine plötzliche Beklemmung aufkommen, doch sie wollte ihren eigenen Vermutungen nicht glauben.

»Richard?«, rief sie, als sie unser Haus betrat.

Sie bekam keine Antwort.

Dann: »Daryl?« Sie hörte, dass irgendwo etwas zischte. Nein, kein Zischen, es war ein Flüstern. Jemand flüsterte im Haus. Nicht mein Vater; es war meine Stimme, wie aus einem Horrorfilm. Sie hörte genau hin. Es kam von oben.

»Daryl? Bist du oben?«

Sie nahm die ersten Stufen und hörte den fast unhörbaren Ruf nach ihr. »Mom? ... Mom ...?«

Ich flüsterte ihren Namen, voll Furcht, heiser, voller Einsamkeit. »Mom ...?«

Meine Mutter fand mich in eine Ecke gekauert, bleich und vor mich hinflüsternd. Wie eine Aufziehpuppe wiederholte ich unablässig: »Mom ...? Mom ...? Mom ...?«

Die Tür zum Dachboden war heruntergelassen und sah aus wie das zahnlose Maul eines Drachen. Sie fragte sich, ob ich oben herumgestreunt war und mich vielleicht vor den vielen Schatten gefürchtet hatte. Wo zum Teufel war ihr Mann, mein Vater?

»Richard?«

Sie kam auf mich zu und versuchte mir aufzuhelfen, doch ich war steif wie ein Brett. Mein Blick war starr, mein Flüstern unheimlich.

»Ich bin da, Daryl. Mom ist da.«

Doch ich hörte nicht auf: »Mom ...? Mom ...?«

Sie kniete sich neben mich und streichelte meine Wange. Sie war eiskalt.

»Mom? Mom?«, flüsterte ich unaufhörlich. Ich konnte es nicht abstellen.

»Ja, ich bin jetzt da.«

Meine kleine Hand bewegte sich. Sie zeigte zum Maul des Drachen, der meinen Vater verschluckt hatte. Meine Mutter sah hinauf. »Bist du da oben gewesen?«

Jetzt stoppte mein Flüstern, und ich nickte.

»Was hast du da oben gemacht?«

Jetzt kamen die Tränen, dann das Schluchzen, dann die Ohnmacht.

Sie sah, wie sich mein kleiner Körper aus der Lähmung befreite und einfach in sich zusammenfiel. Sie schrie: »Daryl! Was ist mit dir?«, und schüttelte mich panisch. Sie fühlte meinen Puls, der schnell, aber regelmäßig schlug. Was war hier so Furchtbares passiert?

Sie erhob sich, ließ mich am Boden liegend, ohnmächtig wegen der Übermacht an Gefühlen, zurück und kletterte in das Maul des Drachen hinauf. Sie ahnte etwas. Nach der dritten Stufe sah sie die Bestätigung ihrer Ahnung. Sie hatte die Notbremse verpasst.

Das Kausalitätsgesetz. Es läuft und läuft und läuft … und niemand kann es aufhalten!

Meine Mutter spürte nichts, als sie meinen Vater am Dachbalken baumeln sah. Es war, als hätte sie es die ganze Zeit gewusst. Wenn sie ehrlich mit sich gewesen wäre, wäre ihr das eigene Gefühl der letzten Tage eingefallen. Mein Vater hatte so komisch vor sich hin gelächelt. Aber das hatte sie noch nicht wirklich alarmiert. Sie war nur zu Dr. Height gegangen, um sich beruhigen zu lassen. Und ich muss zugeben, die Worte des Arztes hatten auch beruhigend geklungen. Doch manchmal muss man mehr auf sein Gefühl hören als auf seinen Verstand. Nun wusste sie, dass sie zu sehr ihrem Verstand vertraut hatte.

In diesem Moment fühlte meine Mutter nichts, denn auch die Seele hat eine Schutzkammer. Aber wehe, sie öffnet später wieder die Türe.

Meine Mutter brachte mich nach unten zum Sofa und rief den Notarzt. Es war, als stände jemand neben ihr und würde diese Dinge verrichten. Ich kenne das Gefühl. Sie rief Joe, Mr. Brightfull und ein Bestattungsunternehmen an. Eine Stunde später waren alle da.

Der Notarzt holte mich wieder zu Bewusstsein und wickelte mich in eine dicke Decke. Er wies an, mich warm zu halten, und bemerkte – er zeigte mit dem Zeigefinger nach oben, zur Decke –, dass bei Freitoden immer die Polizei eingeschaltet werden müsse. Die erschien kurze Zeit später, machte unzählige Fotos und befreite meinen Vater aus der Schlinge. Sie trugen ihn die Dachbodentreppe hinunter und legten ihn auf den Boden im Flur. Der Notarzt brachte ein Tuch, um ihn abzudecken. Das war gut. So würde er nicht frieren.

Meine Mutter wollte nicht dabei zusehen. In ihr breiteten sich merkwürdige Gefühle aus. Sie empfand es plötzlich als in Ordnung, dass mein Vater in dieser Schlinge hing, aber nicht, als er abgehängt und auf den Boden gelegt wurde. Es war, als wollte sie nicht, dass er das Haus noch einmal berührte.

Der Arzt stellte den vorläufigen Totenschein aus, während zwei Sanitäter meinen Vater zum Krankenwagen brachten. Er musste zunächst in die Pathologie, damit der Freitod ganz sicher festgestellt wurde. Das zumindest erklärten sie meiner Mutter.

Genau in diesem Moment kam mein Bruder nach Hause. Joe sah unseren Vater im Krankenwagen verschwinden und lief verzweifelt ins Haus. Er hechtete durch die Küche ins Wohnzimmer und sah, wie ich völlig benommen und blass im Arm unserer Mutter lag. Meine Mutter sah Joe nur an, dann kamen auch bei ihr die ersten Tränen und mit ihnen die ersten wirklichen Gefühle. Sie hielt uns beide in ihren Armen, die ganze Nacht hindurch. Es war eine stumme Nacht tiefer Verzweiflung. Um uns tanzten Geister und Monster zugleich.

Jason Brightfull hatte dafür gesorgt, dass der Dachboden wieder ordentlich verschlossen wurde. Er hatte das Regime für kurze Zeit in unserem Haus übernommen, was Joe und ich überhaupt nicht in Ordnung fanden, aber es fand sich derzeit kein anderer, der diese Dinge richtete. Als einziger Mann im Haus erschien er uns als eine große Gefahr, doch er tat das Richtige. Morgen würden noch einmal die Leute von der Spurensicherung kommen, sagte er uns. Es schien nicht dringend, alles wirkte eindeutig, aber abgesichert werden musste die Geschichte dennoch. Brightfulls Gesicht war ernst, als er das sagte. Ich sah es genau. Hätte er nur eine Spur von Freude oder Genugtuung gezeigt, wären Joe und ich ihm an den Hals gesprungen.

Brightfull ging nach oben und richtete das Bett von meinem Vater kurz her, weil der es vor seiner Tat völlig zerwühlt zurückgelassen hatte. Auf dem Nachttisch fand er einen Zettel: »Ich will alle wieder lachen sehen.« Welch ein Irrsinn! Wer hängt sich schon auf, um andere zum Lachen zu bringen? Dieser Richard war eben ein Idiot gewesen, dachte Brightfull, nahm den Zettel an sich und ließ ihn in seiner Hosentasche verschwinden. Für ihn war klar: mein Vater hatte soeben die Bühne für ihn frei gemacht. In dem Moment zeigte sein Gesicht Schadenfreude, doch wir saßen unten im Wohnzimmer und konnten das Monster nicht lachen sehen.

Meine Mutter wusste nicht wie, aber sie überstand einen Tag nach dem anderen. Zunächst kam noch einmal die Spurensicherung, dann informierte sie die Schule und organisierte die Beisetzungsfeier. Dabei befanden wir uns stets an ihrer Seite, schweigend und untröstlich. Sie hatte ihre eigene und die Familie meines Vaters nicht über seinen Tod informiert. Sie erzählte etwas von einer blutenden Wunde, die nicht heilte. Ich sah sie dabei an, konnte die Wunde aber nirgends bluten sehen. Mein Vater wurde nach eigenem Wunsch verbrannt und seine Asche in den Bergen verstreut. Das fand ich gut. So blieb er bei uns in der Nähe.

Die Menschen um uns herum reagierten unterschiedlich auf den Freitod meines Vaters, dabei war diese Art zu sterben nicht selten in unserer Region. Der verdammte Föhn, sagten viele: Er bewegt ständig die Gemüter. Was auch immer sie damit meinten. Meine Mutter hätte es wissen müssen, sagten manche. Dr. Height hätte es auch wissen müssen. Brightfull hatte es gewusst.

Für Joe und mich begann eine merkwürdige Zeit. Wir wichen nicht mehr voneinander. Zum ersten Mal verband uns wahrhaftig etwas. Wir waren so unterschiedlich, unterschiedlicher konnten Brüder nicht sein, und doch hatten wir plötzlich das Verlangen, uns in der Nähe des anderen zu wissen. War es die Angst? Sie lässt einen merkwürdige Dinge tun, und ich weiß, wovon ich rede. Joe und ich redeten kaum miteinander, und wenn, dann nur das Nötigste. »Hunger?«, »Müde?« … Aber wir redeten, was wir früher so gut wie nie getan hatten.

Die ersten Wochen bestanden mehr aus mechanischen Abläufen als aus emotionalen. Joe schlief nicht mehr bei seinem Freund Brian und meine Mutter teilte ihre Arbeitszeit in zwei Schichten: vormittags vier Stunden, abends vier Stunden. So war sie nachmittags, wenn wir nach Hause kamen, gemeinsam mit uns bei Tisch. Abends um neun endete ihre zweite Schicht. Plötzlich funktionierte alles. Das Haus wirkte zwar leerer, aber nicht mehr so einsam. Meine Mutter verzichtete auf alle weiteren Gespräche mit einem Psychologen. Sie wollte diese Ratschläge nicht mehr hören, sie wollte nur wieder ganz normal mit uns weiterleben. Tausende von alleinerziehenden Müttern mit halb verwaisten Kindern taten das in Wyoming.

Ja, Wyoming! Es hatte für sie schon lange nicht mehr den Zauber, den mein Vater ihr einmal vermittelt hatte. Es bot keine Schönheit mehr für uns alle, nur noch gebrochenes Gestein. Wie unsere Herzen.

Als der Selbstmord meines Vaters so langsam seinen Schrecken verlor, begann meine Mutter, das Haus von seinen persönlichen Dingen zu befreien. Das machte mir sehr zu schaffen, denn es erweckte in mir den Eindruck, dass wir ihn vergessen sollten. Zunächst zerhackte sie die Rampe vor der Eingangstüre, dann das übrige Mobiliar, das Joe einmal voller Wut gezimmert hatte. Alle Fensterläden wurden jeden Morgen geöffnet, um die Zimmer durchzulüften, und dann wurden die Betten von jedem ordentlich gerichtet, bevor er das Haus verließ. Es funktionierte.

Die Kleidung meines Vaters bekam eine Obdachlosenorganisation und seine persönlichen Andenken verschenkte meine Mutter an Freunde oder stopfte sie in eine Kiste auf dem Dachboden. Ich hätte sie verbrannt und die Asche zu meinem Vater in die Berge gebracht. Dass nun einige Dinge auf dem Dachboden lagen, machte mir sehr zu schaffen. Nur so am Rande.

Das Haus, in dem wir lebten, spürte neue Bewegungen, auch wenn ich auffallend viel schwieg. Aber ich summte nicht mehr und kam meinen festen Aufgaben im Haus nach. Dazu gehörte, den Müll rauszubringen und freitags staubzusaugen. Ich war froh, nicht so viele Aufgaben wie Joe erfüllen zu müssen. Aber schließlich war er zwei Jahre älter als ich.

Erfreulich war, dass Joes Freund Brian nun auch bei uns übernachtete. Meine Mutter versuchte, ebenso meinen Freund Jimmy zu überreden, aber er lehnte ab, sagte, ich sei ihm zu still, ja fast unheimlich. Vielleicht war es auch die Angst, mein Vater könnte als Geist im Haus herum spuken. (Dann wären wir schon zwei mit dieser Sorge.)

Meine Mutter fragte nach: »Wie meinst du das, Daryl sei unheimlich?«

Jimmy wich ihrem Blick aus und kratzte mit der Schuhspitze über den Boden. »Er schaut so böse – manchmal. Dann habe ich das Gefühl, er hat was Schlimmes vor.«

»Das geht vorüber, Jimmy. Das ist nur seine Traurigkeit«, versuchte meine Mutter ihm zu erklären. »Er braucht eben Zeit.«

Ich sah das anders: Ich brauchte meinen Vater. Den hatte meine Mutter gerade in den Tod getrieben. Das werde ich ihr nie verzeihen!

Das Jahr floss dahin. Im nächsten Herbst kamen die ersten Reparaturen am Haus, die weder meine Mutter noch Joe erledigen konnten. Aber Jason Brightfull kannte jemanden, der ihm noch einen Gefallen schuldete. Also wies er meine Mutter diskret darauf hin. Das war seine Chance – nur ging meine Mutter auf das Angebot nicht ein. Das beruhigte mich, verärgerte aber ihn. Er musste wohl doch nachhelfen.

Es ist für mich immer ein komisches Gefühl, wenn ich Menschen begegne, die im Grunde genauso ticken wie ich und trotzdem völlig anders sind. Sie machen mir Angst. Jason Brightfull war so ein Mensch. Er war nicht böse, er war nur so komisch materiell. Aus seinem Herzen kam nichts Nettes, nur Berechnung.

Es war Samstag. Brightfull sah meine Mutter vom Discount aus in das gegenüberliegende Sanitärgeschäft verschwinden. Es war soweit. Er sagte Sally Bescheid, dass er kurz etwas erledigen müsse.

Die Türglocke von Ralph Malcom erklang. Der Ladenbesitzer sah vom Schreibtisch auf und begrüßte meine Mutter. Dann erklang die Türglocke ein zweites Mal, und erfreut nahm er zur Kenntnis, dass auch Jason Brightfull eintrat. Rege Kundschaft. Er nickte Brightfull lächelnd zu und teilte ihm mit, dass er gleich Zeit für ihn habe. Meine Mutter lächelte und winkte Brightfull freundlich zu. »Es dauert nicht lange.« Sie wandte sich an Ralph und erklärte ihm, dass wir Probleme mit den Abflussrohren hätten. Sie müssten unbedingt nachgesehen werden. Das sah ihr Gegenüber natürlich ähnlich und holte sofort ein Auftragsformular aus der Schublade seines Schreibtisches.

Diesen Moment nutzte Brightfull. »Was gibt's, Janet? Probleme im Haus?«

Meine Mutter nickte. »Es klackert und gluckert in den Abflussrohren. Vielleicht muss etwas erneuert werden.«

»Das ist doch nicht nötig«, sagte Brightfull. »Vielleicht nur eine Reinigung mit einer Spirale. Ein Klacks! Dafür braucht man doch nicht gleich neue Leitungen.« Brightfull sah zu Ralph hinüber und ließ ihm einen bösen Blick zukommen.

»Hey«, mischte sich dieser ein. »Ich bringe Janet auch keine Lebensmittel vorbei, damit sie bei dir nicht kauft!«

Brightfull grinste. »Ein paar Lebensmittel kosten auch nicht so viel wie neue Wasserleitungen. Du verpasst ihr doch glatt eine komplette Ausstattung. Dabei ist es doch nur eine Verstopfung.«

Meine Mutter versuchte, sich vermittelnd einzumischen, doch Ralph kam ihr zuvor. »Sie will aber vielleicht neue Leitungen, damit sie nicht wieder verstopfen.« Er sah sie an und nickte ihr zu. Sie nickte zaghaft und unsicher zurück.

»Ja, weil du es ihr aufschwatzen wirst«, giftete Brightfull.

Nun baute sich Ralph breitbeinig vor ihm auf. »Jason, was willst du eigentlich? Bist du hier, weil du meine Hilfe brauchst oder weil du mein Geschäft kaputtmachen willst?«

Jetzt grinste Brightfull. Das war seine Chance. An meine Mutter gewandt sagte er: »Nehmen Sie das Angebot erst mit nach Hause und überlegen es sich noch eine Nacht.«

Ralph mischte sich wieder ein. »Ich muss mir die Sache erst einmal ansehen. Vorher kann ich kein Angebot machen. Wie wär's mit heute Nachmittag?«

Meine Mutter schwieg.

Brightfull mischte sich erneut ein. »Ich könnte jetzt gleich mitkommen und mir die Sache erst einmal anschauen. Wenn wir's nicht hinkriegen, rufen wir Ralph, okay?«

Meine Mutter sah ihren Chef an und nickte wieder zaghaft.

Ralph trat hinter seinen Schreibtisch und sagte resigniert: »Ruft mich an, wenn's nicht klappt.« Er winkte meiner Mutter zu und gab ihr damit das Zeichen, das Geschäft zu verlassen. Er hatte keine Lust auf einen Krieg mit diesem Brightfull. In Geschäftskreisen kannte man seine miesen Machenschaften bereits.

Als Brightfull und meine Mutter auf den Hof fuhren, nahm er wahr, dass sie noch viel mehr zu bieten hatte als nur sich selbst. Brightfulls Haus war klein, mit einem schmalen Gartenstück. Es wirkte fast ärmlich gegen das, was er hier erblickte.

Meine Mutter war sich nicht sicher, ob sie das Richtige tat. Sie mochte ihren Chef, wirklich, und er war bisher der aufmerksamste Mensch in ihrer Umgebung gewesen, aber …

Joe öffnete die Tür, als er hörte, dass sich jemand dem Haus näherte. Erstaunt blickte er in das grinsende Gesicht von Jason Brightfull.

»Hallo, mein Junge. Ich komme als Retter in der Not«, sagte er und grinste weiter, als er unaufgefordert an meinen Bruder vorbeiging und das Haus betrat. Joe sah meine Mutter fragend an. Hatte er heute Morgen nicht mit ihr besprochen, dass sie Ralph holen sollte? Joe war erst dreizehn, aber die letzten Monate hatten ihn erschreckend schnell erwachsen werden lassen, sodass meine Mutter seine Unterstützung in allen wichtigen Fragen dankbar annahm. Ich war dafür weniger geeignet.

»Wo ist Ralph?«, fragte Joe.

Brightfull mischte sich ein: »Er kommt, wenn wir's nicht schaffen. Der Fachmann immer erst zu rechten Zeit. Merk dir das, mein Sohn.«

Joe wurde zornig. Mein Sohn? Meine Mutter wollte dazwischen gehen, doch ehe sie ein Wort sagen konnte, drehte sich Joe um und rannte nach oben. Das hätte ich auch getan!

»Jason, Joe und ich ...«

Er ließ sie nicht ausreden. »Schon gut. Ich kenne diese Pubertätsmacken.«

»Nein ...«

»So, wo liegt das Problem?«

Brightfull ließ seinen Blick durch die Küche schweifen.

Warum nicht, dachte meine Mutter. Unter Umständen konnte sie eine Menge Geld sparen. Mein Vater hatte zwar für Reparaturen am Haus ein Konto angelegt, aber es war nicht mehr sehr gut gepolstert. Vielleicht war Mr. Brightfull geschickter, als sie dachte.

Joe hatte sich wütend in sein Zimmer zurückgezogen. Er mochte diesen Brightfull nicht. Er hatte Mr. Klimber, den Nachbarn von Brightfull, einmal über ihn reden gehört. Mr. Klimber war wirklich sehr freundlich, auch sein Sohn Tom, der eine Klasse über Joe besuchte. Die Klimbers waren nette Leute, doch die Worte, die sie über Brightfull verloren, waren überhaupt nicht nett.

Mr. Klimber sagte, Brightfull sei ein egoistischer Mann und habe seine Frau schon schlecht behandelt. Hatte nur niemand mitbekommen. Im Geschäft, ja, da sei er immer freundlich und großzügig, wenn das Geld der Anderen lachte. Aber zu Hause, privat …

Joe erinnerte sich gerne an Susan Brightfull. Sie hatte alle Kinder im Ort geliebt und ihnen im Geschäft immer einen Lutscher geschenkt. Ihr Mann hingegen nie. Damit hatte sich die Sympathie zu diesem Mann auf Lebzeiten erledigt. Joe wusste, dass ich die Sache ähnlich betrachtete, also trottete er zu meinem Zimmer und klopfte an.

Ich lag noch im Bett, aber ich hörte Joes Klopfen und sagte: »Komm rein.«

»Brightfull ist unten.« Joe zog eine Grimasse und machte eine Geste mit dem Kopf nach unten, während er die Tür hinter sich schloss.

»Warum? Was will er?«

»Wegen den Leitungen. Mom hat ihn mitgebracht. Dabei wollte sie Ralph holen.«

»Ich hasse Brightfull.«

»Ich auch.«

Wir zwei saßen auf dem Bett und warteten darauf, dass der ungebetene Gast wieder verschwinden würde.

Meine Mutter kochte Kaffee und räumte den Unterschrank der Spüle aus, während ihr Chef hinaus zum Wagen ging, um eine Spirale zu holen. Die hatte er auf der Hinfahrt noch schnell im Fachhandel der Konkurrenz besorgt und sich erklären lassen, wie man damit arbeitet. Wenn es nicht klappen würde, würde er besagten Freund rufen, der ihm noch einen Gefallen schuldete. Aber zunächst einmal wollte er selbst Hand anlegen. Er wusste, wie dankbar meine Mutter ihm sein würde. Vielleicht würde er ihr Anfang nächster Woche noch eine kleine Lohnerhöhung anbieten. Die Spirale würde nur vorerst helfen, nicht aber das Problem beseitigen. Vielleicht musste Ralph doch eingreifen. Aber nicht heute, hier und jetzt. Wenn nur nicht diese verfluchten Bälger oben wären! Damit meinte er uns.

Meine Mutter bekam plötzlich ein komisches Gefühl in der Magengegend, obwohl Mr. Brightfull sehr zuvorkommend und freundlich war. Aber war er Ralph nicht ein bisschen zu dreist begegnet?

Brightfull kam mit der Spirale zurück und unterbrach ihre Gedanken. Er erklärte ihr kurz den Vorgang. Sie sollte das Wasser aufdrehen, und er drehte die Spirale in die Leitung hinein. Nach kurzer Zeit kamen die ersten Verursacher mit der Spirale zum Vorschein. Dann ging nichts mehr. Die Spirale hatte sich festgedreht und ließ sich nicht mehr bewegen. Brightfull signalisierte Ruhe und lief zum Wagen. Er hatte vorausschauenderweise auch ein Mittel gegen Abflussverstopfung besorgt und kippte eine undosierte Menge in den Abfluss.

»Das habe ich auch schon probiert. Nützt nichts«, erklärte meine Mutter knapp.

Jetzt wurde Brightfull rot. »Es dauert eben etwas. Vielleicht eine Stunde. Man muss eben Geduld haben.« Der Klang seiner Worte verlor jede Freundlichkeit, und er sah auf die Kaffeekanne. Erst mal einen Kaffee, die rettende Lösung für sein Missgeschick. Er begann ein Gespräch: »Was machen Sie am morgigen Tag?«

Meine Mutter sah zum Küchenfenster hinaus. »Ich wollte mit Joe und Daryl zum See, angeln.«

»Den ganzen Tag?« Brightfull sah sie fragend an.

»Nein, natürlich nicht. Aber wir haben noch mehr vor. Wir wollten einmal so richtig gemütlich vorm Fernseher lümmeln.«

»Bei diesem Wetter? – Janet! Auf dem Sofa? Das ist ja eine Schande!«

Meine Mutter holte tief Luft. »Das Wetter spielt bei uns keine Rolle. Es geht um die Jungs.«

»Die haben Sie doch die ganze Woche.«

»Jason, es ist wichtig. Sie haben mich eben nicht die ganze Woche. Ich bin die ganze Woche bei Ihnen im Geschäft. Die Mittagspause ist nicht gerade die Zeit, in der ich mit Joe und Daryl etwas gemeinsam machen könnte. Da essen wir und schauen nach den Schularbeiten.«

Brightfull ließ sich nicht beirren. »Die Jungs sind doch schon so groß. Können die Sonntags nichts alleine mit sich anfangen?«

Jetzt wurde es selbst meiner Mutter zu viel. Brightfull spürte, dass er zu weit gegangen war. Er beschwichtigte: »Aber Sie haben recht, die Zeit mit Ihren Kindern wird Ihnen niemand wiedergeben.«

Sie nickte und sah zum Abflussrohr. Er stank fürchterlich und gluckerte in der Leitung. Es lief nichts mehr ab, und Brightfull drehte die Spirale wieder heraus. Widerspenstig ließ sie sich zusammenrollen und bespritze dabei sämtliche Schranktüren mit ekelhaften braunen Flecken. Der Abfluss blieb verstopft.

Brightfull bedauerte den Vorfall nun zutiefst. Es wäre wohl doch besser, Ralph anzurufen. Seinen Bekannten wollte er nicht für diese Drecksarbeit einspannen.

Ralph Malcom war nicht mehr im Geschäft, denn er hatte bereits einen anderen Auftrag für Samstag erhalten. Sein Anrufbeantworter war eingeschaltet.

Brightfull verschwand, verärgert über die Kosten, die ihm diese blöde Spirale und das Abflussmittel verursacht hatten. Dabei hatte ihm Dough versichert, dass es funktionieren würde. Garantiert.

Joe und ich standen oben am Fenster, als Brightfull unseren Hof verließ. Wir wussten bereits, dass er noch großes Unheil mit sich bringen würde. Meine Mutter saß wie gescholten in der Küche. Jetzt war alles verdreckt, vollständig verstopft und niemand mehr erreichbar. Das waren Momente, in denen sie hilflos, in Gedanken an meinen Vater, zusammenbrach. Diese Probleme hatte es mit ihm früher nie gegeben. Doch dafür hatte es später andere gegeben.

Joe ging leise die Treppe hinunter. Er hörte unsere Mutter schluchzen, betrat die Küche und setzte sich ihr gegenüber, »Mom?«

Sie schrak hoch. Seine Stimme, so leise, so flüsternd, so flehend. Mom?

»Joe«, entglitt es ihr erleichtert.

»Du hättest Ralph holen sollen.«

»Ich weiß.«

»Was war los?«

»Ich war auch bei Ralph. Mr. Brightfull war auch dort. Und … Mr. Brightfull bot an, alles erst einmal ohne großen Aufwand zu erledigen.«

»Aber Dad hat es schon so oft probiert. Er sagte, einige Leitungen müssten unbedingt neu gemacht werden.«

»Ich weiß.« Meine Mutter ließ den Kopf auf ihre Arme auf dem Tisch sinken. »Ich habe mich überreden lassen.«

»Soll ich Ralph anrufen?«, bot sich Joe an.

»Hab ich schon. Er ist nicht mehr da.«

»Und Brightfull lässt dich mit dieser Scheiße einfach allein?«

»Er musste zurück zu Sally ins Geschäft. Hat es nur gut gemeint.«

»Er musste sich aus der Affäre ziehen! Das war es schon!«

Ein Scheißkerl, wollte Joe noch sagen, doch stattdessen rief er mich zum Putzen.

Das Angeln fiel aus, auch das Abhängen vor dem Fernseher am Sonntag. Die Stimmung war verdorben. Zu viel Dreck, zu viel fremder Geruch im Haus, der sich irgendwie nicht wegputzen ließ.

☆☆☆

Am Montagmorgen stand ein riesiger Rosenstrauß vor unserer Haustür. Meine Mutter fand ihn, als sie das Haus verlassen wollte. Wer hatte ihn so leise und unbemerkt vor unsere Tür gestellt? Sie konnte von der Küche aus den ganzen Hof überblicken, saß jeden Morgen mit einer Tasse Kaffee am Fenster und sah die Hügel hinauf. So sehr sie sich über den Strauß auch freute, so sehr bekam sie Angst, dass sich jemand unbemerkt dem Haus genähert hatte.

Ein kleiner Brief befand sich zwischen den Blüten, den sie herausnahm und öffnete. Damit die Küche wieder in neuem

Glanz erstrahlt, las sie. Ohne Namen. Aber den brauchte sie wohl kaum bei dieser Nachricht mitgeteilt bekommen. Irritiert brachte sie den Strauß ins Haus und stellte ihn in eine Vase. Der Duft erfüllte schnell den ganzen Wohnraum. Das milderte ihre Entrüstung. Sie besah sich die tiefroten Blüten und stellte den Strauß vor das Wohnzimmerfenster. Sie lächelte. Wann hatte ihr jemand zum letzten Mal einen Blumenstrauß geschenkt? Es mussten Jahre her sein ...

Joe und ich kamen im Frühsporttempo die Treppe heruntergepoltert und blieben abrupt im Wohnzimmer stehen. Rosen am Morgen?

»Wir sind fertig mit Bettenmachen«, versuchte ich die Blumenzeremonie zu unterbrechen, aber meine Mutter blieb in dem Anblick der Rosen gefangen.

»Mom?«

Jetzt drehte sich meine Mutter um. Mom? So leise, so flüsternd. Aus meinem Mund. Die gleiche Angst.

»Mom? Nicht.« Ich sah sie mit großen Augen an.

»Was, nicht?«, fragte sie.

Doch ich schüttelte nur leicht meinen Kopf und wiederholte leise: »Nicht«. Ich sah blass und dünn aus.

»Was, nicht?«, fragte sie erneut und ging vor mir in die Knie. Sie nahm meine Hände in ihre und drückte sie. Ich schwieg und sah sie an. Dann löste ich mich aus dieser Berührung und ging langsam in die Küche, um mein Pausenbrot einzupacken. Meine Mutter blieb verwirrt zurück. Wie sollte ich ihr sagen, dass sich eine große Gefahr für sie anbahnte?

Ich habe immer schon Dinge vorausgesehen, auch wenn ich erst zehn Jahre alt bin. Doch ich bin nie in der Lage, es den Menschen rechtzeitig mitzuteilen. Eine Ahnung findet eben keine Worte.

»Mom, du musst zur Arbeit!«, rief Joe aus der Küche und packte ebenfalls sein Pausenbrot ein. Sicher, die Arbeit. Sie ergriff ihre Handtasche und verließ mit einem Gruß an uns beide das Haus. Zehn Minuten später saßen Joe und ich im Schulbus.

Sally kam meiner Mutter von Weitem schon entgegen, als sie auf dem Weg zum Discount war.

»Janet! Janet!« Sally erreichte schließlich ihre Höhe.

»Was ist, Sally?«

»Jason! Es geht ihm nicht gut. Das Herz oder so!«

»Wo ist Jason jetzt?«, fragte meine Mutter schnell.

»Er liegt zu Hause. Will gleich einen Arzt rufen.«

»Sally, er kann nicht einfach zu Hause alleine bleiben, wenn ihm das Herz Probleme macht. Ich fahr schnell zu ihm. Wer weiß, ob er noch einen Arzt rufen kann. Schaffst du das hier alleine?«

Sally nickte, schüttelte aber dann den Kopf. »Er sagt, wir sollen auf keinen Fall kommen, sondern uns ums Geschäft kümmern. Er ruft an, wenn's ihm besser geht.«

»Dann werde ich gleich anrufen«, beschloss meine Mutter kurzerhand und ging mit Sally zurück zum Discount. Sie war immer schon sehr fürsorglich und hilfsbereit gewesen.

Wer hatte dann die Rosen gebracht, wenn nicht Jason? Ein Blumendienst hätte geklingelt.

»Es geht schon wieder«, sagte Brightfull und war hocherfreut über diesen erwarteten Anruf. Was so eine kleine Herzgeschichte doch bewirken konnte! Alle Wogen vom Wochenende waren damit geglättet. Und die Rosen hatte sie auch gefunden. Na ja, war eben ein kleines Missgeschick gewesen am Samstag. Schon vergessen. Und morgen wäre er wieder im Geschäft. Versprochen.

☆ ☆ ☆

Joe hörte als Erster das Geräusch. Es war hart und laut, wie das Zuschlagen einer Holztür.

Er war um ein Uhr in der Nacht aus dem Schlaf hochgeschreckt, als jemand ums Haus schlich. Ganz eindeutig. Schritte verursachten knirschende Geräusche. Es raschelte im Gebüsch neben dem Schuppen, dann war alles wieder ruhig.

Joe ging zum Fenster und sah durch die Jalousien hinunter zum Hof. Alles lag in grauer Dunkelheit. Vielleicht war es ein streunendes Tier gewesen.

Ich kam herein, und Joe fuhr erschrocken herum.

»Hast du das auch gehört?«, fragte ich.

Joe nickte.

»Da ist jemand und schleicht herum.«

Wieder nickte Joe. »Aber ich kann nichts sehen.«

Ich ging ans Fenster und beobachtete mit meinem Bruder noch eine Weile lang den Hof. Das Geräusch kam nicht wieder. Wir schliefen schließlich zusammen in Joes Bett ein.

Morgens am Frühstückstisch druckste Joe herum und sah mich hilfesuchend an. Sollten wir den Vorfall von heute Nacht unserer Mutter mitteilen? Hatte sie nicht schon genug Kummer? Die Sache mit den Wasserleitungen war immer noch nicht erledigt. Ralph war in den nächsten Tagen völlig ausgebucht und würde erst kommenden Freitag kommen können. Ob das eine Trotzreaktion war, konnten wir nicht beurteilen – und selbst wenn, dann konnten wir es verstehen. Brightfull hatte unsere Absprache gestört. Er war schuld, dass wir nun in der Spüle eine Schüssel stehen hatten und das Abspülen viel komplizierter geworden war.

Meine Mutter bemerkte, dass mit uns etwas nicht stimmte. Sie hoffte, dass wir beide von den Geräuschen letzte Nacht nicht wach geworden waren. Doch das waren wir. Sie selbst war irgendwann gegen Mitternacht von einem lauten Geräusch hochgeschreckt. Es hörte sich an, als hätte jemand eine Holztür zugeschlagen. Sie war ans Fenster geeilt, hatte aber niemanden vor dem Schuppen oder auf dem Hof entdecken können.

»Mom?«

Sie hasste es mittlerweile, in diesem flüsternden Ton von mir angesprochen zu werden. Es versetzte sie jedes Mal in Angst und Schrecken.

»Dar, was ist, mein Junge?«

»Magst du Mr. Brightfull?«, fragte ich. Der Gedanke begann mich jeden Tag mehr zu beschäftigen. Ich sah, wie sie ihre Augenbrauen anhob. Das war ihre Art, eine Gegenfrage zu starten. Was sollte sie antworten? »Sicher. Er ist mein Chef. Er ist nett und versucht uns zu helfen. Hast du Probleme damit?«

Joe räusperte sich. Sollte er erzählen, was er und ich in den letzten Tagen besprochen hatten? »Daryl will wissen, ob du Mr. Brightfull liebst.«

Ich strafte meinen Bruder mit einem scharfen Blick. So hatte ich die Frage nicht gemeint. Jetzt musste sich meine Mutter räuspern. »Es ist ein großer Unterschied zwischen mögen und lieben. Mögen tut man viele Menschen, aber lieben lernt man erst auf Dauer. Dann, wenn man einen Menschen länger kennt. Jeder hat Vorzüge und Nachteile. Die muss man erst richtig kennenlernen, bevor ein Gefühl der echten Liebe entsteht. Versteht Ihr?«

Ich sah zu Joe, der langsam sagte: »Aber du kennst doch Mr. Brightfull schon so lange.«

»Ja, als Chef. Ich habe nur beruflich mit ihm zu tun. Und er versucht doch nur, uns zu helfen.« Sie sah, wie ich ganz leicht den Kopf schüttelte.

»Wie seht ihr das denn?«, fragte sie uns endlich.

Meine Stimme klang leise, als ich erwiderte: »Sind rote Rosen denn eine Hilfe?«

Nun konnte meine Mutter dieses Gespräch besser einschätzen – wir machten uns Sorgen. Unser Vater war letztes Jahr erst verstorben, und schon stand ein neuer Anwärter vor der Tür. Für uns Kinder undenkbar. Wir wünschten uns nach einer so kurzen Zeit keinen neuen Vater. Also versuchte meine Mutter einzulenken: »Oh nein, es ist nicht so, wie ihr denkt. Die Rosen waren eine Entschuldigung für die misslungene Arbeit mit der Spirale.«

Joe zweifelte. Rote Rosen als Entschuldigung? Joe war noch sehr jung, aber nicht blöd. Er sah Fernsehen und er las hin und wieder Bücher. Rote Rosen verschenkt man, wenn man seine Liebe bekunden will. Also wollte Brightfull seine Liebe bekunden. Das lag doch auf der Hand! »Warum hat Mr. Brightfull die Rosen dann nicht persönlich vorbeigebracht und sich entschuldigt?«, fragte Joe sicherheitshalber nach, und ich nickte eifrig.

»Weil er vielleicht keine Zeit gehabt und jemanden geschickt hat. Vielleicht mag er diese Art von Überraschung als Entschuldigung. War doch sehr gelungen, findet ihr nicht?«

Das brachte unsere Theorie völlig durcheinander, und wir sahen unsere Mutter unsicher lächeln. Sie dachte an den Schrecken, der sie durchfahren hatte, als sie den Strauß fand.

»Es ist aber komisch«, bemerkte ich. »Sehr komisch.« Auch ich wusste aus Filmen, dass rote, langstielige Rosen, vor allem 20 oder 30 Stück auf einmal, einen ganz anderen Hintergrund hatten als nur eine Entschuldigung. Dafür gab es andere Blumen.

»Es wird Zeit, ihr müsst zur Schule«, unterbrach meine Mutter meine Gedanken.

»Mom?«, fragte ich.

Meine Mutter holte scharf Luft. »Ja, Dar?«

»Nelken sind auch schön.«

Meine Mutter sah mich an. Nelken? Dann lenkte sie ein. »Ja, Dar, Nelken sind wunderschön. Es sind meine Lieblingsblumen.«

Ich lächelte entspannt. Dann waren die Rosen gar nicht so falsch!

☆☆☆

Weißt du, was mich besonders wütend macht? Wenn etwas ungerecht ist. Oder wenn etwas gemein und ungerecht ist!

Meine Mutter saß im Wohnzimmer und las ein Buch. Draußen waren Geräusche von herannahenden Kindern zu hören. Es war die Nacht von Halloween, und wir waren allgemein bekannt für unsere Großzügigkeit. Meine Mutter brachte immer die außergewöhnlichsten Süßigkeiten von Brightfull's Discount mit, die dort niemand kaufte, weil sie zu teuer waren. Aber wir bekamen Prozente, und Brightfull war froh, diesem Mist einmal im Jahr los zu werden. Es sei nur die Etikette, die ihn veranlasste, so etwas zu kaufen, hatte mein Vater einmal zu mir gesagt. Er wertete nur seine Regale damit etwas auf.

Das Telefon klingelte. Meine Mutter sah erschrocken auf und wusste nicht, ob sie zuerst ans Telefon gehen oder den Kindern die Tür öffnen sollte. Joe war auf einer Party bei Brian, und ich saß oben in meinem Zimmer. Ich wollte nicht mit Jimmy herumlaufen und betteln gehen. Er hatte mich in der letzten Woche sehr wütend gemacht. Er war gemein und ungerecht gewesen, und damit hatte sich meine Freundschaft zu ihm erledigt. Das ist bei mir ganz komisch: Wenn man mich sehr verärgert, kann ich Menschen, die mir einmal wichtig gewesen waren, von einem Moment zum anderen aus meinen Gefühlen löschen. Ich wollte jetzt nur noch ungestört sein und auch nicht die Tür öffnen.

Meine Mutter entschied, erst den Anrufer zu vertrösten und dann an die Türe zu gehen.

»Hier ist Mrs. Thatcher, Daryls Klassenlehrerin.«

Ich besuchte noch die Elementary School, während Joe schon seit zwei Monaten in der Junior Highschool war.

»Ich würde gerne einmal mit Ihnen über Ihren Sohn sprechen«, bat Mrs. Thatcher. »Ich weiß, es ist gerade ungünstig, aber ich wollte nur schnell einen Termin mit Ihnen vereinbaren. Entweder kommen Sie in den nächsten Tagen mal in der Schule vorbei oder wir machen einen Telefontermin.«

»Ist etwas passiert?«, fragte meine Mutter unsicher. Die Stimme der Lehrerin klang nicht gerade versöhnlich oder gar freundlich.

»Nein, nein, es wäre nur mal gut, wenn wir uns von Zeit zu Zeit über Daryls Verhalten austauschen könnten. Wie er zu Hause und wie er in der Schule ist.«

Meine Mutter konnte Unsicherheit in der Stimme von Mrs. Thatcher hören, also war etwas passiert.

Es klingelte an der Haustür. Man hörte draußen die Kinder schreien: »Streich oder Süßes? Streich oder Süßes?« Jetzt musste meine Mutter schnell sein, sonst würden sie sich für den Streich entscheiden.

»Mrs. Thatcher, Kinder sind an der Türe. Ich rufe Sie gleich zurück.« Sie knallte den Hörer auf und rief in Richtung Haustür: »Süßes, Kinder! Süßes!«

Acht hässliche Gestalten lauerten übel geschminkt vor unserer Tür. Da war es schwer, keinen Schreck zu bekommen.

»Hallo«, sagte meine Mutter mit unsicherem Lächeln. Sie hatte nicht die blasseste Ahnung, wer vor ihr stand. Joe war auf jeden Fall nicht dabei – er ging als Skelett. Vor ihr standen nur Massenmörder mit blassen Gesichtern und dunklen Augenringen. Sie musste unweigerlich an mich denken, als sie mich in der Ecke des Flurs an der Dachbodentreppe gefunden hatte.

»Mom?«, kam es flüsternd von hinten und sie ließ die Schüssel Süßes vor Schreck fallen. Während die acht Gestalten sich jubelnd darüber hermachten, schrie meine Mutter: »Nicht alles! Lasst noch was für die Anderen übrig!« Sie drehte sich erbost zu mir um und wollte mir gerade eine Schelte verpassen, als sie meine blasse Haut und die Tränen in meinen Augen sah.

»Ich hab gebrochen. Oben. In meinem Zimmer. Auf den Teppich.« Meine Worte waren so leise, dass meine Mutter sie im Jubelgeschrei der Kinder kaum verstand. Das Telefon klingelte erneut. Die Kinder schrien vor Vergnügen, und ich begann zu weinen. Meine Mutter verspürte ein scharfes Stechen im Kopf, drehte sich zu den Kindern um und ging mit resoluter Stimme dazwischen: »Genug, ihr Monster! Schluss! Aus! Finger weg!« Sie erschraken vor dem Ton ihrer Stimme, den sie so von ihr nicht kannten, und zogen murrend von dannen. Meine Mutter sammelte den Rest der Süßigkeiten auf und schloss die Tür, während das Telefon immer noch klingelte und ich weinte. Mrs. Thatcher konnte warten, ich nicht. Sie ging vor mir in die Knie und wischte mir die Tränen von den Wangen. »Ist nicht schlimm, Dar. Ich geh hoch und mach's weg. Ist dir immer noch schlecht?«

Ich schüttelte zaghaft und schluchzend den Kopf. Mein magerer Körper ließ sich in ihre Arme fallen. Das Telefon verstummte, endlich. Konnte sich Mrs. Thatcher nicht vorstellen, dass sie erst die Kinder versorgen musste?

»Komm, setz dich aufs Sofa«, sagte meine Mutter zu mir. »Ich geb' dir eine Decke. Dann hast du's warm. Möchtest du vielleicht ein Glas Wasser?«

Wieder begann das Telefon zu klingeln, und sie sah verärgert auf den Apparat. Verflucht!

»Mom?«

Sie sah wieder zu mir, hörte, wie ich flüsterte. Sie musste mir unbedingt diesen schrecklichen Flüsterton abgewöhnen, wenn ich Mom sagte.

»Ja, Dar. Bitte sprich ein bisschen lauter. Ich kann dich kaum verstehen.«

»Wann kommt Ralph?«

Ralph? »Wie meinst du das?«

»Damit wieder alles in Ordnung ist.«

»Es ist alles in Ordnung. Es sind doch nur diese blöden Leitungen. Sie sind eben sehr alt, da passiert so was schon mal. Aber das ist nicht schlimm. Ralph kommt am Freitag. Dann wird alles wie neu sein.«

Mit diesen Worten ließ ich mich auf das Sofa in die Decke sinken und schloss die Augen. Das Telefon hörte nicht auf zu klingeln. Es war quälend. Meine Mutter hatte überhaupt keine Lust, jetzt noch mit Mrs. Thatcher zu sprechen. Und schon gar nicht, wenn ich hier unten lag und jedes Wort mithören konnte. Doch das Klingeln war so unnachgiebig und drängend, dass sie schließlich den Hörer abnahm.

»Janet, hier ist Beth.« Brians Mutter?

»Was gibt's, Beth?«

»Joe geht es nicht gut. Er hat sich furchtbar übergeben.«

Joe auch? »Daryl hat sich auch gerade erbrochen. Ich komme Joe sofort holen.«

»Ben kann ihn auch bringen. Du musst doch sicherlich auch zu Hause auf dein Haus aufpassen.«

»Nein, Beth. Das kommt gar nicht in Frage. Ihr hattet schon genug Scherereien. Tut mir leid. Das konnte ich nicht ahnen.«

»Schon gut. Mach dir keine Sorgen.«

Meine Mutter legte den Hörer auf. Ich war eingeschlafen, und sie schüttelte mich leicht. »Dar?« Ich öffnete meine Augen. »Dar? Joe geht es nicht gut. Ich muss ihn eben holen.«

Ich schüttelte den Kopf. »Nein, Mom.«

Meine Mutter dachte an die Kinder, die heute noch kommen würden. Ich konnte unmöglich die Türe öffnen und Süßes verteilen. Das wollte ich auch gar nicht. Sie wollte aber auch keine Streiche morgen in aller Herrgottsfrühe beseitigen. Sie wollte Jason anrufen und wählte hektisch seine Nummer, während ihr Kopfschmerz sich verstärkte. Ihr Chef war nicht da. Als nächstes kam ihr Sally in den Sinn, aber auch sie war nicht daheim.

»Dar, ich muss jetzt los. Lass die Kinder einfach klingeln. Ich mach den Fernseher an und zieh die Rollos runter.«

Doch ich schüttelte nachdrücklich den Kopf. »Nein, Mom!«

»Es muss aber sein! Joe geht's schlecht. In zwanzig Minuten bin ich wieder da. Hier …«, sie holte eine kleine Uhr vom Kamin, »kannst du die Zeit beobachten. Um punkt 8:20 Uhr bin ich wieder da. Versprochen.«

Meine Mutter griff nach ihrer Jacke und eilte zur Türe, wollte sich auf keine weitere Diskussion mehr einlassen. Das Telefon klingelte erneut. Mrs. Thatcher war jetzt absolut nicht mehr willkommen. »Lass es klingeln. Geh nicht ran«, sagte meine Mutter und verließ das Haus.

Ich spürte, wie erneut Übelkeit aufkam.

Meine Mutter sah überall die hell erleuchteten Häuser und Scharen von kleinen Monstern, die umherzogen, um Süßes zu erbetteln. Es würde nicht lange dauern und eine weitere Gruppe würde unseren Hof überqueren, doch sie musste sich um Joe kümmern. Das war einer jener Momente, in denen sie meinen Vater ganz besonders vermisste.

Sie passierte die Straße, in der Jason Brightfull wohnte, und sah, dass in seinem Haus kein Licht brannte. Einige Tomaten waren an die Hauswand geworfen worden. Sie fragte sich, weshalb er als Discount-Besitzer nicht zu Hause war. Halloween war eine begnadete Gelegenheit, kleine und große Kunden zu werben.

Meine Mutter fuhr zwei Straßen weiter zum Haus der Draithons. Ben, Brians Vater, verteilte gerade hellblaue eckige Lutscher an drei kleine buckelige Gestalten.

»Hi, Janet!«, rief er, als meine Mutter die Auffahrt hinaufgefahren kam. Die Kinder zogen an ihr vorbei zum nächsten Haus.

»Hallo, Ben. Es tut mir so leid.«

»Ach was, wir sind doch auch Eltern. Meinst du, wir kennen das Problem nicht?«

Sie nickte. »Wo ist Joe? Ich muss mich beeilen. Daryl ist auch krank. Er ist alleine zu Hause unter einer Decke.«

Ben begleitete sie in den hinteren Teil des Hauses, in dem Joe mit einer Schüssel in einem Sessel kauerte. Seine Schminke war verwischt, und er sah erleichtert auf, als unsere Mutter im Wohnzimmer erschien.

✩✩✩

Ich hörte die Kinder schon von weitem, wie sie lachend und grölend unseren Hof überquerten. Das Telefon hatte nach genau dreizehn Mal Klingeln Ruhe gegeben. Die Kinder kamen näher, und Mom war gerade acht Minuten weg. Der Fernseher war unerträglich laut, und ich kämpfte gegen Übelkeit, Tränen und Angst an. Würde ich es schaffen, in die Küche zu rennen und schnell eine Schüssel zu holen? Oder vielleicht bis zur Toilette?

Die Kinder klingelten und schrien: »Streich oder Süßes? Streich oder Süßes?…«

Ich saß wie gelähmt auf dem Sofa und konnte mich nicht rühren. »Mom?«, flüsterte ich in die Einsamkeit des Hauses hinein.

»Streich oder Süßes?«, riefen die Kinderstimmen erneut von draußen. Es war noch nie vorgekommen, dass wir nicht geöffnet haben, aber seit mein Vater tot war, hatte sich vieles verändert, vielleicht auch die Freundlichkeit meiner Mutter. Die Kinder beratschlagten, was sie tun sollten.

»Vielleicht nur ein bisschen«, sagte Tom durch seine Scary-Movie-Maske.

»Ja«, meldete sich Sven, die Leiche. »Zwei Tomaten reichen.«

Alle nickten. »Aber nicht so hoch«, rief Judy, als Zombie verkleidet.

Sie schmissen zwei Tomaten rechts neben die Haustüre an die Wand. Ein bisschen musste sein. Es ging ums Prinzip.

Ich hörte, wie die Tomaten an die Hauswand klatschten und wusste nicht, dass es meine Klassenkameraden waren, die mich eigentlich sehr mochten, aber die Sache heute in der Schule hätte nicht sein müssen. Das war gemein und ungerecht gewesen.

Als sie den Hof verließen, huschte hinter dem Schuppen ein Schatten vorbei, den niemand sah.

Ich wand mich aus der Decke und wagte einen Spurt in die Küche. Die Übelkeit wurde stärker. Ich schob einen Stuhl vor die Spüle, weil sich im Hängeschrank darüber die Plastikschüsseln befanden. Plötzlich hörte ich ein Geräusch durch das Küchenfenster. Knirschende Steine. Schritte!

Die Gardinen waren zugezogen und verhinderten den Blick nach Draußen. Ich sah gebannt auf die Gardinen. Rote Blumen im Sonnenschein starrten zurück. Wieder hörte ich, wie Steine unter schweren langsamen Schritten knirschten. Neue Halloweenmonster? Ich konzentrierte mich wieder auf die Schüssel, die ich holen wollte. Sicher Kinder! Ich griff nach einer blauen Plastikschüssel, sprang vom Stuhl und spurtete zurück ins Wohnzimmer. Lachende Comicstimmen erfüllten den Raum, schrill und nervend. Ich verkroch mich tief unter der Decke und hielt die Schüssel wie einen Rettungsring an den Leib gepresst. Irgendwo klopfte es. Kinder? Ich hatte sie gar nicht über den Hof kommen hören. Kamen sie nicht gewöhnlich mit viel Lärm an? Aber da war kein Lachen und kein Gerede zu hören. Wieder klopfte es. Ich starrte in den Fernseher. Kam das Klopfen aus dem Fernseher? Unmöglich. Von der Haustüre? Das klang anders. Wieder klopfte es. Es ist Halloween, dachte ich, da ist das eben so. Da klopft es überall. Die Nacht der klopfenden Gestalten. Ist nichts Besonderes. Es klopfte. Nicht schlimm, Halloween. Wieder.

Ich spürte Brechreiz aufsteigen. Nicht schlimm, Halloween. Ich brachte die Schüssel in Position und würgte. Nicht schlimm. Überall Tote. Überall Leichen. Überall Mörder. Normal an Halloween. Ich würgte. Gelbe Flüssigkeit quälte sich die Speiseröhre hinauf. Mein Magen krampfte sich zusammen. Die Comicfiguren quiekten vor Vergnügen. Es klopfte und … das Telefon begann zu klingeln.

»Mom?«

Ich suchte nach der Fernbedienung und schaltete den Fernseher aus. Das Telefon verstummte. Was blieb, war das Klopfen. Es kam vom Küchenfenster. Regelmäßig und leise. Ich rief: »Mom?«, aber sie kam nicht.

☆☆☆

Meine Mutter lenkte den Wagen über den Hof vor die Haustüre und sah im Scheinwerferlicht die Tomaten an der Hauswand. Sie hatte Schlimmeres erwartet.

»Geht es?«, fragte sie Joe. Er nickte. »Hab' wahrscheinlich zu viel durcheinander gegessen und getrunken.«

»Dann wirst du dich gleich hinlegen und schlafen.«

»Aber es ist …«

»Nichts da! Heute ist nichts mehr!«

»Und Daryl?«

»Der geht auch ins Bett.«

Sie dachte an das Erbrochene in meinem Zimmer, das sie vergessen hatte wegzuputzen. Vergessen? Sie hatte gar keine Zeit gehabt! Es war eben die Nacht der Schrecken.

Als meine Mutter und Joe das Haus betraten, war alles still. Der Fernseher war ausgeschaltet und ich, inklusive Decke, war verschwunden.

»Daryl ist bestimmt schon im Bett«, versuchte sie sich zu beruhigen. Wieder dachte sie an das Erbrochene in meinem Zimmer.

»Ich werde kurz nachsehen.« Sie ging in die Küche und fand den vor die Spüle geschobenen Stuhl. Der Hängeschrank stand offen, die blaue Schüssel fehlte. Sie holte einen kleinen Eimer aus dem Schrank und bereitete Spülwasser und Lappen vor. Dann ging sie die Treppe hinauf, während sich Joe auf dem Sofa niederließ und den Fernseher einschaltete. Vielleicht würde sie ihre Drohung vergessen und er noch ein, zwei Stunden rausholen, wenn er sich ruhig verhalten würde. Seine Übelkeit war weg. Scary Movie flimmerte über den Bildschirm. Joe hörte ein leises Wimmern, das nicht aus dem Fernseher kam.

Meine Mutter rief von oben: »Daryl ist nicht da!« Joe sah sich um, hinter das Sofa, dahin, woher mein Wimmern kam. Ich saß dort völlig zusammengekauert und erstarrt und hielt eine kleine Schüssel vor mir. Ich weinte.

Meine Mutter kam die Treppe hinunter gerannt und holte mich hinter dem Sofa hervor. Ich zitterte, und sie machte sich Vorwürfe, mich allein gelassen zu haben. Sie wiegte mich in ihrem Armen wie ein Baby. »Was ist passiert?«, fragte sie leise, fast flüsternd.

Ich flüsterte zurück: »Dad war hier.«

Jetzt wurde meine Mutter blass. Richard? Hier? Er war hier gewesen?

»Du irrst dich, Dar.« Du musst, dachte sie, doch ich schüttelte den Kopf.

»Er war hier, Mom. Er hat geklopft, ans Küchenfenster. Aber ich habe ihn nicht reingelassen.«

Meine Mutter verstand. Kinder. Sie haben sich einen Scherz erlaubt, weil niemand geöffnet hatte. Dann haben sie mit Tomaten geschmissen. Sie nickte verständnisvoll und wiegte mich in ihren Armen, dabei verstand sie gar nichts.

Jason Brightfull kam gegen 21 Uhr nach Hause und sah das Dilemma an seiner Hauswand neben der Tür. Tomaten, Eier und Kürbisfleisch. Verfluchte Mistkäfer! Lebensmittelbanausen! Er suchte verärgert das Schlüsselloch im Dunkeln, musste sich unbedingt einen Bewegungsmelder montieren. Die Dunkelheit lockte nur ungebetene Gäste an. Das Schlüsselloch war mit Kaugummi verklebt. Verfluchte Viecher! Ekel überkam ihn, als er die klebrige Masse aus dem Loch zu puhlen versuchte. Aus welchem Kindermaul mochte der Kaugummi sein? Zum Glück trug er Handschuhe. Schwarze.

Siehst du, lieber Leser, jetzt verstehst du mich, wenn ich sage, dass ich Brightfull nicht leiden kann. Er tickt zwar wie ich, aber er ist völlig anders.

Meine Mutter rief zwei Tage später meine Lehrerin Mrs. Thatcher zurück. Das plötzliche Interesse an meinem Wohlergehen hatte ihr keine Ruhe gelassen. Sicher, sie wusste, dass meine Leistungen in letzter Zeit stark nachgelassen hatten, aber war dies nicht eine völlig normale Reaktion auf die familiären Geschehnisse? Der Verlust meines Vaters und die Trauer um ihn. Wie sollte ich als zehnjähriger Junge dabei gute Leistungen erbringen? Vielleicht war es dennoch gut, mit Mrs. Thatcher noch einmal zu reden, um den Kontakt nicht zu verlieren. Also wählte meine Mutter ihre Nummer. Nach dem dritten Klingeln nahm Mrs. Thatcher den Hörer ab.

»Hier ist Janet Houston, Daryls Mutter. Sie hatten mich vorgestern angerufen ...«

»Richtig.«

»Bitte entschuldigen Sie den späten Rückruf, aber Daryl hatte sich gerade in dem Moment Ihres Anrufs übergeben ...«

»Ich dachte, Kinder wären an Ihrer Tür gekommen.«

Meine Mutter schwitzte. »Ja, auch. Alles gleichzeitig. Dann riefen noch die Eltern von Brian an, Joes Freund. Joe ist mein anderer Sohn, wissen Sie ...«

»Ja, ich weiß.«

»Ja, die riefen an, weil auch Joe sich dort auf einer Party übergeben hatte ....«

»Auch noch.«

Was sollte diese Bemerkung? Glaubte ihr Mrs. Thatcher etwa nicht? Nein, das tat sie nicht. Was sie hörte, war eine hektische und überforderte Mutter. So kannte sie meine Mutter gar nicht, aber dies erklärte wohl vieles, was in letzter Zeit in der Schule passierte. Es waren nicht nur meine schlechten Leistungen, die auffielen, es war meine extreme Wortkargheit und meine plötzlich auftretende Aggression, die ich nicht mehr verbergen konnte.

Meine Mutter spürte, dass ihre Erklärungen und Entschuldigungen das Gespräch nicht begünstigten, also musste sie Klartext reden: »Mrs. Thatcher? Alles in Allem, Ihr Anruf kam zu einem denkbar ungünstigen Zeitpunkt. Bitte entschuldigen Sie, dass ich Sie nicht mehr zurückgerufen habe, aber ich musste die Dinge hier erst einmal regeln und danach war es zu spät. Was wollten Sie denn mit mir besprechen?« Sie wollte es endlich auf den Punkt bringen und sich nicht länger rechtfertigen.

Mrs. Thatcher fühlte sich gereizt. Die Klassenarbeit, die sie gerade korrigierte, als meine Mutter anrief, war verheerend ausgefallen, und sie war zutiefst verärgert darüber. »Ja, es geht um Daryl«, begann sie. Wen sonst? »Sie wissen ja, dass er sich in letzter Zeit ziemlich zurückgezogen hat.«

Wem sagte sie das. War das alles? »Ja, das weiß ich. Das ist zu Hause auch so. Er braucht viel Zeit, um alles zu verarbeiten, was er erlebt hat. Ich finde das in Ordnung.«

»Geht er in eine Therapie?«

Nein! »Warum?«

Eine kurze Pause entstand.

»Weil das schlimme Erlebnis womöglich ein Trauma in ihm ausgelöst hat. Da muss ein Fachmann ran.«

»Er braucht Zeit.« Das hatte der Arzt schon vor Monaten gesagt, als mein Vater noch lebte.

»Er braucht keine Zeit, sondern unbedingt professionelle Hilfe. Hilfe, die Sie nicht leisten können, Mrs. Houston.«

»Wie meinen Sie das?«

»Besprechen Sie mit ihm Verarbeitungsstrategien?«

Nein! »Warum?«

»Seine Zurückgezogenheit ist doch offensichtlich eine Verhaltensstörung.«

»Er war immer schon ein ruhiges Kind. Das ist seine Natur.«

»Er ist nicht ruhig! Er ist gespannt wie ein Flitzebogen, der sich kurz vor dem Abfeuern eines Pfeils befindet, Mrs. Houston!«

»Wie meinen Sie das?« Jetzt fühlte sich meine Mutter in ihrer Ehre als Mutter angegriffen. Was wusste diese Frau, was sie nicht wusste?

»Hat Daryl Ihnen erzählt, was in den letzten Tagen in der Schule passiert ist?«

Nein! »Was?«

»Haben sich schon die Eltern von Jimmy Grey bei Ihnen gemeldet?«

»N-nein ...«, stotterte meine Mutter. Leider war Jimmy seit einigen Wochen nicht mehr hier gewesen.

»Hat Daryl Ihnen erzählt, was er mit Jimmy nach der Schule gemacht hat?«

»Nein.« Nein! Nein!

»Sehen Sie, deswegen habe ich angerufen. Das habe ich nämlich befürchtet. Es hat einen Vorfall in der Schule gegeben. Daryl hat eine schriftliche Abmahnung mit nach Hause bekommen. Die sollte er unterzeichnet wieder mitbringen. Hat er aber nicht.«

»Daryl hat eine Abmahnung von der Schule bekommen? Wofür?«

»Gewalttätiges Verhalten Jimmy gegenüber.«

»Gewalttätiges was?« Meine Mutter spürte Schwindelgefühle aufkommen. Diese Aussage verrückte gerade vollkommen das Bild, das sie von mir hatte.

»Er hat vor drei Tagen Jimmy ein Pausenbrot ins Gesicht gedrückt und ihn mit einer starken Ohrfeige zu Fall gebracht. Jimmy hat erzählt, dass er ihm das Sandwich nur schenken wollte. Seine Mutter hatte es extra für Daryl gemacht. Sie hat früher öfters für Daryl Pausenbrote mitgegeben. Er hatte eine lange Zeit nichts dabei und wurde immer dünner. Diese nette Geste hat Daryl nun mit einer gewalttätigen Reaktion beantwortet.«

Meine Mutter suchte zitternd Halt an einem Stuhl. Dann setzte sie sich.

»Jimmy Grey hat der Schulleitung weiter erzählt, dass Daryl ihn schon öfters auf dem Heimweg getreten oder geschlagen habe. Besonders dann, wenn Jimmy ihn zum Mittagessen eingeladen habe. Eine nette Geste, oder finden Sie nicht?«

(Von mir oder von Jimmy? Ehrlich oder ironisch?)

»Deswegen frage ich, ob Daryl eine Therapie macht.«

Meine Mutter war sprachlos.

»Mrs. Houston, sind Sie noch dran?«

»Ja … ich … das habe ich nicht gewusst.«

»Deswegen sagte ich, wir sollten uns einmal unterhalten.«

Mrs. Thatcher spürte wegen der zurückhaltenden Reaktion meiner Mutter bereits eine Art Triumph aufkommen, der aber gleich wieder in große Sorge überging. Ich war schließlich ihr Schüler und sie ein Stück weit verantwortlich für mich.

»Ich will Ihnen doch nur helfen, Mrs. Houston. Ich will Daryl helfen, bevor alles aus dem Ruder läuft. Wir sollten sofort handeln. Es kann so nicht weitergehen. Daryl braucht ein Ventil, das ihm nur ein Profi schaffen kann. Verstehen Sie?«

Meine Mutter zögerte. »Ja, ich verstehe. Ich muss aber erst mit Daryl reden. Das werden Sie doch auch verstehen.«

»Gewiss. Aber bitte handeln Sie schnell und ziehen Sie einen Fachmann hinzu.«

»Ich will erst wissen, warum er Jimmy angreift. Er ist doch sein bester Freund.«

»Ja, aus einer sehr fürsorglichen und heilen Familie. Jimmys Vater ist Automechaniker. War das Ihr Mann nicht auch?«

»Ja, war er.« Jetzt fühlte sich meine Mutter aufgewühlt. Heile Familie! Es gibt keine heilen Familien. »Ich werde erst mit Daryl reden und mich dann um die Abmahnung kümmern.«

Das hatte Mrs. Thatcher befürchtet. »Und dann?« Das war zu wenig, fand sie. Ich würde nicht wirklich reden können, dachte sie. Ich müsste meinen Gefühlen anders Ausdruck geben, sonst würde ich mich weiterhin der Gewalt bedienen, dachte sie. Dabei wusste sie gar nichts von mir! Doch Mrs. Thatcher besaß genug Erfahrung, um beschwichtigend vorzuschlagen: »Reden Sie erst mit ihm. Und dann suchen Sie so schnell wie möglich einen Therapeuten für ihn. Vielleicht lassen Sie auch gleich untersuchen, ob sich Mangelerscheinungen zeigen.«

Das würde meine Mutter schon selbst entscheiden und sagte, um das Gespräch zu beenden: »Ich werde mich um alles kümmern.«

Mehr konnte Mrs. Thatcher zunächst nicht erwarten. Sie war selbst seit einundzwanzig Jahren verheiratet und hatte einmal einen Sohn gehabt. Gehabt! Er war vor vierzehn Jahren verstorben und hatte zuvor eine Zeit lang wie ich ausgesehen, blass und dünn. Er war genauso still geworden wie ich. Dann wurde er aggressiv. Ein Arzt diagnostizierte einen Gehirntumor. Zu spät. Jetzt lag er auf dem Friedhof am Rande der Stadt.

Meine Mutter saß wie getadelt auf dem Stuhl neben dem Telefon. Das Gespräch hatte ihr den Boden unter den Füßen weggezogen. Ihr Sohn und Gewalt? Und vorgestern sollte Richard hier gewesen sein?

Sollte sie vielleicht auch Joes Lehrerin einmal anrufen und nachfragen, ob dort alles in Ordnung war? Nein, für heute reichte es!

Ein plötzliches Geräusch ließ sie aus ihren Gedanken hochfahren. Es klopfte am Küchenfenster! Der Herzschlag meiner Mutter beschleunigte sich. Kurz danach klopfte es an der Haustür. Joe und ich waren bereits zu Bett. Wer mochte um halb zehn noch bei uns vorbeikommen? Meine Mutter hatte kein Auto herannahen hören. »Wer ist da?«, fragte sie zaghaft an der Tür. Sie spürte eine noch nie dagewesene Angst aufkommen.

»Jason! Wollte mal schauen, ob alles in Ordnung ist.«

Sie holte erleichtert Luft. Rettung nahte. Sie konnte ein paar beruhigende Worte gut gebrauchen und öffnete.

»Ich wollte nicht klingeln. Wegen der Jungs.«

So rücksichtsvoll! Meine Mutter lächelte. Ihre Wangen waren immer noch rot von der Aufregung am Telefon.

»Das ist wirklich eine Überraschung, Jason. Kommen Sie doch kurz rein.«

Brightfull lächelte und streifte sich die schwarzen Handschuhe ab. Irgendwie wirkte er selbst überrascht, dass sie geöffnet hatte, und trat unsicheren Schrittes in unser Haus. »Oh, ich wollte nicht stören.«

»Tun Sie nicht.«

Unaufgefordert entledigte er sich seiner Jacke und seines Schals und reichte alles meiner Mutter für die Garderobe. Sie wies ihn freundlich ins Wohnzimmer, wo das Holz im Kamin knisterte. Brightfull nahm auf dem Sofa Platz und warf einen stolzen Blick auf seine Rosen, die unter dem Fenster standen. Die Blütenköpfe waren vollkommen aufgegangen, und er freute sich, dass sie immer noch blühten. Meine Mutter musste sie besonders gut pflegen. Wenn das kein Zeichen war.

»Schön, nicht wahr?«, fragte meine Mutter und sah ebenfalls auf die Blumen.

»Ja«, antwortete Brightfull und dachte daran, wie teuer sie gewesen waren, noch teurer als diese verdammte Spirale, aber sie waren es wert gewesen, wie er feststellte.

»Alles in Ordnung, Janet?«, fragte er und sah zu meiner Mutter hinüber, die sich in einen Sessel neben dem Kamin gesetzt hatte. Sie nickte. Was sollte sie auch tun? Als sie seinen Blick erwiderte, bemerkte sie wieder seinen neuen Haarschnitt. Auch diese ungewohnte Kleidung, die er in letzter Zeit trug und ihn jünger aussehen ließ. Aber musste denn alles in schwarz sein?

Ob alles in Ordnung sei, fragte er erneut.

Wo war sein Wagen? War er etwa zu Fuß gekommen? Gedanken, die meine Mutter beschäftigten. Warum hatte er nicht vorher angerufen?

»Brauchen Sie Hilfe, Janet?«

»Was?« Sie sah irritiert auf.

»Ob Sie Hilfe brauchen?« Sein Blick war fordernd.

»Wie meinen Sie das?«

»Es ist bestimmt nicht leicht, so alleine.« Sein Blick wanderte kurz die Treppe hinauf. Nicht so leicht mit den Kindern, oder meinte er das alleine anders?

»Nein, nein«, antwortete sie zerstreut. Irgendwie konnte sie sich nicht konzentrieren.

»Mrs. Draithon hat erzählt, was bei Ihnen an Halloween los war.«

Hatte sie das? »Was hat sie denn erzählt?«

»Dass sich Joe und Daryl den Magen verdorben haben.«

»Oh, ja. War schlimm an dem Abend. Aber so was kommt vor.«

Er nickte zustimmend. Sie war heute eine schlechte Gesellschafterin. Und irgendwie schien ihr sein Besuch unangenehm zu sein. »Ist jetzt wieder alles klar?«

»Ja ... ja, es war nichts Ansteckendes.«

»Was machen die Abflussrohre?« Er hatte gar nicht danach fragen wollen, doch ihre Wortkargheit verleitete ihn dazu.

»Ralph kommt morgen Nachmittag.«

»Ah«, sagte er und nickte. »Ist wohl das Beste.«

»Ja.«

»War aber einen Versuch wert.«

Sie lächelte. »Ja, war es.«

Oben öffnete sich meine Tür, und ich kam verschlafen die Treppe hinunter. Ich dachte, meine Mutter würde Fernsehen schauen, weil ich Stimmern hörte, und erschrak, als ich Brightfulls breites Grinsen sah.

»Hallo, kleiner Mann. Kannst nicht schlafen, was?«

Es klang fast gemein. Ich schüttelte den Kopf und sah, wie meine Mutter sich erhob und auf mich zukam. Das veranlasste auch Brightfull, sich zu erheben. »Ich geh dann besser.« Er zeigte auf seine Jacke an der Garderobe, und meine Mutter nickte dankbar.

»Wenn Sie mich mal brauchen, rufen Sie an. Ich bin abends immer zu Hause. Gehe nie weg. Nie. Auch wenn Sie mal einen

Babysitter brauchen, rufen Sie an. Ich passe gerne auf die Jungs auf.« Er grinste immer noch.

»Danke, Jason. Das werde ich tun.«

Ich sah entsetzt zu, wie meine Mutter ihren Chef zur Tür begleitete. Würde sie das wirklich tun? Brightfull zog sich gekonnt die schwarzen Handschuhe über und sah in die schwarze Nacht hinaus. Der Mond war milchig. Mit langsamen Schritten knirschte er über den Hof, bis die Dunkelheit ihn verschluckte.

Meine Mutter schloss die Tür und wandte sich mir zu. Ihre Gedanken kreisten wie ein Karussell. Brightfull war abends immer zu Hause? Auch Halloween? Sie schüttelte verdrossen den Kopf. Der Spuk musste aufhören.

Ich stand im Wohnzimmer am Kamin, so dünn, so blass, fast unscheinbar.

»Was ist los, Dar?«

»Ich kann nicht schlafen.«

Sie nickte verständnisvoll. »Hat Mr. Brightfull dich wach gemacht?«

»Nein, ich kann einfach nicht schlafen.«

»Komm, setz dich ein bisschen zu mir aufs Sofa. Ich habe eben mit Mrs. Thatcher gesprochen.«

Ich zeigte kein sonderliches Interesse.

»Sie sagte, ich solle etwas unterschreiben.«

Ich sah müde auf. »Was?«

»Das musst du mir sagen. Sie hat dir einen Zettel mitgegeben.« Ihr Blick war fordernd, aber ich zeigte keine Reaktion.

»Ich habe keinen Zettel.«

»Mrs. Thatcher sagte, es sei eine Abmahnung.«

Ich zuckte ratlos die Schultern. »Wofür?«

»Weil du Jimmy ein Sandwich ins Gesicht gedrückt und ihn geohrfeigt hast.«

Jetzt reagierte ich: »Habe ich nicht!«

»Und wieso sagt Mrs. Thatcher dann sowas?«

»Weil Jimmy lügt!«

»Warum tut er das?«

»Weil er glaubt, etwas Besseres zu sein als ich! Er ist nicht mehr mein Freund!«

Jetzt stutzte meine Mutter. Sie kniete sich vor mich. »Hat Jimmy das nur … erfunden, oder hat es jemand gesehen?«

Ich zuckte ratlos die Schultern.

»Wo ist deine Schultasche?«

»In der Küche.«

»Sei so lieb und hol sie mal.«

»Wieso?«

»Weil ich hineinsehen will.«

Ich trottete genervt in die Küche und brachte ihr die Schultasche. Meine Mutter packte alles aus und suchte systematisch meine Bücher und Hefte durch, doch da war kein Zettel zu finden. Einige Eintragungen waren unter den Hausaufgaben, in denen die Lehrer mich zu ermutigen versuchten, noch besser zu werden. Aber ein Zettel? Nirgends!

Meine Mutter sah auf die Uhr. Es war bereits zehn. Zu spät, um Mrs. Thatcher anzurufen. Sie holte einen Block aus der Küche und bat schriftlich um ein persönliches Gespräch. Sie habe die Abmahnung nicht gefunden. Sie steckte die Nachricht in meine Schultasche und sagte: »Den gibst du morgen Mrs. Thatcher, ja?«

Ich nickte müde.

»Und du sagst, da war nichts?«

»Nein, Jimmy lügt andauernd. Ich glaube, er bekommt Prügel von seinem Vater.«

Mr. Grey prügelte seinen Sohn. Das wusste ich.

»Sagt das Jimmy?«, fragte meine Mutter nach.

Ich nickte. »Er sagt, es wird immer schlimmer zu Hause. Hat andauernd neue Flecken auf seiner Haut.«

»Und was sagst du dann zu ihm?«

»Dass Dad mich nie geschlagen hat.«

Meine Mutter nickte und spürte tiefe Traurigkeit aufkommen. Nein, das hätte ihr Mann nie getan. Sollte sie die Greys anrufen?

Weshalb hatten sie sich denn nicht schon gemeldet, wenn ich ihren Sohn schlagen würde?

»Meinst du, du kannst jetzt schlafen?«

»Ich möchte gerne ein Glas Milch.«

Sie nickte, erwärmte mir ein Glas Milch und brachte mich danach ins Bett. Dann ging sie selbst zu Bett. In dieser Nacht träumte sie von klopfenden Gespenstern, die mich aus dem Haus locken wollten, um mich zu erschlagen. Doch Ralph, der Monteur, tauchte plötzlich auf und vertrieb die Gespenster mit einem Vorschlaghammer.

Ich möchte an dieser Stelle eines gerne klarstellen: Ich lüge nie. Warum? Weil ich es nicht kann! Es liegt nicht in meiner Natur, würde meine Mutter sagen.

☆☆☆

Ralph Malcom war 44 Jahre alt und ziemlich groß. Sein dünnes blondes Haar wurde von den ersten grauen Haaren durchsetzt. Wenn man ihn von Weitem sah, konnte man hinterher nicht sagen, ob er blond oder grau war. Das ist eine Eigenheit von naturblonden Menschen, glaube ich. Doch seine tiefen Grübchen, die sich zeigten, wenn er lachte, machten ihn sehr sympathisch.

Ralph war seit siebzehn Jahren verheiratet und hatte eine fünzehnjährige Tochter, Sam, die genau wie Joe die Junior Highschool besuchte. Seine Ehe befand sich seit vielen Monaten in einer tiefen Krise. Seit Sam in der Pubertät war und mit ihrem launischen Auftreten den ganzen Tagesablauf beherrschte, flüchtete sich Ralph zunehmend in seine Arbeit, während seine Frau Annie vor den Fernseher floh und sich dick und fett fraß. Der Tagesablauf war an jedem einzelnen Tag gleich. Es gab keine Worte, keine Absprachen. Jeder wusste, was er vom Anderen zu erwarten hatte. Und das war nicht schön.

Dafür war Ralphs Einkommen gut: Er besaß so etwas wie ein Monopol in Jackson Hole, abgesehen von der Konkurrenz durch Dough Hendson von der anderen Seite des Ortes, der aber bei weitem nicht so viele Aufträge bekam wie Ralph. Sein Terminkalender war ständig voll, und die Kunden zahlten auch meistens pünktlich. Ralph hatte meine Mutter als Notfall dazwischengeschoben, ein Notfall, der sechs Tage lang warten musste. Irgendwie war es wegen diesem Brightfull notwendig gewesen. Der hätte ihm nicht so gemein dazwischenfunken dürfen. Das tut man nicht unter Geschäftsleuten.

Jetzt, als Ralph unseren Hof mit seinem Van überquerte, tat es ihm leid, dass meine Mutter im Grunde das Opfer geworden war. Letzte Woche aber hatte er die Dinge anders gesehen.

Ralph schaute auf seine Uhr, es war halb zwei. Damit war er eine halbe Stunde zu früh.

Meine Mutter kam erst um zwei von der Arbeit, also hatte er noch Zeit für eine Mittagspause. Er packte sein Sandwich aus und betrachtete das Haus. Es sah wirklich gut aus. Alle Achtung! Meine Mutter hatte alles gut im Griff. Selbst der Schuppen war frisch gestrichen. Allerdings könnte mal eine neue Tür eingebaut werden; diese hier sah schon ziemlich mitgenommen aus. Und dieses alte Eisenkette mit dem Eisenschloss davor! Es wirkte, als würde man dort ein böses Monster gefangen halten.

Als Ralph das letzte Mal hier gewesen war, lebte mein Vater noch. Er war ein prima Kerl gewesen und handwerklich sehr begabt, fand Ralph. Schon vor drei Jahren hatte er meinem Vater mitgeteilt, dass die Abwasserleitungen bald erneuert werden müssten. Doch dann kam diese verdammte Krankheit und es war klar, dass mein Vater sich mit anderen Dingen beschäftigen musste. Und heute war es soweit.

Ralphs Vorhersage war eingetroffen. Zu gerne hätte er meinen Vater jetzt schadenfroh angegrinst. Ralph kehrte in sich, er schämte sich plötzlich für diese Gedanken. Wie schnell eine Familie auseinandergerissen werden konnte, machte ihm Angst. Aber meine Mutter, fand er, war ein echter Glücksgriff! Wenn er dabei an seine Frau dachte – er wünschte sich, sie würde sich einmal eine kleine Scheibe von Janet abschneiden. Die saß nicht faul und fett vor dem Fernseher und überließ ihre Kinder sich selbst. Sie kümmerte sich, machte Ausflüge mit ihnen, ging Eis essen und arbeitet nebenbei sehr hart bei Brightfull, diesem Arschloch. Sogar die Farm hielt sie in Schuss. Ja, so eine Frau hätte er auch gerne an seiner Seite. Warum traf es immer die falschen Menschen, die mit ihrem Krankheiten viel zu früh dahinrafften? Warum holte Gott nicht die, die faul und fett vor dem Fernseher sitzen?

Ralph schüttelte seine Gedanken wie ein lästiges Insekt von sich. Er dachte an Randy, der gleich mit dem Minibagger kommen und die Leitungen vom Haus bis zur Sickergrube freischaufeln sollte. Ein dumpfes Geräusch erklang bereits von der Straße her.

Ich trottete von der Schule heim. Für gewöhnlich begleitete mich Jimmy immer ein Stück, bis sich unsere Wege eben trennten. Doch seitdem Jimmy diese Lügen über mich verbreitete, hatten wir keine gemeinsame Zeit mehr miteinander verbracht. Mir war es egal, wie mir vieles egal war, seit mein Vater tot war. Und außerdem hatte sich Jimmy für seine Lügen nie bei mir entschuldigt. Was mich noch wütender machte, war die Tatsache, dass er mich als gewalttätig darstellte und selbst Mrs. Thatcher diese Geschichte glaubte. Und jetzt vielleicht auch meine Mutter. Da war es gerade richtig, dass Jimmy Prügel von seinem Vater bezog.

Ich bog um die letzte Ecke des Weges und konnte den Hof bereits von Weitem sehen. Wollte heute Nachmittag nicht Ralph kommen und Randy den Bagger mitbringen, um die Rohrschächte auszuheben? Auf dem Hof war niemand zu sehen, und ich schloss schulterzuckend die Haustür auf. Ein kleiner Zettel, den jemand unter der Tür durchgeschoben hatte, wirbelte durch die Luft. Ich hob ihn auf und las, dass Ralph den Auftrag leider absagen musste. Er würde später anrufen und alles erklären. Seine Nummer stand dabei, und dass er mit meiner Mutter reden müsse. Sicher wegen eines neuen Termins. Ich zerknitterte den

Zettel und warf ihn in den Mülleimer. Ich würde meiner Mom, wenn sie kam, Bescheid sagen.

Im Haus war es schön warm, und die Küche war erleuchtet von Sonnenstrahlen. Ich mochte diesen Anblick, wenn ich heimkam, schmiss meine Schultasche aufs Sofa und holte mir ein Glas aus dem Küchenschrank. Als ich den Orangensaft aus dem Kühlschrank nahm, fiel mein Blick über den Hof auf die alte Holztür des Schuppens, die meine Mutter mit einer großen Kette verschlossen hatte, seit mein Vater tot war. Ebenso hatte sie den Dachboden des Hauses mit einem großen Vorhängeschloss verriegelt. Wieso schloss sie nicht gleich das ganze Haus zu? Schließlich hatte mein Vater in jedem Raum gelebt! Ich verstand meine Mutter oft nicht, wusste wohl, dass sie mich liebte, aber ich liebte sie nicht mehr, zumindest im Moment. So einfach war das. Vielleicht hatte sie all diese Schlösser zu ihrem eigenen Schutz angebracht und versteckte ihre eigene Angst dahinter.

Joe hatte sich bitter beklagt, als unsere Mutter den Schuppen verriegelt hatte. Immerhin werkelte er ziemlich gerne darin herum. Er hatte seine Begabungen schon unzählige Male unter Beweis gestellt, doch unsere Mutter war stur geblieben. Schutz ging vor Freizeitvergnügen, hatte sie gesagt. Keine Diskussion. Aber wäre es nicht besser gewesen, all diese Räume wieder weiter zu nutzen und ihnen somit den Schrecken zu nehmen? Joe redete ins Leere, fluchte über die Sturheit unserer Mutter und verschwand wieder tagelang zu irgendwelchen Freunden.

Ich goss den Orangensaft in das Glas und sah erneut zum Schuppen hinüber. Vor der Schuppentür lag etwas Dunkles, vielleicht ein Stein. Auf jeden Fall hatte es gestern noch nicht dort gelegen. Vielleicht hatte Ralph etwas verloren. Nun, Ralph war klasse. Er war ein Handwerker – ein richtiger Mann. Da war es eine Ehrensache, ihm seine verlorenen Sachen wieder zu bringen, dachte ich und lief hinaus auf den Hof hinüber zum Schuppen. Je näher ich diesem dunklen Schatten kam, je langsamer wurden meine Schritte. Bis ich schließlich schluckte und mich nur noch schleichend fortbewegte. Schritt für Schritt näherte ich mich diesem Ding, das sich mit jedem Zentimeter mehr von einem undefinierbaren Gegenstand in einen Arbeitsstiefel verwandelte. Einen Sicherheitsstiefel, wie ihn Handwerker tragen, grau mit grüner Lasche – das kennzeichnete den Sicherheitsgrad. Benutzt, abgewetzt und voller Staub. Um den Stiefel herum war der Sand wüst aufgeworfen, als hätte dort ein Kampf stattgefunden. Ich blieb vor dem Stiefel stehen, schluckte erneut und spürte, wie eine tiefe Angst in mir aufstieg und mich in die Erstarrung trieb. Es war Dads Arbeitsstiefel! Er hatte ihn getragen, als er das Haus verputzt und angestrichen hatte!

Meine Mutter kam exakt eine Stunde nach mir nach Hause und erwartete, genau wie ich, dass Ralph und Randy bereits die Leitungen freigelegt hätten. Doch da war weit und breit niemand zu sehen. Sie bemerkte an der Einfahrt des Hofes jedoch Reifenspuren, die von Ralphs Van stammen könnten. Verwirrt schüttelte sie den Kopf und beschloss, als erstes Ralph anzurufen, was denn schief gelaufen sei. Am Haus angekommen bemerkte sie die nur angelehnte Tür. Sie drückte sie auf und betrat das Haus. Ein halb gefülltes Glas Orangensaft stand neben der Spüle und meine Schultasche lag auf dem Sofa.

»Daryl?«, rief sie. »Daryl, bist du zu Hause?«

Nichts.

»Joe?«

Nichts.

Sie lief nach oben, aber keiner von uns war anwesend. Sie lief wieder hinunter und schaute, ob jemand eine Nachricht hinterlegt hatte, aber auch dabei wurde sie nicht fündig. Dann sah sie aus dem Fenster zum Schuppen hinüber und bemerkte, dass etwas nicht passte. Die Schuppentür stand leicht geöffnet, das schwere Kettenschloss lag in sich gekräuselt auf dem Boden davor. Wer hatte dieses schwere Schloss geöffnet? Sie war die Einzige, die den Schlüssel dafür besaß und hatte beim Kauf des Schlosses extra darauf geachtet, dass es eine Spezialverriegelung besaß, die man nicht so einfach knackte. Sie überprüfte schnell, ob sie überhaupt noch im Besitz dieses Schlüssels war. Man konnte nie wissen, wenn man zwei neugierige Jungen großzog. Aber sie fand den Schlüssel am Bund ihrer anderen Schlüssel, die sie täglich mit sich trug. Dann rannte sie Treppe hinauf ins Schlafzimmer und holte aus der Wäschekommode eine Geldkassette hervor, die auch verriegelt war. Darin lag der Ersatzschlüssel. Wenn jemand dieses Schloss am Schuppen geöffnet hatte, musste er sich im Besitz von einem dieser zwei Schlüssel befinden. Doch da dies nicht der Fall war, musste dieses Schloss etwas anderes geöffnet haben …

Meiner Mutter wurde schwindelig. Sie vergaß den Anruf bei Ralph, vergaß ihre neuen Leitungen und auch das Eis in ihrer Tasche, das sie extra für mich aus dem Discount mitgebracht hatte. Sie ging zum Schuppen.

Hast du dir jemals vorgestellt, wie Angst aussehen könnte? Ich weiß, wie sie sich anfühlt, aber fühlt sie sich bei jedem gleich an? Wenn nicht, muss sie auch eine unterschiedliche Gestalt im Kopf annehmen. Meine Angst sieht wie ein großes graues Tuch aus.

☆☆☆

Randy hatte Ralph dreimal im Büro angerufen, doch immer war der Anrufbeantworter eingeschaltet. Randy wollte mitteilen, dass er Probleme mit dem Bagger bekommen hatte. Vielleicht der Anlasser. Daher konnte er den Auftrag heute bei uns nicht ausführen. Mit einer Schaufel war der harte Sandkiesboden nicht auszuheben, wollte er mitteilen.

Ralph konnte den Anruf nicht entgegennehmen, weil er bereits früher als geplant unterwegs war, und wunderte sich, warum Randy nicht erschienen war. Der befand sich mittlerweile auf dem Weg in eine Werkstatt, um einen neuen Anlasser für den Motor zu besorgen.

Ralph hatte genau eine Stunde bei uns auf dem Hof gewartet, dann war ihm der Kragen geplatzt. Es war nicht das erste Mal, dass Randy ihn versetzte. Er hasste diese Unzuverlässigkeit, aber jedes

Mal hoffte er, dass es schon klappen würde. Doch nichts klappte mit diesem verfluchten Randy! So viele Zwischenfälle, die ihm angeblich passierten, konnte es gar nicht geben. Randy war einfach nicht in der Lage, sich an Absprachen zu halten. Zu dumm, er war der einzige in der Umgebung, der einen Bagger besaß.

Ralph holte einen Block aus seiner Jackentasche hervor und schrieb eine kurze Nachricht für meine Mutter darauf; er würde später alles erklären. Den Zettel schob er unter unsere Haustür. Als er zu seinem Wagen zurückkehrte, sah er jemanden davor stehen. Die Sonne blendete ihn, sodass er die Person nicht erkennen konnte. Die Silhouette war die einer großgewachsenen, schlanken Gestalt. Als Ralph sich dem Schatten näherte, war bereits alles zu spät.

»Daryl?«, rief meine Mutter, als sie den Hof laufenden Schrittes überquerte. »Daryl?!«

Dann sah sie Spuren eines Kampfes vor der halb offenen Schuppentür, aber keinen Arbeitsstiefel. Die Kampfspuren versetzten sie in Panik, und sie schrie voller Angst: »DARYL!«, als sie die Schuppentür aufriss und Licht ins Dunkel fluten ließ.

Ralph wollte sich wehren. Bei Gott, er war wirklich nicht klein und schwach. Im Gegenteil, seine Arbeit hatte ihm zu einer muskulösen Figur verholfen, aber er war auf das hier einfach nicht vorbereitet gewesen. Er war es nicht gewöhnt, sich mit Menschen körperlich auseinanderzusetzen, eher verbal. Das konnte er gut. Doch das, was nun geschah, war brutal und erwies sich recht schnell als aussichtslos für ihn, zumal der andere einen Baseballschläger bei sich hatte.

Ralph liebte Baseball, spielte selbst in seiner Freizeit und hatte sich so sehr gewünscht, dass er seine Tochter Sam dafür begeistern könnte. Es wäre auch gut für ihre Figur gewesen, die ganz nach ihrer Mutter kam. Das waren seine letzten Gedanken, als er bereits am Boden lag und den Schläger auf seinen Schädel zurasen sah. Es tat nicht einmal weh. Es war nur ein Knacken.

Meine Mutter konnte nichts Beunruhigendes erblicken, als sie in den Schuppen sah. Er war in demselben Zustand, wie sie ihn verlassen hatte. Es strömte ihr nur ein unheimlicher Geruch entgegen. Eisenhaltig. Kein Wunder, der Schuppen war seit vielen Monaten nicht mehr geöffnet worden.

»Daryl, hast du dich hier irgendwo versteckt?«, rief sie, aber sie bekam keine Antwort, blickte zurück und sah auf die Kette am Boden. Das Schloss war tatsächlich mit einem Schlüssel geöffnet worden, aber es steckte keiner darin. Mit einem Dietrich wäre es nicht möglich gewesen – darüber hatte sie sich beim Kauf informiert. Es war ein kompliziertes Sicherheitsschloss, mit mehreren Schließmechanismen. Panik überkam meine Mutter erneut, sie konnte sich dieses Ereignis nicht erklären, und ich war auch nicht aufzufinden. Sie rannte zurück ins Haus, die Treppe hinauf in den ersten Stock und blieb unter der Dachbodenklappe stehen. Sie blickte hinauf. Das Schloss, das sie dort angebracht hatte, tat ordnungsgemäß seinen Dienst. Es war von dem gleichen Hersteller wie das andere draußen am Schuppen.

Ihr Herz raste, sie rannte wieder hinunter und sah in der Küche, wie das mitgebrachte Eis aus ihrer Handtasche auf den Boden tropfte. Es würde eine große Lache werden, wenn sie es nicht gleich rettete, denn sie hatte zwei Pfund mitgebracht. Für das ganze Wochenende. Doch sie dachte nicht daran, das Eispaket aus der Tasche zu nehmen und es in die Spüle zu legen, sie dachte nur an mich. Es musste etwas Schlimmes passiert sein, sonst wäre ich doch irgendwo zu finden. Als sie zurück zum Schuppen rannte, sah sie einen Schatten im hinteren Teil des Gartens hinter einem Apfelbaum verschwinden.

»Daryl, hör mit dem Quatsch auf!«, schrie sie dem Schatten hinterher und rannte auf den Baum zu. Während sie lief, hörte sie das Telefon im Haus klingeln. Das ließ sie kurz innehalten und sich umblicken. Dann ignorierte sie das Klingeln aber doch und rannte weiter auf den Baum zu. Als sie ankam, konnte sie niemanden dahinter entdecken. Hatte sie sich getäuscht? Es raschelte plötzlich einige Meter entfernt in dem angrenzenden Wald. Dann erklangen einige undefinierbare Geräusche aus dieser Richtung, und sie lief in den Wald hinein, während das Telefon beharrlich weiter klingelte.

Beth Draithon versuchte meine Mutter nun schon zum dritten Mal zu erreichen. Sie wollte ihr nur mitteilen, dass Joe dieses Wochenende nicht bei Brian übernachten konnte. Sie würden gleich zu einer Großtante nach Missoula fahren und dort für zwei Tage bleiben. Sie feierte dort ihren 80. Geburtstag, und man konnte bei diesem Alter ja nie wissen, ob es noch einen weiteren geben würde. Deswegen müsse Brian diesmal mitkommen. Doch Beth wollte sicher sein, dass meine Mutter zu Hause sei, wenn sie Joe während der Dämmerung heimschickte. Auch wenn Jackson Hole eine sehr sichere Gegend war, so konnte man nie wissen, ob sich das eines Tages nicht plötzlich änderte. Es gab da so ein Gerücht ..., dass jemand sein Unwesen in der Umgebung trieb. Es hatte bislang noch keinen Vorfall gegeben, der das bestätigte, aber Beth wollte achtsam sein, gerade wenn es um uns Kinder ging. Die könnten sich am wenigsten gegen Gewalttäter wehren.

Nun war sie verärgert, weil sie meine Mutter nicht erreichen konnte. Sie musste noch packen und hatte keine Zeit, Joe mit dem Wagen zu bringen. Und ihr Ehemann Ben kam erst spät von der Arbeit, sodass er ihr nicht zur Hand gehen konnte. Hoffentlich war er diesmal halbwegs nüchtern geblieben. Die Fahrt würde über sechs Stunden dauern.

Annie Malcom hatte kurz danach versucht, bei meiner Mutter anzurufen, um nachzufragen, ob ihr Mann vielleicht noch bei ihr sei. Sie wollte doch heute Abend mit ihm essen gehen und anschließend ins Kino. Es war ihr siebzehnter Hochzeitstag, und sie hatte sich auf das Essen so gefreut! Doch sie konnte niemanden bei uns erreichen. Also musste sich Ralph wohl bereits auf dem Heimweg befinden.

Niemand bekam eine Antwort auf seine Fragen. Es hatte in diesem Jahr einen besonders schönen Indian Summer gegeben, aber dieser heutige Abend stürzte ein ganzes Tal in tiefe Angst …

Drei Personen wurden vermisst: meine Mutter, Ralph und ich.

Beth Draithon fuhr Joe schlussendlich abends um sieben mit dem Wagen nach Hause und fand das offene Haus und den offenen Schuppen vor, aber auch den Wagen meiner Mutter, mit bereits erkaltetem Motor.

Annie Malcom war ebenfalls mit ihrem Wagen zu uns gefahren, um sich direkt vor Ort bei Ralph über den vergessenen Hochzeitstag zu beschweren. Sie hatte lange schon das Gefühl gehabt, dass ihr Mann ein Auge auf meine Mutter geworfen hatte, seit mein Vater tot war. Gut, als mein Vater noch lebte, gab es moralische Grenzen; jetzt aber war meine Mutter sozusagen Freiwild. Ein attraktives noch dazu. Sie besaß ein ordentliches Anwesen, das durch eine Lebensversicherung meines Vaters von den Schulden abgelöst wurde. Na gut, die Versicherung hatte wegen des Selbstmordes nicht alles gezahlt, aber als nachgewiesen wurde, dass er nicht aus Versicherungsgründen verübt worden war, hatte man ein Auge zugedrückt und zwei Drittel der Summe schließlich überwiesen. Was machte meine Mutter noch attraktiver? Sie hatte eine feste Arbeitsstelle, wenn auch nicht sehr spektakulär, aber sie war unabhängig, was viele Männer in Jackson Hole bewunderten und … was sie sogar begeisterte. Ralph war einer von ihnen. Zudem war sie eine sehr ordnungsliebende und verständnisvolle Mutter. Und schlank! Das Bündel an Vorteilen war einfach zu groß, um damit mithalten zu können, fand Annie Malcom. Das fand auch Beth Draithon, die seit vielen Monaten den Alkoholismus ihres Mannes aushalten musste und sich selbst kaum noch in einen gepflegten Zustand bringen konnte. Vor Joe spielten sie immer die heile Familie, aber wenn er weg war, flogen die Fetzen! Brian war die Situation so peinlich, dass er Joe nie davon erzählte. Auch nicht, wie sehr er seinen Vater dafür hasste.

Annie und Beth, die sich hin und wieder in Brightfull's Discount begegneten und nur grüßten, trafen nun zum ersten Mal in einer völlig neuen Situation aufeinander. Beth Draithon, spindeldürr, Annie Malcom, stark übergewichtig. Als Annie ihr Gewicht unter großer Mühe aus dem Wagen zwängte und ächzend in die Höhe kam, stand Beth gerade mit Joe auf dem Hof und besprach die Lage. Es war bereits dunkel, und von den Kampfspuren vor dem Schuppen war nichts zu erkennen. Joe hatte bereits im Haus und im Schuppen nachgesehen und nur die Eislache in der Küche als wunderlich hingenommen. Das andere konnte eine durchaus logische Erklärung haben. Es schien seiner Meinung nach nichts Beunruhigendes vorgefallen zu sein. Vielleicht hatte seine Mom den Schuppen aufgeschlossen, um mit mir die Sache endlich zu verarbeiten. Danach sind wir vielleicht etwas spazieren gegangen und befanden uns bereits auf dem Heimweg. Nur die Eislache war seltsam. Und die offene Haustür?, hatte Beth gefragt. Na, die konnten die beiden doch einfach mal vergessen haben. Gut, wenn der Wagen noch weg wäre, hätte man annehmen können, dass ich mich verletzt haben könnte und meine Mutter mich ins Krankenhaus gefahren hatte. Das würde auch die Eislache erklären. Aber … der Wagen stand mitten auf dem Hof.

»Gute Idee«, sagte Beth Draithon. »Wir werden mal im Krankenhaus anrufen. Vielleicht war ein Krankenwagen hier.« Sie sah schemenhaft im Lichtschein der Hauslaterne breite Reifenspuren, die eindeutig von einem großen Wagen stammten.

Beth ging ins Haus und fand das Telefon im Wohnzimmer. Joe organisierte eine Taschenlampe und leuchtete die Einfahrt damit ab. Dass mit dem Krankenwagen könnte stimmen. Annie Malcom lief aufgebracht hinter Joe her, denn die Spuren konnten auch von dem Wagen ihres Mannes stammen. Die Vermutung, dass er vielleicht mit meiner Mutter und mir abgehauen sei, nahm langsam Gestalt an. Annie sah Joe mit zusammengekniffenen Augen an. Wie berechnend und kalt konnte die Mutter dieses Jungen sein? Wer wusste das schon?

Beth kam aus dem Haus gestürzt und berichtete, dass heute Abend kein Krankenwagen angefordert worden sei. Es wurde auch niemand eingeliefert oder aufgenommen. Damit war diese Theorie hinfällig, und Annies Theorie gewann beängstigend an Gewicht. Joe verspürte die erste Angst, etwas, was er selten spürte. Seit der Krankheit unseres Vaters hatte er gelernt, Gefühle zu unterdrücken. Nach dessen Tod beherrschte er diese Kunst nahezu perfekt, aber jetzt durchbrach irgendetwas diese Mauer. Er hatte nur noch Mom und mich und versuchte, sich pragmatisch mit dem hier vorhandenen Problem auseinander zu setzen, während Annie und Beth ihre Antipathie gegeneinander mit spitzen Bemerkungen zu äußern begannen. Als Joe die Worte war schon immer eine komische Familie hörte, platzte ihm der Kragen, und er schrie so laut, dass beide Damen erschüttert zusammenzuckten: »DARYYYYL!«

Stille.

Bemerkte denn niemand seine Not? Seine Mutter und sein Bruder waren offensichtlich unter merkwürdigen Umständen verschwunden. Was half jetzt das Gegacker über die Schwächen der Anderen? Wäre es nicht angebracht, mit der Suche zu beginnen?

»Moooom!« Er horchte in die Dunkelheit, ob irgendein Ruf zurückkommen würde, aber es kam keiner. Joe hörte den angrenzenden Bach und die Bäume im Wald rauschen. Also schrie er lauter: »Mooom!? Daryl!? Seid Ihr hier!?«

Nichts. Zumindest zunächst. Mein leises Jammern verlor sich im Geräusch des Windes. Joe lauschte konzentriert. Irgendein Geräusch passte nicht zu dem Rauschen der Bäume und des Wassers. Mein leises Jammern wurde lauter. Wie eine Melodie fügte es sich in die Geräusche der Natur ein, und nur kurze Augenblicke lang klang es wie eine Disharmonie heraus. Joe horchte, während die Damen wieder zu wettern begannen.

»Schhhhht«, zischte er die beiden an, die daraufhin verstummten.

Joe rief noch einmal: »Daryl?«

Wieder wurde die Melodie des Windes durch mein kindliches Jammern unterbrochen. Joe versuchte es zu orten und ging auf den Schuppen zu. Doch mein Jammern kam nicht aus dem Schuppen, den Joe noch einmal gründlich mit der Taschenlampe durchleuchtete. So ging er wieder hinaus und rief erneut: »Daryl?«

Wieder erklang es. Joe ging rechts um den Schuppen herum und leuchtete alles ab. Ich verstummte.

Hatte Joe sich getäuscht? Hatte er mich nur gehört, weil er mich hören wollte?

Die Damen begannen wieder zu diskutieren, und Joe schmiss wütend einen Stein an Annie Malcoms Hintern. Annie machte erschrocken einen Satz nach vorne, hielt ihre linke Pobacke fest und warf Joe einen giftigen Blick zu.

»Könnten Sie mal das Maul halten?«, fuhr Joe sie an. Das musste einfach raus. Annie sah Beth an und nickte bestätigend zu ihrer vorherigen Bemerkung, dass unsere Familie komisch wäre. Damit war die Theorie, dass meine Mutter eine liebevolle Mutter sei, dahin. Dafür würde der nächste Kaffeeklatsch auf jeden Fall sorgen. Dieser Gedanke beruhigte Annie etwas, aber es brachte ihr nicht ihren Mann zurück.

Jetzt wagte keine der Damen mehr zu reden. Mein Jammern setzte wieder ein, war nun klar und deutlich zu hören. Joe ging sicheren Schrittes um den Schuppen herum Richtung Wald, gefolgt von Annie und Beth, die nun erst den Ernst der Lage zu begreifen schienen. Mein Jammern wurde lauter. Die Taschenlampe brachte Klarheit. Ich saß im Kegel des Scheins auf dem Boden und hielt einen alten Arbeitsstiefel fest umschlungen in meinen Armen. »Dad war hier«, flüsterte ich kaum hörbar. In dem Moment schrie Annie Malcom: »Das ist der Schuh meines Mannes!«

Dann sahen es alle gleichzeitig: Meine mit Blut verschmierten Hände.

Es war nötig, die Polizei einzuschalten.

Sergeant Leads sah sich um seinen wohlverdienten Feierabend gebracht und erschien entsprechend missmutig bei uns auf dem Hof. Es war ein dämlicher Anruf gewesen: »Mein Mann kommt nicht von der Arbeit heim. Daryls Mutter ist auch nicht da. Wir brauchen Hilfe.« Und das um halb acht am Abend! Um diese Zeit waren viele Leute nicht zu Hause. Aber weil es Annie Malcom gewesen war, die Frau von Ralph, der seine Reparaturen im Haus immer ohne Mehrwertsteuer erledigte, hielt er es für besser, sich die Sache einmal anzuschauen. Er hätte auch sagen können: »Dann wartet, verdammt noch mal! Es wird schon keiner gestorben sein. Und wenn doch, dann könnt Ihr euch ja noch mal melden.« Seine Laune war übel. Aber, und Leads reagierte berechnend, er wollte auch weiterhin seine Reparaturen ohne Mehrwertsteuer. Also fuhr er hin. Wenn sich dieser Notruf als Witz herausstellen sollte, dann gnade Gott dieser Gesellschaft, die er auf dem Hof im Kegel seines Scheinwerferlichts antraf. Er würde dann keine Gnade walten lassen. Vor ihm standen wir Jungen und zwei Damen, die er nur allzu gut kannte. Beth, die sich schon zwei Mal wegen Misshandlungen durch ihren Mann an ihn gewandt hatte, und Annie, deren Tochter schon einige Male wegen Rauchens von Joints verwarnt wurde. Kein Wunder – er würde bei dieser Mutter auch sein Gehirn mit Cannabis vernebeln. Deswegen hatte er Milde walten lassen.

Leads hatte sich schon einige Male mit Ralph über dessen Ehe unterhalten. »Weil ich keine Bessere finde …«, hatte Ralph lachend erzählt, aber innerlich war ihm das Lachen schon lange vergangen, besonders wenn er an meine Mutter dachte, die ihn in seinen Gedanken ständig beschäftigte. Selbst beim Sex mit seiner Frau Annie dachte er heimlich an meine Mutter. Das machte die Berührung seiner Frau einigermaßen erträglich, solange es eben dunkel im Zimmer war. Aber das war schon einige Wochen her. Zu Sam, seiner Tochter, hatte er nie ein engeres Verhältnis aufbauen können. Er gab ihr Essen, ein Dach über dem Kopf und Taschengeld – für Joints. Damit sah er seine Pflichten als Vater erledigt. Er trug Sorge für Leib und Seele seiner Tochter, nur eben aus seiner Sicht. Doch insgeheim wünschte er sich meine Mutter als Frau. Und er mochte uns, Joe und mich. Wir waren gut erzogen und ehrlich. Seine Gedanken waren nicht einmal unmoralisch, solange er sich nicht auf meine Mutter während seiner Ehe einließ, doch seine Gedanken kreisten von Tag zu Tag mehr um diesen Wunsch. Es musste nur der richtige Moment her. Er musste irgendwie herausfinden, ob meine Mutter ihn auch mögen könnte. Nun, der Moment war gekommen. Sie war in sein Geschäft gekommen und hatte ihn um Hilfe gebeten. Das war seine Chance! Wenn nicht dieser blöde Brightfull dazwischengefunkt hätte. Der, der genau das tat, was Ralph vorhatte: um die Gunst dieser Frau buhlen. Oh, er hasste diesen Brightfull!

Doch dann entwickelte Ralph eine neue Strategie. Er wusste, dass dieser Brightfull nicht viel mit den Abflussrohren ausrichten konnte – sie waren schlicht und ergreifend zu alt. Also beschloss er, ihn gewähren zu lassen in der Hoffnung, er würde sich vollends blamieren. Sein Plan ging auf. Schon wenige Stunden später hatte meine Mutter auf seinen Anrufbeantworter gesprochen. Damit kam Plan B ins Spiel: Frauen musste man zappeln lassen. Das hatte er in irgendeiner Zeitschrift zum Thema »Partnersuche« gelesen. Wenn man Frauen zu schnell nachgab, machte man sich uninteressant. Also vertröstete er meine Mutter auf das nächste Wochenende und ließ sie mit ihrem Problem vorerst allein. Dann aber würde er kommen und alle Schwierigkeiten kompetent und äußerst freundlich beseitigen. Er würde diese Chance nutzen, etwas näher mit ihr ins Gespräch zu kommen. Würde ihr vielleicht noch einige kleinere Reparaturen im Haus erledigen – natürlich kostenfrei. Es wäre doch gelacht, wenn er diesen Brightfull nicht von der Bühne schubsen könnte! Doch dann kam alles anders …

Brightfull war sehr erzürnt gewesen, dass meine Mutter nun doch diesen Malcom um Hilfe bitten musste. Dafür schickte er ihr diese Rosen. Es war im Grunde keine Entschuldigung, die er damit aussprechen wollte, nein, er wollte, dass sie etwas von ihm im Haus stehen hatte und es täglich sah. Dafür hatte er die teuersten Rosen besorgt, die das beste Blumengeschäft in der Stadt anbot. Er wollte, dass Ralph diese Rosen sah, wenn er vielleicht das Haus betreten würde. Er würde eine Bemerkung über die Rosen machen, um herauszufinden, woher sie stammten. Und dann würde sie Jason Brightfull sagen. Ja, sie würde seinen Namen laut und stolz aussprechen. Dagegen konnte dieser Malcom nicht ankommen. Er durfte keine Rosen schicken, er war verheiratet. Meine Mutter hätte es für unmoralisch befunden und eine ablehnende Haltung ihm gegenüber eingenommen. Gut, dass er diese Woche noch einmal kontrolliert hatte, ob die Rosen auch wirklich noch im Haus standen!

Leads kannte sie alle, seine Geschäftsleute. Sie waren alle durchtrieben und selbstsüchtig. Und unglücklich! Sein Job als Sergeant war die Anlaufstelle für Männer und ihre Probleme, wohingegen der Friseur die Anlaufstelle für ihre Frauen und ihre Probleme war. Die Männer der Stadt fühlten sich sehr zu ihm hingezogen und buhlten um seine Freundschaft. Dazu gehörten eben auch so einige private Geschichten, um sein Vertrauen zu erlangen. Man konnte ja nie wissen, wann man diesen Menschen einmal als Freund brauchte – und nicht als Person des Gesetzes. Das Witzige an der ganzen Sache war – fand Leads –, dass seiner Frau der Friseursalon der Stadt gehörte. Leads kannte sie also wirklich alle!

Vor ihm standen nun wir, Janets Söhne, und zwei Damen, wie sie nicht unterschiedlicher sein konnten, nicht nur äußerlich.

Das war tatsächlich Ralphs Frau! Er hatte sie fast nicht wiedererkannt. Seine einstige Klassenkameradin hatte mindestens vierzig Kilo zugelegt, seit er sie das letzte Mal gesehen hatte. Gut, es drückte die Falten aus ihrem Gesicht, und an anderen Stellen sicher auch. Er wollte nicht weiter darüber nachdenken. Die andere Dame, Beth, hatte er zum letzten Mal mit einem blutunterlaufenen Auge gesehen, das ihr Mann ihr verpasst hatte. Sie hatte es Leads' Frau im Friseursalon – natürlich unter dem Siegel des Stillschweigens – erzählt. Seitdem hatte sie mindesten zwanzig Kilo abgenommen. Jetzt sah sie wie ein verhungertes Huhn aus. Aber wir, diese Jungs von Janet, erregten am stärksten seine Aufmerksamkeit. Er kam nicht umhin, zuzugeben, dass auch er meine Mutter mochte. Sie bediente ihn oft an der Kasse im Discount von diesem Brightfull und war stets freundlich und zurückhaltend zugleich. Er mochte es, dass sie nicht um seine Freundschaft buhlte, wie so manche andere Damen im Ort. Er mochte ihre Natürlichkeit und war dankbar, nicht stärkere Gefühle für sie zu hegen. Das hätte unter Umständen fatale Folgen für seinen Job mit sich bringen können.

Leads grüßte kurz, dann richtete er seine ganze Aufmerksamkeit auf mich. Ich hielt immer noch den mit Blut verschmierten Arbeitsschuh in meinen Armen, was diesen Polizeieinsatz jetzt wirklich interessant machte. Blut! Das war für einen Sergeant immer interessant. Das Blut schien schon ein wenig eingetrocknet, aber es war eindeutig Blut. Wenn sich nicht gerade ein verletzter Finger oder eine andere Verletzung von mir dahinter verbarg, war es sogar hochinteressant. Dann war es das Blut eines Fremden. Er sollte der Sache näher auf den Grund gehen und ging vor mir in die Knie, um den Schuh näher zu betrachten. Ebenso wichtig war mein Gesichtsausdruck, was die ganze Sache noch hochinteressanter machte. In meinem Gesicht stand die pure Angst geschrieben. Meine Augen waren rot vom Weinen und mein Gesicht beschmiert mit Blut und Dreck. Was hatte ich gesehen? Leads musste daran denken, dass es noch gar nicht lange her war, als er meinen Vater von einem Strang oben unter dem Dach losschneiden musste … eine schlimme Geschichte. Meine Mutter hatte erzählt, dass ich, der eigene Sohn, ihn dort gefunden hatte. Eine ganz schlimme Geschichte! Es gibt Familien, die ziehen Katastrophen an wie Mist die Fliegen. Unsere Familie schien so eine zu sein, auch wenn er meinen Vater sehr gemocht hatte. Anfangs zumindest. Immerhin hatte er ihm einmal seinen Dienstwagen kostenfrei am Wochenende repariert. Dafür gab es jetzt einen Bonus für uns. Zudem verlangte es das Gesetz, sich uns mit äußerster Vorsicht und Aufmerksamkeit zu nähern. Er sagte leise zu mir: »Ich heiße Alan Leads. Ich bin ein Polizist und werde dir helfen.« Dann wartete er meine Reaktion ab.

Das gefiel den Damen gar nicht, besonders Annie Malcom, die von ihrem ehemaligen Schulkameraden die meiste Aufmerksamkeit erwartet hatte. Doch Alan Leads schenkte ihr nicht einmal den kleinsten Blick. Joe ergriff das Wort: »Meine Mom ist verschwunden. Als ich heimkam …«, und er sah zu Beth Draithon hinüber, »Mrs. Draithon hat mich heimgefahren … stand ihr Wagen hier, die Haustür war auf, die Schuppentür, die immer verriegelt war, stand offen und Daryl saß mit diesem Schuh voller Blut hinter dem Schuppen.«

Leads beobachtete, wie ich apathisch diesen Schuh zu streicheln begann, und hörte ein leises Flüstern aus meinem Mund: »Dad war hier.«

Mein Dad war tot. Welch unerträgliche Last wurde meiner kleinen Seele auferlegt?

»Das ist der Schuh meines Mannes!«, rief Annie von hinten.

»Da ist Blut dran!«, rief Beth dazwischen.

Leads schloss genervt die Augen. Das hatte er bereits gesehen! Hatten diese Damen nicht einen Funken von Anstand uns Jungen gegenüber? Sah niemand von den beiden die Not, die ich litt? Joe hatte schützend seinen Arm um mich gelegt, und Leads wischte mir behutsam eine Träne von der rechten Wange. Dann fragte er ganz leise: »Daryl, darf ich den Schuh einmal haben und ihn mir ansehen?«

Ich sah Leads an, direkt in die Augen, und erkannte etwas Vertrauenswürdiges, etwas, das Hilfe versprach im Blick des Mannes, der mir gegenüber kniete. Also übergab ich ihm den Schuh, Dads Schuh.

»Danke«, bestätigte Leads mein Vertrauen. Er besah sich den Arbeitsstiefel von allen Seiten. Meine kleinen Hände hatten die Blutspuren natürlich verwischt, aber es ließ sich vielleicht feststellen, ob es Ralphs Blut war. Man hatte ein sehr gutes Labor direkt in der Stadt. Wessen Stiefel es nun wirklich war, ließ sich erst einmal nicht feststellen.

»Oh Gott!«, schrie Annie, als sie den Stiefel näher betrachtete.

»Dad hatte den gleichen Schuh«, sagte Joe geschwind, bevor diese Frau wieder irgendetwas Bestimmendes sagen konnte.

»Das ist aber Ralphs!«, schluchzte Annie.

»Es ist Dads Schuh«, flüsterte ich.

»Wir gehen jetzt alle zusammen ins Haus«, beschloss Alan Leads und forderte Verstärkung an.

Im Wohnzimmer wurde die Stimmung nicht besser, aber Leads erfuhr einige Details, die sich hier zugetragen haben könnten. Zum Beispiel, dass Ralph tatsächlich heute einen Auftrag auf dieser Ranch gehabt hatte. Es war also denkbar, dass er wirklich hier gewesen sein könnte. Dass meine Mutter hier gewesen war, war offensichtlich. Jetzt waren beide weg. Annie musste wieder an eine Flucht denken. Würde meine Mutter wirklich ihre Jungs einfach zurücklassen, um mit ihrem Mann durchzubrennen? Der Gedanke erschien ihr immer unwahrscheinlicher. Dann erschien er ihr so unwahrscheinlich, dass sie erst ein schlechtes Gewissen bekam und dann die pure Angst in ihr hochkroch. Leads schloss diese Idee von vornherein aus. Das entsprach nicht dem Wesen meiner Mutter. Bei Ralph konnte er sich nicht ganz sicher sein, wenn er sich Annie so anschaute, doch er behielt seine Gedanken für sich. In der Stadt kursierte das Gerücht, dass sich Jason Brightfull für meine Mutter interessierte und sie auch nicht abgeneigt zu sein schien. Zumindest wurden die beiden einige Male privat gesehen. Das hatte Leads' Frau Lydia beim Abendessen erzählt. Die beiden hatten das perfekte Kontrollsystem im Ort.

Dieser Brightfull hätte sich in letzter Zeit auch sehr zu seinem Vorteil verändert, berichtete Lydia. Sein Aussehen wäre nicht mehr so konservativ, sondern moderner und sportlicher geworden. Sogar der Haarschnitt, den Lydia ihm auf seinen Wunsch hin verpasst hatte, verblüffte sie. Sie hätte nie gedacht, dass er sich an einen modernen Schnitt heranwagen würde. Außerdem wäre er in letzter Zeit auffallend guter Laune gewesen. Zwei Tage später kam bei Lydia im Laden die Nachricht an, dass Brightfull dreißig Rosen bei Linda im Laden gekauft hatte. Das hätte dieser Kerl nie getan, als seine Frau noch lebte. Die Midlifecrisis, hatten beide analysiert. Er wäre auch im Geschäft viel freundlicher geworden. Ein Wunder! Man musste Brightfull schließlich zu Gute halten, dass das Schicksal es nicht gut mit ihm und seiner Frau gemeint hatte. Es war nicht anzuzweifeln, dass Brightfull ein tüchtiger und ordentlicher Mann war, der seine Frau bis in den Tod gepflegt und nebenbei noch das Geschäft geführt hatte. Das verlangte Respekt. Es wurde aber auch getuschelt, dass seine Frau so plötzlich gestorben sei. Dass ihr Arzt die Größe des Tumors nicht als lebensbedrohlich angesehen hatte, aber der psychische Zustand von Susan Brightfull in den letzten Wochen doch bedenklich instabil gewesen sei. Sie hatte sich wahrscheinlich aufgegeben. Kein Wunder, denn der Tumor war unheilbar und hatte begonnen, Teile ihres Gehirns einzunehmen, sodass erste Sprachprobleme entstanden. Sie verwechselte Farben und Formen. Sie sah ein rotes Kleid und sagte, es sei ein grünes, obwohl sie rot meinte, aber das Gehirn gab nur den Begriff grün frei. Dann bekam sie Kortison und ihr Gesicht wurde ganz aufgedunsen. Es verlor jeden gewohnten Gesichtszug der Susan, die man kannte. Dann begann sie sich einzunässen, und danach hat sie niemand mehr gesehen. Brightfull hatte sie aufopferungsvoll zu Hause gepflegt. Dachten alle.

Nachdem sich Alan Leads die Versionen aller anwesenden Personen angehört hatte, traf die Verstärkung auf dem Hof ein. Es waren viele Fahrzeuge, darunter ein Bus mit einem Suchtrupp. Leads war froh, vor vier Jahren einige Männer der Stadt ehrenamtlich als Suchtrupp ausgebildet zu haben. Es waren hauptsächlich Geschäftsleute, die nicht nur des Ehrenamtes wegen diesen Job taten, sondern weil es sich positiv auf ihre Werbung auswirkte, denn Leads hatte allen versprochen, entsprechende Aufkleber an die Scheiben ihrer Geschäfte anbringen zu lassen. Und was Leads versprach, das hielt er auch. Die Aufkleber sahen sehr professionell aus, wie die Aufkleber der ehrenamtlichen Feuerwehr. Dass dieser Suchtrupp jedoch jemals für einen Einsatz eingefordert werden würde, hatte niemand erwartet. Ihr monatliches Treffen bei Bier und Wein, das eigentlich der Übung und der Ausbildung dienen sollte, war eine angenehme Zeit für die Männer. Sie hatten viel Spaß miteinander und entrannen dem mehr oder weniger tristen Familienleben zu Hause. Leads wusste, dass Alkohol viele Männer locken würde. Ralph gehörte dazu.

Sein Konkurrent Dough Hendson war heute dabei, jedoch mehr aus Neugierde als ehrlicher Absicht. Ben Draithon war zwar auch einer aus der Mannschaft, aber nicht dabei. Beth vermutete, dass er zu betrunken war, und war gleichzeitig froh, nicht mit ihm nach Missoula gefahren zu sein. Wer weiß, vielleicht wären sie durch einen Unfall alle ums Leben gekommen.

Leads' Rolle als Sergeant gewann an Bedeutung. Er koordinierte die Einsätze und ließ zunächst seine Leute das Haus oberflächlich nach Hinweisen auf das Verschwinden hin durchsuchen. Da die Suche in der Tat oberflächlich verlief, fand auch niemand die zerknitterte Nachricht von Ralph im Mülleimer, die ich dort unachtsam hineingeworfen hatte. Durch sie hätte Leads zumindest erfahren, dass Annies Mann wirklich hier gewesen war.

Auf dem Hof wurde ein großer Scheinwerfer aufgestellt, und niemand außer der Spurensicherung durfte sich noch draußen aufhalten. Durch den Großeinsatz waren die Reifenspuren des großen Fahrzeuges verwischt, doch man fand die Kampfspuren vor dem Schuppen sowie Fußspuren in den Wald, die von den Schuhen meiner Mutter herrühren konnten. Es war ein kleiner Abdruck von einem weiblichen Schuh. Allerdings fand man keine Blutspuren. Woher rührte dann das Blut an dem Arbeitsstiefel?

Ein Seelsorger, der immer bei einem Einsatz mitfuhr, reinigte mein Gesicht und meine Hände. Ich hatte keine Wunde vorzuweisen. Damit war klar, dass es fremdes Blut an dem Stiefel sein musste.

Jason Brightfull hatte sich heute ein neues Aftershave aus seinem Laden mitgenommen. Er musste unbedingt herausfinden, worauf meine Mutter am stärksten reagierte. Er schloss seinen Discount gegen späten Nachmittag zu und überlegte, ob er sie abends zum Essen einladen sollte. Nicht bei sich zu Hause, Gott bewahre!, sie durfte seine alten Möbel, die er mehr aus Geiz als aus Leidenschaft behielt, nicht sehen. Nein, er würde sie in ein teures Steakhaus einladen. Als Chef würde er sich doch nicht lumpen lassen! Doch sie war bereits weg, wollte noch kurz zum Friseur und dann heim. War heute nicht der Tag, an dem Ralph diese neuen Leitungen legen wollte?

Sergeant Leads schrak hoch, als das Telefon in unserem Wohnzimmer klingelte. Sollte dies jetzt meine Mutter oder Ralph sein, oder gar beide, wäre das sicherlich erfreulich für alle. Dieser ereignisreiche Abend konnte den Dienstgrad von Leads nur aufpolieren. Wir alle sahen gebannt auf den Sergeant, als er den Hörer abnahm. »Guten Abend, Jason!«, entglitt es dem Sergeant enttäuscht. Joe und ich sahen verbittert zu Boden, und die Damen lächelten sich befremdet an.

»Nein … Sergeant Leads, Alan Leads … nein … ja …«

Joe sah erwartungsvoll auf, als der Sergeant den Hörer wieder auflegte. War unsere Mom etwa bei diesem Brightfull?

»Jason Brightfull kommt vorbei.«

»Warum hast du ihn nicht gleich gefragt, ob er weiß, wo Janet ist … oder Ralph?«, fragte Annie vorwurfsvoll. Zu Recht, wie Beth fand, aber Leads antwortete: »Besser, wir lassen ihn vorbeikommen und fragen ihn dann.« Leads dachte sich etwas dabei. Seine Frau hatte ihm von dem Friseurbesuch meiner Mutter heute erzählt, dass Jason und Ralph sich vor ihr gestritten hatten. Wer weiß, was die beiden gegeneinander im Schilde führten. Es war besser, diesen Brightfull bei sich in der Nähe zu haben. Leads hatte mit großer Freude vor vielen Jahren alle »Columbo«-Staffeln verfolgt, und diese Serie hatte ihn letztendlich dazu bewogen, diesen Beruf zu erlernen. Er hatte festgestellt, dass Columbo immer nach dem gleichen Muster handelte. Es waren immer die Mörder, die am stärksten an der Lösung des Falles interessiert waren, nur um sicher zu stellen, dass sich Columbo auf die falsche Fährte begab. Aber genau das war der Trick des Inspektors. Er band die Mörder direkt ein, um sie zu Fehlern zu verleiten. Der Mörder war immer der beste Stratege an seiner Seite.

Außerdem war es Leads aufgefallen, dass Brightfull gar nicht gefragt hatte, was los sei. Dabei hatte der Sergeant auf die Frage, ob meine Mutter da sei, schlichtweg mit Nein geantwortet. Leads, an Brightfulls Stelle, hätte sich gedacht: wie merkwürdig. Er würde fragen, ob etwas passiert sei, wenn sich an dem anderen Ende der Leitung ein Sergeant meldete.

»Das ist keine gute Idee«, sagte Joe.

»Das will ich nicht«, flüsterte ich.

»Was ist los? Wo ist das Problem?«, fragte Leads uns beide. Brightfull hatte sich doch bislang als netter Freund erwiesen. Er gab unserer Mom Arbeit und kümmerte sich privat etwas um sie. Vielleicht wollte er ihr nur über die schwere Zeit hinweghelfen. Doch als Leads unsere Gesichter sah, war ihm klar, dass hier irgendetwas nicht stimmte. Das machte den Sergeant neugierig. Man konnte nie genug Hinweise sammeln. Er setzte sich zu uns auf das Sofa und fragte nach, was wir auf dem Herzen hatten.

Jason Brightfull war zutiefst erschüttert gewesen, als er die Männerstimme am anderen Ende der Leitung hörte. Hatte sich etwa dieser Sergeant Leads als weiterer Bewerber bei meiner Mutter angemeldet? Ihm war nicht entgangen, dass auch Ralph einen Blick auf sie geworfen hatte. Dieses Arschloch! Er hatte doch eine Frau zu Hause, wenn auch eine fette, aber die Kirche verbot dennoch jede Form des Ehebruchs. Sonst müsste dieser Malcom in der Hölle schmoren. Wenn Gott das nicht richten würde, würde er es vielleicht tun. Aber nun auch noch Sergeant Leads? Der gute Alan, der auch verheiratet war! Der immer so scheinheilig unwissend tat, dabei wusste doch jeder, dass er eine laufende Datenbank war. Glaubte er wirklich, es wüsste niemand, dass seine Frau ihm alles erzählte, was sie von ihren Kunden erfuhr? Es gab keine größeren Klatschmäuler als gelangweilte Weiber! Unglückliche, gelangweilte Weiber. Sie tratschten alles über ihre Männer weiter, von stinkenden Achseln bis hin zu den Ralleystreifen in den Unterhosen. Es gab nichts, wovor eine unglückliche Ehefrau zurückschrecken würde, nur um ihren Frust loszuwerden.

Meine Mutter war da ganz anders. Sie war nicht gelangweilt, sie war attraktiv und stand mit beiden Beinen im Leben. Sie hatte sich nie von meinem Vater aushalten und versorgen lassen. Sie hatte immer und überall mit angepackt und saß nicht fressend oder heulend vor dem Fernseher, weil sie Angst hatte, ihren Mann zu verlieren. Sie hatte nie schlecht über ihn gesprochen, und sie war nie mit ihren Problemen hausieren gegangen.

Sollte dieser Alan Leads wirklich ein Problem werden, würde Brightfull es irgendeiner Frau – unter dem Deckmantel der Verschwiegenheit natürlich –, die regelmäßig in Lydias Salon ging, erzählen, dass er Alan einmal in einem Bordell in Idaho Falls hat verschwinden sehen. Das würde ausreichen, um die Ehe zu ruinieren und Leads Probleme verschaffen, die ihn von Janet Houston fernhielten. Und es stimmte auch noch. Leads war dort tatsächlich vor zwei Monaten eingekehrt, weil ein rechtlicher Vorfall ihn dazu gezwungen hatte, dort Ermittlungen zu führen. Leider hatte er verpasst, es seiner Frau mitzuteilen. Aber wer teilte seine Frau schon alles mit? Vor allen Dingen ein Besuch in einem Bordell! Na ja, er hatte dort eben auch Ermittlungen in einem Fall durchgeführt.

Brightfull sah auf seine verschmutzten Schuhe, die er gerade hatte anziehen wollen. So konnte er sich unmöglich aus dem Haus trauen. Sie waren voller Matsch.

Tim Benton, der Leiter der Spurensicherung, hielt den silbernen Lumina von Brightfull vor der Absperrung zum Hof an. Brightfull ließ das Fenster herunter und sah geblendet von den Scheinwerfern auf Benton. »Was, in Gottes Namen, ist denn hier passiert?«

»Sir?«, fragte Benton. »Sie können hier nicht rein.«

»Brightfull, Jason Brightfull. Ich habe gerade mit Sergeant Leads telefoniert und bin ein Freund der Familie. Ich würde gerne erfahren, was hier passiert ist.«

Tim Benton wendete sich kurz ab und besprach sich mit einem Mitarbeiter, der sofort ins Haus lief, um Leads Bescheid zu sagen. Kurze Zeit später kam der Mitarbeiter wieder zurück und besprach sich mit Benton.

»Parken Sie Ihren Wagen da hinten an der Seite. Ich werde Sie zu Sergeant Leads bringen«, sagte Benton.

Brightfull war schockiert, als er das Polizeiaufgebot vorfand, folgte den Anweisungen und ließ sich ins Haus bringen.

Leads hatte Bentons Mitarbeiter gebeten, Brightfulls Reaktion auf dieses Treiben bei uns zu beobachten. Reagierte er erschrocken oder eher gelassen?

Gelassen, teilte der Mitarbeiter Leads mit, bevor Brightfull das Haus betrat. Leads nickte.

»Bitte nur ins Wohnzimmer«, bat Benton Brightfull, als er ihm den Vortritt gewährte.

Leads sah genau hin. Brightfull wirkte vollkommen konzentriert. Wenn Leads sich um meine Mutter so bemühen würde, wäre er jetzt vollkommen verwirrt und verängstigt, aber dieser Jason hatte sich zu sehr im Griff. Aber er war grundsätzlich eine merkwürdige Erscheinung. Man hatte bei Jason Brightfull immer das Gefühl, ihn nicht packen zu können. Irgendwie glitt er einem ständig durch die Finger, wie eine glitschige Masse. Er ließ sich auf nichts ein, bezog keine Position, zeigte keine Emotionen und hielt sich aus allem heraus. Einfach ein schwammiger Kerl.

Leads wollte ihm kein Unrecht zukommen lassen, er sammelte zunächst nur Beobachtungen.

Brightfull wirkte unsicher und ging geradewegs auf uns zu. Genau in diesem Moment kam Benton wieder herein und flüsterte Leads etwas in Ohr. Verdammt, jetzt konnte er nicht verfolgen, was dieser Jason als erstes sagte.

Als Leads die Nachricht vernahm, die ihm der Leiter der Spurensicherung ins Ohr flüsterte, wurde er blass, dann wurde ihm übel, und dann musste er der Raum verlassen. Alle Anwesenden sahen ihm erschrocken hinterher.

Wie sollte Leads uns Kindern das klarmachen?

Sie hatten unsere Mutter gefunden. Nicht tot, und das war schon einmal ein großes Glück. Sie lag unweit unseres Hauses, zirka zweihundert Meter entfernt unter einem Gebüsch im Wald, vergewaltigt und nicht ansprechbar. Aber lebend! Leads forderte sofort einen Notarzt über Funk an. Verdammt, das hätte er schon viel eher tun müssen! Aber dieser Einsatz war der größte, den er bisher in seinem Leben zu koordinieren hatte. Es hätte nicht passieren dürfen. Der Seelsorger machte sich sofort auf den Weg zu meiner Mutter, während Leads zurück ins Haus ging. Hatte Ralph Malcom sie vergewaltigt und war jetzt mit Sack und Pack verschwunden? War seine sexuelle Not so groß gewesen, dass er sie nicht mehr kontrolliert bekam? Hatte er bei dem Akt der Vergewaltigung meine Mutter blutig geschlagen und dabei seinen Arbeitsstiefel verloren, sie dann in den Wald gezerrt und ist mit dem Van abgehauen? Spätestens bei der Flucht hätte er merken müssen, dass der andere Arbeitsstiefel fehlte, er ihn am Ort des Geschehens wie ein sprechendes Indiz zurückgelassen hatte. Ralph konnte doch nicht so dumm sein!

Lead beschloss, erst einmal gar nichts zu sagen, schon alleine, um uns Kinder zu schützen. Er stellte ein unechtes Lächeln zur Schau und rief Annie Malcom zu sich. Sie erstarrte, als Leads sie zu sich winkte. Hatten sie Ralph gefunden? Etwa tot?

Alle erstarrten, als sich etwas in Bewegung setzte. Selbst Brightfull erstarrte. Leads sah genau hin. Er saß jetzt auf dem

Sofa, uns Jungen zugewandt und stellte Hilfsbereitschaft und Mitgefühl zur Schau, was ihm jedoch nur schlecht gelang. Er war es nicht gewöhnt, mit Kindern umzugehen. Leads verließ mit Annie den Raum.

»Annie«, begann Alan Leads, »ich darf doch noch Annie zu dir sagen, oder?«

»Sicher«, sagte sie und spürte, wie ihre Angst immer größer wurde. Wenn sie auch einige Kilos zu viel mit sich herumtrug, so hatte sie doch das gleiche sensible Herz wie jeder andere auch. Vielleicht sogar um einiges sensibler, was ihr Gewicht erklärte. Die Eifersucht, die sie eben noch in sich gespürt hatte, verwandelte sich in große Angst. Ihre Wut auf den verpatzten Hochzeitstag war vollkommen verschwunden, und sie hoffte so sehr, dass dies nicht der Todestag ihres Mannes werden würde.

»Annie«, hörte sie Leads aus weiter Entfernung sagen. Sie sah blind hin. In ihren Augen bildeten sich Tränen, die ihr peinlich waren, und sie wischte sie schniefend und tollpatschig mit einer Faust weg. Sie war plötzlich wieder das Kind, das gleich erfahren würde, dass ihre Mutter bei einem Verkehrsunfall ums Leben gekommen war. Sie war von einem riesigen Truck vollkommen zerquetscht worden, sodass ihr Körper nicht annähernd mehr die Form eines Menschen gehabt hatte. Dieses Gefühl von damals quälte sich soeben wieder in Annies verletzte Seele hinauf, die Angst, von nun an alleine weiter mit ihrem gewalttätigen Vater zusammenleben zu müssen, ohne die Mutter, die sie geschützt hatte, die sich immer wieder vor ihre Tochter gestellt hatte, als er zuschlagen wollte. Sie hatte die ganzen Prügel über sich ergehen lassen, nur um ihre Tochter zu schützen.

»Annie!«, hörte sie Leads rufen. Das Kind in ihr sah auf, und sie sah den zehnjährigen Alan vor sich, wie er ihr ein Butterbrot auf dem Schulhof entgegenhielt, weil sie wieder einmal nichts zum Essen dabei hatte und so abgemagert aussah. Er hatte sie damals sehr gemocht. Der zehnjährige Alan verwandelte sich plötzlich in den achtunddreißigjährigen Sergeant Alan Leads, der vor ihr stand und sie mitfühlend ansah.

»Ist er tot?«, fragte sie schluchzend.

»Wer?«, fragte Leads.

»Ralph«.

Sicher, wen hätte Annie auch meinen sollen? Wer würde Annie mehr interessieren als ihr Mann Ralph?

»Wir haben Ralph noch nicht gefunden, Annie, aber ich möchte dich etwas anderes fragen. Deswegen habe ich dich hinausgebeten.«

Jetzt war sie verwirrt. Ralph war nicht tot? Sie schluchzte erneut.

»Wie soll ich anfangen? Annie … es ist mir als Sergeant immer unangenehm, Menschen, die ich kenne, mit intimen Fragen zu konfrontieren.«

Sie lächelte irritiert. Intime Fragen? Wie intim mochten sie sein? Würde es die Intimität zwischen ihr und ihrem Mann betreffen oder ihr und Alan? Na ja, es war ja nur ein Tanz auf dem Abschlussball gewesen …

»Manchmal muss ich Fragen stellen, die ziemlich direkt sind. Würde das bei dir gehen?«

Ihre Angst ging in Sympathie über. War dieses plötzliche und unerwartete Aufeinandertreffen nach so vielen Jahren doch nicht spurlos an ihm vorübergegangen? War er vielleicht ein heimlicher Verehrer von ihr geblieben? Jetzt schämte sie sich für ihre Figur. Damals war sie schlank und jung gewesen, na ja, eher dürr, aber jung. Jetzt war sie nichts mehr von beidem. Was mochte Alan sie wohl fragen? Vielleicht eine heimliche Einladung zum Essen? Sie würde bestimmt nicht nein sagen. Er sah ganz passabel aus. Aber dann müssten sie schon – getrennt – in eine andere Stadt fahren. Vielleicht sogar zwei Städte entfernt.

Ob sie vorbereitet ist?, fragte sich Alan Leads, laut aber sagte er: »Weißt du, ob sich Ralph näher für Janet interessiert hat?«

Wie bitte? Das brachte ihren ganzen Fluss von Gedanken durcheinander. Ralph und Janet? Sie hatte es irgendwie immer geahnt und spürte, wie sich ein innerer Zusammenbruch anbahnte.

»Wie meinst du das, Alan?«, fragte sie, als wären es die letzten Worte, die ihr noch über die Lippen kommen sollten. Sie wollte die Antwort nicht hören, denn die wusste sie bereits. Und die Antwort war ja.

Leads räusperte sich. »Nun, könnte es sein, dass Ralph ein Auge auf Janet geworfen hat?«

Schweigen. Annie konnte das einfache und so kurze Wort ja gar nicht über die Lippen bringen. Es wäre wie ein Geständnis, dass ihre Ehe seit Jahren in Scherben lag. Es wäre ein Geständnis dafür, dass sie unfähig war, Ralph eine gute Ehefrau zu sein. Ein Geständnis, dass sie eine schlechte Mutter war, eben ein schlechter Mensch. Das war sie nicht. Sie war einfach nur … ja, was war sie denn? Dick? Faul? Unattraktiv? Eine abstoßende Erscheinung?

Annie brach weinend zusammen. Leads reagierte sofort und legte seine Arme um sie. Wie lange war es her, als er seine Arme um dieses Geschöpf gelegt hatte? War es nicht bei jenem Tanz auf dem Abschlussball gewesen? Hatten seine Armen damals nichts weiter als kalte Haut und harte Knochen gespürt? Jetzt umfasste er eine warme Haut mit weichen Rundungen. Es war, als hätte sie ihre ganze Welt in ihrem Körper verschlossen und ließ nichts mehr nach außen. Sie hatte ihre eigene Wärme und Geschmeidigkeit unter dieser Haut in all ihren Zellen gebunkert, dorthin, wo sie niemand mehr wegnehmen konnte. Annie lebte in einer Innenwelt, die sie mit ihrer eigenen Liebe füllte. So viel Liebe, dass für ihren Mann und ihre Tochter nichts mehr übrigblieb. Eine Welt, vollkommen erbaut aus Nervennahrung und Einsamkeit. Eine gewaltige Mauer Einsamkeit. Alan Leads konnte es genau in dem Moment spüren, als er sie in den Armen hielt, und es war ihm, als ließe sie soeben ihre ganze Einsamkeit nach außen.

Sie spürte seine Wärme, so wohltuend und schützend. Doch ehe sie sich auf ihn einzulassen begann, stiegen wieder ihre alten Verhaltensmuster in ihr auf; sie schloss ihr Innerstes zu und ging auf Abwehr. Sie wand sich aus seiner Umarmung und sah ihn verbittert an. Stellte dieser Alan gerade ihre Ehe infrage? Sah sie wirklich so abstoßend aus, dass sich Ralph für andere Frauen interessieren musste? Diese Frage war anmaßend, fand sie, und so verletzend. Und dies von einem Menschen, den sie früher einmal sehr gemocht hatte. »Ich weiß nicht was ich sagen soll, Alan. Ich bin entrüstet!«

War sie das? War sie wirklich entrüstet oder hatte er ihr tiefstes Geheimnis gelüftet? »Annie …«

»Nenn' mich nicht Annie!«

Alan ging auf Distanz. Die Situation war heikel, und er wollte keinen falschen Eindruck erwecken. Aber wer sonst sollte diese Befragung durchführen?

Alan besann sich auf seinen Job und fragte: »Mrs. Malcom …«

»Nenn' mich nicht Mrs. Malcom!«

Jetzt war Leads ratlos. Er versuchte es mit »Ma'am?« Sie sah ihn entgeistert an, und er sagte: »Annie, jetzt ist aber Schluss! Du musst uns helfen, die Dinge, die hier passiert sind, aufzuklären. Wir haben Janet gefunden. Sie ist vergewaltigt worden. Wir haben sie im Wald gefunden. Sie lebt! Wäre es möglich …« Er kam mit seinen Worten wieder nicht weiter. Annie ließ einen Aufschrei der Verzweiflung in die dunkle Nacht entgleiten. Jetzt hörte jeder, dass etwas Schlimmes passiert sein musste, selbst Joe und ich. Was sollten wir jetzt denken? Das Ralph tot aufgefunden wurde? Aber natürlich!

Annie sah ihren Mann innerlich vor sich. Er war geil wie ein Elch, den man zwei Jahre weggesperrt hatte. Das Sperma kam ihm seit Monaten schon aus den Ohren! Wie oft hatte sie ihn heimlich onanieren hören? Und wenn sie Sex hatten, hatte sie immer das Gefühl, dass er mit seinen Gedanken ganz woanders war. Ihr Sex hieß jetzt »Pralinen futtern«. Es befriedigte auch, irgendwie, und es ließ sämtliche Falten verschwinden. Ihre Verzweiflung ging plötzlich in Wut über und sie schrie: »Das würde Ralph nie tun!«

»Was tun?«, hakte Leads nach. Er hatte nicht gesagt, dass Ralph meine Mutter vergewaltigt hatte.

»Sie gegen ihren Willen bumsen!«, schrie Annie Malcom durchs Haus, sodass wir alle es hören konnten.

Damit endet die Geduld von Alan Leads. Wie konnte diese Frau solche schlimmen Sachen durchs Haus schreien, wo doch wir Kinder direkt nebenan saßen? Er packte Annie Malcom am Arm und zerrte sie hinaus auf den Hof. Dort übergab er sie Tim Benton mit der Bemerkung, sie irgendwo hinzubringen und zu beruhigen. Sie solle aber unter Aufsicht bleiben. Er stieß sie von sich und ging wieder ins Haus. So konnte er nicht arbeiten. Er hatte durchaus Verständnis für die Situation, aber mit einer hysterischen Frau konnte er nicht arbeiten. Tim Benton hatte ihm kurz mitgeteilt, dass sich der Arbeitsstiefel bereits im Labor befand und man dort das Blut untersuchte.

»Ist Annie nach Hause?«, fragte Beth Draithon, als sie Leads alleine zurückkehren sah. Ihm war klar, was alle dachten. Wir sahen ihn alle an. »Nein, sie bekommt etwas zu Beruhigung. Ich will mal klarstellen, dass wir ihren Mann nicht gefunden haben. Sie hat nur auf einige Fragen etwas überreagiert. Nichts Wichtiges. Annie ist logischerweise sehr angespannt. Meine Kollegen kümmern sich um sie.«

Beth Draithon sah zu Joe und mir, wie wir eng beieinander auf dem Sofa saßen und, weil Brightfull ebenso dort saß, uns mit größtmöglichem Abstand zu ihm in eine Ecke des Sofas drückten. Wir taten ihr leid. »Soll ich mit den Jungen zu mir fahren?«, fragte sie. Sie wusste zwar noch nicht, wie sie es ihrem Mann erklären würde, aber vielleicht lag er auch irgendwo besoffen herum. Gut, dann würde Joe endlich sehen, was bei seinem Freund aus der ach so heilen Familie wirklich los war.

Leads dachte kurz nach. Der Vorschlag klang nicht schlecht. Er würde sich bei ihr melden, wenn er Neuigkeiten habe. Bei Beth waren wir Jungen auf jeden Fall besser aufgehoben als hier, und er stimmte ihrem Vorschlag zu. Er konnte sich nicht um alle gleichzeitig kümmern. Es war offensichtlich, dass ich derzeit nicht ansprechbar war. Ich saß in meiner Blase und hielt Gottes

Hand. Leads würde sich morgen in Ruhe um unsere Aussagen kümmern.

Brightfull erhob sich und sagte: »Ich kann die Jungs auch mitnehmen.« Joe sah erschrocken auf diesen Menschen, der überhaupt nichts in unserem Leben verloren hatte. Leads sah zu ihm hin, dann auf uns und sagte: »Sie werden mit Beth gehen. Joe ist dort so gut wie zu Hause. Und Daryl sollte bei ihm bleiben. Das wird jetzt das Beste für sie sein.« Gleichzeitig fragte sich der Sergeant, warum Brightfull sich für die Vorgänge hier nicht zu interessieren schien. Wenn seine Gefühle zu meiner Mutter aufrichtig wären, müsste er doch brennend neugierig und in großer Sorge sein, oder? Doch Brightfull hatte sich noch nie angemessen verhalten können. Noch nie! Er hatte nie Empathie entwickelt. Und irgendwie war er offenbar doch froh, dass Beth sich um uns kümmern würde. Was hatte er sich nur dabei gedacht, seine Hilfe anzubieten?

Als wir unsere Jacken überzogen, überquerte gerade der Krankenwagen den Hof, und Leads nahm Joe und mich beiseite. Er ging vor uns in die Knie und sagte: »Ich habe gerade eine gute Nachricht für euch beide bekommen. Wir haben eure Mutter gefunden. Sie ist im Wald spazieren gewesen und dort gefallen. Deswegen konnte sie nicht zurückkommen. Wir bringen sie jetzt ins Krankenhaus. Sie ist ziemlich unterkühlt und hat etwas zum Schlafen bekommen, damit sie nicht so viele Schmerzen hat. Also, geht nicht zum Krankenwagen. Lasst sie schlafen. Das tut ihr gut. Ein Arzt kümmert sich schon um sie. Macht euch keine Sorgen und fahrt mit Beth erst mal heim. Macht es euch dort gemütlich, und morgen komme ich euch besuchen und werde euch alles erzählen. Eure Mutter wird wieder ganz gesund. Versprochen.« Er glaubte seinen eigenen Worten nicht. Benton hatte ihm kurz beschrieben, wie furchtbar meine Mutter zugerichtet worden war. Niemand konnte derzeit versichern, dass sie das überleben würde.

Beth hörte dem Gespräch entsetzt zu. Sie hatten Janet gefunden? Sie war im Wald nur gestürzt? Und warum machte man hier so ein Geschrei? Sie besann sich und sah in diesem Moment, wie Leads ihr zuzwinkerte. Damit wusste sie, dass etwas Schreckliches passiert sein musste. Leads flüsterte ihr zu, dass sie verhindern solle, dass wir unsere Mutter so sahen. Beth Gesicht wurde tiefrot. Ich sah es genau.

Und Joe war nicht dumm. Er wusste, was diese freundlichen Worte von Leads zu bedeuten hatten. Eine gestürzte Mutter musste man nicht vor ihren Kindern verstecken. Er sah zu mir; er musste nur alles tun, um mich zu schützen. Wieder war seine Seele gefordert, eine Rolle einzunehmen, der er nicht gewachsen war.

Brightfull sah erschrocken auf, als er Leads' Worte an uns Kinder vernahm.

Er hörte noch, wie der Sergeant sagte: »... und Ralph werden wir auch noch finden.«

Das war der Moment, in dem er beschloss, ebenfalls nach Hause zu fahren, doch Leads hielt ihn zurück. Er hatte einige Tannennadeln an Jason Brightfulls rechtem Schuh gesehen. Leads forderte ihn auf, wieder auf dem Sofa Platz zu nehmen. Unsicher und irritiert kam der Discountbesitzer den Anweisungen nach. Er sollte jetzt besser keinen Aufstand inszenieren, sondern besonnen und konzentriert reagieren. Dabei war er mit seinen Nerven ziemlich am Ende. Die ganze Situation hier überforderte ihn vollkommen, und er hatte sich nicht getraut zu fragen, was hier los war. Es war die Angst, man könnte ihn mit verfänglichen Fragen konfrontieren, auf die er verfängliche Antworten geben würde. Das wäre fatal. Es könnte ihn nicht nur seinen Ruf, sondern auch seine Existenz kosten.

»Darf ich Sie Jason nennen?«, hörte er Leads fragen.

Er nickte.

»Alan«, bot Leads an.

Brightfull nickte erneut. Sie kannten sich schon so lange, waren aber nie in direkten persönlichen Kontakt getreten. Brightfull war immer nur der Besitzer des Discounts, in dem Leads schon von Kindesbeinen an seine Besorgungen erledigte. Früher waren es Süßigkeiten gewesen, oder hin und wieder eine Schachtel Zigaretten für seinen Vater.

Discountbesitzer sind gefährliche Leute. Durch die Einkäufe ihrer Kunden erhalten sie schnell einen Überblick über die Schwächen und Stärken dieser Leute. Besonders über die Verfehlungen. Sie wissen Bescheid, wer sein Essen permanent überzuckert oder übersalzt, wer zu wenig gesunde Nahrung zu sich nimmt oder zu viel Kaffee trinkt, wer weiches Toilettenpapier einem billigen, weniger weichen vorzieht, weil er Hämorriden hat, und wer Kondome benutzt und … wie viele im Monat. Die Liste ist endlos. Kluge Discountbesitzer wissen dies schnell auszuwerten und treten den Kunden berechnend und sie ausnutzend gegenüber. Sie leben von den Schwächen und Stärken der Kunden.

Brightfull war einer von ihnen. Schon aufgrund seiner Introvertiertheit hatte er einen zweifelhaften Ruf bei Leads, obwohl der Sergeant diese Wesensart eigentlich sehr angenehm fand. Aber dann gab es diese Art von Menschen, bei denen es unangenehm wirkte. Er hatte sich als Kind schon von Brightfull kontrolliert gefühlt, wenn er seine Süßigkeiten an der Kasse bezahlte. Süßigkeiten, von denen seine Eltern nichts wussten. Leads hasste dieses Gefühl der Abhängigkeit und trat Brightfull stets zuvorkommend und höflich gegenüber, sozusagen als Schutzmaßnahme, damit er ihn nicht an seine Eltern verpfiff. Aber die Zeiten ändern sich. Als Jugendlicher konnte Leads auch bei Brightfull Schwächen beobachten, was ihm ein Gefühl der Sicherheit vermittelte. Brightfull hatte seine Frau Susan hin und wieder in irgendeiner Ecke des Geschäfts recht unfreundlich angezischt und manchmal sogar drohend die Hand zum Schlag erhoben. Das war der Moment, ab dem Leads diesen Kerl im Auge behielt. Doch Jason Brightfull hatte sich nie etwas in der Öffentlichkeit zuschulden kommen lassen.

Dass seine Frau Susan ebenfalls introvertiert war, erklärte für Leads lange den Umstand, dass beide keine Kinder hatten. Wie sollte das auch funktionieren? Leads konnte sich an seinen ersten Sex mit Maggie, der Tochter des Fleischers, erinnern. Der war feurig und voller Leidenschaft gewesen. So etwas konnte er sich zwischen Susan und Jason einfach nicht vorstellen, ja nicht einmal, dass die beiden überhaupt auf irgendeine Weise intim miteinander verkehrten. Sie wirkten wie ein altes platonisches Ehepaar. Viele Jahre später hatte Leads' Mutter einmal erzählt, dass sich Susan sterilisieren hatte lassen. Völlig unüblich in einem Alter von siebenundzwanzig Jahren, einer Zeit, in der die biologische Uhr der Frau auf Hochtouren läuft. Aber Leads Mutter hatte nie erfahren, weswegen sie diese Entscheidung getroffen hatte. Dafür musste es einen Grund geben.

Und dann waren da die Verfehlungen Brightfulls den Kindern in dieser Stadt gegenüber. Während Susan ihnen immer kostenlos Bonbons oder Lutscher mit auf dem Heimweg gab, öffnete Brightfull nicht einmal an Halloween seine Haustür. Er verschenkte nichts, worunter Susan sehr litt.

Als meine Mutter ihren Job im Discount annahm, brachte sie wieder dieses alte Flair von Susan ins Geschäft, was Brightfull sehr zu gefallen schien. Er sah ihr oft hinterher, wenn sie die Regale einräumte oder putzte.

Leads' Mutter hatte noch Brightfulls Eltern gekannt. Das Verhältnis dort wäre jetzt ein interessantes Thema gewesen. Es würde vielleicht vieles erklären.

Leads sah Brightfull auf dem Sofa abschätzend an. Wie sollte er das Gespräch beginnen? Wie sollte er die Spur legen, um genau das zu erfahren, was er wissen wollte: Wo Ralph war und wer meine Mutter vergewaltigt und so schlimm zugerichtet hatte? Leads spürte, dass sich die Antworten irgendwo in diesem Raum befanden. Als Sergeant, der seit Jahrzehnten seinen Job tat, bekam man ein Gespür dafür. Er musste an Inspektor Columbo denken. Was würde der jetzt sagen? Dann kam ihm eine Idee.

»Eine schlimme Sache«, begann er und nahm Brightfull mit in das Boot seiner Ermittlungen. Brightfull nickte. Leads nickte ebenfalls und wartete. Nach einer Weile sagte er: »Wir haben Janet gefunden. Sie ist im Wald vergewaltigt worden. Jemand hat sie schlimm zugerichtet. Sie befindet sich jetzt auf dem Weg ins Krankenhaus. Wir haben ebenfalls einen Sicherheitsschuh gefunden, der voller Blut war. Der befindet sich gerade im Labor. Wir müssen feststellen, wessen Blut sich daran befindet. Damit hätten wir dann den Täter.«

Stille. Er hatte Brightfull genau beobachtet, während er gesprochen hatte, doch dieser Jason verzog keine Miene. Das war nicht normal. Also legte Leads noch eine Information drauf: »Hoffentlich überlebt Janet diesen Vorfall. Dann kann sie uns sagen, wer es war.«

Jetzt sah Brightfull zum Wohnzimmerfenster. Er drehte sich weg aus dem Blickfeld des Sergeants. Er konnte nicht mehr lange durchhalten. Gleich würde es herausplatzen, das, was er nie und niemanden zeigen wollte. Er hörte Leads sagen: »Wenn wir das Schwein erwischen, dann schwöre ich ...«

Jetzt brach es heraus. Zuerst kamen Brightfull die Tränen. Er spürte, wie sich das Gefühl von ganz tief unten Schicht für Schicht nach oben arbeitete, bis es im Magen angekommen war. Vom Magen stieg es über die Speiseröhre nach oben, nahm den Weg über Millionen Gehirnzellen und kochte dort so lange, bis es sich zu einem Laut formte, der unkontrolliert und verzweifelt über seine Lippen kam.

Leads dachte, er würde einen Hund heulen hören, doch es war Brightfull. Er schrie und weinte zugleich. Das passte so gar nicht in das Bild, das Leads von ihm hatte. Es passte auch nicht zu seiner Erwartung, die er gehabt hatte. Leads hatte mit einer berechnenden und schlagfertigen Antwort gerechnet und nicht mit einem Nervenzusammenbruch. Damit kam sein Verdacht ins Wanken. Außer ... wenn dieser emotionale Ausbruch gespielt wäre. Aber es sah nicht so aus. Brightfull brach in sich zusammen, die Haut seines Gesichtes verfärbte sich dunkelrot und er weinte hemmungslos. Es war ihm peinlich. Seine Haltung war abwehrend, und er drehte sich noch mehr dem Fenster zu. Niemand durfte ihn so sehen, aber das Gefühl wollte nicht enden.

Leads konnte nicht abschätzen, welcher Schmerz sich dahinter verbarg. War es die Vergewaltigung der Frau, die er offensichtlich liebte, oder der Gedanke, sie könnte daran versterben? Oder beides? Oder war es etwa der Schmerz darüber, diese Tat selbst verübt zu haben und es jetzt erst zu spüren? Solche Täter zeigen oft ihr Reuegefühl erst später.

Leads schaute wieder auf Brightfulls Schuhe. An ihnen klebten Tannennadeln. Dort, wo man meine Mutter gefunden hatte, standen solchen Tannen. Er konnte sich erinnern, dass sich vor Brightfulls Haus keine Tanne befand, auch nicht auf unserem Hof, den er vor gut einer halben Stunde überquert hatte. Also sagte Leads provozierend: »Man hat Janet unten bei dem kleinen Tannenwald gefunden.« Doch Brightfull hörte ihn nicht. Er war gefangen in seinem Schmerz und versuchte ihn wieder zurück in sein tiefstes Inneres zu drücken, wo unzählige Schmerzen lagerten.

Leads ließ die Situation auf sich wirken. Er sah diesen Mann, der ihm plötzlich unendlich leid tat. Doch Vorsicht – Täter waren oft in der Lage, sehr emotionales Verhalten vorzutäuschen. Sie waren in der Lage, vollkommen in ihrer Rolle aufzugehen und sie bis in die kleinste Perfektion wiederzugeben.

»Ich würde gerne gehen«, hörte Leads Brightfull flüstern, doch der Sergeant reagierte nicht darauf. Brightfull schniefte und schien sich zu beruhigen. Er wiederholte seinen Wunsch. »Ich kann nicht mehr«, sagte er erschöpft.

Leads fragte: »Wo waren Sie in den letzten sechs Stunden?«

Diese Frage erschütterte Brightfull zusätzlich. Er drehte sich verbittert und schniefend um und antwortete: »Bis sechs im Geschäft, danach zu Hause.« Er war verwundert, dies ohne Stottern sagen zu können.

»Zeugen?«, fragte Leads. Logisch!

Brightfull schüttelte den Kopf. »Nur im Geschäft. Sally war noch dort. Aber zu Hause habe ich keine Zeugen.« Es hätte fast ironisch geklungen, wäre nicht diese tiefe Erschütterung aus seiner Stimme herauszuhören gewesen.

Leads nickte. Er musste diese Aussage sicher nicht kontrollieren. Sie war einfach zu logisch und nachvollziehbar; er hatte keinen Grund mehr, Brightfull festzuhalten. Daher nickte er, erhob sich und deutete mit einer Geste seiner Hand Richtung Tür an, dass Brightfull nun gehen dürfte. Dieser reagierte sofort, erhob sich, griff nach seiner Jacke im Flur und verschwand schnellen Schrittes. Es sah Leads nicht mehr an. Der Sergeant rief über den Hof: »Der Mann kann gehen.«

Zurück im Wohnzimmer fand er einige Tannennadeln, die Brightfulls Schuhe hinterlassen hatten, auf dem Boden. Vorsichtig kratzte er sie zusammen und steckte sie in eines der kleinen Plastiktütchen, die er sie immer bei sich trug. Er legte es auf den Tisch und ging in die Küche, um ein Glas Wasser zu trinken. Sein Hals war trocken.

Als der Sergeant erschöpft auf dem Küchenstuhl zusammensank, fiel sein Blick auf die Eislache und er dachte, dass es morgen sicherlich säuerlich stinken würde. Er sah keinen Grund, diese Lache nicht zu beseitigen, und griff nach der Tasche meiner Mutter. Als er sie öffnete und das leergelaufene Plastikgefäß herausholte, klebte ein Zettel daran. Es war eine Telefonnummer darauf gekritzelt worden. Er löste den Zettel von dem Gefäß und legte ihn auf den Küchentisch. Er würde herausbekommen, wem diese Nummer gehörte. Dann öffnete er den Mülleimer, um die Verpackung zu entsorgen. Meine Mutter hatte den Eimer mit einem neuen Müllbeutel versehen. Sie war eine sehr ordentliche Hausfrau, brachte jeden Morgen den Müll aus dem Haus, damit sich keine Ameisen einnisten konnten. Ameisen gab es hier zuhauf, überall. Das Haus stand in einer von Tannen umgebenen Gegend. Und wo Tannen wachsen, leben auch Ameisen. Als Leads einen kurzen Blick in den Eimer warf, entdeckte er einen kleinen zusammengeknitterten Zettel. Er wäre ihm nicht weiter aufgefallen, aber da dieser Zettel der einzige Müll zu sein schien, der heute in diesem Haus produziert worden war, wurde er interessant. Leads griff nach dem Papier, entfaltete es und las: Janet, Randy ist mit dem Bagger nicht gekommen. Konnte nicht anfangen. Komme am Montag wieder. Ruf mich an. 34 24. Gruß Ralph. Wir müssen reden.

Wir müssen reden? Leads sah auf den Zettel, den er auf den Küchentisch gelegt hatte. 34 24. Die gleiche Nummer. Wir müssen reden? Wer hatte diesen Zettel in den Mülleimer geworfen?

Tim Benton von der Spurensicherung kam hereingerannt und zerstreute Leads Gedanken: »Wir haben Ralphs Van gefunden. Ganz unten im Tal. Alles voller Blut! Der Beifahrersitz! Überall Blut, aber kein Ralph! Oh, Alan, mir ist ganz schlecht!«

Leads sah ihn an und vernahm die Worte seines Kollegen. Der Van? Blut? Kein Ralph?

Er sah Tränen in Bentons Augen. Tim Benton war Ralph Malcoms bester Freund.

☆☆☆

»Daryl?«, fragte mich Joe leise.

Wir lagen beide in Brians Zimmer. Der schlief heute Nacht unten im Wohnzimmer auf dem Sofa.

Beth dachte, dass es gut wäre, wenn wir beide heute Nacht unter uns wären. Joe und ich hätten vielleicht einige Sorgen auszutauschen, die wir nicht mit Brian teilen wollten.

Ich gab Joe keine Antwort. Nicht, weil ich schlief, sondern weil ich daran dachte, das Mrs. Draithon bei der Heimkehr in ihr Haus geweint hatte. Dabei war mit meiner Mom doch alles in Ordnung laut Sergeant Leads Worten. Sie schlief jetzt und würde bald gesund. So hatte man es uns mitgeteilt.

Beth hatte geweint, weil sie ihren Ehemann nicht zu Hause angetroffen hatte. Durch ein Telefongespräch hatte sie erfahren, dass er mit Randy wieder im The Red Crown versackt war, einem Pub am Ende der Stadt. Sie nannten dieses Treffen einen Dartclub, dabei hatte es wenig mit Dartspielen zu tun. Das war lächerlich! Sie konnten von Glück reden, wenn einer ihrer Pfeile nach dieser Sauferei überhaupt in die Nähe der Dartscheibe einschlug. Der Wirt hatte bereits an der gesamten Wand kein

Bild mehr hängen, weil bestimmte Gäste zu später Stunde diese Bilder zum Ziel ihrer Wurfkunst machten.

Ben Draithon war also wieder einmal im Pub gelandet. Er hatte die Reise zu Beths Tante einfach vergessen, wie er so vieles in letzter Zeit vergessen hatte. Er hätte eigentlich bei dem Suchtrupp heute Abend dabeisein müssen. Das wäre in Ordnung gewesen. Das hätte sie als Entschuldigung gelten lassen. Aber einen Saufabend im Pub ... Beth schauderte es nicht nur, weil er am Wochenende so oft erst weit nach Mitternacht heimkam, nein, es war seine Art, wie schamlos er danach Sex mit ihr einforderte. Beth hatte den Eindruck, im Pub gäbe es Testosteron zum Bier. Ob es den anderen Frauen auch so erging?

Randy mit dem Bagger war nicht verheiratet. Das war kein Wunder. Er stank nach altem Schweiß, war ständig voller Staub und Öl, wusch seine Kleidung kaum und lebte in dieser Drecksbude am Rande des Tals. Sein Hof war mit Dingen vollgestellt, die andere wegwarfen und von denen er glaubte, sie genau diesen Leuten einmal für viel Geld verkaufen zu können. Es gab für ihn keine wertlosen Dinge. Alles, was es auf der Welt gab, war schließlich einmal aus einem bestimmten Grund hergestellt und gekauft worden. Es war nur eine Frage der Zeit, wann die Leute diese Dinge wieder zurückhaben wollten. Genau in diesem Moment kam seine Klugheit ins Spiel. Er hatte all diese Dinge kostenfrei bei sich gelagert. Einlagern kostet eben Geld! So dachte Randy und sah hinter seinem Sammelzwang eine sinnvolle und kluge Tätigkeit.

Dieser Zwang hatte aber leider eine unangenehme Nebenwirkung: Er führte in die Verwahrlosung. Erst war es sein Hof gewesen, der im Müll erstickte, dann war es sein Haus und dann sein eigener Körper gewesen. Niemand konnte genau sagen, wann er sich das letzte Mal die Haare hatte schneiden lassen oder wie oft er sich die Unterhose ... nein ... daran wollte niemand im Ort denken. Die Frau, die diesen Mann lieben könnte, musste erst noch geboren werden. Dabei sah er unter seinem verfilzten Haar gar nicht so schlecht aus. Unter dieser dreckigen Kleidung schlug ein gutes Herz mit viel Güte. Und in diesem Kopf wohnte große Intelligenz. Randy konnte das alles nur nicht in eine richtige Ordnung bringen, sodass es auch sichtbar zutage trat. Er ließ sich ständig ausnutzen und wurde zudem noch verlacht. Er wusste einfach nicht, wo er bei sich anfangen sollte, um dieses Chaos in seinem Leben zu beseitigen. Wo nur? Randy hatte meine Mutter gemocht. Sie hatte ihn nie ausgelacht oder ausgenutzt. Sie war stets freundlich, auch wenn er gestunken hatte. Sie hatte ihm in seine verölten Hände eine saubere Tasse heißen Kaffees gedrückt, wenn er meinem Vater auf dem Hof im Winter zur Hand gegangen war. Sie scheute sich nicht, ihm einen leckeren Kuchen auf einem sauberen Teller mit einer sauberen Gabel anzubieten. Sie reichte ihm sogar eine Serviette dazu, als sähe er aus wie jemand, der sich den Mund nach einem Stück Kuchen abwischen wollte. Doch meine Mutter hatte es einfach getan. Sie hatte ihn stets so behandelt wie jeden anderen auch. Das fühlte sich gut an. Einfach gut!

Im Pub gab es zwar auch Frauen, die sich dort ständig aufhielten, aber entweder waren sie mit solchen Dreckskerlen wie er einer war bereits verheiratet und tranken sich das Leben dort schön, oder sie ertränkten ihre Psychosen und Depressionen. Wer nur ein bisschen auf sich hielt, trieb sich nicht in diesem Pub herum.

Dass sich Ben Draithon dort seit fast einem Jahr regelmäßig einfand, machte ihn zu einem Mann, der eine furchtbare Frau zu Hause haben musste. Das war das Schlimmste für Beth überhaupt. Das trieb ihr jedes Mal, wenn sie in der Stadt einkaufen musste, die Schamesröte ins Gesicht. Es war nicht genug, dass sie vor zwei Jahren ihre rechte Brust durch Brustkrebs verloren hatte, nein, ihr waren wegen der Chemotherapie auch noch ihre Haare ausgefallen. Ganz zu schweigen von ihrer Figur! Dieses scheußliche Zeug im Körper hatte ihr den ganzen Appetit genommen. Der Arzt hatte ihr erklärt, dass die Chemie die restlichen Metastasen im Körper vernichten würde. Ein Gift jagte das nächste. Sie trieb den Teufel mit dem Beelzebub aus. Gut, wenn es wirkte. Aber niemand konnte sagen, ob und wie viele Metastasen sich bereits in ihrem Körper befanden. Man hatte drei große bösartige Knoten in ihrer Brust und drei kleine in den Lymphdrüsen der rechten Achsel gefunden. Der Krebs hatte sich also schon auf Wanderschaft begeben. Deswegen war unklar, ob er bereits gestreut hatte. Die einzige Waffe, um diesen bösen Mikrometastasen das Handwerk zu legen, war eine Chemotherapie: Sie legte den Stoffwechsel lahm. Krebsknoten leben vom Stoffwechsel und vergrößern sich dadurch; wenn sie keine Nahrung mehr bekommen, verhungern sie regelrecht. Leider passieren durch die Chemo aber auch andere Dinge mit dem Körper – die Haare brechen an den Wurzeln ab, und zwar nicht nur am Kopf, sondern am gesamten Körper.

Ben Draithon fand den Anblick seiner Frau während dieser Zeit widerlich. Er wollte das Gefühl verbergen, aber als sie ihm sagte, dass sie derzeit keine Lust auf Sex mehr verspürte, war er erleichtert. Er wollte doch nicht mit einem Nackthund schlafen, zu dem nur noch eine Brust gehörte. Die amputierte Seite war ekelhaft anzufassen, so, als würde er mit einem Mann schlafen!

Beths Haare wuchsen nach, auch der Körper erholte sich nach der Chemotherapie etwas, sodass sie nicht mehr ganz so abgemagert aussah; die Lust auf Sex mit ihrem Mann stellte sich aber nicht mehr ein. Seit sechs Monaten trank sich Ben Mut an, um ihn mit Gewalt einzufordern. Und je mehr er trank, desto weniger nahm er die fehlende Brust wahr.

Jetzt lag Beth Draithon in ihrem Schlafzimmer und schluchzte in die Kissen. Wir Jungen waren alle gut versorgt. Sie war eine gute Mutter, ein guter Mensch. Und sie mochte meine Mutter. Deswegen nahm sie Joe gerne so oft bei sich auf – das war ihre Art, uns zu helfen. Sie kannte das Leid einer lebensbedrohlichen Krankheit. Doch dass es für meinen Vater so dramatisch enden würde, hatte sie nicht erwartet, und meine Mutter tat ihr so unendlich leid!

Wie würde Ben heute Nacht nach Hause kommen? Würde er laut schreien, Stühle durch die Gegend werfen oder sabbernd bei ihr im Schlafzimmer erscheinen? Ihr war bei dem Gedanken, dass Brian im Wohnzimmer schlief, gar nicht wohl, aber vielleicht würde das helfen, Ben zu zügeln.

Sie hatte extra einen Zettel für Ben auf den Tisch gelegt, dass Joe und ich in Brians Zimmer schliefen, weil meine Mutter im Krankenhaus lag. Oh, diese arme Janet, dachte Beth. Was mochte ihr zugestoßen sein? Wollte das Leid in dieser Familie niemals enden? Joe wirkte für sein Alter viel zu ernst und zu erwachsen, und ich, tja, ich war einfach undurchschaubar.

Bei mir hatten andere ständig das Gefühl, dass ich irgendwie abwesend wäre. Ich sah die anderen oft so komisch an. Oder ich sah weg, wenn man mit mir sprach. Es war, als wäre ich von einer anderen Macht umgeben. Ich war so still, man glaubt es kaum. Man sagte mir nach, ich habe etwas Liebenswertes und Unheimliches zugleich an mir. Man sagte mir nach, ich könnte in die Seelen anderer Menschen schauen. Das stimmt!

Beth hoffte so sehr, dass ihre Nachricht für Ben auf dem Küchentisch das erreichen würde, was sie erhoffte: ein angemessenes Benehmen. Doch da Ben schon seit langer Zeit wütend auf seine Frau war, weil sie in seinem Haus eine Jugendherberge eingerichtet hatte, hegte sie wenig Hoffnung, dass ihr Plan funktionierte. Sie tat es für Brian. Er war kein Wunschkind von Ben, er war ein Unfall für ihn. Für Beth hingegen war er ein Wunschkind und kein Unfall. Was würde einmal aus ihm werden, wenn er ständig diesen entgleisten Vater erlebte? Dabei hatte Brian längst die Verstecke für den Alkohol seines Vaters gefunden. Er kannte sie alle … Brian hatte die Situation seiner Eltern längst durchschaut.

»Daryl?«, fragte mein Bruder ein zweites Mal, als ich keine Antwort gegeben hatte.

»Mmhh?«, raunte ich müde in die Dunkelheit. In meiner Blase war es warm und gemütlich. Aber Joe durfte jederzeit hineinkommen.

»Denkst du, dass es Mom bald wieder besser gehen wird?« Er wollte sich absichern, was ich wirklich dachte. Ich wollte nicht, dass er es erfuhr und sagte: »Weiß nicht. Was hat sie denn gebrochen?«

»Ich denk mal ein Bein oder ein Fuß oder ein Gelenk. Sonst wäre sie doch heimgekommen.«

Ich schwieg, in der Hoffnung, dass Joe mich in Ruhe lassen würde, aber er stieß meinen rechten Fuß im Bett an, also antwortete ich: »Aber sie hätte doch hüpfen oder rufen können. Man kann doch ziemlich gut hören, wenn jemand aus dem Wald ruft. Kannst du dich erinnern, als du mal wegen diesem toten Hund geschrien hast, den du gefunden hast? Da haben wir dich alle bis in die Küche gehört.«

Mein Bruder bemerkte, dass ich etwas ahnte, doch Joe wusste immer noch nicht, was unsere Mutter dort verloren gehabt hatte. Vielleicht war sie gestürzt und auf den Kopf gefallen, sodass sie ohnmächtig wurde. Der Sergeant sprach davon, dass sie unterkühlt gewesen sei. Das klang plausibel. Wenn da nicht dieser blutige Stiefel gewesen wäre, den ich im Arm gehalten hatte. Das machte die ganze Sache irgendwie unheimlich. Was hatte ich gesehen?

»Wo hattest du den Stiefel her?«, fragte mich Joe schließlich.

»Es ist Dads Stiefel.«

Joe hielt inne. Er wusste, wie sehr ich an unserem Vater gehangen hatte. Und ... außerdem war der Schuppen tatsächlich offen gewesen. Dort lagerten in der Tat die alten Stiefel von unserem Vater. Joe musste diesen Umstand morgen unbedingt Sergeant Leads mitteilen.

»Warum war der Schuppen auf?«, fragte Joe.

»Weil Dad drin war«, antwortete ich.

Joe holte tief Luft. Er wusste, wie irrational diese Frage war, aber er stellte sie dennoch: »Hast du ihn gesehen?«

»Ja.«

»So richtig? Ich meine, nicht seinen Geist.«

Jetzt stockte ich. Wie sollte ich ihm erklären, was ich alles sah und hörte? Also antwortete ich: »Weiß nicht.«

»Wie?«

»Hab nicht so genau hingesehen.«

»Wie?«

»Bin müde«, sagte ich, um das Gespräch zu beenden.

Damit wusste Joe, dass ich nichts weiter erzählen würde. Wenn ich Bin müde sagte, hieß das so viel wie Lass mich jetzt in Ruhe.

Ich habe schon sehr früh in meinem Leben bemerkt, dass ich besser nichts von dem erzählte, was ich sah, hörte und wusste. Auch nicht, wie ich die Dinge betrachtete, denn ich kannte keinen anderen Jungen in meinem Alter, der mir ähnlich war. Also ging ich davon aus, dass mit mir irgendetwas nicht stimmte. Aus Angst, man würde meine Andersartigkeit verlachen oder mich gar wegsperren, begriff ich schon sehr früh, dass es besser war, den Mund zu halten.

Joe lag noch bis zwei Uhr am Morgen wach und dachte über meine Worte nach. Dann hörte er Brians Vater unten ins Haus poltern. Beth kam aus dem Schlafzimmer gestürzt und rannte nach unten ins Wohnzimmer. Sie flehte um Ruhe. Irgendjemand wurde geschlagen. Brian warf seinem Vater ein schmutziges Schimpfwort hinterher, als dieser mit seiner Mutter die Treppe hinaufpolterte und im Schlafzimmer verschwand.

Als Joe kurze Zeit später zur Toilette musste, sah er den Dreck im Flur. Erde, Blätter und Tannennadeln legten eine Spur bis zu Treppe hinunter.

Ich versank in Einsamkeit. So tief war sie noch nie in mich hineingedrungen. Sie trieb mich in eine Art Ohnmacht. Ich hatte meinen Dad gesehen. Er war aus dem Schuppen gerannt gekommen, hatte dabei seinen Arbeitsstiefel verloren, den er wohl gerade angezogen aber noch nicht zugebunden hatte, und war zum Wald gerannt. Er hatte kurz zu mir hinübergesehen und geraunt: »Ich muss deiner Mom helfen.«

Als ich den Stiefel aufhob, war er noch ganz warm von Dads Fuß. Nur das Blut war etwas ekelig. Aber die Wärme war wunderschön, und ich hatte sie tief in mich aufgenommen, als ich den Stiefel an meine Brust drückte. Dad war hier und passt auf uns alle auf, waren meine letzten Gedanken gewesen. Dann nahm mich die Einsamkeit und Ohnmacht in ihre Arme, ich gab mich ihnen vertrauensvoll hin und schlief schließlich ein.

Sie werden dich finden! Was hast du getan? Du hast sie getötet!

Ich schrak hoch, schweißgebadet. Ich sah nicht Dad, ich sah einen anderen Mann. Ich sah den Schatten hinter unserem Schuppen, der meine Mutter in den Wald lockte.

Sergeant Alan Leads war die ganze Nacht auf der Farm geblieben. Tim Benton hatte veranlasst, dass man Ralphs Van aus dem Wald schleppen ließ. Er war in einem sumpfigen Gebiet unweit eines kleinen Wasserlochs bereits tief eingesunken gefunden worden. Sie hatten es der leuchtend gelben Farbe des Fahrzeugs zu verdanken, dass sie ihn in der Nacht noch gefunden hatten. Wäre er schwarz oder grau gewesen, hätte man ihn im Taschenlampenlicht nie entdeckt, denn er war ziemlich weit von dem Gebiet entfernt gewesen, das der Suchtrupp eigentlich durchkämmte.

Von Ralph keine Spur. Sein Van wurde direkt auf den Hinterhof der Polizei geschleppt, um ihn vom Team der Spurensicherung untersuchen zu lassen. Alle an diesem Vorgang Beteiligen hassten diesen Einsatz, und das nicht nur, weil er mitten in der Nacht eingefordert wurde, sondern weil es sich ganz offensichtlich um das Fahrzeug handelte, in dem Ralph getötet worden war. Sie waren sich ziemlich sicher, dass es Ralphs Blut war, das überall im Wagen klebte, als hätte jemand einen lebendigen Körper in diesem Wagen explodieren lassen. Und sie hatten Recht.

Ralph war bei Dr. Robbins in Behandlung, und der hatte ihm schon einige Male Blut abnehmen lassen, weil er immer wieder über Leibschmerzen klagte. Robbins ließ damals Nieren- und Leberwerte prüfen. Eine Ultraschalluntersuchung hatte nichts Auffälliges gezeigt. Sämtliche inneren Organe wiesen ganz normale Größe und Form auf. Das Labor hatte seine Daten gespeichert und verglich sie mit dem Blut an dem Stiefel und mit verschiedenen Proben aus dem Van. Es war Ralph Malcoms Blut! Damit stand ziemlich sicher fest, dass er tot sein musste. Tim Benton wurde wieder übel, als er das hörte. Jetzt stellte sich nur noch die Frage, wo sich Ralphs Körper befand.

☆ ☆ ☆

Leads machte sich am frühen Morgen erst auf den Heimweg. Es war keine Müdigkeit, die er empfand, es war Erschöpfung. Eine Art Erschöpfung, die ihn nervös machte. Es lag klar auf der Hand, dass sich mitten unter uns ein skrupelloser Mörder befand, ein Geisteskranker. Jemand aus den eigenen Reihen. Wer sonst hätte Interesse, sich genau Ralph zu schnappen? Egal wie er die Tatsachen drehte und wendete, er kam immer wieder auf Brightfull. Der hätte einen Grund. Er war komisch und … hatte Tannennadeln an seinen Schuhen gestern Abend kleben gehabt. Es wäre möglich, dass ihn die Eifersucht dazu getrieben hatte. Leads legte sich einen provisorischen Ablauf zurecht: Meine Mutter war nach Hause gekommen. Sie hatte die Nummer von Ralph dabei. Der Zettel, dass er mit ihr reden müsse. Angenommen, es ginge um private Dinge, um ganz private, dann hätte es doch sein können, dass Ralph mit meiner Mutter in den Wald gegangen war, um sich dort zu unterhalten. Angenommen, er hatte seine Gefühle nicht unter Kontrolle bekommen, und meine Mutter hätte sich gewehrt, dann … wäre es möglich, dass er … Und Brightfull wäre gerade bei unserer Ranch angekommen, um sie zu besuchen, hätte sie schreien hören, hätte den Wagen auf dem Hof gesehen, wäre in den Wald gerannt und hätte Ralph dabei erwischt, wie er … er hätte ihn mit einem Stein attackiert und ihm in seiner Wut den Kopf regelrecht zu Brei geschlagen. Dann hätte er den Van geholt und ihn dort hineingezogen und zu irgendeinem Ort gefahren, um ihn dort zu entsorgen. Vielleicht sogar zu vergraben. Dabei hätte er sich festgefahren und …

Damit wäre der Fall aufgeklärt. Aber Leads wäre kein Sergeant, wenn ihm nicht sofort einige unlogische Details von dieser Aufklärung wieder abbrachten. Wo kam der Schuh her, den ich fest umschlungen gehalten hatte, als wäre es mein Eigentum? Und warum hatte Brightfull meiner Mutter nicht geholfen, als er Ralph beseitigt hatte? Hatte sie ihn vielleicht gesehen? Hatte sie gesehen, wie er diesen Ralph getötet hatte? Wie er das gemacht hatte? Mit welcher Brutalität? Dann bliebe immer noch die Sache mit dem Schuh.

Benton rief an und teilte Leads mit, dass man nur eine Sorte Fingerabdrücke im Van gefunden habe, und zwar überall: am Spiegel, am Türöffner, am Schalthebel, an der Wasserflasche, die sich im Zwischenraum befand, und an der Beifahrertür. Die konnten nur von Ralph selbst sein. Also hatte der Mörder Handschuhe getragen. Merkwürdig. Wenn Brightfull unverhofft auf diese Situation gestoßen war, wieso hatte er dann Handschuhe getragen? So kalt war es nun auch wieder nicht. Es blieb immer noch der Stiefel übrig. Dieser verdammte Stiefel! Es passte alles nicht zusammen. Wo sollte Leads anfangen? Seine Frau Lydia schlug ihm vor, bei meiner Mutter zu beginnen. Sie hatte vielleicht alles gesehen. Dann wäre der Fall direkt geklärt. Außerdem könnte er sich gleich nach ihrem Zustand erkundigen und uns Jungs bei Beth vielleicht Entwarnung geben. Außerdem könnte er direkt einen Haftbefehl ausfertigen und diesen Mörder sofort festnehmen.

Leads schaute seine Frau an, die am Fenster stand und eine Tasse heißen Kaffee mit beiden Händen hielt.

»Wie machst du das nur immer?«, fragte er sie.

»Was?«

»Alles so einfach zu regeln.«

»Ich arbeite jeden Tag in der schwersten Verbrecherbranche der Welt«, antwortete sie. Alan Leads sah seine Frau an.

»Ich bin die Friseuse der Stadt!«

Sie werden dich finden!

Er wusch sich das Haar und suchte neue Kleidung aus dem Schrank zusammen. Er hatte sich eine neue Garderobe gekauft. Er verschwendete nichts.

»Sie ist noch nicht zu Bewusstsein gekommen«, sagte der Chefarzt der Klinik.

»Hat sie Hirnblutungen?«, fragte Leads und holte tief Luft.

»Ja. Wir beobachten es. Haben sie ins künstliche Koma gelegt.«

»Was hat man ihr angetan?«

»Wollen Sie alles wissen?«

Sergeant Leads holte seinen Block hervor und schrieb Details auf, von denen er sich wünschte, er habe sie nie gehört. Jemand hatte meine Mutter nicht nur zusammengeschlagen, man hatte ihr das linke Handgelenk gebrochen und beide Knie zertrümmert. Wahrscheinlich ist der Täter mit voller Wucht draufgetreten. Wer, in Gottes Namen, machte denn so etwas? Reichte es nicht, sie zu schänden? Musste dieser Jemand ihr zusätzlich einen lebenslangen physischen Schaden zufügen? Was sollte er jetzt uns Söhnen mitteilen? Sollte er die Wahrheit sagen oder uns vertrösten?

»Sagen Sie den Jungen, dass sie viel schläft und noch einige Tage Ruhe braucht. Dann haben wir etwas Zeit gewonnen und können neu entscheiden, was wir den beiden sagen.«

Leads nickte und ging.

Die Kirchenglocken läuteten und riefen Jung und Alt in den Gottesdienst. Brightfull hatte sich heute seine neueste Kleidung angezogen, um nicht den Eindruck zu erwecken, dass er irgendetwas mit diesem Vorfall zu tun hatte. Er war in diese Kirche gekommen, um Buße zu tun. Er wollte für meine Mutter beten, denn er wusste nicht, was er sonst für diese Frau, die er so liebte, tun konnte. Er war so hilflos. Sollte er nach dem Gottesdienst noch zum Krankenhaus fahren und fragen, wie es ihr ging? Wie konnte das nur passieren? Ausgerechnet Janet! Sollte er Leads seine Hilfe anbieten? Was konnte er ihm schon erzählen? Ja, was durfte er diesem Sergeant überhaupt erzählen, um nicht in das Fadenkreuz der Ermittlungen zu gelangen? Wie schnell einem als Verdächtiger Unrecht widerfahren konnte, sah er im Fernsehen. Brightfull hasste Ungerechtigkeit, Sie trieb ihn in den Wahnsinn! Unrecht im Allgemeinen. Und Gewalt! (Genau wie ich.) Man müsste sie alle vernichten, diese Gewalttäter. (Das würde ich mich nie zu sagen trauen.)

Brightfull betrat die Kirche und blickte zu Boden, um niemanden ansehen zu müssen.

Lydia bemerkte sein Eintreten und beobachtete ihn. Annie und Beth waren heute nicht erschienen. Das konnte sie verstehen, aber dieser Brightfull war wohl die Dreistigkeit in Person! Er wagte sich tatsächlich nach diesem Vorfall in die Kirche? Wenn ihr so etwas widerfahren wäre – dass der Mensch, den sie am meisten liebe, so zugerichtet worden wäre –, sie wäre jetzt im Krankenhaus und nicht hier in dieser Kirche. Doch Brightfull wollte nur für meine Mutter beten. Das erschien ihm das Dringendste für sie zu sein. Gottes Beistand war der mächtigste Beistand, den er ihr schicken konnte. Und dann wollte er Buße tun, weil er sie in diese Situation gebracht hatte. Hätte er sich vorige Woche nicht bei Ralph eingemischt und ihm diesen Auftrag madig gemacht, wäre das alles vielleicht nie passiert. Brightfull fühlte sich schuldig, so schuldig wie nie zuvor. Auf ihm lastete das ganze Leid meiner Mutter und wahrscheinlich Ralphs Tod! Wie nur konnte er für diese schweren Vergehen Buße tun? Konnte man das überhaupt?

Er betrat nach der Messe den Beichtstuhl und erzählte Referent David Rouls alles.

☆☆☆

Beth sah Alan Leads mit dem Polizeiwagen die Einfahrt hochfahren. Ben schlief noch. Er würde in den nächsten Stunden auch nicht wach werden – nicht nach diesem Rausch.

Leads sah, wie sich die Haustür öffnete, und nahm seine Dienstkappe in die linke Hand.

»Hallo, Sergeant Leads!«, begrüßte ihn Beth.

»Alan, bitte«, sagte Leads.

»Beth«, gab sie fairerweise zurück und reichte ihm die Hand. Sie hatte nie etwas mit der Polizei zu tun gehabt. Ob Ben einmal mit Leads zusammengestoßen war, war ihr nicht bekannt, aber nicht undenkbar.

»Wie geht's den Jungs?«, fragte Leads.

»Sie sind oben in Brians Zimmer. Soll ich sie rufen?«

»Bitte«, sagte Leads freundlich.

Joe und ich reagierten sofort. Wir hatten den ganzen Morgen schon auf eine Nachricht gewartet.

»Daryl, Joe«, sagte Leads respektvoll zu uns und nickte leicht. »Setzen wir uns kurz ins Wohnzimmer? Ich habe Neuigkeiten von eurer Mutter.«

Wir nahmen auf dem Sofa Platz, und Leads musste an gestern Abend denken, als wir beide uns aneinander festhielten und zusammen in eine Ecke drückten, als Brightfull erschien. Wieder dieser verdammte Brightfull. Er ging ihm nicht aus dem Kopf. Wir sahen den Sergeant erwartungsvoll an.

»Eure Mutter ist okay.« Er schluckte bei der Lüge. Ich sah es genau. »Sie schläft noch und braucht noch ein paar Tage Ruhe. Der Arzt sagt, in ein paar Tagen könnt ihr sie besuchen. Ist das okay?« Leads war es gewohnt zu lügen, doch diesmal fiel es ihm besonders schwer.

Ich sah zu Boden. Das musste ich immer, wenn mich jemand anlog, und Joe sah ihm direkt in die Augen. Wir hatten verstanden, mehr oder weniger, und Leads fühlte sich irgendwie ertappt und unwohl.

»Kaffee?«, fragte Beth, und Leads war froh für diese Unterbrechung.

»Gerne.«

»Wenn ich etwas Neues erfahre, werde ich euch direkt informieren. Ich muss noch einige Dinge mit Mrs. Draithon klären. Ihr könnt wieder hochgehen. Ich rufe euch, wenn ich fertig bin.«

Wir folgten den Anweisungen.

Als Alan Leads mit Beth alleine war, gingen sie in die Küche und schlossen die Tür hinter sich.

»Wie geht es Janet wirklich?«, fragte Beth und schüttete sich ebenfalls eine Tasse Kaffee aus der Maschine in ein Tasse, die der von Leads ähnelte. Es war ein Paar, das Ben ihr letztes Jahr zum fünfzehnten Hochzeitstag geschenkt hatte. Ein Paar Kaffeetassen! Beth war entsetzt gewesen, hatte es aber nicht gezeigt.

»Sie hat Hirnblutungen. Man hat sie ins künstliche Koma gelegt.«

»Hirnblutungen? Oh, mein Gott! Was ist passiert?«

»Sie ist vergewaltigt worden und …«, er kam nicht weiter, denn Beth stellte ihre Tasse beiseite und biss sich in die linke Faust, während sie in Tränen ausbrach. Diese Scheißkerle! Sie kannte das Gefühl, vergewaltigt zu werden, mittlerweile ziemlich gut. Es fühlte sich so … so demütigend, erniedrigend … tötend an.

»Beth? Alles in Ordnung?« Leads kam um den Tisch herum und legte seine rechte Hand auf ihre Schulter. »Alles okay?«

Sie biss sich weiter in die Faust, bis Blut rann und auf den Boden tropfte.

»Oh, mein Gott!«, rief sie und griff nach einem Küchentuch, um die Blutung zu stoppen. »Bitte entschuldigen Sie! Das ist mir so unangenehm.«

»Das muss es nicht, Beth. Es ist furchtbar. Daran lässt sich nichts schönreden.«

Er setzte sich wieder und sah zu, wie sie ihre Wunde versorgte. Hatte Lydia nicht vor drei Wochen einmal erzählt, dass Beth große Probleme in ihrer Ehe hatte? Sollte er sie jetzt danach fragen? Besser nicht. Er wollte gerade von den Verletzungen meiner Mutter erzählen, da ertönte das Telefon im Wohnzimmer der Draithons. Beth entschuldigte sich und nahm den Anruf entgegen.

»Alan?«, rief sie. »Es ist für Sie.«

Leads erhob sich müde und nahm den Anruf entgegen. Er hatte im Büro diese Nummer hinterlassen, damit man ihn benachrichtigen konnte, für den Fall, dass sich etwas Neues bei der Suche nach Ralph ergeben würde.

»Wir haben Ralph gefunden«, sagte Benton. »Alan, du kannst es dir nicht vorstellen …« Er hatte Probleme zu sprechen. »Du kannst dir nicht vorstellen, was passiert ist, Alan …«

Leads holte tief Luft. »Wo seid ihr? Ich komme.«

Er nickte Beth kurz zu. »Ich muss los. Es gibt was Neues. Ich komme nachher noch mal vorbei. Können die Jungen solange bei Ihnen bleiben?«

Sie nickte.

Als er das Wohnzimmer durchquerte, sah er eine Dreckspur die Treppe hinauf. Walderde, Blätter, Tannennadeln. Im Wohnzimmer war nichts zu sehen. Beth hatte es schon gereinigt. Als er sich noch einmal zu Beth umdrehte, biss sie wieder in ihre Faust.

☆☆☆

Du musst dich natürlich geben.

»Na, da werden die anderen aber staunen«, sagte er laut zu sich, als er vor dem Spiegel stand und sich betrachtete. Wie neu! Alle werden staunen! Er bahnte sich den Weg durch den Müll zum Ausgang und atmete die frische Oktoberluft ein. Dann ging er aufrechten Ganges zur Kirche.

☆☆☆

Leads stockte der Atem, als Tim Benton die Decke kurz anhob und ihm Ralph zeigte. Ihm wurde bei dem Anblick sofort übel.

Es war ein Unterschied, ob man einen Fremden ansah oder das Opfer gekannt hatte. Er kannte Ralph, sehr gut sogar. Und er hatte ihn gemocht. Wenn er sich nicht sicher gewesen wäre, dass es auch wirklich Ralph war, der aus dem Sumpf gezogen auf diesem Stück raureifbedeckter Wiese lag, hätte er ihn nicht erkannt. Jemand hatte seinen Schädel bis zur Unkenntlichkeit zertrümmert. Wahrscheinlich mit einem Stein, so, wie Leads es vermutet hatte. Und erneut dachte er an Brightfull.

Leads deckte die Leiche wieder zu und sah zu Benton auf. Der schüttelte den Kopf. »Das glaub ich nicht.«

»Ich auch nicht«, pflichtete ihm der Sergeant bei. Er erhob sich und sah in den Himmel, während er seine Lungen mit Sauerstoff füllte. Er musste die Übelkeit bekämpfen, die in ihm aufgestiegen war. Wer machte so etwas? Ralph hatte niemandem etwas getan. Genauso wenig wie Janet. Warum traf es diese beiden guten Menschen? Warum konnte es nicht diesen Brightfull erwischen, oder Draithon, oder – und er wollte gar nicht an diesen Schmutzfinken Randy denken. Den würde keiner vermissen. Nicht einmal sein Bruder, der vor vielen Jahren weiß Gott wo hingelaufen war. Er hatte sich einfach davongemacht. Hatte Randy alleine mit seinen Eltern auf dem Hof zurückgelassen. Eine große Bürde für einen Dreizehnjährigen. Aber Randy hatte sich tapfer geschlagen, hatte seine Eltern nicht im Stich gelassen, sie bis zu ihrem Tode auf dem Hof gepflegt, und dann hatte er diese Müllhalde eröffnet. Randy sammelte einfach alles. Leads vermutete, dass es der Verlust seiner Eltern gewesen sein muss. Er wollte nichts mehr verlieren und bunkerte wirklich alles ein. Das gab ihm Sicherheit. Ein armer Kerl. Und so gut. Er war der Einzige in der Stadt, der einen Bagger besaß. Den hatte ihm jemand aus dem Nachbarort geschenkt, weil er kaputt war und der Besitzer nicht wusste, wo er dieses blöde Ding lassen sollte. Randy witterte ein Geschäft und reparierte ihn. Und er hatte es richtig gemacht, denn es dauerte nicht lange, als sich Ralph und Dough an ihn wandten und ihn um Unterstützung bei diversen Aufträgen baten. Randy beherrschte den Bagger ziemlich gut. Er konnte in kurzer Zeit große Mengen Erde ausheben. Und er ließ immer mit sich handeln. Ralph und Dough hatte sich mittlerweile einen Sport daraus gemacht, den Preis bis zur Schmerzgrenze zu drücken. Randy beschwerte sich nie. Er hatte ein gutes Herz. Er bekam dafür Kaffee, Hamburger und Kuchen. Das mochte er, besonders selbst gebackenen Kuchen. Randy half auch bei anderen Drecksarbeiten aus: verstopften Toiletten oder dem Entfernen von verstopften Toiletten, verstopften Sickergruben und Schlammansammlungen durch starken Regen an den Häusern. Randy befreite sie alle vom Dreck. Er hatte immer die Drecksarbeit übernommen. Und wen scherte es? Niemanden. Niemand schützte ihn vor dieser Ausnutzung. Der einzige, der ihn korrekt bezahlt hatte, war mein Vater gewesen, als er unsere Farm aufgebaut hatte. Mein Vater hatte für warmes Essen, Getränke und korrekte Entlohnung gesorgt. Randy mochte unsere Familie. Dafür hatte er meinem Vater eine Arbeitsstelle gegeben.

Leads schüttelte den Kopf, um wieder Klarheit in seine Gedanken zu bringen. Er sah Bentons Fassungslosigkeit, sah, wie dieser mit den Tränen kämpfte und beschloss, heimzugehen. Er konnte nicht mehr, war von der letzten Nacht noch sehr erschöpft. Leads wusste, dass seine Leute die weitere Arbeit korrekt weiterführen würden. Ralph würde in die Pathologie von Idaho Falls gebracht werden, um die exakte Todesursache festzustellen. Der Bericht würde dann auf Leads Schreibtisch landen, genau wie alle anderen Berichte von letzter Nacht. Er musste dann das Puzzle zusammensetzen und den Mörder finden. Er würde sich zuerst an Brightfull dranhängen, diesen komischen Kerl. Was mochte meine Mutter an ihm gemocht haben? Bei dem Gedanken kamen wir Kinder ihm wieder in den Sinn. Jemand musste sich um uns kümmern. Jemand musste entweder in unser Haus einziehen und dort den Haushalt übernehmen oder wir mussten vorläufig bei Beth bleiben, bis eine feste Unterkunft für uns gefunden war. Ob Beth eine gute Idee war, wusste Leads nicht. Sie hatte selbst genug Schwierigkeiten in den letzten Monaten. Ben hatte sich sehr verändert. Aus dem coolen und freundlichen

Automechaniker war nach der Krebserkrankung seiner Frau ein selbstsüchtiger und bemitleidenswerter Alkoholiker geworden. Dabei hatte sich Beth alle Mühe gegeben, dem Tod von der Schippe zu springen. Wenn Lydia so eine Erkrankung überleben würde, dachte Leads, wäre er mächtig stolz. Auch wenn eine Brust weniger da wäre.

»Alan?« Tim Benton holte den Sergeant aus seinen Gedanken. »Wir geben dir Bescheid, wenn die Untersuchungen abgeschlossen sind. Fahr jetzt heim. Du siehst verflucht müde aus.«

Leads nickte geistesabwesend. Als er sich verabschiedete und den Weg zu seinem Wagen suchte, hörte er Bentons Stimme: »Alan, komm' noch einmal, das musst du dir ansehen!«

Tim hielt die Decke, mit der die Leiche abgedeckt worden war, in die Höhe und zeigte auf etwas. Leads kehrte schnellen Schrittes zurück. Dann sahen sie beide auf die Stelle, auf die Benton deutete. Ralph trug beide Arbeitsstiefel.

☆ ☆ ☆

Als Brightfull seine Haustür aufschloss, hörte er hinter sich eine Stimme. Jack Klimber, sein Nachbar, rief ihm zu: »Es war eben jemand bei Ihnen an der Tür.«

Brightfull sah sich um. Wer sprach da mit ihm?

»Was?«, rief er.

»Es hat eben jemand bei Ihnen an der Tür geklingelt.« Klimber zeigte auf die Tür.

»Wer?«

»Weiß nicht, war ziemlich groß und hatte seine Kappe tief ins Gesicht gezogen. War aber gut gekleidet. Wird sicherlich noch mal zurück kommen.«

Brightfull nickte und schloss auf. Dann verschloss er seine Tür direkt hinter sich und erstarrte. Es hatte seit Jahren niemand mehr bei ihm geklingelt, außer die Kinder an Halloween und meine Mutter – einmal, als sie ihn zu diesem Picknick abgeholt hatte. Wer auch immer ihn sprechen wollte, er würde niemandem aufmachen. Wer weiß, vielleicht war es jemand von der Polizei. Er hatte nichts zu sagen und zu verbergen. Er hatte nichts gesehen und nichts getan. Er würde erst einmal seine neue Kleidung ordentlich im Schlafzimmer lüften und sie dann in ein, zwei Stunden zurück in den Schrank hängen. Keine Vergeudung.

Als er auf dem Sessel im Wohnzimmer Platz nahm, überkam es ihn, ganz plötzlich. Das gleiche Gefühl wie gestern in Gegenwart von diesem Leads. Wie peinlich! Doch er konnte sich nicht gegen das Gefühl wehren. Er stieg tief aus dem Magen nach oben in seinen Kopf, bis es sich in schlimmstem Geheule verlor. Es kam stoßweise. Wieder und wieder. Er bekam kaum Luft dazwischen. Was hatte er nur getan? Wie hatten sich die Dinge nur so entwickeln können?

Brightfull sah kurz auf, und sein Heulen verlor sich in dem Gedanken an meine Mutter. Wie mochte es ihr gehen? Er war nach der Kirche nicht ins Krankenhaus gefahren, weil er zu viel Angst von den Blicken und den Worten der anderen Leute gehabt hatte. Sie hätten über ihn getuschelt, und er wäre vielleicht ziemlich wütend geworden. Dann reagierte er immer komisch. Er konnte mit Wut nicht gut umgehen, vor allen Dingen, wenn er sie nicht mehr herunterfahren konnte. Dann wurde er blindwütig, und hinterher tat ihm alles furchtbar leid. Seine Gefühle lauerten wie eine Zeitbombe in seinem Innersten. Niemand hatte je gesehen, was er tat, wenn die Wut ihn überkam, außer Susan, die es aber verstanden hatte. Dann kämpfte er mit seinem Vater, seinem toten Vater, alleine, irgendwo im Wald solange herum, bis es ihm besser ging. Er gab seinem Vater all die Prügel zurück, die er als Kind hatte einstecken müssen. Egal, was er getan hatte, es war für seinen Vater nie gut genug gewesen. Selbst wenn die Perfektion noch von einer Überperfektion übertroffen wurde, hatte sein Vater irgendwo einen Fehler entdeckt. Sein Vater, der ewige Nörgler. Nichts war ihm je gut genug gewesen. Jetzt hatte Brightfull das Dilemma. Egal, was er tat, es war nie gut genug. Seine Gedanken waren ständig damit beschäftigt, was die anderen über ihn denken würden. Deswegen war er nicht ins Krankenhaus gefahren. Es hätte Gerede und Vermutungen im Ort ausgelöst. Brightfull hasste seine Paranoia. Er sollte sich lieber darum kümmern, wer jetzt die Aufgaben meiner Mutter im Geschäft übernehmen könnte. Er würde morgen einen Aushang am Eingang machen. Er holte kurzentschlossen ein Blatt Papier und einen roten Filzstift aus seinem Sekretär und begann in klarer Schönschrift eine Stellenausschreibung aufzuschreiben. Als er zu Boden sah, sah er einen weißen Faden neben seinem rechten Fuß liegen und hob ihn auf. Verdammt, diese neue Kleidung wird immer oberflächlicher genäht! Damals hatte man alle Fäden, die von den Nähten abstanden oder an ihnen haften blieben, sorgfältig entfernt. Heute ließ man sie einfach dran, in der Hoffnung, der Kunde, würde sie schon entfernen. Na, ja, das Hemd war auch nicht sehr teuer gewesen.

Der Schatten huschte über den Hof zum Schuppen. Jemand hatte den Schuppen mit einem neuen Schloss verriegelt. Verdammt! Der Schraubenzieher musste doch irgendwo liegen. Wo hatte er ihn nur verloren? Er verlor nie etwas! Alles war wertvoll.

»Sie hat es nicht geschafft.« Leads hielt den Telefonhörer am Ohr. »Es setzte plötzlich eine stärkere Hirnblutung ein.«
Stille.
Meine Mutter war tot.
Leads legte auf und weinte.
Ralph lag zertrümmert im Wald und meine Mutter tot und zertrümmert im Krankenhaus, vielleicht schon im Kühlhaus. Sergeant Leads hatte es mit einem Wesen zu tun, das andere Menschen zertrümmerte!

Jetzt entführe ich dich in eine andere Welt, eine, die ich gesehen habe. Sie ist genauso unschön wie die eine, von der ich eben erzählt habe, aber eben ganz anders. Nein, halt, ich muss mich korrigieren, sie ist viel viel unschöner, um nicht zu sagen, hier fängt das erste Grausame an, sich seinen Weg zu suchen …

Der Junge

Zwanzig Jahre früher. Der Junge, 15 Jahre alt.

»Harold?«

Er hörte nicht hin. Immer wenn sie diesen Ton anschlug, war sie übel gelaunt.

»Harold?«

»Was ist, Mom?«, rief er schließlich zurück. Sie würde keine Ruhe geben, bevor er ihr nicht gehorchte.

»Ich brauche dich!«, schrie sie.

»Wobei?«, schrie er zurück.

»Dein blöder Vater hat die Küche überflutet.«

Ja, dachte der Junge, mein blöder Vater! Ihr war nichts gut genug. Sie hatte immer etwas auszusetzen, immer etwas zu meckern. Und sie fand immer etwas, um seinen Vater herumzukommandieren. Ihre Stimme klang widerlich, wenn sie schrie.

»Komm!«, schrie sie erneut. »Wann kommst du?!«

Er schmiss den Schraubenzieher, mit dem er gerade sein Fahrrad reparierte, in die Ecke des Schuppens und ging wütenden Schrittes hinüber ins Haus. Er riss die angelehnte Haustür auf, schlug nach einer Fliege, die ihm von der Hitze betäubt taumelnd entgegenflog und sah das Desaster in der Küche. Sein Vater saß auf einem Stuhl am Küchentisch; sein Kopf lag, zwischen den Armen verborgen, auf der Tischplatte. Wahrscheinlich hatte sie ihm gerade eine geknallt. Sie hielt das Leder noch in der Hand, mit dem sie immer schlug. Es klatsche so schön und befriedigte ihre Wut.

Der Oberkörper des Fünfzehnjährigen war ölverschmiert von der Arbeit und verschwitzt von der Hitze, die wie eine Dunstglocke über dem Ort lag. Sein muskulöser nackter Oberkörper glänzte im Türrahmen und nahm eine verspannte Haltung ein.

»Sieh dir das an!«, schrie seine Mutter und zeigte auf die Wasserlache vor der Spüle. »Zu blöd, einen Wasserhahn auszutauschen!« Sie zeigte mit dem Leder in der Hand auf seinen Vater. »Zu blöd für alles!« Sie konnte nicht ein Wort aussprechen, ohne dabei zu schreien.

Sein Dad sah kurz hoch, dann vergrub er sein Gesicht wieder in seinen Armen. Er wollte die Scham, die er erlitt, nicht vor seinem Sohn zeigen. Der sah zur Spüle und erkannte das Problem sofort. Die Quetschverschraubung war undicht. Der Junge latschte platschend durch das Wasser und bückte sich zur Spüle hinunter. Er war groß für seine fünfzehn Jahre. Das dunkle Haar legte sich lockig und wild um seinen Kopf und fiel ihm bis über die Augen. Er wischte es fort, als er sich in die Spüle bückte, und zog die Quetschverschraubung fest. Plötzlich spürte er den Lederlappen seiner Mutter auf dem Rücken. Sie strich ihm sanft darüber und sagte leise: »Ja, das ist mein Junge. So ein guter Junge. So ein lieber Junge.«

Er ließ sich nicht ablenken. Er kannte dieses Gefühl bereits. Erst der Lappen, dann die nackte Hand.

»Lass das Mom!«, rief er von unten. »Ich kann so nicht arbeiten.«

Sie holte tief Luft und näherte ihr Gesicht seiner rechten Achsel. Dann sog sie seinen Schweißgeruch in sich hinein und schloss die Augen, als sie ihre Wange auf seinen Rücken legte.

Sein Vater verließ die Küche.

Lydia war vom Gottesdienst zurück und fand ihren Mann in der Küche sitzend vor. Er starrte aus dem Fenster und sah blass aus. Sie bekam Angst, denn so blass hatte sie ihn noch nie gesehen. Sie dachte an seinen Blutdruck, aber der war eher hoch, was sein Gesicht manchmal tiefrot färbte. Dann dachte sie an einen Schwächeanfall und sprach ihn an: »Alan?«

Er drehte sich erschrocken zu ihr um, und sie atmete erleichtert aus. »Alles in Ordnung?«

Sie fragte, ob alles in Ordnung sei? Wie konnte seit gestern Abend noch alles in Ordnung sein?

Sie brachte ihre Tasche und ihren Mantel zur Garderobe im Flur und rief: »Stell dir vor, wer heute tatsächlich in der Kirche erschienen ist, so, als wäre nichts passiert?«

Brightfull, kam es ihm sofort in den Sinn.

Als er nicht antwortete, rief sie, bevor sie die Toilette aufsuchte: »Jason Brightfull! Der, der Janet doch eigentlich neben ihren Kindern im Moment am nächsten stehen sollte. Da sitzt der in der Kirche im Beichtstuhl, anstatt im Krankenhaus an Janets Bett.« Dann verschwand sie auf der Gästetoilette, und Leads konnte den Urinstrahl seiner Frau hören, wie er stark und drängend auf das Wasser in der Toilette traf. Das mochte Alan Leads überhaupt nicht. Wer hatte bloß diese blöde Idee mit dieser Toilette im Flur beim Entwurf des Hauses gehabt? Wenn seine Gäste sie benutzten, hörte er sie Wasser lassen und andere Sachen erledigen. Widerlich. Und es stank, auch wenn gewisse Duftsprays bereitstanden. Aber wenn sich diese noch mit dem ganzen Mist mischten, dann stank es noch widerlicher. Man kann keinen Gestank wegsprühen, man kann ihn nur vermischen.

Die Toilettenspülung ging und er hörte, wie Lydia sich die Hände wusch.

»Dieser Brightfull«, sagte sie, »was wohl in den gefahren ist?«

Im Beichtstuhl hatte dieser Dreckskerl also seine Tat gestanden, dachte Leads. Bei Reverend Rouls, der das Schweigegelübde abgelegt hatte. So ein gerissener Hund. Leads hatte einmal gehört, dass es einen Präzedenzfall gegeben hatte, in dem ein Geistlicher seine Schweigepflicht brechen musste, um einen Mord aufzuklären. Das war eine Recherche wert, müsste aber sein Assistent Jerry erledigen.

»Wie geht es Janet?«, fragte Lydia und goss frischen Kaffee auf. Der tat nach dieser Predigt in der Kirche besonders gut. Sie war nicht wirklich an dem Gottesdienst interessiert, aber sie war eine Geschäftsfrau in dieser Gegend. Jeder Geschäftsinhaber, der etwas auf sich hielt, ließ sich jeden Sonntag in der Kirche sehen. Lydia war überzeugt, dass die Quote der Ungläubigen unter ihnen bei über achtzig Prozent lag. Die Kirche war ein Ort, um gesehen zu werden, um mit Kunden ins Gespräch zu kommen und einen guten Eindruck zu hinterlassen. Kostenlose Werbung praktisch. Das war die eine Stunde in der Woche wert.

»Wie geht es Janet?«, fragte sie erneut, als Alan ihr keine Antwort gab. Er sah wieder abwesend aus dem Fenster, und sein Gesicht hatte ein wenig mehr Farbe bekommen.

Es gibt keine Janet mehr, dachte er. Leads wusste, dass Lydia Janet sehr gemocht hatte. Sie war gestern noch bei ihr im Salon gewesen. Gestern, als sie noch voller Lebensfreude und Plänen für die Zukunft war. Jetzt war sie nicht mehr auf dieser Welt, nicht mehr in Jackson Hole, nicht mehr auf dieser Farm und, das war das schlimmste, nicht mehr die fürsorgliche Mutter von Joe und mir. Wie sollte er das uns beiden mitteilen? Wie? Wir waren jetzt Vollwaisen. Dabei waren wir die einzige Familie, die er wirklich sehr gemocht hatte.

Leads hatte schon öfters schlechte Nachrichten überbracht, aber das, was er uns jetzt mitzuteilen hatte, waren nicht nur schlechte Nachrichten, es war eine Katastrophe. Ihm kamen meine Großeltern in den Sinn. Meine Eltern hatten nie über ihre Familien geredet, waren auch nie von ihnen besucht worden. Die Suche nach ihnen wäre auch wieder ein Stück Arbeit, das er seinem Assistenten übergeben würde. Bis unsere Großeltern ermittelt wären, könnten wir sicherlich bei Beth bleiben, dachte er. Beth, die bis zum Hals in Problemen mit ihrem Mann steckte. Der, der eine Dreckspur auf der Treppe hinterlassen hatte … Leads hielt inne. »Was hat Beth eigentlich über ihren Mann Ben bisher erzählt?«, fragte er seine Frau. Die sah ihn irritiert an. Hatte er denn gar nicht zugehört?

»Wie meinst du das?«, fragte sie verunsichert, weil sie die Zusammenhänge nicht verstand.

»Wie verhält sich Ben seiner Frau gegenüber?«

Lydia sah zu Boden. Sie wusste nicht, was sie Alan erzählen konnte. Es gab einen gewissen Ehrencodex unter den Frauen. Dieser galt dem Schutz vor ihren Männern. Lydia konnte nicht wirklich abschätzen, was Alan weitergeben würde. Es würde Beths Vertrauen vielleicht derart verletzten, dass sie Lydias Salon nie wieder betreten würde. Das würde sich herumsprechen und eine schwere Geschäftsschädigung mit sich ziehen. Also antwortet sie: »Er ist manchmal etwas grob zu ihr. Ich vermute mal, dass er in den letzten zwei Jahren mit der ganzen Situation überfordert war. Das wird sich schon wieder einrenken.« Sie nippte an ihrer Tasse. »Ich fragte eben, wie es Janet geht?«

»Ich habe Dreck auf der Treppe im Haus gesehen. Blätter und Tannennadeln.«

»Was?«

»Im Wohnzimmer war alles bereits beseitigt, aber die Treppe hinauf in den ersten Stock war noch voller Dreck. Als wenn jemand im Wald gewesen wäre.«

»Wovon redest du?«

Jetzt sah er seine Frau an. »Ich war heute Morgen bei Beth. Habe mit den Jungs geredet. Als ich ging, sah ich den Dreck auf der Treppe.«

»Bei den Draithons war die Treppe verschmutzt? Das hast du gesehen?«

»Sie war nicht nur verschmutzt, sie war voller Dreck aus einem Wald!« Jetzt wurde er lauter.

»Wie meinst du das?«

Er erhob sich. »Ist das nicht ziemlich offensichtlich? Da ist jemand hochgegangen, der gestern Nacht im Wald war!«

»Du meinst Ben Draithon?«

»Ben Draithon«, bestätigte Leads. »Wen sonst? Beth war ja schließlich den ganzen Abend gestern bei uns auf der Houston-

Ranch. Und davor war sie mit Brian und Joe bei sich zu Hause. Wer bleibt also? Na? Na? Ben Draithon!«

»Schrei mich nicht so an!«, gab sie zurück. »Dann frag ihn doch, wo er gestern Abend war! Wo ist das Problem?«

Er war müde, um genau zu sein, vollkommen erschöpft, doch die Ermittlungen, die jetzt anstanden, waren dringend, und er konnte nicht einfach nach oben gehen und sich schlafen legen. Er würde nicht eine Minute schlafen können! Aber er konnte auch nicht mehr mit dem Wagen fahren. Seine Augen brannten, und sein Körper war erschöpft. Es standen so viele Aufgaben an: Annie die schlimme Nachricht über ihren Mann überbringen, Joe und mir eine weitere schlimme Nachricht überbringen, Draithon befragen, wo er gestern Nachmittag gewesen war, mit der Spurensicherung reden und letztendlich unseren weiteren Aufenthalt bestimmen. Wir mussten schließlich versorgt werden. Er würde das alles nicht schaffen, nicht einmal eine einzige Aufgabe von denen, die anstanden. Dafür war er war zu müde, zu sehr geschockt und voller Angst um seine Frau.

»Du wirst keinen Schritt mehr in der Dunkelheit machen! Keinen Schritt mehr! Hörst du?«

Sie sah ihn entrüstet an. Was redete er da?

»Du wirst deinen Laden ab morgen um fünf Uhr schließen und sofort heimkommen. Hörst du?«

»Was redest du da?«, schrie sie ihn an. »Bist du verrückt geworden?« Sie sah seine ermüdeten Augen und sagte: »Leg dich ein wenig aufs Sofa und ruh dich aus. Wir reden später.«

Sie verließ die Küche und ging in den Keller. Sie hatte vor einigen Wochen frisches Obst eingemacht und wollte heute Nachmittag einen Kuchen damit backen.

Brightfull hielt es für eine gute Idee.

Meine Mutter hatte ihm den Schlüssel für das Haus gegeben, falls sie ihren einmal verlieren sollte. Er hatte sich über dieses

Vertrauen so sehr gefreut, dass ihm diese Idee jetzt gekommen war. Viele Menschen fanden seine Ideen oft merkwürdig, weil sie anders waren, als man erwartete, aber Brightfull fühlte und dachte anders als Andere. Er hatte sich Gedanken darüber gemacht, wie er meiner Mutter nun am besten helfen könnte, während sie im Krankenhaus lag. Also war er zu unserem Haus gefahren und wollte dort nachschauen, ob wir genug Vorrat hatten. Er wollte sich um Joe und mich kümmern und uns während der Zeit ihrer Abwesenheit ein ganz normales Zuhause bieten. Er wollte, dass wir hier weiterleben konnten und nicht in irgendeinem Haushalt bei diesen bescheuerten Leuten in seiner Nachbarschaft landeten. Bei Leuten, die so viel Probleme mit sich selbst hatte, dass es wie Sirup aus ihren Ohren quoll. Nein, er wollte, dass wir beide ein vertrautes Umfeld um uns hatten, bis unsere Mutter wieder nach Hause kommen würde. Das war seiner Meinung nach das einzig rationale, logische und sinnvolle Verhalten in dieser Situation. Damit würde er meiner Mutter am meisten helfen.

Er würde gegen Nachmittag den Laden seiner Cousine Sally übergeben und dann zu dieser Ranch fahren, für uns kochen, nach den Hausaufgaben sehen und dafür sorgen, dass wir pünktlich ins Bett gingen. Er würde sich in den nächsten Tagen im Schlafzimmer unserer Mutter einrichten und aufpassen, dass sich unser Leben so normal wie möglich fortbewegte, egal, was die Nachbarn sagen würden. Auch egal, was Leads sagen würde. Es gab nur ein Problem, und Brightfull gestand es sich nur widerwillig ein: Er mochte keine Kinder. Er hatte mit Susan nie welche bekommen wollen, weil er befürchtete, so zu werden wie sein Vater. Er wusste nicht, wie man Kinder erzieht, und da Brightfull mit seinen Gefühlen oft gewisse Probleme hatte, war es ihm von besonderer Wichtigkeit, diese Rolle erst einmal auszuprobieren. Es war die größte Herausforderung, der er sich je im Leben stellen würde. Meine Mutter würde früher oder später erkennen, wie groß sein Einsatz gewesen war, ihr zu helfen. Es war seine Art, ihr eine Liebeserklärung zu machen. Er konnte es nicht mit Worten, er konnte es nur mit Taten.

Als Jason Brightfull vor unserer Haustür parkte, war es noch hell. Niemand hatte die Eingangstür polizeilich versiegeln lassen, also verstieß er auch gegen kein Gesetz. Er holte den Schlüssel aus seiner rechten Hosentasche und schloss die Türe auf.

Das Haus war ausgekühlt, denn meine Mutter hatte die Heizung heruntergedreht, als sie zum letzten Mal hinausgegangen war. Das gefiel Brightfull. Sie war eine sparsame Frau, die Energie sinnvoll nutzte. Er lächelte. Meine Mutter war eine großartige Frau, und er konnte sich immer noch nicht vorstellen, so viel Glück in seinem Leben zu haben. Seine vielen Gebete hatten sich gelohnt. Auch wenn nun dieser schlimme Vorfall dazwischen gekommen war, so sah Brightfull darin eine einmalige Chance, sich als guter Partner zu erweisen. Meine Mutter musste nur wieder gesund werden. Dann würde sie sehen, welchen großartigen Dienst er ihr erwiesen hatte. Er war für uns dagewesen, als sie in Not war. Konnte man einer Mutter von zwei Kindern ein größeres Geschenk machen? Sicher nicht. Er würde sich bei ihrer Rückkehr um sie kümmern. Er würde für ihre Situation Verständnis aufbringen und alles tun, was sie verlangte. Wir würden zu einer richtigen Familie zusammenwachsen ...

Brightfull betrachtete das Wohnzimmer, brachte alle Sofakissen in Form und stellte die Sessel exakt in Position. Seine Rosen blühten immer noch am Fenster. Wie schön! Die waren es also wert gewesen. Er ging in die Küche und spülte das Glas von Leads ab. In diesem Arbeitsvorgang begab er sich direkt an die Reinigung der Schranktüren und einiger Ecken auf der Arbeitsplatte. Er sah noch so vieles mehr und war einen kurzen Moment etwas verstimmt, dass meine Mutter doch so nachlässig mit der Hygiene in der Küche umging. Er hielt ihr zugute, dass sie zwei Kinder, eine Ranch und eine Arbeit managte. Dafür bekam sie Bonuspunkte, aber wenn er das Sagen hätte ... Brightfull besann sich. Er musste diesen Kontrollwunsch unbedingt drosseln. Das war kein guter Einstieg, aber später, wenn alles erst einmal laufen würde, würde er sicherlich hier und da so einiges ändern.

Als Brightfull die Küche fertig gereinigt hatte, kontrollierte er die Vorräte im Haus. Es war nahezu perfekt eingerichtet. Meine Mutter hatte frische Salate, Gemüse und Obst vorrätig. Das gefiel ihm, uns Jungen weniger. Er kannte aus Dokumentationen im Fernsehen, wie sehr sich Kinder in der Pubertät gegen gesunde Nahrungsmittel auflehnten. Doch was sein musste, musste sein. Brightfull beschloss, direkt am Montag in die Buchhandlung von Jeff Miller zu gehen und sich ein Buch über die Erziehung Jugendlicher zu besorgen. Es wäre doch gelacht, wenn er das nicht in den Griff bekommen würde!

Brightfull ging die Treppe hinauf zu den Schlafräumen. Das Schlafzimmer war perfekt aufgeräumt, na ja, bis auf wenige Falten in der Bettwäsche, die er kurz glattzog. Dann sah er unsere Zimmer und wurde rot vor Zorn. Was war das denn? Eine Müllhalde? Das konnte er nicht dulden. Wo war nur die Konsequenz meiner Mutter geblieben? Also, darüber müsste er unbedingt mit ihr reden. Es konnte nur über die Wenn-dann-Regel funktionieren. Wenn das nicht aufgeräumt ist, dann werde ich dich bestrafen. Brightfull hatte ein großes Repertoire an Bestrafungen von seinem Vater mitbekommen. In diesem Bereich würde es ihm nicht an Ideen mangeln. Er ging erzürnt hinunter in die Küche und suchte nach einem großen Müllbeutel und Gummihandschuhen. Im Spülschrank wurde er fündig. Gerüstet, unseren Zimmern den Kampf anzusagen, begann er nach seinen eigenen Maßstäben die Entrümpelung. Und die war gewaltig. Er entfernte soeben unsere Seelen aus unseren Zimmern!

Lydia bemerkte, dass Alan auf dem Sofa schlief, als sie Tim Benton die Einfahrt hochfahren hörte. Sie öffnete Tim die Haustür. Er sah genauso müde wie Alan aus. Es war eine furchtbare Nacht für alle gewesen. Sie mochte Tim, der immer korrekt und zuvorkommend zur Stelle war. Leider war er nicht verheiratet, hatte nicht mal eine Freundin. Das war kein Wunder, denn in dieser

Gegend waren Frauen Mangelware, wie in vielen Bergregionen Amerikas. Das Leben dort war hart. Viele Frauen bevorzugten eine angenehme Infrastruktur und ein gewisses Angebot an Luxus, der sich hier nicht leicht finden ließ. Hier gab es anständige Trekkingschuhe und wetterfeste Kleidung, die wenig weiblich wirkten. Jackson Hole war ein Ort wie viele in den Bergen, es war eine einsame, raue Gegend. Hier beherrschte der Alkohol so manche Ehe und Familie. Dann kam die Gewalt, und für die Kinder dieser Eltern gab es Rauschmittel in großer Vielfalt. Ein perfektes Überlebenspaket für viele.

Lydia kannte sie alle. Und von Susan wusste sie, dass Jason Brightfull sie alle hasste. Er trank nicht, rauchte nicht und nahm keine Art von Rauschmitteln zu sich. Wenn er wütend war ging er in den Wald ...

»Hallo Tim, komm rein. Ich hab noch heißen Kaffee.«

Benton lächelte. Er mochte Lydia. Sie war so besonnen und ... sie wäre eine Frau, die man sich wünschen könnte. Aber Benton suchte keine Frau. Er suchte einen Mann. Davon wusste niemand etwas, denn es herrschte derzeit immer noch eine gewisse Intoleranz für Homosexuelle in diesem Land, obwohl seit über zehn Jahren die Homosexualität nicht mehr bestraft wurde. Also lebte er das Leben eines Junggesellen in Vollendung. Durch seine Neigung fühlten sich viele Frauen zu ihm hingezogen, wussten aber nichts von seinen Gefühlen, die er weit weg von dieser Stadt auslebte.

Lydia gab Tim bei der Begrüßung einen Kuss auf die Wange. Er sah so gut aus, und Lydia hätte sich bestimmt für ihn interessiert, wenn sie nicht mit Alan verheiratet und wenn sie zwanzig Jahre jünger gewesen wäre.

Tim lächelte und kam direkt zur Sache. »Ist Alan da?«

»Er schläft etwas. Auf dem Sofa. Kann ich ihm was ausrichten?«

Tim schaute zu Boden. Lydia wirkte nicht so, als wüsste sie bereits über die schrecklichen Ereignisse Bescheid. »Hat Alan was gesagt?«, fragte er vorsichtig.

Lydia sah ihn an. »Was soll er gesagt haben? Er hat irgendwas von Tannennadeln bei den Draithons auf der Treppe erzählt. Kennst ihn ja, meinen Mann, den Detailseher!«

Benton grinste. Er mochte diese Eigenschaft an Alan ganz besonders. Er sah etwas, was anderen entging. Er sah dorthin, wo niemand hinsah. Er sagte, es reichte, wenn die anderen die oberflächlichen Sachen sehen. Auf das Detail käme es an. Dann hatte er Benton all seine Columbo-Krimis gezeigt. »Ich kenne sie alle, als Film und als Buch.« Perfektion in Vollendung. Er hatte den Schauspieler Peter Falk einmal in Kalifornien bei einer Urlaubsreise am Stand von St. Monica getroffen. Das war ein ganz besonderes Erlebnis für ihn gewesen. Besonders als er von diesem Mann erfuhr, dass der diese Charaktere nicht gespielt hatte. Dabei zog er genüsslich an seiner Zigarre und grinste schelmisch mit seinem Glasauge. Perfektion in Vollendung.

»Wo du gerade da bist, Tim. Wie geht es Janet? Ob ich sie wohl morgen besuchen kann? Sie braucht bestimmt etwas Beistand.«

Tim holte tief Luft und sah ins Wohnzimmer, wo Alan vor Erschöpfung schlief. Er hatte ihr nichts gesagt. Dann hatte er auch von Ralph nichts erzählt.

»Lydia …«, begann Benton zögernd, »ich würde jetzt doch gerne eine Tasse Kaffee haben.« Dann erzählte er ihr behutsam von den Ereignissen. In ihr hallten plötzlich die Worte ihres Mannes wieder: Du wirst keinen Schritt mehr in der Dunkelheit machen. Sie weinte.

Einundzwanzig Jahre früher. Der Junge, 14 Jahre alt.

Er hörte, wie seine Eltern sich anschrien. Jeden Tag mussten sie sich anschreien. Es war ein Kampf, der jedes Mal gleich endete. Seine Mutter gewann, schon alleine wegen ihrer Stimme, die um vieles lauter und aggressiver war als die von seinem Vater, und er zog mit eingezogenem Kopf und Bettdecke unter dem Arm hinunter ins Wohnzimmer.

Der Junge presste sich das Kissen gegen seine Ohren und versuchte, endlich einzuschlafen. Es war schon fast Mitternacht, und er musste morgen früh raus.

Immer wenn seine Eltern sich nachts anschrien, passierte etwas, das ihn die ganze Nacht nicht mehr einschlafen ließ. Sie kam fast immer um zwei Uhr in sein Zimmer und setzte sich zu ihm ans Bett. Erst streichelte sie nur seinen Kopf, doch dann fuhr ihre Hand unter die Bettdecke.

Er wollte es nicht. Vor allen Dingen nicht mehr, seitdem ihm die Veränderung seines Körpers immer mehr zum Mann werden ließ. Er hasste jedes Haar an sich, das wuchs, und jeden Geruch, der sich veränderte. Je mehr er sich veränderte, je schlimmer wurde es. Es schien sie jeden Tag mehr anzuziehen. Sie kam mittlerweile fast jede Nacht, seit sein Bruder weg war. Heute Nacht würde sie ihn nicht in seinem Zimmer finden.

☆☆☆

Brian hörte es als Erster, dann Joe und dann ich. Brian sah auf die Uhr – es war kurz nach zwei am Nachmittag. Sein Vater war endlich erwacht und nach unten in die Küche gegangen. Damit war die Kampfarena bei den Draithons eröffnet.

Er ließ erst einmal eine abwertende Bemerkung über seine Frau fallen und wartete, ob Beth reagieren würde. Er war in Zankstimmung. Das war er immer, wenn er nach dieser Sauferei erwachte. Doch Beth hatte nicht die Absicht, sich jetzt vor uns Jungen, die wir oben in den Zimmern waren, diesen Kampf mit ihrem Mann zu liefern. Es war schon schlimm genug, dass Joe und ich eine vergewaltigte Mutter hatten, nachdem wir unseren Vater unter so schlimmen Umständen verloren hatten. Oh Gott, sie durfte gar nicht an unser Leid denken! Alles war so furchtbar, und wir waren noch so jung! Das Leben bürdete uns viel zu viel Schmerz auf. Es würde unserem Leben in vielerlei Hinsicht die Unbekümmertheit nehmen, die Jugendliche brauchen, um sich gesund zu entwickeln. Sie wollte auf jeden Fall ihr Bestes geben, um uns vor weiteren Schäden zu bewahren. Also ignorierte sie die Bemerkung ihres Mannes, der der Meinung war, dass die Hose, die sie trug, schrecklich aussah. Als wenn sie sich jetzt Gedanken darüber machen würde, wie nett sie sich kleiden sollte – für ihren Mann, den ach so reizenden Automechaniker mit diesem knackigen Po in dieser sexy Latzhose und nacktem Oberkörper, der in der Sonne vom Schweiß der ehrlichen Arbeit glänzte! Welch ein Hohn! Dieses versoffene Stück Dreck, das sie jeden Tag bekochte und das sie anekelte, sollte nicht mehr ihre Aufmerksamkeit bekommen. Deswegen kleidete sie sich schrecklich. Vielleicht half es, damit er sie im Bett mehr in Ruhe ließ. Sie hatte ihre schäbigsten Sachen vom Dachboden geholt, sie gewaschen und nun im Schrank hängen. Ihm würde die Lust auf sie schon vergehen. Und wenn er sich eines Tages eine andere angeln würde, wäre sie froh, denn dann könnte sie überall im Ort ihre Trennungswünsche endlich aussprechen. Er musste sie mit Unterhalt für sich und Brian versorgen. Dieses Haus sollte ihr gestohlen bleiben. Eine Freundin von ihr hatte den Anbau ihres Hauses am anderen Ende der Stadt seit einigen Monaten freistehen und noch keine Mieter dafür gefunden. Ihre Mutter hatte darin gelebt, doch sie war vor vier Monaten nach dem dritten Schlaganfall gestorben. Beth könnte die Räume für wenig Geld anmieten, hatte ihre Freundin gesagt und beheizte sie jeden Tag, damit sie nicht feucht und schimmelig wurde. Beth hatte ihrer Freundin mitgeteilt, dass es nur noch eine Frage der Zeit wäre, wann sie das Angebot annehmen würde. Doch sie wollte, dass Ben die Situation regelte. Sie wollte, dass er sich vor dem ganzen Ort so sehr blamierte, damit sie hier in Ruhe weiterleben konnte. Sie hatte hier ihre Freunde und gedachte nicht, die Stadt zu verlassen. Es war wichtig, dass man sich einen guten Ruf erhielt, schon alleine für Brian. Der hatte bereits genug unter der Alkoholsucht seines Vaters gelitten.

Beth hörte Ben husten. Es klang ekelig. Dann verschluckte er sich an dem heißen Kaffee und rülpste. Es war so widerlich. Sie wollte gar nicht hinsehen. Sein Gesicht war aufgequollen vom

Alkohol und passte zu der restlichen Erscheinung, die sich Beth bot: seine Unterhose, vorne leicht gilb, und sein Unterhemd voller Flecken, die gestern im Pub durch sein Hemd gedrungen waren. Sie konnte sich an den Ben, den sie einmal geheiratet hatte, nicht mehr erinnern, aber er sich auch nicht an das einstige Mädchen, das vor ihm gestanden und Ja gesagt hatte. Sie hatten sich entzweit durch Krankheit und Alkohol, eine Kombination, die nur wenig Möglichkeiten bot, wieder zusammenzufinden. Dabei waren sie einst von großen Träumen geleitet gewesen und hatten sich entschieden, wenn sie einmal ein Kind bekommen würden, würde der Name genauso mit einem B beginnen wie ihre. Die drei B's oder vielleicht vier B's. Beth fand diese Idee, ihre kleine Familie darüber als starke Einheit zu definieren, so lustig, wie sie damals noch vieles lustig fand. Dabei wünschte sich Ben gar kein Kind. Als Brian auf die Welt kam, war ihm die Lust bereits vollkommen vergangen. Brian kam mit einer Hasenscharte zu Welt und musste mehrmals operiert werden. Beth hatte viele Tage und Nächte mit ihm in der Küche gesessen und ihm die Milch mit dem Löffel eingeflößt. Sie hatte ihn gepäppelt und Tropfen für Tropfen gefüttert, bis er kräftiger wurde, während Ben wegsah und das Geld für die Abzahlung des Hauses heranschaffte. Ja, damit war Beth die Lust auf ein viertes B vergangen, und die einst so witzige Idee verlor sich im Alltag von Sorgen und Krankheit.

Ob er gemerkt hatte, dass sie die Dreckspuren, die er letzte Nacht im Haus hinterlassen hatte, beseitigt hatte? Wohl kaum. Er konnte sich sicherlich nicht einmal erinnern, woher der ganze Dreck an seinen Schuhen herkam. Beth stellte sich ans Fenster und trank dort ihren Kaffee im Stehen. Sie wollte nicht bei ihm am Küchentisch sitzen und auf die nächste Beleidigung warten.

Es passierte plötzlich mitten in ihren Gedanken an diesen Anbau ihrer Freundin. Sie hatte bereits damit begonnen, ihn virtuell einzurichten, als sich ihr ein unangenehmer Gedanke näherte. Zuerst war es eine Art Unwohlsein, doch dann bewegte sich ihr inneres Auge von dem Anbau zurück in ihr eigenes Haus, direkt zu der Treppe hin, die sie vor einer halben Stunde gereinigt hatte. Sie hatte gedacht, er wäre sicherlich vom Wege abgekommen und in den Straßengraben gerutscht. Das passierte manchmal, wenn der Boden vom Regen durchnässt war und nachgab. Die Straßen hier hatten nicht überall einen Bürgersteig. Es war nicht undenkbar, dass er vom Weg abgekommen war und Dreck mit nach Hause brachte. Doch diesmal bekam dieser Dreck eine andere Dimension in Beths Gedanken. Ben hatte sie in der letzten Nacht nicht angerührt, und sie hatte gehofft, dass ihre Strategie, sich so schäbig wie möglich zu kleiden, langsam funktionierte, doch dann kam ihr plötzlich dieser vollkommen absurde Gedanke. Was, wenn er Janet aufgelauert hätte und … Sie sah sich um und betrachtete ihn abschätzend. Seine Unterhose war vorne gelb. War das etwa … von letzter Nacht? Von einem Übergriff, der nicht seiner Frau gegolten hatte? Sie sah ihn an, direkt in die Augen, und wartete irgendeine Reaktion ab, doch Ben war damit beschäftigt, sich einen vereiterten Pickel am Hals auszudrücken. Er konnte es nicht lassen. Immer und überall musste er an seinem Körper etwas ausdrücken. Den ausgedrückten Eiter, den die Wunde hergab, schmierte er dann an irgendeine Lehne eines Stuhls oder auf die Tischplatte. Er war nicht in der Lage, sich ein Taschentuch zu holen und diesen Dreck ordentlich zu beseitigten. Dreck, dachte sie und fragte: »Wie war's gestern?«

Er sah auf – irritiert. Seit wann interessierte sich Beth für seine Abende im Pub? Ihr Blick war fordernd, und er antwortete ihr: »Okay.«

»Amüsiert?«, fragte sie weiter.

»Jou.«

»Mit wem?«

»Randy und Jack, wieso?«

»Ach«, sagte sie, »die waren auch dabei?«

Dabei? Was wollte sie von ihm? »Was willst du?« Sein Ton wurde barsch.

»Wissen, was du gestern getan hast?«

»Warum?!«

»Hast du nicht mitbekommen, was hier los war?«

Hier war etwas los gewesen? Was sollte in diesem verdammten Nest schon los gewesen sein? Hier passierte nie etwas, was man nicht beim Friseur wieder in Form bringen konnte. Also, was sollte diese Frage? Es brachte seine ganze Stimmung durcheinander. »Was willst du von mir?«, fragte er erneut und bekam das ungute Gefühl, dass er etwas in seinem Suff angestellt haben könnte.

»Sie haben dich gesucht«, sagte sie und blies in ihren Kaffee.
Gesucht? »Wer?«

»Tim Benton und sein Team, dem du doch angehörst.«

»Tim Benton. Diese schwule Sau?« Er sprach aus, was viele dachten, aber keiner genau wusste. Wenn man keine Frau hatte und auch keine Freundin vorweisen konnte im Alter von achtunddreißig Jahren, konnte das schon mal zu diversen Spekulationen führen.

»Tim hat gestern den Suchtrupp zusammengestellt, wofür Ihr euch doch immer so fleißig trefft, um zu üben.«

Er überhörte nicht die Ironie in ihrer Stimme und fragte: »Einen Suchtrupp? Wofür? Ist Greys Köter wieder abgehauen, und Ann hat diesmal einen Suchtrupp angefordert? Den sollte sie mal lieber für ihren Alten anfordern.«

Beth war fassungslos. »Janet ist verschwunden.«

Jetzt wurde er aufmerksam. Sie sah es genau. »Tim und seine Leute haben sie gefunden. Im Wald. Sie ist vergewaltigt worden.«

Ben sah seine Frau an. Deswegen war Tim nicht im Pub gewesen. Deswegen war das verdammte Ding gestern Abend so leer gewesen.

Beth vervollständigte ihre Nachricht: »Deshalb sind die Jungen bei uns. Janet liegt jetzt im Krankenhaus. Joe und Daryl werden solange bleiben, bis Janet wieder nach Hause kann. Und du wirst dich in dieser Zeit verdammt nochmal am Riemen reißen … sonst reiße ich für dich daran. Und zwar so, dass es gewaltig weh tun wird!«

Er sah, wie sie die Küche verließ und nach oben ging. Schließlich musste sie das Schlafzimmer lüften.

Ben sah zum Fenster. Was hatte seine Frau da erzählt? Janet ist letzte Nacht vergewaltigt worden? Und er dachte, seine Frau wäre sauer, weil er den Geburtstag ihrer Tante vergessen hatte.

Lydia stieß ihren Mann sanft an. Es war bereits fünf Uhr am Nachmittag. Tim war seit drei Stunden wieder weg, aber Lydia wollte Alan nicht wecken, nachdem sie all die Grausamkeiten erfahren hatte. Es wäre nicht recht, ihn direkt wieder aus dem Schlaf zu holen, denn er litt sicherlich nicht nur unter großer körperlicher Erschöpfung, sondern auch unter psychischer. Lydia wusste, wie sehr er uns als Familie mochte. Es muss ihm sehr nahe gegangen sein. Sie sah seinen friedlichen Gesichtsausdruck, doch es war Zeit, sich um uns Kinder zu kümmern. Sie hatte es Tim versprochen. Deswegen stieß sie ihren Mann sanft an.

Leads kam nur zögerlich zu sich. Er wollte nicht aufwachen und all diese schrecklichen Dingen wieder um sich wissen. Deswegen drehte er sich zunächst um, um weiter zu schlafen; seine Frau ließ es jedoch nicht zu. Sie stieß erneut an seine Schulter. »Alan, es ist bereits nach fünf.«

Nach fünf? Leads schrak hoch. Nach fünf? Er wollte doch nur ein Stündchen schlafen. Jetzt waren es bereits drei! Die Kissen hatten rote Muster auf sein Gesicht gezeichnet, die seinen Ausdruck etwas witzig entstellten. Seine Hand wischte über das Gesicht, um Klarheit in die Gedanken zu bringen. Er sah, wie Lydia ihn vom Sessel aus ansah und auf etwas wartete, von dem er nicht wusste, was es war.

»Ich werde mich ab heute nicht mehr nach fünf draußen herumtreiben«, sagte sie leise, denn jetzt hatte sie seine Worte verstanden. Eben noch hatte sie diese Drohung als anmaßend empfunden, aber jetzt fand sie sie voller Sorge und Liebe.

Er sah sie an. »Ich muss dir was sagen«, sagte er. Auch wenn er sich nicht dazu bereit fühlte, aber sie sollte es jetzt erfahren.

»Ich weiß bereits alles. Tim war hier. Er hat mir alles erzählt. Er wollte sicherstellen, dass du mit Beth wegen der Jungen redest.«

Leads vergrub sein Gesicht in beiden Händen und rieb sich anschließend die Augen.

»Ich wollte es dir …«

»Ich weiß, Alan. Es ist in Ordnung. Du hättest es mir jetzt erzählt. Alles ist so schrecklich!«

»Ich muss heute noch mal los.«

»Ich weiß, die Jungen.«

Er nickte und erhob sich schwerfällig.

»Willst du noch etwas essen? Eine Kleinigkeit?«

»Nein«, sagte er, als er die Gästetoilette aufsuchte. »Ich muss gleich los. Heute Abend, wenn ich wiederkomme, dann esse ich was.«

Sie holte zwei Schokoriegel aus dem Kühlschrank und steckte sie ihm in die Jackentasche. Sergeant Alan Leads machte sich nicht auf den Weg zu den Draithons. Er hatte zuvor etwas anderes zu erledigen. Noch war es hell.

☆☆☆

Zweiundzwanzig Jahre früher. Der Junge 13 Jahre alt.

Es war sein 13. Geburtstag. Dieser Tag war für Geschenke gedacht, die Freude machen – in jeder Form, dachte seine Mutter, und buk ihm und seinem Bruder einen großen Schokoladenkuchen. Sie weckte ihn mit einem Kuss, der so eklig schmeckte wie das Auspuffrohr von einem Trecker. Sie stank, überall. Ihr Fett war ständig in Wallung und erhitzte sich bei jeder Bewegung. Sie hatte ihn nicht auf die Wange geküsst, wie er es manchmal bei anderen Müttern sah, wenn sie ihre Kinder küssten, nein, sie drückte ihm ihre wulstigen Lippen mit Inbrunst auf den Mund. Ehe er sich wegdrehen konnte, hatte sie schon seinen Kopf zwischen ihren Wurstfingern und zog ihn zu sich heran.

Sein Vater hatte ihm einen Werkzeugkoffer geschenkt, weil er bemerkt hatte, wie geschickt sein Sohn damit umgehen konnte. Das war ein wirklich gutes Geschenk, fand er, und bedankte sich bei seinem Vater mit einem Händedruck, den seine Mutter mit schnippischen Bemerkungen quittierte. Sie nannte es Geldverschwendung, weil der ganze Schuppen voll von solchem Zeug war, aber sein Vater hatte gemeint, ein Junge brauche sein eigenes Werkzeug. Das mache ihn zum Mann. Als er diese Worte wählte, gefiel ihr der Gedanke direkt wieder. Er veränderte sich jeden Tag mehr und wurde langsam ein richtiger Mann. Damit veränderte sich auch ihr Verlangen. Es wurde stärker, drängender, doch sie musste vorsichtig sein. Der Junge durfte nicht merken, dass ihr Verhalten unüblich war. Sie hatte ihm schon vor einigen Jahren erklärt, dass es völlig normal sei, die Brust der Mutter anzufassen. Schließlich hätte sie ihn einmal daran gestillt. Wenn sie mit ihm vor dem Fernseher saß und sich mit ihm unter eine Decke kuschelte, führte sie seine Hand unter ihren Pulli. Dabei sagte sie: »Fühl mal, hier hast du draus getrunken.« Ihre Brustwarzen wurden dabei ganz hart, und er fand es bis zu einem bestimmten Punkt auch ganz lustig. Danach wurde er mit einer Tüte Chips belohnt, wie ein Köter. Es war ein Spiel für ihn, schon seit vielen Jahren. Und er fand nichts Schlimmes dabei.

Doch heute war sein 13. Geburtstag. Sein Körper zeigte bereits die ersten Veränderungen zum Mann, und sie wollte es heute wagen, seine Hand die Dinge zu lehren, die das Spiel interessanter machen sollte. Ob sein Bruder dieses neue Spiel bereits kannte?

☆☆☆

Ben saß noch immer in Unterhose in der Küche, als es an der Haustür klingelte. Es scherte ihn einen Dreck, wie er aussah und was man von ihm dachte. Schließlich war er hier zu Hause. Er hörte, wie Beth die Treppe hinunterrannte und die Tür öffnete.

Eine Männerstimme erklang, und Beth bat diesen Mann freundlich herein.

Ben sagte die Stimme zunächst nichts, obwohl er durch seine Arbeit viele Stimmen kannte. Er lag ständig unter irgendeinem Auto oder vergrub seinen Körper in einem Motor unter der Haube, wenn ihn jemand ansprach. Ben hatte sich angewöhnt, einfach seiner Arbeit weiter nachzugehen, während er sich mit Kunden unterhielt. Er hatte das Gefühl, dass ihn dieses Verhalten kompetent und sehr beschäftigt aussehen ließ. Aber diese Stimme, die er soeben im Flur seines Hauses gehört hatte, war ihm nicht geläufig. Vielleicht war es jemand aus der Kirche. Ben wusste, dass seine Frau einigen Ehrenämtern in der Kirche nachkam. Sie kümmerte sich um frische Blumen und neue Kerzen und erledigte den Weineinkauf für das Abendmahl! Ben musste immer Lachen, wenn sie davon erzählte. »In welcher Welt lebt Ihr eigentlich?«, spottete er dann.

»Guten Tag, Beth«, hörte er diese fremde Männerstimme aus dem Flur. Er wollte sich nicht aus der Ruhe bringen lassen, schließlich war es sein Haus, aber irgendetwas brachte ihn plötzlich aus der Ruhe. Hatte Beth etwa einen Freund? Einen neuen Mann, der jetzt in seinem Haus stand und ihn mit einer neuen Situation im Leben konfrontieren wollte? Hatte sie einen Liebhaber? Das würde auch erklären, warum sie keinen Sex mehr mit ihm haben wollte! Das würde vieles erklären, was hier in letzter Zeit geschah: ihre Abwesenheit, ihr schlechtes Essen, ihre schäbige Kleidung vor ihm, ihre gemeinen Worte. Jetzt wagte sich dieses Arschlosch tatsächlich in sein Haus? Sein Haus?

Ben Draithon fuhr herum, sah in den Flur und hatte einen Schwall vulgärer Ausdrücke auf der Zunge, die er nur allzu gerne diesem Fremden entgegen geschleudert hätte, doch als er die Uniform von Sergeant Leads sah, schluckte er die Salve Gemeinheiten herunter.

Leads sah diesen Ben Draithon abschätzend von oben bis unten an. Das war also Beths Ehemann. So in etwa hatte er sich diese Gestalt vorgestellt, als Lydia von ihm erzählt hatte. Probleme hätten die Draithons, hatte Lydia erzählt. Leads sah hier nur ein Problem, und das stand mit einer unansehnlichen Unterhose in der Küche. »Sergeant Alan Leads«, stellte sich Leads höflich vor. Er verzichtete auf einen Händedruck. »Haben Sie kurz Zeit für mich? Ich würde mich gerne mit Ihnen unterhalten.«

Draithon war unsicher. Er hörte uns Jungen von oben die Treppe herunterlaufen und war dankbar für diese Unterbrechung, die er nutzen wollte, um sich aus der Affäre zu ziehen. Doch Leads reagierte schnell und schickte uns wieder hoch. »Ich komm' gleich zu euch hoch. Gebt mir zehn Minuten. Ehrenwort.«

Damit war Bens Chance vertan. Beth lief nach oben und holte einen Jogginganzug für ihren Mann. Sie fand es nicht ungünstig, dass Alan Leads ihren Mann in diesem Zustand einmal sah. Das würde ihre Glaubwürdigkeit im Falle einer Trennung sehr unterstützen, denn schließlich war Alan Lydias Ehemann, und Lydia war die Friseuse der Stadt. Besser konnte es nicht laufen.

Ben fühlte sich den beiden ausgeliefert. Beth sah ihn herablassend an, als er sich den Jogginganzug überzog, während Leads ihn immer noch genau musterte.

Ben winkte ab. »Ich weiß, ich weiß, diese Janet, nicht wahr?« Leads nickte.

»Eine schlimme Geschichte, aber was habe ich damit zu tun?«

Leads grinste. »Ich habe nicht gesagt, dass Sie damit zu tun haben.«

Draithon fühlte sich ertappt und wurde wütend. Diese scheiß Bullen! Sie drehten einem ständig das Wort im Mund um. Also machte er es kurz: »Was wollen Sie von mir?«

Das klang schon interessanter für Leads, und er fragte: »Wo waren Sie gestern Abend ab fünf Uhr?«

»Im Pub.«

Leads nickte. Stimmt. Er hatte sich eben erkundigt.

»Wann haben Sie das Pub verlassen?«

Jetzt stockte Draithon, denn das konnte er wirklich nicht mehr nachvollziehen. Er war so stark alkoholisiert gewesen, dass er sich nicht einmal erinnern konnte, ob er irgendwo pissen gewesen war.

»Keine Ahnung«, sagte er. »So um … um …« Er sah Beth an. »Wann bin ich heimgekommen?«

»Zwei«, sagte sie.

»Zwei«, wiederholte ihr Mann und ließ seiner Frau eine dankende Geste zukommen.

»Langer Weg bis hierhin?«, fragte Leads abschätzend.

Wollte dieser Sergeant ihn verarschen? Er kannte doch dieses Pub. Und er kannte Draithon Haus.

»Seeehr langer Weg«, gab Draithon ironisch zurück und lachte.

»Null komma sieben Meilen, um genau zu sein«, sagte Leads. »Das ist in der Tat seeehr lang.«

Der Sergeant ließ das eine Weile auf sich wirken. Ben begann mit dem rechten Bein zu wippen. Er war nicht blöd und wollte dieser Situation ein Ende setzen. »Sie wollen wissen, ob ich diese Houston vergewaltigt habe, richtig?«

Schon alleine wie abwertend Ben den Namen Houston ausgesprochen hatte, machte Leads wütend, aber sein Amt wies ihn an, sich nicht provozieren zu lassen. Besonnenheit führt immer zum Ziel. Erste Lektion der Polizeiakademie.

»Das wäre in der Tat ein wichtiger Hinweis für mich«, bestätigte Leads nickend.

»Ich war's aber nicht! Ich bin direkt nach Hause gekommen.«

»Der Pub schließt um zwölf. Zwei Stunden für 0,7 Meilen? Alle Achtung. Da muss es viele Drehschleifen beim Gehen gegeben haben.«

»Na ja, vielleicht habe mich irgendwo verirrt.«

»Auf einer geraden Straße.« Leads wartete.

»Ich weiß nicht mehr, was gestern passiert ist. Fragen Sie mal Jack Klimber oder Randy Breckenridge.«

»Werde ich«, sagte Leads. »Guter Hinweis.«

»Ja, war gestern ziemlich leer im Pub.«

»Es war ja auch viel zu tun.«

»Was wollen Sie von mir?«, fragte Draithon, und der Sergeant erkannte, dass es keinen Zweck hatte, mit diesem Saufkopf zu reden. Er wandte sich an Beth. »Beth, als ich gestern Abend noch kurz bei den Jungen war, da ist mir eine Menge Dreck auf der Treppe aufgefallen.« Beth nickte. »Stimmt, Bens Schuhe waren sehr sehr verschmutzt.« Sie war glücklich über diese Feststellung. Vielleicht würde es diesem Dreckskerl Ärger bringen. Und vielleicht würde es ihn sogar hinter Schloss und Riegel bringen.

»Beth, wo haben Sie den Dreck entsorgt? Ich brauche eine Probe davon.«

»Hey«, schrie Ben Draithon dazwischen. »Ich bin vielleicht in den Straßengraben gestolpert! Soll ja passieren!«

Leads sah, wie Beths Gesicht rot anlief. Sie hatte den Dreck in den Garten geschmissen. Sie nahm den Sergeant mit zur Terrassentür und zeigte seitlich in das Beet unter den Tannen, wo sich Erde, Blätter und Tannennadeln sammelten. Leads sah verärgert auf die Stelle, an der seine Beweise vernichtet worden waren.

»Es tut mir leid«, sagte sie, »aber es war kein üblicher Hausmüll, deswegen …« Sie kam nicht weiter. Leads nahm sie an den Schultern und fragte: »Waren bei dem Dreck Tannennadeln dabei?«

Sie sah erschrocken zu dem Sergeant auf. Tannennadeln? Vielleicht. Sie konnte sich nicht mehr so genau daran erinnern. »Warum?«, fragte sie.

»Weil auf dem ganzen Weg vom Pub bis hier hin keine einzige Tanne steht.«

☆ ☆ ☆

Brightfull war zufrieden. Jetzt sahen unsere Zimmer wirklich wie Zimmer aus. Er hatte noch ein wenig unsere Möbel umgestellt, damit wir alles praktisch angeordnet nutzen konnten. Man sieht wirklich, dass hier der Vater fehlt, dachte er und brachte den Sack voller Müll in seinen Wagen. Neben seinem Geschäft stand ein großer Container, in dem noch etwas Platz war. Und morgen

Nachmittag kam die Müllabfuhr. Perfekt! Wie alles, was er im Leben machte.

Als er heimfuhr, überlegte er, ob er schnell ins Krankenhaus fahren und sich nach dem Gesundheitszustand meiner Mutter erkundigen sollte, und er entschied, es einfach zu tun, egal, was die anderen sagen würden. Blumen würde er morgen mitbringen, aber jetzt wollte er ihr erst einmal mitteilen, dass er sich um ihre Jungen kümmern würde, damit sie sich zumindest bei diesem Thema keine Sorgen machte.

Leads sah, wie sich Ben grinsend die Treppe hinaufbewegte. Er hatte nichts mehr gegen ihn in der Hand. Seine Beweise waren einfach verpufft. Er ärgerte sich über diese grobe Nachlässigkeit seinerseits. Er hätte schon gestern Abend Proben mitnehmen sollen, aber wer dachte denn, dass Beth den Dreck aufkehren und in den Garten entsorgen würde? Lydia hätte ihn schlichtweg aufgesaugt.

Brian lugte durch seine Zimmertür in den Flur und sah seinen Vater im Schlafzimmer verschwinden. »Mom!«, rief er, »können wir jetzt runterkommen?«

Leads holte tief Luft, denn jetzt stand ihm eine der schwersten Aufgaben in seinem Leben bevor. Wir kamen die Treppe hinunter.

Ich ahnte es bereits, als ich das Gesicht des Sergeants sah. Er wollte es uns behutsam beibringen und hatte anscheinend genau überlegt, was er erzählen wollte. Unsere Mutter war im Wald also auf Kopf gefallen und hatte Hirnblutungen bekommen, die zum Tode geführt haben. So etwas passierte. Soviel zum Thema behutsam. Ja, so etwas hatte Joe schon einmal im Fernsehen gesehen. Das würde auch erklären, weshalb sie nicht gerufen hatte. Aber das erklärte nicht, warum sie im Wald war. Auch nicht, warum der Schuppen geöffnet worden war und weshalb sich dieser blutige Stiefel in meinem Arm befunden hatte.

Joe nahm die Nachricht pragmatisch auf. Er hatte gelernt, seine Gefühle bei schlimmen Dingen abzuschalten, im Gegensatz zu mir. Aber irgendwie fühlte sich das, was jetzt auf ihn zukam, komisch an. Er hatte zu unserer Mutter kein allzu enges Verhältnis gehabt, auch zu unserem Vater nicht. Als unser Vater für immer aus unserem Leben verschwand, war es noch irgendwie zu verkraften gewesen. Unsere Mutter hatte unsere Lebensstruktur weiter aufrecht erhalten, und sie bot Joe eine Form der Gewohnheit, mit der er klar kam. Aber nun ganz ohne Mutter? In den Filmen hatte er gesehen, dass es immer Onkel, Tanten und Großeltern gab, die in solchen Fällen einsprangen, aber die gab es bei uns nicht. Wir kannten niemanden näher aus unserer Familie. Joe konnte sich beim besten Willen nicht vorstellen, hier bei diesen Draithons zu leben. Hier konnte nicht einmal sein Freund Brian weiterleben, nicht so, dass es gut war. Dann gäbe es noch diesen Ralph und seine Frau Annie. Die wären nicht ganz so schlecht, aber Sam, ihre Tochter, war unerträglich. Außerdem war Ralph immer noch verschwunden. Wer weiß, was ihm zugestoßen war! Ging also auch nicht. Bei meinem Freund Jimmy, den Greys, heulte auch jeden Tag der Hund aus der Küche. Keine Chance. Die Klimbers? Ging gar nicht. Dann bliebe noch Brightfull, und Joe verspürte große Angst. Dieser Mann verströmte einen unangenehmen Duft, den Joe und ich nicht einatmen wollten. Die Leute sagten, er sei komisch und merkwürdig, aber Joe fand ihn unheimlich und geheimnisvoll, auf eine Art, die er nicht kennenlernen wollte. Und doch war Brightfull der Einzige, der sich jetzt wahrscheinlich anbieten würde. Joe sah Sergeant Leads an.

Alan Leads war von der Reaktion meines Bruders überrascht. Er stellte ganz pragmatische Fragen, wie es jetzt weitergehen sollte, als habe er den Tod seiner Mutter mal eben abgehakt und müsse jetzt mit dem leben, was bleibt. Sicher, er wusste, dass er mit dreizehn Jahren zu jung dafür war, mit mir allein weiterhin im Haus unserer Eltern zu leben, aber theoretisch könnte er es. Ja, können tat er es. Er wusste, wie man das

Haus in Ordnung hielt, wie man einige Speisen zubereitete, das Klo putzte und was in der Schule von ihm erwartet wurde. Er würde es schaffen. Er würde es auch mit mir schaffen. Vielleicht ließ sich eine Art Nanny im Ort finden, die nach uns schauen könnte. Das würde helfen. Sie könnte die Aufgaben übernehmen, die Joe und ich nicht schafften und mochten – spülen zum Beispiel.

Joe sah auf. Ich hatte mich erhoben und ging in eine Ecke des Wohnzimmers.

Als der Mann mir mitteilte, dass meine Mutter tot sei, konnte ich mir zunächst nichts darunter vorstellen. Seine Worte fühlten sich wie ein kalter Pudding für mich an, der im Kühlschrank stand. Wenn ich hungrig würde, würde ich den Pudding herausholen und ihn essen. Erst dann würde ich merken, wie er schmeckte. Verstehst du?

Ich habe komische Gefühle. Ich kenne keine Trauer im üblichen Sinne. Ich trauere anders. Der Tod lockt in mir keine Tränen aus den Augen. Er rollt meinen Körper wie einen Rollmops zusammen.

Leads erhob sich, um bereit zu sein. Für was auch immer. Aber ich ging in eine Ecke des Wohnzimmers, hatte ein Kissen vom Sofa an meine Brust gepresst, hockte mich nieder und begann zu wippen. Ich wippte und wippte und wippte. Meine Augen waren geschlossen, und ich wippte eine lange Zeit. Dann legte ich mich auf den Boden und rollte mich wie ein Rollmops zusammen. Leads sah Beth an, dann Joe, und nickte beiden beruhigend zu. Er wusste, dass jeder seine eigene Methode hatte, schlimme Nachrichten zu verarbeiten. Das stimmt! Sie kommen zunächst an der Oberfläche an, aber je mehr Zeit vergeht, desto tiefer gehen sie, und desto intensiver wurden meine Reaktionen. Leads fand nichts Schlimmes an meiner Reaktion.

Joe dachte an ein Heim, da, wo ihn niemand kannte. Ihm wurde plötzlich schwarz vor Augen.

☆☆☆

Brightfull parkte seinen Wagen eine Straße entfernt vom St. John's Medical Center, wo meine Mutter untergebracht war. Es musste nicht gleich jeder sehen, dass er sie besuchen wollte. Mit gesenktem Kopf betrat er die Eingangshalle und erkundigte sich nach dem Zimmer von Janet Houston. Die Dame an der Information sah in ihre Unterlagen, konnte aber keine Janet Houston finden. »Tut mir leid«, sagte sie, »ist hier nicht eingetragen.« Sie bekam jeden Morgen eine neue Liste der Patienten, aber meine Mutter war nicht mehr darauf verzeichnet. Und gestern oder Tage zuvor hatte niemand nach diesem Namen gefragt. So wusste sie nicht, ob diese Frau jemals hier eingeliefert worden war. Sie sah den Mann, der vor ihr stand, ratlos an.

»Sie muss hier sein«, beteuerte Brightfull. »Sie ist heute Nacht hier eingeliefert worden. Es ist die Frau, die vermisst und dann im Wald gefunden wurde. Schauen Sie bitte noch mal nach.«

Jetzt konnte sich die Dame erinnern. Ihre Kollegin von der Nachtschicht hatte ihr von dem Fall kurz erzählt. Sie nahm den Hörer ihres Telefons ab und rief den Chefarzt der Chirurgie herunter. Brightfull nickte zufrieden. Klappte doch!

Der Arzt gab Brightfull die Hand und sah ihm in die Augen. Er wusste nicht, wen er vor sich hatte, aber es konnte genauso gut der Täter sein, der Mrs. Houston so zugerichtet hatte. Sergeant Leads hatte ihn angewiesen, wachsam zu sein, sich jeden gut anzusehen und den Namen aller zu notieren, die sich nach meiner Mutter erkundigen würden. Der Mann vor ihm wirkte hölzern und unbeholfen. Das machte den Arzt aufmerksam, und er erkundigte sich nach dessen Namen.

»Jason Brightfull«, sagte Brightfull mit gesenktem Blick. Er konnte den Arzt nicht ansehen. Er konnte den Menschen oft nicht in die Augen sehen. Meist waren es Fremde. Wenn er sie kannte, ging es besser. Aber dieser Arzt hatte einen Blick, als könne er direkt in seine Seele blicken und würde dort auf Dinge stoßen, die nicht sehenswert waren. Immer wieder überkam

Brightfull dieses Gefühl, man könne ihm seine Angst ansehen, und das verstärkte seine Unsicherheit noch.

»Kann ich Ihnen helfen?«, fragte der Arzt. Er trug seinen Kittel offen und ein Stethoskop um den Hals. Für Brightfull eine klare Definition des Berufsstandes. Die Frage des Arztes machte es ihm einfach, und er sagte: »Ich würde gerne Mrs. Janet Houston besuchen.«

Der Arzt nickte; das hatte er schon von der Dame an der Rezeption erfahren.

»In welcher Beziehung stehen Sie zu Mrs. Houston?«, fragte er. Er wollte nicht standen Sie zu Mrs. Houston sagen. Das wäre unklug.

»Ich bin ein enger Freund und kümmere mich um ihre Kinder«, hörte sich Brightfull sagen. Es klang irgendwie gut. Der Arzt nickte. Er war nicht befugt, diesem Mann Auskunft zu geben, und gedachte auch nicht es zu tun. Er musste erst mit Sergeant Leads Rücksprache halten, denn es gab etwas, was Leads noch nicht wusste und was die Ermittlung des Täters sicher nicht einfacher machen würde.

»Ich bin leider nicht befugt, Ihnen Auskunft zu geben, Mr. Brightfull, aber wenn Sie mir Ihre Telefonnummer hinterlassen, kann ich Sie anrufen, sobald ich es darf.«

Er kannte Brightfull nicht, denn er kam aus einem anderen Ort und kaufte nicht in dieser Stadt ein.

Brightfull nickte und schrieb zitternd seine Nummer auf einen Zettel, den ihm die Dame an der Information zuvor gereicht hatte.

Als er zum Wagen ging, ärgerte er sich sehr. Hatte es nicht gereicht, dass er seine Beziehung zu meiner Mutter öffentlich preisgab? Er hätte vielleicht Lebensgefährte sagen sollen, aber das klang doch ein wenig zu … gut! Es ärgerte ihn, dass er keine Auskunft über ihren Zustand erhalten hatte. Es machte ihm Angst, und er fuhr geradewegs in den Wald, um sich Luft zu verschaffen.

Dreiundzwanzig Jahre früher. Der Junge, 12 Jahre alt.

Sie hieß Amy und hatte langes blondes Haar.

Er stand in der Pause immer alleine in derselben Ecke, wenn ihn nicht gerade jemand ärgerte oder verjagte. Einer seiner liebsten Beschäftigungen in der Pause war es, Amy Hays zu beobachten. Sie hatte von allen Mädchen den größten Busen. Sie war vierzehn, zwei Jahre älter als er, aber das war egal. Ihr Busen wippte, wenn sie lief. Ob sie schon einen Büstenhalter trug? Er kannte diese Dinger, in die die Frauen ihre Brüste stopften, von seiner Mutter.

Manchmal konnte er unter Amys T-Shirt ihre Brustwarzen erkennen. Das machte ihn neugierig.

Es passierte auf dem Heimweg.

Sie ging vor ihm und bog in den Feldweg ab, den sie eine gute Meile entlanggehen musste, um zur Ranch ihrer Eltern zu kommen. Er folgte ihr vorsichtig. Als er bemerkte, dass ihnen niemand folgte, holte er auf und rief: »Amy?«

Sie erschrak zutiefst und sah sich um. Hinter ihr ging dieser Junge aus der fünften Klasse, und sie fragte sich, was er wohl wollte. Sicher, sie wusste, dass sie durch ihren Busen bereits viele Blicke gewisser Jungen anzog und fand das gar nicht so übel; im Gegenteil, es machte ihr mittlerweile Spaß, damit zu kokettieren.

Dieser Junge aus der fünften Klasse aber war ein komischer Kauz. Auch sein Bruder. Er stand immer alleine in der Ecke an den Toiletten und aß dort sein Pausenbrot. Er war ziemlich groß für sein Alter. Sein Körper verlor durch die schwere Arbeit auf dem Hof seiner Eltern die Schlacksigkeit und formte sich zu einer recht interessanten Erscheinung. Sein Haar war dicht, wohl etwas zerzaust, aber sein Gesicht war echt hübsch. Amy konnte sich vorstellen, dass aus diesem Jungen mal ein ganz ansehnlicher Kerl werden würde. Sie mochte ihn, auch weil er nicht so aufdringlich wie andere Jungs war oder wie sein Bruder. Das machte sie neugierig.

»Hi«, sagte sie erfreut, »was machst du hier?«

Er blieb stehen, war nervös und merkte, dass etwas passierte, was nicht passieren durfte. Sein Gesicht überkam Schamröte.

»Hey«, sagte Amy, »was ist los? Komm doch näher. Oder hast du Angst? Ich beiße nicht.«

Sie war unvorbereitet und lockte ihn an. Er überwand seine Hemmung und näherte sich ihr. Mit jedem Schritt, den er auf sie zuging, wurde es stärker. Er hielt sich verschämt die Schultasche vor die Leisten, während sie ihn anlächelte. Er lächelte künstlich zurück und versuchte, sich unter Kontrolle zu halten.

»Was ist los?«, fragte sie ihn, und er sah sich veranlasst, genau jetzt zu antworten.

»Deine Brustwarzen ...«, sagte er, und sie sah ihn an.

»Meine was?«

Er wiederholte seine Worte. Hatte sie denn nicht zugehört? »Deine Brustwarzen …« Er kam nicht weiter, denn sie begann zu lachen. Sie lachte und lachte und lachte, während er in tiefe Scham versank. Er hörte sie lachen und sah, wie sie ihre Brüste umfasste. »Meinst du die?«, fragte sie und wackelte mit ihren Brüsten herum, als wären es … er wollte nicht weiter denken. Er durfte nicht weiter denken, denn er war erst zwölf, aber er war groß, größer als sie, und stark. Und er ließ sich nicht auslachen, nicht von dieser Göre. Er schrie sie an: »Hör auf!« Sie hörte seine Warnung, doch sie konnte nicht aufhören, über seine Worte zu lachen. Sie konnte seine Warnung nicht einschätzen, und genau das war ihr Fehler, denn er schlug zu. Er schlug ihr direkt ins Gesicht. In seiner Faust hatte sich so viel Wut und Gewalt gestaut, dass Amy benommen zu Boden stürzte. Ihr Lachen versiegte, und er holte tief Luft. Er schlug ein zweites Mal zu und betäubte damit kurz ihre Sinne. Während sie hilflos und bewegungslos vor ihm lag, zog er ihr T-Shirt hoch. Sie trug keinen Büstenhalter. Das machte die Sache einfacher.

Amy kam kurz zu sich, und sie spürte, dass irgendjemand an ihre Brüste fasste. Es war so ein neues Gefühl. Noch nie hatte sie jemand angefasst. Sie konnte diese fremde Wärme spüren, die nicht genug von ihren Brüsten bekam. Als sie ihre Augen öffnete, sah sie diesen Jungen über sich, den sie nicht mehr wiederkannte. Sie spürte, wie er ihre linke Hand nahm und sie zu seinem erigierten Glied führte. Sie wollte es nicht spüren, aber seine Kraft war einfach zu groß. »Fass ihn an«, sagte er streng. Sie schüttelte den Kopf. Er saß auf ihr und schrie sie an: »Fass ihn an!« Sie tat es. Es war widerlich. Er schloss die Augen, führte ihre Hand und gab keinen Ton von sich.

Dann erhob er sich, knöpfte seine Hose zu und sah zu ihr herunter. »Ich wollte doch nur wissen, wie du dich anfühlst.« Dann ging er weg. Er ließ sie liegen und ging heim. Seine Mutter wartete sicher schon mit dem Essen auf ihn. Auf dem Heimweg musste er ständig an das neue Gefühl denken, das er soeben verspürt hatte. Es fühlte sich um vieles schöner an als das mit seiner Mutter. Aber in die Schule sollte er besser nicht mehr gehen. War auch nicht mehr nötig. Amy war die Einzige, die so schöne Brüste hatte. Und die hatte er jetzt angefasst. Das reichte ihm.

Amy sah ihm nach, wie er den Feldweg zurück ging. Er ging, als wäre nichts geschehen, und sie fühlte die Feuchtigkeit vom Boden durch ihre Kleidung dringen. Er hatte sie nur berühren wollen, sonst nichts. Im Gegenzug wollte er nur einmal von ihr angefasst werden, sonst nichts. Er hatte sie nicht vergewaltigt. Und dennoch fühlte sie tiefe Scham aufkommen. Sie hätte ihn nicht so provozieren sollen. Sie war gemein gewesen, hatte ihn gelockt, und er war gekommen. Sie konnte es ihm nicht einmal verübeln. Was würde passieren, wenn sie den Vorfall ihren Eltern erzählte, wenn sie bei der Wahrheit bliebe? Sie würde sich selbst zum Idioten machen. Er würde überall herumerzählen, dass sie es darauf angelegt hätte. Und wenn sie ehrlich war, hatte sie es.

Sie sah ihn seit diesem Tage nie wieder in der Schule.

Amy Hays verlor nicht ihre Unschuld, aber sie verlor etwas anderes, viel Schlimmeres. Sie verlor von diesem Tag an das Gefühl für ihren Körper. Sie schrak seit diesem Moment bei der kleinsten Berührung durch einen Fremden zusammen und versteckte ihre Brüste, indem sie weite Kleidung anzog, damit man ihre weiblichen Rundungen nicht mehr sehen konnte. Sie wollte nie wieder einem Jungen gefallen. Dann begann sie zu essen, so lange, bis sie sicher war, dass kein Junge, kein Mann sie jemals mit diesem Körper lieben würde. Ihre Eltern fielen in tiefe Scham, wenn sie sich mit ihrer Tochter in der Öffentlichkeit sehen ließen, und zogen eines Tages in eine Großstadt, wo ganz viele dicke Frauen herumliefen.

Leads war erschöpft. Er war noch eine weitere Stunde bei Beth geblieben und hatte mit ihr besprochen, dass sie uns Jungen in den nächsten Tagen erst einmal versorgte, bis er eine andere Möglichkeit für uns gefunden hatte. Er würde aber in zwei Stunden wiederkommen, um kurz mit uns zu unserem Haus zu fahren und Kleidung und Schulsachen zu holen. Es war das Beste für uns, wenn wir erst einmal unseren gewohnten Ablauf hatten. Leads war sich sicher, dass Beth die beste Lösung zur Zeit war. Er fuhr ins Krankenhaus.

Der Chefarzt berichtete ihm sofort von diesem merkwürdigen Besucher.

»Ach, Brightfull!«, bemerkte der Sergeant. »Es war nur noch eine Frage der Zeit, wann der aufkreuzen würde. Er hat sich in letzter Zeit um Janet Houston bemüht. Sie ist … «, er stockte, »… war seit einigen Monaten Witwe.« Er konnte es immer noch nicht glauben. Janet Houston war tot. Sie war einfach getötet worden. Er ließ sich auf einen Stuhl sinken und starrte an die Wand. Dann musste er weinen. Der Arzt nickte und setzte sich zu ihm.

»Können wir den Täter anhand des Spermas ermitteln?«, fragte Leads, nachdem er sich wieder einigermaßen beruhigt hatte.

Der Arzt schüttelte den Kopf. »Das ist das Problem.«

Leads sah ihn an. »Problem? Ich dachte, die Forschung hätte dieses Problem längst gelöst.«

»Hat sie auch, aber Mrs. Houston ist nicht im üblichen Sinne vergewaltigt worden. Es sind keine Spuren eines Geschlechtsverkehrs entdeckt worden. Nichts in der Richtung. Auch wenn sie nackt war, sie wurde nicht sexuell vergewaltigt. Der Täter muss andere Praktiken angewandt haben, um sich zu befriedigen.«

»Oral?«

»Auch nichts, wie haben sofort einen Abstrich bei der Einlieferung gemacht. Es wäre nicht das erste Mal.«

»Was haben wir als Beweis?«

»Nur, dass sie geschlagen wurde. Überall. Sie hatte Prellungen am ganzen Körper. Die zerschmetterten Knie könnten darauf hinweisen, dass der Täter sie an einer Flucht hindern wollte. Vielleicht hatte er bereits Erfahrungen mit dieser Vorgehensweise gemacht.«

»Was ist mit ihren Händen? Sind dort Spuren zu finden?«

»Fehlanzeige. Der Täter hat genau darauf geachtet, alle Spuren zu verwischen.«

»Also nichts.«

»Nichts«, bestätigte der Arzt. »Wissen es die Kinder?«

Leads nickte. »Ich habe ihnen nur gesagt, dass ihre Mutter auf den Kopf gefallen sei und an einer starken Hirnblutung gestorben ist. Ich würde es gerne dabei belassen.«

Der Arzt nickte. »Stimmt ja auch.«

☆☆☆

Lydia war froh, als sie ihn die Haustür aufschließen hörte. Sie hatte einen Pflaumenkuchen gebacken und stellte ihm ein Stück auf den Küchentisch.

»Hier, nimm etwas zu dir«, sagte sie und gab ihm einen Kuss auf die Wange. Er sah immer noch erschöpft aus, und morgen ging sein Dienst schon um fünf Uhr in der Frühe los. Sie hatte Mitleid, denn er musste sich den Ort, an dem Ralph gefunden wurde, noch einmal eingehend ansehen.

Alles wäre halb so schlimm, wenn es nicht meine Mutter erwischt hätte. Ihr Tod machte sie alle betroffen. Sie hatte es am wenigsten von allen verdient.

»Ich muss noch mit den Jungs zum Haus, einige Sachen holen. Kommst du mit?«, fragte er seine Frau. Zum ersten Mal im Leben fragte er seine Frau, ob sie ihn unterstützen könnte. Sie nickte verständnisvoll.

✰ ✰ ✰

Brightfull schmiss den Plastiksack voller Müll aus unseren Zimmern in den Container vor seinem Discount. Wie gut, dass er einen zusätzlichen Plastiksack aus unserer Küche mitgenommen hatte. Immer wenn er aus dem Wald kam, war er ziemlich nass und dreckig. Dann stülpte er einen Plastiksack über seinen Sitz und fuhr heim. Es verhinderte, dass er seinen Wagen verschmutzte. Es schmiss seine Kleidung in die Waschmaschine und ging Duschen. Danach würde es ihm besser gehen.

✰ ✰ ✰

Fünf Jahre früher. Der frühere Junge, 30 Jahre alt.

Er spielte gerne Gitarre. Das half ihm, vieles zu verarbeiten. Vor allen Dingen half es ihm, seine Gefühle herunterzufahren. Manchmal fuhr er in eine andere Stadt und spielte dort auf der Straße vor einem Geschäft, nur damit ihm irgendjemand zuhörte.

Einmal kam eine junge Frau bei ihm vorbei und setzte sich auf eine Bank ganz in seiner Nähe. Sie lauschte seinen Liedern eine Weile, dann erhob sie sich und kam auf ihn zu. Sie reichte ihm die Hand und sagte: »Hi, ich heiße Marianne. Es ist schön, dir zuzuhören.«

Er sah sie an und spürte ihren warmen Händedruck. »Man nennt mich Harold. Danke.«

Sie lächelte. »Hast du auch eigene Lieder geschrieben?«, fragte sie. Er sagte ja, aber die wolle niemand hören. Sie fragte, ob er es je ausprobiert habe. Er sagte nein, aber er könne sich nicht vorstellen, dass sie jemandem gefallen könnten. Seine Texte wären sehr merkwürdig.

»Ich würde deine Lieder aber gerne hören.« Sie lächelte ihn weiterhin an, und es irritierte ihn. Sie war etwas untersetzt, aber sie hatte ein hübsches Gesicht. Er sah an ihrem Hals herunter und versuchte sich vorzustellen, wie groß ihr Busen wohl unter dem Mantel sein würde.

»Spielst du mir ein Lied von dir vor?«

Er sah wieder in ihr Gesicht und schüttelte den Kopf. Sie sagte: »Schade. Wie willst du je Erfolg haben, wenn dich immer diese Angst beherrscht? Mut zeigt sich nie, solange die Angst noch existiert. Mut ist die Kraft, die über die Angst hinweggeht. Es findet leider nicht jeder den Mut, sich so zu zeigen, wie er wirklich ist. Manchmal ist die Angst um so vieles stärker. Wie ein Sturm, der so stark bläst, dass man einfach nicht dagegen ankommt. Dann bleibt man eben stehen und wartet, bis der Sturm vorbei ist. Und dann geht man weiter. Keine Angst bleibt durchgehend. Sie zieht sich immer wieder zurück. Das ist der Moment, in dem man handeln muss.«

Er sah zu Boden und hörte ihren Worten gut zu. Dann ging sie weiter, und er sah ihr hinterher, wie sie verträumt die Stadt hinunter spazierte. Er packte seine Gitarre ein und ging ihr langsam hinterher. Er spürte keine Angst. Die hatte sie ihm soeben genommen!

Warum kann ich nicht vertrauen?, fragte er Gott.

Du kannst vertrauen, aber deine Ungeduld verhindert es. Vertrauen braucht Geduld und Zeit.

Wie kann ich es lernen?, fragte er.

Indem du es übst. Lerne, die Frauen in Ruhe zu lassen.

Ich muss aber ständig an sie denken.

Das ist nicht falsch, wenn du im Guten an sie denkst. Aber das Gute macht dich ungeduldig.

Wie kann ich das Denken abstellen?

Indem du in der Gegenwart bleibst.

Ich finde also in der Gegenwart Geduld?

Genau.

Wie?

Horche, spüre, fühle, atme. Verbringe die Zeit mit konstruktiven Dingen. Dann kommt die Geduld. Sie wird dich von allem heilen.

Und das Vertrauen?

Die Geduld und das Vertrauen sind eins.

Ich brauche also die Stille?

Genau.

Ich will heute geduldig sein.

Übe, du kriegst das hin. Perfektion zeigt sich nicht in den Dingen, die wir können, sondern in den Dingen, die wir tun.

Sein Gespräch mit Gott wirkte nur drei Tage, dann war seine Geduld wieder vorbei, und er ging in den Wald.

☆☆☆

Leads betrat unser Haus als Erster. Irgendetwas war anders. Seine Frau Lydia hatte mich an der Hand und ließ Joe den Vortritt.

Der Sergeant sah sich um und konnte im ersten Moment nicht feststellen, was es war, aber als er das Haus letzte Nacht verlassen hatte, hatte es anders ausgesehen. Er ging in die Küche und sah, dass sein Glas nicht mehr auf der Spüle stand. Hier war eindeutig jemand gewesen! Er drehte sich um, griff nach seiner Waffe und sagte zu seiner Frau: »Hier stimmt was nicht. Bleib du hier unten bei den Jungen. Ich werde mal oben nachsehen.«

Auch Joe bemerkte, dass etwas nicht stimmte, aber er konnte direkt sehen, dass die Sessel im Wohnzimmer seltsam standen. Unsere Mom hatte sie immer anders gestellt. Auch in den Kissen war ein Kniff geschlagen, was wir nie machten. Aber Joe kannte das aus alten Filmen von alten Damen. Sie hatten diese Angewohnheit, einen Kniff ins Kissen zu schlagen. Manche sagten auch Scheitel. Egal. Joe sah Leads die Treppe hinaufschleichen, die Waffe führte er voran. Wer mochte hier gewesen sein? Er sah kurz ins Schlafzimmer und in unsere Zimmer. Bei dem Anblick von Joes und meinem Zimmer ließ er einen respektvollen Pfiff über seine Lippen kommen und gab Entwarnung. »Alle Achtung«, rief er nach unten. »Hab' nicht gedacht, dass Ihr zwei so ordentlich seid.«

Joe nahm es als Ironie hin, nur ich verstand die Wahrheit dahinter. Ich befreite mich aus dem Griff von Mrs. Leads und ging langsam die Treppe hinauf. Dann stand ich vor meinem Zimmer und sah das Fremde darin. Wo waren mein Kopfhörer, meine Kuschelkröte, meine Zeichenblätter? Wo war die Socke von Dad, die ich immer im Bett liegen ließ, weil sie mir das Gefühl von Schutz in der Nacht gab? Mein ganzer Bunker war zerstört worden! Selbst die Schoko-Chips, die ich so sorgfältig auf dem Schreibtisch aufgestapelt hatte, waren verschwunden! War mein Dad hier gewesen und hatte mein Zimmer aufgeräumt? Nein, so etwas würde er nie tun. Es war ein Fremder in meinem Zimmer gewesen, jemand, der meine Nöte und Ängste nicht kannte und alle Schutzmechanismen beseitigt hatte, die mir das Gefühl von Angst nahmen. Ich warf einen angstvollen Blick auf Sergeant Leads. Der nahm die verwirrende Situation sofort wahr und rief: »Joe, komm doch mal.«

Joe lief die Treppe hinauf und sah in mein Zimmer. Dann stürmte er in seins. Er konnte es nicht glauben! Wo waren seine CDs, die er so übersichtlich auf dem Boden verstreut hatte? Und sein CD-Player? Wo waren seine Kaugummischachteln, die er geduldig gesammelt hatte, weil es eine Spezial-Edition war? Seine Coladosen, seine geliebte Star-Wars-Bettwäsche? Wie sollte er in diesen verdammten Blumen schlafen können, die ihn vom Bett aus anlächelten? Joe fluchte, und das nicht zu leise. Dies war kein Freund, der sein Zimmer aufgeräumt hatte, dies war ein Feind gewesen. Jemand, der nicht im Geringsten auf seine Interessen geachtet hatte. Jemand, der seine Privatsphäre schlimm beschädigt hatte. Er lief zu mir und fragte: »Was fehlt bei dir?«

Leads sah, wie die Tränen mein Gesicht herunterliefen. »Alles.« Und das stimmte.

»Wie konnte das passieren?«, fragte Alan Leads seinen Kollegen Tim Benton.

»Es muss jemand drin gewesen sein, der einen Schlüssel hatte. Ich habe keine Spuren von Gewalt an der Tür gefunden. Wir haben die Tür auch nicht mit einem Sicherheitsband verklebt. Wir dachten, das sei nicht nötig.«

»Das dachte ich auch, aber wer könnte außer den Jungen noch einen Schlüssel haben?«

»Beth vielleicht. Sie hatte Joe doch oft bei sich aufgenommen. Vielleicht hatte Janet ihr einen Schlüssel anvertraut, damit sie Joe jederzeit vorbeibringen konnte, auch, wenn sie nicht daheim war.«

»Aber sie war die ganze Zeit bei Joe und Daryl. Warum hätte sie hier so etwas veranstalten sollen?«

»Und Joe hat doch seinen eigenen Schlüssel.«

»Na, damit sie vielleicht zwischendurch etwas für ihn holen konnte. Alan, ich weiß es nicht.«

Leads griff zum Hörer und rief bei den Draithons an. Lydia war inzwischen mit uns und den Sachen, die wir noch fanden, zur Pizzeria in die Stadt gefahren, damit sich ihr Mann in Ruhe mit Tim das Haus ansehen konnte.

Zunächst nahm bei den Draithons niemand ab. Das machte Leads stutzig, da Lydia uns Jungen nach dem Pizzaessen dort vorbeibringen wollte. Erst nach dem zehnten klingeln meldete sich Ben Draithon. Sein Ton war unfreundlich und kurz.

»Kann ich Beth kurz sprechen?«

»Nein«, gab Draithon kurz zurück.

Wie, nein? »Warum?«, fragte Leads hinterher.

»Das geht Sie nichts an.«

Jetzt wurde Alan Leads stutzig. Es ging ihn sehr wohl etwas an! Seine Frau würde gleich die Kinder dort vorbei bringen. Aber so, wie es sich anhörte, war das keine gute Idee.

»Mr. Draithon, was ist los?«

Stille. Dann klickte es in der Leitung.

Ben Draithon sah sich um. An der Küchentür lag seine Frau. Er hatte ihr eine Lektion erteilt. Es war nicht nur die schäbige Kleidung, die sie in letzter Zeit trug, es war auch die Aufmerksamkeit, die sie anderen Menschen entgegenbrachte, nur ihm nicht. Und die Unverfrorenheit, diesen fremden Mann in sein Haus gelassen zu haben, obwohl er in Unterwäsche in der Küche gesessen hatte. So viel Respektlosigkeit hatte sie noch nie gewagt. Es war an der Zeit gewesen, ihr eine Lektion zu erteilen, Zeit, klarzustellen, wer hier der Herr im Haus war.

Brian stand oben an der Treppe und sah voller Hass auf seinen Vater, der im Wohnzimmer das Kabel des Telefons aus der Buchse riss. Er wollte heute keine Anrufe mehr bekommen. Und auch morgen und übermorgen nicht. Also riss er die Buchse gleich mit aus der Wand.

☆☆☆

Leads musste Lydia unbedingt warnen. Er schickte Tim zur Pizzeria, während er selbst nachschauen wollte, was bei den Draithons los war.

Als er vor dem Haus parkte, konnte er zunächst nichts Auffälliges bemerken. Von außen schien alles in Ordnung. Beth hatte das Haus herbstlich dekoriert und die Einfahrt vom letzten Unkraut des Spätsommers befreit, bevor der erste Schnee alles zudecken würde. Leads wusste von Lydia, dass Beth eine sehr leidenschaftliche Hausfrau und Mutter war. Sie hatte ein gutes Herz. Sie arbeitet für die Kirche, kümmerte sich um viele Aufgaben in der Schule, bastelte zur Weihnachtszeit mit den Kindern für den Weihnachtsbazar, wovon Ausflüge für die Kinder mit finanziert wurden, und kümmerte sich schon seit einem Jahr sehr aufopferungsvoll um Joe, was Janet wiederum sehr geholfen hatte. Leads hatte deswegen keine Zweifel, dass wir bei ihr am besten vorübergehend aufgehoben wären. Um genau zu sein: Leads war dieser Ansicht gewesen, bis er Ben kennengelernt hatte. Das hatte seine ganze Entscheidung gekippt, und er wollte uns so schnell wie möglich wieder dort herausholen. Doch wie es aussah, würden wir gar nicht erst dort hinkommen. Dieser Ben hatte eine Art an sich, die Leads sehr missfiel. Sie war nicht nur unangenehm, sondern schien auch bei Beth und Brian eine gewisse Distanz zu verursachen. Es war Zeit nachzusehen, was bei den Draithons wirklich los war.

Leads drückte auf die Klingel, doch sie funktionierte nicht. Also klopfte er mit der Faust dagegen, doch auch das bewirkte keine Reaktion. Jetzt bekam Leads wirklich ein ungutes Gefühl. Er rief Beths Namen, bekam aber keine Antwort. Er rief ein weiteres Mal, dann Brians Namen. Im Haus blieb alles still. Als Leads zum Wagen gehen wollte, um über Funk Verstärkung anzufordern, stand Ben Draithon in der Einfahrt. Er hatte einen Baseballschläger in der rechten Hand und schlug ihn angriffslustig in seine linke Hand, sodass es einen klatschenden Ton ergab.

»Du willst also meine Familie nicht in Ruhe lassen?«, fragte er mit einem Grinsen auf dem Gesicht. Leads sah etwas Blut an Draithons rechter Hand.

☆☆☆

Fünfzehn Jahre früher. Der frühere Junge, 20 Jahre alt.

Ich bin nicht besessen! Es hat mir nur alles ziemlich viel Angst gemacht!

Er flehte Gott an.

Wenn ich mich für Dinge begeistere oder etwas fühle, dann bin ich doch nicht gleich besessen! Ich tue keiner Menschenseele etwas zuleide! Ich war immer nur freundlich und interessiert! Ist es das, was die Leute vor mir haben – Angst? Leute, die ich mag? Darf ich nicht normal leben? Wer ist der, der mein Maß festlegt? Ich will nichts mehr von dir hören, denn das Bild, das in mir entstanden ist, werde ich nie wieder gerade rücken können! Egal, was ich tue, es wird immer wie Besessenheit wirken. Ich habe keine Chance mehr. Du gibst mir keine. Was sollte diese dämliche Faselei von Geduld und Vertrauen? Wer bringt mir Vertrauen entgegen?

Er sah auf seine Mutter, die blass und fett im Bett lag. Er hatte ihr wieder drei Tüten Chips, eine dreifache Portion Pommes frites und einen ganzen Teller voller Hamburger hingestellt. »Friss!«, schrie er sie an. »Friss, du fette Sau!«

Seitdem sie so dick war, konnte sie sich kaum noch auf den Beinen halten. Sie kam die Treppe ins Schlafzimmer nicht mehr hoch. Das war die genialste Idee überhaupt gewesen. Nachher würde er sie waschen, seine Hand in jede Falte drücken, um den Schweiß zu entfernen, der sich dort über drei Tage angesammelt hatte. Er wollte nicht, dass sie wunde Stellen am Körper bekam, denn er wollte gut zu ihr sein. Danach würde sie gut riechen, und wenn er den Raum verdunkeln und seine Augen schließen würde, dann würde er sie verwöhnen, weil sie so brav gegessen hatte.

Fünfundzwanzig Jahre früher. Der Junge, 10 Jahre alt.

»Wir müssen reden«, hatte seine Lehrerin zu seiner Mutter gesagt, als sie sich alle in der Küche gegenübersaßen. Sein Vater war unterwegs, aber das war gut so, denn seine Mutter wollte nicht, dass er von ihren Spielen erfuhr. Auch die Lehrerin sollte nichts erfahren. Das war auch dem Jungen recht, denn er hatte ein komisches Gefühl dabei. Er hatte die vierte Klasse bereits wiederholt, aber der Stoff wollte einfach nicht mehr in seinen Kopf.

»Er ist ständig müde«, sagte die Lehrerin.

»Er ist ein guter Junge«, sagte seine Mutter. »Er hilft viel auf dem Hof mit. Wissen Sie, wir haben es nicht leicht.«

Die Lehrerin nickte. Wer hatte es schon leicht in Jackson Hole? Der letzte Winter war so hart gewesen, dass viele Schäden entstanden waren. Maschinen waren ausgefallen, die Elektrik war ausgefallen, die Autos liefen nicht mehr und so mancher hatte seine Existenz damit eingebüßt. Auch seine Eltern. Das wusste die Lehrerin, und deshalb wollte sie Milde walten lassen. Sie wusste, dass der Junge gefordert war, den Lebensunterhalt der Eltern mit zu bestreiten. Er hatte keine Wahl. Dabei hatte sie eine große Intelligenz bei dem Jungen erkannt. Die ersten drei Jahre war er ein auffallend guter Schüler gewesen, aber seit einem Jahr hatte er sich vollkommen verändert. Er schlief ständig im Unterricht ein, erledigte seine Hausaufgaben nicht mehr regelmäßig und konnte zum Unterricht so gut wie nichts mehr beitragen. Dabei war er in Mathematik einmal der beste Schüler des Jahrgangs gewesen. Seine Lehrerin war zu dem Entschluss gekommen, dass er eine Entwicklungsstörung durchmachte. Vielleicht würde ihm eine andere Schule helfen. Eine, die auf solche Kinder spezialisiert war. Aber die war weit weg, in Idaho Falls. Das würde viel Geld kosten, und wenn sich die Lehrerin so umsah, sah sie sich gezwungen, diese Idee wieder zu verwerfen.

»Er kann aber nicht noch einmal die vierte Klasse wiederholen. Sehen Sie sich den smarten Kerl doch mal an! Der wächst ja allen davon! Er würde ausgelacht werden.«

Sie sah den Jungen an, der grinsen musste. Sie hatte ›smarten Kerl‹ gesagt. Das klang irgendwie gut. Er war smart!

»Kann ich mal unter vier Augen mit dir reden?«, fragte sie ihn.

Er sah, wie seine Mutter rot anlief. Sie holte tief Luft und schüttelte drohend den Kopf, als er zu ihr herübersah. Seine Lehrerin war nicht dumm. Diese Geste ließ etwas vermuten. Sie sah den Jungen an, prüfte seine Reaktion. Würde er zustimmen oder würde er aus Angst absagen? Sollte er absagen, wollte sie sich den Jungen alleine in der Schule noch einmal vornehmen.

Er war klug, er wusste, wenn er jetzt nicht mit ihr reden würde, würde sie es in der Schule versuchen, unter Umständen noch im Beisein des Schulleiters. Er warf seiner Mutter einen berechnenden Blick zu und begab sich mit seiner Lehrerin nach oben in sein Zimmer.

So etwas hatte sie noch nie gesehen! In diesem Zimmer lebte der Junge? Es gab nichts, was ihr irgendwie gut erschien. Alles war kaputt, zerrissen oder verlebt. Seine Möbel waren Reste aus anderen Zimmern, seine Bettwäsche abgenutzte Wäsche seiner Eltern und sein Kleiderschrank hatte keine Türen. Die waren gewaltsam herausgebrochen worden.

»Wo ist dein Schreibtisch?«, fragte seine Lehrerin.

Er warf ihr einen fragenden Blick zu. Brauchte man einen Schreibtisch?

»Ich schreibe unten«, sagte er. Sie nickte. »Darf ich mich setzen?«

Er nickte. Sie setzte sich vorsichtig auf das Bett, weil sie keinen Stuhl im Zimmer fand. »Komm, setz dich neben mich.«

Jetzt bekam er Angst. Sie war eine Frau, genau wie seine Mutter, auch wenn die beiden keinerlei Ähnlichkeit miteinander hatten. Aber er wusste, dass sie auch zwei Kinder hatte. Machte sie dasselbe mit ihren Kindern wie seine Mutter mit ihm? Wenn ja, was würde dies jetzt bedeuten, wenn sie ihn aufforderte, sich neben ihr auf das Bett zu setzen? Würde sie sich jetzt die Bluse ausziehen und sagen, es wäre ihr heiß? Er wartete. Sie zog sich die Bluse nicht aus. Was wollte sie von ihm? Er wartete. Würde sie sich mit ihren Händen seinen Schenkeln nähern? Dann mit der Hand daran hochfahren, bis sie seinen Schritt erreichte, und dann diese Stelle streicheln? Erst sanft, dann stärker? Bis etwas passierte, was ihn jedes Mal völlig irritierte? Dann bekam er Angst, aber seine Mutter sagte in diesem Moment immer: »Das ist normal, Junge. Fühl mal, es tut gut.« Dann nahm sie seine Hand und führte sie auch an diese Stelle, und er fühlte, wie seine Hose zu spannen begann. Er hörte, wie seine Mutter sagte: »Mütter sind dafür da, ihren Kindern gute Gefühle zu geben, weißt du?« Sie sah ihn dabei an, und er nickte, denn das Gefühl war wirklich nicht schlecht. Bei jedem Mal wurde es schöner, sodass er schon nach kurzer Zeit den Worten seiner Mutter glaubte. Dann war der Tag gekommen, an dem sie gefragt hatte: »Meinst du nicht, dass du die Hose besser ausziehst?

Dann wird das Gefühl noch besser.« Er hatte sie ausgezogen und spürte die warme Hand seiner Mutter zum ersten Mal an seinem Geschlechtsteil.

»Hey, hast du mir nicht zugehört?« Der Junge schrak auf. Was war los? Seine Lehrerin sah ihn entsetzt an. Er saß auf dem Bett und streichelte seinen Schritt. Sie erhob sich entsetzt und verließ das Zimmer. So etwas war ihr noch nie passiert! Dieser Junge war gerade zehn Jahre alt und lebte ganz ungehemmt seine sexuellen Fantasien in Gegenwart seiner Lehrerin aus. Das war selbst ihr zu viel. Diesen Vorfall wollte sie so schnell wie möglich wieder vergessen. Sie lief die Treppe hinunter zu seiner Mutter, sagte: »Ich kann dem Jungen nicht helfen«, und verschwand ohne ein Wort des Abschieds.

Daraufhin meldete sie sich zwei Wochen krank und sah ihm nicht mehr in die Augen.

Der Junge kam die Treppe hinunter. Seine Mutter war in der Küche.

»Was hast du ihr erzählt?«, fragte sie barsch.

»Nichts, Mom. Ich habe nicht ein Wort geredet. Ich schwöre.«

Sie nickte, erhob sich schwerfällig und kam auf ihn zu. Sie nahm ihn in den Arm, drückte ihn fest an ihren Körper und sagte: »Komm, wir gehen nach oben. Dad kommt erst in einer Stunde nach Hause.«

Leads war zwar nicht mehr der Jüngste, aber er hatte sehr wohl noch einige Kampftechniken auf Lager, die die Polizeischule ihm einst beigebracht hatte. Er fand es viel schlimmer, mit wem er diesen Kampf jetzt führen musste. Da lebte er seit seiner Kindheit in diesem Kaff und war mit all diesen Menschen groß geworden und kannte sie doch nicht. Hinter jeder Haustür schien sich eine andere Welt zu befinden als die, die man von außen sah. Gut, Leads hatte auch seine Probleme, und er war Lydia insgesamt drei Mal fremd gegangen, aber sie hatten ihr Probleme nie mit Gewalt gelöst. Dieser Ben Draithon war einst ein so angesehener Mechaniker in Rouwl's Garage gewesen. Jetzt konnte er das Wort angesehen wohl streichen. Jetzt war er ein Scheiß-Mechaniker. Ob sein Chef das wusste?

»Mr. Draithon, lassen Sie das besser. Wir können über alles reden«, sagte Alan Leads, aber Ben Draithon wollte nicht mehr reden. Er wollte die Dinge ein für allemal geraderücken. Dazu gehörten eben auch gewisse Lektionen.

»Es ist nicht gut, wenn Sie sich mit der Polizei auf diese Weise anlegen, Mr. Draithon.« Alan Lead wollte die Situation gerne retten, aber er sah die Kampfstimmung in Draithons Gesicht und gestand sich wenig Chancen zu, die Lage zu ändern. Es kam, wie es kommen musste.

Ben Draithon hatte es darauf angelegt, und dieser Sergeant würde es nicht verhindern. Das Klatschen des Schlägers in seine Hand wurde lauter, fordernder und brutal. Leads wich zurück, aber Draithon drängte ihn an die Haustür. Ein Schlag würde reichen, dachte er. Ein einziger guter und gezielter Schlag! Dann würde niemand mehr in seinem Privatleben herumschnüffeln. Von der Straße her erklang das Hupen eines Wagens, und Ben Draithon drehte sich reflexartig um. Das war Leads Chance. Er hatte Tims Wagen schon von weitem gesehen und gehofft, dass er Draithon irgendwie ablenken würde. Leads griff nach dem Schläger, stieß Draithon zu Boden und holte seine Waffe und die Handschellen in einer Bewegung gleichzeitig hervor. Er drehte diesen Draithon brutal auf den Bauch und nahm ihm mit den Handschellen seine Bewegungsfreiheit. Ben Draithon hatte nie eine Chance besessen. Außer seiner Aggression konnte er nichts aufbieten. Leads hatte den Alkohol schon von weitem gerochen und gewusst, dass der Schlag, den Draithon mit dem Schläger ausführen wollte, zwar kräftig gewesen wäre, aber zu langsam, um ihn wirklich zu treffen. Alkoholisierte sind nicht in der Lage, während ihrer ersten Bewegung mit einer zweiten auf Unvorhersehbarkeiten zu reagieren. Dadurch werden sie langsam, was dem Gegenüber die Chance gibt, klug und gezielt einzugreifen. In der Regel hätte es schon gereicht, den Schläger einfach nur abzuwehren. Das hätte Draithon völlig verwirrt. Leads war dennoch froh, dass er diese These nicht überprüfen hatte müssen.

»Er hat Blut an den Fingern«, sagte Leads, als Tim Benton angerannt kam. »Wir müssen sofort nach Beth und Brian schauen. Lauf mal in den Garten. Draithon muss durch die Terrassentür gekommen sein. Ich nehme diesen Scheißkerl erst mal mit in den Wagen und rufe über Funk Verstärkung.«

Benton lief durch die Terrassentür und sah Beth am Rahmen der Küchentür gelehnt sitzen. Ihr Gesicht war blutverschmiert und sie blickte erschrocken zu Tim Benton auf. Sie erkannte ihn nicht, war zu sehr in ihrer Angst gefangen und befürchtete weitere Gewaltangriffe. Sie hob schützend ihre Arme über den Kopf und sagte: »Tun Sie mir nichts!«

Brian lag oben auf seinem Bett. Die ganze Zudecke war voller Blut. Sein Vater hatte ihn in seine eigene Whiskeyflasche hineingeprügelt, die Brian unter der Decke versteckt gehalten hatte. Das zerbrochene Glas hatte sich tief in seinen Rücken gebohrt, und er bekam kaum Luft. Als Benton ihn fand, lebte er noch.

☆☆☆

Fünfzehn Jahre früher. Der Junge, 20 Jahre alt.

Du musst die Realität sehen, sagte sein Gott.

Die Realität darf ich auch mit dem Gefühl sehen.

Das Gefühl gibt dir nur Wünsche.

Was wäre die Welt ohne Wünsche? Wie käme ich an große Ziele, wenn ich nicht meinen Wünschen folgte?

Wünsche verletzen, wenn sie sich nicht erfüllen.

Der Verstand, der die Realität schickt, verletzt viel mehr.

Der Verstand sieht klar, dein Gefühl nicht.

Ich fühle, ich denke nicht.

Der Verstand zeigt dir aber, was wirklich ist.

Mir passiert keine gute Wirklichkeit.

Mit dem Verstand kannst du aber arbeiten, dich auf ihn verlassen.

Mit dem Gefühl kann ich befriedigen und glücklich sein.

Dein Gefühl lügt dich an.

Ist mein Leben hier eine Lüge? Ich arbeite hart, ich verdiene genug Geld und ich habe meinen Spaß. Was ist falsch daran?

Alles wird dich eines Tages enttäuschen. Es funktioniert nicht.

Wer sagt mir, dass es nicht auf Dauer funktioniert?

Nichts funktioniert von dem, was du tust.

Dann lebe ich nicht?

Richtig, du funktionierst nur.

Dann will ich lieber immer wieder enttäuscht werden, aber die meiste Zeit glücklich sein.

Er sah seinen Vater den Hof überqueren. So sieht also eine gebeugte Seele aus, dachte er und fasste sich in den Schritt. Er schüttelte den Kopf. Nein, so wollte er nie aussehen, dachte er und straffte seinen Körper. Wenn das, was er dort draußen über den Hof laufen sah, die Realität war, dann war er nicht daran interessiert. Er gab zu, es war nicht immer wirklich schön mit ihr, aber es war besser als gar nichts. Und er sah wieder zu seinem Vater auf den Hof. Wenn man keine Spiele spielt, hat man auch keinen Spaß, sagte seine Mutter immer. Spaß macht glücklich und groß und stark. Sein Vater hatte offensichtlich keinen Spaß.

Der Junge ging nach oben unter die Dusche und machte sich für sie fertig.

Ich hab's!, rief er und fühlte sich groß und stark, als er sich von ihrem schweren Körper herunterwälzte. Das Gefühl hat immer recht. Es lebt vom Instinkt und der Intuition des ICHs. Das ist der Schlüssel! Der Verstand hat sich dem Gefühl zu beugen und es bestmöglich zu beraten. Wenn das Gefühl die Ratschläge des Verstandes ablehnt, hat der Verstand unrecht und muss nachgeben. Entscheidungen, die dennoch nach dem Verstand getroffen werden, bedeuten für das Gefühl großes Unglück und Leid.

Sein Gott schwieg. Dann sagte er, richtig, so wäre es bei gesunden Menschen. Du bist nicht gesund.

✩✩✩

Lydia brachte Joe und mich nach oben in das Gästezimmer. Nach dem Vorfall bei den Draithons stand schnell fest, dass der Sergeant sich zunächst selbst um uns kümmern musste. Er hatte uns erklärt, dass es Beth nicht gut ging, doch Joe glaubte Leads kein Wort mehr. Alles, was er mit harmlosen Worten erklärte, entpuppte sich früher oder später als Katastrophe. Die ganze Welt hier schien seit gestern durchgedreht zu sein. Egal wo Joe und ich hinkamen, alles war durcheinander.

»Was machen wir nur mit den beiden?«, fragte Lydia ihren Mann, der die Vorfälle bei den Draithons immer noch nicht fassen konnte.

»Ich werde Jerry morgen damit beauftragen, die Großeltern der Jungen zu ermitteln. Ich glaube, Janet und Richard kamen aus Illinois, in der Nähe von Chicago. Jerry wird sicher einige Unterlagen im Haus finden, die ihm weiterhelfen. Solange werden wir die beiden hier behalten. Kannst du deinen Salon mal für einige Tage schließen?«

Sie sah ihn erschrocken an.

»Ich meine, es wäre vielleicht gut, wenn Joe und Daryl gut umsorgt wären. Ich muss noch die Sache mit dem Schuh klären. Woher Daryl diesen Schuh hatte und wessen Blut daran klebt. Dann muss ich in den Schuppen und mir mal alles in Ruhe vor Ort anschauen, was es damit auf sich hat. Vielleicht finde ich den anderen Schuh. Und dann wollte ich noch zu Brightfull. Und ich muss klären, wer das Haus der Houstons betreten und aufgeräumt hat.«

Lydia nickte. Sie sah ein, dass Alan sich wirklich nicht um die Kinder kümmern konnte. »Hast du Beth noch fragen können, ob sie einen Schlüssel hatte?« Obwohl sich die Frage erübrigt hatte. Wann hätte sie das Haus aufräumen sollen?

»Ja, sie hat keinen. Ich habe auch Joe gefragt, ob er weiß, wer einen Schlüssel haben könnte. Er hat keine Ahnung. Mit Daryl kann ich immer noch nicht reden. Er ist vollkommen verschüchtert, der arme Kerl.«

»Ja«, sagte Lydia, »Janet hat ab und zu von Daryl erzählt. Sie sagte, er sei ein sehr sensibler Junge und hätte manchmal eigenartige Verhaltensweisen oder Reaktionen, die sie nicht verstand. Er hätte auch manchmal einen merkwürdigen Wortgebrauch und wäre etwas begriffsstutzig.«

Wie Brightfull, dachte Leads. Plötzlich wurde ihm übel. Er hatte vergessen, Annie über den Tod ihres Mannes zu informieren. Sie musste halb verrückt vor Sorge zu Hause sitzen und auf eine Nachricht von ihm warten. Auch das stand morgen auf dem Plan. Nein, er wollte nicht warten, er wollte es heute noch erledigen.

Als er vor dem Haus der Malcoms hielt, stand Tim Bentons Wagen davor. Tim stand gerade an der Tür und verabschiedete sich von Annie, die ein Taschentuch vor ihren Mund hielt. Sie wusste bereits Bescheid. Leads fuhr wieder heim.

Es war einfach nur ein beschissenes Wochenende gewesen.

Randy wühlte sich vom Bett zum Tisch, dann vom Tisch zur Tür und von dort zum Badezimmer. Er überstieg Berge von schmutziger Wäsche und stand vor einer komplett verunreinigten Toilette. Er hatte sich inzwischen angewöhnt, sie nur noch aus der Entfernung zu benutzen, was ihren Zustand erklärte. Wo war dieses verdammte Klopapier, was er gestern mitgebracht und hier in diesen Raum geschmissen hatte? Er wühlte in seinen Kleiderhaufen herum. Unter der verdreckten Hose von Samstag fand er es.

Er hatte den Motor seines Baggers wieder zum Laufen bekommen und seine Hose als Lappen und ... eben Hose gleichzeitig benutzt. Er hatte so viele von diesen Hosen, er glaubte es kaum. Sein Vater und sein Bruder schienen ihm Hunderte hinterlassen zu haben. Bis er die alle eingesaut hatte, wäre er alt und grau. Er musste sich nur immer die Mühe machen, eine neue zu finden. Manchmal griff er auch nach einer bereits versauten, aber dann hielt er sie ans Licht und stellte fest, dass sie im Grunde noch nicht ausreichend verdreckt war und ein weiteres Mal benutzt werden konnte. Wenn er Aufträge zu erledigen hatte, versuchte er stets, eine einigermaßen saubere zu erwischen. Die besprühte er dann mit Toiletten-Raumspray. Weil es so gut roch, fand er. Deswegen nannten die Nachbarn ihn nicht nur Bagger-Randy, sondern auch manchmal Frischluft-Randy. Er ließ sie, was kümmerte ihn das Gerede anderer Leute?

Randy hatte sämtliche Maschinen, die er fand, repariert und konnte den Handwerkern des Ortes nun ein großes Sortiment zum Ausleihen anbieten. Das war sein Hauptgeschäft. Er lebte von Leihgaben. Die Idee stellte sich als gar nicht schlecht heraus, denn die Handwerker erkannten schnell, dass sich eine geringe Leihgebühr problemlos auf die Kunden abwälzen ließ, wogegen der Kauf einer größeren Maschine sich oft erst nach Jahren rechnete. Zudem gab es noch einen weiteren Grund, diesen Service von Randy zu nutzen: Er hielt die Maschinen hundertprozentig in Ordnung. Da konnte man sich drauf verlassen. Wenn Randy etwas verlieh, funktionierte es und war gereinigt.

Randy hatte bis vor einem Jahr auch noch eine Autowerkstatt betrieben, die ziemlich gut lief. Richard Houston hatte bei ihm gute Arbeit geleistet, aber als er dieses MS bekam, reagierte Randy realistisch und schnell. Er kündigte Richard kurzum. Das hatten ihm die Einwohner der Stadt sehr verübelt und brachten ihre Autos zur Konkurrenz, bei der Ben Draithon arbeitete. Randys Werkstatt ging pleite. Also musste er sich etwas Neues einfallen lassen. Er sah sich auf der Müllhalde in seinem Hof um und ihm kam die Idee mit der Leihgabe. Seitdem holte er alles heran, was andere wegwarfen. Er brachte es mit viel Geschick wieder auf Vordermann und begann das neue Geschäft. Und wie sich schnell herausstellte, sprangen die Handwerker schnell darauf an und waren bis heute mit seinem Service zufrieden.

Randy hatte direkt am Samstag im Pub von dem Vorfall bei den Houstons gehört. Die ganze Stadt sprach mittlerweile darüber. Er erfuhr ebenfalls von Ralphs Tod, der ihn auf eine unsagbar grausame Weise eingeholt haben musste. Gut, er war nicht gerade Ralphs bester Freund gewesen, weil er ihn für seine Arbeit ständig unterbezahlte, aber das, was er gehört hatte, war schlimm.

»Cheers«, sagte er, hob sein Glas und kippte das Guinness die Kehle hinunter. »Auf Ralph.«

Niemand hob mit ihm das Glas, denn es war geschmacklos, was er tat, selbst in dieser perfiden Gesellschaft. Randy war es egal. Er kannte sie alle, die Lügner und Betrüger. Die Hälfte seiner ach so lieben Kunden hatten ihn nach der Reparatur ihres Wagens um die Rechnung geprellt oder zu wenig bezahlt. »Dann verklag mich doch.« Worte, die sie als Waffe benutzten, denn sie wussten alle, dass Randy weder einen Anwalt bezahlen noch eine Klage einreichen konnte. Er wusste nicht einmal, wie man eine Rechnung schrieb. Richard Houston hatte seinen Lohn stets in bar bekommen, das aber zuverlässig. In diesem Fall ließ sich Randy nicht lumpen. Er zahlte ihm so viel, dass Richard sich selbst um Rente, Steuern und Sozialabgaben kümmern musste. Das tat er und meldete eine Freiberuflichkeit an. Was Randy mit den Behörden trieb, war ihm egal. Es funktionierte. Bis zu dem Tag, als Randy ihn rausschmiss. Auch das war kein Problem, denn es existierte kein Arbeitsvertrag und somit auch keine Kündigungsfrist. Als dieser Houston hier in Jackson Hole angekommen war, hatte er alles angenommen, nur um seine beschissene Ranch aufzubauen. Randys Vater, dem die Werkstatt einmal gehört hatte, hätte Houston auch aufgenommen, auch ohne Papiere und Versicherung. Und Randy hatte dieses System, als sein Vater tot war, einfach übernommen. Sein Bruder hatte sich mit vierzehn vom Acker gemacht, weil er es zu Hause nicht mehr aushielt. Als seine Mutter vor einigen Jahren verstarb, war Randy auf sich allein gestellt und begann mit dem Sammeln und Horten. Er stopfte alles ins Haus, in die Werkstatt, in den alten

Schuppen und stapelte es auf dem Hof. Randy Breckenridge war eine wandelnde, aber erfolgreiche Müllhalde.

Jetzt, wo Ralph ihm keine Aufträge mehr geben konnte, musste er sich an Dough Hendson wenden. Er besuchte ihn am Sonntagabend und erklärte ihm das Konzept, nach dem er arbeitete. Dough war noch nicht lange in der Stadt, sodass er erhebliche Probleme hatte, an Aufträge zu kommen. Ralph führte seinen Betrieb seit vielen Jahren in diesem Ort und kannte praktisch alle Bewohner. Er bot öfters kleine Arbeiten unter der Hand an, deswegen blieben die Kunden bei ihm. Hendson hatte keine Chance. Der Bagger, den Randy anbot, war nicht schlecht. Jetzt, wo Ralph nicht mehr da war, sollte Dough sich jedes Angebot zunutze machen, das er bekam. Er sollte vielleicht so schnell wie möglich mit Annie reden. Ralph hinterließ einen großen Kundenkreis, und er wäre – natürlich – bereit, sofort auszuhelfen und diese Kunden zu übernehmen. Annie sollte – selbstverständlich – am Erlös beteiligt werden.

Fünfzehn Jahre früher. Der Junge, 20 Jahre alt.

Er sah seinem Vater hinterher, als dieser eine große Sense über den Hof trug, die er im Schuppen schärfen wollte. Der Junge hasste seinen Vater mittlerweile so sehr, dass er ihm die Sense am liebsten ins Kreuz gehackt hätte. Aber er ließ ihn ziehen. Solange seine Wünsche Fantasien blieben, konnte er sie nicht umsetzen. Die Umsetzung war mit einem gewissen Drang verbunden. Harold stellte sich das wie eine vollbusige Frau vor, auf die er zwar jetzt keine Lust hatte, die aber in seiner Fantasie vorhanden war. Wenn die Lust aber kam, meist angekündigt durch ein Kribbeln in den Leisten, entstand dieser gewisse Drang. Und dann folgte die Umsetzung.

Der Junge hatte keine Lust, seinem Alten zu schaden, aber die Idee blieb in seiner Fantasie erhalten. Es musste der richtige Moment kommen. Was war ein richtiger Moment? Nun, den gab es in letzter Zeit immer öfter. Seine Mutter war inzwischen so fett, dass sie mehr schlief als wachte. Wenn sie schlief, konnte er sie nicht waschen. Wenn sie nicht gewaschen war, mochte er kein Spiel mit ihr spielen. Es ekelte ihn, wenn sie stank. Kein Spiel, kein Spaß – ist gleich Frust. Wenn zu dieser Kombination noch ein unangenehmer Zwischenfall hinzukam, zum Beispiel ein verbranntes Essen, dann war der richtige Moment da. Der Junge betrachtete den Gang seines Vaters. Es war eher ein Schlurfen, dabei war er nicht einmal wirklich alt. Er muss etwas über Fünfzig sein, dachte der Junge. Wenn er achtzig wäre, wäre auch das Schlurfen okay.

Wie oft hatte sich der Junge einen anderen Vater gewünscht! Wie oft hatte er sich gefragt, warum sein Vater nicht längst verschwunden war. Überall war es für ihn besser als hier, überall. Doch er blieb und wachte jeden Morgen neben diesem Monster auf, das sich kaum noch bewegen konnte.

Der Alte fragte sich oft, warum er das, was hier passierte, zuließ. Warum er sie nicht längst vom Hof gejagt hatte, bevor sie dieses Spiel mit ihrem Sohn begonnen hatte. Ja, warum? Die Antwort fand sich in seiner Kindheit wieder. Seine Mutter hatte ihm als Kind den Willen aus dem Leib geprügelt. Er war es gewohnt, geprügelt zu werden. Als seine Mutter verstarb, übernahm dieses System seine Frau, weil sie merkte, dass sie so ihren Willen problemlos durchsetzen konnte. Der Alte hatte sich eine starke Frau genommen, so stark wie seine Mutter. Er kannte nichts anderes und war es eben so gewöhnt. Er war vieles gewöhnt. Auch diese Spiele. Und es war nicht schlimm gewesen. Deswegen konnte es für seinen Sohn auch nicht schlimm sein. Solange es niemand erfuhr, war hier jedem geholfen ... So sah es der Alte und schärfte die Sense.

Alan Leads wollte seine Augen am Montagmorgen einfach nicht öffnen. Vor ihm lag ein durchweg schlechter Tag. Wo sollte er anfangen? Bei Brightfull? Der würde ihm direkt den Rest des Tages versauen. Außerdem öffnete er gleich seinen Discount. Also verschob Leads Brightfull auf abends.

Es wäre vielleicht gut, wenn er sich den Schuppen einmal ansehen würde. Lag der andere Schuh noch darin? Und wenn ja, wer hatte diesen Schuh, der voller Blut war, getragen? Es würde Sinn machen, zuvor ins Labor zu fahren und zu erfragen, ob das Blut einer Person, die dort gemeldet war, zuzuordnen war. Sollte das der Fall sein, könnte es sein, dass sich die Akte »Janet Houston« ganz schnell schließen würde.

Alan Leads begrüßte uns am Frühstückstisch, als wir schweigend unser Frühstück zu uns nahmen. Er lächelte und setzte sich zu uns. »Alles okay?«, fragte er und bemerkte, wie dumm diese Frage war. Was sollte bei uns jetzt noch okay sein? Er ärgerte sich über die Frage und versuchte mit einer weiteren Frage die erste ungeschehen zu machen: »Konntet ihr etwas schlafen?«

Joe nickte und sah nicht auf. Ich sah auf, nickte aber nicht. Leads sah mich direkt an, und ich sah sofort wieder weg. Was mochte ich von ihm denken? Leads wusste, dass er jede Geschichte, die er erzählte, zu verharmlosen versuchte. Er wollte die Gemüter der Leute nicht unnötig beunruhigen, doch diesmal gab es einfach nichts zu verharmlosen. Was war an zwei brutalen und grausamen Morden harmlos?

»Alan, magst du Rührei?«, fragte ihn Lydia, und er war froh, von seiner Frau in eine andere Gesprächsrichtung geführt zu werden.

»Ja, gerne. Ich sollte mich gut polstern«, antwortete er und klopfte sich lächelnd auf den ersten Bauchansatz seines Lebens, den er seit sechs Monaten mit viel Disziplin pflegte und erweiterte. Er versuchte, fröhlich zu wirken, aber es klang nicht fröhlich. Es klang nach Unsicherheit und Angst.

»Dann mach' ich dir noch Speck und eine Waffel«, sagte Lydia. Er nickte und blickte wieder ernst auf seine Kaffeetasse, die seine Frau soeben vor ihn gestellt hatte. Der Kaffee dampfte und war schwarz. So sagt man es doch, obwohl er gar nicht schwarz ist. Er mochte keinen Zucker und keine Milch darin. Nicht, dass er keinen Zucker mochte, im Gegenteil, die Süßigkeiten, die er jedem Salat und jedem Gemüse vorzog, waren das Herrlichste in seinem Leben. Besonders diese leckeren, warmen, weichen Cookies, wenn sie frisch gebacken vor ihm lagen und riefen Iss mich! Alan Leads war ein Mann des Gesetzes, und wenn jemand um Hilfe rief, half er eben. Er aß sie. Lydia mochte diese Schwächen an Alan sehr. Er konnte vielen Dingen einfach nicht widerstehen und hatte sich über all die Jahre seine kindliche Natur bewahrt. Deswegen musste sie besonders gut aufpassen, dass diese Natur ihn nicht eines Tages zu einem rollenden Fass machte. Sie hatte keine Lust, ihn später mit Arthritis, Rheuma und Diabetes durch die Gegend zu karren und alles zu verbieten, was er gerne essen mochte. Er benötigte nur noch zehn Jahre, bis sein Rentenkonto soweit gefüllt sein würde, dass er seine Arbeit niederlegen konnte. Die paar Jahre würde sie auch noch mit ihm schaffen.

Sie liebte ihren Mann und hatte sich heute Nacht viele Gedanken darüber gemacht, wie es nun weitergehen sollte. Sie hatte keine Kinder bekommen können, weil ihr wegen einer Fehldiagnose sehr früh die Gebärmutter entfernt worden war. Ein Gynäkologe in Boise, Idaho, wo sie aufgewachsen war, hatte etwas bei ihr ertastet, was er mit einer Totaloperation sofort bekämpfen wollte. Er vermutete einen großen Krebstumor, auch weil Lydia mit neunzehn Jahren auffallend viel müde und erschöpft gewesen war. Doch als er die komplette Gebärmutter entfernt und in ein Labor zur Untersuchung gegeben hatte, entpuppte sich der Tumor als Myom. Der Arzt verharmloste seine Fehlentscheidung mit der Begründung, dass es ein bösartiger Tumor hätte werden können, was stimmte, aber es rechtfertigte nicht die Entfernung der Gebärmutter. Der Gynäkologe, bekannt für seine Schwafelei, erklärte Lydias Eltern, dass dieser Eingriff wahrscheinlich ihr Leben gerettet hatte. Daraufhin gingen ihre Eltern regelmäßig in die Kirche und dankten Gott für dieses Wunder. Lydia sah das anders und konnte in der Kirche keinen Trost finden.

Es entsprach nicht dem, was ihr Gefühl ihr mitteilte. Als sie es mit zweiundzwanzig Jahren nicht mehr aushielt, verschwand sie sang- und klanglos nach Jackson Hole und versteckte sich in diesem kleinen Ort, der ihr immer besser gefiel. Hier bekam sie Luft und baute sich eine Existenz als Friseuse auf. Dann erschien eines Tages dieser fesche Alan Leads in ihrem Geschäft, und da war es um sie geschehen. Er machte ihr einen Heiratsantrag, und sie fragte ihn, warum. Er sagte, damit er für seinen Haarschnitt in Zukunft nicht mehr bezahlen müsse. Sie lachte und sagte ja. Sie hatte es bis heute nicht bereut. Alan war ein durch und durch guter Mann. Er hatte gute Eltern, die leider viel zu früh verstarben. Das hatte Lydia wieder in die Kirche gebracht, wenn auch nicht ganz reinen Herzens. Sie verübelte Gott immer noch diese Fehlentscheidung des Arztes, aber sie betete dort für ihre Ehe und dankte Gott jeden Tag für diesen wunderbaren Ehemann, der an dem Tod seiner Eltern zu zerbrechen schien. Doch er zerbrach nicht, denn ihr starker Zuspruch gab ihm Kraft und Zuversicht.

Allerdings fand sie, dass Alan noch eine andere Schwäche besaß, und die hatte er soeben wieder gezeigt. Er verharmloste viele Dinge. Dadurch hatten es einige Leute im Ort schwer, mit ihm klar zu kommen. Er gab jedem und allem eine zweite Chance. Und wenn die zweite Chance auch vertan war, gab es eben eine dritte. Das war im Grunde eine gute Gabe; in manchen Situationen aber war es die falsche Entscheidung. Alan Leads wollte sich eben nicht das Recht auf dieser Welt herausnehmen, Schicksal für andere zu spielen. Er wusste: Wenn er mit harten Sanktionen gegen gewisse Leute vorging, konnte das fatale Folgen für deren Familien haben. Ein Mann des Gesetzes zu sein war einer der verantwortungsvollsten und härtesten Jobs auf dieser Welt. Manchmal etwas zu hart für ihn.

Und gerade eben war wieder einer dieser Momente, in denen er nicht wusste, wie hart er der Realität begegnen sollte. Vor ihm saßen wir beide, die noch die Chance hatten, unser Leben in eine gute Richtung zu lenken, aber eben nur eine kleine Chance.

Leads gestand uns, ehrlich gesagt, nicht viele Chancen zu, es zu schaffen. Das harte Schicksal hatte uns in unseren jungen Jahren schon auf einen Weg gebracht, der gar nicht gut aussah. Unsere Eltern auf diese – Leads wollte es nicht ›tragisch‹ nennen –, diese so grausame Weise verloren zu haben, bedeutete, dass wir sehr viel Gottesvertrauen brauchten, um einem Zorn zu entkommen, der uns den Rest unseres Lebens jagen würde.

Es wäre vielleicht nicht schlecht, wenn Lydia uns mit in die Kirche nehmen würde. Das hatte sie sich in der vergangenen Nacht überlegt, und auch, Alan mit der Idee zu konfrontieren, uns beide zu adoptieren. Wir waren guten Herzens, auch wenn ich manchmal etwas komisch wirkte, aber Lydia erkannte mein gutes Herz, das einfach nur viel Liebe und Verständnis brauchte. Joe war robuster. Er versorgte sich in dieser Hinsicht oft allein. Das konnte ich nicht. Ich verlor mich ständig in Hilflosigkeit und der Angst, nicht zu dieser Welt zu gehören. Ich lebte irgendwo in einer anderen Welt. Die würde Lydia zu gerne einmal kennenlernen. Ihr Herz hatte so viel Liebe im Laufe ihres Lebens gebunkert, die sie nie ausreichend weitergeben konnte, weil ihr die Kinder fehlten, für die diese Liebe einer Mutter gedacht war. Jetzt hatte sie die Chance. Sie empfand diese Chance als etwas, was Gott ihr schuldete und nun zurückgeben wollte. Lydia nahm sich vor, heute Nachmittag nach der Schule mit Joe und mir in die Stadt zu fahren und dort mit uns einzukaufen, um uns ein wenig aufzumuntern. Sie hatte sehr wohl wahrgenommen, dass ich die ganzen Schutzengel, die ich in meinem Zimmer um mich versammelt hatte, verloren hatte, weil ein riesengroßer Idiot mein Zimmer ›aufgeräumt‹ hatte. Diese Tatsache fand Lydia unmöglich. Man griff nicht so tief in die Privatsphäre eines Kindes ein, in die keines Menschen. Ich musste unbedingt etwas finden, was mir wieder das Gefühl von Schutz gab. Zur Not würde sie heute Nachmittag noch zu unserem Haus fahren und dort etwas suchen, was ich ersatzweise in meinem neuen Zimmer als Schutz vor bösen Geistern, die Angst und Dunkelheit in mein Leben brachten, einsetzen konnte.

Lydia hatte sich Gedanken darüber gemacht, ob sie mit Alan nicht das kleine Gästezimmer beziehen sollten, um uns Jungen die beiden größten Zimmer oben zur Verfügung zu stellen. Sie würde ihren Salon für zwei Wochen schließen und alle Räume in ihrem Haus endlich mal neu renovieren und einrichten. Das würde ihr viel Spaß machen. Sie würde mit uns zusammen die Möbel aussuchen und alles, was wir uns wünschten, damit wir uns wohlfühlen könnten. Lydia fand, dass Joe und ich jetzt ganz viel Glück verdient hätten. Sie lächelte ihren Mann an und fühlte sich an diesem Morgen wie eine Mutter, die eine richtige kleine Familie um sich scharte. Sie hatte jetzt drei Männer im Haus!

Doch dann kam alles anders …

Alan Leads hatte beschlossen, zu einem späteren Zeitpunkt mit mir zu sprechen, weil ihm irgendwie nicht die richtigen Fragen einfielen, Fragen, die Einfühlungsvermögen zeigen mussten. Er hatte zu viele chaotische Gedanken in seinem Kopf, um ein strategisch sinnvolles Gespräch mit mir führen zu können. Er würde vielleicht Lydia um Hilfe bitten müssen. Sie hatte viel Übung in solchen Gesprächen, die sie zu Hunderten in ihrem Salon führte.

Leads fand es angebracht, erst einmal zu Annie Malcom zu fahren und ihr sein aufrichtiges Beileid auszusprechen. Doch was er dort vorfand, brachte sein ganzes Bild von den Malcoms durcheinander.

Durch das Zusammentreffen mit Annie vorgestern Abend war so einiges ans Tageslicht gekommen, was ihm genauso peinlich wie Annie war, aber dass es so peinlich werden würde, hatte er nicht geahnt. Er wollte doch nur sein Beileid aussprechen.

Er stand vor ihrer Haustür und straffte seinen Körper. Sie hatten sich vor zwei Tagen nicht gerade im Guten voneinander verabschiedet, doch er war ahnungslos und hielt seine Dienstkappe anstandsvoll in beiden Händen. Er roch nach einer frischen Dusche und Aftershave und befand sein Auftreten als angemessen und würdevoll. Niemand konnte ihm jetzt nachsagen, er habe Annie vernachlässigt. Sein Versäumnis, ihr gestern von Ralphs

Tod zu berichten, tat ihm unendlich leid. Das würde er gleich mitteilen, wenn er sein Beileid ausgesprochen und sie noch einmal in den Arm genommen und getröstet hatte. Er drückte auf die Klingel. Es war neun Uhr, nicht zu früh und nicht zu spät. Sein Vater hatte ihm beigebracht, dass neun Uhr die perfekte Zeit für jeden Anruf und jeden wichtigen Besuch sei. Es war eine Zeit, in der die Sinne der Menschen am schärfsten sind und sich ihre Laune auf dem Höhepunkt befindet. Jeder, der sich um neun Uhr traf, hatte ein garantiert erfolgreiches Erlebnis vor sich. Diese Lebensweisheit rief Alan Leads jetzt in seine Gedanken und dankte Gott für diesen tollen Vater.

Leads hörte im Inneren des Hauses ein Geräusch, das er nicht zuordnen konnte. Es war ein Knallen. Ob es von Metall, Holz oder Glas herrührte, konnte er nicht sagen. Dann hörte er fluchende Worte – das musste Annies Stimme sein – dann wieder ein undefinierbares Scheppern, bis jemand die verriegelte Kette von innen löste und die Tür einen Spalt weit öffnete. Es war nicht der Anblick, der Alan Leads schockierte – er sah viele müde Menschen in vielen verschiedenen Aufmachungen, während er seinen dienstlichen Aufgaben nachkam –, es war der Geruch, der ihn einen Schritt zurückweichen ließ. Leads war nicht vulgär veranlagt, aber was er roch, konnte er nur mit Scheiße beschreiben. Es roch wie eine Ansammlung von Kot und Kadavern. Die Gestalt, die er durch den Spalt erblickte, war nicht Annie. Es musste Sam sein, ihre Tochter. Er hatte sie nur zweimal gesehen und einmal wegen illegalen Besitzes von Cannabis mündlich verwarnt. Er wollte damals nicht zu stark gegen sie vorgehen, weil er bisher keine Fehltritte von ihr erlebt hatte. Vielleicht reichte es, sie vorzuwarnen. Bei vielen Jugendlichen löste die Konfrontation mit einem Uniformierten schon genug Angst aus, dass sie die Finger in Zukunft davon ließen. Aber nicht bei allen.

»Was geht?«, fragte dieses ermüdete Gesicht hinter der Tür in einem gleichgültigen Ton. Sollte Sam nicht längst in der Schule sein? Natürlich sollte man ihr gegenüber eine gewisse Toleranz wegen der derzeitigen Umstände walten lassen, aber das sah nicht nach einer Toleranzsache aus. Das sah aus und roch wie Verwahrlosung. Leads kannte diese Gerüche und Gesichter hinter den Türen, wenn sie öffneten. Sie öffneten immer nur einen Spalt, weil sich die Tür einfach nicht weiter öffnen ließ. Es hatte sich im Laufe der Zeit zu viel Müll von der Küche und dem Wohnzimmer aus in den Flur geschoben und war irgendwann im Flur vor der Haustür gelandet. Damit ergab sich ein neues Problem. Zunächst musste man sich nur gewisse Wege durch die Zimmer bahnen, dann begann man eine hausinterne Ausbildung zum Bergsteiger, um die entstandenen Halden zu übersteigen. Und dann wurde es schwierig, besonders, wenn sich ein Berg vor die Haustür geschoben hatte. Damit begann das Training als Bodybuilder. Man fing mit den ersten Kraftübungen an der Haustür an: morgens ziehen, damit man hinausgelangte, abends drücken, damit man wieder hineinkam. Anfangs war die Übung noch recht leicht, und man konnte problemlos mit dem Muskelaufbau beginnen. Dann wurde es von Woche zu Woche schwieriger. Aber das war kein Problem, die Muskeln bildeten sich immer mehr aus. Es war unglaublich, wie viele Berufe und Talente sich hinter solchen Türen verbargen. Da gab es die Künstler, die begannen, alles Mögliche an die Wand zu hängen, um es vom Boden zu entfernen. Es gab die begnadeten Köche, die aus alten Essenresten, die kein Magen mehr verdauen konnte, noch eine Mahlzeit zauberten, die doch irgendwie zu verdauen war. Am meisten beeindruckten Leads die Designer, die ihre Möbel und Besitztümer – seien es Bilder, technische Geräte, Kleidung, Wäsche oder Firlefanz – so arrangierten, dass es auf den ersten Blick schier unmöglich schien, dies alles in diesen Raum pressen zu können. Die Lagerarbeiter und Verwalter waren die größten Genies von allen. Sie wussten exakt, wo jedes Teil lag, wo es zu finden war und wie man dorthin gelangte. Und sei es nur eine Stecknadel – der Lagerverwalter fand sie auf Anhieb. Er besaß ein unglaubliches Speichersystem. Was jedoch jedes Mal auf der Strecke blieb, war die Ausbildung zum Raumpfleger, Fensterputzer und Sanitärfachmann. In diesen Bereichen hatten sich gewisse Zellen dieser Menschen zurückgebildet. Um es kurz zu machen: Sauberkeit war ihnen scheißegal geworden. Dafür gab es wiederum viele Tierpfleger unter ihnen, leider keine Leichenbestatter. Und genau nach dieser Kombination roch es aus dem Haus.

»Leads, Sergeant Leads. Ich …«, stellte er sich vor. Sie unterbrach ihn. »Ich kenn' Sie. Was wollen Sie?«, fragte sie genervt.

»Deine Mutter sprechen.«

Er sah, wie Sam die Tür wieder schloss und hörte, wie sie im Inneren des Hauses rief: »Ey! Hier steht ein Bulle vor der Tür. Der will dich sprechen.« Sie nannte ihre Mutter seit ihrer Pubertät nur noch Ey. Wenn es nicht ein so herabwürdigender Begriff wäre, hätte Annie es als Kürzel für irgendein Mädchennamen gelten lassen, aber Ey fühlte sich furchtbar demütigend an. Annie lag noch im Bett und sah leeren Blickes zum Fenster hinaus. Sie hatte alles verloren, für das es sich noch zu leben lohnte. Sie lag bereits viele Stunden wach und konnte das Gefühl der Leere kaum aushalten. Es war nicht, weil Ralph nicht neben ihr lag – das tat er schon seit Wochen nicht mehr –, es war, weil er nie wieder neben ihr liegen würde. Dabei hatte sie so sehr gehofft, dass er, wenn sie eines Tages das Haus wieder in Ordnung bringen würde, zu ihr zurückkehren würde. Doch solange es sich in diesem Zustand befand, hatte er es vorgezogen, in seinem Geschäft zu schlafen. Das Geschäft hatte ein Hinterzimmer, das als Pausenraum der Mitarbeiter galt, mit Toilette, Dusche und Waschbecken. Da Ralph keine Mitarbeiter eingestellt hatte, hatte er vor acht Wochen damit begonnen, diesen Raum Stück für Stück zu einem Wohnraum umzubauen. Er hatte sich aus alten Bausteinen ein Bettgestell errichtet und bei Randy auf dem Hof einen alten Lattenrost für fünf Dollar erworben. Von dem Kauf einer Matratze wolle er bei Randy jedoch absehen. Die besorgte er sich in einem kleinen Möbelhaus in der Stadt und wählte das billigste Exemplar aus. Er hatte dem Verkäufer erklärt, dass die Matratze für seinen Van sei, wenn er für Aufträge in eine andere Stadt müsse. Dann brauchte er kein Hotel anzumieten. Er würde im Wagen schlafen. Der Verkäufer nickte; er kannte diese Erklärungen. Als wenn in einem mit Werkzeug und Maschinen vollgestopften Wagen noch Platz zum Schlafen wäre! Aber ein Geschäft war ein Geschäft, und so bemerkte der Verkäufer lächelnd: »Das ist eine gute Idee.« Er verkaufte ihm auch direkt noch das passende Bettzeug dazu. Daraufhin bemerkte Ralph ebenfalls »Gute Idee« und war froh, dieses Problem schon beseitigt zu haben. Als der Verkäufer jedoch nach Bettwäsche fragte, winkte Ralph ab. »Davon habe ich zu Hause genug.« Diese Blöße wollte er sich doch nicht geben. Wenn er nur wüsste, wo er sie finden könnte.

Nachdem Ralph die Grundausstattung für seine Übernachtungen besorgt hatte, begann er sich um einen Stuhl, Tisch und Fernseher zu bemühen. Dabei konnte Randy ihm wieder helfen. Alles zusammen für dreißig Dollar. Da solle doch jemand sagen, man könnte sich nicht billig einrichten! Ralphs Frau Annie trug das Geld schneller aus dem Haus, als er es hereinbringen konnte. Das war auch ein Grund, weshalb er Randy oft nicht den abgesprochenen Lohn zahlte. Er ließ es eben mit sich machen. Dieser Randy war ein Idiot. Aber zum Ausnutzen war er genial!

Ralph Malcom richtete sich eine komplette kleine Wohnung hinter seinem Geschäftsraum ein. Seit Annie begonnen hatte, sein Haus jeder streunenden Katze, die das Grundstück überquerte, als neues Heim anzubieten, hatte sich sein Gefühl erledigt, hier zu Hause zu sein. Sie liefen und jaulten überall herum. Als wäre nicht schon genug Dreck in dieses Haus gestopft worden! Anstatt aufzuräumen und zu putzen verbrachte Annie jede freie Minuten vor dem Fernseher, stopfte sich ununterbrochen Süßes oder Salziges in den Rachen, während sie sich von diesen Viechern den salzigen Mund ablecken ließ. Wie ihn das anwiderte! Er hatte versucht, mit ihr darüber zu reden, und sie hatte ihm versprochen, es zu ändern, doch sie tat es nicht. Sie konnte es nicht, denn sie war krank – immer schon.

Ralph war ein Geschäftsmann, und wenn diese Verhältnisse ans Tageslicht kommen würden, könnte er sein Geschäft schließen. Dann hätte er nicht einmal mehr diesen kleinen Lebensraum hinter seinem Laden, in dem er Ruhe und Frieden fand. Dass sich in seinem Haus bereits die Katzenseuche ausbreitete, machte ihm die Hoffnung: Vielleicht würde Annie sogar daran sterben. Solche Gedanken schwirrten in letzter Zeit immer öfter in seinem Kopf herum. Mit manchen Menschen kann man erst Frieden schließen, wenn sie tot sind. Was nicht im Guten funktioniert, funktioniert eben im Bösen.

Soweit wollte Ralph die Sache aber doch nicht treiben. Er hatte sich daher schon vorgenommen, mit meiner Mutter zu sprechen – sie schien der einzig vernünftige Mensch in diesem Ort zu sein. Sie hatte mit meinem Vater eine gute Ehe geführt, war eine sorgsame Mutter, hielt das Haus sauber und ging sogar arbeiten. Warum schaffte Annie so etwas nicht? Sie hatte nur ein Kind und einen gesunden Mann, der mehr Geld heranschleppte, als mein Vater es je geschafft hatte. Annie besaß teure Möbel, teuren Schmuck, teures Geschirr, teure Bettwäsche ... eben alles, was sie sich je gewünscht hatte. Und was hatte sie damit gemacht? Eine Müllhalde gebaut! Am liebsten hätte Ralph seine Frau bei Randy auf den Hof zu dem anderen Müll geschmissen. Dort hätte sie sich bestimmt wohl gefühlt. Was hatte Ralph nur falsch gemacht? Waren es vielleicht gar nicht die materiellen Dinge, die Annie brauchte? Er wollte mit meiner Mutter darüber sprechen, sie um Rat bitten, denn so konnte es nicht weitergehen. Doch Ralph gestand sich gleichzeitig ein, dass er mit dem Gespräch mit ihr noch einen zweiten Gedanken verfolgte. Wie würde es sich anfühlen, mit dieser Frau ernsthaft über seine Probleme zu reden? War es angenehm? Dass meine Mutter Schwierigkeiten immer ernsthaft und konsequent anging, konnte man sehen. Sie verwahrloste nicht im eigenen Müll, während sich ihr Leben auf den Kopf zu stellen begann. Sie hatte alles geregelt und umstrukturiert. Wenn Ralph sie um Hilfe bitten würde, könnte es sein, dass sie Sympathien für ihn entwickelte. Dieser blöde Brightfull war ihm im falschen Moment dazwischen gekommen. So ein Dreckskerl! Er hatte den Reichtum meiner Mutter, nicht nur in materieller Hinsicht, ebenso erkannt wie Ralph. Aber Ralph hatte einen Vorteil: Er war ein Handwerker mit Leidenschaft. Darauf stand meine Mutter! Man sollte nichts unversucht lassen, dachte Ralph Malcom und schob vor drei Tagen einen kleinen Zettel unter unsere Türe, auf dem als letzter Satz vermerkt war: Wir müssen reden.

War das zu gewagt? Hätte er besser fragen sollen, ob sie einmal Zeit hätte, sich mit ihm zu treffen? Mist, jetzt war der Zettel bereits unter der Tür durchgeschoben. Was mochte sie jetzt von ihm denken?

Annie Malcom hatte Tränen in den Augen, als ihr Mann zum ersten Mal ihre Absprache nicht einhielt. Er hatte es also wahr gemacht. Ob eine andere Frau dahinter steckte? Eher nicht – Ralph war nicht der Typ, der anderen Frauen nachstellte. Aber seit meine Mutter Witwe war, zitterte so manche Ehefrau um ihren Mann. Manche erkannten die Gefahr und pflegten Körper und Haus mehr denn je. Bei manchen entwickelte sich die Angst in die andere Richtung: Sie wurden immer nachlässiger und dreckiger. Annie war von der zweiten Sorte Mensch. Sie konnte aus Frust und Angst nur noch mehr Frust und Angst gewinnen. Bis sie eines Tages diese Katze vor ihrem Haus fand. Die Berührung des weichen Fells löste etwas in ihr aus: Sie spürte Wärme, Liebe und Zuneigung. Das Tier kuschelte sich schnurrend an ihre Beine, was sich so unglaublich gut anfühlte. Annie nahm sie in den Arm und drückte ihre Wange an den Rücken des Tieres. Damit war es um sie geschehen. Sie fütterte das Tier und ließ es nicht mehr aus dem Haus. Dann fand sie eine zweite Katze, eine dritte und eine vierte. Abends saß sie auf dem Sofa vor dem Fernseher und ließ sich von ihren Katzen streicheln. Sie schnurrten und kuschelten um sie herum, und sie empfand es als eine große Wohltat. Eines Abends waren es nur noch drei, und Annie konnte die vierte Katze in all dem Müll nicht mehr finden. Daraufhin ging sie draußen auf die Pirsch und angelte sich zwei neue Katzen, die sie ebenfalls ins Haus sperrte. Der Geruch des ersten Kadavers zog sich ganz langsam vom Schlafzimmer die

Treppe hinunter in den Flur. Dann stank es nach Kadavern aus dem Wohnzimmer.

Während Ralph fluchtartig das Haus verließ, hatte sie sich an den Geruch gewöhnt. Sie bemerkte nicht, wie sehr sie sich in die Isolation arbeitete. Sie weinte in den Nächten, in denen Ralph nicht neben ihr lag. Jetzt würde Ralph nie wieder neben ihr liegen, und sie konnte nicht weinen. Sie starrte taub und leer zum Fenster und verspürte keinen Drang, aufzustehen. Plötzlich waren alle Probleme ganz klein geworden gegen den Verlust ihres Mannes. Sie würde hier sofort und radikal alles aufräumen, die Katzen aus dem Haus jagen, sogar abnehmen und Sex mit ihm haben, wenn sie doch nur ihren Mann wiederbekommen könnte. Aber es war zu spät. Der Tod ließ nicht mit sich handeln.

Annie hörte, wie ihre Tochter von unten rief. Sie hatte mit Sam nicht näher über den Tod ihres Vaters gesprochen, weil sie es nicht konnte. Sam hatte es kurz von Tim Benton, der gestern da war, erfahren. Seitdem hatten beide nicht mehr miteinander geredet.

Annie wusste, dass sich dieser Alan früher oder später bei ihr blicken lassen würde. Was wollte dieser blöde Kerl jetzt noch. Sie rief: »Was will er?«

»Mit dir reden«, schrie Sam von unten, während sie in der Küche nach frischer Milch suchte. Die hatte sie sich am Samstag extra geholt, doch sie fand die Milch nicht. Dafür fand sie eine alte Schachtel Kaugummi.

»Ich habe nichts zu sagen«, schrie Annie hinunter.

Alan Leads vernahm das Gespräch zwischen Mutter und Tochter im Haus und hoffte, dass Sam die Haustür noch einmal kurz öffnen würde. Er wollte nicht wieder klopfen. Das erschien ihm etwas demütigend. Und richtig, Sam öffnete und sagte kaugummikauend: »Sie will nicht mit Ihnen reden.«

Er konnte das verstehen, doch er hatte wichtige Fragen an sie. Sein gütiges Wesen nickte, und er sagte: »Sag ihr, ich komme später nochmal vorbei.«

Sam nickte und schloss wieder die Tür.

Leads sah in den Himmel, der sich klar und tiefblau in seinen Augen spiegelte. So ein schöner Novembermorgen, dachte er, und so schlechte Aufgaben waren zu erledigen.

Er fuhr zu unserer Ranch, um sich den Schuppen näher anzusehen. Das war ein Fehler. Wäre er nicht so nachgiebig und gütig, hätte er das Gespräch mit Annie eingefordert, und er wäre nicht zu einer Zeit zur Ranch gefahren, die ihm das Leben kosten würde. Armer Sergeant Leads!

Fünfzehn Jahre früher. Der Junge, 20 Jahre alt.

Er war übel gelaunt. Seit einer Woche verweigerte seine Mutter die Spiele mit ihm. Er war bereits zwanzig und stand in der vollen Blüte seiner Männlichkeit. Bisher hatte seine Mutter all seine Bedürfnisse gestillt und manchmal auch ein Mädchen in einer anderen Stadt. Aber jetzt lehnte seine Mutter ihre Pflichten plötzlich ab. Und im Wagen war auch kein Benzin mehr, um die Stadt zu verlassen. Das erzürnte ihn! Er würde es nicht erneut wagen, in seiner Umgebung ein Opfer zu suchen. Das Erlebnis aus seiner Jugend mit Amy hatte ihm gereicht. Um seiner Aggression dennoch Luft zu verschaffen, ging er in den Stall zu seinem Vater.

Der Alte sah sich um, als sein Sohn in der Tür des Stalls stand. Es nahm etwas von dem Licht, das in diesen großen Raum fiel. Draußen regnete es; der Tag war ziemlich dunkel. Die kleine Glühbirne an der Decke spendete nicht genug Licht für das, was er vorhatte. Er war für jede weitere Lichtquelle dankbar und sah zur Tür, als sich der Raum verdunkelte. Als er in das Gesicht seines Sohnes sah, wusste er, dass es jetzt soweit sein würde. Er hatte es die ganze Zeit erwartet, aber so sehr gehofft, dass es nie dazu kommen würde: die Abrechnung. Die Wut stand seinem Sohn ins Gesicht geschrieben. Jetzt bereute der Alte sein Verhalten und verfluchte seine Ignoranz über all die Jahre. Was hatte er seinem Sohn nur angetan? Seinen anderen Sohn hatte er bereits verloren. Der hatte sich mit vierzehn Jahren eines Nachts davongeschlichen und nie wieder etwas von sich hören lassen. Nun stand sein anderer Sohn vor ihm und ließ ihn durch Blicke seine Verachtung spüren.

Dieses Gesicht war einmal so hübsch gewesen, die Seele so rein. Dann hatte sich diese Neigung bei der Mutter gezeigt. Die Neigung zum Unrecht, zum Bösen – der Todesstoß für jede Kinderseele. Und jetzt zeigte sich das Ergebnis dieser Neigung. Er konnte seinem Sohn nicht verdenken, was auch immer er jetzt vorhatte. Eines stand fest: Er hatte keine Chance. Der Junge war ein gestandener Mann, muskulös, entschlossen und ... zu jeder Tat bereit. Seine Lehrherrin lag im Bett, das in der Wohnstube stand, weil sie die Treppen nicht mehr nach oben schaffte. Sie hatte ihn mit ihrer Sexgier zu Dingen verleitet, die sich nun in einer anderen Form zeigten. Diese andere Form hieß Qual. Der Junge hatte über viele Jahre schlimme Qualen erlitten, Hilflosigkeit erfahren und gelernt, es als Spiel anzunehmen, doch es hatte nur ein Gefühl der Befriedigung in ihm ausgelöst. Diese Befriedigung war in eine Art Notdurft übergegangen und hatte ihn krank gemacht. Seine Seele war der Geisteskrankheit seiner Mutter ausgeliefert gewesen. Sie hatte ihn angesteckt, hatte all seine guten Gefühle und Gedanken zerstört und ein Feld der Verwüstung hinterlassen. Was war von einem verwüsteten Feld zu erwarten? Konnte man je wieder eine gesunde Saat darauf hervorbringen? Wer würde diese Saat streuen, wer würde den Acker pflegen, und wie lange würde es dauern, bis man Ergebnisse sah? Könnte man ein verwüstetes Feld an einen Bauern verkaufen, der im nächsten Jahr von den Einnahmen der Früchte leben müßte? Sicher nicht. Der Alte konnte seinem Sohn nichts irgendwie Glaubhaftes anbieten. Was hätte er schon vorzubringen? Wo waren die Anker, die sein Sohn erkennen und benutzen könnte? Er hatte keine Anker geworfen, weil er nie welche besessen hatte; schließlich war er einst der gleichen Prozedur zum Opfer gefallen wie sein Sohn. Er hatte die Kette der kranken Seelen nicht durchschnitten. Das Ergebnis stand vor ihm: ein Sohn voller Qual, genau wie sein Vater. Aber diese Qual hatte sich einen Gesellen gesucht: den Hass. Dieser Hass hielt ein Messer für den endgültigen Todesstoß in der Hand.

Der Junge hatte in irgendeiner Zeitung gelesen, dass das Land kurz vor dem Durchbruch stand, Schwule für ihre Neigung nicht mehr zu bestrafen. Der Gesetzesentwurf stand. Es war nur noch eine Frage der Zeit, wann er verabschiedet wurde. Er hatte sich nur für den Begriff Neigung interessiert. Etwas zu tun, dem man nicht entweichen konnte, egal wie sehr man seinen Kopf auch anstrengte. Neigungen konnte man in viele Richtungen entwickeln. Es gab gute und weniger gute Richtungen. Und dann gab es die ganz schlechten und bösen Neigungen. Die interessierten ihn am meisten. Es waren Neigungen, die das Gesetz mit Strafen belegte. Aber warum wurden Schwule bislang bestraft? Was verbarg sich hinter diesem Begriff? Es war nichts Böses. Er war dem Bericht in der Zeitung weiter nachgegangen und überrascht, was er las. Es gab Geschlechtsverkehr unter Männern? Nicht, dass er dumm wäre, aber es war ein Thema, das ihn nie interessiert oder beschäftigt hatte. Neuerdings tat es das. Und seit seine Mutter ihm ihre Spiele verweigerte, baute sich Druck in ihm auf. War das eine Neigung? Er dachte daran, dass er nur noch seinen Vater hatte. Mit ihm könnte er diese Spiele sicher nicht spielen, aber diese Geschichte zwischen den Männern begann ihn seit einigen Tagen zu beschäftigen. Da er es nicht wagte, in der Stadt weitere Informationen einzuholen, begann er mit eigenen Spekulationen. Er versuchte sich vorzustellen, wie zwei Männer miteinander Sex haben könnten. Es musste andere Mittel und Wege geben. Diese Homosexuellen hatten es doch auch herausgefunden.

Er schlief mit schlimmen Fantasien in der letzten Nacht ein und erwachte heute Morgen mit einem ihm unbekannten Drang. Er sah seine Mutter auf dem Bett liegen, wie ihr Kopf in den Schultern versank und ihre Arme wie aufgeblasene Ballons abstanden. Sie war nicht einmal mehr in der Lage, sich selbst das Essen zum Mund zu führen. Das war sein Glück. Nun musste sie alles fressen, was er ihr in das verdammtes Maul stopfte. Sie musste alles herunterschlucken, was er hineinstopfte, sonst würde sie ersticken!

Er sah zu ihr hin und sagte: »Ich komme gleich zu dir«, und ging zum Schuppen.

Als er seinem Vater im Schuppen in die Augen sah, wusste er, dass sein Vater darauf vorbereitet war, die Schuld auf sich zu laden. Das machte die Sache um vieles einfacher.

»Zieh dich aus«, befahl er ihm.

Alan Leads kontrollierte unser Haus, um festzustellen, ob sich erneut jemand daran zu schaffen gemacht hatte, aber es befand sich im gleichen Zustand wie gestern Abend. Er würde der Sache auf die Spur kommen. Dann verließ er das Haus und ging zum Schuppen hinüber. Der war mit einem Sicherheitsband verriegelt und Tim Benton hatte ein neues Schloss angebracht. Leads hatte sich den Schlüssel auf dem Weg hierher im Büro besorgt und löste nur vorsichtig das Band. Danach schloss er das Schloss auf, legte es auf den Boden und öffnete die schwere Holztür. Die östliche Sonne flutete an ihm vorbei in den kleinen Raum hinein und erleuchtete ihn. Links war ein kleines Fenster, sodass die Strahlen von anderer Seite eindrangen. Komisch, dachte Leads zunächst. Dafür, dass mein Vater all sein Werkzeug hier gelagert hatte, fand er ziemlich wenig vor. Es befand sich nichts darin, was sich irgendwie für eine gute Arbeit eignete. Lappen, ein Eimer, ein Rohrreiniger, eine leere Werkzeugtasche, alte Plastikgefäße – verschmutzt vom Öl – und ein Arbeitsstiefel. Ah, dieser Stiefel! Es gab ihn also doch, den zweiten Stiefel meines Dads. Leads griff nach dem Stiefel und hörte ein Geräusch von draußen. Irgendjemand näherte sich über den Hof.

Alan Leads irrte sich, denn dieser Jemand befand sich bereits hinter ihm im Schuppen und ließ im gleichen Moment, als der

Sergeant sich umdrehte, eine Metallschaufel auf seinen Hinterkopf krachen.

✩✩✩

Brightfull hängte die Stellenausschreibung für eine neue Kassiererin rechts neben dem Haupteingang. Seine Cousine hatte eine vorübergehende Hilfskraft organisiert, die solange aushelfen konnte, bis sich jemand auf die Stellenausschreibung melden würde. Es war Leeza Miller, die Tochter des Buchhändlers Jeff Miller. Er hatte derzeit nicht allzu viel Arbeit in seinem Laden, sodass er es als gute Nachbarschaftshilfe ansah, seine Tochter zur Aushilfe zu Jason Brightfull zu schicken.

Jeff Miller mochte diesen komischen Kauz von Brightfull irgendwie. In der Kirche war er stets freundlich und hatte alle Eigenschaften, die ein guter Geschäftsmann haben sollte. Brightfull hatte ihm nie etwas getan. Das wusste er zu honorieren und vertraute ihm seine Tochter an.

Jason Brightfull gab Leeza freundlich die Hand. Sie war etwas untersetzt, hatte aber ein überaus freundliches Wesen. Er kannte sie schon von Kindesbeinen an und freute sich, von ihr diese Hilfe zu erhalten. Das wollte er zusätzlich honorieren.

Er bat sie, als erste Aufgabe sozusagen, bei Linda einen schönen Blumenstrauß für meine Mutter zu arrangieren. Er wollte heute Nachmittag erneut versuchen, sie zu besuchen. Vielleicht hatte der Arzt bis dahin die Dinge geregelt, die ihm erlaubten, Brightfull Auskunft zu geben.

Es schien ein guter Tag zu werden. Das Wetter zeigte sich von seiner besten Seite, und das mit meiner Mutter würde auch wieder in Ordnung kommen. Er musste unbedingt daran denken, dieses Buch über Erziehung während der Pubertät zu besorgen. Es wäre hilfreich, sich wenigstens ein paar Tricks durchzulesen.

Fünfzehn Jahre früher. Der Junge, 20 Jahre alt.

»Hilf mir«, flehte der Alte seinen Sohn an. Er bat seinen eigenen Sohn darum, ihn aus dieser Situation zu befreien, doch sein Sohn hörte nicht hin. Sein Vater würde heute genau das bekommen, was er verdient hatte.

»Sei ein Mann«, flüsterte er und ließ seinen Vater in das tiefste Stockwerk der Hölle gleiten. Er wusste, dass er ihn damit umbringen würde, doch im Grunde war dieses jämmerliche Wesen schon lange tot.

Der Alte zeigte nicht viel Widerstand und fühlte, wie Zelle um Zelle in ihm abstarb. Dann löste sich sein Innerstes in Nichts auf, und er wäre beinahe erstickt. Er machte seinen letzten Atemzug, während er seinem Sohn dabei in die Augen sehen musste.

Sein Lachen klang hysterisch, während er den Hof überquerte, um ins Feld zu gelangen. In der linken Hand trug er eine Schaufel, mit der rechten Hand zog er seinen Vater wie einen nassen Sack durch den Schlamm hinterher und ließ ihn an einer für ihn geeigneten Stelle fallen. Dann begann er zu graben. Es musste kein großes Loch werden, denn der Körper seines alten Herrn war in den letzten Jahren geschrumpft wie der eines Greises. Er würde ihn etwas zusammenrollen und hineindrücken. So brauchte er bei diesem Regen nicht zu viel ausheben.

Seine Mutter spürte, dass ihr Sohn irgendetwas im Schilde führte, als er das Haus verließ. Und sie spürte, dass etwas Grausames seine Gedanken begleitete. In der Regel war aus dem Schuppen immer eine Maschine oder irgendein Arbeitsgeräusch ihres Mannes zu hören, aber heute war alles ruhig. Wenn sie doch nur aufstehen und nachsehen könnte, doch sie konnte sich nicht einmal vom Rücken auf die Seite drehen. Ihr Sohn fütterte sie zu Tode. Er wollte einen ganz langsamen und qualvollen Tod für seine Mutter. Das hatte sie längst begriffen. Er hatte den Telefonanschluss schon vor Monaten aus der Wand gerissen, damit niemand hier anrief und sie niemanden um Hilfe bitten konnte.

Auf plötzlichen Besuch konnte sie nicht hoffen, denn sie hatte ihr Leben immer so geführt, dass niemand sie mochte. Sie war nie freundlich, sauber oder hilfsbereit gewesen. Sie hatte keine Freunde. Sie hatte all die Jahre ihren Sohn gehabt, der ihr alle Wünsche erfüllte, die sie verspürte. Doch seit einigen Wochen waren diese Wünsche wie weggeblasen. Ob ihre Fettzellen ihre Östrogene auffraßen? Sie verspürte nicht die geringste Lust mehr auf ihn. Sie konnte weder ihre Brust noch ihren Intimbereich spüren. Sie spürte nicht einmal mehr ihre Zehen. Sie lag seit einigen Monaten mit erschreckend hohen Zuckerwerten im Bett und warf Wasser ohne Ende aus ihrem Körper. Es kam ihr aus allen Poren und Löchern. Der Durst, der darauf folgte, war das Schlimmste. Sie hätte zwanzig, dreißig Liter am Stück saufen können. Als ihr Sohn letzte Woche den vermehrten Harndrang seiner Mutter bemerkte, weil sie ihn ständig rief, die Windeln zu wechseln, hatte er ihren fetten Hintern in eine flache große Schüssel gehievt. Die hatte er im Schuppen gefunden. Darauf lag sie jetzt mit großen Schmerzen, und sie war jedes Mal dankbar, wenn er sie abends für kurze Zeit aus dieser Lage befreite, um den ganzen Schlamm, den sie dort mit ihrer Verdauung hineingeblasen hatte, zu beseitigen. Was für eine Drecksarbeit. Er sagte, er würde sie öfters am Tag reinigen, wenn sie ihn ranließe. Aber sie konnte es nicht mehr ertragen. Also ließ er sie in ihrem täglichen Schlamm verrotten.

Jetzt hörte sie ihn die Haustür hereinkommen. Draußen goss es fürchterlich, und er stampfte mit den Schuhen auf der Matte den Matsch ab, den er vom Feld mitgebracht hatte. Er roch sie schon bis zum Flur. Seit ihr Zucker bis in komatöse Höhen stieg, dunstete sie einen Hauch von Ammoniak aus, der die starke Übersäuerung des Körpers signalisierte. Es war gleich, wonach sie stank, fand er. Heute war Hausputz. Er würde heute das gesamte Haus reinigen. Er ging in die Küche und kochte alles, was er fand. Er riss die Schränke und Schubladen auf und suchte die letzten Süßigkeiten und Knabbereien zusammen, die noch von seinem Einkauf übrig waren.

Sie hörte ihn das Essen anrichten und sah durch die Tür, welche Berge von Essen er ihr heute zubereitete. Das würde sie niemals schaffen! Sie hörte Schnitzel in der Pfanne braten, roch Kartoffelchips in der Fritteuse und sah, wie er Soßen und Pudding anrührte. Er nahm ein zwei Kilo Paket Vanilleeis aus dem Eisschrank, stülpte es auf ein Tablett und goss einen Liter Erdbeersoße darüber. Es sah wirklich köstlich aus. Wenn es nicht diese eklige Menge wäre. Jetzt bekam der Satz Du frisst dich noch zu Tode, den ihr ihr Sohn vor über zehn Jahren einmal zugeworfen hatte, eine beängstigende Realität. Es sah ganz danach aus, als wollte er sie heute zu Tode füttern! Und sie konnte nichts dagegen unternehmen. Wenn sie ihr Essen nicht herunterschluckte, hielt er ihr den Mund zu. Weigerte sie sich weiterhin, hielt er ihr die Nase zu. Danach hatte sie keine andere Chance, als die Dinge herunterzuschlucken, die er ihr in den Mund gestopft hatte. Sie hatte versucht, langsam zu kauen, damit sie Zeit gewann, aber er hatte sich auf diesen Trick nicht eingelassen. Er stopfte einfach nach. Er gab ihr zehn Sekunden für jeden Happen. Ein Wecker, der auf einem kleinen Tisch an ihrem Bett stand, gab die Zeit exakt vor. Es war ihr nie in den Sinn gekommen, dass sie durch ihre Pädophilie einen irreparablen Schaden bei ihrem Sohn verursacht haben könnte. Sie war ihm doch immer fürsorglich und liebevoll begegnet. Heute gab er ihr all ihre Fürsorge und Liebe zurück. Alles auf einmal.

Er sagte: »Zehngängemenü für meine Lady«, und brachte einen Berg von Essen herein, das so gut duftete, dass sich jeder Koch die Finger danach geleckt hätte. Herold war ein hervorragender Koch. Das war eine Sache, die ihm seine Mutter wirklich gut beigebracht hatte. Egal, was er kochte, es schmeckte hervorragend. Wenn es nicht immer so viel in letzter Zeit gewesen wäre! Doch heute übertraf es bei weitem alles, was sie je erlebt hat. Es verschlug ihr zum ersten Mal den Appetit.

Er grinste, holte eine große Stoffserviette aus dem Wohnzimmerschrank, legte sie galant auf das Bett seiner Mutter und zückte eine Gabel. Er stellte den Wecker bereit und sagte: »Auf die Plätze, fertig, los. Menü eins. Lasagne. Und schön weit den Mund aufmachen.«

Er tauchte die Gabel in die dampfende Lasagne hinein, drehte sorgfältig den fadenziehenden Käse um die Gabel und führte sie zum Mund seiner Mutter. Sie verweigerte den ersten Happen. Jetzt konnte er ihr so lange den Mund und die Nase zuhalten, wie er wollte. Sie hatte nichts zum Schlucken im Mund und würde schlimmstenfalls einfach ersticken.

Das Verhalten seiner Mutter störte ihn nicht. Er ließ die Lasagne langsam von der Gabel auf ihren verschlossenen Mund fallen. Das irritierte sie. Sollte das alles sein? Er tauchte die Gabel wieder in den Nudelauflauf und wiederholte den Vorgang. Sie öffnete wieder nicht den Mund. Das war ihr Fehler. Er griff nach der Auflaufform, in der die Lasagne kochend vor sich hin brodelte, und goss ihr den heißen Inhalt auf ihr Gesicht. Das ließ sie aufschreien. Sie spürte, wie ihre Gesichtshaut unter der heißen Tomatensoße verbrühte, und versuchte mit ihren Händen, das heiße Zeug aus ihrem Gesicht zu entfernen, doch ihre Hände erreichten einfach nicht ihr Ziel. Das Fett an ihren Oberarmen war wie aufgequollene Ballons.

Er erhob sich und holte eine Kordel. Damit band er die Hände seiner Mutter am Bett fest; dann zog ein langes Seil über ihren Körper, sodass sie vollkommen fixiert vor ihm lag. Die Zeremonie konnte beginnen. Sie hätte es so leicht gehabt, wenn sie nur mitgespielt hätte. Sie schrie: »HAROLD!«, doch er schenkte ihr nur einen bemitleidenswerten Blick, ergriff das Eis und ließ es auf ihr Gesicht platschen. Sie prustete, schnappte nach Luft und schrie erneut: »HAROLD!« Das Eis drang ihr bereits in ihre Nase und Augen. Er kippte fünf Kilo heiß dampfende Kartoffeln dazu und drückte sie mit fünf Schnitzeln zu einem Brei. Sie wehrte sich, versuchte, ihr Gesicht freizuringen, aber ihre Kraft ließ nach. Er schmiss ihr alles, was er angerichtet hatte, auf das fette Gesicht, drückte es fest, bis ihr Kopf vom Essen vollkommen bedeckt war und sie sich nicht mehr rührte. Er saß da und sah zu, wie die Seele seiner fetten

Mutter aus dem fetten Leib kroch und versuchte, nach oben zu steigen. Selbst das gelang ihr nicht, denn sie hatte im Himmel nichts verloren. Es zog ihre Seele in die Hölle, wo sie der Teufel selbst in Empfang nahm.

Hausputz.

Er brauchte neun Stunden, um das Haus von Dreck, Fett und Schlamm zu reinigen.

Der Regen hatte mittlerweile aufgehört, und so errichtete er einen riesigen Scheiterhaufen, wie es für böse Hexen vor langer Zeit üblich gewesen war. Dann zündete er ihn an und sah zu, wie der Dreck aus seinem Leben verschwand, bis vor ihm nur noch ein kleiner Haufen Asche lag.

Hausputz.

So macht man das eben mit dem Müll auf dem Lande.

☆ ☆ ☆

Tim Benton hatte sich dreimal nach seinem Kollegen Alan Leads erkundigt, doch der war nirgends aufzufinden. Der letzte Kontakt hatte im Büro stattgefunden, als Leads den Schlüssel für das Schuppenschloss geholt hatte. Aber Benton war auf der Ranch gewesen, und da war kein Alan Leads. Es stand kein Wagen auf dem Hof, und der Schuppen war auch ordentlich verschlossen, mit unbeschädigtem Sicherheitsband. Hier konnte er demzufolge nicht gewesen sein. Lydia sagte, er wolle gegen Abend noch zu Brightfull, um einige Fragen zu klären, also fuhr Benton dort gegen 18 Uhr hin. Aber sein Kollege hatte sich auch dort nicht sehen lassen. Jetzt wurde Tim Benton unruhig, und Lydia bekam Angst. Sie wussten alle, dass sich derzeit ein Wahnsinniger in der Gegend herumtrieb. Sie selbst sollte darauf achten, nicht bei Dunkelheit draußen herumzulaufen. Das galt für Sergeants natürlich nicht! Das waren doch die, die in der Dunkelheit auf andere aufpassten!

Lydia versuchte sich zunächst damit zu beruhigen, dass ihr Mann eine Waffe bei sich trug. Wer weiß, vielleicht hatten ihn die Ermittlungen in eine andere Stadt getrieben. Das kam schon mal vor.

Sie hatte einen guten Tag mit Joe und mir in der Stadt gehabt und genau das erreicht, was sie sich vorgenommen hatte. Wir hatten beide hatte etwas Besonderes gefunden, das uns in dem neuen Zimmer Sicherheit geben sollte. Joe hatte sich ein Kissen mit einem Flugzeugmotiv ausgesucht, und ich ein Paar Herrensocken. Ein Paar, das der Socke ähnlich war, die ich in meinem Zimmer seit dem Tod meines Vaters mit großer Sorgfalt aufbewahrt hatte. Lydia sagte, ich solle mir vorstellen, sie wäre einfach nur gewaschen worden. Das funktionierte. Und – sie hätten noch eine zweite gewaschene, falls diese einmal verloren ging. Sie sagte, wenn mein Dad sich neue Socken hätte kaufen müssen, hätte er bestimmt diese gekauft. Sie gab mir viel Sicherheit, was selbst Joe mit einem respektvollen Danke quittierte. Lydia wusste, dass dieses eine Wort die oberste Grenze der Dankbarkeit war, die Joe zeigen konnte. Umso mehr freute sie sich darüber.

Sie brachte uns zeitig ins Bett, und als sie alleine im Wohnzimmer saß, überkam sie die erste Ahnung, dass etwas Furchtbares mit ihrem Mann passiert sein musste. Sie wusste nicht, woher es kam, aber sie hatte diese Gefühle immer wieder, wenn etwas nicht in Ordnung war. Es war eine Art unsichtbares Band (Eines, wie ich es auch kannte). Das hatte sie bereits gespürt, als er zum ersten Mal in ihrem Salon gesessen hatte. Es war bei der ersten Berührung seines Kopfes passiert und hatte sich seitdem nie wieder verloren. Dieses Gefühl war etwas Wunderbares, fand sie. Es zeigte ihr ständig, dass sie die richtige Wahl im Leben getroffen hatte. Alan Leads musste immer lachen, wenn sie ihm davon erzählte, aber er fand es auch irgendwie rührend. Es brachte einen Zauber in ihre Ehe, der ihn eine tiefe Zuneigung und Verbundenheit spüren ließ. Gut, er war ihr ein paar Mal fremdgegangen und hatte es auch furchtbar bereut, aber Lydia hatte damals eine sehr schwere Zeit mit sich selbst gehabt. Sie hatte sich plötzlich orientierungslos gefühlt und unsicher und hatte irgendwie den Halt im Leben verloren, obwohl sich nichts verändert hatte. Sie bat ihn um Zeit, und er bat insgeheim darum, ihm zu vergeben, als er seine sexuellen Bedürfnisse woanders stillte. Es war nicht der Fall, dass er eine neue Frau an seiner Seite suchte, ganz und gar nicht, es war, als wenn er zum Essen in ein anderes Restaurant ging. Essen war schließlich auch ein Bedürfnis und konnte auf die eine oder andere Art eingenommen werden, fand er. Er war ein Mann und sah vieles nicht so dramatisch.

Jetzt wünschte sich Lydia, es wäre vielleicht nur eine andere Frau im Spiel, aber ihr Gefühl sagte ihr etwas anderes. Sie spürte, wie jemand das Licht seines Lebens anblies. Dieser Jemand blies und blies, bis sich um Mitternacht bei ihr das sichere Gefühl einstellte, dass Alan aus ihrem Leben verschwunden war. Sie wollte gerade Tim Benton anrufen und sich bei ihm Beistand holen, doch er hatte den Suchtrupp wieder losgeschickt und war sicherlich nicht zu Hause. Sie konnte das Haus nicht verlassen, weil wir Jungen oben schliefen. Als sie den ersten Weinkrampf erlitt, stand ich oben an der Treppe und sah ihr eine Weile zu. Mein Körper wiegte sich im Rhythmus ihrer Tränen, und ich drückte die neue Socke fest an meinen Körper. Als Lydia mich bemerkte und zur Treppe hochblickte, fühlte ich mich aufgefordert, herunterzukommen. Sie sah, wie ich langsam die Stufen nahm und auf sie zukam. Ich hatte keine Tränen in den Augen, und doch spiegelte sich in ihnen die Gewissheit wieder, dass sie recht hatte. Sie sah, wie ich ihr zuzwinkerte, und dann spürte sie, wie mein kleiner Körper sie umarmte und drückte. »Hab keine Angst«, sagte ich zaghaft. »Ich halte dich.«

Sie sah zu mir herunter, erwiderte meine Umarmung und spürte eine ganz besondere Nähe. Sie fühlte sich plötzlich nicht mehr allein. Es war, als würde Alan sie umarmen und Hab keine Angst sagen. Das war natürlich Blödsinn, und doch war eine nahezu mystische Macht zu spüren gewesen, als ich sie berührte. Sie hatte von Anfang an gewusst, dass ich ein ganz besonderer Junge war.

Ich führte sie an der Hand zum Sofa, drückte sie sanft nieder, legte eine Decke über sie und legte mich dazu. Sie fühlte plötzlich einen großen inneren Frieden in sich und schlief mit mir gemeinsam Seite an Seite ein, wie zwei Seelen, die sich gerade vereinten. Ich wusste bereits, dass es unser letzter gemeinsamer Moment sein würde.

Es ist sehr schwer im Leben, wenn man weiß, was in der Zukunft anderer Menschen passieren wird. Das Gefühl ist kaum auszuhalten. Aber noch schwerer ist es auszuhalten, wenn man nicht in der Lage ist, dies rechtzeitig mitzuteilen, doch wenn man das könnte, wäre die Ahnung keine Ahnung.

In meinem kurzen Leben hatte ich mich inzwischen daran gewöhnt, Schicksale im Voraus zu sehen. Man schenkt ihnen im Laufe der Zeit nicht mehr so viel Beachtung, sondern konzentriert sich mehr darauf, ob sie zutreffen. Ich frage mich, ob das der Grund ist, warum ich so wenig Emotionen habe. Ich weiß viele Dinge schon im Voraus und beginne sie bereits zu verarbeiten, während sie noch nicht geschehen sind. Das macht vielleicht auch mein merkwürdiges Verhalten aus. Ich beschäftige mich mit Gefühlen, die noch niemand fühlt. Und wenn andere sie fühlen, bin ich bereits fertig.

Man kann mir nie nachsagen, dass ich keine Traurigkeit verspüre. Ich verspüre sie nur immer zu einer anderen Zeit!

Der Mörder

Er stülpte seine schwarzen Handschuhe über, stieg in seinen Wagen und fuhr zu unserer Ranch. Der Polizeiwagen von Sergeant Leads war bereits von Weitem zu erkennen, und das war gut so. Es gab ihm die Chance, rechtzeitig zu seinem eigenen Schutz zu handeln und seinen Wagen soweit abseits stehen zu lassen, dass er für eventuelle Schnüffler nicht zu sehen wäre. Er schlich sich näher zur Ranch und beobachtete Leads aus sicherer Entfernung. Es war beeindruckend, mit welchen Kniffen der Sergeant das Band löste, um es hernach wieder korrekt verschließen zu können. Das sollte er sich merken.

Er hatte sich ganz leise an den Schuppen herangeschlichen und nicht die Absicht gehabt, das zu tun, was er dann tat, aber er musste unbedingt überprüfen, ob er auch keine Spuren hinterlassen hatte. Schließlich hatte er einen großen Teil der Werkzeuge mitgenommen. Es war auch zu schade, dass sie auf alle Zeit hier verrotten sollten. Das konnte er nicht zulassen. Er vergeudete nichts. Außerdem lag noch dieser verfluchte zweite Schuh im Schuppen. Verdammt, das mit dem Schuh war ein großer Fehler gewesen! Es ließ sich nicht mehr ändern. Diese Scheißkerle von der Spurensicherung hatten sicherlich einige Fotos von diesem Ort gemacht, aber egal, er würde den Schuh trotzdem mitnehmen. Er würde auch Leads mitnehmen.

Als es am frühen Morgen klingelte, fuhr Lydia erschrocken vom Sofa hoch. Sie stieß mich dabei fast zu Boden und konnte sich im ersten Moment nicht daran erinnern, was gestern passiert war. Als es ein zweites Mal klingelte, kam die Erinnerung. Sie sah mich an, als ich meinen Kopf zaghaft schüttelte. Was wollte ich ihr damit mitteilen? Ich flüsterte: »Nicht.« Das war alles. Sie sollte nicht aufmachen, weil Gefahr für uns lauerte. Doch sie musste öffnen, denn er klingelte bereits ein drittes Mal. Da hatte es jemand sehr eilig. Sie sah auf die Uhr, es war erst halb sieben. Um sieben musste sie uns für die Schule wecken.

Sie sah durch den Flur zur Haustür. Brachte dieser Jemand vor der Tür gute oder schlechte Nachrichten? Sie öffnete.

Brightfull grinste sie mit breitem Gesicht an. »Guten Morgen, Mrs. Leads. Ich würde gerne Ihren Mann sprechen.«

Lydia war irritiert. Um diese Zeit? Wusste er denn nicht, dass ihr Mann seit gestern vermisst wurde? Scheinbar nicht, also bat sie ihn herein und erklärte ihm die Situation. Da sich bis jetzt niemand vom Suchtrupp gemeldet hatte, hatte man Alan nicht gefunden. Brightfull war entsetzt. Er erzählte, dass er heute meine Mutter im Krankenhaus besuchen wollte, doch er hätte es zuvor gerne mit Leads abgesprochen, um kein falsches Bild entstehen zu lassen. Wusste Brightfull nichts von dem Tod meiner Mutter? Auch das teilte Lydia ihm mit.

Das war zu viel für Brightfull. Janet war tot? Warum hatte ihm das niemand mitgeteilt? Solche Nachrichten verbreiteten sich immer in rasender Geschwindigkeit in seinem Geschäft.

Er wusste nicht, wie er darauf reagieren sollte. In ihm begannen schreckliche Gedanken zu toben, die niemand sehen sollte, obwohl schrecklich untertrieben war. Es waren Gedanken, die er nicht einmal bei dem Tod seiner Frau Susan verspürt hatte. Auf ihren Tod war er vorbereitet gewesen, doch der Tod meiner Mutter erreichte ihn völlig unvorbereitet. Das Gefühl, das sich in seinem Kopf ausbreitete, war so neu, so angsteinflößend, und es schien sich wie ein Kontrastmittel im Gehirn seinen Weg zu bahnen. Er musste hier weg, und zwar schnellstens! Er rannte aus dem Haus und raste mit dem Wagen davon in Richtung Wald.

Lydia sah ihm hinterher, und sie konnte ihn verstehen. Er war vielleicht wirklich kein übler Mensch, und Alan hatte ihn völlig zu Unrecht beschuldigt. Brightfulls Reaktion war nicht die Reaktion, die jemand zeigte, der vorbereitet war. Er hatte sich gerade vor ihren Augen innerlich aufgelöst. Er musste diese Janet sehr geliebt haben.

Als Lydia zurück ins Wohnzimmer kehrte, war ich verschwunden. Sie rief mich, doch ich antwortete nicht. Erst nach zehn Minuten Suche fand sie mich hinter dem langen Gardinenschal im Wohnzimmer. Ich saß zusammengekauert auf dem Boden und wippte. Ich ahnte wieder etwas.

Die Ahnung, die ich dieses Mal verspürte, war um vieles schlimmer als alle anderen zuvor. Wie soll ich das erklären? Wenn ich eine Gefühlsskala von eins bis zehn habe, dann war die Vorahnung bei meinem Vater und meiner Mutter bei sieben. Jetzt war sie bei zehn. Daraus schloss ich, dass es sich diesmal um mein eigenes Leben drehen würde. Ahnen heißt nicht wissen. Ich wusste also nicht, was auf mich zukam, ich ahnte es nur. Ahnungen kann ich nicht mitteilen, aber mein Körper teilt sie mit. Er beginnt zu wippen.

Er wusste nicht, ob er Leads mit dem Schlag auf den Kopf getötet hatte. Er hatte auch nicht seinen Atem kontrolliert. Es war ihm im Grunde auch egal, denn was mischte sich dieser Sergeant in seine Angelegenheiten ein? Nun überlegte er, was er am besten mit ihm machen sollte, damit ihn keiner finden konnte. Sollte er mit ihm zum nächsten See fahren? Er hatte genug Seile im Wagen, um eine Menge Steine an Leads Körper zu binden. Vielleicht sollte er ihm diesen verdammten Arbeitsstiefel dabei anziehen. Der Gedanke gefiel ihm, und er pfiff fröhlich zu dem Lied im Radio, das von Freiheit, Liebe und Vertrauen handelte.

Er war frei, er liebte das Leben und vertraute niemanden! Dann entschloss er sich, Leads mit zu seiner Farm zu nehmen.

Vielleicht würde er unterwegs eine süße Schnecke aufreißen. Ihm war danach. Dick müsste sie sein. Er dachte an Annie Malcom.

Tim Benton schüttelte niedergeschlagen den Kopf, als Lydia ihm die Tür öffnete und ihn erwartungsvoll ansah. Sie hatte immer noch ein kleines bisschen Hoffnung verspürt, Alan lebend wiederzusehen, doch sie verstand durch den gesenkten Blick von Tim nun, dass dies nicht der Fall sein würde. Sie brach innerlich zusammen. Wie gut, dass wir Jungen in der Schule waren. Wir hatten ihr heute Morgen die Kraft gegeben, nicht die Kontrolle zu verlieren. Zu meinem merkwürdigen Verhalten nach Brightfulls Besuch hatte sie nichts gesagt, sondern mich nur sanft aus der Ecke gezogen und an der Hand mit in die Küche genommen. Sie fand mein Verhalten nicht weiter auffällig nach allem, was um mich herum passierte. Ihr Verständnis tat mir sehr gut.

Tim Benton nahm Lydia Leads in den Arm und versuchte so ihren Kummer zu dämpfen. »Es bedeutet nicht unbedingt, dass ihm etwas passiert ist«, versuchte er sie zu trösten, doch sie schüttelte den Kopf. Man konnte der Frau eines Sergeants, der seit Jahrzehnten im Job stand, nichts mehr vormachen. Benton hielt es für das Beste, eine Weile bei ihr zu bleiben, und nahm sie mit in ihre Küche, wo er Tee für beide aufsetzte. Er kannte die Küche bereits; seit vielen Jahren verkehrte er privat mit Alan und hatte nicht selten hier einen Stop zum Lunch oder für eine heiße Tasse Kaffee an einem bitterkalten Wintertag eingelegt. Er konnte nicht glauben, dass diese Zeit nie wieder zurückkehren würde. Er fühlte sich bei den beiden immer willkommen. Lydia hatte nie an ihm gezweifelt, sich nie so verhalten, als stimmte möglicherweise irgendetwas mit ihm nicht.

Lydia fühlte sich, als würde sie nie wieder richtig atmen können im Leben. Sie bekam einfach keine Luft mehr in ihre Lungen hinein. Tim fand einen Beruhigungstee, den Lydia noch vom letzten Jahr übrig hatte, als es ihr nicht gut ergangen war. Der war jetzt genau richtig. Wenn sie jedoch begann zu hyperventilieren, dann müsste er doch einen Arzt rufen. Damit war nicht zu spaßen. Ihr Druck musste unerträglich sein. Wenn Benton schon Angst verspürte, wie groß musste dann ihre Angst sein?

Jerry, Alans Assistent, hatte die Dienststellen der gesamten Umgebung informiert und gebeten, sich an der Suche nach Sergeant Alan Leads zu beteiligen, falls er doch irgendwo unerwartet ermittelte oder auftauchte. Aber die Chance war verschwindend klein. Es war nicht Leads Art, sich sang- und klanglos zu Ermittlungen außerhalb seines Bezirks zu begeben. Irgendjemanden hatte er immer über seinen Verbleib informiert.

Es gab Leute im Ort, die über sein Verschwinden sicher bestürzt wären, aber es gab auch Leute, die darüber froh wären. Annie Malcom war gewiss von der zweiten Sorte. Und da sich immer Gleiches zu Gleichem gesellt, stieß sie am heutigen Tag auf einen Menschen, der genauso dachte wie sie. Außerdem hielt dieser Jemand auch ein besonderes Geschenk für sie bereit. Er brachte ihr nicht nur Pralinen, sondern nahm ihr auch das größte Problem, das sie tagein, tagaus umgab. Wenn er mit ihr fertig wäre, bräuchte sie nie wieder aufzuräumen und zu putzen! War das nicht freundlich und hilfsbereit?

Brightfull war von oben bis unten mit Schlamm beschmutzt und schmiss seine Kleidung direkt in die Waschmaschine. So schlimm war es noch nie gewesen! Dass meine Mutter tot war, konnte einfach nicht wahr sein! Woran bist du gestorben?, hatte er die ganze Zeit in den Wald hinausgeschrien und auf eine Antwort gewartet, aber es hatte ihm niemand geantwortet.

Als Kind hatte er sich eine merkwürdige Art der Stressbewältigung angewöhnt. Er konnte sich daran erinnern, wie er es zum ersten Mal getan und sich danach so wunderbar befreit gefühlt hatte. Er lief stets zu sumpfigen Stellen in den Wald. Später, als er den Führerschein hatte, fuhr er extra zum Phelps Lake. Er lief stets komplett bekleidet in den sumpfigsten Teil des Sees und überließ es Gott, über ihn zu richten. Er tauchte unter und wartete, ob sein Gott ihn wieder auftauchen ließ oder nicht. Einmal wäre er beinahe zu Tode gekommen. Es war der Tag, an dem sein Vater ihn übel geprügelt und sein Geschlechtsteil verletzt hatte. Er war damals gelaufen und gelaufen, nur um diesen Schmerz nicht zu spüren. Er war so unerträglich gewesen, dass er kaum die Kraft fand, wieder aufzutauchen. Das Wasser hatte sich schon in seine Lungen gefressen, als ihn irgendeine unsichtbare Hand wieder ans Tageslicht beförderte. Er prustete und keuchte, kotzte und schrie, denn der Schmerz ließ nicht nach. Sein Vater hatte ihn in den Hoden getreten und gesagt: »Den wirst du niemals brauchen! Es ist besser, wenn es von deiner Sorte keinen Nachwuchs gibt!«

Es war nicht der körperliche Schmerz gewesen, der ihn in das Wasser getrieben hatte, es war der seelische gewesen. Wie schlimm konnte es noch werden? Konnte es noch schlimmer werden? Ja, heute war es schlimmer geworden. Er hatte alles verloren, was ihm noch lebenswert erschien. Meine Mutter war in den letzten Wochen so groß für ihn geworden, so gewaltig, so ... alles. Was sollte er mit dem Geschäft, wenn er nicht wusste, für wen oder was er jetzt noch Geld verdienen sollte? Heute, als er zum Phelps Lake fuhr, stand es fest: Er würde sein Leben nun endgültig beenden. Daheim wartete niemand mehr auf ihn. Seine Cousine kannte die Abläufe im Discount bereits im Schlaf und würde als einzige Verwandte sowieso alles erben. Es wäre allen mit seinem Tod gedient. Im Ort mochte ihn niemand, wir Jungen waren augenscheinlich bei Lydia gut versorgt, und sein alter Wagen würde es auch nicht mehr lange machen. Er hatte keine Tiere, besaß nur noch alte Möbel, überwiegend abgetragene Kleidung, und eine Renovierung im Haus, zu der er überhaupt keine Lust mehr hatte, stand auch an. Dazu kam ein merkwürdiges Pfeifen in der Lunge seit ein paar Tagen. Sicherlich eine Lungenentzündung. Wieso noch unnötiges Geld der Krankenkasse ausgeben? Es gab nichts, wofür es sich zu leben lohnen würde.

Dann war etwas Merkwürdiges passiert. Er befand sich gerade unter Wasser und warnte Gott, er möge sich unterstehen, ihn wieder auftauchen zu lassen, als ihm das Gesicht von Lydia Leads in Gedanken erschien. Nicht, dass er etwas mit ihr zu tun hatte oder sich um sie sorgte, nein, es war etwas anderes, was er mit ihrem letzten Gesichtsausdruck verband. Sie sah nicht so aus, als könnte sie sich in Zukunft um uns kümmern. Zu diesem Zeitpunkt zeigten sich zum ersten Mal die Lehren der Bibel, die er Woche für Woche in der Kirche gepredigt bekam. Sprach Reverend Rouls beim letzten Mal nicht von einem Licht in der Dunkelheit? Seine Frau Susan hatte vor langer Zeit einen Spruch an der Wand im Schlafzimmer aufgehängt: Immer wenn du denkst, es geht nicht mehr, kommt von irgendwo ein Lichtlein her. Dieses Licht war ihm soeben unter Wasser erschienen. War seine Liebe zu meiner Mutter deshalb entstanden, weil er sich um ihre Kinder kümmern sollte? War es die zweite Chance, die Gott ihm anbot, um vieles gutzumachen, was er Susan gegenüber versäumt hatte? Wie oft hatte er sie wissen lassen, dass sie keine gute Mutter sein würde, nur um seine eigene Unfähigkeit zu verdecken. Er wollte nie Kinder haben. Er hätte sie gequält, geschlagen und … in den Wald gejagt. Hätte er das? Hätte er genauso wie sein Vater gehandelt? Nun stellte er sich die Frage, ob es seine Aufgabe sein würde, sich um uns zu kümmern. Dieser Drang, den er vor zwei Tagen verspürt hatte, das Haus für uns aufzuräumen, war ihm merkwürdig erschienen. Er hatte noch nie etwas für Kinder übrig gehabt, geschweige denn etwas für sie getan. Was hatte ihn dazu veranlasst? War zu dieser Zeit meine Mutter bereits tot gewesen und hatte ihn telepathisch dazu aufgefordert, sich um uns zu kümmern? Dieser Gedanke gewann in Brightfull eine gigantische Bedeutung, und er stieß sich vom Boden ab nach oben an die Wasseroberfläche. Er keuchte und prustete, denn es hätte nicht mehr lange gedauert, und er hätte seine Lebenskerze selbst ausgeblasen. Sein Plan war fast aufgegangen, doch manche Gedanken entstehen in den unglaublichsten Momenten. Meist sind es Momente großer Not. So weckte dieser Gedanke nicht nur seinen Lebenserhaltungstrieb, sondern berührte auch den Teil des Gehirns, der für den Glauben an die Bestimmung im Leben zuständig ist. Es gibt keinen größeren Glauben als den, der in Notsituationen entsteht.

Damit hatte Jason Brightfull sich zum achtunddreißigsten Mal das eigene Leben gerettet.

Sie würde nie wieder aus dem Haus gehen, dachte Annie Malcom an diesem Dienstagnachmittag. Sie hatte genug Essen in diesem Haus gebunkert, dass es bis ans Lebensende für sie und Sam reichen würde. Sie müsste es nur finden, doch sie war sicher, dass sich unzählige Dosen und Tüten unter den Müllbergen befinden mussten. Suppen, Katzenfutter, Nudeln und Gemüsedosen, aber ganz sicher keine Süßigkeiten, die sie jetzt so gerne gegessen hätte. Der Drang danach brach so stark in ihr hervor, dass sie begann, mit beiden Händen nach zuckerähnlichen Essensresten zu suchen. Krümel, abgebrochene Plätzchen oder auch nur süßer Kaugummi. Sie würde sich mit allem zufrieden geben, nur süß musste es sein. Sie fand leider keine wirklich verwertbaren Essensreste, weil ihre Katzen bereits die ganze Region abgeschleckt hatten.

Annie Malcom saß auf ihrer Müllhalde und weinte. Sie saß dort wie die monströse Spitze eines Berges und konnte an nichts anderes mehr denken als an Süßigkeiten. Sie konnte unmöglich in diesem Zustand in den Discount gehen. Benton und Leads hatten einen Blick in das Innere des Hauses werfen können. Wer weiß, was in dieser Stadt bereits gemunkelt wurde! Man würde ihr hinterhersehen wie einem Stück Vieh, das zum Schlachthof ging – mit Tüten voller Süßigkeiten. Wenn sie wenigstens Salat und Gemüse einkaufen würde, dann würde sie den Eindruck erwecken, etwas Gutes für sich und Sam zu tun. Aber das war nicht der Fall. Sie konnte unmöglich die Menge Süßigkeiten, die sie jetzt vertilgen wollte, zwischen gesundem Essen verstecken. Selbst ein komplett dummer Mensch käme dahinter, was sie kaschierte. Sollte sie sich die Süßigkeiten vielleicht liefern lassen? Nein, das war auch keine gute Idee. Die Kassiererin würde an der Kasse zu dem Lieferjungen sagen: »Bring das zu Mrs. Annie Malcom.« Das wäre genauso schlimm, als würde sie es selbst holen. Aber immerhin würde man sie nicht sehen.

Annie Malcom sah an sich herunter und konnte nicht glauben, wie sie zu diesen fett aufgequollenen Schenkeln hatte kommen können, die sich in die Leggins quetschten wie in eine Wurstpelle. Sie sah auf ihre Finger, die auch bereits Rundungen aufwiesen. Sie wollte gar nicht an ihren Hintern denken, den sie beim Gehen hin und her schaukelte, als würde sie sich auf einem Schiff mit hohem Wellengang befinden. Da sie schon seit langer Zeit keine Kleidung mehr kaufte, steckte sie ihren überfütterten Körper in übergroße Leggins und Hemden von Ralph. Er hatte ein breites Kreuz und genau die richtige Kleidergröße für ihren Umfang. Er hatte ein breites Kreuz gehabt, dachte Annie und begann wieder zu weinen. Sie sollte bereits seit zwei Tagen zur pathologischen Abteilung des Krankenhauses kommen, um ihren Mann zu identifizieren. Was sollte sie an ihm identifizieren? Die Hose, die er trug? Das Hemd, die Schuhe, die Socken? Oder das vollkommen zerquetschte Gesicht ihres Mannes? Sie schrie auf vor Schmerz. Wie mochte sein Kopf aussehen? Ein Masse Hirn, aus der sie zwei kugelrunde Augen anglotzten, umgeben von ein paar Büscheln Haare, die blutverschmiert und verkrustet in alle Richtungen standen? Sie schrie noch herzzerreißender auf und hörte das Klopfen an ihrer Terrassentür zunächst nicht. Erst als sie sich beruhigte hörte sie es. Es klang beharrlich und unaufdringlich. Sollte Alan zurückgekehrt sein, um noch einmal mit ihr zu reden? War er durch ihren Garten zur Terrassentür gekommen, um vorne nicht gesehen zu werden? Jetzt konnte er durch das Glas das ganze Ausmaß ihres Kummers sehen. Berge von Kummer hatten sich bis vor die Glastür zu ihrem Garten gestapelt, dabei war das Haus einmal so schön gewesen. Es hatte Zeiten gegeben, in denen man vom Sofa aus auf eine wunderschöne Holzgarnitur im Garten sehen konnte. So gemütlich. Der Garten war gepflegt und im Sommer voller bunter Blumen gewesen. Sie hatte einen kleinen Teich angelegt und ihn hübsch bepflanzt. Ralph hatte sie dafür gelobt und ihn mit kleinen Lampen beleuchtet. Es war eine Zeit, in der sie noch jeden Tag gesaugt und geputzt hatte, eine Zeit, in der Sam klein gewesen war. Sie war eine gute Mutter gewesen, wollte ihrer Tochter ein besseres Leben schenken, als sie es selbst gehabt hatte.

Dann war plötzlich etwas in ihr passiert, das alles blockierte. Die Vergangenheit war in ihr hochgekrochen, obwohl sie geglaubt hatte, sie längst überwunden zu haben. Sie dachte, sie würde es besser als ihre Eltern machen, doch sie machte es ihnen genau nach. Sie fing plötzlich an zu fressen, denn essen konnte man diesen Zustand nicht mehr nennen. Dann begann sie sich Tag für Tag eine Ausrede zu überlegen, weshalb sie nicht putzen, aufräumen und saugen konnte. Morgen, sagte sie sich immer, morgen. Doch jeder Morgen bekam einen weiteren Morgen. Und dieser wieder einen weiteren Morgen, solange, bis aus dem Morgen eine Woche, ein Monat und dann ein Jahr wurde.

Das Sammeln hatte sich von ganz alleine eingestellt. Wenn man nichts wegwarf, nannte man es eben sammeln. Dann kam die Zeit, in der sich Ralph mehr und mehr von ihr zurückzog. Jetzt konnte sie es verstehen, doch vor einem Jahr hatte sie seine Not nicht wahrgenommen und nicht reagiert. Stattdessen holte sie sich Katzen ins Haus. Ihr Fell fühlte sich so schön weich an und ersetzte die Berührungen von Ralph. Sie saß abends auf dem Sofa, schaute ihre Soaps, versank in Träumen und Tränen und kuschelte sich an die vielen Katzen, die sie mittlerweile in das Haus gelockt und eingeschlossen hatte. Sie merkte nicht, wenn ein Tier verstarb, da sie ständig neue Tiere hereinlockte. Sie merkte auch nicht, wie sich der Verwesungsgeruch von Zimmer zu Zimmer fraß, weil sie sich ständig in diesem Geruch aufhielt. Es ist, als lebe man auf einer Müllhalde. Mit der Zeit gewöhnt man sich an jeden Geruch und empfindet ihn nicht mehr als störend.

Annie Malcom öffnete kein Fenster, keine Tür, aus Angst, eines ihrer Tiere würde davonlaufen. Ralph versuchte mit ihr zu reden, doch sie sah lieber ihre Soaps am Abend. Also begann er sich Stück für Stück von diesem Kriegsschauplatz zu entfernen. Sie hatte nicht bemerkt, wie er jeden Morgen ein paar Kleidungsstücke in einer Tasche aus dem Haus entfernte. Er hatte sie zunächst in einen Waschsalon gebracht, um den Geruch herauszuwaschen, der sich in ihnen festgefressen hatte. Bei manchen Kleidungsstücken gelang es durch den einmaligen Waschvorgang nicht einmal. Wenn der Geruch auch nach dem zweiten Waschen noch da war, entsorgte Ralph die Kleidung eben. Er wollte auf keinen Fall weiterhin diesen Geruch um sich haben. Er brachte nur gut riechende Kleidung in seine kleine Wohnung hinter dem Büro. Dafür kippte er literweise Weichspüler in den Waschvorgang. In seinem Zimmer stellte er drei Duftverteiler auf. Das war seine Reaktion auf den Geruch des Hauses, das er einmal voller Freude und Träume für seine Familie gekauft hatte.

Jetzt besah sich Annie Malcom dieses Paradies. Einst hatte ihr Mann es für sie erschaffen. Was hatte sie daraus gemacht? Warum verlieren die Menschen im Laufe ihres Lebens ihre Träume? Was ist es, was sie plötzlich in eine völlig andere Richtung lenkt und sie nicht mehr bemerken lässt, wie sehr sie von ihrem Weg abgekommen sind? Ralph war der Meinung gewesen, dass es mit der Nahrungsaufnahme zu tun habe. Je ungesünder, desto träger werde die Reaktion des Körpers. Je träger der Körper werden würde, desto weniger Leistung und Bewegung wären drin. Je weniger Bewegung, desto müder werde der Geist, weil das Gehirn keinen Sauerstoff bekommt. Je müder der Geist, desto weniger Disziplin den alltäglichen Erledigungen gegenüber. Je weniger

Erledigungen, desto größer die Unordnung. Ralph hätte diese Schleife bis ins Unermessliche ziehen können.

Auf diesem unermesslichen Berg saß Annie nun, und sie fragte sich, wie es zu diesen Fressattacken gekommen war. Es war der Moment gewesen, in dem die Vergangenheit sie wieder eingeholt hatte. Sie war ein Opfer gewesen, und hatte es nie geschafft, sich aus dieser Rolle zu befreien. Es hatte ihr niemand zu der Zeit Hilfe angeboten, als sie sie benötigt hatte. Hätte sie diese Vergewaltigung mit achtzehn Jahren nicht erlebt und hätten ihre Eltern nicht so ignorant reagiert, wäre vielleicht vieles anders gekommen. Sie war geschwängert worden von einem Mann, der ungefragt und brutal in sie eingedrungen war. Sie wollte das Kind abtreiben lassen, aber ihre Mutter befürchtete Gottes Zorn und unternahm alles, um dies zu verhindern. Doch Gott richtete die Dinge selbst und leitete im fünften Monat eine Fehlgeburt ein. Sie hatte dieses unfertige Wesen unter großen Schmerzen entbunden, als wäre es eine ganz normale Geburt, doch es war ein toter Körper, den sie ausspie, ein Körper, der unter Hass und Gewalt gezeugt wurde und nie eine gesunde Seele in sich gespürt hätte. Es wäre ein ungeliebtes, ja, gehasstes Kind geworden. Es wäre ihr erstes Kind gewesen. Es war nicht Gottes Wille, diesem Kind ein Leben zu schenken. Er schenkte der Mutter ein halbes Jahr nach der Fehlgeburt ein besseres Leben und schickte ihr Ralph. Er war in das Haus ihrer Eltern gekommen und hatte den Wasserhahn im Bad ausgetauscht. Er war noch in der Lehre gewesen und sie hatte ihm einen heißen Kaffee angeboten, weil es draußen so bitterkalt war. In diesem Moment hatte es zwischen den beiden gefunkt. Ralph hatte alles getan, um ihr ein gutes Leben zu schenken. Er schenkte ihr eine Tochter, Samatha, die sie mit großen Glücksgefühlen zur Welt brachte und so unendlich liebte, wie man nur ein Kind lieben kann. Annie hatte so viel Glück geschenkt bekommen, dass sie es eines Tages nicht mehr zu würdigen wusste. Als Sam fünf war, begannen sich die ersten Anzeichen zu zeigen: Annie wurde leicht übergewichtig. Niemand fand es schlimm. Es wurden jedes Jahr gute fünf Kilo mehr. Als Sam vierzehn wurde, kam sie auf beachtliche hundertacht Kilo, ausgelöst durch nicht verarbeitete Probleme.

Es klopfte erneut an der Terrassentür, was Annie aus ihren Gedanken riss.

Er stand vor der Tür und konnte sie im Inneren des Hauses auf einem Stapel Wäsche sitzen sehen. Sie trug rote Leggins und ein verschmutztes gelbes Sweatshirt. Wahrscheinlich von Ralph, denn es sah nicht sehr weiblich aus. Er sah, dass sie weinte und in ihren Gedanken gefangen war. Sie hatte auch damals geweint, als er sie abends auf dem Heimweg überrascht hatte.

Sie hielt ein paar Bücher in ihren Armen, die sie in der Bücherei für ihre Prüfungen besorgt hatte. Das gefiel ihm außerordentlich gut. Sie war ein kluges Mädchen und würde es weit bringen. Das erregte ihn. Er hatte sie schon lange im Visier gehabt, sich aber nie getraut, in seiner Stadt ein Mädchen zu suchen, das ihn befriedigte. Sie würde ihn kennen und sofort verraten. Dann fiel ihm die Idee mit der Skimütze und der Kohle ein. Er beschmierte sein Gesicht mit Wasser und Kohle und zog die Mütze tief ins Gesicht. Dann zog er die Kleidung seines Vaters an und begab sich auf die Pirsch nach dieser Annie. Er hatte bemerkt, dass sie sich häufig in der Bücherei aufhielt. An diesem Abend hatte er tatsächlich Glück gehabt. Er verfolgte sie bis zum Rand des Waldes. Sie musste nur ein kurzes Stück durch den Wald laufen, doch es würde reichen für das, was er vorhatte. Er passte den Moment ab, der ihm am Günstigsten erschien, und schubste sie einfach ins Gebüsch. Schon alleine der Schreck würde sie gefügig machen. Sie schrie erschrocken auf und sah ihre Bücher auf den schlammigen Waldboden fallen. Dann sah sie diesen schwarzen Kopf über sich, der zu einem Körper gehörte, der den ihrigen in einer Art und Weise schänden sollte, die sie nie vergessen würde.

Er klopfte nun schon zum siebten Mal an die Scheibe, doch jetzt sah sie erst hin.

Sie hatte erwartet, Alan Leads zu erblicken, doch es war dieser nette Kerl vom Ende der Stadt. Er hielt eine Pralinenschachtel in der Hand – eine große – und winkte damit vor dem Glas. Annie war klar, dass dieser Mann ein Geschenk Gottes war. Es hatte sich bestimmt im Ort herumgesprochen, in welch bitterer Lage sie sich befand. Einen Ehemann auf diese Art und Weise zu verlieren, das konnte so manches Herz erweichen, von dem man nie geglaubt hat, es wieder zu sehen. Sie robbte von dem Wäscheberg herunter und kämpfte sich über Zeitungen, Glasflaschen, Essensresten und alte Handtücher durch bis zur Terrassentür. Es war eine Schiebetür, ein großes Glück, denn sie musste zum Öffnen nichts wegräumen. Sam benutzte diese Tür immer, wenn sie das Haus verließ. Wenn sie wiederkam, klopfte sie solange, bis ihre Mutter öffnete.

»Hallo, Annie«, sagte er und lächelte sie an.

»Hi«, gab sie verschüchtert und beschämt zurück. Es schien ihm nichts auszumachen, wie sie lebte. Zumindest blieb er weiterhin vor ihr stehen und hielt ihr die Pralinenschachtel entgegen. »Ich habe gedacht, die könnten dich ein wenig trösten.«

Oh, wie recht er hatte! Und wie sie das trösten würde! Ihr Gesicht erstrahlte vor Dankbarkeit und sie griff nach der Schachtel und drückte sie mit einem »Oh, ja!« an ihr Herz.

»Komm rein«, forderte sie ihn auf und lächelte verlegen. »Wenn es dir nichts ausmacht«, setzte sie nach. Er schüttelte den Kopf und betrat vorsichtig ihr Refugium.

»Sieh nicht hin«, forderte sie ihn auf. »Das werd' ich alles wegräumen«, versprach sie ihm. Ein Versprechen, das sie tausend Mal ihrem Mann gegeben hatte, bevor er das Haus verlassen hatte.

Er nickte und sagte: »Das stört mich nicht.«

Es waren genau diese Worte, die sie für ihn erweichten. Es störte ihn wirklich nicht, denn diese Unordnung hatte nicht im Geringsten etwas damit zu tun, was er vorhatte. Er hörte, wie sie die Schutzfolie der Pralinenschachtel entfernte und einfach hinter sich warf. »Setz dich … irgendwohin«, sagte sie und öffnete die Schachtel. Er sichtete das Zimmer und versuchte einen Platz zu finden, der genug Raum für sein Vorhaben bot. Annie war nicht gerade eine schmale Gestalt, aber sie war genau das, was er jetzt wollte.

Annie sah entzückt auf die große Auswahl von Pralinen, die ihr wie ein Schlaraffenland erschien, in das sie jetzt hineinspringen wollte. Er hatte sich für eine Großpackung beim Kauf entschieden. Fast ein Kilo pures Fett waren in dieser Schachtel zu finden. Sie würde danach noch ein Kilo mehr wiegen. Es würde ihm eine Freude sein, ihr beim Naschen zuzusehen. Er liebte es, Frauen zu füttern. Ein genialer Nebeneffekt war, dass sie danach für kurze Zeit ein großes Glücksgefühl empfinden würde. Nicht lange, aber lange genug, um sie für das zu benutzen, was er vorhatte.

Während sie grunzend die ersten Pralinen in sich hineinschlang, bereitete er die perfekte Liegestätte vor. Sie grinste, denn sie fand es witzig, wie er versuchte, es ihnen beiden gemütlich zu machen. Als er fertig war, forderte er sie auf, es sich neben ihm bequem zu machen. Sie grinste, fraß und setzte sich neben ihn.

»Ich wollte mal sehen, wie es dir geht, Annie«, sagte er sanft.

Sie nickte und antwortete: »Nicht so gut. Aber jetzt wo du da bist geht es mir besser.« Sie stopfte nach. Das wollte er hören und sehen, und er ließ ihr Zeit. Er legte behutsam seinen Arm um ihre Schultern und zog sie zu sich heran. Im Taumel des Genusses hieß sie die Berührung willkommen und rückte näher zu ihm. Endlich jemand, der sie verstand. Er konnte ihre rechte Schenkelhälfte spüren und begann, ihren Nacken zu massieren. Das entspannte sie vollkommen, und sie wiegte ihren Kopf mit geschlossenen Augen hin und her.

»Das tut gut«, sagte er leise. Sie nickte.

Er begann mit der anderen Hand ihren rechten Arm zu streicheln und tastete sich langsam voran. Sie genoss es, knabberte weiter an den Pralinen und atmete tief und entspannt durch. Seine Berührungen erschienen ihr tröstend und wohltuend. Als er ihre Brust erreichte, spürte sie zum ersten Mal seit einem Jahr wieder eine Erregung, und sie holte tief Luft. Er wurde mutiger und sie immer erregter. Sie hatte die Pralinen fast komplett gegessen, als sie die Schachtel von sich warf und sich auf ihn einließ. Sie wusste nicht, auf wen und was sie sich soeben einließ.

☆☆☆

Brightfull war überrascht, das Gesicht von Tim Benton zu erblicken, als sich Lydias Haustür öffnete. Es war ihm unangenehm, weil er wusste, dass die Polizei sicher viele Fragen an ihn haben würde. Sein Verhalten war wieder einmal unangemessen der Situation gegenüber gewesen, die sich am Sonntag in unserem Haus abgespielt hatte. Leads hatte Benton sicher schon informiert. Um ehrlich zu sein, Brightfull hatte sich ein bisschen darüber gewundert, warum ihn noch keiner wegen dieses komischen Verhaltens gefragt hatte.

Tim Benton nickte, als er Brightfull sah. Das ersetzte den Gruß, und Brightfull sagte: »Ich wollte gerne mit Lydia Leads sprechen.«

Das hörte sich für Tim Benton doppelt interessant an. Wer weiß, was dieser Brightfull zu sagen hatte. Alan hatte seine Antipathie diesem Mann gegenüber mehrmals bekundet.

Als Brightfull in die Küche trat, sah Lydia auf, als erwarte sie nun eine Gewissheit für Alans Tod. In ihr spielten sich hundert grausame Szenen ab, wie ihr Mann zu Tode gekommen sein könnte.

»Mrs. Leads«, sagte Brightfull respektvoll. Er sah sie kurz an, dann sah er zu Boden. Er konnte einfach niemanden auf Dauer ansehen. Es verursachte ein chaotisches Gefühl in ihm. Er wurde unsicher, tollpatschig und bekam seine Gedanken nicht mehr sortiert.

»Jason«, antwortete sie und bat ihn, am Küchentisch Platz zu nehmen. Er konnte sich nicht erinnern, ihr je seinen Vornamen angeboten zu haben, wollte aber nicht unangemessen reagieren und nahm nickend Platz. Benton setzte sich dazu und wartete auf etwas, das ihm eventuell weiterhelfen würde.

»Lydia«, fügte sie hinzu, als sie bemerkte, dass sie ihn mit Vornamen angeredet hatte. Damit war für ihn das Missverständnis aus dem Weg geräumt und er konnte sich auf das konzentrieren, was er vorhatte.

»Tee?«, fragte Benton. Brightfull sah auf und verlor die Worte wieder, die er sich gerade zurechtgelegt hatte, damit sein Angebot gut klang. Er nickte.

Benton erhob sich und setzte Wasser auf, während Lydia sich Brightfull zuwandte und fragte: »Jason, was führt Sie zu uns?«

Diese Frage half ihm ungemein, denn darauf konnte er eine klare Antwort geben. »Ich wollte Ihnen das Angebot unterbreiten, mich um die Jungen zu kümmern. Ich dachte … Sie haben jetzt so viele Sorgen, dass es Ihnen bestimmt hilft, wenn Sie von dieser Seite entlastet werden.«

Lydia sah zu Tim. Er sah Lydia an. Beide waren über das Angebot sehr überrascht. Es klang gar nicht nach dem Brightfull, über den alle immer spotteten. Es klang mitdenkend, mitfühlend und sehr freundlich. Während Lydia ein aufrichtiges Angebot erkannte, wurde Benton misstrauisch. Er war sehr wohl mit den schauspielerischen Fähigkeiten von Tätern vertraut. Er kannte unzählige Profile und Vorgehensweisen.

»Nun«, sagte Lydia, »das ist sehr freundlich von Ihnen, Jason.«

Er sah auf den Tisch, als er sprach: »Ich habe gestern das Haus von Janet für die Jungen aufgeräumt …«

Benton unterbrach ihn: »Sie waren das?«

Brightfull sah auf und nickte. Jetzt wurde Benton unsicher. Ein Täter verrät nie seine Strategie, im Gegenteil, es macht ihm viel Freude, sie einzusetzen und dabei nicht ertappt zu werden.

»Was haben Sie sich dabei gedacht?«, fuhr Benton ihn schroff an. Auch Lydia nickte, denn sie fand es unermesslich frech, dass er sich an unseren privaten Dingen vergriffen hatte.

Jetzt spürte Brightfull wieder diese Angst in sich, erneut einen Fehler begangen zu haben. Konnte er denn nichts richtig machen? Wie sollte er diesen beiden erklären, welche Eingebung er vor einigen Stunden im Angesicht seines eigenen Todes gehabt hatte? Er konnte ihnen unmöglich von den abstrusen Dingen erzählen, die er hin und wieder tat, um mit dem Leben und seinen Gefühlen fertig zu werden. Er versuchte verzweifelt, Worte zu finden, die alles erklärten, aber zugleich fühlte er sich mit diesem Vorwurf überfordert. Seine Gedanken verwirrten sich zu einem Chaos. Das wiederum versetzte ihn in Zorn. Brightfull wurde rot und erhob sich, sagte nur: »Ich dachte ...«, und ging zur Haustür. Benton setzte ihm nach und hinderte ihn daran, das Haus zu verlassen, indem er seinen rechten Arm mit festem Griff packte und hielt. Das irritierte Brightfull noch mehr. Er hasste es, wenn ihn jemand anfasste, ohne vorher um Erlaubnis zu fragen. Er wurde noch zorniger, aber auch verwirrter. Sein Atem beschleunigte sich, und er war kurz davor etwas zu tun, was er besser lassen sollte. Lydia Leads rettete die Situation, indem die hinzueilte und sagte: »Warte, Tim, Jason hat doch nur angeboten zu helfen.« Sie zwinkerte ihm zu, und er ließ Brightfull los. Dieser straffte seinen Körper und nickte Lydia zu. Sie hatte seine ehrliche Absicht erkannt. Lydia bat ihn erneut in die Küche und sagte: »Jason, es war nicht recht, dass Sie das Haus von Janet betreten und dort Dinge angefasst haben, die Ihnen nicht gehören.«

Er sah wieder auf den Tisch. Was sie sagte, war irgendwie richtig, aber er wusste oft die Grenze zwischen Recht und Unrecht nicht korrekt einzuhalten. Was in seinen Augen Recht war, erschien in den Augen anderer als Unrecht. Warum war dies so? Was war falsch an ihm? Das fragte er sich schon von Kindesbeinen an. Doch diese Lydia schien ein Mensch zu sein, der ein kleines bisschen Verständnis für ihn aufbrachte. Sie gab ihm die Chance sich zu erklären, und so sagte er: »Ich wusste nicht, dass Janet tot ist, und habe gedacht, es würde ihr helfen, wenn ich mich um ihre Kinder kümmere, während sie im Krankenhaus bleiben muss. Deswegen habe ich erst einmal aufgeräumt. Ich wollte, dass die Jungen in ihrer gewohnten Umgebung bleiben. Ich hätte mich um sie gekümmert, wäre dort für kurze Zeit eingezogen, hätte für die beiden gekocht, nach den Hausaufgaben gesehen und dafür gesorgt, dass es ihnen an nichts mangelt. Ich habe mir sogar ein Buch über Kindererziehung besorgt, damit ich nichts falsch mache. Aber ich habe noch nicht darin gelesen. Dann hätte ich die Zimmer der Jungen vielleicht nicht so ... so ... doll aufgeräumt. Es tut mir furchtbar leid, ich habe es nur gut gemeint.«

Lydia nickte und war gerührt von Jason Brightfulls guten Absichten. Tim Benton sah das jedoch anders und fragte weiter: »Wie sind Sie ins Haus gekommen?«

»Oh«, sagte Brightfull und holte einen Schlüsselbund hervor. Er durchwühlte den Bund und zeigte Benton einen Schlüssel. »Diesen Schlüssel hat mir Janet vor zwei Wochen gegeben. Sie sagte, wenn sie ihren einmal verlieren oder etwas passieren würde, sodass ich ins Haus müsste, hätte ich einen. Sie hatte ...«, er unterbrach sich und fühlte tiefe Rührung in sich aufkommen, die seine Stimme brüchig klingen ließ, »... viel Vertrauen zu mir.« Jetzt konnte er sich nicht mehr beherrschen und spürte die Tränen, die aus tiefstem Herzen in ihm aufstiegen. Meine Mutter war der erste Mensch seit Susan, der ihm so viel Vertrauen entgegengebracht hatte. Er war es nicht gewöhnt, dass ihm jemand vertraute. Da er selbst niemandem vertraute, musste er sich an das Gefühl erst wieder gewöhnen. Es war für ihn die Vollendung einer Liebe. Mit diesem Schlüssel hatte meine Mutter sein ganzes Herz erobert; dabei war sie sich gar nicht im Klaren darüber gewesen, wie groß sie sich damit für ihn gemacht hatte. Er wäre für sie gestorben. Jetzt war sie tot und hatte ihm nur Joe und mich hinterlassen. Es war für ihn eine Selbstverständlichkeit, sich darum zu kümmern. Genauso selbstverständlich wie für Lydia, uns bei sich aufzunehmen. Lydia sah Brightfull an und glaubte ihm.

»Sie dürfen nicht einfach in ein Haus gehen, in dem noch ermittelt wird«, sagte Benton streng. »Sie hätten mit uns Rücksprache halten müssen. Sie haben kein Recht dazu gehabt. Es hat eventuelle Spuren verwischt.«

»Aber ...«, sagte Brightfull, und Tim Benton unterbrach ihn wieder: »Das wird für Sie rechtliche Konsequenzen haben, das verspreche ich Ihnen. Wir haben mit Ihnen noch nicht einmal geklärt, wo Sie sich zur Tatzeit aufgehalten haben. Aber sicherlich waren Sie allein und haben keine Zeugen, nicht wahr?«

Brightfull war wieder blockiert. Leads hatte mit ihm bereits gesprochen. Sollte er es Benton mitteilen? Er sah vom Boden auf zur Decke und wieder zum Boden. Er wusste nicht, wie er darauf reagieren sollte. Er hatte nichts Unrechtes getan! Und außerdem war das Haus nicht gesetzlich versiegelt gewesen. Es hatte nirgends ein Warnhinweis gestanden, dass er das Haus nicht betreten durfte. Außerdem war er an diesem Abend wieder im Sumpf gewesen, weil seine Gefühle ihn gegeißelt hatten. Er wusste sie einfach nicht anders loszuwerden. All diese Gedanken spukten in seinem Kopf herum, doch aussprechen konnte er sie nicht. Seine Bewegungen wurden immer unkontrollierter, sein rechter Arm begann zu zucken und sein Körper zu zittern.

Benton dachte, jetzt hätte er ihn – jetzt würde Brightfull ein Geständnis ablegen. Aber nichts dergleichen passierte. Er hörte Brightfull wie einen Hund aufheulen und sah, wie er aufsprang und das Haus verließ. Diesmal konnte Benton ihn nicht aufhalten, denn Lydia hielt ihn, Benton, fest. Brightfull sollte gehen dürfen. Sie hatte seine Not gespürt und fand, dass er erst einmal Ruhe brauchte, um sich wieder unter Kontrolle zu bekommen. Sie kannte ein solches Verhalten von ihrer Großtante in Monterey an der Westküste – ein grundguter Mensch mit merkwürdigen Reaktionen. Wenn man solche Menschen in die Enge treibt, zeigen sie verstörende Verhaltensweisen, weil sie oft keine Möglichkeit finden, angemessen zu reagieren. Ihr Gehirn schickt ihnen unzählige unangemessene Reaktionen, denen sie sich nicht widersetzen können. Wenn man sie aber in Ruhe lässt, können sie wenige Stunden oder Tage später durchaus besonnen und kontrolliert reagieren. Leider ist es dann oft zu spät, und das verursacht wieder ein Chaos in ihrem Kopf.

Deswegen mochte niemand diese Menschen leiden. Doch Lydia liebte sie. Genauso wie sie mich liebte und wie sie diesen Brightfull für seinen Vorschlag zu mögen begann. Sie hatte ein gutes Einfühlungsvermögen, was auch den Erfolg ihres Salons erklärte.

Er hatte es gut gemeint und würde wiederkommen, dachte Lydia; sie war sich ganz sicher. Das teilte sie Benton mit und trank den Tee. Sie konnte auch Benton verstehen, der unter großem Druck stand. Er hatte nicht nur seinen besten Freund Ralph verloren, sondern wahrscheinlich auch seinen Kollegen. Das war selbst für ihn als Mitarbeiter der Kriminaltechnik zu viel.In drei Stunden würden wir von der Schule nach Hause kommen, und Lydia hatte noch das Haus aufzuräumen und die Betten zu richten. Benton verabschiedete sich und versprach, sich zu melden, sobald er etwas Neues erfahren würde.

☆☆☆

Sam Malcom klopfte an die Terrassentür und sah bereits durch das Glas hindurch, dass sich im Wohnzimmer irgendetwas verändert hatte. Es hatte eine andere Ordnung bekommen. Sie klopfte erneut, doch es rührte sich nichts. Ob ihre Mutter noch oben im Bett lag? Sie hasste ihre Mutter mittlerweile, dabei hatte sie sie einmal so sehr geliebt. Was war nur passiert, dass sich das Leben ihrer Familie so verändert hatte? Sie war zwölf gewesen, als sie es bemerkte. Sie war dreizehn, als sie sich mit Cannabis zu beruhigen versuchte. Sie war vierzehn, als sie zum ersten Mal chemische Drogen nahm, nur um ihre Eltern zu ertragen. Mit fünfzehn war sie soweit, dass ihr alles nur noch scheißegal war: der Dreck, die Katzen, ihre fette Mutter und jetzt auch der Tod ihres Vaters. Im Grunde genommen hätte sie nichts dagegen, wenn ihre Mutter auch zum Teufel ginge.

Sie klopfte und stellte fest, dass die Glastür sich ein wenig bewegte. Sie war nicht bis zum Anschlag zugezogen, obwohl Sam sie heute Morgen hatte einrasten lassen. Ihre Mutter musste sie wohl zwischendurch geöffnet haben. Das war ganz neu! Frische Luft im Haus? Sollte ihre Mutter etwa von den Toten auferstanden sein und mit dem Aufräumen begonnen haben?

Sam zog die Tür auf und ließ frische Novemberluft in den Raum dringen. Zwei Katzen sprangen an ihr vorbei in die Freiheit. Sam ließ sie ziehen. Wegen ihr könnten jetzt alle Tiere flüchten, die noch lebten. Sie hatte ihre eigene Zimmertür stets geschlossen, um dieses Viehzeug nicht um sich zu haben. Die Katzen stanken wie dieses ganze Haus: nach Tod.

Sam betrat das Wohnzimmer und blieb irritiert stehen. Die Wäscheberge waren umgepackt worden. Vor ihr lag eine Schachtel Pralinen, die keine Verdorbenheit aufwies. Es befanden sich noch fünf Pralinen darin, was völlig unüblich war. Völlig! Die Schachtel war neu. Die Schutzfolie lag daneben. War ihre Mutter etwa im Discount gewesen? Hatte sie sich tatsächlich aus dem Haus getraut und etwas besorgt? Sam rief: »Ey?«, nahm die Schachtel und aß die darin befindlichen Pralinen auf.

Stille.

War sie im Keller und schmiss gerade die Waschmaschine an? Sofern sie noch funktionierte. »Hallo, bist du im Keller?«

Keine Antwort. Irgendwo miaute eine Katze. Wahrscheinlich zu schwach, um dem Duft der Freiheit, der an der Terrassentür wartete, zu folgen. Dann rief Sam zum ersten Mal seit einem Jahr: »Mom?« Es kam ihr nur schwer über die Lippen, weil sie damit nur noch Abscheu verband. Als sie wieder keine Antwort erhielt, sah sie sich im Wohnzimmer näher um. Was hatte sich hier nur verändert? Bei diesem Chaos ließ sich nicht auf den ersten Anblick ausmachen, wenn sich etwas veränderte. Hier müsste schon ein Bagger seine Arbeit verrichten, bevor man etwas sah.Sam arbeitete sich langsam durch den Müll in die Mitte des Zimmers vor. Vielleicht kam sie noch bis zur Küche, und ihre Mutter hätte erstmals wieder etwas zu Essen eingekauft und dort hingelegt. Soey, ihre Freundin, hatte heute Mittag, als sich beide einen Schuss setzten, gesagt: »Man soll nie die Hoffnung aufgeben.«

Sam war es mittlerweile gewohnt, sich sehr vorsichtig vorzuarbeiten, aber sie trat plötzlich auf etwas Weiches, das nachgab wie ein Hefeteig und sie zu Fall brachte. Sie fing ihren Sturz in einem Berg von Schuhen ab und sah sich irritiert um. Zunächst dachte sie, es wäre nur das Muster auf der Bettwäsche, aber bei genauem Hinsehen bemerkte sie, dass eine Hand unter einem Wäscheberg hervorschaute. Sie robbte zu dieser Hand und tastete vorsichtig nach ihr. Sie war warm, die Hand ihrer Mutter. War sie etwa beim Aufräumen umgefallen? Hatte sie gerade einen Berg von Wäsche in der Hand, der auf sie niedergefallen war? Sam drückte die Wäsche etwas beiseite und sah den Arm ihrer Mutter. Es klebte etwas Blut daran. Auch wenn der Schuss, den sich Sam heute Mittag gesetzt hatte, für viele Stunden reichen würde, erlosch in diesem Moment dennoch völlig die Betäubung, die sie täglich benötigte, um das Leben zu ertragen. Ihre plötzliche Geistesgegenwart ließ sie hektisch werden, und sie legte mit hastigen Bewegungen den nackten Körper ihrer Mutter frei. Was sie in diesem Moment sah und fühlte, war fern jeder Vorstellung, jedem Gefühl, das sie je in sich gespürt hatte. Und sie schrie!

Wenn sie nicht geschrien hätte »Du warst das damals!«, hätte er ihr wahrscheinlich nicht so weh getan, aber es erzürnte ihn, wie sie sich plötzlich wehrte und um sich schlug. Dabei hatte sich alles so gut entwickelt. Sie war so geschmeidig gewesen und hatte sich hundertprozentig auf ihn eingelassen, bis zu dem Moment, als er sie zu küssen versuchte. Gut, er war im Küssen nie gut gewesen. Es hatte eher etwas von Beißen, denn er kannte keine Zärtlichkeit auf seinen Lippen. Seine Mutter hatte ihn während des Aktes immer in die Lippen gebissen. Deswegen erschien es ihm normal, und er hatte dieses Verhalten einfach übernommen. Die animalischen Triebe seiner Mutter hatten ihm ein vollkommen verdrehtes Bild von Sexualität vermittelt. Er kannte es nicht anders, aber er wusste diesmal auch nicht, wie er sich verhalten sollte, als sie sich wehrte.

Wenn er die Mädchen im Wald aufsuchte, war sein Verhalten durchaus auf Widerstand eingestellt. Das machte es erregend für ihn. Diesmal aber war er auf einen Akt der Gegenseitigkeit eingestellt gewesen, und das Muster des Widerstands passte einfach nicht dazu. Seine Mutter hatte sich nie gewehrt, im Gegenteil, sie hatte ihn aufgefordert, mutiger zu sein, seine ganze Fantasie mit ihr auszuleben. Als er Annies Körper spürte, war er gefangen in dem Akt mit seiner Mutter und wartete auf Zuspruch und Anerkennung, doch sie drückte ihn weg von ihrer weichen Haut und schrie. Er war verwirrt und versuchte es erneut, doch es machte die Situation nur schlimmer. Was machte er falsch? Er setzte sich auf ihren ausladenden Körper, hielt ihre Hände über ihrem Kopf fixiert und schrie sie an: »Was läuft falsch?«

Sie schrie zurück: »Geh runter von mir, du Schwein!«

»WAS LÄUFT FALSCH, HABE ICH GEFRAGT!« Er wollte doch nur eine Antwort. Stattdessen wand sie ihren Körper unter ihm so stark, dass ihm nur die Gewalt blieb. Sie kam übel, brutal und vernichtend. Wenn er sich erst einmal im gewalttätigen Zustand befand, machte er Sachen, die kein Mensch sehen wollte.

✯ ✯ ✯

Joe und ich gingen seit gestern gemeinsam von der Schule heim. Joe hatte ein gutes Gefühl bei Lydia, genau wie ich. Sie war ein guter Mensch für mich, zumindest zeigte ich seit gestern nicht allzu viel Macken. Joe fand, dass Lydia das richtig gut gemacht hatte mit mir. Vielleicht würde es bei den Leads gar nicht so übel werden. Heute Morgen hatte sie Joe sogar einen Schlüssel des Hauses vertrauensvoll in die Hand gedrückt. »Für den Fall, dass ich mal nicht daheim bin. Dann werde ich Essen und einen Zettel auf dem Tisch für euch hinterlassen.«

Das hatte etwas von Mom, fand Joe. Es war diese Gewohnheit, die Lydia uns vermittelte, dieses Gefühl, nicht fremd zu sein. Wenn sie mit uns die Zimmer einrichten würde, würde Joe sich endlich die Dinge kaufen können, die er sich schon immer gewünscht hatte. Schließlich war er jetzt ein Jugendlicher. Da gehörte dieser Kinderkram wie Modellflugzeuge und Stofftiere nicht mehr in sein Leben. Es musste etwas Cooles her. Coole Bettwäsche, ein cooles Bett, coole Poster und eine coole Musikanlage. Ganz zu schweigen von einer coolen Tapete. Was es kosten würde, wäre egal. Er und ich würden das Haus unserer Eltern erben. Sergeant Leads war ein Mann des Gesetztes und der Ordnung. Er würde dafür sorgen, dass alles seinen rechten Weg ging. Ein Sergeant als Dad fühlte sich gar nicht so übel an. Wenn einer in der Schule fragen würde: »Wer ist denn dein Dad?«, dann würde Joe voller Stolz antworten: »Sergeant Leads. Er hat mich adoptiert!« Man, klang das gut!

Ich war heute sehr schweigsam, aber wann bin ich das nicht? Gestern hatte ich wenigstens noch ein paar Worte mit Joe gewechselt, aber heute war es besonders schlimm. Joe hatte mitbekommen, dass ich letzte Nacht mit Lydia auf dem Sofa geschlafen hatte, aber das war okay. Sie wollte mir am Anfang besonders viel Geborgenheit geben. Joe benötigte das nicht, er war schon dreizehn.

Sein Dad in spe war bestimmt schon wieder daheim. Er war ein Mann, den keiner kleinkriegen würde. Wahrscheinlich würde er heute mit am Tisch sitzen und mit Joe und mir zu Mittag essen. Schließlich hatte er über die ganze Nacht hinweg gearbeitet und sollte sich heute davon erholen. Ich wusste bereits, dass alles anders kommen würde, deswegen schwieg ich.

Für Joe befand sich die Welt an diesem Nachmittag in einer Ordnung, wie er sie lange nicht mehr gespürt hatte. Wenn ich nur nicht immer so verflucht still wäre! Gut, dass sich Lydia jetzt um mich kümmern würde. Das entlastete Joe enorm, und er sah schon von weitem mit einer gewissen Freude das Haus der Leads.

Ich hatte mich heute in der Schule überhaupt nicht konzentrieren können. Ich wusste, dass etwas Schlimmes mit Lydias Mann passiert war, aber nicht was. Mein Dad war mir heute Nacht im Traum erschienen und hatte mir gesagt: »Ich habe nicht geschafft, es zu verhindern. Tröste Lydia.« Dann war ich aufgewacht und die Treppe hinuntergegangen, um Lydia zu trösten. Ich hatte Dads Socke besonders fest an mich gedrückt und sie später Lydia auf die Brust gelegt. Ich hatte überlegt, ob ich die zweite Socke herunterholen sollte. Dann hätten wir beide guten Schutz, aber Lydia war eingeschlafen, und ich wollte sie nicht wecken. Es war ihr letzter Schlaf in diesem Haus, den wollte ich nicht stören.

Als dieser Brightfull heute Morgen aufgetaucht war, hörte ich wieder die Stimme meines Vater, die sagte: »Sei auf der Hut.« Daraufhin habe ich mich hinter den Gardinen versteckt.

Ich wusste bereits, was Joe gleich erwarten würde, und ich wollte ihm keine Angst machen. Also schwieg ich und ließ die Dinge geschehen.

Seit mein Vater mir nachts in meinen Träumen erschien, fühlte ich mich sicher. Für alle anderen Zeiten dazwischen hatte Lydia mir die Socken besorgt. Sie war ein Goldstück!

Ich hatte heute in der Schule gesessen und an die Beisetzung meiner Mutter gedacht, die nächste Woche stattfinden sollte. Ich kannte diesen Vorgang bereits von meinem Vater und wusste nicht, warum alle weinten, die an einer Beisetzung teilnahmen. Ich konnte nicht weinen, nicht so, wie andere es tun. Ich tat vieles nicht, was andere taten, aber ich wusste auch viel, was andere nicht wussten. Heute wusste ich, dass ich Joe trösten musste, und drückte die Socke in seine Jackentasche, während ich schweigend mit ihm nach Hause ging.

Joe hielt es für richtig zu klingeln, obwohl er jetzt einen Schlüssel besaß. Aber der war nur für den Notfall. Er drückte auf den Klingelknopf und wartete mit mir beharrlich, doch es tat sich nichts im Inneren des Hauses. Joe versuchte es ein zweites Mal, dann ein drittes Mal. Für ihn schien es so, als wäre Lydia nicht zu Hause, also kam sein Notschlüssel zum Einsatz. Er schloss auf und versuchte die Tür zu öffnen, aber irgendetwas schien sie von innen zu blockieren. Joe drückte fester und schaffte es, den Widerstand davor langsam beiseite zu schieben. Als er vorsichtig in den Flur sah, entdeckte er Lydia, wie sie halb gekrümmt und bewusstlos auf dem Boden lag.

☆☆☆

Als Brightfull sich wieder vom Phelps Lake auf den Heimweg machte, hatte sich seine Wut einigermaßen heruntergefahren. Er hatte versucht, unter Wasser ein Gespräch mit sich selbst zu führen, wie er nun weiter verfahren sollte, und er hatte beschlossen, dass er nicht nachgeben würde. Diese Bestimmung, die er gestern so tief in sich wahrgenommen hatte, konnte doch nicht wegen dieses dummen Gesprächs mit Benton zunichte gemacht werden. Brightfull wollte beharrlich bleiben und erneut das Gespräch mit Lydia suchen, aber er wollte es geschickter anstellen. Er wollte vorher anrufen, ob sie alleine daheim wäre. Brightfull hatte das Gefühl, dass Lydia die Einzige war, die ihn richtig verstehen würde.

Als er in die Nähe seines Hauses kam, sah er einen Polizeiwagen vor seinem Grundstück stehen. Was war passiert? Sollte er umdrehen und warten, bis sie wieder weg waren? Hatten sie Leads gefunden und wollte ihn befragen? Oder war es Leads selbst, der ihn wegen meiner Mutter wieder in die Enge treiben wollte?

Es war nicht Leads, der aus dem Wagen stieg und an seine Haustüre ging, es waren Tim Benton und ein Fremder, den er nicht kannte. Was hatte Benton jetzt gegen ihn in der Hand?

Brightfull sah an sich herunter. So konnte er sich unmöglich den beiden zeigen. Er war voller Dreck und Schlamm. Wie sollte er das erklären? Vielleicht hatten sie Leads in der Nähe jener Orte gefunden, die Brightfull bevorzugt aufsuchte. In ihm begann sich ein beängstigendes, paranoides Szenario aufzubauen. Er konnte die Hitze, die in ihm entstand, nicht aushalten. Dann sah er, wie Benton seinen Wagen erspähte, den er in einiger Entfernung geparkt hatte. Jetzt war es zu spät! Wenn er jetzt flüchten würde, hätte er für alles, was passiert war, ein Geständnis abgelegt. Er beschloss, sich der Situation zu stellen, und startete seinen Wagen, während in seinem Kopf wieder dieser chaotische Krieg begann.

Benton sah, wie Brightfull seinen Wagen hinter Jerrys Wagen auf der Straße parkte. Was sollte das? Er hatte doch eine Einfahrt an seinem Haus mit einer Garage. Benton wunderte sich noch mehr, als er Brightfull verdrecktes Erscheinungsbild sah. Das ließ ihn an dem Vorhaben, das ihn zu Brightfull führte, zweifeln. Was hatte dieser Kauz jetzt schon wieder angestellt? Benton sah, wie Brightfull einen Plastiksack von seinem Fahrersitz zog, der den Stoff vor dem Dreck, der überall an ihm haftete, schützte. War das normal? Wer fuhr in solch einem Zustand Auto? Er sah die verschmutzte Erscheinung auf sich zukommen und wartete auf eine Erklärung.

Brightfull sah zu Boden, als er sich Tim Benton näherte. Er hatte gesehen, dass sich ein zusätzlicher Deputy im Polizeiwagen befand, den er noch nie gesehen hatte. Dieser Kerl hatte das Funkgerät in der Hand. Würde er Verstärkung anfordern, um ihn festzunehmen? Wie sollte er die ganze Situation nur erklären, ohne dabei verlacht zu werden? Oder noch schlimmer, ohne verdächtigt zu werden? Seine Erklärungen hörten sich immer dämlich und unglaubwürdig an, sodass er schon vor vielen Jahren damit aufgehört hatte. Doch diesmal würde er nicht drum herum kommen. Er musste seine Erscheinung erklären, und er sagte zu Benton an der Haustür: »Ich war am Phelps Lake wandern. Bin zu nah ans Ufer getreten und abgerutscht.« Mehr sagte er nicht. Würde Benton ihm glauben?

Benton glaubte ihm nicht, denn welcher verantwortungsvolle Ladenbesitzer würde an einem Dienstagmorgen, viele Kilometer entfernt, wandern gehen und dann noch wohlweislich einen Plastiksack dabeihaben für den Fall, dass er vom Ufer in den See fällt?

»Kommen Sie«, sagte Benton und griff Brightfull an der Schulter, »gehen wir ins Haus. Wir müssen reden.«

Brightfull wehrte die Berührung ab. Es mochte es nicht, angefasst zu werden. Seine letzte Begegnung mit diesem Kerl von der Spurensicherung heute Morgen war nicht gerade erfreulich gewesen. Doch es blieb ihm nichts anderes übrig, als Bentons Vorschlag nachzukommen. Er schloss das Haus auf und bat ihn herein.

»Ich werde mich schnell umziehen«, sagte Brightfull. »Nehmen Sie doch bitte in der Küche Platz.« Er wollte keine Unordnung, und die Küche war leichter in Ordnung zu halten als das Wohnzimmer. Dort machte es auch nicht allzu viel aus, wenn etwas verschüttet wurde. Einem Gast bot man schließlich immer ein Getränk an. »Ich komm' gleich. Eine Minute«, rief er vom Schlafzimmer aus.

»Keine Eile«, rief Benton zurück. Das beruhigte Jason Brightfull etwas. Es klang nicht mehr ganz so gefährlich.

»Tee oder Kaffee?«, fragte Brightfull, als er frisch gekleidet in der Küche erschien.

»Nichts, vielen Dank, ich habe nicht unbedingt viel Zeit, Mr. Brightfull.«

Sollte er ihm seinen Vornamen anbieten? Es konnte vielleicht nicht schaden, freundlich zu sein. Also sagte er »Jason ... bitte.«

Benton nickte. »Tim.«

Damit waren die ersten Feindeshürden überwunden, und Brightfull fühlte sich ein wenig wohler.

»Jason, ich muss etwas mit Ihnen besprechen.«

Besprechen? Das hörte sich gar nicht nach einer Befragung oder einer Festnahme an. Er nickte, als er sich zu Benton an den Tisch setzte und versuchte, ihm in die Augen zu sehen, was ihm aber nicht gelang.

»Sie waren heute Morgen bei Lydia und haben angeboten, sich um die Jungen zu kümmern.«

Brightfull nickte. War Leads wieder aufgetaucht und lag schwer verletzt im Krankenhaus, sodass Lydia derzeit keine Zeit finden würde, sich um die Kinder zu kümmern?

»Das war sehr aufmerksam von Ihnen.«

Brightfull glaubte seinen Ohren nicht zu trauen. Er sollte tatsächlich einmal nett gewesen sein? Er nickte.

»Lydia hat heute Morgen einen schweren Hirnschlag erlitten. Sie liegt im St. John. Sieht nicht gut aus. Die Ärzte haben Lähmungen und starke Sprachstörungen festgestellt.« Er sah Brightfull an, der wegsah. Was war in diesem verdammten Kaff nur los? Sämtliche gute Menschen wurden hingerichtet, verschwanden oder erkrankten schwer. Brightfull kam es wie ein Fluch vor, der sich über die Region gelegt hatte. Aber dass es jetzt auch noch Lydia erwischt hatte, berührte ihn doch sehr. »Ist ihr Mann wieder aufgetaucht?«, fragte Brightfull und vermutete einen Zusammenhang.

»Nein, wie haben immer noch keine Spur von ihm. Momentan sind alle umliegenden Orte und Städte im Einsatz, ihn zu suchen. Ich muss die derzeitigen Ereignisse leider sehr nüchtern betrachten, und eigentlich wollte Deputy Jerry Cloutham mit Ihnen sprechen … er ist Leads Vertretung – aber Lydia erwähnte heute Morgen, dass Ihnen fremde Menschen und Situationen viel Angst machen.« Benton sah auf den Tisch, während er sprach. Er konnte Lydias Vermutung zwar nicht nachvollziehen, aber sie war eine kluge Frau und wusste genau, wie man die Menschen nehmen musste. Benton wollte vorerst für unser Wohl sorgen, bevor Angehörige, Ämter und sonstige Institutionen unser Leben durcheinander bringen konnten. Er hatte sich gestern früh mit Leads und heute Morgen mit Lydia über unsere weitere Versorgung unterhalten, und alle waren der Meinung, dass zu unserem Wohle erst einmal eine feste Pflegefamilie in Betracht käme, die uns kennt, ehe sich fremde Menschen einbrachten und uns zusätzlich verwirrten. Man wollte Joe und mich in unserer gewohnten Umgebung lassen, um durch Freunde und Gewohnheiten Sicherheit zu schaffen. Leads hatte dafür eine kurzweilige Genehmigung eingeholt. Jetzt lag es an Brightfull, ob er das System weiter unterstützen würde, bis wir eine feste Bleibe hätten. Dieser konnte im ersten Moment jedoch nicht reagieren. Es war für ihn immer schwierig, wenn sich Situationen schnell änderten. Er brauchte oft ziemlich lange, um sich darauf einzustellen, und sah zunächst konzentriert zu Boden. Er sollte sich um Janets Jungen kümmern? Ganz offiziell? Und hätte das Gesetz auf seiner Seite?

Brightfull erhob sich und ging zum Küchenfenster. Er sah, wie sein Nachbar Jack Klimber seinen Garten für den Winter herrichtete, hatte Hecken und Sträucher beigeschnitten und mähte gerade den Rasen. Musste dieser Klimber nicht arbeiten? Merkwürdig, er hatte ihn schon letzte Woche häufiger tagsüber im Garten gesehen. Hatte er Urlaub? Brightfull wusste nicht, dass Klimber seinen Job verloren hatte und seit zwei Wochen arbeitslos war. Er hatte nach Alkohol gerochen, als er morgens bei der Arbeit erschienen war. Sein Chef hatte diesen Geruch schon häufiger wahrgenommen und war unsicher geworden, ob er Klimber seine Position in der Firma weiterhin überlassen sollte. Klimber arbeitete an einer sehr komplizierten Maschine, die durchaus durch Unachtsamkeit einen schweren Unfall verursachen konnte. Zudem kamen hin und wieder Kunden vorbei, denen Klimber die Maschine zeigte und erklärte. Doch seit er immer öfter nach Alkohol roch, war sein Chef verärgert. Er hatte das Gespräch mit ihm gesucht und das Versprechen erhalten, dass es aufhören würde. Bestimmt. Doch es hörte nicht auf, wie so oft. Es fand kein zweites Gespräch dieser Art statt, sondern ein Kündigungsgespräch. Seitdem verkroch sich Klimber in seinem Garten. Die Bierflasche, die auf der Terrassenmauer stand, konnte Brightfull von seinem Fenster aus nicht sehen, aber er sah das aufgedunsene Gesicht seines Nachbarn und hatte eine Vermutung. Warum tranken nur so viele Menschen in diesen Regionen? Diese Gegend war nicht anders als jede andere auch. Bergregionen üben einen großen Zauber auf die Menschen aus, aber auch eine große Einsamkeit. Und genau das war es, warum sich Brightfull hier so wohl fühlte. Er hatte es geliebt, an diesem Ort mit seiner einzigen vertrauten Person, Susan, zu leben und zu arbeiten. Er suchte die Einsamkeit und Ruhe, weil ihn die vielen Dinge, die um ihn herum passierten, nervös und krank machten. Die Herausforderung, sich nun um uns zu kümmern, erschien ihm plötzlich zu groß, zu verwirrend, zu verantwortungsvoll, obwohl er zuvor ganz anderer Ansicht gewesen war. Er dachte an das Buch über Kindererziehung. Jetzt musste er es wohl tatsächlich lesen, dabei war er froh gewesen, es doch nicht lesen zu müssen. Brightfull sah zur Wohnzimmertür. Das Buch lag noch auf dem Tisch vor dem Sofa. Er hatte es stundenlang betrachtet, denn dieses Buch erschien ihm wie ein Kriegsschauplatz seiner eigenen Kindheit. Er würde darin Dinge lesen, die er seinen Eltern, besonders seinem Vater, erneut übel vorwerfen würde. Das Buch beinhaltete eine bittere Auseinandersetzung mit seiner eigenen Kindheit. Er würde es hassen, er würde weinen, er würde es in die Ecke werfen und fluchen, wenn er all die Worte lesen würde, die seine Kindheit besser gemacht hätten – die sie ein wenig heiler hätten erscheinen lassen. Brightfull ging ins Wohnzimmer und griff nach dem Buch. Er hielt es eine Weile in der Hand und betrachtete es. Sollte er es wagen? War er in der Lage, es besser zu machen als sein Vater? Würde er seiner Mutter schlimme Vorwürfe machen, weil sie bei allem zugesehen hatte, was sein Vater mit der Seele seines einzigen Kindes angerichtet hatte? Brightfull schloss die Augen und wartete auf ein Zeichen, nur ein kleines Zeichen, von irgendwoher. Er dachte an seinen Versuch vor zwei Tagen, sich das Leben zu nehmen, als meine Mutter ihm erschienen war und um diese Hilfe gebeten hatte. Jetzt stand er im Wohnzimmer und flehte darum, dass es wieder geschehen möge. Er brauchte Sicherheit für das, was er vor sich hatte.

Benton sah ihn von der Küche aus in einer merkwürdigen Zeremonie gefangen. Er schüttelte den Kopf und wurde unsicher, ob er den richtigen Menschen für diese Aufgabe angesprochen hatte. Er hatte kurz an Annie gedacht, aber als er sich den Zustand ihres Hauses ins Bewusstsein holte, verwarf er den Gedanken gleich wieder. Benton erhob sich und ging dorthin, wo eben noch Brightfull gestanden hatte – zum Küchenfenster.

Auch er sah Klimber im Garten den Rasen mähen, aber er sah ihn auch aus seiner Bierflasche trinken, und schüttelte den Kopf. Dann blickte er zur Straße hinunter, wie Jerry im Dienstwagen per Funk ein Gespräch führte. Brightfull sollte sich mit der Entscheidung ein bisschen sputen, er hätte nicht ewig Zeit, hier auf eine heilige Eingebung zu warten. Lydia hatte ihm heute Morgen gesagt, man müsse ihm viel Zeit geben. Benton sah, wie Jerry den Wagen verließ und aufs Haus zuging. Er musste sicher weg. Tim Benton ging zu Haustür und öffnete. Jerry sah mitgenommen aus. Auf ihm lastete seit heute Morgen die ganze Verantwortung dieser Stadt. Und dass sie Stunde für Stunde größer wurde, sah man seinem Gesicht an. Benton glaubte nicht, dass Deputy Jerry Cloutham der derzeitigen Situation gewachsen sei. Und er glaubte es noch weniger, als er erfuhr, was Jerry ihm mitzuteilen hatte. Cloutham hatte es ihm ins Ohr geflüstert, damit Brightfull es nicht hörte, doch Benton konnte sich ein entsetztes »Was?!« nicht verkneifen und hatte damit Brightfulls Aufmerksamkeit geweckt. Dieser fühlte sich aus seiner Zeremonie herausgerissen und sah erschrocken zu den beiden Gesetzesmännern. Was mochte jetzt schon wieder passiert sein? »Jason, wir müssen weg. Ich komme später noch einmal wieder«, sagte Tim Benton und holte seine Jacke, die er über den Küchenstuhl gehangen hatte.

Brightfull legte das Buch wieder auf den Tisch und sah Benton hinterher, als der das Haus verließ. Er hasste es, wenn die Dinge ungeklärt blieben.

☆ ☆ ☆

Scheiße, dachte er. So hatte er sich den Besuch bei Annie nicht vorgestellt. Eigentlich wollte er etwas Kontinuierliches entstehen lassen, eine Freundschaft, die er über längere Zeit mit ihr pflegen könnte. Vielleicht würde sogar etwas Solides daraus entstehen. Sie passte ziemlich gut zu ihm. Doch dass sie sich an die alte Zeit erinnerte, hatte er nicht für möglich gehalten. Woran mochte sie ihn erkannt haben? Woran nur? War es sein Mundgeruch, sein Körpergeruch? Frauen hatten feine Sensoren für Gerüche, obwohl er Annie diese Fähigkeit nicht mehr zutrauen würde. Man brauchte nur in ihr Haus zu blicken.

»So eine Scheiße!!«, schrie er und rannte wie ein Irrer auf seinem Hof hin und her. Es hätte alles so schön werden können! Er hatte alles bis ins Detail geplant. Annie passte genau in sein Beuteschema. Er hatte schon lange ein Auge auf sie geworfen, doch vor drei Tagen kam alles anders: Er hatte wieder diesen Druck verspürt und musste ihn unbedingt loswerden. Er wollte nur kurz meine Mutter besuchen und mit ihr besprechen, dass er direkt am Montag kommen würde, um den Rohrschacht auszuheben. Meine Mutter war immer so nett zu ihm gewesen, und sie lachte immer so schön über seine Witze. Dann begab sich sein Gehirn an eine andere Stelle seines Körpers, und er fragte sich, ob er sie vielleicht überraschen sollte.

Er überraschte Ralph statt meiner Mutter. Und lauerte nach der Tat hinter dem Schuppen. Er hörte meine Mutter auf den Hof ankommen, sah, wie sie ins Haus ging und anschließend zum Schuppen gelaufen kam. Er lockte sie in den Wald und stellte sich vor, mit ihr einen Abendspaziergang zu machen, während sie nach mir rufend immer tiefer in den Wald lief. Er stellte sich vor, wie sie nett miteinander plauderten und er begann, sie liebevoll hin und wieder beim Gehen am rechten Arm zu berühren. Dieser Kontakt schlug wie tausend Blitze bei ihm ein. Er konnte sich nicht vorstellen, sie jemals berühren zu dürfen, nicht mit ihrem Einverständnis. Doch er war ein guter Mensch und wollte fair sein. Als ihm der Weg in den Wald hinein weit genug erschien, blieb er stehen, und sie rannte ihm direkt in die Arme.

»Randy!«, rief sie überrascht. Er hielt sie fest und fragte höflich, ob er sie einmal anfassen dürfte. Er sagte es ganz höflich. Dagegen war nichts einzuwenden, fand er. Meine Mutter sah ihn erschrocken und ausdruckslos an. »Was?«

Er verstand nicht. Sprach er undeutlich? »Darf ich dich einmal anfassen?«

»Wie meinst du das«, fragte sie verwirrt.

War er so schwer zu verstehen? Es waren doch ganz klare Worte! Er wollte sie anfassen, nichts weiter. Er wollte ihr nicht wehtun oder sie schänden. Er wollte sie nur anfassen. Was war dagegen einzuwenden? Sie war eine Witwe, er war nicht verheiratet, also, wo lag das Problem? Es war nicht einmal unmoralisch. Er wollte doch nur ihr Einverständnis. Doch sie befreite sich aus seinem Griff und drehte sich einfach um. Das fand er unhöflich und packte sie erneut am Arm, um sie daran zu hindern. »Was mache ich falsch?«, fragte er, und sie sah ihn schon wieder mit diesen ausdruckslosen Augen an. Dann wurde er lauter: »Was, verdammt noch mal, mache ich FALSCH!«

Sie versuchte zurückzuweichen, denn die Wucht seiner Worte machten ihr plötzlich Angst, doch er hielt sie fest und sah sie fordern an. Dann wiederholte er seine Frage: »Was mache ich falsch?«

Sie sah zu Boden, wurde rot und sagte: »Ich will das aber nicht.«

Er zog sie zu sich. »Warum?«

Sie wusste, dass die Situation mehr als gefährlich war, als sie ihm in die Augen sah. Sie hatte ihn wirklich immer gemocht. Er war so hilfsbereit und stets freundlich, ließ sich nie von den anderen Leuten aus dem Konzept bringen. Er hatte ein gutes Herz. Man brauchte nur ein Problem erwähnen, und schon war er zur Stelle. Es war für ihn selbstverständlich, zu helfen. Jetzt stand sie vor ihm, und er wollte sie anfassen. Sie wusste, was diese Worte zu bedeuten hatten, und sie konnte ihn verstehen. Er sah im Grunde gar nicht übel aus und war einer der nettesten Menschen in diesem Ort, die sie kannte. Sie hatte sich schon lange gefragt, warum er keine Frau fand. Aber sie kannte nicht die Umgebung, in der er hauste. Er war ein Mann wie jeder andere auch, der Bedürfnisse hatte, und es schmeichelte ihr, dass er sie attraktiv fand. Doch das, was er soeben geäußert hatte, ging ihr zu weit. Er würde es nicht tun, dachte sie. Ich muss nur behutsam mit ihm umgehen. Er wirkte so unbeholfen und unerfahren. Sie irrte sich so sehr und bemerkte es erst, als ihr im Affekt ein Schrei tiefer Angst und Verzweiflung entglitt.

Er wollte das alles nicht, nicht so, wie es dann passierte. Es wäre alles ganz harmlos verlaufen, wenn sie es zugelassen hätte. Er hätte sie nur angefasst und wäre gegangen. Er wollte nie einer Frau wirklich weh tun, aber warum zwangen sie ihn ständig dazu, es doch zu tun? Sie war gestolpert, als er sie anfassen wollte, und fiel nach hinten gegen ihn. Er konnte sich nicht halten und stürzte mit ihr zu Boden. Er sah nicht, wie ihr Kopf auf einen Stein schlug, und bot ihr an, ihr wieder aufzuhelfen, doch sie reagierte nicht. Er schüttelte sie, aber sie reagierte nicht! Dann schlug er ihr ins Gesicht, aber sie zeigte keine Anzeichen von Bewusstsein. Das machte ihn wütend, denn er dachte, sie würde ein gemeines Spiel mit ihm spielen. Es setzte Gedanken frei, die er nicht haben wollte, und es ließ ihn Dinge tun, die er nicht tun wollte.

Er hatte sie nicht geschändet, aber er hatte sie angefasst. Und sie war warm gewesen. Sie war zu viel für ihn gewesen. Sie war perfekt, das war das Problem. Eine Frau, wie er nie eine besitzen würde. Es machte ihn wahnsinnig, als er sie unbekleidet vor sich liegen sah. Er wusste, wenn sie diese Perfektion behalten würde, würde er ihr immer wieder verfallen. Konnte er das aushalten? Nein, konnte er nicht, und er tat etwas, was ihr für den Rest ihres Lebens diese Perfektion nehmen würde. Erst trat er auf ihren linken Arm, bis es knackte. Dann trat er mit voller Wucht auf ihr linkes Knie, dann auf ihr rechtes. Das würde ihr die Perfektion nehmen.

Als er fertig war, war er voller Blut. Er lief zum Schuppen, um sich Gerätschaften zu besorgen, womit er den Körper meiner Mutter bergen konnte. Er fand die Stiefel meines Vaters, die er schnell überziehen wollte, um die Spuren seiner Schuhe zu verwischen, doch während er den einen zuband, erschien ihm die Zeit knapp, also schleuderte er ihn von sich und holte Ralphs Van, den er im Gebüsch versteckt hatte. Ralph lag wie eine Blutwurst zusammengerollt auf dem Beifahrersitz. Randy fuhr den Van so weit wie möglich in das Gestrüpp des Waldes hinein und wollte meine Mutter hinten auf die Ladefläche ziehen, doch er bekam diese verdammte Hecktür nicht auf. Dann hörte er meine Kinderstimme vom Haus aus rufen. Er ließ meine Mutter liegen. Sie atmete noch. Er würde sich später um sie kümmern und fuhr für den Moment mit dem Van seitlich aus dem Wald heraus auf eine Landstraße. Eine Meile entfernt bog er erneut in einen Waldweg ein, schmiss Ralph auf halbem Wege aus dem Wagen und stellte den Wagen an einer sumpfigen Stelle des Waldes ab. Dann rannte er, so schnell er konnte, nach Hause, um sich umzuziehen, denn er wollte noch Ben Draithon im Pub treffen.

»Oh mein Gott«, rief Tim Benton und hielt sich ein Taschentuch vor die Nase, um den widerlichen Geruch in diesem Haus nicht einzuatmen. Neben ihm standen Jerry und eine Aushilfskraft aus Moran Junction. Auch sie hielten sich Taschentücher vors Gesicht. Vor ihnen lag Annie Malcom und bot einen Anblick, den alle drei nie wieder vergessen würden. Es war nicht nur ihr nackter ausladender Körper, es war die Art und Weise, wie er zugerichtet worden war. Annie Malcom mochte nicht sauber oder ordentlich gewesen sein, aber das hier hatte sie nicht verdient. Ihr Mund war mit Schokolade verschmiert, und würde man nicht überall Blut sehen, hätte man denken können, sie hätte sich zu Tode gefressen.

Er war also immer noch unterwegs, dieser Mörder. Seine Methoden wurden immer grausamer, sodass sich Deputy Jerry Cloutham dazu veranlasst sah, bald den Notstand in Jackson Hole ausrufen zu lassen und das FBI zu informieren. Wer war zur Zeit überhaupt noch sicher? Der Mörder schlug eine Kerbe in alle Schichten dieses Ortes. Er hatte es nicht auf einen bestimmten Typ abgesehen – er hatte es auf alle abgesehen, die ihm begegneten. Das zeigte, wie gefährlich sein derzeitiger Geisteszustand war. Jerry Cloutham musste sich nach dieser Besichtigung unbedingt ins Büro zurückziehen und die ganzen Opfer zusammentragen, die man in den letzten Tagen gefunden hatte. Und auch die Vermissten. Vielleicht ließ sich eine zentrale Person ermitteln, eine Verbindung zwischen ihnen allen.

Tim Benton machte sich mit seinem Team an die Arbeit, obwohl er nicht einmal wusste, wo und welche Spur er verfolgen oder sichern sollte. Wenn Sam ihre Mutter nicht gefunden hätte, wäre sie wahrscheinlich vorerst nicht entdeckt worden. Der Verwesungsgeruch in diesem Haus hatte sich schon so sehr intensiviert, dass es auf den einen oder anderen weiteren Kadaver mehr nicht angekommen wäre. In solchen Häusern konnte man hervorragend Leichen verstecken.

Je weiter sich Tim Benton durch das Haus arbeitete, desto weiter wuchs in ihm eine Idee. Leads war bis heute nicht gefunden worden. Was, wenn er ebenfalls in solch einem Leichenhaus versteckt worden wäre? Wer in diesem Ort besaß ein Zuhause in einem ähnlichen Zustand? Ihm kam nur Randy Breckenridge in den Sinn – der jedoch so einfältig und unbeholfen war, dass er schon wieder durch das Raster der Zielgruppe fiel. Randy wiederum kannte aber viele Menschen hier im Ort und deren Haushalte, weil er immer und überall aushalf. Wenn er heute Abend im Pub wäre, würde er ihn befragen.

Als Tim Benton sich die Leiche noch einmal genauer besah, stellte er fest, dass zwischen Annie und ihrem Mörder möglicherweise ein Geschlechtsverkehr stattgefunden hatte. Gewisse Anzeichen ließen es vermuten. Er wollte es sich nicht vorstellen, aber immerhin hatte der Mörder damit eine brauchbare Spur hinterlassen. Tim Benton schrieb einen Zettel für die Pathologie und legte ihn auf die Leiche. Dann rief er seine Kollegen an, die versuchen sollten, irgendwelche Hinweise zu finden. Er rief ebenfalls einen Entrümpelungsdienst an, der sich anschließend um das Haus kümmern sollte. Vielleicht fand man im Zuge des Aufräumens weitere Hinweise. Sam würde solange bei einer Freundin wohnen. Dafür hatte Jerry inzwischen gesorgt. Wer weiß, welche Leichen dieses Haus noch verbarg.

Der Himmel verdunkelte sich und Gewitterwolken zogen

auf. Beim ersten Blitz und dem folgenden krachenden Donner schraken Benton und zwei Assistenten hoch. War es nicht schon schaurig genug, hier zwischen all den Katzenkadavern herumzuwühlen? Musste das Ganze noch mit einem Szenario der Naturgewalten untermalt werden? Benton sehnte sich nach seinem Feierabend. Er konnte seit Tagen nicht mehr schlafen. Nach außen hin wirkte stabil und kompetent, doch innerlich litt er unter erdrückenden Ängsten, dass dieser Mörder vielleicht auch Schwule hasste. Dass seine Opfer einer gewissen sexuellen Bestialität ausgeliefert gewesen waren, war offensichtlich. Tim Benton wollte sich nicht vorstellen, was dieses Monster mit ihm tun würde.

Er hatte Leads' Kopf mit einer Plastiktüte überzogen, damit er ihm nicht den Wagen versaute. Der Wagen war zwar ziemlich alt, aber alles hatte seinen Wert und wollte gepflegt werden. Er fuhr über den Hof zum Schuppen und stellte den Wagen dort ab. Sicher ist sicher. Er wurde zwar nie besucht, aber man konnte nie wissen. Im Ort war eine gewisse Unruhe ausgebrochen, und das konnte dazu führen, dass sich wider Erwarten doch jemand bei ihm sehen ließ, um sich umzuschauen. Also waren gewisse Vorkehrungen zu treffen. Zur Zeit konnte er Leads auch nirgendwo im Wald vergraben, denn sämtliche Suchtrupps und Polizisten durchwühlten alle Wälder der Umgebung. Also musste er sich hier etwas einfallen lassen. Eingraben schien ihm zu gefährlich, denn starke Unwetter konnten Leichen hochtragen. Er hatte keine Lust, ein tiefes Loch zu graben. Dieser Sergeant war ziemlich groß.

Er zog den Leichnam aus seinem Wagen und versteckte ihn zunächst unter einem Ballen Heu. Sobald er Zeit hatte, würde er sich darum kümmern.

Seine Wut über diese misslungene Beziehung zu Annie ging ihm nicht aus dem Sinn. Er schrie unzählige Flüche über den Hof und musste irgendetwas tun, um sich zu beruhigen. Ein Feuer wäre nicht schlecht, dachte er, und dann fiel ihm Leads ein, den er gestern unter den Heuballen versteckt hatte. Noch zwei Tage, und er würde stinken. Es wäre nicht schlecht, mal wieder ein paar Sachen aufzuräumen und zu verbrennen. Einige seiner Kleidungsstücke waren voller Blut, andere waren dermaßen ölverschmiert, dass selbst das beste Waschmittel nichts mehr ausrichten konnte. Er ging ins Haus und suchte die Dinge zusammen, die er verschwinden lassen musste. Zu schade, Annie hätte so gut in dieses Haus gepasst. Er hätte ihr jeden Tag Süßigkeiten besorgt. Das alte Bett seiner Mutter stand noch im Wohnzimmer, das er mit Eisenverstrebungen verstärkt und mit Holz verkleidet hatte. Es sah wirklich gut aus. Zu schade, Annie hatte noch so viel Potenzial gehabt.

Er schleppte in den hinteren Teil des Hofes alles, was er loswerden musste. Dann zog er Leads unter dem Strohballen hervor und platzierte ihn unter all diesen Dingen. Der Himmel verdüsterte sich unterdessen, und er hoffte, dass kein Regen kommen und sein Feuer löschen würde. Eine halb verbrannte Leiche war nicht gut zu verstecken – sie stank erbärmlich. Er beeilte sich.

Wind kam auf, und er benötigte drei Versuche, bis das Papier, das er in die Ritzen und Spalten gestopft hatte, Feuer fing. Er hatte leider kein Benzin mehr. Das hätte die Sache enorm erleichtert. Das Feuer entfachte sich nur zaghaft und wurde immer wieder auf eine kleine Flamme zurückgedrückt. Er fluchte und versuchte es wieder zu löschen, weil das Wetter ihm keine Chance gab. Doch auch das wollte nicht gelingen. Das Feuer biss sich zaghaft Stück für Stück voran, bis es zu regnen begann. Ein Gewitter zog auf und schickte noch mehr Regen. Er hatte es gewusst! Nun konnte er Leads nicht mehr herausziehen und vergraben. Es befanden sich zu viele kleine Brandherde in dem Haufen. Er würde sich schlimme Verbrennungen zufügen und müsste zum Arzt. Das wollte er nicht. Kein Arzt der Welt sollte ihn je zu Gesicht bekommen. Ein Arzt war eine wandelnde Kartei für Indizien.

Er ging in den Schuppen und hielt die über ihn hinwegziehenden Blitze nur schwer aus. Als er auf die Uhr sah, war es schon nach sechs. Mist, er wollte doch noch in das Pub.

☆☆☆

Brightfull wusste nicht, was passiert war, als Tim Benton so schnell mit diesem Fremden verschwand. Es musste sich wieder etwas Schlimmes ereignet haben. Vielleicht hatten sie Alan Leads gefunden. So langsam begann auch er, Angst zu verspüren. Er war nicht gerade ein beliebter Mann im Ort und wäre ein leichtes Opfer für einen Wahnsinnigen.

Für Brightfull war gar nichts mehr in Ordnung. Er bekam seine Gefühle nicht mehr unter Kontrolle, hatte gerade die zweite Frau seines Lebens verloren, wurde von der Polizei irgendwie verfolgt und hatte nun zwei Kinder am Hals, die er nicht wollte und doch angenommen hatte. Er machte es meiner Mutter zuliebe. Aber wofür? Sie war tot. Sein Handeln war irrational. Er hasste sich dafür. Sein ganzes Leben war aus den Fugen geraten, und er konnte keinen Rückzieher mehr machen. Sein Gott würde es ihm nie verzeihen, uns Kinder im Stich zu lassen. Das würde einen Fluch bis ans Lebensende über ihn bringen. Er war nicht einmal in der Lage gewesen, heute im Geschäft zu erscheinen. Was mochte seine Cousine Sally jetzt von ihm denken? Es war das erste Mal, dass so etwas passierte.

Er sah auf das Buch auf dem Wohnzimmertisch und wusste, dass er es nie lesen würde. Wie konnte er sich nur auf diese wahnwitzige Sachen eingelassen haben? Er nahm das Buch, ging in die Küche und warf es in den Mülleimer. Er hatte keine Lust, Dinge zu lesen, die er nie und nimmer verstehen und umsetzen konnte. Es interessierte ihn auch nicht, wo wir jetzt hinsollten. Er ging nach oben und kümmerte sich um die Dinge, die ihm wichtig erschienen. Es war unvorstellbar, sich um die schmutzige Wäsche und das schmutzige Geschirr fremder Kinder zu kümmern. Seine Eltern hatten es auch nicht getan. Seine Eltern hatten gar nichts für ihn getan, das heißt: Seine Mutter hatte es schon tun wollen, aber sie hatte mit einem sehr dominanten Mann zusammengelebt und nichts zu sagen. Er hatte darauf bestanden, dass sein Sohn Jason schon in frühester Kindheit erlernte, seine Dinge selbst zu richten. Brightfull hatte nie erfahren, was es bedeutete, eine unbeschwerte Kindheit zu haben. Und jetzt sollte er sich mit der Pubertät fremder Kinder beschäftigen? Er wusste nur, dass ihm in seiner eigenen Pubertät schlimme Dinge widerfahren waren, die in ihm merkwürdige Reaktionen verursacht hatten.

Brightfull hasste sich dafür, dass er soeben wieder in diese Dissoziation gefallen war. Und das vor diesem Tim Benton. Was mochte er jetzt von ihm denken?

Er wusch seine Kleidung und war froh, dass es bereits wieder Herbst war. In diesen kalten Jahreszeiten fiel seine Kleidungswahl wenigsten nicht auf. Er trug nie T-Shirts, nur langärmelige Oberbekleidung. Sie verbarg die vielen Narben, die er sich im Laufe seines Lebens an den Armen zugefügt hatte. Wegen seiner verhüllenden Kleidung wurde er früher in der Schule oft ausgelacht, besonders wenn es extrem heiß war, aber die anderen hatten ja keine Ahnung. Susan war die Einzige gewesen, der er sich anvertraut und die ihn verstanden hatte, denn sie hatte ähnliche Empfindungen. Meine Mutter hatte seinen Körper nie gesehen. Irgendwie war er erleichtert, dass sie tot war. Seine Angst vor einer körperlichen Begegnung war immens gewesen!

Randy

Randy war erstaunt, als er Tim Benton an der Theke im Pub sitzen sah. Der Polizist war selten dort, und wenn, dann gab es immer eine Menge neuer Geschichten zu hören. Tim hatte einen interessanten Job. Der grenzte ihn von allen anderen, die dort verkehrten, erheblich ab. Die anderen verrichteten blöde und langweilige Jobs, verbrachten jeden Tag als Opfer derselben unerträglichen Routine, aber dieser Benton hatte mit der schonungslosen Brutalität des Lebens zu tun. Er sah Dinge, von denen andere nicht einmal zu träumen wagten. Das gefiel Randy, und er setzte sich mit einem Wink in Richtung Wirt wegen seines Guinness direkt neben Tim.

Tim Benton hockte in gekrümmter Haltung und sah müde auf sein Bier, als er bemerkte, dass sich Randy neben ihn setzte. Das kam ihm gerade recht, und er raffte sich zu einer ordentlichen Haltung auf. »Hi, Randy.«

»Hi, Tim«, gab Randy zurück und nahm vom Wirt sein Guinness mit Dank entgegen.

»Geht auf mich«, sagte Tim, und der Wirt zeichnete einen zweiten Strich auf Tims Bierdeckel. Das machte Randy weich. Er hob das Glas zum Wohle des Spenders und ließ den ersten Schluck die Kehle hinunterfließen. Tim war sehr wohl darüber im Bilde, worauf Randy reagieren würde. Er hatte einmal Profiler werden wollen, aber sein Schulabschluss hatte damals nicht gereicht. Er war kein guter Schüler gewesen, was nicht bedeutete, dass er nicht intelligent war, aber die meiste Zeit hatte er in dieser Zeit einfach mit seinen Gefühlen zu kämpfen gehabt. Sie hatten sich recht schnell als anders herausgestellt als die seiner Mitschüler. Und da er viel Aufwand betrieb, um diese Gefühle vor den anderen zu verbergen, konnte er den Schulstoff nicht gut aufnehmen. Später hatte er sich für den forensischen und kriminalistischen Erkennungsdienst interessiert und sich ausbilden lassen. Das war einem Profiler sehr ähnlich und lag ihm wegen seiner technisch und praktisch veranlagten Beobachtungsgabe und gewissen Mängeln, was das Menschliche anging, näher. Aber heute wollte er herausfinden, ob er nicht doch ein wenig zum Profiler taugte.

Randy betrachtete Benton von der Seite und grinste. Das machte Benton unsicher, und er sah konzentriert auf sein Bier. »Feierabend?«, fragte er.

»Mmhh?«

»War ein anstrengender Tag?«

»Ging so.«

Beide schwiegen. Der Wirt brachte ein zweites Guinness für Randy, das er diesmal auf seinem Bierdeckel quittieren ließ. Die großzügige Spende von Benton hörte nach dem ersten Bier auf. Okay. Dann musste er jetzt etwas langsamer trinken, denn er hatte nur neun Dollar dabei. Das reichte für drei Bier. Es würde auch für mehr reichen, aber es musste das teure Guinness sein. Randy war ein Feinschmecker, auch wenn keiner es vermuten würde.

Tim Benton versuchte sich vorzustellen, wie Randy Breckenridge lebte. Er hatte nie privaten Kontakt zu ihm gepflegt, aber er wusste, dass Randy für seine Eltern bis zu ihrem Tod auf dem Hof gesorgt hatte. Das machte nicht jeder im Ort, und Randy erhielt dafür viel Anerkennung von seinen Mitmenschen. Auch dafür, dass er jederzeit hilfsbereit zur Stelle war und sich hin und wieder von anderen Geschäftsleuten über den Tisch ziehen ließ. Tim bewunderte ihn für seine Selbstkontrolle. Er selbst wäre längst verärgert gewesen und hätte seine Hilfsbereitschaft eingestellt, aber Randy hatte ein gutes Herz und konnte nicht Nein sagen, wenn einer in Not war.

Tim überlegte, wie es damals eigentlich mit seinen Eltern verlaufen war. Man wusste, das Randys Zwillingsbruder Harold sehr früh sang- und klanglos abgehauen war und Randy die ganze Arbeit seines Vater und seiner Werkstatt am Hals hatte. Zudem später noch die Pflege seiner Eltern. Das war eine große Bürde, aber Randy hatte es geschafft. Er hatte immer sein bestes gegeben. Nur mit der Hygiene haperte es bei ihm. Das Maschinenöl schien seinen Körper ständig wie eine zweite Haut zu überziehen, doch das gehörte eben zu ihm, wie die verschlissene Kleidung, die er ständig trug. Man mochte Randy eben so, wie er war. Man hatte jedoch nie gehört, wann und wie seine Eltern verstorben waren. Randy hatte nur einmal kurz erwähnt, dass er sie hatte verbrennen lassen.

Was war eigentlich aus Harold geworden?, fragte sich Tim Benton genau in diesem Moment. Aus welchem Grund hatte er mit vierzehn das Elternhaus verlassen? Tim Benton wagte ein Gespräch: »Du, Randy?«

»Mmhhh?« Randy war nie sehr gesprächig. Seine Antworten bestanden aus kurzen Worten oder Lauten.

»Ich habe mich immer gefragt, was aus Harold geworden ist.« Er sah Randy von der Seite an.

»Mmh«, antwortete Randy.

Tim schwieg eine Weile. Dann fragte er: »Weißt du eigentlich, wo er damals hingegangen ist?«

»Nee.«

»Hast du nie wieder etwas von ihm gehört?«

»Nö.«

Tim schwieg. Wie weit durfte er mit seinem Interesse an Randy gehen, ohne ihn zu verärgern? »Ich finde, dass du das mit dem Hof und deinen Eltern richtig klasse gemacht hast.«

Randy nickte.

»Und die Idee mit den reparierten Maschinen finde ich auch gut. Gerade, wo so viel weggeworfen und nichts mehr wertgeschätzt wird.«

Randy nickte wieder.

Tim Benton dachte nach. Wie könnte er diesen Kerl aus der Reserve locken, ohne ihn zu verjagen? Randy ging Konflikten immer schnell aus dem Weg, genauso wie unangenehmen Fragen. Er stand dann einfach auf und verließ das Pub.

Benton wagte eine weitere Frage. »Hast du schon von Leads gehört?« Er versuchte, unbemerkt von der Seite Randys Reaktion zu beobachten.

Randy blieb ungerührt und schüttelte den Kopf. Doch irgendetwas veränderte sich in seinem Gesicht, was Benton nicht entging. Es war die Gesichtsfarbe, die sich leicht rosa im Wangenbereich färbte. Es gibt emotionale Reaktionen, die durch Signale im Gehirn an die Haut weitergeleitet werden und die kein Mensch unter Kontrolle bekommen konnte. Das hatte Benton einmal gelesen. Es wurde an dem einfachen Beispiel von Musik demonstriert. Man bat Probanden, die ihre Kinder im Krieg verloren hatten, sich Balladen von Kriegstragödien anzuhören und nicht darauf zu reagieren. Es war keiner der Personen möglich gewesen, keine Gänsehaut zu bekommen. Es regte sich zwar keine Miene, aber die Haut zeigte durchaus Reaktionen. Der Mensch ist nicht in der Lage, auf gewisse Reize gefühllos zu reagieren. Der Verstand trennt sich in diesem Moment vom Gefühl.

Tim wurde aufmerksam. »Leads ist seit gestern verschwunden.«

Jetzt riskierte Randy einen schrägen Blick zu Tim hinüber und nickte leicht. Schließlich musste er irgendwie reagieren, sonst würde Tim aufmerksam werden.

»Schon was gehört?«

Tim schüttelte den Kopf. »Wir befürchten Schlimmstes.«

Randy nickte wieder und sah auf sein Bier.

»Du kommst doch viel rum. Wenn du mal was hörst oder siehst, was dir komisch erscheint, lass es mich wissen.«

Randy erschien nichts komisch. Nichts, egal wie kurios es auf andere wirkte. Für Randy gab es keinen Maßstab bei diesem Kriterium.

Tim holte tief Luft, um möglichst gelassen zu wirken, und nahm einen leichten Geruch von Rauch und Müll aus Randys Kleidung wahr. Der Gestank ähnelte dem in Annies Haus. Es war nicht dieser Verwesungsgeruch, sondern der Geruch von altem Müll und Muff. Es war Randy nicht zu verdenken, dass er sein Leben vielleicht nicht ganz so im Griff hatte wie andere, aber der frische Rauch in seiner Kleidung war irritierend. Was mochte Randy verbrannt haben? Tim sah des Öfteren Rauchfahnen von Randys Grundstück am Ende des Ortes aufsteigen, aber er konnte sich gut vorstellen, dass Randy hin und wieder etwas verbrennen musste, weil er einfach zu viel besaß und nicht mehr wusste, wohin damit. Dagegen war in dieser Gegend nichts einzuwenden. Man verbrannte auch Gartenabfälle und verstorbene Tiere. Doch diese Mischung von Rauch und Müll irritierte Tim zutiefst, und er sagte: »Ich brauch eine neue Bohrmaschine. Hast du was auf Lager, was du mir verkaufen kannst?«

Randy dachte nach, nickte und erkannte nicht schnell genug die Falle, in die er sich gerade begab.

»Wieviel?«

»Kommt auf die Größe an.«

»Normal, eben für einfache Arbeiten im Haus.«

»Zehn Dollar.«

»Schön, dann nehm ich sie nachher mit. Ich bring dich nach Hause und nehme sie gleich mit.«

Jetzt erkannte Randy seinen Fehler, und sein Gesicht verfärbte sich tiefrot. »Geht nicht«, sagte er schnell.

»Warum?«

»Muss gleich noch weiter. Habe heute noch eine Erledigung.«

»Aha«, lenkte Tim ein. »Ich komm dann morgen vorbei.« Er ließ Randy nach dem dritten Bier mit einem kurzen Gruß ziehen und wartete eine halbe Stunde, bevor er das Pub verließ und in Richtung Breckenridge Ranch schlich.

Randy war furchtbar wütend und trat auf dem Heimweg alles aus dem Weg, was ihm in die Quere kam. Wie ein zorniger Junge hatte er die Hände in die Hosentaschen gedrückt und fluchte lautstark vor sich hin. Was sollte diese blöde Frage nach Harold? Das wühlte doch alles wieder in ihm auf! Dabei war er gerade dabei, alles ruhen zu lassen.

Sein Bruder Harold sah ihm so verflucht ähnlich, dass Lehrer und selbst seine Eltern keinen Unterschied an ihnen feststellen konnten. Es gab nur Details unter ihrer Kleidung, die sie voneinander unterschieden. Dazu gehörten einige Muttermale und, na ja, etwas, das immer nur seine Mutter interessierte. Sonst niemanden.

Randy hatte sich oft gefragt, wie sein Vater es geschafft hatte, mit einem Schuss gleich zwei Treffer auf einmal zu landen. Immer wenn er sich seinen Alten besehen hatte, konnte er sich noch nicht einmal vorstellen, dass sein Vater überhaupt zu einem Geschlechtsverkehr in der Lage gewesen war. Nicht so einen, wie Randy ihn mit ihr gehabt hatte. Nicht im Entferntesten.

Harold hatte es im Grunde richtig gemacht. Seine Mutter hatte Randys Bruder weit mehr geliebt als ihn. Das hatte sie nie verborgen. Er bekam die größere Mahlzeit, die bessere Kleidung und die meisten Süßigkeiten von ihr. Randy hatte immer in zweiter Reihe gestanden. Sein Vater stand noch weiter weg, irgendwo in fünfter oder sechster Reihe, denn es kamen noch ein paar Tiere dazwischen.

Randy hatte versucht, nicht eifersüchtig zu sein, aber er konnte es auch nicht unterdrücken. Dann war der Tag gekommen, an dem seine Mutter mit Harold Spiele begann wie die, die er später auch mit ihr spielen musste. Harold hatte es auf Dauer nicht mehr ausgehalten und teilte Randy eines Nachts mit, dass er abhauen würde. Sein Alter würde sich einen Dreck um ihr Wohlergehen scheren, also, warum noch bleiben? Seine Alte war geistig krank, das stand für Harold fest. Überall auf der Welt wäre es besser als hier, und am nächsten Tag war er einfach weg. Zurück blieb Randy mit all seiner Not und seinen Ängsten. Er war nicht so stabil wie Harold und konnte sich dem allem nicht so gut widersetzen wie er. Das machte ihn zu einem verschlossenen und eingeschüchterten Jungen. Seine Schulleistungen waren schon seit Jahren auf dem Tiefpunkt, also was sollte es? Da Harold verschwunden war, würde Randy den Hof und die Werkstatt seines Vaters übernehmen. Das war nur recht für all das Leid, das ihm widerfuhr. Seine Eltern konnten nicht genug an ihn zurückzahlen, und mit jedem Tag wurde ihre Schuld größer.

Seine Mutter hatte gefragt, ob sie ihn Harold nennen dürfte, weil sie ihren anderen Sohn so sehr vermisste. »Das bleibt aber unter uns«, hatte sie gesagt, und er hatte es zugelassen und seinen Körper im Grunde als den eines anderen für sie zur Verfügung gestellt. Er hatte sich immer vorgestellt, dass es Harold wäre, dem sie dieses Leid antat, nicht ihm, aber er fühlte sich als Harold einfach um so vieles stärker geliebt. Dann war der Tag gekommen, er muss fünfzehn gewesen sein, als sich ihre animalischen Triebe auf ihn übertrugen und er ganz eigene Fantasien zu entwickeln begann. Zunächst fand sie es aufregend und neu, aber nach einiger Zeit fühlte sie sich eingeschüchtert und bemerkte, dass er sich zusätzlich bei anderen Mädchen seine Befriedigung holte. Das hatte ihr Angst gemacht, und sie gab sich ab diesem Moment mehr Mühe und machte alles mit. Er hatte die Rollen vertauscht. Er fühlte sich nicht verantwortlich, denn es war ja Harold, der ihr dies antat. Sie begann nun, wie ein Scheunendrescher zu fressen. Das gefiel ihm, den sie zeigte zum ersten Mal, dass sie litt. Er begann es zu lieben und unterstützte ihr Leid ... bis sie daran verstarb.

Dieser Tim Benton machte Randy Angst. Er fragte nach Harold und wollte zu seiner Ranch kommen. In der Regel fragten die Leute per Telefon nach Geräten und Maschinen, und er fuhr stets zu ihnen hin, um die Bestellung vorbeizubringen. Er wollte nicht, dass sich jemand seiner Ranch näherte. Deswegen hatte er vor zwei Jahren ein großes Tor davor angebracht und es mit einem ganz besonderen Schloss verriegelt. Man hatte ihm gesagt, es sei nicht zu knacken, aber er hatte es trotzdem geschafft und sich über seine Überlegenheit sehr gefreut.

Als Randy sich dem Tor näherte, überkam ihn ein komisches Gefühl. Er sollte sich vielleicht sofort um Leads' Leiche kümmern. Das Nieselwetter musste nun auch die letzten kleinen Brandherde gelöscht haben, sodass er Leads' Körper unter all dem Müll hervorziehen und verstecken konnte. Sollte er ihn eingraben? Er schüttelte fröstelnd den Kopf. Morgen würde er sich damit beschäftigen. Heute musste er erst einmal die Bohrmaschine für Tim reinigen und auf Vordermann bringen. Seit Ralph tot war, stand es mit seinem Einkommen nicht mehr gut. Dough Hendson wollte bei einer Zusammenarbeit nicht so richtig anbeißen. Verdammt, warum hatte dieser Mistkerl Ralph auch in diesem ungünstigen Moment erscheinen müssen? Irgendwie war es nicht seine Woche gewesen. Zuviel war schiefgelaufen. Er musste besser aufpassen. Er sollte Tim nicht zu seiner Ranch kommen lassen. Wer weiß, vielleicht würde er irgendetwas finden, das Randy zu beseitigen vergessen hatte, und dann Alarm schlagen. Es würde zuviel Arbeit auf ihn einprasseln, der er nicht mehr ordentlich beikommen könnte. Er hasste Oberflächlichkeit!

Die Nacht war dunkel und Tim Benton hatte keine Taschenlampe dabei und große Probleme, nicht zu stolpern. Der Weg zur Breckenridge Ranch befand sich in einem schlechten Zustand. Er war durch die großen Schlaglöcher mit Wasser und Schlamm durchsetzt. Immer wieder versank Benton mit seinen Schuhen darin und fluchte leise vor sich hin. Es war schon erschreckend, wie einsam Randy hier lebte. Vollkommen auf sich gestellt. Irgendwie war er ein armer Teufel. Keine Frau, keine Familie mehr und auch keine wirklichen Freunde. Seine Freunde nutzten ihn immer nur aus, sodass er sich mehr und mehr zurückzog und nur noch seine Jobs erledigte und das Pub besuchte. Ein erbärmliches Leben.

Tim versuchte, leise zu gehen, doch wegen der schlechten Sicht auf den Weg wechselte er beständig zwischen Fluchen und Stöhnen. Als er schon fast das Tor der Ranch erreicht hatte, kam ihm die Idee, dass Randy vielleicht einen Bewegungsmelder irgendwo installiert haben könnte. Das war nicht undenkbar bei seiner Leidenschaft für Technik. Zudem würde es ihm in dieser Einsamkeit etwas Schutz geben – Benton jedenfalls hätte es getan. Deswegen konnte er sich dem Tor auf keinen Fall nähern. Er musste um das Grundstück herumwandern, um eine geeignete Stelle zu finden, wo er sich Zugang zur Ranch verschaffen konnte. Er wollte nur einmal durch ein Fenster in sein Haus sehen, mehr nicht. Nur sehen, ob der Gestank aus seiner Kleidung tatsächlich von seiner Behausung stammte oder etwa … Benton konnte es sich nicht vorstellen. Was sollte Randy bei Annie verloren haben? Vielleicht sein Beileid aussprechen? Das wäre möglich. Es würde auch seiner Hilfsbereitschaft entsprechen. Vielleicht hatte er ihr Hilfe angeboten; das wäre auch denkbar. Aber dass er sie so … Übelkeit überkam Benton. Nein, das konnte Randy niemals tun. Aber irgendetwas ließ Tim Benton nicht los, und er suchte tastend den Weg um die Ranch herum.

Randy hörte ein Geräusch und drehte sich abrupt um. Er sah in die Dunkelheit neben dem Schuppen und lauschte. Es war so finster, dass selbst er, der es gewöhnt war, sich viel in der Dunkelheit zu bewegen, auf Anhieb nichts erkennen konnte. Aber wenn man blind ist, kann man bekanntlich gut hören. Randy hörte Bewegungen und schleichende Schritte am Zaun direkt hinter dem Schuppen. Jemand schien sich um sein Grundstück zu schleichen. Das missfiel ihm sehr, und er ließ Leads leise auf den Boden gleiten, um seinerseits in den Schuppen zu schleichen und sich eine Axt zu holen. Wer auch immer ihm auflauern wollte, Randy wusste, dass derjenige keine Chance hatte, denn er war mit Augen und Ohren seit Jahren in der Nacht so behände unterwegs wie kein anderer hier im Ort. Er blieb vor dem Schuppen mit der Waffe in der Hand stehen und fixierte das Geräusch.

Tim Benton hatte etwas gehört, aber er konnte es nicht orten. Im Wohnhaus brannte kein Licht, also war Randy irgendwo auf dem Hof unterwegs. Ohne Licht? Er hatte doch nichts zu befürchten und war vollkommen alleine in dieser Gegend. Was wollte er verbergen? Tim hörte erneut ein Geräusch. Es schien aus dem Schuppen zu kommen. Randy befand sich also im Schuppen. Das war seine Chance, schnell über den Zaun zu klettern und auf den Hof zu gelangen. Es war sein Fehler, das war es. Er hätte es nicht tun sollen, denn er sah nicht, dass Randy direkt vor ihm stand und die Axt bereits zum Schlag erhoben hatte.

Benton hörte nur ein Sausen an seinem Kopf vorbei und spürte dann ein dumpfes Gefühl an seinem Fuß. Das war alles. So, als wenn ein Stein von oben herab auf seinen Schuh gefallen war. Er bückte sich und wollte den Stein ertasten, aber er griff in etwas Warmes hinein. Flüssig und warm. Benton führte seine Hand zur Nase und roch, ob er in eine frische Urinpfütze von einem Tier, das sich gerade hier aufgehalten hatte, getreten war, aber er roch nichts dergleichen. Es roch ein wenig eisenhaltig. Dann sauste erneut etwas an seinem Ohr vorbei, diesmal auf der anderen Seite, und wieder spürte er diesen schnellen Schlag auf seinen Fuß, nur diesmal traf es den anderen. Dann war wieder alles ruhig. Benton versuchte sich erneut zu bücken, doch er verlor das Gleichgewicht und fiel vornüber.

Randy ließ ihn fallen. Ohne Füße konnte man eben nicht stehen.

☆☆☆

Jerry Cloutham konnte sich nicht vorstellen, wo Tim heute blieb. Sie waren um halb acht im Büro verabredet und wollten das weitere Vorgehen mit Joe und mir besprechen.

Doch anstelle von Tim erschien Jason Brightfull. Er hatte sich die ganze Nacht mit Tims Vorschlag auseinandergesetzt und wollte uns jetzt abholen, zur Schule bringen und anschließend unser Haus so einrichten, dass er vorerst dort mit uns einziehen könnte. Cloutham teilte ihm mit, dass wir uns noch in Lydias Haus befänden und Reverend Rouls die letzte Nacht bei uns geblieben sei. Brightfull könne dort hinfahren und mit dem Reverend alles weitere besprechen. Sobald man eine neue Möglichkeit für uns gefunden habe, würde man sich melden.

Jerry war mit der Situation so sehr überfordert, dass er sich nicht angemessen darum kümmern konnte. Er übergab Brightfull ahnungslos die Verantwortung und schickte diesen komischen Kauz von dannen, damit er sich um den Verbleib von Tim Benton kümmern konnte. Gleich würden noch zwei neue Hilfskräfte aus Moran Junction eintreffen, die Jerry unterstützen sollten, und das FBI war auch informiert worden. Mittlerweile schien es in Jackson Hole Methode zu haben, dass jeden Tag ein Mensch verschwand. Das machte Jerry Angst, denn Tim ging weder ans Telefon, noch hatte ihn jemand seit gestern Abend gesehen. Sein Wagen parkte immer noch vor dem Pub. Der Wirt hatte erzählt, dass sich Tim mit Randy unterhalten habe, aber es war rein freundschaftlich und problemlos gewesen. Dann war Randy gegangen und Tim eine halbe Stunde später auch. Da es die ganze Nacht durchgeregnet hatte, konnte man nicht einmal mehr Spuren erkennen, die einen Hinweis darauf hätten geben können, wohin Tim Benton in dieser Nacht verschwunden war. Auch im Wagen fand man keinerlei Hinweise.

Jerry hinterließ an der Bürotür eine Nachricht für die Hilfskräfte, sie sollten es sich bis zu seiner Rückkehr im Café nebenan auf seine Kosten gemütlich machen und frühstücken. Er wäre gleich wieder da.

Jerry wollte ganz kurz zu Randy und nachfragen, ob er eine Idee habe, wo sich Tim aufhalten könnte. Schließlich hatte er das letzte Gespräch mit ihm geführt.

Die verschlammten Schlaglöcher verschmutzten Clouthams Dienstwagen, bis er vor einem großen Eisentor zum Stehen kam. Da das Tor mit einem Spezialschloss verriegelt war, hupte er dreimal und wartete, ob Randy ihn hören würde.

Es dauerte keine Minute, bis Randy aus dem Haus kam. Er hatte sich saubere Kleidung übergezogen und war auf diesen Besuch vorbereitet.

Jerry Cloutham sah hinter dem Schuppen eine leichte Rauchfahne in den Himmel steigen und erblickte zugleich Randys Erscheinung. Der lächelte und kam mit einem freundlichen Gruß zu Cloutham ans Tor.

»Mr. Breckenridge? – Deputy Jerry Cloutham«, stellte sich Jerry freundlich von.

Randy grinste und sagte: »Nennen Sie mich Randy. So nennen mich alle hier. Mr. Breckenridge hört sich so nach meinem Alten an.«

»Jerry«, gab Cloutham zur Antwort.

Sie gaben sich über das Tor hinweg die Hand. Randy schien nicht gewillt, das Tor zu öffnen. Jerry hatte auch keine Befugnis, es zu verlangen, also fuhr er fort: »Ich suche Tim Benton. Er war doch gestern Abend im Pub. Der Wirt sagte, Sie hätten sich mit ihm unterhalten. Hat er irgendwas gesagt, ob er heute was Besonderes vorhatte?«

Jerry sah Randy an, und Randy sah zu Boden. Er kratzte mit dem Schuh im Schlamm und sagte: »Ob er heute was vorhat? Nee, aber er wollte sich heute eine Bohrmaschine bei mir holen. Die habe ich ihm gestern für zehn Mäuse verkauft. Er sagte, er wolle die heute abholen. Vielleicht kommt er noch.« Er sah Jerry an. »Soll ich Ihnen dann Bescheid geben oder soll ich Tim sagen, dass er sich bei Ihnen melden soll?«

Jerry nickte. »Beides wäre nicht schlecht. Wir sind etwas in Sorge, weil er heute nicht zum Dienst erschienen ist.«

Randy sah wieder verunsichert zu Boden und fragte: »Ist Alan Leads wieder aufgetaucht? Tim hat gestern davon erzählt.«

Jerry Cloutham schüttelte den Kopf und sah wieder zu der Rauchfahne hinter dem Schuppen. Sie wurde größer und tiefschwarz. Randy sah ebenfalls hin und sagte: »Musste mal wieder alte Klamotten verbrennen. Sind zwei alte Autoreifen dabei. Hoffe, Sie verraten mich nicht.« Er sah Jerry grinsend an. Der schüttelte den Kopf. Jeder hier in Jackson Hole entsorgte seinen Müll auf diese Weise. Es war immer noch besser, als ihn in den Straßengraben zu werfen.

»Tja«, sagte Jerry und deutete mit der Hand Richtung rechte Schläfe einen Gruß an, »dann will ich wieder los. Vielen Dank, Randy.« Er stieg in den Wagen und fuhr direkt zur Waschanlage. Er mochte es nicht, mit einem verschmutzten Dienstwagen durch die Gegend zu fahren.

Randy harkte die Asche und Reste zusammen, die das Feuer hinterlassen hatte, und vergrub alles hinter dem Schuppen. Damit waren alle Spuren beseitigt. Es wurde höchste Zeit, dass er in seinem Leben etwas änderte. So konnte es nicht weitergehen. Es waren zu viele Ereignisse in dichter Folge. Selbst Randy war klar, dass ihm irgendwann ein Fehler unterlaufen würde. Bis jetzt hatte er alles im Griff und jeder hatte die Strafe bekommen, die ihm zustand. Was mischten sie sich auch in sein Leben ein? Nun störte ihn dieser Jerry, aber wenn er den beseitigen würde, würde der nächste vor dem Tor stehen. Es wäre kein Ende abzusehen, und da Jerry nicht gerade einen klugen Eindruck erweckte, war es sinnvoll, hier zu stoppen. Es sei denn, Jerry sollte ihn übel aus der Reserve locken.

Da Randy heute keinen Auftrag zu erledigen hatte, wollte er sich um das Haus kümmern. Ein Hausputz war vonnöten, vom Keller bis zum Dachboden. Ein hartes Stück Arbeit lag vor ihm. Und es machte Sinn, für den Fall, dass es doch noch untersucht werden würde. Er ging in den Keller, um nachzusehen, ob er Harold fand.

☆☆☆

Jason Brightfull fühlte sich sehr unbehaglich, als er vor dem Haus von Alan und Lydia Leads parkte. Welch furchtbares Leid war in den letzten zwei Tagen über diese Heimstätte gekommen! Er sah im Inneren des Hauses Bewegungen. Der Reverend machte sicherlich die Jungen für die Schule fertig. Wie konnten sie es nur aushalten, eine vertraute Person nach der anderen zu verlieren? Ob Kinder solche Schicksale leichter nehmen?

Brightfull dachte an seine Kindheit, und dass er zu jener Zeit in der Tat die Dinge nicht als so schlimm empfunden hatte wie seine Eltern. Es ist, als sammle man als Kind all seine schlechten Erlebnisse in eine Kiste hinein, die man als Erwachsener eines Tages öffnet und dann sein blaues Wunder erlebt. Diese Erlebnisse reißen dann das ganze weitere Leben aus den Fugen, weil zu den aktuell existierenden Problemen nun die aus der Kindheit hinzukommen und die Lösungsmuster, die man im Laufe des Lebens erlernt hat, nicht mehr passen. Also bastelt man herum, klebt, schneidet, klebt neu zusammen, aber es passt einfach nicht. Das löst Zorn aus. Das wiederum löst große Wut und später Hass aus. Der Hass ist es dann, der die Dinge zum Eskalieren bringt. Brightfull hatte begonnen, in den Sumpf zu gehen, als es ihm nicht mehr gelang, seine Probleme zu kompensieren. Ihm war bis heute kein anderes Lösungsmuster eingefallen. Diese Angewohnheit hatte er beibehalten und wusste nicht, wie er diese Störung vor uns verbergen sollte, denn dieser Drang kam unvorbereitet. Auf was hatte er sich nur eingelassen? Jetzt müsste er sein einziges Ventil schließen. Hoffentlich zeigte sich nicht eine andere Macke, eine noch viel schlimmere! Man konnte doch niemals sicher sein!

Brightfull trat angstvoll vor die Tür und klingelte. Er hörte Rouls mit uns reden und zur Tür eilen.

»Oh, gut, dass Sie kommen«, sagte der Reverend freundlich zu Brightfull. Jerry hatte ihn soeben angerufen, dass die »Ablösung« unterwegs sei.

Er mochte Jason Brightfull. Er war ein treuer Diener Gottes und kümmerte sich hin und wieder um Erledigungen, die Beth Draithon nicht schaffte. Wir würden sicherlich in den besten Händen bei ihm sein. Er bat den Discount-Besitzer mit einer einladenden Geste herein und rief Joe und mich hinzu. Das war der Moment, in dem Joes großer Zorn begann und ich nur noch Angst verspürte. Jason Brightfull hatte in unseren Zimmern bereits unser Leben vernichtet. Nur erweiterte er sein Schlachtfeld.

Er lag vor ihm, das heißt das, was noch von ihm übrig war.

Harold hätte ihn nicht so gemein im Stich lassen dürfen. Er hatte nicht gemerkt, wie sein Bruder Randy ihn über viele Meilen verfolgte. Randy hatte den Stein schon in der Hand, mit dem er zuschlagen wollte. Er hörte, wie sein Bruder etwas sagte, aber er schlug bereits auf seinen Schädel ein, so lange, bis dessen Körper ganz ruhig liegenblieb. Erst als der letzte Nerv zu Ruhe gekommen war, hatte Randy aufgehört. Wie konnte Harold nur so gemein sein und ihn mit all dieser Not alleine lassen? Er würde jetzt für beide bei seiner Mutter hinhalten müssen. Er müsste die doppelte Ladung aushalten und sie bis zum Umfallen befriedigen. Diese Vorstellung hatte Randy in der Nacht, als Harold von seinem Vorhaben erzählte, fast in den Wahnsinn getrieben. Er hatte gefragt, ob er mitkommen dürfte, aber Harold hatte den Kopf geschüttelt. Er sei ihm zu dumm und zu langsam. Er wäre nur eine große Last, sonst nichts. Das hatte Randys Angst und Wut noch verschärft. Er hatte Harolds Leichnam in der nächsten Nacht mit einer Karre heimgeholt und in den Keller geschleppt. Seine Eltern waren zu dieser Zeit im Stall und besprachen die Umgestaltung zu einer Autowerkstatt. Sie brachte mehr Geld ein als die dürftige Tierhaltung. Die Autobranche explodierte förmlich, und sein Vater war ziemlich sicher, dass Randy auch ein Händchen für Automotoren hatte. Er hatte bereits zwei Mal mit ihm erfolgreich den Traktor repariert. Der Junge zeigte großes Geschick.

Randy versteckte Harolds Leichnam in einer alten Kiste, die voller Tischdecken lag. Darüber streute er Thymian und Salbei und gab seinem Bruder den Segen, jetzt vor sich hin verwesen zu dürfen. Da der Keller immer bestialisch stank und seine Mutter bereits einen Teppich über die Bodenklappe gelegt hatte, den sie ständig mit irgendeinem billigen Parfüm beträufelte, würde der Verwesungsgeruch nichts ausmachen. Sie kochte jeden Tag sehr reichhaltig und gut duftend, was den Geruch in der Küche weit stärker beeinflusste.

Randy war zufrieden. Jetzt fühlte er sich besser. Er fand, dass Harold diese Strafe verdient hatte. Das kam seinem Leid zumindest gleich. Sie waren schließlich eineiige Zwillinge!

Als Randy die Kiste einundzwanzig Jahre später öffnete, strömte ihm ein widerlicher Geruch entgegen. Zwar war Gestank das, was bereits den ganzen Kellerraum dominierte, doch aus der Kiste stank es tatsächlich noch penetranter. Aber Randy scheute keinen Gestank. Er war viermal für seinen Vater in die Jauchegrube getaucht, als das Rohr verstopft war. Er war als Scheißjunge geboren, hatte so gelebt, roch nach Scheiße und konnte darin auch untertauchen. Alles stank in seinem Leben nach Scheiße, alles, was er tat, war scheiße. Randy verspürte nicht einmal Übelkeit, als er den Deckel der Kiste öffnete. Die Gewürze hatten sich aufgelöst und die Tischdecken sich mit dem verwesten Fleisch zu einer stoffähnlichen Faser verwoben. Darunter war das Skelett von Harold zu erkennen.

Randy überlegte, ob er Harold herausheben und nach oben zum Verbrennen bringen sollte, oder doch besser die ganze Kiste? Was, wenn die Knochen nicht mehr zusammenhielten und auseinanderfielen, während er das ganze Skelett nach oben transportierte? Es würde ein furchtbar scheppverndes Geräusch verursachen.

Er schob mit der Hand die verwesten Fasern beiseite und legte die Gebeine seines Bruders frei. »Hi, Harold«, sagte er. »Du wolltest Ruhe? Die hast du bekommen. Willst du Wärme? Wirst du bekommen. Willkommen daheim.«

Randy war groß und stark. Er packte die Kiste und hob sie hoch. Sie war nicht allzu schwer. Er jonglierte sie zur Kellerklappe und schob sie vorsichtig die Treppe hinauf. Als er sie in der Küche platziert hatte, holte er sich ein Bier aus dem Kühlschrank und trank auf das Wohl seines Bruders. Hausputz! Cheers!

Er hatte Harold einmal mit seiner Mutter beobachtet. Er und sein Bruder waren gerade zehn geworden, als seine Mutter mit ihren Spielchen begann. Harold war zuerst dran gewesen, weil seine Mutter ihn einfach mehr liebte. Sie hatte nicht bemerkt, wie Randy sie beobachtet hatte. Irgendwie wirkte das ganze Spiel sehr lustig und sanft, sodass er sich wünschte, auch dabei zu sein. Als seine Mutter ihn zwei Monate später ebenfalls unter die Decke im Wohnzimmer ließ, verspürte er so etwas wie Triumph. Er wurde nun genauso geliebt wie Harold. Aber das entsprach nicht der Wahrheit. Harold hatte sich nur geweigert, mit ihr zu spielen. Nicht, dass er gar nicht mehr mit ihr spielen wollte, er wollte es nur nicht so oft, wie es den Bedürfnissen ihrer Mutter entsprach. Aber wenn man dasselbe Produkt gleich zweimal im Haus hatte, war dies kein Problem. Sie musste Randy nur behutsam anlernen. Alles, was sie mit Harold schon ausprobiert hatte, bekam Randy mit einem Schuss Sahne verfeinert beigebracht. Es sollte ihren Jungen an nichts mangeln. An nichts! Sie kochte großartig, hielt das Haus aus ihrer Sicht weitgehend in Ordnung, wusch die Wäsche, erledigte den Einkauf und kümmerte sich um alle Belange ihrer Jungs. Es gab keine bessere Mutter als Leya Breckenridge. Sie konnte ihre Fürsorge und Freundlichkeit nach außen nicht zeigen, aber daheim bereitete sie ihren Männern ein Schlaraffenland – dachte sie. In Wirklichkeit war alles verkommen, verdreckt und unterversorgt. Ihre Wahrnehmung war vollkommen gestört.

Als Randy die Flasche Bier geleert hatte, stellte er sie zu den anderen, die sich seit Wochen neben dem Kühlschrank stapelten, und kümmerte sich wieder um die Kiste. Er zog sie zum Ausgang des Hauses und versuchte dann, sie auf seine rechte Schulter zu packen, verlor aber den Halt, stolperte einen Schritt nach hinten und ließ die Kiste zu Boden gleiten. Das alte, morsche Holz spaltete sich auf und gab das Skelett frei, das sich in unzähligen Einzelteilen vor seiner Tür verstreute. »Verflucht!«, schrie er und besah sich das Desaster. Die Kiste war zerbrochen und nicht mehr zu gebrauchen. Er musste die Schubkarre aus dem Schuppen holen. Der Himmel kündigte wieder Regen an, aber es zog kein Wind übers Land. Randy wurde unsicher, ob er wirklich heute ein Feuer hinter dem Schuppen anzünden sollte. Zum einen war das Wetter nicht schlecht, weil der feucht drückende Himmel die Rauchfahne klein hielt. Andererseits konnte Regen sein Feuer löschen. Er beschloss, Harolds Leichenteile zunächst im Stall unter dem Heu zu verstecken. Schließlich hatte es Alan Leads dort auch eine Nacht ausgehalten.

Als Randy die Schubkarre zum Hauseingang balancierte, hatte er meinen Schatten am Tor noch nicht gesehen. Er sah ihn erst, als er die Knochen seines Bruders einsammelte und durch Zufall durch seine Armbeuge hindurch etwas wahrnahm, was nicht dorthin gehörte. Er sah, wie sich eine fremde Erscheinung bückte, und ließ die Knochen, die er gerade eingesammelt hatte, wieder zu Boden fallen. Sein Körper straffte sich, und er schenkte diesem Fremden an seinem Tor volle Aufmerksamkeit. Ich hatte mich hinter dem linken Pfosten versteckt und verharrte dort.

Randy holte tief Luft und fand es überhaupt nicht in Ordnung, einen Zuschauer für die Vorgänge auf seinem Hof zu haben. Er schnalzte mit Zunge, als würde er jemanden schelten.

Ich hörte das Schnalzen bis zum Tor und traute mich nicht mehr von der Stelle. Hoffentlich hatte Randy mich nicht erkannt. Ich hockte und hielt mir beide Arme über den Kopf, um meine Gedanken und meinen Körper vor dem zu schützen, was jetzt auf mich zukommen sollte. Ich hätte nicht herkommen sollen, aber mein Dad hatte mir in der letzten Nacht gesagt, dass der Mann, der meine Mutter auf dem Gewissen hatte, hier in diesem Haus lebte. Ich weiß nicht, warum ich ständig diese Träume hatte. Sie machten mir so viel Angst, aber ich konnte sie einfach nicht abschalten. Ich sah Schatten, wo keine waren, hörte Stimmen, wo keine erklangen und bekam Nachrichten, die keiner hörte. Warum war das so bei mir? Warum nur? Es quälte mich seit frühester Kindheit in einer Art und Weise, die ich nicht beschreiben kann. Ich wurde diese komische Welt einfach nicht los. Sie führte mich in Sicherheit und Verzweiflung zugleich, denn sie sprach die Wahrheit. Und die Wahrheit hält immer beide Seiten im Leben bereit, so wie es gut und böse, schwarz und weiß und hell und dunkel gibt. Sie tröstete mich, wenn ich Angst hatte und ängstigte mich, wenn ich mich in Sicherheit befand. Sie schmiss mich von einer Welt in die andere. Heute war die Angstwelt dran, und ich hatte es schon beim Aufstehen bemerkt. Gestern noch hatte ich mich mit Lydia in der Gutwelt befunden und sie getröstet. Ich hatte gewusst, dass ich sie bald nie wieder sehen würde. Es war der letzte Trost, den ich ihr gebe konnte. Seitdem lebte sie in einer eingeschlossenen Welt voller Angst und Verzweiflung.

Ich hatte mich heute in der Schule nicht konzentrieren können und die Lehrerin gefragt, ob ich zur Toilette dürfe. Sie hatte verständnisvoll genickt und mich gehen lassen, denn sie war von Reverend Rouls gestern über die Verhältnisse, in denen ich und mein Bruder seit drei Tagen lebten, umfassend informiert worden. Doch ich war nicht über den Schulhof zur Toilette gegangen, sondern hatte das Schulgelände verlassen und war zum anderen Ende des Ortes gelaufen, dorthin, wo Randy Breckenridge lebte. Ich wusste nicht, warum ich es tat, ich tat es eben. Dann war ich den Schotterweg entlang über die Pfützen gesprungen bis vor dieses Tor. Es war verriegelt. Ich sah, dass es das gleiche Schloss besaß, wie Mom es für den Schuppen gekauft hatte. Es war das gleiche Schloss, das ich geöffnet auf dem Boden gefunden hatte, direkt neben dem blutigen Schuh meines Dads. Jemand hatte dieses Schloss öffnen können! Dieser Jemand war bewandert in diesen Dingen. Als ich hinter dem Pfosten des Tors hockte und keinen Laut mehr vernahm, dachte ich, dass Randy mich womöglich gar nicht bemerkt hatte und seinen Erledigungen weiter nachgekommen sei. Ich nahm meine schützenden Hände wieder vom Kopf und drehte mich ganz langsam um, sodass ich seitlich durch das Tor sehen konnte, ob ich in Sicherheit war. Und tatsächlich, ich konnte Randy nirgends erblicken. Allerdings lag diese Kiste mit den Knochen noch vor der Tür. Vielleicht war er in den Schuppen gegangen.

Als ich mich langsam erhob, packte Randy zu. Er hatte sich sehr wohl zu mir hingeschlichen und sich so geschickt auf der anderen Seite des Zaunpfostens versteckt, dass er mich in Schach halten und gleichzeitig zupacken konnte, sobald ich versuchen sollte, davonzulaufen. Als Randy sah, dass ich der Kleine von Janet war, wurde er unsicher. Mir, Daryl, oder wie ich auch immer hieß, konnte er nichts antun – wirklich nicht! Ich war ein Kind! Ein Kind, das sich nicht angemessen wehren konnte. Wenn Randy etwas schätzte, war es Gerechtigkeit. Es wäre nicht gerecht, mich zu bestrafen, wenn ich nichts getan hatte. Sicherlich hatte mich kindliche Neugier hierher getrieben. Randy kannte diese kindliche Neugier. Sie hatte sich bei ihm zwar in anderen Bereichen gezeigt, aber er hatte sie auch einst besessen. Er musste sich nun eine gute Geschichte für mich ausdenken. Schließlich hatte er mir die Mutter weggenommen.

Ich wurde von tausend Stromschlägen durchbohrt, als ich den Griff von Randy an meinem Arm spürte. Der Griff war so fest und schmerzhaft, dass ich mich nicht bewegen konnte. Es war, als würde Randy mir alle Nerven und damit all meine Bewegungsabläufe lahmlegen. Ich spürte, wie er mich zu sich zog, näher an das Tor heran. In der anderen Hand hatte Randy den Schlüssel für das Tor und versuchte fluchend, es zu öffnen. Damit war mir klar, dass ich ihm nicht mehr entkam.

»Komm' mit mir ins Haus«, sagte Randy und lächelte. Und wir begaben uns in das, was zwei sehr konträre Mütter hinterlassen hatten.

Randy und Daryl

Ich bin Daryl und ich erinnere mich an meine ersten Gedanken. Ich muss knapp vier gewesen sein und erinnere mich, dass ich in diesem Alter schon bemerkte, dass irgendetwas mit meinen Gefühlen nicht stimmte. Ich fühlte damals schon so viele Dinge anders als meine Eltern und mein Bruder. Wenn sie lachten, verstand ich nicht, warum. Wenn sie sich mit mir gutgelaunt unterhielten, sehnte ich mich nach Ruhe. Wenn ich in der Ruhe Entspannung fand, fanden die anderen Unruhe darin. Wenn Freunde kamen, wollte ich alleine sein. Wenn meine Mutter mich in den Arm nahm, wand ich mich heraus. Es gab so viele Momente, in denen ich völlig anders reagierte und die Dinge anders empfand als alle anderen. Der Einzige, der sich immer behutsam mir gegenüber verhalten hatte, war mein Dad. Er wusste, wann man mich in Ruhe lassen sollte und womit man mir eine Freude machte. Das war schon komisch. Warum verstanden die anderen das nicht? Mein Dad wusste, wann er mit mir Modellflugzeuge basteln konnte und wann ich zu Wanderungen in die Berge aufgelegt war. Er war oft mit mir alleine unterwegs und sagte meiner Mutter immer, dass es mir besser bekommen würde, wenn nicht so viele Menschen um mich herum wären. Und das stimmte. Mein Dad redete auch nicht ständig auf mich ein oder fragte mich stets, wie es mir ginge und was ich vorhatte. Damit kam ich gut klar. Dafür liebte ich meinen Vater, den ich nun nicht mehr habe. Mit ihm hatte ich die schönsten Augenblicke meines Lebens verbracht. Mein Vater hatte mich einmal aufgefordert: »Erzähl mir deinen Traum vom Glück«, und ich hatte rote Wangen bekommen, weil sich das Gefühl, für das diese Frage stand, so wohltuend auf meine Seele legte. Dann sah ich einen Himmel voller Sterne, hörte den Bach hinter dem Haus fließen, die Vögel an einem Frühlingsmorgen trällern und atmete den süßlichen Duft von blühendem Ginster ein. Meine Augen begannen zu glänzen, und mein Vater sah, dass ich, in einer Zeremonie mit mir selbst gefangen, die Worte aussprach, die niemand hörte außer ihm. Er konnte sich erinnern, dass er als Kind ähnlich reagiert hatte, aber seine Eltern waren dann ungeduldig und nervös geworden. Mein Vater war immer in einer Welt des Lichts und des Traums gefangen gewesen, was er mir, seinem Sohn Daryl, vermutlich als wohlgehütetes Gut weitergegeben hatte.

Meine Mutter war die, die von dieser Sprache fasziniert war, sie aber nicht immer verstand. Sie war bodenständiger, so wie Joe.

Als mein Vater von seiner Krankheit erfuhr, verlor er den Blick ins Licht. Er verlor die Fähigkeit, die Vögel und den Bach zu hören und den Duft der Blumen im Frühling wahrzunehmen. Er war nur auf Träume fixiert gewesen. In seinen Träumen existierten keine Krankheiten. Es war ihm nicht möglich gewesen, seinen Zusammenbruch, oder nenne man es Siechtum, vor mir zu verbergen. In diesem Moment war meine Mutter wieder der führende Teil der Familie geworden. Aber die Welt war nicht mehr die gemeinsame. Die Realität hatte das Ruder herumgerissen und unsere ganze Familie in eine Strömung geschleudert, in der mein Vater ertrank, ich knapp unter der Oberfläche schwamm und meine Mutter einen Rettungsring für uns beide auswarf, den wir aber nicht erreichen konnten. Joe saß derweil am Ufer und harrte der Dinge, die kommen mochten.

Für mich war nach dem Tod meines Vaters meine Welt des Glücks in weite Ferne gerückt. Betäubt versuchte ich den Anforderungen des Alltags nachzukommen, aber es wollte mir nicht mehr gelingen. Ich entwickelte andere Strategien, um die schützende Ruhe, die ich mit meinem Vater empfunden hatte, wiederzufinden. Ich hatte begonnen zu summen und mir somit einen Ton für meine Gefühle zu schaffen, der mich beruhigte. Allerdings konnte ich mich danach nicht mehr auf das Reden konzentrieren. Doch die Zeit schenkte mir eine andere Gewohnheit, und als meine Mutter das Schlafzimmer vom Leben meines Vaters befreite, fand ich eine alte Socke von ihm, die mir das Summen nahm. Ich trug sie immer bei mir, legte sie des Nachts neben meinen Kopf auf das Kopfkissen und nahm sie beim Baden mit ins Wasser. So wurde diese Socke zu dem Schutz, den ich durch den Tod meines Vaters vorübergehend verloren hatte.

Mein Vater hatte nach seinem Tod begonnen, mich in Träumen aufzusuchen, und ich bemerkte, dass sich mir eine ganz neue Welt offenbarte. Ich begann, Kontakt zu dieser anderen Welt aufzunehmen, und sah den Schatten meines Vaters hin und wieder den Hof überqueren und im Schuppen verschwinden. Ich hörte ihn in meinen Träumen, wenn er mir Ratschläge gab. Seine durch das Tor des Himmels schwebenden Worte halfen mir, die Schule besser bewältigen zu können und beschützten meine Familie. Das alles hob meine Gefühle in eine Hemisphäre großen Glücks. Dann tauchte Jason Brightfull auf und brachte den widerlichen Gestank von Härte und Lieblosigkeit in unser Haus, und ich konnte nicht verstehen, was meine Mutter an ihm mochte. Der Strom des Glücks, an dessen Ufer ich gestanden hatte, wandelte sich zu einer gefährlichen Flut. Mein Vater erschien seitdem fast jede Nacht in meinen Träumen und versicherte mir, auf meine Mutter aufzupassen. Ich vertraute seinen Worten, bis dieses große Unglück geschah und mein Vater mir sagte: »Ich habe nicht geschafft, es zu verhindern.« Den mit Blut verschmierten Schuh, den ich fand, drückte ich als Symbol der Vergebung an mein Herz. Auch wenn die Zeit manchmal zerbricht, so hält sie immer wieder neuen Trost bereit. Mein Vater hatte seine nächtlichen Besuche nicht aufgegeben und kämpfte erneut um mein Vertrauen. Er betete, ich möge die Angst verlieren und auf meine tiefe Urkraft vertrauen. Mein Vater schickte mir den Mörder meiner Mutter und sagte vertraue …

Randy zog mich über den Hof wie ein Stück Vieh, dabei leistete ich keinen Widerstand. Er musste mich erst einmal irgendwo festbinden, um das Tor wieder ordentlich verriegeln zu können. Schließlich fand hier kein Jahrmarkt statt.

Ich sah und roch, wie er mich an Menschenknochen, Schädel und Verwesung vorbeizerrte und hörte Randy fluchen. Er drückte mich an einen freistehenden Balken im Stall und nahm sich ein kurzes Seil, das am Boden lag. Damit fixierte er mich so stramm, dass ich keine Chance hatte, mich zu befreien. So hatte er sich genug Zeit verschafft, das Tor neu zu verschließen. Von weitem grollte ein Gewitter heran. Ich verschwand in meiner Blase und erstarrte.

Entfernte Blitze hinter den Bergen teilten mit, dass sich dort derzeit die Hölle abspielte. In der Regel blieb das Gewitter dort stecken und regnete alles nieder, was die Wolken freizugeben vermochten. Gelangte es aber über die Berggipfel hinweg, fand die Hölle im Jackson-Tal statt. Randy beeilte sich, weil ihm plötzlich eine List in den Sinn kam, die er einmal im Fernsehen gesehen hatte. Was, wenn ich meinen Leib während des Fesselns voller Luft gebläht und meine Muskeln angespannt hätte? Dann wäre ich in Kürze frei und davon. Randy hatte diesen Vorgang einmal bei einem Entfesselungstrick mit einer Zwangsjacke gesehen. Man spannte Muskeln soweit an wie möglich und zog möglichst viel Luft ein. Wenn ich diesen Trick tatsächlich anwenden würde, dann müsste sich Randy mächtig was einfallen lassen. Er rannte zurück zum Stall und sah mich steif und starr an den Balken gezurrt stehen. Ich hatte mich nicht ein Stück bewegt.

Unsere Blicke trafen sich. Während Randy mich wütend anstarrte, konnte ich dieser Folter nicht lange standhalten. In mir zerbrach die Zeit und schickte mir einen Feuersturm der Gefühle. Stumme Schreie versuchten sich zu befreien, aber sie konnten nicht ins Freie finden. Sie machten kehrt und begannen, mein Innerstes zu vergiften. Ich spürte, wie sich das Gift ausbreitete, und rang um Atem, um die Schreie loszuwerden, aber mir kam nichts als das Keuchen trockener Angst über die Lippen. Meine Augen gaben Tränen frei, die mir über das staubverschmutzte Gesicht liefen und um Gnade bettelten, doch Gnade war für Randy ein Fremdwort. Er kam näher an mich heran und versuchte meinen Blick erneut zu fixieren, doch ich konnte ihn nicht ansehen. Er legte seine rechte Hand unter mein von Tränen befeuchtetes Kinn und hob es an. Er sah einen Schleier der Trauer in meinen Augen, der den Verlust meiner Eltern betraf. Er sah sich selbst, transformiert in eine andere Geschichte, und doch mit gleichem Ausgang. Er sah sich als Kind zu einer Zeit, als das Leben noch Neugier und Unbeschwertheit bereitgehalten hatte. »Wie alt bist du?«, fragte er mich.

Ich sah ihn durch den Schleier der Tränen an. »Zehn«.

»Zehn?« Randy ließ mein Gesicht langsam wieder sinken, entließ es sanft aus seiner Hand und setzte sich vor mir auf den Boden. Zehn. Randy war zehn, als das Licht seines Lebens erlosch und ihm Dunkelheit schickte. Er war zehn, als er das Kreuz seiner Mutter zu tragen begann.

»Erzähl mir von dir«, sagte Randy und zog mit seinem rechten Zeigefinger Kreise in den Staub. Ich sah eine Weile zu und sagte: »Mir ist kalt.«

Randy sah auf. »Mir auch.«

Es war eine unterschiedliche Kälte, die wir verspürten, aber wir nannten es beide Kälte.

»Weiter«, sagte Randy.

»Ich hab' Angst«, flüsterte ich.

Randy nickte. Das konnte er verstehen. »Ich auch«, sagte er. Er hatte mit zehn auch viel Angst verspürt. »Angst ist schlimm.«

Das Grollen des Gewitters schien sich zu nähern. Es hatte die Berge überwunden und bewegte sich ins Tal. Das war selten und konnte die Hölle bedeuten. Randy dachte an das Skelett seines Bruders und sagte: »Warte.«

Mir kam es fast wie ein Witz vor, der keiner war. Ich sah Randy verschwinden und hörte, wie er etwas Schweres durch den Dreck in den Stall zog. Er zog es in die Mitte des Gebäudes und ließ es unmittelbar vor mir liegen. Ich sah auf die Gebeine und spürte Ohnmacht aufkommen.

»Weißt du, wer das ist?«, fragte er und sah mich an.

Ich fühlte durch die Frage die Ohnmacht abgewendet und schüttelte den Kopf.

»Das ist Harold, mein Bruder.« Er sah auf die Gebeine des Bruders, genau wie ich.

»Ich hab' ihn heute aus dem Keller geholt.«

Stille.

»Er hat dort über zwanzig Jahre verbracht.«

Stille.

»Heute habe ich ihn da rausgeholt, dachte, ich muss mal das Haus aufräumen.«

Ich sah Randy an. In mir fielen Welten in sich zusammen. Mir war nie in den Sinn gekommen, dass Leichen zu entsorgen zum Haus aufräumen gehört.

»Er hat mir das Leben zur Hölle gemacht«, sagte Randy und sah mich dabei an. »Deswegen musste er im Keller leben.«

Ich musste mich überwinden, mich nicht zu übergeben. Die Übelkeit kehrte sich nach innen und füllte mein Herz voller Angst. Der Schädel des Bruders wies einige zerschmetterte Stellen auf; mir war klar, dass er nicht eines natürlichen Todes gestorben war. Er war übel zu Tode geprügelt worden. Das setzte erneut eine Flutwelle der Angst in mir in Bewegung. Ich begann zu zittern.

»Ich werde ihn morgen verbrennen. Heute wird's nichts mehr. Gibt gleich Regen.« Randy sprach von diesem grausamen Vorgang, als würde er morgen Wäsche aufhängen wollen. Heute trocknet sie nicht mehr.

Als Zehnjähriger spürt man nicht dieselbe Fassungslosigkeit wie ein Erwachsener in einer solch absurden Situation, aber in mir gingen viele andere Dinge vor, die mit Normalität nichts zu tun hatten. Ich spürte plötzlich eine merkwürdige Verbundenheit zu diesem Randy, auch wenn es irrational klingt. Ich begann mich zu beruhigen und aus dem Tal der Angst emporzusteigen. Dieser Randy hatte merkwürdige Gefühle. Nicht, dass er die gleichen Gefühle verspürte wie ich, sie waren anders merkwürdig. Ich kam vorsichtig aus meiner Blase und fragte: »Was ist passiert?«

Randy sah erstaunt auf. Noch nie hatte ihn jemand gefragt, was passiert sei. Das klang interessant, denn es tat gut, wenn sich jemand für seine Welt interessierte. »Du fragst, was passiert ist?«

Ich nickte.

»Siehst du Harolds Kopf?«

Ich nickte erneut.

»Den habe ich zertrümmert. Ja, ich war das. Wenn ich jetzt sagen würde, es war mein Vater, wäre es zwar gut für mich, aber es wäre gelogen. Es wäre eine weiße Lüge, weiß du?«

Ich warf einen fragenden Blick auf Randy. »Was ist eine weiße Lüge?«

»Das ist eine Lüge, um sich zu schützen, wenn sie gut für einen ist und einem hilft. Ich könnte jetzt alles Mögliche erzählen. Du müsstest alles glauben. Aber ich bin kein Lügner. Ich sagen immer – fast immer – die Wahrheit. Eine schwarze Lüge ist, wenn sie ganz gemein ist. Zum Beispiel …«, Randy legte sein Kinn zwischen Daumen und Zeigefinger der rechten Hand und dachte nach. »Wenn ich dir Bonbons wegnehme und du mich fragst, ob ich sie genommen habe und ich nein sage. Verstehst du, dann habe ich mich nicht geschützt, sondern dich voll mies angelogen. Das ist ungerecht und gemein.«

Ich nickte. »Ich kenne auch eine schwarze Lüge.«

»Ah? Schieß los.«

»Jimmy – das ist … nein, das war mein Freund – Jimmy hat erzählt, ich hätte ihn geschlagen, dabei habe ich das gar nicht getan. Ist das eine schwarze Lüge?«

Randy nickte. »Hört sich fast so an.«

»Wenn meine Mom sagte, alles wird wieder gut, dann ist das eine weiße Lüge, ne?«

»Jou, das ist es.«

»Meine Hände werden taub«, sagte ich und verkniff mir den Schmerz auf den Lippen.

»Oh«, sagte Randy und befreite mich von den Fesseln. »Du darfst aber nicht weglaufen, hörst du? Dann muss ich dich jagen. Und glaub mir, ich kriege dich!«

Ich nickte, weil ich ihm glaubte. Ich empfand Randy gar nicht mehr als so angsteinflößend, wie er auf Anhieb erschien. Er wirkte in diesem Moment sehr normal auf mich. Ich wäre auch sauer, wenn einer an meinem Tor herumlungern würde. Ich hätte mir diesen Fremden auch erst einmal geschnappt.

»Willst du die wahre Geschichte hören, ich meine, warum ich das getan habe?«, fragte Randy und sah auf Harold.

Ich nickte, und Randy bot mir an, mich gemeinsam mit ihm auf den Boden zu setzen. Ich tat es.

»Nee, ich glaube, das will'ste nicht. Du würdest es nicht verstehen.«

»Was würde ich denn verstehen?«

Das war eine weitere interessante Frage. Randy gefiel es, und er dachte nach. »Du hast doch auch einen Bruder, ne?«

Ich nickte. Randy kannte uns. Wenn er meinem Vater oder meiner Mutter hin und wieder geholfen hatte, hatte er uns immer freundlich zugewinkt. Das mochten wir Jungen. Wer von den Großen schenkte uns als Kindern schon Beachtung?

»Dein Bruder ärgert dich doch bestimmt manchmal.«

Ich dachte nach. Natürlich ärgern sich Brüder, aber dafür schlug man sich nicht den Schädel ein. Schlimmstenfalls kämpfte man miteinander, das hatte ich bei anderen Brüdern gesehen. Aber ich hatte mit Joe noch nie einen Streit gehabt, der so ärgerlich geworden war, dass wir uns prügeln mussten. Ich hörte Randy weiterreden.

»Manchmal aber ist der Ärger so groß, ich meine die Wut und der Zorn, dass du anfängst, jemanden zu hassen.«

Ich schüttelte den Kopf und wollte mir keine Blöße geben. Sollte ich ihm erzählen, dass ich meine Mutter in letzter Zeit manchmal gehasst hatte? Doch das fand ich nicht fair, denn meine Mutter hatte nach dem Tod meines Vaters ihr Bestes gegeben. Ich bin davon überzeugt, dass sie auch vorher ihr Bestes gegeben hatte, nur ... es war nicht das Beste gewesen!

»Doch, glaub es mir. Warst du noch nie so wütend auf jemand, dass du ihn umbringen hättest können? Was ist mit Jimmy, der schwarze Lügen über dich erzählt?«

Jetzt wurde ich nachdenklich. Diese Frage war spannend, und ich erschrak vor meiner eigenen Reaktion. »Tötet man, wenn man sehr wütend ist?«, fragte ich eingeschüchtert und sah wieder auf Randys toten Bruder.

»Klar tötet man, wenn man sehr wütend ist.«

Mich durchfuhr ein Schauer der Angst. »Wie wütend warst du denn?«

»Oh, wie tausend Weltkriege zusammen! Stell dir vor, du läufst auf ein Kriegsfeld hinaus und jemand schießt dir den linken Arm ab. Aber du rennst weiter, und man schießt dir den rechten Arm ab. Dann bist du erst mal soweit, dass du nicht mehr zurückschießen kannst. Du läufst aber weiter, und jemand schießt dir das rechte Bein ab, aber du kannst ja noch auf dem linken weiterhüpfen. Also hüpfst du weiter auf dem Schlachtfeld, bis dir jemand auch noch dein linkes Bein abschießt. Du fällst hin und bist mächtig wütend, stimmt's?«

»Stimmt.« Diese Version verstand ich und empfand eine große Gemeinheit und Ungerechtigkeit.

»Ja, da liegst du also und hast keine Arme und Beine mehr. Und jetzt stell dir vor, da kommt jemand mit einer Knarre, sieht dich da liegen und richtet die Knarre auf dich. Bist du in dem Moment nicht ziemlich wütend, noch wütender als vorher? Weil du dich jetzt gar nicht mehr wehren kannst?«

Ich nickte und stellte mir den verstümmelten Körper vor.

»Siehst du, das ist mächtig ungerecht, und dann wird aus der Wut Zorn. Du würdest dem anderen jetzt so richtig eine knallen, nur weil er die Knarre auf dich richtet. Du kannst es aber nicht, weil du keine Arme und Beine mehr hast. Also hoffst du, dass er Gnade walten lässt und geht, aber du siehst, wie er den Hahn der

Knarre spannt und auf dich zielt. Er hat also die volle Absicht, dich in diesem wehrlosen Zustand abzuknallen.« Randy sah zu Boden, während ich gespannt auf das Ende der Geschichte wartete.

»In dem Moment entsteht der Hass. Verstehst du? Der Hass! Das Gefühl übertrifft alle schlechten Gefühle vorher. Wenn der Hass erst einmal bei dir drin ist, wirst du ihn nicht mehr los.«

Ich sah ihn geschockt an. Sein Gesicht wies Züge auf, die den Hass sichtbar machen sollten.

»Hat derjenige denn geschossen?«, fragte ich, um endlich das Ende der Geschichte zu hören.

Randy sah auf. »Darum geht es doch gar nicht!«

Nicht?

»Wenn derjenige abdrückt, biste doch tot, aber wenn du weißt, er hatte die volle Absicht, dich zu töten, dann bleibt der Hass auf solche Menschen. Menschen, die die Absicht haben, dich zu töten. Und du spürst diesen Hass immer wieder und wieder und wieder. Immer wenn du weißt, der andere will dich mit voller Absicht zugrunde richten, spürst du diesen Hass.« Er sah mich an. Mir erschien die Geschichte unlogisch. Aus meiner Sicht würde dieser verstümmelte Mensch einfach verbluten, egal, ob ihn jemand erschoss oder nicht. Tot ist tot. Aber darum ging es wohl nicht.

»Ich frage dich was, wie heißt du noch mal – Daryl?«

Ich nickte.

»Wenn du die Möglichkeit hättest, diesen letzten bösen Menschen auf dem Schlachtfeld zu töten, bevor er abdrückt und dich tötet, würdest du das tun?«

Ich sah den erwartungsvollen Blick von Randy auf mich gerichtet und fühlte eine große Beklemmung in mir aufkommen. Ich hasse Gewalt und fragte mich, ob ich wirklich töten könnte. Dann entschloss ich mich, zu nicken und sah, dass Randy erfreut grinste. Also hatte ich die richtige Antwort gegeben.

»Genau, jetzt verstehst du mich.«

Ich verstand immer noch nicht, weshalb Harold vor mir lag. Randy besaß beide Arme und Beine. Weshalb hatte er Harold getötet?

»Was hat Harold getan, dass du ihn so gehasst hast, um ihn zu töten?«, fragte ich schließlich, denn ich wollte es nicht noch komplizierter machen.

Randy fand dies eine sehr kluge Frage. Ich gefiel ihm immer mehr, den Jungen von Janet. Ich war nicht wie die anderen, die ihn ständig verurteilten, ohne sich mit ihm auseinanderzusetzen. Ich schien mich tatsächlich für seine Gefühle zu interessieren. Ein Freund, dachte Randy. Er hatte in mir seinen ersten Freund gefunden. Ich war zwar noch sehr jung, aber ich wies eine gewisse Neugier auf, die Randy gefiel. Es war eine faire Neugier, die rein und unverdorben klang. Das machte ihn geschmeidig.

»Er hat mir Arme und Beine abgeschossen und wollte mich zum Schluss abknallen! Ganz hinterlistig!«

Dieser Antwort machte mich wirklich ratlos. Das zeigte auch mein Gesicht.

»Mann, du bist aber auch dumm wie Scheiße!«, rief Randy plötzlich und erhob sich. Mich überkam erneut die Angst. Ich wollte Randy auf keinen Fall wütend machen. Und schon gar nicht zornig! Also schüttelte ich in großer Not den Kopf und hielt mir die Hände als Schutz darüber. Randy sah es, und seine Reaktion tat ihm sofort wieder leid. Er löste sanft meinen Schutzgriff und setzte sich wieder mir gegenüber. Er kannte diese Reaktion aus seiner Kindheit und wusste genau, welche Angst sich dahinter verbarg. Das hatte er nicht gewollt. Er wollte mich nicht ängstigen, also erklärte er mit leiser Stimme: »Das war eine Parabel, Daryl. Eine Parabel! Hast du in der Schule noch nichts über Parabeln gelernt?«

Ich schüttelte den Kopf.

»Das sind Geschichten, die man verständlich macht, indem man sie in einen ganz anderen Lebensbereich überträgt.«

Ich begriff langsam, was Parabeln bedeuten. Zumindest versuchte ich, es Randy zu zeigen, damit er nicht wieder wütend wurde.

Wir beiden sahen uns an, und eine Welle der Wärme überflutete unsere Seelen. Jeder von uns war auf seine Weise vom

Schicksal getragen worden. Ich war noch am Anfang meines Lebens, während Randy bereits an einer Station angekommen war, die nicht mehr viele Züge in die Freiheit bereithielten. Wir beide waren in die gleiche Lebenssituation hineingeboren worden: die Eltern wohlschaffend, der Vater handwerklich und technisch begabt, die Mutter am Herd für die Kost zuständig. Ein Bruder, der älter war – wenn bei Randy auch nur um wenige Minuten – und wir beide in eher ärmlichen Lebensverhältnissen. Beide Familien hatten sich nie beklagt, sondern waren Tag für Tag ihren Aufgaben nachgekommen und hatten auf ihre Art und Weise die Fürsorge für ihre Kinder getragen, so, wie sie sie in ihrem Elternhaus gelernt hatten. Jeder hatte seine Geschichte mit ins Leben gebracht, die ihn geprägt und zum Handeln veranlasst hat. Jeder hatte auf seine Art und Weise sein Bestes gegeben. Jeder. Man könnte auch sagen, jeder Vogel wurde in einem anderen Käfig geboren. Fand der Vogel doch eines Tages in die Freiheit, stellte er fest, dass er kein Werkzeug zum Überleben mitbekommen hatte. Fand er in dieser Zeit keinen Lehrmeister, der ihm das Überleben zeigte, war er sich selbst überlassen und lebte von dem, was er an Wissen besaß. Wenn es ausreichte, überlebte er vielleicht, wenn es nicht ausreichte, ging er erbärmlich vor die Hunde und wurde zum Aas für die Geier. Randy war längst zum As des Lebens und seiner Mitmenschen geworden, weil ihm niemand das richtige Werkzeug für sein Leben mitgegeben hatte. Seine Eltern waren nicht so beständig wie meine ihrer Aufgabe, für das Wohl ihrer Kinder zu sorgen, nachgekommen. Sie waren zu Henkern geworden und hatten ihren Sohn zu einem Henker herangezogen. Solange, bis er seine Aufgabe im Leben begriffen hatte und einen nach dem anderen erhängte.

Ich war mit anderen Werkzeugen ausgestattet worden. Ich war von Geburt an schon dem Frieden und der Harmonie zugetan. Meine Eltern waren stets bemüht gewesen, dies weiter zu pflegen, mir Respekt, Liebe, Toleranz und Güte zu vermitteln und mich keinem Leid auszusetzen. Es gab keine Eigensucht oder Ungerechtigkeit. Und doch hatte ich, genau wie Randy, beide Eltern auf eine Art und Weise verloren, die nichts mehr mit Gerechtigkeit zu tun hatte. Ob Randy wirklich der Mörder meiner Mutter war, wusste ich derzeit nicht. Es war mal wieder eine Ahnung, die ich nicht aussprechen konnte. Mein Vater hatte mir in den Träumen nur den Ort geschickt, an dem sich der Mörder meiner Mutter aufhielt, nicht das Gesicht desjenigen.

Ich sah mir Randy ganz genau an und konnte auf den ersten Blick keine Boshaftigkeit in seinem Gesicht erkennen. Ich erkannte eher Qual und Schmerz, aber keine Boshaftigkeit. Ich spürte durch die Worte, die mir Randy mitteilte, ein großes Leid und unermessliche Verletzung und Kränkung. Ob dieser Mann wirklich meine Mutter getötet hatte?

Randy fühlte sich so sanftmütig wie noch nie in seinem ganzen Leben. Ich war zum Spiegel seines eigenen Lebens geworden, löste Wärme, Harmonie und Verständnis in ihm aus. Endlich interessierte sich jemand für seine Gefühle. Er sah auf Harold und wünschte sich, er hätte mit ihm genauso reden können. Er sah mich an und empfand plötzlich eine große Sympathie für mich. Er hätte mir nicht die Gebeine seines Bruders zeigen dürfen. Verdammt! Welchen Eindruck mochte ich jetzt von ihm haben? Randy fragte mich: »Weißt du, was eine Seele ist?«

Ich nickte. Ich glaubte zumindest zu wissen, was eine Seele ist.

»Ich habe viel über Seelen gelesen«, sagte Randy, erhob sich und forderte mich auf, mich ebenfalls zu erheben. »Komm', ich zeig dir meine Bücher.«

Mich überkam wieder die Angst. Gehe niemals in das Haus von Fremden!, hatte meine Mutter immer gesagt. Du weißt nie, ob die Freundlichkeit echt ist oder ob sie dir etwas Böses tun wollen. Ich sah auf die Knochenreste von Harold und fühlte Widerstand und Angst aufkommen. Als Randy sich bereits am Stalleingang befand, bemerkte er, dass ich ihm nicht folgte. Das machte ihn wütend, und er drehte sich um, überlegte, ob er mich mit Gewalt mitnehmen sollte. In diesem Moment kam ihm seine eigene Angst als Zehnjähriger wieder ins Gedächtnis und zügelte seine Gefühle. »Du brauchst keine Angst zu haben, Daryl. Ich tue dir nichts. Du hast mir ja auch nichts getan. Ich will dir nur meine Bücher zeigen.« Es erschien Randy plötzlich von großer Wichtigkeit, jemandem endlich all seine Bücher zu zeigen. Er hatte Hunderte im Haus herumliegen, die er alle gelesen hatte. Er wäre dafür so gerne einmal von seinen Eltern gelobt oder von irgendjemandem geachtet worden, aber dieses Bedürfnis wurde nie gestillt. Nun stand ich, dieser kleine Junge, vor ihm, und er verspürte nichts anderes als eine große Lust, all seine privaten Interessen mit mir zu teilen. Es zeigte sich keinerlei sexuelles oder gewalttätiges Verlangen. Seine früheren Begegnungen hatten immer eines dieser beiden Gefühle in ihm geweckt. Entweder wollte er Sex mit dieser Person oder er wollte ihr Gewalt antun, aber das Verlangen, jemandem seine Bücher zu zeigen, hatte er noch nie verspürt. Es war so wohltuend, so befreiend und … rein, dass Randy seine Gefühle kaum zügeln konnte. Er wollte diese Situation auch nicht verderben und alles wieder in eine andere Richtung steuern, aber er hatte große Mühe, sich nicht vor Freude zu überwerfen. »Komm schon, Daryl!« Er hörte selbst den drohenden Klang in seiner Stimme und hatte es doch nur nett gemeint. Warum waren alle immer so ängstlich ihm gegenüber? Alles kribbelte vor Erregung in ihm, aber es war kein sexuelles Verlangen. Als er mich verschüchtert und zitternd neben seinem Bruder verharren sah, überlegte er, wie er nun am besten reagieren könnte, um mir all seine Bücher zu zeigen. Würde er ins Haus laufen und einige holen, würde ich in dieser Zeit vielleicht weglaufen und von Harold erzählen. Würde er mich wieder festbinden, würde ich unzugänglich werden und kein Interesse mehr zeigen. Also blieb nur noch die Möglichkeit, mich mit in sein Haus zu nehmen.

»Was muss ich tun, damit du mir vertraust?«, fragte Randy. Er fand diese Frage klug und angemessen. »Ich will dir nur meine Bücher zeigen. Ich will dich nicht wieder hier festbinden, damit du wartest. Ich will dir nicht wehtun. Was soll ich tun?«

Ich hörte, wie mein Vater mir die Antwort durch die Luft zuflüsterte, und ich sprach sie aus: »Mir vertrauen.«

Randy sah mich an. Er war gefordert. Er sollte mir vertrauen? Wie konnte er das? Vertrauen hatte sich noch nie für ihn ausgezahlt. Die Vorstellung von Vertrauen wütete wie ein Orkan durch seine Gefühle. Er hatte es bereits vielen Menschen geschenkt, als sich das Meer seines Lebens noch mit glatter Oberfläche bewegte, aber je mehr Vertrauen er schenkte, desto wilder wurde das Meer. Erst waren es kleine Wellen, dann brach der Kamm, bis sie sich zu einer Riesenwelle auftürmten, die ihn in die Höhe trug und mit einem Todessturz unten aufschlagen ließ. Er verlor Arme und Beine, hatte nur noch Menschen um sich mit eine Knarre in der Hand, den Hahn gespannt. Er sah mich an und erinnerte sich intensiv an sein zehntes Lebensjahr. Es war eine Zeit, in der er Vertrauen als etwas Positives empfunden hatte. Er versuchte, dieses Gefühl aus seiner Vergangenheit wiederzufinden und sagte zu mir: »Okay, wie machen einen Deal.«

Ich sah ihn an.

»Ich gehe schnell ins Haus und hole ein Buch, okay?«

Ich nickte.

»Und du versprichst mir, hier solange zu warten. Tust du das?«

Das war der Moment unserer ersten gegenseitigen Mutprobe. Weiße Lüge, schwarze Lüge? Oder keine der beiden? Wir sahen uns an. Es war der Moment, in dem sich zum ersten Mal etwas ganz ungeheuerlich Großes in uns tat. Ich war gefordert, dem mutmaßlichen Mörder meiner Mutter zu vertrauen, und Randy war gefordert, zum ersten Mal einen Menschen unbeaufsichtigt auf seiner Ranch herumlaufen zu lassen. Sollte ich abhauen, wäre hier in spätestens einer Stunde der Teufel los. Wie groß war die Bedeutung dieses Augenblicks für uns, die wir unermessliches Leid empfanden und uns nun herausgefordert sahen, sich gegenseitig eines der größten Geschenke des Lebens zu machen?

Ich wusste, dass ich ohne weiteres weglaufen könnte, bis Randy wieder zurück wäre. Es war nicht schwer, zwischen den

Zaunlatten hinter dem Stall hindurchzuschlüpfen und im Gebüsch des angrenzenden Waldes zu verschwinden, dann zurück zu Schule zu laufen und um Hilfe zu bitten. Ich würde überleben. Und Randy bekäme die Strafe, die ihm zustehen würde. Das war die rationale Welt. Doch ich lebte in einer völlig anderen Welt, die vielen nicht als rational erscheint.

»Ich mach dir einen Vorschlag«, hörte ich Randy sagen. Er bückte sich und ergriff einen großen Stein. »Wie schwören beide auf diesen Stein, uns zu vertrauen. Wir legen die Hände drauf und schwören. Du schwörst, dass du nicht wegläufst, und ich schwöre, dass ich nur ein einziges Buch für dich hole und es dir zeige.« Er hielt mir den Stein entgegen. Ich sah ihn an und ließ die Situation auf mich wirken. Vertraue, hatte mein Vater gesagt. Es war schwer, zwischen Leben und Tod zu entscheiden und dann von Vertrauen zu reden. Es konnte der größte Fehler meines Lebens werden, und ich sah wieder auf Harold, der vollkommen zerbrochen und zerschmettert vor mir lag. Das gab mir eine Vorstellung davon, was passieren konnte, wenn man Randy nicht vertraute. War Harold auch mit einem Stein getötet worden? War es der gleiche Stein, den Randy mir gerade als Schwurstein entgegenhielt? War es ein Todesstein? Hatte Harold auch auf diesen Stein geschworen und sich nicht daran gehalten? Ein Stein hat etwas Beständiges, etwas Mächtiges und Starkes. Etwas, worauf man vertrauen konnte. Er veränderte sich nicht, wenn man ihn über Nacht einem wilden Unwetter überließ. Eine Blume wäre zerstört, sogar ein Haus konnte zerstört werden. Aber ein Stein sah am nächsten Tag genauso aus wie am Tag zuvor.

Ich traute mich und ging auf Randy zu. Ich hielt ihm meine Hand entgegen und erbat mit dieser Geste, den Stein zu halten. Ich wollte sehen, ob der Stein mir ein Gefühl schickte. Randy war gerührt von der Geste, denn sie enthielt etwas Mystisches, etwas so Großes, wie er es noch nie gespürt hatte. Er übergab mir seinen Stein und sah zu, was passierte.

Ich nahm den Stein, der die Größe der Hand meines Vater hatte, und betrachtete ihn. Es war kein normaler Stein, nicht so einer, wie man sie zu Tausenden am Wegesrand oder am Meer findet. Nein, es war ein Stein, der sich aus vielen Schichten zusammengesetzt hatte und die Form eines Herzens andeutete. Ich hatte einen solchen Stein noch nie in meinem Leben gesehen. Er musste aus einer anderen Gegend oder einem anderen Land stammen und war so schön anzusehen, dass die Antwort klar auf der Hand lag. Dieser vom Symbol der Liebe und des Vertrauens zugleich getragenen Moments überschritt unseren Horizont, und ich legte meine rechte Hand darauf und sagte: »Ich schwöre.«

Randy kam hinzu und legte seine Hand auf meine. Mich durchflutete eine große Wärme und die Gewissheit, das Richtige getan zu haben.

»Ich schwöre«, sagte auch Randy, nahm ebenfalls die Wärme meiner kleinen Hand in sich auf und fühlte sich um fünfundzwanzig Jahre zurückversetzt, als er mit seinem Bruder bereits einen Eid auf diesen Stein geschworen hatte, einander niemals im Stich zu lassen. Sein Bruder hatte den Schwur gebrochen und dafür bezahlt. Heute bot sich für Randy eine neue Chance, dem Leben zu vertrauen. Er war wieder Kind und konnte in diesem Moment sein Leben neu beginnen und die Kindheit, die ihm gefehlt hatte, nachholen. Sein Körper wurde von einem Gefühl des Déjà-vu durchflutet, und er spürte plötzlich die Energie, die er als Zehnjähriger in sich gespürt hatte, den Drang, Bücher zu lesen, die Natur zu verstehen und allem neugierig gegenüber zu bleiben, was dem Herz großes Glück schenkte. Er sah sich um Jahre zurückversetzt und spürte plötzlich eine Reinheit seines Herzens, die sich unter all dem Müll seiner Taten und Besitztümer erhalten hatte. Wie konnte es sein, dass ich all diese Gefühle in ihm wecken konnte? War es die ewige Sehnsucht nach diesem Gefühl, alles auf Null zu drehen und noch einmal von vorne zu beginnen? Welche Macht besaß ich, dessen Hand er unter seiner spürte, als wäre diese Hand das Tor zur Welt, das Tor zur Freiheit.

Wir sahen uns an, ganz tief in die Augen. Wir trafen uns und sagten Hallo. Mehr nicht. Wir lernten uns kennen, wie Menschen sich kennenlernen sollten: mit Respekt und Akzeptanz. Mehr war uns zu Beginn unserer Freundschaft nicht abzuverlangen.

Als Randy seine Hand von meiner nahm, übergab ich ihm den Stein. Es war seiner, er gehörte ihm ganz allein. Das rührte Randy sehr, denn es war der Stein, mit dem er seinen Bruder einst erschlagen und mitgenommen hatte.

Ich sah, wie Randy sich zu den Gebeinen seines Bruders bückte und diesen Stein zwischen die Rippen an genau die Stelle legte, wo einst das Herz seines Bruders neben dem seinen im Leib ihrer Mutter geschlagen hatte. Er tat dies auf der Suche nach Vergebung für die große Not, in der er sich einst befunden hatte.

Damit wusste ich Bescheid, was passiert war, und sah Randy den Stall schweigend verlassen. Ich hatte jetzt die Chance zu flüchten, aber ich verspürte nicht den geringsten Drang, es zu tun. Mein Blick verfolgte Randy, wie er gefangen in tiefem Glück den Hof überquerte. Er hatte diesen Stein eigentlich nicht aus der Hand geben wollen, für den Fall, dass ich doch davonlaufen würde. Randy kannte die Abkürzung zur Straße in die Stadt. Ich hätte keine Chance gehabt. Er hätte mich gnadenlos verfolgt und meinen Schädel ebenso zertrümmert wie einst den von Harold. Dann hätte er meinen Körper einfach zu Harold ins Feuer geschmissen, und er hätte nichts dabei gefühlt – nichts! Ich wäre nur einer von denen geworden, die sein Vertrauen missbraucht hatten, nichts weiter.

Jetzt aber überquerte Randy den Hof und fühlte nichts mehr von alledem. Es war, als hätte ihm jemand eine große Last vom Herzen genommen. Zum ersten Mal spürte er etwas anderes als Misstrauen und Hass. Er betrat das Haus und suchte nach seinem ersten Buch von Charles Darwin, das er als Zehnjähriger gelesen hatte. Er fand es in seinem Zimmer unter einem Berg von Müll, unversehrt, als hätte er es gestern erst gekauft. Ich stand derweil im Stall und wartete. Es war eine merkwürdige Situation, in der ich mich befand. Jeder normale Mensch wäre jetzt davongerannt, aber ich konnte es nicht. Ich hatte das Gefühl, dass Randy genauso viel Respekt und Vertrauen zustand wie jedem anderen Menschen auch. Außerdem hatte er mir keinen wirklichen Grund gegeben, wegzulaufen. Er hatte mich aus Vorsicht im Stall angebunden, aber er hatte mich auch wieder befreit und mir vertraut.

Ich hörte ihn im Haus werkeln. Er verschob Möbel und schmiss irgendwelche Dinge durch die Gegend, aber er fluchte nicht. Dann sah ich ihn über den Hof zurückkommen. Er hielt mir freudestrahlend ein Buch entgegen. »Ich hab' es!«, rief er.

Wir hatten die erste Probe bestanden. Ich war nicht weggelaufen, obwohl ich allen Grund dazu hatte. Und Randy war mit dem versprochenen Buch zurückgekommen. Wir sahen uns an und lächelten erleichtert. Ich hatte schon einmal von Darwin gehört, konnte mir aber nichts Genaues darunter vorstellen. Umso erfreuter war ich, dass Randy mir Einiges zeigen und erklären wollte.

»Komm, setz sich!«, sagte er und zeigte auf eine Stelle, die etwas weiter von seinem Bruder Harold entfernt war. Das erleichterte mich. Auf einen verwesten Leichnam zu schauen ist nicht unbedingt schön, wenn man es sich gemütlich machen will.

»Wir könnten ins Haus gehen«, schlug ich leise vor, denn das Gewitter, was herannahte, hörte sich gewaltig an. Ich hatte eine Ahnung. Ein Stall wäre nicht der beste Schutz bei Blitz und Donner. Er war zudem mit trockenem Heu gefüllt und an einigen Stellen undicht. Das Gewitter brachte Wind und Kälte mit sich, und ich begann zu frösteln. Die Jacke, die ich trug, war nur dünn, weil Jason Brightfull Joe und mich mit dem Wagen von der Schule hatte abholen wollen. Doch ich dachte nicht mehr an die Schule. Diese Begegnung mit Randy war viel interessanter als eine blöde Mathestunde.

Der Vorschlag, ins Haus zu gehen, überraschte Randy. Er hatte soeben noch gedacht, dass ich große Angst vor seinem Haus hatte, doch jetzt zeigte ich keinerlei Anzeichen von Furcht oder Misstrauen mehr. Ich stand vor ihm und suchte nun Schutz in seinem Haus, einem Haus, in dem grausame Dinge passiert waren und das nun im Müll ertrank, weil Randy keinen Weg der Ordnung gefunden hatte. Es spiegelte den Zustand seiner Gedanken wieder, der sich Tag für Tag verschlimmerte. Er schämte sich plötzlich, mich in sein Haus zu lassen. Was mochte ich dann von ihm denken? Dass er zu blöd wäre, aufzuräumen? Der Zustand seines Hauses war allerdings nicht ganz so schlimm wie der bei Annie, hatte er gestern festgestellt. Annie entsorgte ihre Leichen nicht, sodass sich ein furchtbarer Verwesungsgeruch im Haus ausgebreitet hatte. Randy entsorgte seine Leichen, zumindest die im Haus und auf dem Hof. Er überlegte kurz, ob die Küche irgendwo einen Platz anbot, an dem er mit mir gemütlich sitzen konnte. Nein, er hatte nur eine kleine Ecke fürs Kochen und Spülen freigelassen. Er aß in der Regel oben in seinem Zimmer, wo es einigermaßen erträglich war, aber dort wollte Randy mich nicht hineinlassen, denn es hing voller Bilder, die nackte Frauen in pornografischen Stellungen zeigte. Gar nicht gut für einen Zehnjährigen, dachte Randy und sagte: »Gib mir zehn Minuten, okay? Ich ruf dich dann, und du kannst kommen. Ich lasse dir als Pfand das Buch da. Dann kannst du schon mal reinschauen, okay?« Randys Stimme klang aufgeregt, nahezu euphorisch. Wieder sollte unser Vertrauen zueinander auf die Probe gestellt werden. Ich sah auf den Stein, den er Harold zwischen die Rippen gelegt hatte. Den wollte er als Schwurstein nicht mehr hervorholen. Das brauchte er auch nicht, denn ich antwortete: »Okay.«

»Ohne Schwur?«

»Ohne Schwur«, antwortete ich und hatte in meinen Augen bereits die Antwort Wir vertrauen uns stehen.

Randy übergab mir das Buch und lief ins Haus zurück. Ich fand einen alten Holzbock im hinteren Teil des Stalls, auf dem Randy sein Feuerholz spaltete, und setzte mich darauf. Ich schlug das Buch auf und begann darin zu lesen. Ich vergaß die Zeit, und ich vergaß Randy, der im Haus für Ordnung sorgen wollte. Niemand bemerkte, dass bereits mehr als eine halbe Stunde vergangen war. Das Gewitter bewegte sich geradewegs auf die Ranch zu und feuerte seine Blitze in alle Richtungen.

Mrs. Thatcher, meine Lehrerin in der Wilson Elementary School, wurde langsam nervös. Ich war bereits eine halbe Stunde vom Unterricht verschwunden und kam nicht zurück. Sie hatte Verständnis für meine Situation und konnte sich gut vorstellen, dass ich hin und wieder Auszeiten benötigte. Wer konnte schon nach all solchen Vorfällen, wie ich sie erleben musste, noch dem Schulunterricht folgen? Wenn sie über uns Houston-Kinder zu bestimmen hätte, hätte sie uns beide für eine Weile vom Unterricht befreit und zu irgendwelchen Verwandten zur Ablenkung geschickt. Aber sie hatte nichts zu entscheiden. Sie wusste nur, dass ich von Mr. Brightfull, dem Besitzer des Discounts, abgeholt werden sollte. Reverend Rouls hatte es ihr mitgeteilt und ihr erklärt, dass wir vorläufig von ihm betreut würden.

Fest stand, dass Mrs. Thatcher sich nun langsam unwohl fühlte. »Jimmy?«, fragte sie plötzlich in die Stille der Klasse hinein. Jimmy sah auf. »Kannst du mal kurz nachschauen, wo Daryl bleibt?«

Jimmy tat es nicht gern, denn er hatte ein schlechtes Gewissen, aber er nickte und verließ den Klassenraum. Das beruhigte Mrs. Thatcher etwas. Vielleicht saß ich verloren draußen auf der Schulmauer oder irgendwo im Flur herum und hatte die Zeit vergessen. Es war nicht falsch, Jimmy zu beauftragen, da es in letzter Zeit zwischen uns so starke Differenzen gab. Eine soziale Handlung wäre vielleicht hilfreich, um das Verhältnis wieder zu verbessern.

Jimmy schlenderte über den Flur und hörte das gewaltige Gewitter, was sich dem Tal näherte. Es ließ ihn fröstelnd nach mir suchen, doch er konnte mich nicht finden. Der Himmel war bereits mit einem dunkelgrauen unheimlichen Vorhang bekleidet. Jimmy riskierte einen Blick durch die großen Flurfenster, aber auch auf dem Schulhof konnte er mich nicht erblicken. Sollte er noch die Toilettenräume und anderen Etagen des Gebäudes absuchen? Immerhin war es eine großartige Möglichkeit, dem langweiligen Matheunterricht zu entkommen. So sehr Jimmy aber auch suchte und sich bemühte, Zeit zu schinden, er konnte mich nicht finden, bis er schließlich gleichgültig zurück ins Klassenzimmer ging und den Kopf schüttelte.

Mrs. Thatcher sah auf die Uhr und stellte fest, dass die Unterrichtsstunde in fünf Minuten endete. Danach würde sie selbst auf die Suche gehen. Von draußen blitzte ein grelles Licht auf, gefolgt von einem gewaltigen Donnerschlag, der alle Schüler erschrocken zusammenfahren ließ, während im Schrank die Wassergläser für den Kunstunterricht klirrten.

Randy räumte wie von Sinnen die Küche auf. Er schmiss alles vor die Tür, was nicht in diesen Raum gehörte. Er entsorgte solange, bis der alte Küchentisch und vier Küchenstühle einen gemütlichen Anblick boten. Wie lange war es her, dass diese Essgruppe der Treffpunkt einer glücklichen Familie gewesen war? Es musste vor seinem zehnten Geburtstag gewesen sein. Danach war seine Mutter immer dicker geworden. Danach war überhaupt alles anders geworden. Von Glück keine Spur mehr. Qual und Leid begannen von der Zimmerdecke zu tropfen. Die Küche verwahrloste und der Unrat stapelte sich in ihr. Ihn warf Randy jetzt mit einer Inbrunst hinaus, als hätte ihm jemand ein neues Leben geschenkt.

Er sah einen Moment zum Küchenfenster, genau in dem Moment, als ein Blitz krachend in den Stall einschlug. Mitten hinein! Dem Blitz folgte ein ohrenbetäubender Donnerschlag, und Randy ließ den letzten Packen Müll, den er im Arm trug, fallen. Der Blitz hatte den Stall in Brand gesetzt, und riesige Flammen loderten binnen Sekunden aus dem Inneren hervor. Randy schrie: »DARYL!« Ich, sein einziger Freund, inmitten von Flammen, die er nicht gelegt hatte und die so vernichtend das Gebäude einnahmen, dass es kein Entrinnen zu geben schien. Das Heu musste den Blitz förmlich geschluckt und dann als Feuersbrunst in alle Richtungen ausgespuckt haben. Randy rannte. Er rannte so schnell wie noch nie in seinem Leben! Er schrie erneut: »DARYL!«, doch es erschien niemand, der sich einen Weg aus dem Inferno suchte, und es erklang keine Stimme, die um Hilfe rief. Randy hörte nur das Feuer prasseln und sich vorwärtsfressen. Der ganze Eingang war von Flammen bedeckt. Sie loderten links und rechts aus den Fenstern, deren Glas in der Hitze zersprang und vom Getöse des Feuers verschluckt wurde. Ein dritter Schrei: »DARYL!« Er konnte nicht hinein, die Feuerwand garantierte einen sicheren Tod, wenn er es doch versuchen würde. Er überlegte, sich eine Decke zu holen, sie mit Wasser zu tränken und in den Stall zu eilen, um den einzigen Freund, den er je hatte, zu retten. Vor die Tür des Hauses hatte er Gardinen, Tischdecken und Handtücher geschmissen, die er nun ergriff und in eine Pfütze nahe des Stalleingangs tauchte. Der Dreck war ihm egal. Er schmiss sich das triefende Gewebe über den Kopf, atmete und schmeckte Schlamm und rannte in den Stall. Er durchbrach die Feuerwand und geriet in einen unter Rauch vernebelten leeren Teil, in dem er Harold auf dem Boden liegen sah. Die Flammen leckten bereits an seinen Knochen, und Randy wusste, dass sein Herz nicht verbrennen würde. Es war aus Stein. Doch mich konnte er nicht entdecken. Hatte ich seinen Schwur gebrochen, sein Vertrauen missbraucht und mich davongeschlichen? Randy überkam ein Gefühl großer Zerrissenheit, der seinen alten Hass wieder an die Oberfläche transportierte. Er würde jetzt rennen, aus dem Stall rennen, die Abkürzung nehmen und mich einfangen. Er würde mich sofort zu Boden schlagen, auf mich eintreten, mir Steine ins Gesicht schmettern und die Zunge aus dem Hals reißen! Dafür, dass diese Zunge einen Schwur abgegeben hatte, den sie gebrochen hatte. Sie hatte aus seiner Sicht keine Berechtigung mehr zu existieren. Er würde mich erwürgen, wenn die vorherigen Methoden nicht zu meinem Tod führen würden.

Dann würde er meinen verdient leblosen Körper in die Flammen schmeißen und sich auf den Weg zur Schule machen, um dort auch noch den Bruder zu holen und dazuzuwerfen. Wir Houstons sollten in der Hölle schmoren! Nie wieder würde jemand sein Vertrauen missbrauchen! Nie wieder!

Randy durchbrach mit seinem schlammigen Gewand die Feuermauer ins Freie, schmiss den Stoff von sich und rannte seitlich am Stall vorbei, um die Abkürzung zur Straße zu suchen. Doch er kam nicht weit, denn ich stand am Zaun, völlig unversehrt, und hielt schützend das Buch unter meinem Pullover an meinen Leib gepresst. Ich schaute Randy an und sagte: »Ich habe es geahnt und wollte dein Buch retten.« Eiskalter Regen ergoss sich über unsere Köpfe.

Als Mrs. Thatcher noch einmal den Schulhof absuchte, sah sie am Ende des Ortes einen schwarzen Rauchfaden in den Himmel steigen. Der Blitz, der eben die gesamte Region erleuchtet und dann mit einem Donnerschlag erschüttert hatte, war irgendwo am Rande des Ortes eingeschlagen. Sie rannte durch den Regen ins Schulgebäude zurück und rief die Feuerwehr an. Sie sollten einmal in westliche Richtung Ausschau halten. Es würde dort irgendwo brennen. Da mich Mrs. Thatcher nicht fand, wurde sie wegen des Wetters nun mehr als unruhig. Sie bat ihre Kollegen um Mithilfe bei der Suche. Ich konnte mich doch nicht in Luft aufgelöst haben!

Randy stoppte so abrupt, dass er fast vornüber gegen mich fiel. Seine Gedanken, soeben noch von Hass getrieben, wurden plötzlich vom Erstaunen ausgebremst. Da stand ich direkt vor ihm, geschützt, unbeschadet, und hielt sein liebstes Buch wie ein Heiligtum unter meinem Pullover an mein Herz gepresst und sah ihn an. Das war eine Situation, mit der Randy überhaupt nicht zurechtkam. Es hatte für ihn ein Leben lang immer nur Betrug, Schmerz und Lügen gegeben. Jetzt stand er vor mir, diesem kleinen Jungen, der ihm nichts von alledem entgegenbrachte. Im Gegenteil – der plötzlich Mitgefühl, Hilfe und Vertrauen schenkte. Wie konnte das möglich sein? Wo selbst Erwachsene es nicht geschafft hatten, ihm diese wichtigen Werkzeuge fürs Leben in die Hand zu drücken? Wie sollte er jetzt reagieren? Er kannte keine Regel, keine Strategie und kein Verhalten, das er abrufen konnte. Er konnte mich unmöglich schlagen, verprügeln oder gar töten. Er konnte mir aber auch keine freundlichen Worte entgegenbringen oder irgendeine Geste abrufen, die angemessen war. Er hatte es nicht gelernt, Dankbarkeit zu zeigen. Wie zeigte man dies? Lächelte man? Grinste man? Sagte man ›Danke!‹? Das alles erschien ihm deplatziert, denn was genau in diesem Moment geschah, übertraf bei Weitem alles, was man mit einfacher Dankbarkeit und Worten honorieren konnte.

Randy tat etwas, was er nie zuvor mit einem Menschen getan hatte, und er wusste nicht, ob es richtig war oder ob ich Angst bekommen würde, aber er legte seine Arme um mich, als würde er sein eigenes Leben umarmen, drückte mich und sagte: »Ich bin so froh, dass dir nichts passiert ist.«

Und ich antwortete: »Ich musste doch dein Buch retten.«

Randys Buch war mir um so vieles wichtiger gewesen als mein eigenes Leben. Randy spürte, wie gut es tat, dass sich zum ersten Mal jemand um ihn und sein Eigentum sorgte. Er spürte das Buch zwischen unseren Leibern wie ein Symbol tiefsten Friedens. Eigentlich hatte doch er derjenige sein wollen, der mich etwas lehrte, doch nun hatte ich das Blatt gewendet. Ich hatte mich zu seinem Lehrer erhoben. Ich hatte Randys Seele erreicht und konnte ihn nun mit großer Behutsamkeit das wahre Leben zeigen. Natürlich war mir dies zu der damaligen Zeit nicht bewusst, aber jetzt, wenn ich die Geschichte erneut betrachte, wird mir vieles klar.

Als die Feuerwehr vor Randys Tor eintraf, standen wir beide immer noch eng umschlungen, bis ich sagte: »Du musst das Tor öffnen.« Ein einfacher Satz, der eine ungeheure Symbolkraft in sich trug, und Randy antwortete: »Ja, ich muss das Tor öffnen.«

An diesem Tag geschahen viele merkwürdige Ereignisse: Randy hatte in mir seinen ersten Freund gefunden, dem er vollkommen vertraute, und er hatte zum ersten Mal Fremden sein Tor geöffnet.

Mrs. Thatcher hatte mich gefunden, und Harold war dem Feuer zum Opfer gefallen. Niemand suchte nach ihm, weil niemand wusste, dass es ihn noch gab. Zurück blieb ein Stein in der Form eines Herzens.

»Alles okay?«, fragte Stuart, der Leiter des Feuerwehreinsatzes. Randy hatte eine Decke um seinen nassen Leib gehängt bekommen und saß auf einem großen Stein nahe des Hauseingangs. Die Feuerwehrleute hatten ihm außerdem einen heißen Kaffee in die Hand gedrückt. Ich saß neben ihm, ebenfalls mit einer Decke um die Schultern und mit einem heißen Früchtetee. Der Regen war vorüber und das Gewitter suchte sich ein neues Opfer in weiter Entfernung.

»Glück gehabt«, sagte Stuart, als er die Situation soweit unter Kontrolle hatte, dass er seinen Leuten die restliche Löschung des Brandes überlassen und sich Randy zuwenden konnte. »Was ist passiert?«

Randy schlürfte an seinem Kaffee und konnte nicht glauben, dass so viele Menschen gekommen waren, um ihm zu helfen. »Der Blitz«, sagte er, »ist mitten in den Stall eingeschlagen. Daryl war da drin.«

Stuart sah mich an. »Was hast du da drin gemacht? Solltest du nicht in der Schule sein? Die ganze Lehrerschaft hat nach dir gesucht.«

Ich holte das Buch hervor und zeigte es dem Feuerwehrmann. »Randy liest gerade das Buch von Darwin mit mir. Das ist viel interessanter als die blöde Schule.«

Stuart nahm das Buch an sich und schnalzte mit der Zunge. »Hey, Randy, hätte ich dir gar nicht zugetraut! Darwin! Wow! Kein schlechter Stoff.« Er beugte sich zu mir nieder, näherte sich meinem rechten Ohr und flüsterte: »Dafür hätte ich auch die Schule geschwänzt.« Dann zwinkerte er mir mit dem rechten Auge zu.

»Randy wollte mich retten. Er war in die Flammen gelaufen, weil er dachte, ich wäre da drin, als der Blitz einschlug, aber ich habe das Gewitter kommen hören und bin rechtzeitig raus. Randy war gerade im Haus und wollte uns einen heißen Tee zubereiten, als der Blitz einschlug«, erzählte ich.

Stuart sah zu Randy, der auf seinen Kaffee sah. Der Duft des Getränks zog in Randys Nase und erwärmte sein Gemüt. Er würde jetzt jeden Morgen einen Kaffee trinken, weil er so ein schönes Gefühl mit sich bringt, dachte er. Er hatte eine zweite Chance im Leben bekommen.

Am Abend des Brandtages betrat noch eine weitere Person das Grundstück von Randy Breckenridge. Brightfull kam angefahren und wollte mich abholen. Er war von Mrs. Thatcher benachrichtigt worden und hatte Joe bereits im Wagen sitzen.

Joe lief auf mich zu und sagte: »Man, was machst du denn für Sachen!« Ich sah meinem Bruder in die Augen, sagte: »Es hat sich gelohnt«, und hielt ihm das Buch entgegen.

»Du kannst doch nicht einfach aus der Schule abhauen!«

»Stimmt«, unterstützte Stuart den Vorwurf meines Bruders. Er wollte sich keine Blöße geben.

»Was, wenn dir hier was passiert wäre?«

Eine gute Frage. Randy sah zu mir hinüber. Was würde ich antworten? Er war sich sehr wohl im Klaren darüber, dass ich jetzt allen Grund hatte, die Wahrheit zu erzählen. Zumindest die Geschichte mit Harold. Die ließe sich sogar nachprüfen, denn bestimmt lagen noch Knochenreste unter der Asche. Randy hätte dann erklärt, dass sein Vater ihn erschlagen haben muss, und er hätte ihn im Zuge des Aufräumens gefunden. Ich wäre nur ein dummer und merkwürdiger Junge, der Blödsinn erzählen würde. Es war im Ort ja allgemein bekannt, dass ich sehr merkwürdig sei. Aber vielleicht wäre jemand wegen des zerschmetterten Schädels aufmerksam geworden. Ralphs Schädel war mit der gleichen Methode zerschmettert worden.

Randy begann, mit dem Oberkörper zu wippen und darauf zu warten, was ich antworten würde. All diese fremden Menschen um ihn herum machten ihm plötzlich Angst. Er begann zu zittern und seinen Kaffee zu verschütten. Alle sahen hin. Randy wollte, dass sie endlich verschwänden, alle. Er konnte sie nicht mehr lange aushalten. Niemand hatte etwas auf seinem Grundstück verloren, niemand!

Ehe ich reagieren und ihn beruhigen konnte, schmiss Randy die Tasse in weitem Bogen zu dem soeben niedergebrannten Stall, warf die wärmende Decke von sich, erhob sich und schrie: »Verschwindet! Alle!« Er sah hasserfüllt in die erschrockenen Gesichter. Gesichter, die soeben noch tiefen Frieden und Dankbarkeit in seinem Gesicht beobachten hatte. Randy rannte auf Stuart zu und schlug ihn mit einem Schlag zu Boden. Es war zu schnell, um Stuart rechtzeitig zur Hilfe zu eilen. Randy beugte sich über ihn und fühlte die aggressive Kraft in seiner rechten Faust, die das Leben des Feuerwehrmannes auslöschen wollte. Ein einziger richtiger Schlag, und alle hätten zugeschaut, wie er mordete. Doch er spürte plötzlich den Griff meiner Kinderhand an seinem rechten Arm. Das hielt ihn von der Tat ab. Es war nur die Berührung, es befand sich keine Kraft in meiner Hand, sondern nur die Wärme, die ihm die Aggression aus der Faust zog. Zwei Leute vom Löschteam kamen hinzugerannt, aber sie erkannten, wie Randy in sich kehrte und von Stuart abließ. Dieser lag mit blutendem Gesicht am Boden, völlig verwirrt. Brightfull kam mit einem Taschentuch hinzu und half ihm wieder auf die Beine, während Randy schweigend in seinem Haus verschwand. Keiner hielt ihn zurück, alle ließen ihn gehen, denn sie fühlten mit ihm. Er hatte soeben versucht, mir das Leben zu retten. Es musste der Schock gewesen sein, der diese Reaktion ausgelöst hatte. Randy war immer sehr hilfsbereit gewesen. Man kannte ihn nicht anders. Dieser Brand muss einen großen Schrecken in ihm verursacht haben. Randy hatte im Laufe seines Lebens so viele Dinge verloren. Nun hatte er seinen Stall verloren, in dem viele seiner Maschinen und Geräte lagerten, die er für den Verkauf hergerichtet hatte. Er hatte den Unterstellplatz für seinen Bagger verloren, seine Werkstatt, seine Existenz. Keine Versicherung würde den Schaden wieder richten, und wenn – Randy hatte keine abgeschlossen. Er hatte seit Ralphs Tod sein Haupteinkommen verloren und musste jeden Tag allein auf dieser einsamen Ranch essen und schlafen. Alle sahen ihm voller Mitleid nach, wie diese soeben noch wutentbrannte Seele im Hauseingang verschwand und die Tür hinter sich verriegelte.

Zurück blieben Menschen, die Verständnis aufbrachten, die aber auch nicht wussten, dass die meisten von ihnen Opfern von Randy Breckenridge nahegestanden hatten: Jeff, der Cousin von Ralph; Noah, der Halbruder von Annie; Carl, der Neffe von Alan Leads; Joseph, der Bruder von Lydia Leads, und ich, der Sohn von Janet Houston.

Außer mir wusste niemand etwas von der verwüsteten Seele, die sich ins Haus zurückgezogen hatte. Meine Ahnung, wen Randy alles auf dem Gewissen hatte, ließ sich nicht mit einem Wissen messen. So stand es auch in den Lehren von Darwins Buch: Man sollte sich schon Gewissheit verschaffen ...

Hatte nicht jeder der Zurückgebliebenen auf die eine oder andere Weise Unrecht an anderen Menschen verübt? Wie viele in dieser Runde schlugen ihre Frauen? Wie viele töteten jeden Tag im Geiste ihre Familie oder ihren Vorgesetzten? Wie viele verübten Ehebruch, indem sie in eine andere Stadt fuhren und sich mit andern Menschen vergnügten? Wie viele mochten bereits Diebstähle verübt haben, die nie geahndet worden waren? Die Liste war endlos. Randy hatte seine Emotionen klar und deutlich ans Tageslicht befördert, während in allen anderen die Lust auf die Taten im Verborgenen schlummerten. Wer konnte schon sagen, ob nicht einer von diesen Helfern heute oder morgen bereits selbst zum Täter werden würde? Ich sah sie alle

an und konnte zu keinem der Umstehenden ein reines Gefühl
aufbauen. Randy war für mich klar zu begreifen, während die
anderen mit kaschierten Gefühlen herumliefen und grinsten.
Selbst Joe wirkte auf mich wie ein verschleiertes Wesen. Ich
konnte ihn nicht durchschauen. Er unterdrückte jedes Gefühl
und sagte Worte, die nicht der Wahrheit entsprachen. Sollten
sie auch dem Schutze dienen, so waren es doch verschleierte
Worte, mit denen ich nichts anfangen konnte. Ich fühlte mich
von keinem dieser Menschen, die mich hier umgaben, wirklich
beschützt. Der einzige Beschützer war in dieses verwüstete Haus
gegangen, verwüstet von der Qual des Lebens. Eingerichtet wie
eine Ruine der Hölle. Randy würde sich jetzt unter einem Berg
von Müll vergraben und zusammengekauert auf den nächsten
Tag warten. Und selbst wenn der nächste Tag gekommen wäre,
würde er keinen Grund sehen, unter diesem Müllberg wieder
hervorzukommen. Wozu auch? Er hatte keine Aufgaben mehr.
Niemand wartete auf ihn. Alle hassten ihn. Er hatte sich soeben
in ein Licht gerückt, das viele erschrecken ließ. Randy war aggressiv geworden.

Ich hörte Jeff sagen: »Lass ihn, er ist vollkommen durcheinander, der arme Kerl.« Er hielt Stuart zurück, der Randy folgen
wollte. Es war eine Frage der Ehre. Vor allen Dingen war es eine
Frage der Ungerechtigkeit. Ich sah, wie sich Stuart von Jeff beruhigen und verarzten ließ. Ich sah in die Seele von Stuart hinein,
der vor weniger als einer Stunde seine Frau geschlagen hatte. Es
gibt keine Ungerechtigkeit, es gibt nur das, wie andere darauf reagieren. Ein Kausalitätsgesetz der Natur. Eins ergibt das nächste.
Und das nächste wieder ein Nächstes. So ist der Lauf der Dinge. Das hatte ich vor weniger als einer Stunde in Randys Buch
gelesen. Darwin schrieb nicht nur über Naturgesetze und die
Entstehung und Existenz der Materie, er schrieb vieles zwischen
den Zeilen. Man muss es nur richtig verstehen. Im Grunde war
Randys Schlag vor weniger als einer Minute die Strafe für Stuarts
Schlag in das Gesicht seiner Frau. Als hätte Randy die Notwendigkeit dieses Schlages gespürt!

Ich wusste, was Randy jetzt im Haus seinem eigenen Körper antat. Ich lief zur Haustür und rief: »Ich komme morgen wieder. Dann können wir ja weiterlesen.«

Dann ging ich wieder zu den anderen zurück, und alle sahen mich an. Ich las in ihren Gesichtern: Wie dumm war dieses Kind, das von einer Lesestunde sprach, während Randy morgen sicherlich andere Sorgen haben würde? Sie sahen mich mitleidig an, bis Brightfull sagte: »Komm, wir fahren jetzt heim.«

Alle wollten klug handeln, doch gelungen war es nur mir.

Randy fühlte nichts, als er das Haus betrat und die Tür hinter sich verriegelte. Er biss sich auf die Lippen, quetschte Blut hervor und schluckte es herunter. Er schmeckte die eisenhaltige Flüssigkeit, die in seinen Mund lief und ihn beruhigte.

Sein Weg zum Küchenschrank, in dem all die vielen Messer lagerten, war ein gewohnter Gang für ihn. Er hatte sie alle gespürt, jede Schneide, an seinen Armen, an seinen Beinen, auf der Brust und im Gesicht. Ralph hatte ihn einmal gefragt: »Was hast du denn da gemacht?«, als er die große Narbe quer über Randys Wange sah.

»Ach,« hatte Randy geantwortet, »mir ist beim Reparieren einer Bohrmaschine ein Bohrer ins Gesicht geflogen.« Doch wer Randy wirklich kannte, wusste, dass ihm so etwas nie passieren würde. Dafür war er viel zu geschickt im Umgang mit Werkzeug.

»Na, dann haste aber Glück gehabt. Hätte auch schlimmer ausgehen können.«

Ja, dachte Randy, es wäre beinahe schlimmer ausgegangen, denn er hatte an diesem Abend vorgehabt, das Messer in Herzensnähe eindringen zu lassen, nur um herauszufinden, ob er es aushielt, aber dann hatte er sich voller Wut für sein Gesicht entschieden. Es war das erste Mal, dass er seine Verletzungen für andere sichtbar machte. Aber wer sah schon hin? Wer hatte wirklich ein offenes Ohr für den anderen? Jeder war mit seinem eigenen Gift beschäftigt. Der eine schlug seinen Ehepartner, der andere betrog ihn und der nächste beklaute jemanden. Randy bestrafte sich stets selbst, wenn er Unrecht tat. Es hatte keinen Vorfall in seinem Leben gegeben, an den anschließend er sich nicht bitter bestraft hätte. Das war der Grund, weshalb er nie einen Arzt aufsuchte. Hätte jemand Randys nackten Körper gesehen, wäre er vor Schreck zurückgewichen. Es gab Fachbücher, in denen solche Fälle dokumentiert waren, aber es waren in Randys Augen harmlose Bücher. Er hatte sie alle gelesen und er konnte sich in keinem wiederfinden, nicht einmal ansatzweise. Er fand nie ein Buch, das ihn in seiner Art erklärte. Deswegen fand er keine Lösung. All diese Bücher lösten eine noch größere Aggression in ihm aus, als er bereits besaß. Erst hatte er mit seinem Körper begonnen – an den Armen. Darüber gab es Bücher, die ihm helfen würden, so hoffte er, doch sie halfen nicht. Er las: Wende die Aggression gegen Gegenstände. Dem Rat war er gefolgt und hatte begonnen, Möbel im Haus herumzuschmeißen. Er warf sie gegen die Wände, damit sie zerbrachen und seine Aggressionen aufnahmen. Als dies nicht mehr ausreichte, las er weiter. Suche dir ein Ventil, rede, singe, male, schreibe. Er hatte versucht zu reden, aber die Mädchen wollten ihm nicht bei seinen Problemen zuhören und helfen. Daraufhin hatte er wieder begonnen, seinen Körper zu bestrafen. Nach jeder weiteren misslungenen Aktion gab es tiefere Einschnitte in den Körper. Er wusste seinen Schmerz nicht mehr anders los zu werden. Die offen klaffende Wunde war das Tor zur Erleichterung. Er ließ durch diese vielen Wunden seinen Schmerz hinaus, schaute dem Blut zu, wie es die Qual aus seinem Körper fließen ließ, und wartete auf die Stillung. Trat sie ein, versorgte er sich mit Desinfektionsmitteln und spürte Zufriedenheit aufkommen. Sagte Ralph zu ihm: »Ich kann dir aber nicht das volle Geld zahlen«, kehrte dieser Drang nach Verletzung wieder zurück, und Ralph bekam einen weiteren Platz auf seinem Körper. Er hatte oft mit Ralph einen festen Preis ausgehandelt, und der war bereits viel zu niedrig für seine

Leistungen, aber Ralph hatte immer gesagt: »Ich kann dir nicht mehr zahlen. Annie verfrisst alles. Sie treibt mich in den Ruin!«

Danach bekam auch Annie einen Platz auf Randys Körper. Fast jeden in dieser verdammten Stadt hatte Randy auf seinem Körper verewigt. Je größer die Gemeinheit und Ungerechtigkeit, desto größer und tiefer die Wunde. Die tiefste Wunde hatte ihm meine Mutter zugefügt, dabei war es gar keine Bösartigkeit von ihr gewesen, aber er hatte vor elf Monaten bei ihr auf dem Hof gearbeitet und anschließend einen wohlschmeckenden Kaffee mit Weihnachtsplätzchen in der Küche erhalten. Mein Vater hatte sich zu dieser Zeit im Krankenhaus befunden und wir waren ganz auf uns allein gestellt. Randy wollte keine Bezahlung. Er hatte meine Mutter angeschaut und wollte sie nur einmal anfassen, sie spüren, ihre Wärme, ihren Körper, aber er wusste nicht, wie er ihr diesen Wunsch mitteilen sollte. Er hatte kurz ihre Hand berührt, doch sie hatte sie erschrocken zurückgezogen, als hätte er die Pest. Diese Reaktion hatte ihn mehr erschreckt als sie. Daheim hatte er sich das spitzeste Messer hervorgeholt, das er finden konnte, und bohrte es ganz langsam in Richtung Herz. Wie tief würde er kommen? Wie lange konnte er aushalten? Er setzte an, drückte und spürte, wie die Klinge die ersten Hautschichten durchschnitt. Er spielte Schicksal. Meine Mutter war das Größte, was er je gefühlt hatte. Sie war so perfekt, dass es ihm genug Kraft gab, tiefer zu stechen. Doch nach der letzten Hautschicht und bei der ersten Berührung mit Fleisch und Knochen wurde ihm schwindelig. Er sah Blut fließen. Es ergoss sich über seine Hose, aber die Qual floss nicht in dem erleichternden Maße aus seinem Körper heraus, wie er es sich gewünscht hatte. Er fiel ohnmächtig auf den Küchenboden und kam erst viele Stunden später, immer noch benommen, wieder zu sich. Er hatte Glück gehabt und war mit der Brust auf einen Berg Wäsche gefallen, der zu einem Druckverband wurde und die Blutung stillte. Ein Teil seiner Qual war in ihm stecken geblieben und er wurde ihn nie wieder los. Diesen Teil trug er bei sich, als er letztes Wochenende auf unserer Ranch einen Auftrag zu erledigen hatte. Es waren fast die gleichen Wetterverhältnisse wie damals. Die Herbstzeit brachte die ersten vorweihnachtlichen Dekorationen in die Geschäfte und meine Mutter hätte vielleicht wieder Plätzchen für ihn. Die gleiche Situation. Das gleiche Gefühl. Es steckte noch so tief in ihm drin. Er wollte nur ein einziges Mal die reine, ehrliche und aufrichtige Liebe spüren. Das war alles. Doch dann war sein Bagger verreckt, und das hatte ihn wütend gemacht. Er konnte es nicht mehr kontrollieren und kam ohne Bagger zu unserer Farm …

Heute tauchte ich plötzlich bei ihm auf, ihr Sohn Daryl. Mit der gleichen Reinheit gesegnet wie meine Mutter. So gefährlich für Randy! Randy, der sich als Schmutz, Abschaum und Dreck wahrnahm, begegnete erneut der Reinheit. Wie sollte das funktionieren? Warum hatte Gott ihm diesen Jungen auf die Ranch geschickt? Warum nur? Er wollte niemals ein Kind anfassen. Niemals! Doch er hatte darauf gewartet, dass sich dieses abnorme Gefühl auch noch zu all seinen anderen abnormen Gefühlen gesellen würde. Und er hatte mich bereits an den Balken gebunden und gewartet, was sein Körper ihm dazu signalisieren würde. Doch es war nichts passiert. Gar nichts! Er wollte keine Kinder anfassen. Stattdessen hatte ich seine ganze Welt durcheinandergewirbelt. Wie sollte er das, was heute Nachmittag passiert war, je sortiert bekommen? Es war wider seine Natur, die guten Dinge anzunehmen und die guten Hände, die ihm gereicht wurden, zu berühren. Er konnte es nicht! Er hatte es nicht verdient, gut behandelt zu werden. Stattdessen luden sich Aggressionen in sein Herz. Er schlug eine davon in Stuart hinein. Ich stoppte das Entladen rechtzeitig, und er musste sich ins Haus zurückziehen, um dort die Fortsetzung zu vollziehen. Es ging nicht ohne. Er griff zu dem Messer und setzte es erneut am Herzen an. Der letzte Stich für meine Mutter, der heutige Stich für mich. Wer von uns konnte ihn je retten? Er stach zu, ganz langsam, und spürte nichts. Dann begann sich der erste Schmerz zu melden, als er erneut die schützende Rippe erreichte. Zeitgleich hörte er meinen Ruf mit kindlicher Stimme von draußen in seine Küche hineindringen: »Ich komme morgen wieder. Dann können wir ja weiterlesen.«

Es waren diese zwei kurzen, nichtssagenden Sätze, die ihn einhalten ließen. Er sah wieder das Blut auf seine Hose fließen und hörte den Klang meiner kindlichen Stimme. Ich wollte morgen wiederkommen und mit ihm weiterlesen. Ich hatte sein Buch mitgenommen. Sein wichtigstes! Sein erstes! Das Buch, das ihm vor vielen Jahren den Weg in ein besseres Leben zeigen sollte. Hätten seine Mutter oder sein Vater doch nur einmal hingesehen! Er hatte sich extra damit ins Wohnzimmer gesetzt und darin gelesen, nur um zu zeigen: Seht her, dafür interessiere ich mich. Er hatte das Buch sogar auf den Wohnzimmertisch gelegt, damit es alle sehen konnten. Doch stattdessen hatte seine Mutter eine Tüte Chips darauf gelegt, als er zur Toilette musste. Er war wiedergekommen und hatte diesen fettverschmierten Fraß auf dem Umschlag verteilt gesehen. Er war sofort in die Küche gelaufen, hatte einen Lappen geholt, die Chipstüte zu Boden gefegt und den Umschlag gereinigt. Wie konnte seine Mutter dieses geistig schöne Gut mit diesem Dreck verunstalten? Sie hatte ihm eine Ohrfeige verpasst, dafür, dass er ihre Chips auf den Boden geworfen hatte. Und sie hatte geschrien: »Dann verschwinde doch mit diesem blöden Ding nach oben!« Sie hatte nach ihm getreten, als er trotz der Demütigung die Chips für sie aufsammeln wollte. Wie einen Hund hatte sie ihn behandelt. Es war die Zeit gewesen, als seine Mutter mit Harold zu spielen begonnen hatte und sich Randys Herz noch rein und offen für die Welt der Wissenschaft zeigte. Er hatte die Chips trotzdem eingesammelt und sie ihr in einer Schüssel auf den Tisch gestellt, so, wie es sich gehörte, doch sie hatte ihn gedemütigt und weggeschickt. Als Randy das Wohnzimmer mit dem Buch an seine Brust gepresst verließ, begegnete ihm Harold im Türrahmen. Dieser blickte auf die Chips auf dem Tisch und bekam ein Leuchten in den Augen, während Randy voller Schmerz und Demütigung die Treppe hinauf in sein Zimmer lief.

Als ich heute, vor weniger als einer Stunde, neben dem brennenden Stall mit dem unter dem Pullover an die Brust gepressten

Buch stand, fand Randy sich in diese alte Szene im Wohnzimmer zurückversetzt. Doch anstatt getreten und gedemütigt zu werden, hatte ich ihm gesagt: »Ich musste doch dein Buch retten.«

Randy hatte nie gelernt, auf solche Gesten zu reagieren, weil sie in seinem Leben einfach nie vorgekommen waren. Er hatte keine Regel dafür parat, die er abrufen konnte. Doch dann war etwas ganz Merkwürdiges passiert: Als Randy diesen Moment wieder vor sich sah, sich besann und in seine Kindheit zurücksah, spürte er plötzlich die noch verbliebene Reinheit seiner Gefühle und konnte einen ganz natürlichen Vorgang aktivieren – er nahm mich aus Dankbarkeit einfach in den Arm. Es war eine angeborene Reaktion von Zuneigung. In diesem Moment hatte Randy zum ersten Mal gespürt, dass so etwas wie Normalität in ihm existierte. Er hatte sie also nicht ganz verloren. Das wiederum löste große Verwirrtheit in ihm aus, denn es überflutetet seine Gefühle dermaßen, dass sich erneut Aggressionen aufbauten, die er an Stuart weitergab. Das alte Spiel hatte ihn wieder herausgefordert; alte Strukturen hatten sich sofort eingeschaltet und ihn wieder das sein lassen, was er am besten konnte: gewalttätig. Wäre ich ihm nicht zur Hilfe geeilt und hätte durch eine simple Geste Schlimmeres verhindert.

Jetzt stand Randy in der Küche – er hatte die Gardinen zugezogen, damit ihn niemand sah – und spürte das Messer nahe an seinem Herzen. Es konnte doch nicht möglich sein, dass das Leben so einfach war! Wie sollte er seine Gefühle je an diese Einfachheit gewöhnen? War das überhaupt möglich? Randy hatte als Jugendlicher einmal begonnen, Bücher über zwischenmenschliche Beziehungen zu lesen, aber sie erschienen ihm so unrealistisch, so verdammt falsch, dass er sie nach wenigen Seiten wegwarf. Meist in das Feuer, das sein Vater regelmäßig auf dem Hof hinter dem Schuppen entzündete, um Unrat zu verbrennen. Diese Bücher waren in seinen Augen Unrat. Sie erschienen Randy zu albern und zu einfach, als dass die reale Welt irgendetwas mit ihnen gemein haben konnte. Dann las er lieber Comics. Darin war die Welt eindeutig verrissen. Viele Jahre später lernte er meine Mutter kennen, die Frau an der Seite von Richard Houston, der neu in die Stadt gezogen war und eine alte Ranch oben am Waldrand aufbaute. In diesem Moment bemerkte Randy, dass die Bücher nicht nur Blödsinn enthielten, und er begann, neue Bücher über Beziehungen zu lesen. Er hielt es daraufhin für eine gute Idee, meinen Vater in seiner Werkstatt zu beschäftigen, um die ersten Weichen in Richtung dieser tollen Frau zu stellen, die alles widerspiegelte, wovon seine Bücher erzählten. Und dann nahm alles seinen Lauf. Doch wenn die einfachsten Regeln im Leben versagen, wird es kompliziert.

Randy zog das Messer wieder vorsichtig aus seiner Brust heraus. Die Stimme, die soeben von draußen in seine Küche gedrungen war, hatte eine andere Sprache benutzt. Sie hatte im Grunde gerufen Hör' auf damit und leg dich schlafen. Wie unter Hypnose versorgte Randy die Wunde, ging anschließend nach oben in sein Zimmer und legte sich ins Bett. In seinem Kopf herrschte Krieg. Wie sollte er bei diesem Gefühlschaos je einschlafen? Er versuchte sich auf den Klang meiner Stimme zu konzentrieren, und der schenkte ihm nach wenigen Minuten den ersten tiefen Schlaf seit vielen Jahren.

Joe saß vorne im Wagen, bei Brightfull. Ich kauerte mich hinten in eine Ecke und war versunken in Randys Buch. Es stank nach Rauch, genau wie meine Kleidung. Ich hatte es nicht verhindern können, obwohl ich es so nah an meinen Leib gedrückt und mit dem Pulli geschützt hatte. Vielleicht konnte ich in der Stadt für Randy ein neues Buch besorgen – das gleiche – und ihm anbieten, dieses stattdessen zu nehmen. Dann würde ich das verrauchte behalten.

Brightfull war zutiefst verärgert. Es war nicht die Situation, dass ich mich von der Schule entfernt hatte oder fast in einem brennenden Stall umgekommen wäre, sondern dass durch mich sein Wagen nach Ruß und Rauch stank. Er konnte unmöglich ein Fenster oder eine Türe zum Lüften über Nacht öffnen. Die Novembernächte waren feucht und mit Frost am Morgen überzogen. Das wiederum würde zu Schäden in den Stoffbezügen des Wagens führen. Brightfull spürte üble Wut in sich aufsteigen. Wie sollte er je ein gutes Gefühl für uns bekommen, wenn wir schon am ersten Tag sein Eigentum beschädigten?

Joe fand diese ganze Situation nur blöd. Er fand es blöd, dass ich zu diesem blöden Randy gelaufen war und damit so viel Stress verursacht hatte. Und er fand es blöd, dass Brightfull jetzt mit uns im Haus leben wollte – der blödeste Kerl von ganz Jackson Hole. Dann wäre ihm Randy schon lieber gewesen. Aber der hatte genug eigene Probleme. Joe dachte zum ersten Mal über unsere Großeltern nach, die er nur einmal in seinem Leben gesehen hatte. Er musste sieben gewesen sein, ich drei. Sie waren ganz kurz nach Jackson gekommen und dann nie wieder. Es hatte einen großen Streit im Wohnzimmer gegeben. Alle hatten sich angeschrien, aber am meisten mein Vater und mein Großvater. Die beiden hatten sich ein Wortgefecht geliefert, alle Achtung! Solche Worte hatten Joe und ich nie unserem Vater entgegengeschleudert. Doch es war genau der Moment gewesen, in dem Joe unseren Vater zum ersten Mal kritisch zu betrachten begann. Zum ersten Mal verspürte er den Respekt seinem eigenen Vater gegenüber schwinden. Er hatte begonnen, ihn im Alltag zu beobachten und bemerkt, dass das Gespräch an diesem Abend im Wohnzimmer viel an seiner eigenen Einstellung zu ihm verändert hatte. Er hatte plötzlich keine Achtung mehr für unseren Vater. Er betrachtete seitdem alles kritisch und stellte fest, dass vieles nicht in Ordnung war, was unser Vater tat. Joe hatte sein kindliches Verhältnis zu ihm verloren. Er war plötzlich nicht mehr das Vorbild in unserer Familie, nicht mehr der Held für uns Kinder. Joe beobachtete, dass er zum Beispiel viel mehr Zeit mit mir verbrachte als mit ihm. Viel mehr! Immer wenn Joe anfragte, ob er mit ihm zum Sportplatz käme, um dort Softball zu spielen, hatte er keine Zeit. Fragte ich aber, ob er ein Modellflugzeug mit mir bauen wollte, fuhr er sofort in die Stadt und kaufte gleich zwei oder drei davon. Für meine Belange hatte mein Vater immer Zeit. Einen Teil seiner Zeit hätte er genauso gut in ein Softballspiel mit seinem älteren Sohn stecken können. Das wäre fair gewesen. Und so zog es sich über viele Jahre hin. Joes Interessen weckten nicht das Interesse unseres Vaters. Ob es bei seinem Großvater das gleiche Spiel gewesen war? Joe begann daraufhin, sich zurückzuziehen und sein eigenes Leben mit seinen Freunden und den Vätern dieser Freunde zu leben. Das funktionierte. Sie interessierten sich für ihn, und er nahm an dem Leben seines eigenen Vaters nicht mehr teil. Dann brach diese Krankheit bei unserem Vater aus, und Joe fand es nur gerecht, dass er litt. Das war die Strafe dafür, dass er ihn als Sohn schlichtweg vergessen hatte. Joe hatte begonnen, mehr aus Rachsucht als aus Hilfe diese Behindertenmöbel zu bauen. Er wollte unserem Vater vor Augen führen, wie krank er war. Jeden Tag! Jeden Tag ein neues Möbelstück für den Kranken. Er wünschte sich in dieser Zeit so oft, dass alles schneller gehen würde, aber unsere Mutter bremste den Vorgang immer wieder aus, und Joe lebte immer öfter bei seinem Freund Brian. Dass Brians Vater viel Alkohol trank und hin und wieder herumschrie, hatte er bereits mitbekommen, aber dennoch unternahm er mit Brian und ihm öfter etwas, was ihnen beiden gefiel. Das zählte. Dass er bald in Mr. Draithon, dem gewalttätigen Alkoholiker, mehr einen Vater sah als in seinem eigenen Vater, war für Joe ein schlimmer Zustand. Es war falsch. Aber es war für Joe auch die einzige Möglichkeit, seine Gefühle auszuhalten. Er hatte begonnen, einen eigenen Gefühlsmodus zu erschaffen, der lautete: bis hierhin und nicht weiter. Das Hierhin ging nur bis kurz unter die Oberfläche seiner Gefühle. Alles, was sich darunter befand, ging niemanden etwas an. Und ich? Ich war sowieso abartig für ihn. War ich schon immer gewesen, aber als älterer Bruder wollte er nicht ganz seine Pflicht vergessen – zumindest hin und wieder nicht.

Jetzt waren wir in die nächste Situation geschlittert. Was wollte das Leben eigentlich von uns? Erst verloren wir unseren Vater, dann unsere Mutter und dann Lydia, die gar nicht so übel gewesen war. Jetzt schickte das Leben uns diesen Brightfull – in unser eigenes Haus! Wofür wurden wir bestraft? Was hatten wir falsch gemacht?

Das konnte nicht gutgehen, aus Joes Sicht nicht und nicht aus meiner, aber noch mehr aus Joes, denn er war jetzt der Herr im Haus und nicht dieser Brightfull.

Jason Brightfull sah das alles ganz anders …

Er würde uns Bengeln schon Benehmen beibringen, besonders mir, diesem ungehorsamen Kauz. Wie konnte ich nur einfach die Schule verlassen, ohne Bescheid zu geben? Wenn er so etwas als Kind getan hätte, hätte sein Vater ihn mit dem Lederriemen so durchgepeitscht, dass Jason fürchten hätte müssen, nie wieder auf dem Po in irgendeiner Schule sitzen zu können. Brightfull hatte die Genehmigung in seiner Tasche, das auch zu tun, und es kribbelte ihm gewaltig in den Fingern. Er klopfte nervös mit der rechten Hand auf sein Lenkrad, um diesen Druck loszuwerden, und fragte: »Daryl, was hast du dir dabei gedacht, einfach abzuhauen?«

Joe sah Brightfull von der Seite an und fragte sich, was diesen Menschen eigentlich mein Verhalten anging. Er sollte ihnen Essen kochen, das Haus in Ordnung halten und sich sonst aus unserem Leben heraushalten.

Gib mir einen Grund, dachte Brightfull, nur einen Grund. Er konnte mit seiner Wut nicht mehr an irgendeinen See fahren und abtauchen. Er musste die Situation vor Ort durchstehen. Die Aggression entstand in seinem Kopf, fuhr hinunter in seinen Körper und suchte einen Ausgang in seinen Händen. Als ich nicht antwortete, wurde sein Klopfen auf das Lenkrad nachdrücklicher und Joe wurde aufmerksam.

»Ich habe dich was gefragt, junger Mann!«, sagte Brightfull heftiger.

Ich saß versunken in Randys Buch und hörte nicht zu. Das gab Brightfull den Anlass, den Wagen am Wegesrand zu stoppen. Er holte tief Luft und fragte erneut: »Warum bist du heute von der Schule abgehauen, Daryl?«

»Mr. Brightfull«, versuchte sich Joe einzumischen, denn in Brightfulls Stimme schwang Unheil mit, etwas, was ich jetzt gar nicht gebrauchen konnte. Unsere Mom wäre voller Sorge und Dankbarkeit gewesen, dass nichts passiert war, und hätte zu Hause in einem ruhigen Moment das Gespräch mit mir gesucht. Doch unsere Mom war tot. Brightfull löste den Gurt und öffnete die Fahrertür. Daraufhin löste auch Joe den Gurt und öffnete seine Tür. Es galt jetzt, etwas zu verhindern, was unter Umständen fatale Folgen haben würde. Während Joe um den Wagen herumging, öffnete Brightfull meine Tür. Er sah, dass ich mich nicht einmal angeschnallt hatte, und spürte, wie sich seine Aggression verstärkte. Ich sah erschrocken auf und wusste nicht, was los war.

»Warum antwortest du nicht?!« Brightfull neigte den Kopf wie ein Hund und forderte eine Antwort.

Ich verstand nicht, was er von mir wollte, und fragte: »Was, Sir?«

Brightfull Beherrschung schwand. Er riss mir Randys Buch aus den Händen und schleuderte es in den verschlammten Wald, wo es platschend in eine Pfütze fiel. Ich sah, wie es flog und sich den Weg in ein Wasserloch suchte. Ich hörte den Aufprall im Wasser und sah das Buch in der Pfütze halb versinken. Ich sah hin, als sei es ein Vorgang aus einer anderen Welt. In mir zerbrach mein Gefühl wie in hunderttausend Glassplitter. Ich hörte nicht die nachdrücklichen Worte, die eine Antwort forderten. Als ich aufblickte, sah ich, wie Joe Brightfulls einen Arm ergriff, um ihn zur Ruhe zu bewegen. Brightfulls Reaktion war furchtbar. Er wehrte den Griff ab und verpasste Joe eine brutale Ohrfeige. Joe ging in die Knie und hielt seine rechte Wange.

»Steig ein!«, schrie ihn Brightfull an, knallte meine Tür zu und begab sich wieder auf den Fahrersitz. Er schloss die Tür, als sei nichts geschehen, startete den Wagen, gurtete sich an und wartete, bis auch Joe wieder abfahrbreit war. Joe schlich wie ein räudiger Hund zurück auf seinen Platz und schloss ebenfalls die Tür. Als sich der Wagen in Bewegung setzte, sah ich, wie sich das Buch Seite für Seite grauschlammig vollsog.

Brightfull fühlte sich beruhigt. Joe hatte ihm die Aggressionen aus den Händen genommen, und er konnte beruhigt weiterfahren. Na also, war doch gar nicht so schlimm. Er hatte nicht einmal die Nähe des Wassers gebraucht, um sich wieder unter Kontrolle zu bekommen.

Als wir die Ranch erreichten, sprachen wir kein Wort miteinander. Brightfull brachte schweigend unser Gepäck ins Haus, während wir rennend in unseren Zimmern verschwanden.

Ich lag im Bett und überlegte, wie ich Randy den Vorfall erklären sollte. Er hatte mir sein wichtigstes Buch anvertraut, und jetzt lag es vollkommen zerstört in einer Wasserpfütze am Wegesrand. Ich könnte ihm gleich morgen ein neues kaufen, aber dazu benötigte ich Geld, das ich nicht hatte. Brightfull würde es mir wohl kaum geben. Ob Joe noch das Geld von Lydia hatte?

Ich klopfte vorsichtig an Joes Tür, doch es antwortete niemand. Ich drückte die Klinke hinunter, doch die Tür war verschlossen. »Joe?« Keine Antwort. »Ich bin's.« Keine Antwort. »Mach doch bitte auf.« Nichts. »Bitte!« Doch ich musste hinnehmen, dass mein Bruder derzeit keinen Kontakt wünschte. Ich konnte es verstehen. Die Ohrfeige war gemein und demütigend gewesen. Es war die erste Ohrfeige, die Joe in seinem Leben bekommen hatte. Und genau das machte mir Angst. Wenn sie gerechtfertigt gewesen wäre, würde Joe sie hinnehmen und denken *hab ich verdient*, aber sie war nicht gerechtfertigt. Es war ein Machtspiel von Brightfull gewesen, das Joe verloren hatte. Ich kannte Joe nur allzu gut. Wenn er gemeine Machtspiele verlor, dann floh er. So wurde mir genau in diesem Moment klar, dass sich Joe nicht mehr in seinem Zimmer befand. Er befand sich bereits auf dem Weg durch den Wald in eine bessere Welt, wo immer sie sein mochte.

Ich stand vor der Tür meines Bruders und sah durch sie hindurch in das leere Zimmer. Ich konnte es verstehen, und ich würde Brightfull nicht benachrichtigen. Auf keinen Fall. Ich wollte Joe die Chance geben, so weit wie möglich zu laufen. So weit, wie er es für nötig hielt, um sich seinen Stolz zu bewahren. Das war ich ihm als Bruder schuldig. Schließlich war ich der Grund für die Ohrfeige gewesen.

Ich ging zurück in mein Zimmer, schloss die Tür, legte mich aufs Bett und drückte eine Socke an mein Herz. Die andere hatte ich in Lydias Haus vergessen. Nun war ich mit Brightfull, der in wenigen Stunden neben mir im Bett meiner Eltern schlafen würde, ganz allein.

✩ ✩ ✩

Randy erwachte, als die Morgensonne über die Teton Range schlich. Früher hatte es Hühner auf der Ranch gegeben, zwei Schweine und drei Rinder. Jetzt hörte er nur noch die Vögel, die ihm den Beginn des Tages ankündigten. Zum ersten Mal in seinem Leben nahm er sie bewusst wahr. Sie zwitscherten so voller Inbrunst, als würde die Sonne mit ihnen Fangen spielen.

Randy starrte zur Decke. Sie war renovierungsbedürftig. Er besah sich die Wände. Auch da müsste unbedingt etwas gemacht werden. Dann sah er auf die Müllberge in seinem Zimmer. Er fand nichts, was noch irgendwie hier hineingehörte. Er erkannte zum ersten Mal Müll als Müll und nicht als wertvolle Reserven für schlechte Zeiten, wie seine Mutter immer gesagt hatte. Alles waren Reserven. Sie sagte immer: »Wenn die anderen nichts mehr haben, wir haben immer etwas«, und erklärte damit ihr Sammelsucht. Auf diesem Prinzip hatte Randy später sein Geschäft aufgebaut. Wenn die anderen nichts mehr haben, ich habe immer etwas für sie. Und das stimmte! Er verwertete sehr sinnvoll alte Maschinen und Geräte. Er gab ihnen neuen Glanz und sorgte dafür, dass sie wieder einwandfrei funktionierten, zum Ärger des Bauhandels im Ort. Aber die Konkurrenz schlief eben nicht. Randy fand sein Geschäft vollkommen in Ordnung; nur das Haus begann ihm in diesem Moment etwas Kummer zu bereiten. Ich wollte heute nach der Schule wieder vorbeikommen und ihm das Buch bringen. Er konnte mich unmöglich in dieses Haus lassen. Was würde ich von ihm denken? Ich würde ihn mit diesem Buch vielleicht gar nicht mehr ernst nehmen. Wer einen derart verkommenen Haushalt führte, konnte keine Intelligenz besitzen. Randy musste unbedingt etwas tun, um diesen Zustand zu ändern. Zunächst riss er das Fenster auf, um den Raum zu lüften. Etwas, was er seit Jahren nicht für nötig gehalten hatte. In unsichtbaren Schwaden schlich der Müllgeruch von dannen. Randy packte zu und nahm den ersten Stoß Müll die Treppe mit hinunter und warf ihn hinaus. Er wollte sich nicht einmal die Mühe machen, ihn auszusortieren, denn alles stank dermaßen widerlich, dass er nichts mehr davon verwerten wollte. Als er vor der Haustür stand, sah er zum Tor. Die Feuerwehrleute von gestern hatte es wieder geschlossen. Allerdings war es nicht verriegelt, weil die Feuerwehr im Noteinsatz die Verriegelung zerstört hatte. Randy fand es in Ordnung. Er war nicht wütend, sondern ging zum Tor, hob das zerstörte Schloss auf und öffnete das Tor. Ab heute durften alle auf seinen Hof. Er hatte nichts mehr zu verbergen. Es würde nur noch ein letztes großes Feuer auf dieser Ranch geben, und es wäre das Feuer, in dem all sein Müll der letzten zwanzig Jahre verschwinden sollte. Wirklich alles. Es ließ sich kaum noch etwas verwerten. In der Stadt gab es ein Wohltätigkeitsgeschäft, das für die Kinder- und Krebshilfe sammelte und verkaufte. Dort gab es für wenig Geld Kleidung und Wohnungszubehör. Ebenso gab es in der Stadt eine Anlaufstelle für Schwachbemittelte, um sie mit Nahrung zu versorgen. Es hatten sicherlich alle in der Stadt mitbekommen, dass sein Stall abgebrannt war. Es war der Blitz gewesen. Jeder würde ihn jetzt sicherlich unterstützen, denn er hatte seine Existenz verloren.

Randy gefiel der Gedanke, sich Hilfe zu holen, gar nicht so schlecht. Er würde sein Haus aufräumen, renovieren und alles langsam neu einrichten. Er würde mich unterrichten und nebenbei wieder ein neues Geschäft aufbauen. Ihm würde sicherlich etwas einfallen.

Randy durchfuhr eine gewaltige Strömung des Glücks. Plötzlich erschien ihm alles so einfach. Was hatten seine Eltern durch die Isolation verursacht? Einsamkeit, Verbitterung und Hass. Das alles schien Randy heute Morgen verschwunden, und seine Gedanken und Gefühle waren noch nie so klar gewesen. Er kehrte ins Haus zurück und begann mit der weiteren Aufräumarbeit in der Küche, reinigte die Möbel und sortierte brauchbares Geschirr aus. Er rief die Feuerwehr an und gab Bescheid, dass er in den nächsten Stunden ein großes Feuer entzünden würde, weil er alten Hausrat verbrennen wollte. Sie brauchten nicht deswegen auszurücken. Er lachte, als er telefonierte, und versprach, der Feuerwehr eine neue Kaffemaschine zu spenden. Er hatte vorgestern eine repariert, die stand zum Glück noch in der Küche. Die würde er gerne als Dank vorbeibringen.

Randy fühlte eine ungewohnte Energie in sich fließen. Nach drei Stunden glänzte die Küche wie neu, und er goss sich eine Tasse Kaffee auf. Seit gestern gab ihm das schwarze Getränk das Gefühl von Ruhe, Sicherheit und Glück.

Er sah auf die Uhr. Es war bereits Nachmittag, und in ein paar Stunden würde ich den Unterricht beendet haben und sicherlich vorbeikommen. Randy sollte in der Stadt vielleicht Limonade und etwas zum Naschen besorgen. Das würde die Zeit gemütlicher machen. Er fuhr zu Brightfull's Discount und erledigte die erste Besorgung, bei der er das Gefühl hatte, ein ganz normaler Bürger dieser Stadt zu sein. Er grüßte, winkte freundlich und zwinkerte Sally an der Kasse flirtend zu. Brightfull hatte er nicht gesehen. Seltsam, da er doch immer in seinem Laden aufpasste.

Wieder zuhause, begann Randy mit der Toilette und dem Schlafzimmer seiner Mutter, das früher einmal das Wohnzimmer gewesen war. Er wusste, dass er nicht alles schaffen würde, aber er wollte wenigstens beginnen.

Es wurde drei Uhr, es wurde vier Uhr. Die Schule war seit einer halben Stunde aus, aber ich erschien nicht mit seinem Buch. Randy wurde unruhig. Die alte Wut klopfte an seine Tür, als er die letzten Müllreste aus dem Wohnzimmer auf den Hof hinauswarf. Von mir war weit und breit nichts zu sehen. Randy überlegte, ob er einmal bei der Schule vorbeifahren sollte um nachzuschauen. Er könnte sagen, er wollte sich nach meinem Zustand erkundigen. Das wäre nach dem gestrigen Vorfall sehr aufmerksam und höflich. Also fuhr er zur Schule. Aber dort war kein Schüler mehr anzutreffen. Einige Lehrer liefen über das Schulgelände, aber sie wussten nicht, ob ich heute überhaupt in der Schule gewesen war. Man hatte mich nicht gesehen. Das Sekretariat hatte bereits geschlossen, und Randy sollte es bitte morgen noch einmal versuchen.

Randy fuhr zurück und warf die Limonadenflasche in der Küche voller Wut an die Wand. Klirrend flog das Glas zu Boden, und die süße Flüssigkeit ergoss sich über die Holzdielen. Er warf die Süßigkeiten hinterher und zertrampelte sie zu Brei. Dann rannte er auf den Hof hinaus und legte Feuer. Er rannte in die verbrannten Ruinen des Stalls, wühlte in der Asche herum und suchte nach Knochenresten seines Bruders Harold. Er fand zwei nicht verbrannte Teile und das Steinherz, warf die Knochenreste in das Feuer und schleuderte den Herzstein weit ins Feld hinein. Dann wühlte er im Keller des Hauses und fand ein altes Schloss, mit dem er sein Tor wieder verriegelte.

Sein Glück war nur von kurzer Dauer gewesen. Jetzt hatte ihn der Zorn wieder eingenommen. Ich war nicht erschienen. Ich hatte ihm das Buch nicht wieder zurückgebracht und war nicht zum Lesen erschienen. Dabei hatte ich es versprochen! Ich hatte mein Versprechen gebrochen! Das war alles, was Randy wahrnahm, und wusste nicht wohin mit seiner Wut. Die Enttäuschung wütete so verheerend in ihm, dass er das Geschirr, was er diesen Morgen so sorgsam sortiert und gespült hatte, aus dem Schrank fegte und es in alle Richtungen schleuderte. Sein Zorn war unermesslich. Er zerschnitt das Sofa mit einem Küchenmesser, sodass Federn und Filz aus ihm hervorquollen. Morgen würde er sich das Buch zurückholen und in diesem Zuge mich dazu. Und wenn alles klappte, auch Joe und diesen Brightfull. Dann hätte er endlich wieder seine Ruhe.

Er setzte sich auf einen Küchenstuhl und fügte sich eine so tiefe Wunde quer über den Bauch zu, dass es selbst ihn erschreckte, als er sie sah. Es bestand die Gefahr, dass er jetzt verbluten würde. Die Wunde war so groß wie keine andere Wunde zuvor auf seinem Körper. Er stand vor der Entscheidung, einen Arzt zu rufen, sich selbst zu behandeln oder zu sterben. Er wollte nicht sterben, aber er wollte auch keinen Arzt an seinen Körper lassen. Er behandelte sich selbst, drückte ein sauberes Tuch auf die Wunde und begann mit einer im Feuer erhitzten Nadel seine eigene Wunde zu nähen. Er verspürte dabei keinen Schmerz, denn die Haut war taub, die er soeben durchstochen hatte. Er desinfizierte alles sorgfältig, wickelte einen breiten Verband um seinen Körper und fiel erschöpft in sein Bett. So sieht also das Glück aus, dachte Randy und wünschte sich, nie wieder Glück zu haben. Dann überkam ihn der Drang, irgendetwas zu unternehmen, um die Wut loszuwerden …

Brightfull war außer sich, als er an diesem Morgen feststellte, dass Joe verschwunden war. Zuerst hatte er ihn zum Frühstück gerufen, aber als er nicht erschienen war, war er nach oben gegangen und hatte geklopft. Er wollte höflich sein, aber seine Stimme klang nicht höflich. Als auf das Klopfen niemand reagierte, schmiss Brightfull ein paar unhöfliche Schimpfworte an die Tür. Ich saß derweil am Küchentisch und trank ein Glas Milch. Ich wusste bereits, was jetzt passieren würde.

Brightfull kam wütend die Treppe hinuntergerannt und schrie: »Gibt es einen Zweitschlüssel für das Zimmer?«

Ich schüttelte den Kopf. Sollte ich ihm sagen, dass Joe abgehauen war? Nein, besser nicht. Sonst würde ich alles abbekommen. Also ließ ich Brightfull walten. Dieser rannte wieder die Treppe hinauf und ließ bittere Drohungen über seinen Lippen kommen. Sein Vater hatte es genauso gemacht. Diese Worte hatten bei ihm genug Angst ausgelöst, dass der kleine Jason Brightfull stets öffnete. Doch diesmal passierte nichts. Das machte Brightfull hilflos und damit noch wütender. »Ich trete deine Tür ein, wenn du nicht aufmachst!«, schrie er wutentbrannt, und dann tat er es. Er trat zu, und die Tür krachte mit Wucht an die Wand. Der Lärm ließ mich zusammenzucken. Noch nie hatte jemand in unserem Haus eine Tür eingetreten! Gewalt machte mir große Angst, sehr sehr große Angst. Im Haus wurde es still. Brightfull sah auf den ersten Blick, dass sich niemand in dem Zimmer befand. Das Bett war unbenutzt, das Fenster geöffnet. Der Fall lag klar auf der Hand. Er ging zum Fenster, um festzustellen, wie Joe entkommen war. Hatte er sich abgeseilt oder war er gesprungen? Wie tief war er gesprungen? Konnte er sich eine Verletzung zugezogen haben, die ihm seine Flucht erschwerte, sodass Brightfull ihn schnell finden würde? Er sah hinunter. In der Tat, es war ziemlich tief, bestimmt vier Meter. So einen Sprung konnte man nicht unbeschadet überstehen. Wenn man kein geübter Springer war, musste man sich in irgendeiner Weise eine Verletzung zugefügt haben. Es lag keine Sprunghilfe bereit. Joe hätte sich die Matratze nehmen können, aber er war einfach hinuntergesprungen. Er konnte nicht weit gekommen sein! Brightfull rannte die Treppe hinunter, ergriff seinen Autoschlüssel und lief zur Tür. Bevor er ganz weg war, um Joe zu suchen, kam ich ihm in den Sinn. Er drehte sich um und blinzelte mich an. »Wenn du auch verschwindest, werde ich dich suchen und windelweich schlagen, Bürschchen!« Nach diesen Worten fuhr Brightfull mit durchdrehenden Reifen fort.

Ich hielt gerade ein Glas Milch in der Hand, als Jason Brightfull diese Drohung aussprach. Nachdem er das Haus verlassen hatte, ließ ich das Glas fallen. Es muss die Angst gewesen sein, die mir die Kraft aus den Fingern genommen hatte. Ich erhob mich langsam und ging auf den Hof hinaus. Ich sah zum Schuppen, in dem sich mein Vater befand, zumindest glaubte ich daran. Ich näherte mich der Tür und sah auf das verriegelte Schloss. Wenn Randy jetzt hier wäre, könnte er es sicherlich entriegeln, aber Randy war nicht hier. Er wartete heute auf mich, um das

Buch, das nicht mehr existierte, mit mir zu lesen. So ein wundervoller Gedanke! Ich entfernte die Sicherheitsbänder vor der Schuppentür und besah mir das Schloss. Es sah kompliziert aus, doch irgendjemand hatte es nicht richtig zugedrückt. Ich zog an dem Bügel, und das Schloss öffnete sich. Ich entfernte es und öffnete die Schuppentür. Als ich hineinsah, entdeckte ich mitten im Raum diesen großen braunen Fleck. Blut? Ich sah mich um. Der zweite Schuh war nun auch weg. Ich setzte mich verzweifelt in die hinterste Ecke des Schuppens und drückte meine Socke ans Herz. Jemand hatte meinen neuen Dad getötet! Mitten in diesem Raum! Dieser jemand besaß jetzt den letzten Schuh von ihm. Einen Schuh, in dem die Socke, die ich an mich presste, hineingehörte. Ich saß in der Ecke und begann zu schaukeln.

Joe hatte große Schmerzen beim Gehen. Er wusste nicht, ob er Richtung Hoback Junction oder Moran Junction laufen sollte. Lydia hatte ihm ein wenig Geld gegeben, vor dem Hirnschlag, falls er und ich in der Stadt etwas essen wollten. Lydia war ein Engel gewesen, doch jetzt lebte sie eingeschlossen in ihrer eigenen Welt, der sie nicht mehr entkommen würde. Vielleicht war Alan in Gedanken bei ihr und sie waren sehr glücklich. Wer weiß. Joe hätte es bei Alan und Lydia gut ausgehalten. Aber bei diesem Brightfull? Das war unmöglich. Er ließ sich nicht von einem fremden Mann schlagen und anschreien. Er hatte überlegt, ob er mich mitnehmen sollte, aber ich war aus seiner Sicht so abartig, dass er keine Lust hatte, sich selbst durch mich in Gefahr zu bringen. Ich erinnerte ihn an einen Esel, der ständig störrisches Verhalten zeigte. Keiner konnte ihn bewegen. Nein, das würde nicht gutgehen. Bei einer Flucht musste man fit und zielgerichtet vorgehen. Außerdem würde das Geld nur für eine kurze Fahrt von Hoback Junction nach Alpine reichen. Ich würde schon durchkommen. An mir würde sich selbst dieser blöde Brightfull die Zähne ausbeißen. Joe fand, dass es Zeit war, endlich auf eigenen Beinen zu stehen. Die Zeichen konnten nicht deutlicher sein. Er hatte keine Eltern mehr, kein zu Hause und auch niemand, bei dem er leben wollte. Es wäre nicht schlecht, sich auf die Suche nach den Großeltern zu machen. Vielleicht würde er dort Hilfe und Unterstützung finden – immerhin hatte sich sein Großvater mit seinem Vater beim letzten Wiedersehen gestritten. Das gibt Pluspunkte, dachte Joe und humpelte am Waldrand entlang. Er hatte sich beim Sprung aus dem Fenster den linken Fuß verstaucht und kam nur langsam voran.

Brightfull war voller Zorn und überlegte, ob er nicht zunächst einen See anfahren und dann erst Joe suchen sollte. Er hatte diesmal Ersatzkleidung im Kofferraum liegen. Seit Benton ihn völlig verschmutzt und durchnässt vor der Haustür abgefangen hatte, war die Story vom Ausrutschen vergeben. Ein zweites Mal würde ihm keiner diese Lüge abnehmen. Also hatte er vorgesorgt. Er überlegte, schnell zum Snake River zu fahren. Das wäre nicht allzu weit von Hoback Junction entfernt und er könnte sich direkt danach auf die Suche nach Joe machen. Doch dann entschied er sich, zunächst auf die Suche zu gehen. Sollte sie bis zum späten Nachmittag erfolglos bleiben, könnte er immer noch seinen Zorn in einem See ertränken.

Joe war bereits viele Stunden gelaufen, hatte nur kurz geschlafen und war am späten Nachmittag völlig erschöpft in einem Gebüsch am Straßenrand zusammengesackt. Er hörte ein Auto herannahen und sah durch das Gebüsch den goldenen Wagen von Brightfull an sich vorbeifahren und kurz darauf in den Waldweg einbiegen. Wie konnte er ihn nur so schnell gefunden haben, und weshalb bog er auf der anderen Seite in den Wald?

Joe wartete, doch Brightfull kam nicht zurück. Das machte ihn neugierig. Er schlich sich auf die andere Seite in das Gebüsch und fand dort an einem kleinen See den geparkten Wagen. Die Fahrertür stand offen, und frische Kleidung lag auf dem Beifahrersitz. Hatte Brightfull sich hier ausgezogen und war baden gegangen? Im November, bei dieser Kälte? Joe schaute sich um, aber er konnte ihn nirgends entdecken. Bis er plötzlich im Wasser ein Geräusch hörte, als würde ein Taucher gerade an die Oberfläche gelangen. Joe sprang in den nächsten Busch und beobachtete, was sich tat. Er sah Brightfull in voller Kleidung aus dem Wasser klettern und sich die Haare glätten. Er sah, wie sich dieser Mann der Kleidung entledigte und splitterfasernackt zu seinem Wagen ging, um die frische Kleidung anzuziehen. Joe beobachtete, wie Brightfull die nasse Kleidung in einen Sack packte, den er in den Kofferraum warf, und ein Handtuch hervorholte, um sein Haar nachträglich trocken zu reiben. Dann sah er, wie Brightfull tief durchatmete, in seinen Wagen stieg und ihn startete. Er wendete den Wagen und fuhr zur Hauptstraße zurück. Joe lief ihm einige Meter hinterher, um zu sehen, in welche Richtung er fuhr. Er wollte sichergehen und nicht in die gleiche Richtung weiter flüchten. Doch dann beobachtete er etwas Unglaubliches.

Auf der anderen Seite kam ein alter roter Truck gefahren, ganz unauffällig. Er war verdreckt, und der Motor röhrte ziemlich laut. Plötzlich wechselte der Truck die Spur und fuhr Brightfull frontal in den Wagen! Es gab einen ohrenbetäubenden Knall, und Joe sah, wie Brightfulls Körper durch die Frontscheibe flog und auf der Haube des Trucks landete! Sein Gesicht und sein Hals waren von Glassplittern und Blut überzogen und hinterließen blutige Streifen auf der Motorhaube. Was war geschehen? Hatte der andere Fahrer einen Herzinfarkt erlitten und war von der Spur abgekommen? Joe schmiss seinen Rucksack ins Gebüsch und wollte gerade zur Hilfe eilen, als er sah, wie Randy den Truck mit einem Baseballschläger verließ. Er stieg aus, als wolle er gerade einen Spaziergang machen, schlenderte beinahe entspannt zu seiner Motorhaube und besah sich den blutüberströmten Körper vor der Windschutzscheibe. Joe hörte ihn sagen: »Na, da haben wir ja schon den ersten.« Randy sagte es ganz gelassen. Er fühlte Brightfulls Puls am Hals und schnalzte mit der Zunge. »Du bist nicht klein zu kriegen, alter Knabe, was?«, sagte Randy und holte mit dem Schläger aus.

Joe sah weg. Er raffte seinen Rucksack auf und rannte Richtung Hoback Junction. Er sah nicht mehr, wie Randy die Leiche in seinen Wagen zerrte und Brightfulls Wagen im angrenzenden Wald verschwinden ließ. Er sah überhaupt nichts mehr. Er hörte nichts mehr und spürte nicht einmal mehr seinen verstauchten Fuß. Er dachte nur daran, dass Brightfull vergessen haben musste, sich anzuschnallen. Gerade Brightfull!

Was war zuvor geschehen?

Randy war zuerst zu unserer Ranch gefahren und hatte dort das leere Haus vorgefunden. Die Tür stand weit offen, und er konnte weit und breit niemanden entdecken. Erst als er wieder in seinen Wagen stieg, hörte er mein Jammern. Es war leise, aber Randy hatte in gutes Gehör für außergewöhnliche Geräusche. Er kannte dieses Jammern aus seiner Kindheit und sah sich noch einmal auf dem Hof um. Die Schuppentür war weit geöffnet, und die Sicherheitsbänder der Polizei wehten flatternd in einer leichten Brise. Das machte ihn neugierig. Er näherte sich vorsichtig der Tür und sah hinein. Ich saß im hinteren Teil des Schuppens auf dem Boden und weinte auf eine sehr eigenartige Art und Weise, die Randy zutiefst berührte. Das ließ alle Wut auf mich sterben. Er näherte sich mir vorsichtig, ging in die Hocke und fragte: »Was ist passiert?«

Ich sah unerschrocken auf. Ich konnte mich nicht mehr erschrecken, denn ich stand unter Schock. Als ich Randy sah, hielt ich ihm die Socke entgegen. Randy sah sie an, nahm sie und fragte: »Was soll ich damit?«

Ich antwortete: »Für das Buch. Es ist kaputt. Mr. Brightfull hat es mir weggenommen und in den Wald in eine Pfütze geschmissen.«

Randy sah mich an. »Und was soll ich jetzt mit dieser blöden Socke?«

»Sie ist das Wertvollste, was ich besitze. Es ist die Socke von meinem Dad. Ich habe nichts anderes, was ich dir geben kann. Bitte nimm sie. Sobald ich das Geld zusammen habe, kauf' ich dir das Buch neu.«

Randy kannte das Gefühl von echter Rührung nicht, aber er fand es jetzt angebracht, sich neben mich zu setzen und die Socke anzusehen. »Sieht nicht schlecht aus.«

Ich nickte. »Ich habe die zweite leider bei Lydia vergessen. Wenn ich sie wieder bekomme, gebe ich sie dir auch.«

Randy nickte. »Hört sich gut an, dann hätte ich ein neues Paar Socken. Könnte ich gut gebrauchen. – Wo hast du gesagt, hat Brightfull das Buch hingeschmissen?«

»Kurz vor der Kurve zu unserer Ranch. Links. Das Buch ist völlig kaputt.«

»Es befinden sich Eintragungen von mir darin. Die habe ich mit Kuli gemacht. Die könnte ich vielleicht retten und übertragen. Es sind wichtige Eintragungen, denn ich habe Widersprüche in dem Buch gefunden. Die hätte ich gerne mit dir diskutiert.«

»Oh«, sagte ich, »dann musst du das Buch finden. Aber du bekommst auch ein neues von mir, versprochen.« Ich hielt ihm die Hand zum Einschlagen hin. Randy sah sie an, schlug ein und sagte: »Okay. Das Geld dafür kannst du dir bei mir verdienen. Ich hab viel zu tun, gebe dir drei Dollar für die Stunde. Was sagst du? Zehn Stunden, und das Buch ist bezahlt.« Ich nickte. Randy sah auf die getrocknete Blutlache, die Leads' Schädel hinterlassen hatte. »Wo ist Brightfull?«, fragte er. »Warum ist niemand im Haus?«

Ich sah zu Boden. »Joe ist gestern Abend weggelaufen, weil Mr. Brigthfull ihm eine Ohrfeige gegeben hatte. Jetzt ist er ihn suchen. Schon seit heute Morgen.«

»Er hat dich hier ganz allein zurückgelassen?«
Ich nickte.
»Er hat dich nicht in die Schule gefahren?«
Ich schüttelte den Kopf.
»Arschloch!«
Ich wollte auf dieses obszöne Wort nicht antworten.
»Wie lange sitzt du hier schon?«
»Seit heute Morgen.«
»Ist dir kalt?«
Ich nickte.
»Dann komm', ich bring dich ins Haus.«
Ich schüttelte den Kopf. »Ich warte hier.«
»Auf wen?«
»Auf Mr. Brightfull. Vielleicht findet er Joe.«
»Soll ich dir eine Decke bringen?«

Ich nickte. Randy erhob sich, ging ins Haus und fand eine Decke neben dem Sofa in einer Truhe. Er brachte sie mir und legte sie mir behutsam um meinen ausgekühlten Körper. »Sieh mal, ich hab dir Smacks und Milch mitgebracht. Damit du nicht verhungerst. Ich werde mal versuchen, Mr. Brightfull zu finden. Und Joe, okay?«

Ich verspürte ein komisches Gefühl. In dem Klang der Stimme konnte ich schlimme Sachen hören, doch ich nickte.

»Du kannst ja wiederkommen, sobald du Zeit hast«, sagte Randy und beschäftigte sich bereits mit ganz anderen Dingen. Als er die Ranch verließ, kochte es in ihm. Brightfull hatte also sein Buch zerstört, mich von meiner Lektion abgehalten und mich hier vollkommen mir selbst überlassen. Joe war verschwunden und hatte nur daran gedacht, seinen eigenen Arsch zu retten. Es war, als sei es gestern erst passiert, dass Harold ihn, Randy, verlassen hatte.

Randy fuhr den Weg von der Ranch zur Hauptstraße und fand sein Buch tatsächlich in einer Pfütze hinter einem Gebüsch. Ich hatte die Wahrheit gesagt. Er angelte das aufgequollene Buch aus dem Schlamm und besah sich die zerstörten Seiten.

Er brachte es zum Wagen und schmiss es wütend hinten auf die Ladefläche. Zu Hause würde er es erst einmal trocknen müssen.

Als er sich auf die Suche nach Brightfull und Joe begab, vollzog er den Sprung in seine Vergangenheit. Er war wieder vierzehn und hatte gerade seiner Mutter dienen müssen. Kurz danach war er auf die Suche nach Harold gegangen. Und er hatte ihn gefunden.

Mrs. Thatcher hatte dreimal bei uns angerufen, um herauszufinden, wo wir blieben. Brightfull hatte einen nichtssagenden Spruch aufs Band gesprochen, auf den Mrs. Thatcher mit ihren Sorgen antwortete. Dann hatte die Lehrerschaft bis mittags gewartet und schließlich die Polizei benachrichtigt. Die sagten, sie würden sich darum kümmern, sobald jemand frei wäre. Am Nachmittag rief Mrs. Thatcher erneut bei der Polizei an, doch es herrschte ein großes Durcheinander auf der Station. Zwei Mitarbeiter wurden vermisst und drei neue Mitarbeiter sollten eingearbeitet werden. Deswegen sei so viel zu tun, dass sie im Moment andere Sorgen hätten, als diesen blöden Brightfull zu suchen. Außerdem befände sich das FBI bereits auf dem Weg nach Jackson Hole.

Entsetzt schmiss Mrs. Thatcher den Hörer auf das Gerät und beschloss, nach Arbeitsschluss selbst bei uns vorbeizuschauen. Vielleicht hatte Jason uns heute nur einen schönen Tag bereitet und vergessen anzurufen. Alles war vielleicht nur ein großes Missverständnis. Er war schließlich völlig neu in der Rolle als Ziehvater zweier Jungen. Da konnte man das eine oder andere am Anfang vergessen.

Als Mrs. Thatcher ihren Wagen auf unsere Ranch lenkte, war Randy gerade zehn Minuten verschwunden. Auch sie fand das offene Haus vor und bei ihrer weiteren Suche den offenen Schuppen. Sie wusste nicht, was vorgefallen war, und näherte sich dem alten Gebäude. Sie konnte ein Wimmern ausmachen und beschleunigte ihren Gang. Dann fand sie mich in eine Decke gewickelt vor einer getrockneten Blutlache sitzen und weinen.

Randy schmiss Brightfulls Körper ins Feuer, wusch und reinigte seinen Wagen, beulte die leicht demolierte Stoßstange geschickt aus und ging ins Haus. Er erledigte all diese Dinge wie einen Job, der nun einmal zu erledigen war.

Jetzt lag er auf seinem Bett und ließ den Tag Revue passieren. Morgen müsste er als Erstes versuchen, Knochenreste in der Asche des Feuers zu finden. Jeder von der Polizei gefundene Knochen könnte fatale Fragen aufwerfen. Wer wusste schon, wer Leads' und Bentons Positionen einnehmen würde? Es wäre auf jeden Fall keine vertraute Person mehr. Es wäre jemand, der in Randy nicht den gutherzigen und schüchternen Eigenbrötler sehen würde, den man unbesorgt in Ruhe lassen konnte.

Randy wurde unruhig. Es lag auf der Hand, dass man Brightfull heute Abend suchen würde. Dieser Gedanke machte Randy so unruhig, dass er beschloss, sofort die Glut zu untersuchen und das Schloss an seinem Tor zu überprüfen. Er war mit seinen Gefühlen wieder dort angelangt, wo Hass und Tötungsdrang auf ihn lauerten. Gefühle, die er kannte und die ihn nicht losließen. Warum konnte das Glück bei ihm nicht verweilen? Dieses kurze wunderbare Gefühl machte Randy jetzt wütend. Er hasste es, wenn seine Gefühle ihn von einem Extrem ins nächste zerrten. Dann verweilte er lieber in Wut und Hass und verspürte nicht die Sehnsucht nach einem Gefühl, das so sehr schmerzte, wenn es ihn wieder verließ. Es fühlte sich an wie ein Höllentrip.

Randy suchte ein Brecheisen und eine Taschenlampe im Schuppen und begann, die Glut zu durchwühlen. Er konnte nichts finden, was ihn genauso unruhig machte, als wenn er etwas finden würde. Es konnte das kleinste Stück eines Knochenrestes sein, das ihn verraten würde. Er schabte und verteilte die

Asche in einem weiten Kreis und durchleuchtete jeden Zentimeter mit großer Sorgfalt. Er bemerkte nicht, wie sich ein Fahrzeug seiner Ranch näherte und einige Meter vor seinem Tor zum Stehen kam.

Leads' Nachfolger Deputy Jerry Cloutham ließ das Abblendlicht seines Wagens erlöschen, als er den wandernden Lichtschein auf Breckenridges Ranch sah. Es ging etwas Ungewöhnliches auf dieser Ranch vor. Der Lichtstrahl wanderte in einem größeren Umkreis umher und wurde von einem ungewöhnlichen Kratzen begleitet.

Cloutham öffnete leise seine Fahrertür und schlich zum Tor. Als er sicher war, dass man ihn nicht bemerkt hatte, kletterte er über den Zaun und näherte sich vorsichtig dem Lichtstrahl. Er wusste, dass er etwas Gesetzeswidriges tat, doch die Vorfälle in den letzten Tagen ließen ihm kaum noch die Chance, gesetzestreu vorzugehen. Dass in dieser Gegend etwas Unheimliches geschah, war offensichtlich. Dem konnte man nicht mit Ehrlichkeit und Offenheit, sondern nur mit der Sprache begegnen, die der Verursacher selbst sprach, und das war Hinterlist. Das stand für Cloutham fest. Er sah, wie sich der Lichtschein dem Boden näherte, als würde jemand die Taschenlampe ablegen. War jemand fündig geworden? Der Polizist konnte außer dem Lichtschein, der knapp an ihm vorbeileuchtete, nichts erkennen. Die Nacht war tiefschwarz. Das Kratzen auf dem Boden erklang nicht mehr, und eine große Stille legte sich über die Ranch. Jerry spürte ein großes Unbehagen aufkommen. Alles kam zum Stillstand, und er wusste nicht, wie er darauf reagieren sollte. Er griff nach seiner Waffe.

Randy stand hinter ihm, das Brecheisen bereits erhoben und zum Schlag bereit, als ihm der Gedanke kam, dass er mit dieser Tat einen fatalen Fehler begehen würde. Dieser Mann vor ihm hatte vielleicht irgendwo eine Mitteilung hinterlassen. Zudem stand sein Wagen vor dem Tor, was Randy schemenhaft erkennen konnte. Zu viele Probleme, die er nicht mehr beseitigt bekommen würde. Also senkte er das Brecheisen, ließ es langsam zu Boden gleiten und trat in den Lichtpegel der Taschenlampe, unmittelbar vor Jerry Cloutham, der zutiefst erschrocken zurückwich. Er war sich seiner illegalen Tat bewusst und blickte zu Boden. Randy erkannte seinen Vorteil und sah ihn herausfordernd an. »Das ist Hausfriedensbruch«, sagte er nur und wartete auf eine Erklärung. Er hatte dieses Gesicht schon einmal gesehen, konnte es aber keinem Namen zuordnen. Als sein Gegenüber weiterhin stumm blieb, fragte er: »Mit wem habe ich das Vergnügen?«

Jetzt sah Cloutham auf. »Deputy Jerry Cloutham, ich bin Sergeant Leads' Vertretung, Sir.«

Endlich konnte Randy sich erinnern. Dieser Jerry saß meistens im Büro und erledigte Leads' Schreibarbeit.

»Das ermächtigt Sie, unaufgefordert mein Grundstück zu betreten?«

Jerry schüttelte den Kopf. Natürlich nicht.

»Und warum dann das?« Randy machte eine Handgeste, mit der er die Gestalt von Cloutham abmaß.

Jerry stotterte: »Ich sah dieses Licht und dachte, da schleicht jemand auf Ihrem Grundstück herum.« Hörte sich gar nicht so schlecht an.

»Ach so«, entgegnete Randy erstaunt und unsicher zugleich, »da stellt man also einen Sicherheitsdienst vor meine Tür und passt auf, dass nicht wieder ein Blitz bei mir einschlägt, was?«

Jerry hätte fast gelacht, wenn Randy nicht so zornig geklungen und groß und breitbeinig vor ihm gestanden hätte.

»Ich steh' vor dem Tor. Ich war auf dem Weg zu Ihnen und wollte nur ein paar Fragen stellen, weil Jason Brightfull verschwunden ist. Ich bin auf jeden Hinweis angewiesen. Als ich am Tor ankam, sah ich dieses Licht und dachte, es würde jemand bei Ihnen herumstreunen. Sie können natürlich jederzeit Anzeige …«

Jetzt lenkte Randy ein. Er wollte es nicht zu weit treiben, um sein öffentliches Bild nicht zu gefährden. »Nein, schon gut, Mr. …«

»Jerry.«

»Jerry. Aber bitte verstehen Sie, wenn ich vorsichtig bin. Schließlich wohne ich hier ganz allein.«

Cloutham nickte, interessierte sich dennoch für den Vorgang, den er soeben beobachtet hatte. Er fragte: »Alles klar, ich meine wer läuft schon spät abends mit der Taschenlampe im Kreis ...«

Randy reagierte sofort, sah sich um, zu der Stelle, an die er die Taschenlampe abgelegt hatte und sagte: »Ach so – ich habe heute ein Feuer gemacht ... auch der Feuerwehr deswegen Bescheid gegeben. Ich habe das Haus aufgeräumt und einige Holzmöbel und Sachen verbrannt. Eben fiel mir ein, dass ich in einer Schublade ein gutes Taschenmesser liegen gelassen habe. Ein altes Messer von meinem Vater. Ich habe versucht, es in der Asche zu finden.«

Auch Cloutham reagierte. »Soll ich eben helfen, es zu finden?«, bot er an.

»Nein ... nein. Ich werde morgen weitersuchen. Kann ich Ihnen irgendwie helfen?«

Er dachte an den Grund des Besuchs und wollte dieses Zusammentreffen so schnell wie möglich beenden.

Jerry Cloutham war noch nicht lange im Dienst, aber er erkannte mittlerweile recht schnell, wenn ihn jemand hinters Licht führen wollte. Doch er besann sich und sagte: »Ja, wir suchen Jason Brightfull. Und Joe Houston. Beide sind verschwunden. Haben Sie heute zufällig irgendetwas von einem der beiden gehört oder einen gesehen?«

Randy sah zu Boden. »Heute? Nee. Gestern war Brightfull hier, mit Joe, und hat Daryl abgeholt. Aber das wissen Sie sicherlich.«

Cloutham nickte. »Tja.«

»Ich hol' schnell die Taschenlampe und leuchte Ihnen den Weg zum Wagen«, sagte Randy und begleitet den Deputy zum Tor. Er schloss es auf, ließ Cloutham hindurch und schloss es gleich danach wieder ab. Er blieb solange am Tor stehen, bis er die Rücklichter des Wagens hinter der Biegung verschwinden sah.

Das war knapp gewesen. So etwas durfte nie wieder passieren!

Jerry Cloutham mochte für jung und unerfahren gehalten werden, aber er hatte Alan Leads bereits mehrmals mitgeteilt, dass mit diesem Randy Breckenridge irgendetwas nicht stimmte. Leads hatte Was? gefragt, und Jerry hatte geantwortet: »Er ist zu glatt.« Jetzt war Leads verschwunden, und Jerry Cloutham dachte an das Feuer, das dieser Randy mitten auf seinem Hof entzündet hatte. Noah, sein Freund von der Feuerwehr, hatte ihm mitgeteilt, dass Randy das Feuer um 18 Uhr entzündet hatte. Man konnte es von der Stadt aus sehen. Jetzt war es gerade einmal 20 Uhr. Eine knappe Zeit für Möbel und andere Sachen, sie in Schutt und Asche zu legen. Was suchte dieser Randy wirklich in der Asche?

Jerry Cloutham ließ der Gedanke nicht los, dass Randy Breckenridge etwas völlig anderes als das Messer seines Vaters in der abschwellenden Glut gesucht hatte. Denn das hätte er auch am nächsten Morgen suchen können. Nein, es musste etwas sein, das niemand vor ihm finden durfte. Irgendein Beweis. Bei dem Gedanken, Randy könnte einen Menschen verbrannt haben, wurde ihm zunächst etwas übel, aber dann versuchte Jerry die Chance darin zu erkennen, genau diese Asche als sprechenden Beweis aufzugreifen. Alan Leads hatte ihm diesen Begriff zu Anfang ihrer Zusammenarbeit einmal beigebracht, und Jerry dachte darüber nach, wann er die Ranch einmal unbeobachtet durchsuchen könnte. Das Gefühl, dass er dort etwas Wichtiges finden würde, ließ ihn die ganze Nacht nicht los.

Ich wippte, saß hinten im Wagen von Mrs. Thatcher und hörte sie vorne mit der Windschutzscheibe reden. Es fielen Worte wie Sorgen, Joe, Mr. Brightfull. Ich hörte nicht hin, war zu sehr mit dem Wippen beschäftigt, das mich beruhigte.

Ich hatte mich zusätzlich an die Decke geklammert, die Randy mir gebracht hatte, und drückte die Socke an meine Brust. Damit fühlte ich mich gut beschützt.

Als Jerry Cloutham vor einer halben Stunde auf unserer Ranch angekommen war, hatten beide beschlossen, dass Mrs. Thatcher mich erst einmal in ihre Obhut nehmen sollte. Sie suchte im Haus meine Kleidung und Schulsachen zusammen, setzte mich hinten in ihren Wagen und fuhr zu ihrem Zuhause.

Jerry wollte es nicht vor Mrs. Thatcher und mir ansprechen, aber was er auf dem Boden mitten im Schuppen sah, war eine getrocknete Blutlache, die bei der letzten Besichtigung noch nicht vorhanden gewesen war. Das hätte Leads in seinem Bericht erwähnt, den Jerry abgetippt hatte. Er entnahm eine Probe in einen kleinen Plastikbeutel – auch das hatte Leads ihm beigebracht: immer kleine Beutel mit sich zu tragen – und brachte ihn anschließend ins Labor. Danach beschloss er, die Breckenridge-Ranch zu besuchen. Er konnte es nicht erklären, aber er hatte das Gefühl, dort mit den Ermittlungen anfangen zu müssen.

☆ ☆ ☆

Am nächsten Morgen galt Deputy Clouthhams erster Anruf dem Labor. Das Ergebnis überraschte ihn nicht allzu sehr und doch versetzte ihm die Gewissheit einen Schock. Es war Alan Leads' Blut, das sich in unserem Schuppen befand. Damit lag klar auf der Hand, dass sein Vorgesetzter einer schrecklichen Tat zum Opfer gefallen sein musste. Das beendete zwar die Ungewissheit, aber es machte die ganze Situation, die im Tal vorherrschte, noch dunkler, unheimlicher und gefährlicher. Alan Leads war ganz bestimmt kein unvorsichtiger Mann gewesen. Es muss ihn etwas ganz Unerwartetes wiederfahren sein, etwas Grausames oder … Jerry dachte nach … vielleicht nicht einmal Unbekanntes. Vielleicht war Leads einer Sache auf die Spur gekommen, die sein Sterben unumgänglich machte. Er war bei seinen Ermittlungen jemandem begegnet, den alle kannten und dem alle vertrauten.

Genau dieser Gedanke trieb Jerry Cloutham wieder zur Breckenridge-Ranch. Es war nur ein Gefühl, eine Intuition. Randy würde ihm bestimmt nicht erlauben, die Asche auf dem Hof und im Stall ohne Genehmigung zu untersuchen. Gesetzt den Fall, Jerry brächte eine Genehmigung mit, stellte sich die Frage, ob das nicht zugleich sein Todesurteil bedeuten würde. Er konnte nicht abschätzen, wie geschickt dieser Randy vorging. Immerhin waren sieben Menschen innerhalb einer Woche verschwunden und fünf davon nicht wieder lebend aufgetaucht. Es gab keinen Hinweis, nicht einmal die geringste Spur. Es gab nur diesen Verdacht, der sich in Jerrys Verstand festsetzte. Noah hatte ihm gestern von dem Blitzeinschlag in Randys Stall erzählt, und dass dieser Houston-Junge, also ich, nur überlebt hatte, weil ich ein Buch von Randy hatte retten wollen. Von diesem Naturforscher Darwin. Darwin?, dachte Jerry, als er nachts im Bett lag und nicht schlafen konnte. Randy liest Darwin? Er hätte ihm jedes Fachbuch über Technik, Maschinen und Motoren zugetraut, aber Darwin? Randy besaß also noch weitere Interessen, von denen niemand etwas wusste. Wer sich für Darwin interessierte, zeigte ein großes Interesse an Naturgesetzen. Das wiederum ließ vermuten, dass Randy weit mehr Intelligenz besaß, als viele annahmen. Hatte Alan nicht einmal erzählt, dass Randy früher ein sehr schlechter Schüler gewesen war? Und dass es sein Glück gewesen war, dass sein Vater ihn in seine Werkstatt übernommen hatte? Irgendwie passten all diese Fakten nicht zusammen. Randy galt als naiv und dumm, und doch schien er eine erstaunliche Intelligenz zu besitzen. Es war sicherlich keine dumme Idee mit diesen reparierten und gereinigten Maschinen. Randy war stets gewissenhaft und bot nur die Maschinen zum Kauf an, die hundertprozentig funktionierten. Er war ein Perfektionist. Ein Perfektionist ist niemals dumm! Das störte Jerry. Das Bild, das Randy in der Öffentlichkeit von sich preisgab, deckte sich nicht mit dem wahren Randy. Hier waren Vertuschung und Verschleierung im Spiel.

Jetzt stand Jerry an der Einfahrt zu Randys Ranch und kämpfte mit seiner Überzeugung. War es ratsam, unvorbereitet diese Ranch zu besuchen? Jerry war überzeugt, wenn er mit seiner Vermutung richtig lag, würde Randy aus beiden Situationen, mit oder ohne richterlichen Bescheid, eine gefährliche Falle für ihn konstruieren. Also war weder die eine noch die andere Vorgehensweise taktisch sinnvoll. Wenn Jerry richtig lag, konnte er nur nach dem gleichen Muster vorgehen, wie der Täter – hinterlistig.

Jerry Cloutham lenkte seinen Wagen zurück zur Polizeistation und wollte sich erst einmal mit den Eltern von Randy Breckenridge beschäftigen.

Randy schlug die Augen auf und spürte, dass etwas nicht stimmte. Er sprang aus dem Bett und rannte zum Fenster. Von dort konnte er den ganzen Hof übersehen bis hin zum Tor, doch er entdeckte nichts Beunruhigendes. Nebelschwaden lagen über dem Ort und zogen sich wie ein Schleier durch die Luft. Die ersten Weihnachtsgefühle und der Wunsch nach gewürztem Früchtetee wurden bei anderen durch diesen Anblick geweckt, doch Randy verabscheute diese Jahreszeit zutiefst. Sie hatte ihm immer nur Schmerz und Leid zugefügt, denn seine Mutter hatte es nie verstanden, diese Zeit für ihn und Harold wirklich schön zu gestalten. Sie war so sehr mit ihrem eigenen Leben beschäftigt gewesen, dass sie selbst in dieser atmosphärenreichen Zeit ihre Kinder vergaß.

Randy hatte ein merkwürdiges Gefühl. Es bahnte sich eine Gefahr an, die ihn beunruhigte. Dieser Jerry Cloutham hatte es gestern Abend geschafft, seine Ranch völlig geräuschlos zu betreten. Das sprach für ein gewisses Geschick dieses Deputys. Randy entging für gewöhnlich nichts, wenn er daheim war. Er nahm durch eine Fehlhörigkeit jedes Nebengeräusch doppelt so stark wahr wie andere. Das hatte ihm bisher den größten Schutz garantiert, aber dieser Jerry hatte es geschafft, geräuschlos in sein Reich einzudringen. Das machte Randy mehr als nervös, und er warf einen zweiten Blick über seine Ranch. Er sollte diesen Jerry unbedingt im Auge behalten. Dass er etwas vorhatte, stand ihm gestern Abend schon ins Gesicht geschrieben. Wer naiv und schüchtern auftrat, verbarg dahinter oft eine völlig andere Natur. Damit kannte sich Randy nur allzu gut aus.

Als er sich nach der Morgendusche herrichtete, kam ihm der Gedanke, dass ich nun ohne Brightfull und Joe völlig auf mich allein gestellt war. Er sollte mir vielleicht seine Hilfe anbieten.

☆☆☆

Cloutham sah erstaunt auf, als seine Sekretärin ihm mitteilte, dass Randy Breckenridge ihn sprechen wollte. Der Teufel traute sich selbst ins Feuer?

Als sie sich die Hand gaben, kroch in beiden ein ungutes Gefühl hoch. Randy wusste bei dem Händedruck, dass sich Jerry heute Morgen in unmittelbarer Nähe seiner Ranch befunden haben musste, und Jerry wusste, dass Randy etwas von seinem Verdacht ahnte. Hatte Alan Leads nicht immer von Inspektor Columbos Theorie erzählt? Der Mörder war immer die Person, die sich am meisten für den Ermittlungsstand interessierte, um sich in einer perfekten Deckung zu bewegen. Und Columbo hatte immer recht gehabt.

Randy blickte zu Boden, als er Jerry die Hand gab. »Ich wollte mich für meinen Auftritt gestern entschuldigen. Ich weiß, Sie haben es nur gut gemeint und sind Ihrer Pflicht nachgekommen«, sagte Randy, mit einem Klang von Reue in der Stimme.

Hörte Cloutham richtig? Randy entschuldigte sich, weil er sein Grundstück verteidigt hatte? Wie sollte er reagieren? Bei dem Händedruck floss negative Energie; man könnte sie auch Berechnung nennen.

»Schon gut«, erwiderte der Deputy und bot Randy einen Platz vor seinem Schreibtisch an. »Wie kann ich Ihnen weiterhelfen?«

Nun war Randy am Zug. Er sah Jerry nicht an, als er sprach. »Sie sagten gestern, dass Brightfull und Joe verschwunden seien. Ich wollte mich erkundigen, ob sie wieder da sind.« Jetzt sah er kurz auf, um direkt danach wieder zu Boden zu sehen. »Ich dachte an Daryl. Wollte mich auch kurz erkundigen, wie es ihm geht. Immerhin hatte er vorgestern einen großen Schrecken erlitten.«

All diese Worte klangen so verdammt richtig und fürsorglich, dass Cloutham unruhig wurde. Sollte er Randy über den Ermittlungszustand informieren und dann schauen, wie er weiter vorgehen würde? Vielleicht würde Randy unter dem Eindruck der Sicherheit ein Fehler unterlaufen. Es war einen Versuch wert.

»Es wird nach beiden gesucht, aber wir haben noch keine Spur. Eine schreckliche Geschichte.« Er sah ihn an, Randy sah zum Fenster hinaus. »Daryl ist gut untergebracht und müsste jetzt in der Schule sein, soweit ich informiert bin.«

Jetzt reagierte er. Randy erhob sich unerwartet und zog sein Käppi auf, das er anstandsvoll in den Händen gehalten hatte. »Wenn ich irgendwie helfen kann, geben Sie mir Bescheid.« Er nickte und verließ die Polizeistation. Jerry Cloutham blieb irritiert zurück. Er wusste nicht, dass er Randy soeben zu seinem weiteren Schritt verholfen hatte. Man sollte vermeintlichen Tätern nicht zu viele Türen öffnen.

Randy fuhr direkt zur Schule und versuchte mich durch den Zaun in der Menge der Schüler, die gerade ihre Pause auf dem Schulhof verbrachten, zu entdecken, doch er fand mich nicht. Ich stand bei keiner Gruppe und war auch nirgends alleine am Rand des Geschehens zu finden. Randy dachte an seine Schulzeit, die er in der Wilson School verbracht und die viele grausame Stunden in sein Gedächtnis gebrannt hatte. Damals hatte alles viel trister ausgesehen, und er erinnerte sich, wie er von seinen Mitschülern gedemütigt worden war. Erst hatten sie ihm seine Hose zerrissen, und seine verschmutzte Unterhose war zum Vorschein gekommen, dann hatten sie ihn herumgeschubst, ausgelacht und getreten, obwohl er größer als alle anderen war. Doch in ihm herrschte zu dieser Zeit eine große Angst vor Gewalt, die er erst einige Jahre später überwand und ins Gegenteil wandelte. Er konnte nichts dagegen unternehmen. Der Wandel war wie eine erneute Geburt für ihn. Erst hatte es innerlich in ihm gebrodelt und seinen Geist und Körper erhitzt, dann war es über seine Hände nach außen gelangt. Die Aggression wandelte sich in pure Gewalt, und er schlug mit dreizehn Jahren jeden zu Boden, der ihn auch nur anzufassen gedachte. Dann begann er selbst, Mädchen anzufassen, um ein Gegengefühl zur Gewalt zu verspüren. Er wollte Liebe und Zärtlichkeit. Dieses Gemisch von Gefühlen wurde auf Dauer so unerträglich, dass er beschloss, nicht mehr in diese verdammte Schule zu gehen, die jeden Tag seine Gefühle auf die eine oder andere Art herausforderte. Er musste die Reize herunterfahren, um seine Emotionen in den Griff zu bekommen. Doch er bekam sie nicht in den Griff, er veränderte sie nur. Er ging bei seinem Vater in die Werkstatt und lernte Motoren zu reparieren. So nahmen die Dinge ihren Lauf.

Als Randy mich nicht fand und enttäuscht zurück zum Wagen ging, erblickte er zufällig ein paar Schuhe hinter einer kleinen Hecke auf dem Schulhof. Es waren meine Schuhe, die er erkannte, und er näherte sich wieder dem Zaun und rief erneut nach mir.

Ich blickte auf, als jemand meinen Namen rief, doch ich konnte Randy nicht erblicken, weil die Hecke den Blick verhinderte. So konnte ich keinen entdecken, der mich zu rufen schien. Doch der Ruf erfolgte ein zweites und drittes Mal. Das ließ mich aus dem Versteck kommen und mich umblicken. Ich sah Randy hinter dem Zaun lachen und mir zuwinken. Auch ich lächelte ansatzweise, denn Randy war derzeit der einzige Mensch, dem ich wirklich begegnen wollte. Ich fühlte mich wegen des Buches so schuldig und konnte dieses Gefühl nicht loswerden. Ich hatte seit gestern mit niemandem mehr gesprochen und fühlte mich, seit Joe verschwunden war, wie eine verlassene Seele unter einer Glaskuppel. Jetzt hatte jemand den Eingang zu der Kuppel gefunden und war hereingekommen, was mir das Gefühl von Einsamkeit nahm. Irgendetwas verband mich mit diesem Randy, doch ich wusste nicht, was es war. Mein Vater hatte mich in meinen Träumen zu dieser Ranch geschickt, weil dort der Mörder meiner Mutter zu finden war. Und ich war seinem Rat gefolgt. Doch als ich Randy sah, erkannte ich nicht wirklich den Mörder meiner Mutter. Es war um so vieles mehr, was ich in dieser Seele sah. Es war nicht unmöglich, dass dieser Mann meine Mutter getötet haben mochte – aus welchem Grund auch immer – aber es war auch nicht unmöglich, dass man eine Erklärung für diese Tat in der Seele dieses Mannes finden würde. Verständnis wäre das falsche Wort. Ein Verstehen würde es eher treffen. Aber wann hörte Verstehen oder gar Verständnis auf?

Ich fand meine Wahrnehmung wieder einmal sonderbar und konnte nicht trauern wie andere. Ich konnte auch nicht Glück, Liebe, Enttäuschung und Wut wie andere empfinden. Alles hatte eine andere Struktur und fühlte sich anders an, als meine Mitmenschen mir immer zu erklären versuchten. Ich fand meine Gefühle bisher in keinem Menschen wieder, außer in diesem Randy, was auch immer er getan haben mochte. Ich verspürte bei ihm eine große Sicherheit, Schutz und Geborgenheit. Ich wusste, dass Randy mir nie etwas antun würde, nie! Genauso wie Randy wusste, dass ich ihn nie verraten würde. Nie! Für Randy verkörperte ich seine eigene Kinderseele, als sie noch heil und rein gewesen war. Er hatte das wahrgenommen, als er mich mit seinem Buch unter dem Pullover neben dem brennenden Stall stehen gesehen hatte. Diese Seele galt es zu schützen, um jeden Preis.

Doch ich irrte mich so sehr. So sehr!

Als ich mich dem Zaun näherte, hielt Randy seine rechte Hand in meiner Höhe flach gegen den Zaun. Ich näherte mich dieser Hand und legte meine von der anderen Seite dagegen. Wir sagten nichts, wir sahen uns nur an.

Die Schulglocke läutete zum Ende der Pause, und ich ging zurück ins Gebäude. Randy setzte sich in seinen Wagen und wartete. Er wusste, dass ich kommen würde. Er brauchte nur noch zu warten. Und ich kam. Ich begab mich in seine Obhut und ließ ihn die Dinge tun, die er für richtig hielt. Gleichzeitig sah ich meinen Vater, wie er auf mich zukam und mich in seine Arme schloss.

Mrs. Thatcher rannte aufgelöst durch das Schulgebäude und rief immerzu meinen Namen. Ihre Kollegen telefonierten wie wild herum, um mich zu finden. Die Panik, die sich in der Schule verbreitete, war immens. Jetzt war bereits der zweite Junge von dieser Schule verschwunden. Zudem noch sechs erwachsene Menschen aus der Stadt. Das verbreitete Angst und Schrecken, und die Polizei war schier machtlos. Welch Irrer trieb sich in dieser Gegend herum? Wen würde er sich als nächsten holen, um ihn grausam zu töten? Es war ihre eigene Angst, die sie trieb und aggressiv werden ließ!

Der Mörder musste sich der Schule genähert haben, anders war mein Verschwinden nicht zu erklären. Gegen Nachmittag wurde eine Sonderkonferenz einberufen wegen der Frage, ob die Schule vielleicht vorerst geschlossen werden sollte, vielleicht sogar so lange, bis sich die Dinge geklärt hatten.

Das Telefon auf der Polizeistation stand nicht mehr still. Sämtliche Bürger riefen an, weil sie ihre Angehörigen seit einigen Stunden nicht mehr gesehen hatten oder nicht erreichen konnten. Hobbydetektive meldeten sich, sie hätten den eventuellen Mörder im Visier und sahen durch ihre Fenster zu dem Nachbarn hinüber, der sich in letzter Zeit komisch benommen hätte. Ein Anrufer teilte mit, dass ein grausamer Kannibale bei ihm gegenüber eingezogen wäre. Diese Nonsens-Anrufe nahmen kein Ende und lenkten die Aufmerksamkeit der Deputys von den Dingen ab, die wirklich wichtig waren.

Jerry Cloutham reagierte besonnen. Er fuhr zur Breckenridge-Ranch, als Mrs. Thatchers Anruf bezüglich meines Verschwindens kam. Wenn Randy irgendetwas mit dem Verschwinden zu tun haben sollte, wäre er jetzt nicht auf seiner Ranch. Und wenn doch, müsste ich mich auch dort befinden. Er fuhr mit seinem Streifenwagen vor das verschlossene Tor und sah die Ranch friedlich vor sich liegen. Alles hatte seine Ordnung. Cloutham betätigte die Hupe und wartete, ob Randy sich zeigen würde. Nach dem vierten vergeblichen Hupen verließ er den Wagen und kletterte über den Zaun. Er entnahm seinem Halfter die Waffe und entsicherte sie, hielt sie aber verborgen. Dann rief er: »Randy?« Keine Antwort. »Randy, sind Sie da?«

Seine Schritte waren bedacht und sein Blick geschärft. Er konnte nicht abschätzen, was alles passieren konnte, und näherte sich dem Haus. Er maß mit einem schnellen Blick die Fenster ab, ob sich vielleicht eine Gardine bewegte, doch es blieb alles still. Cloutham drückte auf die Klingel und rief erneut Randys Namen, doch es kam keine Reaktion. Er sah zu den verbrannten Ruinen des Stalls hinüber. Sollte er die Chance jetzt nutzen? Was hätte er vorzubringen, wenn Randy plötzlich auftauchen würde? Solange er sich nicht auf seinem Grundstück herumtrieb und nur an die Tür klopfte, wäre ihm nichts anzuhängen. Jerry versuchte, das Risiko mit seinem Instinkt abzugleichen und entschied, es zu tun. Er wollte jetzt und hier wissen, ob in der Asche auf dem Hof oder im Stall Leichenreste zu finden wären oder irgendetwas, was darauf schließen ließe.

Jerry Cloutham steckte die Waffe wieder ein, suchte sich einen Ast und begann die Asche auf dem Hof sorgfältig zu durchkämmen. Er verteilte den grauen Staub, ging in die Hocke und versuchte seinen Blick für alles Ungewöhnliche zu schärfen. Und er wurde fündig! Es war etwas Kleines, das sich unnatürlich rund zwischen den verbrannten Resten versteckte. Je mehr er die Asche verteilte, desto mehr zeigte sich die Form. Etwas in der Größe einer großen Münze hatte sich unter der Asche in den Boden gedrückt. Cloutham legte es jetzt mit dem Ende des Astes frei und zog es vorsichtig heraus. Er betrachtete den Fund ungläubig. Eine Uhr! Er hatte eine Herrenarmbanduhr gefunden! Silber, mit flexiblem Kettenarmband. Cloutham legte die Uhr vorsichtig ab und holte einen kleinen Beutel aus seiner Jackentasche hervor. Er ließ den Fund vorsichtig hineingleiten, verschloss den Beutel und steckte ihn in die Jackentasche zurück. Dies konnte der entscheidende Beweis sein – wenn es ihm gelang herauszufinden, wem diese Uhr einmal gehört hatte. Ein

Geräusch ließ ihn plötzlich hochschrecken. Ein Wagen näherte sich der Farm, und Jerry Cloutham erhob sich rasch und sah zum Tor. Randys roter Truck stand an der Biegung zur Ranch.

Er hatte es gewusst! Randy schlug verärgert auf sein Lenkrad, als er die Biegung zu seiner Ranch nahm. »Daryl, duck dich, wir bekommen Ärger«, sagte er und hielt den Wagen am Wegesrand an. Er sah, wie dieser Cloutham die Asche auf dem Hof durchwühlte, und ahnte etwas. Verdammt! Während er mir dazu verhalf, mich im Fußraum des Beifahrers zu verstecken, warf er einen weiteren Blick auf das Geschehen auf seinem Hof. Cloutham verharrte in hockender Stellung und schien etwas gefunden zu haben. Hatte er gestern nicht sorgfältig genug alles abgesucht? Was könnte dieser Jerry gefunden haben, was Randy vergessen hatte zu beseitigen?

Als ich mich tief im Fußraum verkrochen hatte, legte Randy eine Decke über mich, die er auf dem Rücksitz stets mit sich führte. In dieser Region führte jeder vernünftige Fahrer Decke, Kerzen, Wasser und Trockengebäck mit sich. Ein plötzlicher Blizzard hatte schon so manchen unvorbereiteten Fahrer das Leben gekostet.

»Rühr dich nicht«, sagte Randy, lenkte den Wagen auf Clouthams Dienstwagen zu und sah, wie der Deputy etwas in seiner Jackentasche verschwinden ließ. Damit war klar, dass er ihn nicht entkommen lassen konnte!

Jerry verspürte sofort großes Unbehagen, als er Randy den Wagen verlassen und auf das Tor zukommen sah. Hatte Randy mitbekommen, dass er etwas gefunden hatte? Randys Blick gab die Antwort. Er hatte! Dem Deputy war klar, dass er sich nun in äußerster Gefahr befand. Noch hatte er Zeit, zum hinteren Teil des Grundstücks und über den Zaun zu flüchten. Oder er konnte versuchen, in einem vernünftigen Gespräch die Situation zu retten. Cloutham spürte die Waffe in seinem Halfter. Sollte er sie benutzen? Er sah, wie Randy gemächlich das Schloss öffnete und das Tor ein wenig aufdrückte, um hindurchzugelangen. Dann schloss er es wieder und drückte das Vorhängeschloss zu. Das gab

Cloutham genug Grund, die Waffe zu ziehen – damit war klar, dass er mit seiner Vermutung richtig lag. Er richtete die Waffe auf Randy Breckenridge.

Das störte Randy nicht im Geringsten. Was konnte eine Waffe schon ausrichten, wenn sie sich in den Händen eines Anfängers befand?

»Jerry?«, rief er von weitem und versuchte, dem Polizisten ein Lächeln zu schenken, doch seine Mimik ähnelte mehr einem gequälten Hund.

»Randy, bleib stehen!«, rief Jerry und straffte seine Haltung.

»Jerry«, wiederholte Randy und ließ sich weder bremsen noch von dem abhalten, was nun folgen sollte.

Jerry Cloutham dachte an die Folgen, wenn er jetzt abdrücken würde. Randy hatte keine Waffe, mit der er drohen konnte, noch war er unfreundlich. Er hatte nur sein Tor verriegelt. Das war mehr als eine Waffe! Das war eine Drohung und Ankündigung zugleich. Wenn dieser Breckenridge tatsächlich der Mörder der verschwundenen Anwohner wäre, blieb ihm nur die Möglichkeit, ihn durch einen gezielten Schuss handlungsunfähig zu machen. Doch welchen Grund konnte er dafür wirklich vorbringen? Cloutham saß in der Falle. War die Uhr wirklich ein Beweis? Was wäre, wenn es die Uhr des alten Breckenridge war, die sich, genau wie das vermeintliche Messer, in einer Schublade eines verbrannten Möbelstücks befunden hatte? Was, wenn das Labor tatsächlich herausfand, dass Randy nur Möbel verbrannt hatte? Im Grunde hätte eine kleine Probe der Asche gereicht, um herauszufinden, ob hier eine Leiche verbrannt worden war. Clouthams Klugheit wandelte sich in diesem Moment in pure Dummheit. Er hätte nur eine kleine Probe der Asche benötigt und wäre längst wieder verschwunden. Doch die meisten Menschen bezahlen bitter für dumme Fehler. Cloutham war eben zu genau. Er wollte mehr finden, er wollte Randy dingfest machen. Jetzt hatten sich die Rollen vertauscht! Randy blieb direkt vor der Waffe stehen und schüttelte schnalzend den Kopf. »Was soll das?«, fragte er.

Warum muss das Unrecht immer siegen?, dachte Jerry und steckte die Waffe wieder ein. Was für ein Fehler! Als er aufsah, spürte er den Aufprall von Randys Schädel gegen seine Stirn und ging in einem Sekundenbruchteil in die Knie. Seine Wahrnehmung schwand.

Randy sah sich rasch um, ob ich neugierig aus meinem Versteck gekrochen war, doch ich war nicht zu sehen. Dies war eine äußerst unglückliche Situation, denn er musste nun Cloutham und den Dienstwagen vor meinen Augen entsorgen. Solange ich nicht zusah, konnte er zumindest den Polizisten verschwinden lassen. Er zog ihn in die Ruinen des Stalls und legte ihn hinter einen Mauerrest. Er dachte daran, dass dieser Jerry Cloutham nichts wirklich Schlimmes getan hatte, und gestand ihm einen sanften Tod zu. Er konnte ihn unmöglich gehen lassen, also setzte er sich auf dessen Leib und drückte ihm mit beiden Händen die Luft ab, eine Hand am Hals, eine Hand auf dem Gesicht. Er sah, wie Cloutham in seiner Atemnot kurz zu sich kam, die Augen aufriss und Widerstand ausübte. Sein Körper zuckte und wehrte sich, bis das Gehirn keinen Sauerstoff mehr erhielt. Das Gesicht des Polizisten schwoll an, und seine letzte Kraft gab nach wenigen Sekunden nach. Randy wollte es nicht, aber warum ließ man ihn, verdammt noch mal, nicht in Ruhe? Es gab keine Lösung, die ihm sinnvoll erschien, außer seine Wiedersacher zu beseitigen. Sie ließen ihn einfach nicht allein! Was musste er noch tun, außer unauffällig, freundlich, hilfsbereit und still zu sein? Er erfüllte alle Erwartungen, die eine Gemeinde an ihn stellen konnte, und doch wühlten sie ständig in seinem Privatleben herum. Randy war sich sicher, bei der Auswahl seiner Opfer die richtigen zu treffen. Selbst Sergeant Alan Leads hatte einmal vor einigen Jahren zu ihm gesagt: »Pass immer gut auf dich auf, damit dir keiner Unrecht tut, Randy.« Das war der Beweis, dass er richtig handelte, wenn selbst das Gesetz solche Ratschläge verteilt.

Er besah sich das nun friedliche Gesicht von Jerry Cloutham. Die Verspannung war verschwunden. Der Tod hatte jegliche

Angst und Panik aus dem Gesicht des Deputys genommen und ihn in eine friedliche und gewaltfreie Welt geführt. Ist es nicht das, was jeder anstrebt? Was sollte diese verdammte Waffe? Warum hatte Jerry diese Waffe auf ihn gerichtet? Wollte er etwas schützen? In diesem Moment fiel Randy ein, dass Cloutham etwas der Asche entnommen hatte und in seiner Jackentasche verschwinden ließ. Er durchwühlte die Taschen und wurde fündig. Tatsächlich, Cloutham hatte eine Uhr gefunden! Jason Brightfull hatte eine Uhr getragen, als er ihn verbrannt hatte. Metall! Metall brennt nicht! Diese Erkenntnis führte zu einem Adrenalinstoß in Randy Gehirn. Hatte Leads auch Metall getragen? Verdammt! Er hatte an alles gedacht, und doch war ihm der simpelste Fehler aller Zeiten beim Vernichten von Leichen widerfahren! Eine Uhr wäre noch zu erklären, aber wenn Leads einen Ehering mit Gravur getragen hatte, wäre jede Erklärung sinnlos. Er musste unbedingt diese verdammte Asche untersuchen. Vielleicht befand sich noch weiteres Metall darin. Er sollte sich vielleicht bei Dough Hendson einen großen Magneten besorgen.

Randy hielt den Stress, der in diesem Moment in seinem Kopf anwuchs, kaum aus. Er hatte mich im Wagen zurückgelassen, um mich zu schützen, hatte eine Leiche im Stall, die er vernichten und einen Wagen vor dem Tor, den er verschwinden lassen musste. In ihm explodierten Blitze, die ihn wieder in die alte gewalttätige Haltung zwangen. Es stieg tief aus seinem Leib in den Kopf auf und breitete sich dort dann explosionsartig aus. Das forderte eine Reaktion ein, die Randy aber nicht spüren wollte. Er dachte immerzu an mich. Er konnte vor mir niemals sein wahres Ich ausleben, aber er musste auch irgendwie handeln, um sich zu schützen. Wenn man Clouthams Wagen vor seinem Tor fand, würde man auch den Fahrer suchen. Wie, zur Hölle, sollte Randy nun reagieren? Plötzlich überkam ihn tiefe Wut. Diese Wut externalisierte er und richtete sich plötzlich gegen mich. Ich war schuld, dass diese Situation entstanden war. Wäre Randy mich nicht suchen gefahren, um mich zu schützen, hätte er Cloutham am Tor abfangen können. Randys

Hände begannen zu zittern. Wie sollte er mich dafür bestrafen? Welche Strafe wäre angemessen? Er begann in den Ruinen des Stalls unruhig umher zu laufen, fand einen schweren Stein und schmiss ihn auf Cloutham. Er traf sein Gesicht, und Blut trat hervor. Er hätte ihn gar nicht ersticken müssen, ein Stein hätte es auch getan! Randy rannte zum Hof hinaus und besah sich die Schleifspuren von Clouthams Körper, die sich bis in den Stall zogen. Er ergriff den Ast, den der Polizist soeben noch zum Suchen der Uhr benutzt hatte, und beseitigte die Spuren. Dann rannte er zum Tor und schloss es auf. Er musste dringend handeln und bekam große Angst davor, mir in diesem Zustand zu begegnen. Doch meine Angst war viel größer!

Die ganze Stadt war in Aufruhr. Dass drei Menschen an zwei Tagen verschwunden waren, zeigte das grausame Vorgehen eines Wahnsinnigen, der sich in einer unglaublichen Mordlust befinden musste. Noch hatte man nicht alle Leichen gefunden, doch das, was gefunden worden war, vermittelte eine Vorstellung davon, wie der Psychopath vorging. Sally, Brightfulls Cousine, hatte das Geschäft bisher ohne Probleme auch alleine führen können, aber jetzt erschien es ihr unmöglich. Noch unmöglicher erschien es ihr, das Geschäft abends zu verlassen, um nach Hause zu gehen. Diese Angst teilte sie mit Hunderten anderer Bürger der Stadt.

Man wartete ungeduldig auf das FBI, das sich jede Minute einfinden musste, und forderte Polizeinachschub aus den drei größeren umliegenden Städten an, inklusiv eines Profilers, der bereits an Jerrys Schreibtisch saß, sich die Fotos der bisher gefundenen Leichen besah und sich mit den Vermissten und ihren Stellungen in der Gemeinschaft beschäftigte. Gab es Schnittstellen? Was verband diese Menschen und welche gemeinsamen Kontakte pflegten sie? Gab es dokumentierte Vorfälle, die auf einen Racheakt schließen ließen?

»Hat jemand Jerry gesehen?«, rief eine wütende Stimme durch die Station, die unablässig von läutenden Telefonen terrorisiert wurde. Es kam keine Antwort.

Die Stimme schrie erneut: »Hat irgendjemand heute mit Jerry gesprochen?« Betretenes Schweigen. Damit war klar, dass Jerry das nächste Opfer war, und jeder, der in dieser verfluchten Station saß, wünschte sich, dieses Gebäude nie wieder verlassen zu müssen. Keiner wollte dem Irren in die Arme laufen. Draußen drängten sich mittlerweile die ersten Reporter. Sollte sich der Wahnsinnige doch dort bedienen. Dann würde es wenigstens die Richtigen treffen!

Seine Hände zitterten, als er das Tor weit aufriss und in Clouthams Wagen stieg. Was hatte er getan? Randy versuchte sich zu konzentrieren und stellte fest, dass der Schlüssel steckte. Perfekt. Zunächst musste der verfluchte Wagen verschwinden, zumindest aus seiner Auffahrt. Da der Stall keinen Schutz mehr bot, parkte er den Wagen hinter dem Haus. Doch wer sein Haus vom Wald her aufsuchte, konnte das Auto auf Anhieb sehen. Verflucht! Er hätte hohe Mauern bauen und keine Zäune ziehen sollen! Randys Zorn wurde mächtiger, und er bekam ihn nicht mehr in den Griff. Er raffte Äste und Blätter zusammen, um den Wagen zu tarnen, doch der erste Windstoß würde seine Mühe wieder zunichtemachen. Er besaß auch keine Abdeckplane oder sonstige Hilfsmittel, die den Wagen irgendwie unauffällig aussehen ließen. Dann kam ihm die Idee mit dem Matsch. Er hatte es in einem Beitrag im Fernsehen gesehen, dass Künstler ihre Autos mit Matsch beschmierten, um hernach Bilder darauf zu malen. Dieser Matsch verwirrte auf den ersten Anblick, und man nahm das Fahrzeug nicht als Fahrzeug wahr. Doch der Regen würde auch diese Tarnung zerstören. Randy sah in den Himmel und versuchte abzuschätzen, welche Naturgewalt sich als Erstes seiner vergeblichen Verschleierungsversuche bemächtigen würde. Sein Zorn war grenzenlos, sein ganzer Körper war in ihm gefangen. Er lief auf dem Hof umher und sah sich das Wetter in jeder Himmelsrichtung an. Er fiel über den Ast, den er selbst hatte liegen lassen, und stolperte fluchend zu Boden. Als er sich wieder aufrichtete, sah er den Bagger. Er hatte ihn letztes Wochenende repariert und konnte damit gewaltige Löcher ausheben. Das war die Lösung! Doch zunächst musste er seinen Truck vom Tor wegholen.

Randy öffnete die Fahrertür und sah auf die Decke, die mich eigentlich vor dem Anblick des zuletzt Geschehenen hatte schützen sollen. Er nahm auf dem Fahrersitz Platz und wollte gerade den Motor starten, als er in seinem Rückspiegel einen Wagen herannahen sah. Ein sehr schlechter Moment für zusätzlichen Besuch!, dachte Randy, und das Zittern in seinen Händen setzte wieder ein. Der Wagen kam näher, und Randy erkannte, dass es sich um einen Polizeiwagen handelte. Sie suchten Jerry Cloutham. Randy sah zu seiner Ranch und versicherte sich, dass Clouthams Wagen auch wirklich nicht zu sehen war. Nein, war er nicht. »Bleib ganz ruhig unter der Decke«, sagte Randy leise, startete seinen Truck und fuhr hinter das Tor. Dann verließ er den Wagen und schloss das Tor. Der Polizeiwagen kam kurze Zeit später auf der anderen Seite zum Stehen. Zwei uniformierte Gestalten verließen das Fahrzeug, und Randy erkannte in dem Beifahrer eine Frau.

»Randy Breckenridge?«, fragte der Mann, den Randy auf gute fünfzig schätzte. Er hatte das Gesicht bisher noch nie gesehen und vermutete, dass er eine Verstärkungskraft aus Alpine war. Er nickte.

»Wir suchen Jerry Cloutham und wollten mal nachfragen, ob Sie etwas gesehen haben.«

Randy schüttelte den Kopf. Er versuchte den Bügel des Schlosses in die richtige Position zu bringen, um es zu schließen, doch sein Zittern wurde mit jeder Sekunde stärker.

»Sir? Alles in Ordnung?«, fragte der Deputy.

Randy sah auf, blass und desorientiert. Er schüttelte den Kopf. Wenn Randy Breckenridge etwas beherrschte, dann war es die Fähigkeit, um keine Antwort verlegen zu sein. »Ich bin Diabetiker, und mein Zucker geht gerade weg. Wenn Sie nichts dagegen haben, würde ich jetzt gerne schnell ins Haus und Zucker zu mir nehmen.« Alles passte: das blasse Gesicht, das Zittern und der Schweiß auf seiner Stirn.

»Kein Problem«, antwortete die Frau. »Wir warten hier. Lassen Sie sich Zeit. Wir haben noch ein paar Fragen.« Sie war klug, und sie war mit allen Wassern gewaschen. Das erkannte Randy, als er in ihr Gesicht sah. Die Situation war fatal! Er bekam das Schloss einfach nicht geschlossen, und plötzlich fühlte er, wie der Mann seine Hände umgriff, und er hörte ihn sagen: »Lassen Sie das mal. Gehen Sie schnell rein und versorgen sich. Ich mache das hier schon für Sie.«

Damit hatte Randy die Kontrolle über die Situation verloren, und ein nie dagewesener Druck entstand in seinem Kopf. Er war nicht in der Lage, diese beiden Eindringlinge aufzuhalten, und als er sah, dass die Frau bereits zu ihrem Pistolenhalfter griff, gab er nach. Er drehte sich um und suchte den Weg ins Haus. Zurück blieben sein Wagen und ich, der Junge, der sicherlich überall gesucht wurde. Er überließ den Zugang zu seiner Ranch einer Person, die er derzeit am allerwenigsten hier haben wollte – einer Person des Gesetzes. Was würden die beiden tun, wenn er im Haus verschwunden war? Er rannte das letzte Stück und sah nur noch eine Möglichkeit. Er würde sie vom Haus aus durch das Küchenfenster beobachten. Und wenn sie sein Grundstück betreten oder gar noch den Wagen untersuchen und mich finden würden, würde er warten – hier im Haus – mit einem Baseballschläger in der Hand. Er würde ihnen den Schädel dermaßen zu Brei schlagen, wie er es noch nie zuvor getan hatte. Der Schläger stand im Flur, und Randy ergriff ihn beim Betreten des Hauses. Dann bezog er Stellung am Küchenfenster.

Und tatsächlich, er hatte Recht mit seiner Vermutung. Beide kamen auf sein Grundstück. Und sie gingen zu seinem Wagen und sahen durch die Seitenfenster hinein. Die Frau, die die Beifahrerseite inspizierte, öffnete die Türe, zog die Decke, unter der ich verharren sollte, heraus und beugte sich ins Innere. Jetzt war alles vorbei, und Randys Puls pochte in unerträglicher Geschwindigkeit in seinen Schläfen. Er wollte nicht hinausgehen und es dort erledigen. Er wollte nicht, dass ich zusehen musste. Er wollte warten, bis sie sein Haus betraten, und es hier zu Ende bringen. Kurz und schmerzlos. Jedem ein Schlag, ein kräftiger und gezielter. Wenn er dann noch Lust verspürte, würde er nachsetzen. Aber niemals in meiner Gegenwart. Ich sollte nichts von seiner Grausamkeit mitbekommen, denn ich war der einzige Mensch, der das Gute in ihm sah. Das wollte er mir nicht nehmen.

Randy beobachtete, wie die Frau die Decke wieder in den Wagen legte und die Beifahrertür schloss. War das pure Taktik? Die beiden Deputys begaben sich wieder hinter das Tor und drückten das Schloss zu. Sie hatten sich soeben selbst ausgesperrt und Randy damit in eine Situation gebracht, die er nicht einschätzen konnte. Immerhin besaßen Sie eine Waffe, die sie auch außerhalb des Grundstücks einsetzen konnten. Es wäre auch möglich, dass dieser Mann das Schloss nicht wirklich zugedrückt hatte. Wie viel Zeit mochten sie ihm geben? Sollte er mit oder ohne Schläger herauskommen? Wären zehn Minuten angebracht? Er sah, wie der Mann zum Funkgerät in seinem Wagen griff und eine Meldung durchgab. Forderte er gerade Verstärkung an? Randy fühlte sich in die Enge getrieben; erneut kam große Unruhe in ihm auf. Er begann in der Küche auf und ab zu laufen, dann die Treppe hinauf in sein Zimmer, schlug dort dreimal seinen Kopf gegen die Wand und rannte wieder hinunter. Wie, zum Teufel, sollte er reagieren? Nein, er würde nicht aufgeben! Er würde lieber sterben. Wenn man so viele Menschen auf dem Gewissen hatte wie er, käme es auf den einen oder anderen auch nicht mehr an. Er schob den Schläger in den hinteren Teil seiner Hose und deckte den Griff mit dem Pullover zu. Nun sah niemand, dass er eine Waffe bei sich trug. Er nahm ein paar Schluck aus einer Whiskeyflasche, die er im Kühlschrank lagerte, und ließ einige Minuten vergehen, bis sich auch das Zittern halbwegs einstellte. Dann verließ er das Haus. Deputy Jake Hornset aus Alpine war mit seiner Kollegin Amy Sloughter für drei Wochen nach Jackson Hole beordert worden. Was hier vor sich ging, machte den bezirkübergreifenden Einsatz zwingend notwendig. Zudem war es unumgänglich, fremde Mitarbeiter einzusetzen, weil es keine örtlichen mehr gab, die die Befugnis hatten, weiter zu ermitteln.

Hornset und Sloughter begegneten Randy mit einer gewissen Gelassenheit und Neutralität, weil sie ihn nicht kannten. Das schärfte aber wiederum auch ihre Sinne ihm gegenüber.

Sie sahen Randy aus dem Haus über den Hof kommen und begaben sich für ein Gespräch mit ihm ans Tor.

»Besser?«, fragte Amy Sloughter. Ihre Stimme klang unbekümmert und versöhnlich, was Randy erstaunte. Aber er war auf der Hut. Freundliche Deputys waren gefährlich, weil sie mit dieser Stimmung Geschmeidigkeit und Offenheit hervorrufen wollten. Doch Randy bemühte sich, friedlich zu bleiben, solange diese Frau nichts weiter wissen wollte oder aufdringlich wurde. Er sah kurz durch das Seitenfenster in das Innere seines Wagens hinein, als er ihn passierte. Die Decke lag auf dem Beifahrersitz. Von mir keine Spur. Wann hatten sie mich aus dem Wagen geholt, wo er doch die ganze Zeit die Szenerie im Visier gehabt hatte? Das verwirrte ihn total. Warum hatten sie nicht ihre Waffen gezückt, wenn sie mich bereits gefunden hatten? Das wäre Anlass genug gewesen, um ihn festzunehmen. Das wäre überhaupt der Volltreffer gewesen! Damit hätten sie das Unheil, das sich über diese Stadt ausbreitete, beendet. Aber die beiden Deputys standen ganz entspannt an seinem Tor wie zwei Nachbarn, die mit ihm über die letzte Heuernte reden wollten. Von mir keine Spur. Irgendetwas stimmte nicht. Deputy Hornset fragte: »Ist Ihnen irgendetwas Merkwürdiges in letzter Zeit aufgefallen, Mr. Breckenridge? Wir sind auf jeden Hinweis angewiesen.«

Jetzt musste Randy lächeln. Das klang doch ziemlich naiv, dafür, dass jeden Tag Menschen in diesem Ort verschwanden. Es klang wie eine Frage nach einem banalen Diebstahl. Da hat jemand den Rasenmäher Ihres Nachbarn gestohlen. Haben Sie etwas beobachtet? Naive Fragen verlangten nach naiven Antworten, und er antwortete: »Nein, nichts. Ich komm' hier im Moment nicht viel rum. Muss mich jetzt um den Stall kümmern«, und er zeigte hinter sich auf die Brandruine. Die Deputys nickten. Sie hatten von dem Brand vorgestern gehört. Hornset holte eine Visitenkarte aus der Innentasche seiner Jacke hervor und reichte sie Randy über das Tor. Randy nahm sie entgegen und hörte ihn sagen: »Wenn Ihnen etwas auffällt, rufen Sie an. Wir kümmern uns dann drum.«

Randy nickte, steckte die Karte ein und begab sich zu seinem Wagen. Er stieg ein und fuhr ihn vor den Stall, während die Deputys zurück zur Straße fuhren.

Randy sah zweimal während des Fahrens in den Fußraum des Beifahrers. Dort hockte niemand! Die Decke lag auf dem Sitz, und im Fußraum war nichts zu sehen. Er stieg aus, ging um den Truck herum und öffnete die Beifahrertür. Er nahm die Decke heraus, inspizierte sie ungläubig und verstand nun, warum die Deputys so entspannt reagiert hatten. Sie hatten einfach nichts Verdächtiges gefunden. Ich war verschwunden! Randy sah mit großer Sehnsucht zum Tor, während die Decke in seinen Händen erzitterte. Dort erblickte er mich, als ich ihm von weitem zuwinkte!

Halluzinationen

Es war zu viel. Alles war zu viel! Im Stall lag eine Leiche, hinter dem Stall stand ein gesuchter Dienstwagen der Polizei und am Tor stand ich, dieser Junge, der seines Schutzes bedurfte. Randy musste die Leiche und den Wagen verschwinden lassen, in der Asche nach weiteren Metallgegenständen suchen und gleichzeitig mich versorgen und beschützen.

Ich winkte ihm vom Tor aus zu, und Randy kam, mit der Decke in der Hand.

Ich schenkte ihm ein Lächeln, als er vor mir stand. Das veranlasste auch ihn zu lächeln. Wir sprachen nicht, sondern sahen uns eine ganze Weile an, das Tor zwischen uns. Dann suchte er den Schlüssel für das Schloss und öffnete es. Als ich hindurchging, legte Randy die Decke wärmend um meine Schultern und sagte: »Du bist ja ein gerissener Hund!« Wir lachten und gingen ins Haus.

Randy entschuldigte sich sofort für das Chaos, das er gestern in der Küche verursacht hatte, und ich musste mir vorsichtig einen Weg durch die vielen Scherben zu einem Stuhl suchen.

»Warum hast du das getan?«, fragte ich, als Randy mir ein Glas Wasser brachte. Er überlegte. »Ich weiß nicht wie ich es dir erklären kann.«

»Versuch es«, forderte ich ihn auf.

Randy dachte nach. Wie erklärte man einem zehnjährigen Jungen eine Wut, die so unermesslich chaotisch ist, dass man ... »Ich war einfach nur furchtbar wütend«, sagte er, und ich lachte. »Das kenne ich auch.«

»Echt?«

»Echt. Ich habe mal ein Schulbuch vor Wut zerrissen.«

»Das habe ich auch«, sagte Randy lachend. »Hatte keine Lust mehr drauf.«

»Genau«, erwiderte ich und lachte mir mit ihm den Stress der letzten Stunde von der Seele. Wir waren ein gutes Team gewesen, als es Probleme gab. Ich hatte genau das getan, was Randy auch getan hätte. Das hatte ihm gut gefallen.

»Warum warst du wütend?«, fragte ich.

Randy holte tief Luft. Es gab zwei Möglichkeiten für ihn, mir zu begegnen: Entweder packte er die Realität in eine Lüge, oder er beließ es bei der Wahrheit. Er sah, wie wohl ich mich unter der Decke auf dem Stuhl fühlte. Meine Wangen waren leicht gerötet und meine Augen strahlten. Zum ersten Mal seit vielen Jahren saß in diesem Haus wieder ein glücklicher Mensch. Ich sah ihn erwartungsvoll an. Warum war er wütend gewesen?

»Hmh«, sagte Randy und zog einen Stuhl zu mir heran. Er setzte sich mir gegenüber hin und fragte: »Wahrheit oder Lüge?«

»Wahrheit«, antwortete ich natürlich. Sonst hätte ich nicht gefragt. Lügen sind in meinen Augen reine Zeitvergeudung.

»Okay. Die Wahrheit macht aber oft Angst.«

»Das weiß ich«, antwortete ich. Von Angst verstand ich was.

»Hast du manchmal Angst?«

»Eigentlich immer.«

»Du hast immer Angst? Ich meine, jetzt kann ich es verstehen. Aber früher …«

»Es fing an, als mein Dad nicht mehr für mich da sein konnte.«

»Hm.« Randy erhob sich und ging zur Kaffeemaschine. Ihm war jetzt nach einer Tasse heißen Kaffee, die ihn entspannen sollte. Das Gefühl von vorgestern, als alle ihm geholfen hatten, war noch da. Er stand zur Kaffeemaschine gewandt und sagte: »Ich war ungefähr so alt wie du, als mein Vater auch nicht mehr für mich da sein konnte.«

»Was ist mit ihm passiert?«, fragte ich.

»Ich weiß nicht«, antwortete Randy und sah den Kaffee in die Glaskanne tropfen. »Er war einfach nicht mehr für mich da.«

»War er weg?«

»Nee, er war nur nicht da, ich meine, vorher hat er viel mit mir im Stall gebastelt und geschraubt. Ich durfte alte Motoren mit ihm reparieren, ihm das Werkzeug halten. Mit zehn habe ich einen eigenen Werkzeugkasten von ihm bekommen.«

»Das ist doch toll«, unterbrach ich ihn und zappelte fröhlich mit meinen Beinen in der Luft.

»Ja«, sagte Randy abwesend, »das war toll.«

»Und warum war er dann nicht mehr für dich da?«

Die Kaffeemaschine gab blubbernde Geräusche von sich und ließ die letzten dunklen Tropfen in die Kanne plätschern. Randy sah sich um. Die zerbrochene Limonadenflasche und das zertrampelte Gebäck lagen noch immer überall zwischen den Scherben auf dem Boden. Es sah ekelhaft aus. Er fand eine Tasse dazwischen, die nicht zerbrochen war, und füllte sie mit Kaffee. Der Geruch rief ein wohliges Gefühl hervor, auch bei mir. Ich mochte es, wenn Erwachsene Kaffee tranken. Dann wirkten sie immer so friedlich. »Bei uns roch es jeden Morgen nach Kaffee«, sagte ich.

»Riecht gut«, bestätigte Randy. Die Frage, warum sein Vater nicht mehr für ihn da war, stand immer noch im Raum.

»Weißt du, Daryl, ich meine das nicht körperlich, sondern geistig. Mein Vater hat sich immer mit mir beschäftigt. Aber mit zehn Jahren bekam ich große Probleme mit meiner Mutter. Das war der Moment, an dem er sich nicht mehr um mich gekümmert hat.«

»War er krank geworden?«

»Nein.«

»Also, mein Vater war sehr krank geworden, als ich neun war. Deswegen konnte er sich nicht mehr kümmern. Dann sind viele schlimme Sachen passiert.«

»Genau wie bei mir. Es sind viele schlimme Sachen passiert, die mich sehr wütend gemacht haben.«

»Ja, das macht wütend. So wütend, dass man mit keinem mehr sprechen möchte.«

Randy nippte an der Kaffeetasse und setzte sich mir wieder gegenüber. »Was hast du getan, als du so wütend warst?«

»Ich habe gesummt. Immer und überall.«

»Warum?«

»Weil ich dann mit keinem zu reden brauchte. Wenn ich wütend bin, möchte ich mit keinem reden, weißt du? Und außerdem hat mich das Summen beruhigt.«

Randy nickte. »Verstehe. Und ich schmeiße Sachen durch die Gegend!« Er wies mit einer Geste auf die chaotische Küche. Wir mussten lachen.

»Oh«, sagte ich, »dann muss ich ja aufpassen, dass ich dich nicht wütend mache! Sonst schmeißt du mich durch die Gegend!«

»Ja, und du summst mir die Ohren voll.« Wir ergaben uns in schallendem Gelächter.

»Ich habe eine Idee«, sagte ich, nachdem ich mich wieder beruhigt hatte. Randy sah auf. »Ich helfe dir, die Küche wieder aufzuräumen und sauber zu machen, und dafür darf ich heute Nacht bei dir bleiben.«

Besser hätten sich die Dinge für Randy nicht entwickeln können, denn er hatte nicht die Absicht, mich wieder zurückzubringen ...

Der Druck war plötzlich wieder da. Er hatte es gewusst, dass er ihm nicht entweichen konnte.

Als wir beide die Küche aufräumten, herrschte große Harmonie. Wir kehrten sorgfältig die Scherben zusammen und putzten die Küche. Es war das erste Zimmer seit Jahren in diesem Haus, das sich wieder in einem ordentlichen Zustand zeigte, und das erfüllte Randy mit Stolz. Die Situation war so vollkommen, dass Randy nicht glauben konnte, dass sich ein Leben so anfühlen konnte. Am liebsten hätte er für den Rest seines Lebens in diesem Gefühl verharrt, doch er wusste, dass draußen vor der Tür bereits das nächste Unheil wartete. Und es stimmte.

Der Druck war plötzlich wieder da.

Während ich vor dem Fernseher saß, stand Randy auf dem Hof und suchte einen guten Platz, an dem er das Loch für den Dienstwagen von Cloutham ausheben konnte. Es durfte auf den ersten Blick nicht vom Tor aus zu sehen sein, damit er halbwegs ungestört arbeiten konnte. Er fand eine geeignete Stelle links neben dem Stall und holte seinen Bagger. Er hatte mir mitgeteilt, er müsse für den weiteren Unrat, den er noch aus dem Haus entfernen musste, ein großes Loch ausheben, weil er nicht alles verbrennen konnte. Das leuchtete mir ein, und ich ließ Randy walten. Zur Vorsicht hatte Randy die Gardinen im Wohnzimmer zugezogen und begann nun damit, das Loch auszuheben. Er wollte mich nicht beunruhigen und beim Fernsehen stören.

Es war keine große Sache, denn es war nicht das erste Mal, dass er große Löcher aushob. So konnte er nach kurzer Zeit den Körper von Cloutham zu diesem Loch ziehen und ihn hinunterstoßen. Zwischenzeitlich kontrollierte er immer wieder die Gardinen des Wohnzimmers, ob ich ihn beobachten würde, doch er sah nichts. Den Dienstwagen von Cloutham schob er von Hand zu dem Loch und drückte ihn mit dem Bagger in das Loch hinein. Dann kam er zu mir und fragte, ob ich dabei zuschauen wollte, wie er das Loch wieder zuschaufelte. Er würde mir den Bagger erklären und mich einige Funktionen ausführen lassen. Das fand ich spannend und ging natürlich mit. Ich sah das Loch, den Wagen und die verlorene Seele, die darunter lag. Ich legte meine Seele dazu, damit Jerry nicht so alleine war, und begann mit Randy alles zuzuschaufeln. Wir hatten einen riesigen Spaß dabei. Ich stellte mich bei der Bedienung des Baggers gar nicht so dumm an. Als wir fertig waren, verteilte Randy den Rest der Erde auf dem Hof und im Stall über der Asche. Morgen wollte er damit beginnen, die restlichen Mauern des Stalles einzureißen. Wer würde dann noch nach Metallrückständen in der Asche suchen?

Als Randy seine Arbeit besah, war er hochzufrieden. Vom Tor aus sah man nichts, was irgendwie Aufmerksamkeit verursachen würde. Er hatte den Dreck auf dem Hof so gut verteilt und mit den Reifen des Baggers glattgefahren, dass man nicht vermuten könnte, es hätte je anders ausgesehen. Damit waren die letzten Spuren für heute beseitigt. Er betrat das Haus und ließ mich wieder fernsehen. Ich verkroch mich unter die Decke auf dem Sofa und sah mir einen Zeichentrickfilm an. So gemütlich! Wir waren ein gutes Team. Randy fühlte plötzlich ein großes Glück in sich. Er hatte einen Sohn, ganz für sich allein. Einen richtigen Sohn! Nun galt es, mich gut zu erziehen.

Während auf der Breckenridge-Ranch große Harmonie vorherrschte, befand sich der Ort kurz vor dem Zerbersten. Es gab so gut wie keinen Haushalt mehr, der sich nicht bedroht fühlte. Kinder wurden von den Schulen und Kindergärten abgeholt. Gruppen von Eltern trafen sich vor den Gebäuden und erzählten noch schaurigere Geschichten, als die Realität ohnehin schon geboten hatte. Man erfand grausame Szenarien, die in den Schulen stattfinden könnten, und entschied endgültig, sie vorübergehend zu schließen. Wer wusste schon, welche Motivation den Mörder derzeit antrieb? Brightfulls Discount wurde nahezu geplündert, weil sich niemand mehr auf die Straße traute. In Jackson und Jackson Hole war der Ausnahmezustand ausgebrochen. Und man fand Brightfulls Wagen in Waldnähe von Hoback Junction. Damit war das Chaos perfekt.

Zur selben Zeit stellte Randy mit mir einen Einkaufsplan zusammen. Er hatte einige Dosen und getrocknete Lebensmittel vorrätig, hielt sie aber nicht für eine angemessene Ernährung für mich. Deswegen notierte er viele gesunde Zutaten und sah sich mit der großen Herausforderung konfrontiert, endlich wieder selbst kochen zu müssen. Eines seiner großen Interessen. Es würde eine große Freude sein, für ihn und mich zu kochen. Danach müsste er oben ein Zimmer für mich herrichten. Er würde mir sein eigenes geben und das seiner Eltern für sich selbst nutzen.

Damit gäbe es wieder ein richtiges Familienleben im Hause Breckenridge! Da ich unmöglich zurück in die Schule konnte, wollte er mich zu Hause unterrichten. Randy besaß noch einige seiner alten Schulbücher. Den Rest würde er kaufen. Sein Plan ging fast auf. Fast.

Während all seiner Überlegungen stieß er immer wieder an einen Punkt, der ihn wütend machte: das Geld. Er besaß so gut wie keinen Cent mehr. Der Stall war nicht versichert gewesen, seine Aufträge hatten sich mit Ralphs Tod auch erledigt, und Dough Hendson vermittelte ihm nur Kleinarbeiten, die bei weitem nicht genug Geld abwarfen, um davon leben zu können. Sicher, wenn Randy alleine wäre, würde er sich von Trockennahrung und Milch ernähren. Aber er war nicht mehr alleine. Er hatte nun die Verantwortung für mich. Und ich befand mich mitten im Wachstum, einer wichtigen Zeit. Randy wusste aus Büchern, wie wichtig eine ausgewogene Ernährung für die Knochen und das Immunsystem von Kindern waren. Seine Kochkenntnisse reichten aus, um abwechslungsreich und gesund zu kochen. Das hatte er von seiner Mutter gelernt. Wenigstens eine gute Sache, die sie ihrem Sohn beigebracht hatte. Und dann war sie ein perfektes Versuchsobjekt geworden. Es hatte ihm so viel Genugtuung bereitet, sie zu füttern. Ihre kranke Mutterliebe hatte sie getötet. Und sie hatte ihrem Sohn die Waffe dafür in Hand gedrückt!

Als Randy die Einkaufsliste fertiggestellt hatte, begann er zu überlegen, woher er das Geld beschaffen sollte. Das war schon schwieriger. Er konnte nicht auf die Schnelle einen Kredit auf seine Ranch aufnehmen. Er konnte wohl anmelden, dass er den Stall neu aufbauen wollte und Geld dafür benötigte, aber das war eine Prozedur, die ihm im Moment nicht angenehm gewesen wäre. Er wollte um jeden Preis vermeiden, Fremde hier auf der Ranch zu begrüßen. Jeder Fremde konnte die Fahrkarte ins Gefängnis werden. Zudem konnte er mich nicht ewig im Haus einsperren. Es schwebte ihm die Idee vor, den Stall neu zu errichten und dort eine Art Spielplatz für mich zu gestalten. Randy hatte so viele Ideen, dass er sich vor lauter Energie kaum beherrschen konnte. Ich weckte in ihm Lust, Freude und Inspiration für ein neues Leben. Es war, als entschlüpfe er seinem alten Leben und spränge in ein vollkommen neues. Dann kam ihm eine Idee.

»Daryl?«

Ich sah auf.

»Bei dir zu Hause ...«

Ich nickte.

»Hatte Brightfull für euch eingekauft?«

Ich sagte: »Ich weiß nicht. Meine Mom hatte eingekauft. Der Kühlschrank war ziemlich voll.«

»Es sind doch Sachen für dich und Joe, richtig?«

Er hatte recht.

»Dann wäre es doch nur richtig, wenn ich die Sachen hole. Ich meine, den Teil, der dir zusteht.«

»Du kannst auch Joes Anteil holen. Der ist abgehauen.«

Jetzt stockte Randy. »Bist du sicher?«

Ich nickte und verzog keine Miene.

»Vielleicht kommt er ja wieder.«

Daraufhin schüttelte ich den Kopf. Joe würde nicht zurückkommen, nicht zu unserer Ranch.

»Warum denkst du das?«, fragte mich Randy.

»Weil er sich in seiner Ehre verletzt fühlte, als Brightfull ihm eine geknallt hat. Ist doch klar.«

Ehre, dachte Randy. Ja, die kannte er noch. Die hatte auch er besessen, bis seine Mutter sie ihm gestohlen hatte. War sein Bruder Harold etwa abgehauen, weil er sich ebenfalls in seiner Ehre verletzt gefühlt hatte? Das würde ein völlig neues Licht auf sein Verhalten werfen. Damals hatte Randy sich schlichtweg verlassen gefühlt, hatte Harolds Reaktion als gemein, unfair und böse empfunden. Und Randy hatte über viele Jahre das Gefühl von tiefer Genugtuung für seine Tat empfunden. Jetzt veränderte sich seine Betrachtungsweise. Verletzung ging in Verständnis über, dann in Selbstzweifel und schließlich in Schuldgefühl. Randy fuhr sich mit dem Handrücken über den Mund, als wolle er sich einen Schaumrest von Bier entfernen. Er spürte, wie eine alte Wut in ihm hochkroch, doch sie war nicht gegen Harold gerichtet. Sie richtete sich gegen ihn selbst, und er nahm einen Küchenstuhl zur Hand und wollte ihn gerade gegen die Wand werfen, als er meinen verängstigten Blick auf sich lasten spürte. Er konnte unmöglich in meiner Gegenwart dieses Verhalten zeigen.

»Warum tust du das?«, fragte ich verängstigt.

»Scheiße!«, fluchte Randy und ließ den Stuhl wieder sinken. »Siehst du, das passiert mir immer wieder! Ich werde wütend und schmeiße Sachen durch die Gegend!«

»Aber warum bist du wütend?«

»Wegen Harold.«

»Harold? Warum?«

»Ach!« Randy ging zum Fenster. Er sah auf die Stallruinen und schlug mit der Faust auf das Fensterbrett. »Ich kann es nicht erklären!«

»Warum?«

»Daryl, nerv mich nicht, sonst …!«

Stille kehrte ein. Randy sah sich um. Ich war plötzlich verschwunden, ganz geräuschlos. Hatte ich Angst bekommen? Wo war ich hin? Randy rief meinen Namen, doch er bekam keine Antwort von mir. Er lief die Treppen hinauf und suchte mich in allen Zimmern, doch er konnte mich nirgends finden. Wütend lief er auf den Hof und suchte dort alles ab, aber ich war spurlos verschwunden. Wie konnte das sein? Randy konnte wirklich verdammt gut hören, doch er hatte weder Schritte noch sonstige Geräusche vernommen.

Er stand irritiert auf dem Hof und sah in der Ferne, wie sich drei Wagen seiner Ranch näherten. Er hatte mit allem gerechnet, aber nicht mit dem erneuten Erscheinen der Polizei. Als die Fahrzeuge vor seinem Tor ankamen, konnte er erkennen, dass sie in voller Besetzung erschienen. Das kündigte Unheil an. Deputy Jake Hornset stieg aus und hielt einen Zettel in der Hand. Randy rührte sich nicht. Er versuchte immer noch herauszufinden, wohin ich geflüchtet war, und registrierte die kleinsten Bewegungen in seinem Umfeld.

»Mr. Breckenridge?«, rief der Deputy, und Randy kam um eine Reaktion nicht mehr herum. Es war bereits nach fünf und die Dämmerung erfasste das Land. Er ging auf das Tor zu und sah, dass Hornset ein amtliches Schreiben in der Hand hielt. Sicherlich ein Durchsuchungsbefehl.

»Würden Sie bitte das Tor öffnen? Wir haben die Genehmigung, Ihre Ranch zu durchsuchen.«

Randy blieb am Tor stehen und lehnte sich mit seinen Ellbogen auf die obere Verstrebung. »Darf ich fragen, warum und wofür?«

»Gerne, Mr. Breckenridge. Auf Grund der vielen Vorfälle in den letzten Tagen sind wir gehalten, das gesamte Gebiet nach Hinweisen abzusuchen. Ebenso wissen wir, dass Jerry Cloutham wohl heute Morgen vorhatte, Ihnen einen Besuch abzustatten. Er hatte im Discount eingekauft und dort erwähnt, dass er bei Ihnen vorbeischauen wollte. Weiterhin haben wir den Wagen von Jason Brightfull gefunden. Allerdings befand sich Mr. Brightfull nicht mehr darin. Es hatte wohl einen Unfall gegeben. Aber von Brightfull haben wir keine Spur, ebenso nicht von dem anderen Fahrzeug. Deswegen untersuchen wir auch alle Fahrzeuge in diesem Gebiet.«

Randy nickte. »Das mag schon sein, aber Cloutham ist hier nicht erschienen. Und einen Unfall habe ich auch nicht gehabt.«

»Waren Sie heute Morgen weg?«

»Nein.«

»Heute Mittag?«

»Nein.«

»Heute Nachmittag?«

»Ja, wollte mal ausspannen und bin zum Curtis Canyon. Das war alles. War aber um drei wieder zurück.«

»Dürfen wir …?«, fragte Hornset und machte eine Geste zum Hof.

»Sicher. Einen Moment, ich hole kurz den Schlüssel.«

Randy wandte sich zum Gehen, als er an seinem linken Arm einen Widerstand spürte. Hornset hielt ihn zurück. »Tut mir leid, das kann ich nicht zulassen.«

Randy sah die Bewegung zur Waffe und gab nach. »Warum?«

»Wir können nicht abschätzen, ob Sie sich im Haus eine Waffe besorgen.«

Randy versuchte zu lachen, doch es blieb ein Krächzen. Er sah, wie die anderen Deputys ihre Wagen verließen, um Hornset Unterstützung zu leisten.

»Und wie soll ich Sie bitte reinlassen?«, fragte Randy.

»Ich werde über das Tor klettern und mit Ihnen kommen«, schlug Hornset vor.

»Dann will ich aber zuerst den Befehl lesen«, hielt Randy dagegen. Er bekam das Schreiben gereicht, das ihn aufforderte, das Haus und das gesamte Grundstück für eine Durchsuchung freizugeben. Dass diese Durchsuchung im Rahmen einer groß angelegten Durchsuchung vieler Häuser und Ranches stattfände und kein persönlicher Verdacht vorläge. Das erleichterte ihn. Sie hatten also nichts gegen ihn in der Hand. Er gestattete Hornset das Betreten seiner Ranch, ging mit ihm ins Haus und suchte den Zweitschlüssel. Den Originalschlüssel hatte er in seiner Hosentasche.

Sie durchwühlten alles! Wirklich alles! Sie brachten seine gerade erlangte Ordnung wieder durcheinander und machten ihn teuflisch wütend. Sie fanden sogar den Zugang zum Keller, der nichts als eine Klappe im Boden unter einem Teppich war, auf dem der Küchentisch stand. Der Deputy rieb sich schon die Hände, weil er dachte, er hätte ein geheimes Versteck gefunden, das alle Rätsel lösen würden. Deputy Sloughter hielt bereits ihre Hand am Halfter der Waffe, um sie zügig einsetzen zu können. Doch außer einem modrigen Geruch kam ihnen nichts entgegen. Auch bei der Durchsuchung konnte er nichts Verdächtiges finden.

Vom Hof rief jemand nach Hornset, der sich gerade in Randys Zimmer befand. Randy erstarrte. Hatten sie etwas gefunden, woran er nicht gedacht hatte? Er sah Hornset den Flur durchqueren und zu seinem Kollegen eilen, der sich links hinter dem Stall befand. Sie sahen auf die zugeschüttete Stelle, unter der sich der Wagen von Cloutham befand. Randy überlegte, wie tief er den Wagen versenkt hatte. Es mochte gut ein Meter Erde darüber liegen, und er hatte mit dem Bagger die Stelle sehr festgedrückt. Aber es war eben frische Erde. Und genau das irritierte die Männer des Gesetzes. Der Hof war ebenfalls mit frischer Erde bedeckt und festgefahren. Ebenso ein Teil des Stalls. Jetzt musste sich Randy etwas verdammt Gutes einfallen lassen. Er sah sie den Hof überqueren und hörte sie das Haus betreten.

»Kaffee?«, fragte Randy und holte zwei Tassen aus dem Schrank.

»Nein, danke«, antwortete Jake Hornset.

»Der Hof«, begann der Deputy, »ist mit frischer Erde abgedeckt worden.«

Randy nickte. »Vorgestern ist der Blitz in meinen Stall eingeschlagen. Ich werde den Stall morgen abreißen und wollte in diesem Zuge das ganze Grundstück etwas ausbessern. Es waren viele Löcher auf dem Hof, die wollte ich auffüllen und habe direkt den ganzen Hof aufgeschüttet. Habe derzeit nicht gerade viel Jobs und dachte, ich nutze die Zeit dafür. Vielleicht lege ich noch Steine. Sieht dann etwas netter aus.«

Hornset nickte. »Und wo haben Sie die Erde her?«

Da war sie, die Fangfrage! Wo hatte er die Erde her? »Neben dem Stall hatte ich im Laufe der Jahre einen Hügel angehäuft. Wissen Sie, ich sage es nicht gerne, aber früher habe ich manchmal den Müll meines Vaters vergraben. Ich weiß, das ist nicht erlaubt, aber ich wusste manchmal nicht wohin damit. Mein Vater sammelte und häufte viel Dinge an, die sich nicht verbrennen ließen. Metall und so. Ich wusste einfach nicht, was ich damit machen sollte. Ich habe das Zeug vergraben und die überschüssige Erde neben dem Stall angehäuft. Die habe ich heute Morgen mit dem Bagger abgetragen.«

»Heute Morgen?«

»Ja.«

»Wo haben Sie das Metall vergraben?«

Verflucht! Hornset gab nicht nach.

»Überall auf dem Grundstück. Weiß nicht mehr wo.«

»Können Sie uns eine Stelle zeigen?«

Randy sah zu Boden. Das Adrenalin breitete sich explosionsartig in seinem Kopf aus. Jetzt saß er in der Falle, und er überlegte, ob sein Vater irgendwo etwas vergraben hatte, was er zeigen könnte, doch er konnte sich nicht erinnern. Er setzte sich auf einen Küchenstuhl und sagte: »Puh, da fragen Sie mich aber was.«

Vor draußen kam ein Deputy herein und flüsterte Hornset etwas ins Ohr. Hornset sah Randy an, räusperte sich und sagte. »Okay. Belassen wir es dabei. Bitte entschuldigen Sie die Unannehmlichkeiten! Wenn noch Fragen sein sollten, werden wir Sie informieren.«

Randy schaute erstaunt zu, wie sich die gesamte Polizeischaft zurückzog und zu ihren Wagen ging. Was war geschehen? Hatten sie eine neue Spur gefunden? Sie zogen ab wie ein Rudel geschlagener Hunde, die in einem Gebiet umherliefen, das nicht die geringste Spur von Futter aufwies. Das ließ Randy ansatzweise lächeln und seine innerliche Spannung lockern.

Sie hatten vergessen, seinen Truck zu kontrollieren. Auch wenn er die eingedrückte Stelle an der Stoßstange gut ausgebeult hatte, so konnte man es immer noch sehen. Wenn ein kluger Deputy das Höhenmaß genommen hätte, wäre er genau auf die Aufprallhöhe mit Brightfulls Wagen gekommen …

Auf dem Tisch lag der Einkaufszettel. Randy starrte ihn an und überlegte, wie ich es ahnen hatte können, dass die Polizei mit einem solchen Aufgebot erscheinen würde. Ich hatte mich bestimmt wieder irgendwo außerhalb des Grundstücks im angrenzenden Wald versteckt; ich wurde ihm zusehends rätselhafter. Wenn ich es wirklich geahnt hatte, dann würde ich jetzt wieder erscheinen, doch ich erschien nicht. Randy lief erneut hinaus auf den Hof und suchte das gesamte Grundstück ab, aber ich blieb unauffindbar. Vielleicht sollte er mir mehr Zeit geben, mehr vertrauen. Dass ich nicht vorhatte, ihn zu verlassen, lag auf der Hand, doch wann hatte Randy das letzte Mal jemandem so vertraut wie mir? Hatte er überhaupt schon einmal einem anderen Menschen vertraut? Er beschloss, den Einkauf zu erledigen, bevor es dunkel wurde, aber er wollte die Haustür nicht abschließen, für den Fall, dass ich inzwischen nach Hause käme.

Nach Hause – der Begriff gefiel Randy. Er fuhr zu Brightfulls Discount.

Sally sah mitgenommen aus. Den ganzen Tag über war im Geschäft die Hölle losgewesen, als sei ein Krieg ausgebrochen. Alle waren gekommen und hatten wie die Wühlmäuse das Geschäft verwüstet. Einige hatten gestohlen, einige hatten zu viel gezahlt, und niemand hatte die Kontrolle übernehmen können. Jetzt waren sie alle weg, und zurück blieb ein Schauplatz der Plünderung.

Vor zwei Stunden hatte man Sally über den Fund des Wagens ihres Cousins Jason Brightfull informiert, und sie war weinend zusammengebrochen. Jetzt kniete sie vor einem Regal, das vor wenigen Stunden noch voller Nudeln und Reis gefüllt gewesen war. Sie sammelte und kehrte die zerrissenen Verpackungen und das, was aus ihnen herausgefallen war, zusammen. Sally war völlig durcheinander. Nicht nur, dass der Wagen von Jason leer aufgefunden worden war; es wurden auch diverse Blutspuren auf seiner Motorhaube gefunden. Die zerbrochene Windschutzscheibe und der unbenutzte Gurt ließen auf einen Frontalzusammenstoß mit einem anderen Fahrzeug schließen, und dass ihr Cousin grausam durch die Frontscheibe geflogen sein musste. Es musste ein großes, stabiles Fahrzeug gewesen sein, denn man fand nur Glassplitter von Brightfulls Wagen auf der Straße. Nun befand sich Jasons Wagen auf dem Parkplatz hinter dem Polizeigebäude und sollte morgen von einem Gutachter besichtigt werden. Der Zusammenprall musste Spuren des anderen Fahrzeuges hinterlassen haben. Was Sally und allen anderen jedoch am meisten Angst machte war, dass Jason Brightfull vollkommen verschwunden war. Wer hatte schon Interesse daran, einen verletzten oder gar toten Körper mitzunehmen? Die Polizei hatte sämtliche Krankenhäuser in der Umgebung kontaktiert, aber nirgends war ein verletzter Mann, der Brightfulls Beschreibung entsprach, eingeliefert worden.

»Hallo, Sally«, sagte Randy und war bestürzt über den Zustand des Geschäfts. »Was ist denn hier passiert?« Sally sah erschrocken zu ihm auf. Sie hatte ihn nicht kommen hören. Ihre Augen waren mit Tränen gefüllt, und Randy kniete sich zu ihr nieder.

»Hast du es noch nicht gehört?«, fragte sie.

»Was soll ich gehört haben?« Er tat unwissend und sah sie an.

»Hier läuft ein Irrer rum und schlachtet jeden ab, den er kriegen kann! So viele Menschen sind verschwunden! Sogar Kinder! Weg! Einfach weg!« Sie strich ihr Haar aus dem Gesicht und fuhr mit dem Handfeger unter das Regal. »Alle haben Angst! Ich auch! Sie haben fast den ganzen Laden leergekauft, um in den nächsten Tagen ja nicht mehr raus zu müssen! Ich hab auch Angst, aber niemand hilft mir! Was ist, wenn der Irre jetzt hier reinkommt und mich abschlachtet?« Sie sah Randy an. »Ich bin froh, dass wenigstens du da bist, Randy. Kannst du mir einen Gefallen tun?«

Er sah sie an und nickte. »Sicher, welchen?«

»Kannst du bleiben, bis ich fertig bin, und mich dann nach Hause bringen? Kannst auch alles umsonst haben, was du brauchst. Such dir aus, was du mitnehmen möchtest. Jetzt ist sowieso alles egal.«

Das Angebot kam Randy mehr als gelegen, denn er hatte sich nicht getraut, jetzt zur unserer Ranch zu fahren. Es war ihm zu viel Polizeiaufgebot unterwegs. Er hatte beschlossen, Sally um einen Kredit zu bitten. Aber wenn die Dinge so lagen, würde er ihr gerne den Dienst dafür erweisen und sie heimbringen. Er grinste und sagte: »Sicher, Sally. Für dich tu ich alles.«

Sie lächelte erleichtert und fühlte sich sicher in seiner Gegenwart. Randy war stets hilfsbereit und freundlich.

»Ach Randy«, sagte Sally, »wenn doch nur alle so wären wie du, dann wäre die Welt in Ordnung.« Er nickte, erhob sich und begann seinen Einkauf zu tätigen, soweit es möglich war. Darüber hinaus nahm er einige Dinge mehr mit, als er geplant hatte. Schließlich konnte er nicht abschätzen, wann das Geschäft wieder öffnen würde. Es war nicht mehr allzu viel zu finden. »Kann ich dir noch helfen?«, fragte er, als er seinen Einkauf beendet hatte. Sally schüttelte den Kopf und verschwand im Personalzimmer, um sich umzuziehen. »Ich bin gleich fertig!«, rief sie.

»Keine Eile«, rief Randy zurück und besah sich das Werbeplakat eines Diätprodukts. Eine blonde junge Frau warf ihr Haar keck nach hinten und kokettierte mit ihrem schlanken, aber vollbusigen Körper. Sein Blick wanderte zum Personalzimmer.

Sally war sehr erleichtert, als sie das Geschäft abschloss und zu Randy in den Wagen stieg. Dass er heute Abend noch vorbeigekommen war, erschien ihr wie ein Wunder. Sie hatte es alleine in dem Geschäft vor Angst kaum ausgehalten, aber einer musste schließlich das hinterlassene Chaos beseitigen. Sie würde das Geschäft übernehmen, wenn ihr Cousin Jason nicht mehr lebend auftauchte. Und der Vorfall mit dem Wagen ließ kaum darauf hoffen.

Randy besah sich Sally, als sie neben ihm im Wagen Platz nahm. Sie sah für ihre siebenunddreißig Jahre ganz passabel aus. Sicher, heute war sie erschöpft und müde, aber sie besaß eine makellose Haut und eine recht gute Figur.

»Das mit deinem Cousin tut mir leid«, sagte Randy, als er losfuhr.

Sally nickte. »Es ist alles so furchtbar!« Sie fühlte sich, als spielte die Geschichte in einer fernen Welt, aber nicht in ihrer. Es war unvorstellbar, dass Jason einem Massenmörder in die Hände gefallen sein könnte. Sie stellte sich oft vor, wie Ralph ausgesehen haben musste. Schrecklich! »Du wohnst ganz allein, Randy. Hast du nicht furchbare Angst zwischendurch?«

Randy sah sie kurz an. »Warum?«

»Na, weil der Mörder hier doch irgendwo herumläuft.«

»Der wird wohl kaum Interesse an mir haben.«

»Wieso?«

»Ich habe nichts, ich bin nichts, ich will nichts.«

Sally schwieg. An Randys Worten war etwas dran. Alle bisher Vermissten, zumindest die Erwachsenen, hatten irgendein Problem im Leben gehabt, außer Alan Leads und Jerry Cloutham. Aber diese beiden verfolgten den Mörder, und das wiederum setzte sie auf seine Liste. Bisher war außer Janet und Ralph niemand gefunden worden. Das machte die Vorstellung eines Massengrabes irgendwo im Wald jeden Tag realistischer.

»Wie schaffst du es, so entspannt zu bleiben?«, fragte Sally. »Ich mache mir fast in die Hose vor Angst.«

»Es liegt vielleicht daran, dass ich es gewöhnt bin, allein und fernab des Ortes zu wohnen. Da macht man sich nicht so viele Gedanken. Man bekommt auch nicht so viel mit.« Er sah sie wieder kurz von der Seite an. Sie sah süß aus, wenn sie Angst hatte. »Ja, man kann wirklich nicht wissen, ob und wo dieser Irre einen gerade erwischt.«

Sie erschauerte bei diesen Worten und schlang ihre Arme fester um ihren Körper. Er grinste. »Wer weiß, welche Motive der Mörder hat. Vielleicht ist ihm hier im Ort ein großes Unrecht widerfahren.«

»Welches Unrecht?«, fragte Sally eingeschüchtert.

»Vielleicht eine alte Geschichte. Wer weiß.«

»Du machst mir Angst, Randy. Wer hätte denn einen Grund, wegen einer alten Geschichte so viele Menschen umzubringen?«

»Man weiß bis jetzt nicht, ob wirklich alle tot sind. Viele werden doch nur vermisst. Wer weiß, vielleicht hält dieser Mörder alle irgendwo gefangen und foltert sie.« Er sah Sally belustigt an, doch sie fand es ganz und gar nicht lustig. Seine Freude über ihre Angst wurde größer, und er begann unruhig auf seinem Sitz hin und her zu rutschen. Wie sie sich wohl unter seinem Körper anfühlen würde? Würde sie sich wehren oder würde sie ihn einfach machen lassen? Es wäre eine Wohltat, ihre Haut zu streicheln. Am liebsten hätte er es, wenn sie sich wehren würde. Widerspenstigkeit forderte ihn heraus und ließ ihn kräftiger zupacken, so, wie er es gerne hatte. Seine Wollust steigerte sich.

»Randy, wir müssen hier abbiegen«, sagte sie und zeigte die Straße hinterher, in die er hätte einbiegen müssen. Er wusste doch, wo sie wohnte, hatte bei ihr bereits zweimal kleine Ausbesserungsarbeiten im Garten verrichtet. Sie sah ihn an, wie er grinste und das Steuer fest in beiden Händen hielt, ohne Anstalten zu machen, den Wagen zu wenden. In diesem Moment überkam sie die erste Angst. »Randy!«

Er grinste, sah sie nicht an und gab Gas.

»Randy?«

Er sah nicht hin.

»Oh mein Gott!«, schrie sie und löste den Gurt. Er machte eine Vollbremsung und sie schlug mit der Stirn auf das Armaturenbrett, das verursachte Benommenheit bei ihr. Als er den Wagen an den Straßenrand fuhr, sah er plötzlich eine kleine Gestalt auf den Wagen zukommen. Mich! Was, zum Teufel, machte ich hier? Sollte ich nicht längst bei ihm zu Hause sein? Was lief ich mutterseelenallein abends am Waldrand entlang? Mein Verhalten würde nicht unbestraft bleiben …

Randy löste seinen Gurt und riss wütend die Fahrertür auf. Er sprang aus dem Wagen und wollte auf mich zulaufen, um mich zur Rechenschaft zu ziehen, doch als er in meine Richtung lief, war ich bereits verschwunden. »Daryl?«, rief er verwirrt. »Daryl, wo bist du?« Er horchte, doch er konnte weder meine Schritte noch sonstige Geräusche aus dem Gebüsch neben dem Weg hören. Randy sah zurück zum Wagen. Sally kam gerade wieder zu sich und versuchte die Tür zu öffnen, doch sie klemmte. Sie war nur mit einem Trick zu öffnen. Das hatte Randy bewusst so eingerichtet, für einen Fall wie diesen. Sally zerrte und drückte an der Tür, und Randy lief zurück zum Wagen. Er war sehr wütend und würde sich später angemessen um mich kümmern, wenn ich wieder daheim war, für den Moment aber sprang er wieder auf seinen Sitz. Er zog die Tür zu und raste mit dem Wagen davon, während Sally begann, wütend auf ihn einzuschlagen und ihm ins Steuer zu greifen. Er sah einen kleinen weißen Schatten auf der Straße an sich vorbeiziehen, und im Rückspiegel erkannte er meine Gestalt, die ihm hinterhersah. Was zum Teufel war hier los? Sally schrie ihn an, und er schlug ihr mit der Faust mitten ins Gesicht. Das ließ sie zurückweichen und gegen die Fensterscheibe prallen. Als sie auf ihre Jacke sah, entdeckte sie Bluttropfen. Randy schnaufte und fluchte lautstark. Er schlug mit der Faust auf das Lenkrad und zog den Wagen links in das Unterholz des Waldes, wo er ruckartig zum Stehen kam. Ruhe. Er schlug seinen Kopf auf das Lenkrad und Sally beobachtete ihn voller Angst. Was würde er jetzt mit ihr tun? Würde er sie vergewaltigen, sie verletzen oder gar töten und dann in sein Massengrab schleppen? Sie flüsterte: »Randy?« Er sah mit zur Seite geneigtem Kopf zu ihr hinüber. Sein Gesicht war rot und zornig.

»Sag mir, dass du es nicht bist.«

Er schlug wieder mit dem Kopf auf das Lenkrad. Das war Antwort genug. Nun wusste sie, dass er der Mörder war, den alle suchten. Und sie war fassungslos, denn sie kannte diesen Menschen nur als vertrauenswürdigen und hilfsbereiten Freund. Als sie ihn jetzt von der Seite sah, hatte er mit dem Randy, den sie kannte, nichts mehr gemeinsam. Sein Gesicht war durch Bitterkeit verzerrt und seine Hände umklammerten fast hilfesuchend das Lenkrad. Sie konnte die Verzweiflung, mit der er rang, spüren. Es stand viel auf dem Spiel. Sie musste klug handeln und besonnen bleiben, dann hatte sie vielleicht eine Chance. Aber konnte sie das?

»Randy, was muss ich tun, damit wir vernünftig miteinander reden können?« Sie konnte ihren Atem beim Sprechen kaum kontrollieren, so sehr raubte die Angst ihr die Fassung.

Er sah sie von der Seite an und fragte: »Reden? Wozu?«

Sie konnte das Zittern in ihrer Stimme nicht unterdrücken. »Randy, ich kenn' dich schon so lange. Du bist so ein guter Kerl!«

Er unterbrach sie: »Ja, alle denken, ich bin ein guter Kerl! Aber keiner denkt daran, wie ich mich wirklich fühle!«

Sie sah ihre Chance. »Doch, ich denke daran. Ich denke oft, dass du dich sehr einsam fühlen musst.«

Er sah sie genauer an. »Das denkst du?«

»Ja, warum nicht. Ich meine, du hast so ein hartes Leben hinter dir. Ich habe mich oft gefragt, wie du das alles schaffst.«

Er fühlte sich geschmeichelt und lächelte, aber dieses kurze Gefühl verstanden zu werden, dauerte nicht lange an. Er wollte einen Beweis. »Dürfte ich dich streicheln?«, fragte er, um sie auf die Probe zu stellen.

Sie sah ihn irritiert an. »Wie meinst du das, Randy?«

Er fühlte das Verständnis weichen und wurde unruhig: »Was ist daran nicht zu verstehen? Ich würde dich gerne streicheln!«

»Jetzt?«

»Jetzt!«

Sie wusste nicht, wie sie reagieren sollte, und sah ihn stumm an.

Er hatte es gewusst! Niemand verstand ihn, niemand wusste, wie er sich fühlte! Alle erzählten immer nur Lügen, um sich gut darzustellen. Er riss die Fahrertür auf und holte tief Luft. Sally hegte kurz die Hoffnung, dass er sie vielleicht gehen lassen würde. Schließlich hatte sie ihm nie etwas getan. Weshalb sollte er sich an ihr vergreifen oder sich gar rächen? Als er ausstieg und um den Wagen kam, hoffte sie, er würde ihr die Tür öffnen und sie davonjagen, aber sein Gesicht sagte ihr etwas anderes.

☆☆☆

Joe rannte und rannte. Er wusste nicht, in welche Richtung und wohin. Was er gesehen hatte, würde er Zeit seines Lebens nicht mehr vergessen. Randy war also der Mörder, den alle suchten! Er hatte diesen Jason Brightfull so kaltblütig getötet, dass Joe es nicht wahrhaben konnte. Wie konnte man einem schwer verletzten Mann noch zusätzlich den Schädel einschlagen? Joe rannte so lange, bis sein Körper zusammenbrach und er irgendwo in der Nähe von Kozy im Wald zu Boden sank. Er wollte nicht über die anderen Morde nachdenken, nicht darüber, dass seine Mutter auch ein Opfer dieses Monsters gewesen sein könnte. Es war Joe nicht möglich, Randy als einem Menschen, den er Zeit seines Lebens gekannt hatte, diese Taten zuzuschreiben. Es war ihm aber auch nicht möglich, es nicht zu tun. Randy hatte eine so unfassbare Kaltblütigkeit an den Tag gelegt, dass sie den sonst so widerstandsfähigen Joe emotional regelrecht betäubte. Diese Taubheit bemächtigte sich seiner Gedanken und er schlief kurz darauf ein. Die Ruhe, die er sich zukommen lassen wollte, hielt nicht lange an. Um diese Jahreszeit hatte eine zehrende Kälte das Land im Griff, und sie weckte Joe nach knapp einer halben Stunde wieder und ließ ihn zitternd und fröstelnd den Schlafsack, den er mitgenommen hatte, auseinanderrollen und hineinschlüpfen. Bedürfnisse wie Hunger oder Durst verspürte er dagegen gar nicht. Er verspürte nichts mehr und wünschte sich, er würde nie wieder in diesem Albtraum erwachen müssen. Wenn das die Realität wäre, in der er sein Leben zu verbringen hatte, würde er lieber sterben. Mein Bruder schlief völlig erschöpft ein. Ich sah ihm zu.

☆☆☆

Randy hatte sie nicht mitbringen wollen. Er hatte sie aber auch nicht überleben lassen. Er hatte sie dort, wo es passiert war, direkt vergraben. Ziemlich tief, sodass auch Spürhunde es schwer hätten, sie zu finden. Zur Sicherheit hatte er zwei halb verrottete Baumstämme darübergerollt und Moos und Laub verteilt. Viele Gerüche, die Hunde ablenken konnten.

Eigentlich hatte er es nicht wieder tun wollen. Er war nun ein Vater, und ein Vater machte solche Dinge nicht. Aber er konnte sich dessen auch nicht erwehren. Hätte Sally nicht so viele Notsignale ausgesendet, wäre er wahrscheinlich nicht an ihr interessiert gewesen, aber Angst und Not erregten ihn, hatten ihn schon immer fasziniert. Er mochte es, wenn er um etwas kämpfen musste. Und er hatte es genossen, wie sie sich gewehrt hatte! Sie hatte versucht, ihn zu schlagen und zu treten. Das hatte ihm gefallen und noch wilder werden lassen, letztendlich so wild, dass sie keinen Widerstand mehr leistete. Sie atmete zwar noch, aber Randy sah keinen Sinn darin, sie überleben zu lassen. Er drückte ihr ein großes Stück Moos auf das Gesicht und wartete, bis ihr Körper sich nicht mehr wehrte. Im Grunde war es gut für sie. Sally war vollkommen überfordert mit dem Geschäft. Und der Tod ihres Cousins hätte ihr auch viel Kummer beschert. Sie wäre wahrscheinlich daran zugrunde gegangen, früher oder später. Randy war zweimal bei ihr gewesen und hatte im Garten etwas ausgebessert. Sie wirkte immer uninteressant und langweilig; er hatte den Eindruck gehabt, dass in ihrem Leben nicht wirklich viel geschah. Nun, diesem Leid hatte er heute ein Ende bereitet. Sie musste sich nicht mehr um das verwüstete Geschäft kümmern und vor sich hinvegetieren.

Randy war bei Dunkelheit noch einmal bei dem Geschäft vorbeigefahren, hatte den Lieferanteneingang hinter dem Gebäude geöffnet und die restlichen Lebensmittel, die er noch fand, auf seinen Truck geworfen. Damit war er für Monate mit mir als Sohn ausgestattet. Besser konnten sich die Dinge nicht entwickeln! Als er zu seiner Ranch zurückkehrte, brannte bereits Licht in der Küche. Ich war wohl wieder nach Hause gekommen und hatte sicherlich Kaffee für ihn gemacht. Randy verspürte tiefes Glück bei dem Gedanken; auch wenn er mit mir ein ernsthaftes Gespräch wegen meines Ausflugs würde führen müssen. Doch er hatte es nie für möglich gehalten, eines Tages ein ganz normales Familienleben zu führen.

Als er das Haus betrat, rief er: »Ich war arbeiten, noch schnell einkaufen und habe Sally nach Hause gefahren. Du, wusstest du schon, dass Brightfulls Discount schließt?«

Ich saß im Wohnzimmer vor dem Fernseher und sah in die Küche, wo Randy seine Einkäufe auf den Tisch stapelte. Er lächelte. In der Küche roch es nach frisch aufgebrühtem Kaffee.

✯✯✯

Joe erwachte, nicht, weil er ausgeschlafen hatte, sondern weil sich ein sonderbares Geräusch seiner Schlafstätte näherte. Ein Wapitihirsch schlich neugierig durchs Geäst und stieß leise seinen Atem durch die Nüstern in die kalte Abendluft. Seine Hufen bewegten sich raschelnd durch das Herbstlaub und näherten sich Joe auf eine beängstigende Art und Weise. Das versetzte ihn in Panik, und er wirbelte herum, um sich aus dem Schlafsack zu befreien und Schutz zu suchen. Die Geräusche, die mein Bruder verursachte, ließen den Hirsch jedoch erschrocken zurückweichen und schließlich davontraben. Als Joe horchte, konnte er die sich entfernenden Schritte des Tieres hören und stieß einen leisen Schrei der Angst aus. Er hätte keine Chance gehabt, denn es war so finster, dass er nicht einmal seine eigene Hand vor Augen sehen konnte. Auf welche wahnwitzige Aktion hatte er sich nur eingelassen? Brightfull zu ertragen wäre bei weitem nicht so schlimm gewesen wie hier diese Nacht zu verbringen. Joe sehnte sich zu dem Moment zurück, als er an seinem Fenster gestanden und mich klopfen gehört hatte. Wenn er doch nur nicht diesen Sprung gewagt hätte. In ihm wuchs die Angst wie ein riesiges Monster heran, dem er nichts entgegensetzen konnte. Er sah die Szene noch einmal vor sich, wie Randy Brightfull zu Tode schlug, und er führte sich vor Augen, dass es nie wieder ein Zurück geben würde. Joe kroch zurück in den Schlafsack und rollte sich wimmernd zusammen. Er vermisste mich, seinen Bruder Daryl. Ich versuchte ihn zu trösten, doch er hörte mich nicht.

»Morgen wird es Süßkartoffeln mit Hähnchen geben«, rief Randy ins Wohnzimmer. »Vielleicht noch ein paar Tomaten. Hast du schon deine Hausaufgaben gemacht?« Er sah, wie ich nickte.

»Was schaust du dir an?«

»Tom und Jerry«, rief ich zurück.

»Oh, die habe ich auch immer gerne gesehen.«

»Weiß ich«, rief ich zurück, denn ich wusste einiges über

Randy, so, wie ich über viele hier im Ort Bescheid wusste.

»Gut, danach machst du den Fernseher aber aus, okay?«

Ich nickte.

»Ich werde morgen beginnen, dein Zimmer oben zu renovieren.«

Randy sah, wie ich unter der Decke hervorkroch, in die ich mich eingewickelt hatte, und in die Küche kam. Ich nahm auf einem Küchenstuhl Platz und sah ihm beim Einsortieren der Nahrungsmittel zu. Der Kühlschrank war zum Bersten voll, und auch der Vorratsschrank quoll über vor Dosen, Schachteln und Tüten.

»Warum hast du so viel eingekauft?«, fragte ich.

Randy sah sich erbost um. »Hast du denn nicht zugehört? Brightfull schließt! Also habe ich vorgesorgt. Ist das so schwer zu verstehen?«

Ich grinste. »Ich habe dich mit Sally gesehen.«

Randy rutschte ein Glas mit geschälten Kartoffeln aus der Hand und zerbarst mit einem lauten Knall vor seinen Füßen. Die Flüssigkeit ergoss sich über seine Schuhe. Randy fluchte lautstark.

»Was ist?«, fragte ich grinsend. »Ist dir das peinlich?«

Randy ergriff wütend ein Handtuch auf der Spüle. »Mir ist nichts peinlich!«, sagte er verärgert und begann, das Missgeschick auf dem Boden zu beseitigen. »Sieh nur, was du angerichtet hast!«, fluchte er. »Wir werden jeden Vorrat in nächster Zeit brauchen!«

»Es ist dir wohl peinlich. Ich habe dein Gesicht gesehen. Es war rot.«

Nun reichte es Randy. Er erhob sich, schmiss das Handtuch zu Boden und packte mich am Kragen. »Es geht dich gar nichts an, was ich wann mit wem mache, klar Bursche?«

Ich konnte nicht anders und grinste weiter, während ich nickte. Randy ließ von mir ab und sagte: »Sie ist nett. Außerdem habe ich sie nur nach Hause gebracht. Ich war ihr letzter Kunde, und da dachte ich, es wäre nett, sie zu fahren.«

»Hmmh … nett«, flüsterte ich.

»Vielleicht treffe ich sie mal wieder.«

Ich wusste, dass er log. »Warum schließt der Discount?«, fragte ich.

»Weil Brightfull es nicht mehr schafft. Ist zu alt. Und Sally ist es zu viel. Also schließt Brightfull.«

Er log! Aber was interessierte es mich noch? Ich würde nie wieder zu unserer Ranch zurückkehren, und ich wusste bereits, dass Jason Brightfull tot war.

»Du magst Sally, nicht wahr?«, hörte Randy mich fragen, während er den Boden weiter reinigte. »Schon. Irgendwie«, lautete seine Antwort.

»Warum fragst du sie nicht, ob sie deine Freundin werden will?«

Randy verharrte in seiner Bewegung. Freundin? »Du meinst, ich sollte einfach sagen, wenn mir eine Frau gefällt?«

»Sicher, warum nicht. Frag sie, ob sie dich auch mag. Wenn sie nein sagt, fragst du die nächste. Solange, bis du eine Freundin hast.«

Randy sah auf. Er hatte sie alle gefragt, aber es waren stets die falschen Fragen gewesen, die er stellte. Es war überhaupt immer das Falsche, was er fühlte und wollte. Vielleicht stimmte an der Reihenfolge der Fragen etwas nicht. Er erhob sich und setzte sich mir gegenüber. »Du meinst, das funktioniert?«

Ich nickte. »So machen es doch alle. Erst fragen sie sich, ob sie miteinander ausgehen. Dann schauen sie, ob sie sich mögen. Dann fragen sie sich, ob sie sich küssen dürfen. Wenn ihnen das auch Spaß macht, dann fragen sie andere Dinge. Und zum Schluss heiraten sie und bekommen Kinder. Ist doch einfach. Was ist daran schwer zu verstehen?«

Randy sah zu Boden. In der Tat, die Reihenfolge klang plausibel. Er hatte bei allen Frauen mittendrin angefangen. Also war es logisch, dass sie durcheinander waren und sich wehrten. Er hatte niemals nachgefragt, ob eine Frau mit ihm weggehen wollte. Zudem wusste er auch nicht, wozu das gut sein sollte. Er war nicht der Mann, der gerne redete. Er war auch nicht der Mann, der gerne zuhörte. Er arbeitete und machte eben andere Sachen, aber alles unterlag einer gewissen Rationalität. Randy wusste, dass es Prostituierte gab, und er hatte sie auch ausprobiert, weil sie nach dem gleichen Prinzip arbeiteten und lebten, aber sie waren ihm auf Dauer zu teuer geworden. Und eine Prostituierte als Freundin oder Ehefrau erschien ihm unmöglich. Er würde niemals seine Frau mit einem anderen Mann teilen wollen. Er wollte aber auch keine Frau, die dumme Fragen stellte. Was wollte er überhaupt?

»Was wünschst du dir?«, fragte ich, als ich Randys Gedanken las.

Randy sah zum Fenster hinaus. »Dass ich einmal das Richtige tue.«

»Was ist das Richtige?«

»Also das Richtige wäre, die Dinge immer so zu tun, dass ich nicht immer Angst haben muss, jemand könnte sie entdecken.«

»Dann sind es doch nicht die richtigen Dinge, wenn du immer Angst hast. Richtige Dinge dürfen immer entdeckt werden.«

Randy dachte nach. »Stimmt nicht. Immer, wenn ich etwas richtig mache, interessiert es niemanden, aber wenn ich etwas falsch mache, kommen sie alle an und schnüffeln herum.«

»Was hast du denn falsch gemacht?«, fragte ich.

Randy gefiel die Frage nicht; er erhob sich und ging nervös im Zimmer herum. »Gar nichts!«, rief er.

Ich wartete.

»Gar nichts!!«, schrie Randy erneut. Es missfiel ihm, dass ich keine beruhigende Antwort gab. Er trat vor mich hin und sah von oben auf mich herab. »Was sollte ich denn tun?«

Ich schwieg und sah ihn an. Die Antwort musste er sich schon selber geben. Das machte Randy noch wütender. »Was willst du jetzt von mir hören!?«

»Die Wahrheit.«

»Es gibt keine Wahrheit!«

»Was gibt es dann?«

»Sag mal, wie blöd bist du eigentlich?!«, schrie er mir ins Gesicht, aber ich verzog keine Miene. Ich sagte ganz leise: »Du hast sie nicht nach Hause gebracht. Du hast sie getötet.«

Randy geriet außer Kontrolle. Er suchte etwas, was er durch den Raum werfen konnte, etwas, das so krachte, dass es seine Aggressionen nahm. Er rannte zum Küchenschrank und entnahm die letzten zwei Teller, die er mit großer Wucht gegen die Wand schmiss. Das Klirren war unerträglich laut, und die Scherben landeten weit verstreut auf dem Küchenboden. Als Randy voller Genugtuung zu mir hinübersah, musste er feststellen, dass ich verschwunden war. Wie sollte ich das auch aushalten, bei meiner Angst vor Gewalt? Randy war verwirrt. War ich nach oben gerannt? Randy lief die Treppe hinauf und durchsuchte alle Zimmer, fand mich aber nicht. Er rannte wieder hinunter, sah ins Wohnzimmer, wo immer noch der Fernseher lief, aber auch dieser Raum war leer. Er rannte zum Hof hinaus, konnte aber in der Dunkelheit nichts sehen. Er horchte minutenlang, hörte jedoch nichts. Ich war vollkommen verschwunden. Randy stand eine ganze Stunde auf dem Hof in der Kälte und wartete darauf, dass ich wieder zurückkommen möge. Er sollte vielleicht mehr auf sein Verhalten achten und mir nicht immer so viel Angst einjagen. Schließlich wollte er mir ein Vorbild sein. Wir sollten beide respektvoller miteinander umgehen lernen. Leider schafften wir es nicht. Im Gegenteil, es wurde immer schlimmer …

Randy sah in die Dunkelheit und hörte das leise Rauschen der Douglastannen, dann ein leises Klopfen an seinem Tor.

☆☆☆

Joe lag zitternd und völlig verstört in seinem Schlafsack. Dreizehn Jahre lang hat ihn niemals ein solches Gefühl eingeholt wie das, das er jetzt verspürte. Er wusste nicht, ob er diesen Zustand noch Angst nennen sollte. Es fühlte sich eher wie Sterben an. Wenn man nicht mehr weiß, wie man vor lauter Furcht reagieren soll, dann ist es der Weg in die Hölle. Und man denkt, der

Weg würde nie enden. Am liebsten würde man sterben. Jetzt, sofort.

Joe zitterte, und ihm liefen Tränen der Furcht über das Gesicht. In seinem Kopf hatte sich eine Blase gebildet, in der ein Krieg ablief. Er hörte Schreie, sah, wie Blut an die Wände der Blase spritzte und vernahm den krachenden Schlag des Baseballschlägers auf Brightfulls Kopf. Das ließ ihn aus seinem Albtraum hochschrecken. Sein erster Gedanke galt mir, seinem Bruder. Wie hatte er mich nur mit diesem Brightfull allein lassen können? Wie konnte er nur daran gedacht haben, sich selbst zu schützen und das Weite zu suchen? Brightfull war sicherlich unterwegs gewesen, weil er ihn gesucht hatte. Es wäre nie zu diesem Zusammentreffen gekommen, wenn Joe nicht abgehauen wäre. Randy hatte Brightfull vor seinen eigenen Augen getötet. Er war also der Mörder, den alle suchten. Und ich, sein Bruder, war auf seiner Ranch gewesen und hatte mich dort mit ihm über ein Buch unterhalten. Ich hatte keinen Hehl daraus gemacht, dass ich erneut zu Randy gehen wollte, schließlich hatte ich das Buch nicht ohne Grund mit nach Hause genommen. Dieses verdammte Buch hatte alles ausgelöst.

Joe befreite sich aus dem Schlafsack und sah in die Morgendämmerung. Hatte Randy etwa auch seine Mutter getötet? Wenn er der Massenmörder war, dann musste er es getan haben! Dann stände auch ich auf seiner Liste. Und Joe auch!

Joe schrie. Er schrie alle Angst und Furcht aus seinem dreizehnjährigen Leib heraus, so laut, so schmerzhaft und quälend, bis er keinen Sauerstoff mehr inhalieren konnte und schmerzgebeugt in die Knie ging. Dieser noch so junge Geist hatte eine Last zu tragen, die unmöglich zu tragen war. Joe zerbarst vor Schuldgefühlen und krümmte sich vor Kummer zusammen. Er zerquetschte sich selbst und hoffte, dass es ihm den Tod bescheren würde. Er versuchte, sich die Kehle abzudrücken, und schlug gleichzeitig mit großer Wucht auf sein Herz ein. Irgendetwas musste doch funktionieren, das ihm das Leben nahm. Er konnte unmöglich mit dieser Last weiterleben! Er quälte und drangsalierte ihn bis zur totalen Erschöpfung. Erst als er keine Kraft mehr fand, seinen Körper zu schänden, kam sein Geist zu Ruhe. Er sah die Wolken seines Atems zum Himmel steigen und fühlte sich zum ersten Mal in seinem Leben dazu veranlasst zu beten. »Herr, was soll ich tun!?«, schrie er, weil er befürchtete, dass Gott ihn nach dieser Tat nicht mehr hören wollte. Er schrie es ein zweites Mal, bat um Verzeihung und versprach alles zu tun, worum Gott ihn bitten würde.

Er schrie unzählige Gebete gen Himmel, machte Versprechungen und wartete auf eine Antwort.

Die bekam er.

Wenn ich, sein Bruder, noch leben würde, war es jetzt seine Aufgabe, mich zu retten. Diese Aufgabe bekam plötzlich eine große Dringlichkeit, sodass Joe aufsprang, seinen Schlafsack und sein Proviant vergaß und einfach nur rannte. Er rannte hinaus aus dem Wald zur Straße und versuchte die richtige Richtung einzuschätzen, doch er war orientierungslos hierher gelangt und konnte sich nicht mehr erinnern, woher er gekommen war. Egal! Er rannte. Er rannte um sein Leben, um meins zu retten. Er wusste, wie groß die Gefahr war, in der ich mich befand. Er hoffte auf einen Autofahrer, der ihm zur Orientierung verhalf, aber er begegnete keinem. Nichtsdestotrotz rannte er wegen etwas, das er nicht schaffen würde. Er konnte mein Leben nicht mehr retten!

☆☆☆

Randy blinzelte, als würde die Sonne ihn blenden, doch es war bereits dunkel. Er blinzelte auch in der Dunkelheit, weil es seinen Blick schärfte und er auf diese Art und Weise Bewegungen besser wahrnehmen konnte. Irgendetwas hatte sich an seinem Tor bewegt. Zudem raschelte etwas im frostigen Gras. Er war sich sicher, dass ich es sein würde. Und er hatte recht. Ich stand am Tor und winkte ihm zu. Sein Gewaltausbruch im Haus hatte mir so große Angst eingejagt, dass ich nur davonlaufen hatte können.

»Daryl!«, rief Randy und klatschte in die Hände, als würde

er seiner erfolgreichen Suche einen Applaus verpassen. »Warum bist du abgehauen?«

Ich antwortete nicht, sondern wartete nur, ob er mich wieder hineinlassen würde. Doch er sagte, als er auf mich zukam: »Du bist rausgeklettert, dann kannst du auch wieder reinklettern.« Dabei lächelte er erleichtert.

Ich kletterte über den Zaun neben dem Tor und ging Randy entgegen. Er empfing mich mit offenen Armen und ich warf mich in sie hinein. Wir taten so, als wäre nichts geschehen, und ich folgte ihm ins Haus.

»Ich habe so eine Angst um dich gehabt«, sagte er und nahm mich, meine Schultern in seinem Griff, mit ins Haus. »Ich dachte, du wolltest abhauen.«

Ich sah, wie sein Gesicht rot anlief und seine Augen sich mit Tränen füllten. Seine Angst muss enorm gewesen sein.

»Das wollte ich auch«, sagte ich, denn ich hatte es wirklich gewollt. Es tat mir leid, dass ich ihm die Wahrheit sagte, aber ich dachte: Es ist an der Zeit, uns nicht mehr zu belügen. Also erzählte ich: »Wenn du so mit mir umgehst, dann bleibt mir keine andere Möglichkeit, als abzuhauen!«

»Wie meinst du das?«, fragte er etwas verärgert und führte mich ins Wohnzimmer.

»Du schreist rum und wirfst Sachen durch die Gegend.«

Er drückte mich auf das Sofa und ging in die Küche, holte eine Tüte Chips und Limonade für uns. Als er alles vor mir auf den Tisch legte, wurde mir kalt. Ich sah auf die Chips, und mich überkam ein Gefühl des Grauens. War es nicht die Knabberei, die seine Mutter ihm und seinem Bruder Harold immer als Lockmittel auf den Tisch gelegt hatte, bevor sie ihre Spiele mit ihnen trieb? Ein Schauder lief mir über den Rücken. Musste Randy nicht längst einen Ekel vor diesen Sachen verspüren? Doch es schien ihn in keinster Weise anzuekeln. Er riss die Tüte auf und ließ den Inhalt in eine mitgebrachte Schüssel rieseln. Ich roch das Salz und das Paprikagewürz der Chips und versuchte mir vorzustellen, wie es wohl gewesen sein musste, als Randys

Mutter dieses Nahrungsmittel zum Symbol ihrer abartigen Spiele gemacht hatte. Ich sah Randy ins Gesicht. Er verzog keine Miene, als sei er sich der symbolischen Handlung in diesem Moment nicht bewusst. Ich fragte mich, ob er das Wohnzimmer wieder genauso hergerichtet hatte, wie es damals in seiner Kindheit ausgesehen hatte.

Randy öffnete mit einem Zischen die Limoflasche und goss uns in mitgebrachte Gläser das orangefarbene Zuckergetränk ein. Ich sah, wie es sprudelte und bekam Durst auf einen kräftigen Schluck. Also griff ich nach dem Glas und trank. Randy trank auch und grinste. Danach griff ich nach den Chips und knabberte sie genussvoll, genau wie Randy. Wir grinsten wie zwei Brüder. Ich hörte, wie er sagte: »Hat Mom uns mitgebracht.«

Ich sah erschrocken zu ihm auf. »Mom?«, fragte ich.

»Ja, sie war eben bei Brightfull und hat eingekauft. Sie sagte, sie wolle uns jetzt öfters etwas Leckeres mitbringen.«

Mit blieb die Stimme weg. Uns etwas mitbringen?

Ich starrte ihn an und fragte: »Randy, alles klar?«

Welche Mom meinte er? Meine oder seine?

»Sie sorgt gut für uns«, hörte ich ihn weiterreden, während ich gegen ein merkwürdiges Gefühl ankämpfte. Dann fiel mir ein, wie ich herausbekommen könnte, wen er meinte, und ich forderte ich auf: »Erzähl mir von Mom.«

Er sah mich an. Ich kann nicht sagen, ob sein Gesicht entgeistert oder schockiert ausgesehen hat.

»Wie?«, fragte er.

»So«, sagte ich. »Einfach so.«

»Du verarschst mich!«, sagte er mit leicht aggressivem Unterton.

»Nein!«, gab ich unsicher zurück. »Erzähl mir von Mom. Was weißt du alles von ihr?«

Er sah mich wieder an. »Ich versteh nicht. Du kennst sie doch viel besser.«

Ich saß da, sah aus dem Fenster, um seinem unruhigen Blick zu entkommen, und war kein bisschen schlauer. Wessen Mom meinte er? Ich meine, ich war mir in diesem Moment durchaus bewusst, dass mit Randy irgendetwas nicht stimmte. Es war ein unheimliches Gefühl, und ich musste klug handeln, damit er nicht wieder sauer wurde. Für einen Zehnjährigen war das nicht einfach, aber da ich die Gabe besaß, grundsätzlich merkwürdig zu regieren, fiel mir auch eine merkwürdige Frage ein: »Hast du Mom geliebt?«

Jetzt hatte ich ihn!

Seine Augen blickten blind in meine. Damit wusste ich, dass er seine Mom meinte. Ich musste wegsehen, weil ich dieses Unglück, was in seinen Augen zu schwimmen begann, nicht aushalten konnte. Tränen voller Leid, Qual und Unglück. Sein Meer von Traurigkeit lief über und suchte den Weg Richtung Herz. Seine Tränen tropften auf seinen verschmutzten Pullover und bildeten einen zusätzlichen dunklen Fleck, genau um sein Herz herum. Die Symbolik war angsteinflößend! Ich wartete, ob und wie er reagieren würde. Ich sah zwei Möglichkeiten: Entweder er würde überreagieren und mich angreifen oder er würde zusammenbrechen, wie auch immer das aussehen mochte.

Er brach zusammen. Ich sah es zunächst in seinen Augen: Sie verengten sich zu Schlitzen, und ich dachte noch, er würde mich jetzt angreifen, doch er erhob sich und rannte aus dem Zimmer. Er durchquerte die Küche, den Flur, riss die Haustür auf und rannte auf den Hof. Dort stieß er einen unmenschlichen Laut gen Himmel, sodass der sich gezwungen sah, Tropfen des Trostes auf ihn niederzuwerfen, in denen Randy baden konnte. Es goss in Strömen, kalt, hart und schmerzend. Randy fühlte die kalte Feuchtigkeit seine Kleidung durchdringen und entledigte sich ihrer. Er riss und zog an seinen dreckigen Klamotten herum, bis sie alle um ihn verstreut auf dem Boden lagen. Er stand nackt auf dem Hof und stieß erneut einen Schrei in den Himmel. Ich sah es vom Wohnzimmerfenster aus. Ich sah auch seine große Wunde auf der Brust, als hätte er versucht, seinen Körper dort aufzureißen. Randy öffnete beide Arme und schrie: »Warum hast du mich nicht beschützt?« Er heulte, schlug seine Hände zu Fäusten geballt gegen die Stirn und schrie erneut: »Was habe ich getan, dass du so mit mir umgegangen bist?!«

Er ging in die Knie und nahm die Kälte des Bodens in sich auf, wälzte sich wie ein Hund im Dreck und heulte. »Das hast du aus mir gemacht!!«, schrie er erneut. »Ein Stück Dreck, das sich nicht beherrschen kann!« Er stopfte sich Erde in den Mund und versuchte sie herunter zu schlucken. Undeutlich vernahm ich seine Worte: »Ich bin innerlich verdreckt, und äußerlich! Nichts ist sauber und rein an mir. Ich renne in die Kirche, bitte um Vergebung, aber nichts passiert! Ich versuche Gutes zu tun, aber niemand honoriert es! Ich bitte um Hilfe, aber meine Gefühle bleiben!«

Da wusste ich, dass ich mich in großer Gefahr befand. Die Chips und die Limo für mich waren die Zeichen gewesen, dass Randy etwas vorhatte! Seine Gefühle hatten ihn übermannt und in eine völlig neue Welt gestoßen. Ich wusste, dass er sexuellen Kontakt zu seiner Mutter gehabt hatte. Auch, dass er einige Mädchen und Frauen belästigt hatte. Ich wusste ebenfalls, dass er seinen Vater geschändet hatte, aber ein Kind …!

Ich stand vor dem Fenster und sah, wie Randy sich mit Dreck beschmiss, sich darin herumwälzte und ihn fraß. Sollte ich das als ein gutes oder schlechtes Zeichen werten? Hatte er sein Verlangen rechtzeitig erkannt und war entsetzt vor sich selbst zurückgewichen oder bereitete er sich gerade auf eine fürchterliche Tat an Leib und Seele des Kindes vor, dass in seinem Haus im Wohnzimmer verharrte? Wie sollte ich reagieren? Weglaufen? Warten? Ich entschied mich zu warten. Es war so ein Gefühl.

Er lag auf dem Boden und rührte sich plötzlich nicht mehr. Der Regen prasselte beharrlich auf ihn nieder und wusch den Dreck von seinem Körper. Ich wurde unruhig, weil die Temperaturen ziemlich niedrig waren und Randy viel Erde in seinen Mund gestopft hatte. War er erstickt? Eine innere Stimme wies mich an, ihn in Ruhe zu lassen. Ich stand am Fenster und sah, wie Gott ihn anlächelte. Würde er ihn holen? Würde er mich hier am Fenster dabei zusehen lassen, wie er diese gequälte Seele zu sich holen würde?

Ich weiß heute nicht mehr, wie lange ich am Fenster gestanden habe, aber es muss ziemlich lang gewesen sein. Es quälte mich, Randy nicht helfen zu können. Irgendwann wendete ich mich ab und setzte mich auf das Sofa. Ich sah auf die Chips, die symbolisch für den Tod einer Seele vor mir standen. Ich hatte davon gegessen. Mir wurde unwohl, weil ich nicht wusste, was gleich passieren würde. In der Regel spürte ich Veränderungen, aber diesmal war es mir nicht möglich. Was würde Randy mit mir machen, wenn er zurückkehren würde? Würde er mich tatsächlich zu seinem Opfer machen? Ich war zehn, genauso alt wie er, als seine Mutter ihn zum ersten Mal angefasst hatte. Wie mochte er sich dabei gefühlt haben?

»Beschissen«, hörte ich ihn sagen und sah auf.

Randy stand völlig nass in der Wohnzimmertür und hatte sich seine verdreckte Hose wieder übergezogen. Sie schlotterte an seinem dünnen Leib wie eine Fahne, die seit Jahren am Mast vor sich hin wehte und langsam vom Wind zerrupft wurde.

Ich nickte. Beschissen. So ein einfaches Wort für so ein grausames Gefühl. Ich ergriff die Decke auf dem Sofa und brachte sie ihm. Er nahm sie an und legte sie sich um die Schulter. Ich sagte: »Ich koche dir neuen Kaffee«, und er nickte.

Als ich in die Küche kam, sah ich, dass sich in der Glaskanne der Maschine noch heißer Kaffee befand. Den goss ich in eine Tasse und gab einen gehörigen Schuss Zucker und Milch dazu, so, wie Randy es am liebsten mochte. So hatte seine Mutter den Kaffee für ihn immer zubereitet, als er noch ein Kind gewesen war.

Randy verschwand kurz nach oben in sein Zimmer, wechselte die Hose und kam mit der Decke um die Schultern wieder herunter zu mir ins Wohnzimmer.

Ich hatte seinen Kaffee neben die Chips und die Limo gestellt. Nun standen drei Symbole aus seiner Kindheit auf dem Tisch, und ich wartete, wie er reagieren würde.

Er setzte sich neben mich auf das Sofa, und ich hielt schlimme Ängste aus. Würde er zugreifen? Würde er sich in dieses alte Gefühl fallen lassen und dem folgen, was sein Leben aus ihm gemacht hatte? Einem Trieb nachgeben, den seine Mutter brutal und doch verspielt in ihn hineingepflanzt hatte? Wo war die Grenze zwischen Spiel und grausamen Missbrauch? Spürte ein missbrauchter Mensch, der selbst zum Täter geworden war, diese Grenze überhaupt noch?

Ich sah Randy an, während er auf den Tisch starrte. Sollte ich ihn ansprechen?

Ich hörte ihn ganz ruhig atmen und entschied, ihn in seinen Gedanken gefangen allein zu lassen. Wäre der Atem beunruhigend gewesen, hätte ich eingegriffen.

Ich erhob mich langsam und leise und verließ das Zimmer.

☆☆☆

Ich sah Joe rennen, obwohl ich nicht bei ihm war, aber ich habe Träume, in denen ich Vorgänge sehe, die passieren werden.

Joe hatte geweint. Tränen als Antrieb. Er wusste um meine Gefahr und spürte sein Versagen als Bruder. Das ließ ihn noch schneller rennen. Ob er es schaffen würde, mich zu retten? Wie konnte er mich nur alleine zurück gelassen haben?

☆☆☆

Einundzwanzig Jahre früher. Harold, 14 Jahre alt.

Harold rannte. Er hatte geweint. Tränen als Antrieb. Er wusste um Randys Gefahr und spürte sein Versagen als Bruder. Das ließ ihn noch schneller rennen. Ob er es schaffen würde, Randy zu retten? Wie konnte er ihn nur allein gelassen haben?

Harold hörte ein Geräusch im Gebüsch direkt hinter sich. Das ließ ihn abrupt bremsen. Sein Atem stieß in die kalte Oktobernacht und hinterließ weiße Wolken der Angst. Sein Herz schlug bis zum Hals, und er blickte sich um.

Joe hörte ein Geräusch im Gebüsch. Das ließ ihn abrupt bremsen. Sein Atem stieß in die kalte Oktobernacht und hinterließ weiße Wolken der Angst. Sein Herz schlug bis zum Hals, und er blickte sich um.

Es war zu dunkel, um zu erkennen, wer hinter ihm her war. Das Rascheln im Gebüsch kam näher und wurde lauter. Die Angst ließ Joe erstarren. Sollte er weiterlaufen? Hatte er eine Chance zu entkommen? Er wusste, dass es nur gerecht war, ihn zu bestrafen. Wie auch immer die Strafe aussehen mochte und wer auch immer sie vornehmen würde, er hatte sie verdient! Und doch wollte er sie nicht empfangen und suchte weiter den Weg durch das Gestrüpp des dunklen Waldes.

Einundzwanzig Jahre früher. Harold, 14 Jahre alt.

Es war zu dunkel, um zu erkennen, wer hinter ihm her war. Das Rascheln im Gebüsch kam näher und wurde lauter. Die Angst ließ Harold erstarren. Sollte er weiterlaufen? Hatte er eine Chance zu entkommen? Er wusste, dass es nur gerecht war, ihn zu bestrafen. Wie auch immer die Strafe aussehen mochte und wer auch immer sie vornehmen würde, er hatte sie verdient! Und doch wollte er sie nicht empfangen und suchte weiter den Weg durch das Gestrüpp des dunklen Waldes. Das Geräusch folgte ihm, als wäre derjenige direkt hinter ihm. Doch er kam nicht näher. Dieser Jemand verfolgte eine ganz andere Absicht. Er nannte sie Qual. Harold spürte es und beschleunigte sein Tempo, um der Qual zu entkommen, doch wer entkam ihr schon, wenn sie einem erst einmal auf den Fersen war? Harold bekam kaum noch Luft und er stolperte und japste zugleich. Er würde nicht mehr lange durchhalten können. Dann hätte der Fremde ihn eingeholt, sofern es ein Fremder war. Hätte er doch nicht diese Feigheit besessen und sich einfach aus dem Staub gemacht.

Was hatte er sich dabei gedacht, seinen Bruder, der um so vieles schwächer war als er, einfach allein zu lassen? Man wurde immer auf die eine oder andere Art bestraft, wenn man eine falsche Entscheidung trifft. Er hätte seinen Bruder mitnehmen sollen, egal, wie hinderlich er auf der Flucht gewesen wäre – es wäre die richtige Entscheidung gewesen. Harold hatte es zu spät bemerkt. Nun befand er sich auf dem Heimweg, und doch sollte die Qual ihn einholen. Die Strafe würde schlimm werden, das wusste er bereits.

Als Harold am Ende seiner Kräfte war, gab er auf und stellte sich seinem Verfolger. Das Rascheln hinter ihm erstarb im gleichen Moment, als Harold sich umdrehte. Ein Schatten, etwa in seiner Größe, stand vor ihm. Gesichtslos, aber ebenfalls außer Atem. Zwei verdunkelte Seelen standen sich gegenüber und keuchten sich an. Die Jagd war beendet. Randy hob den Baseballschläger in dem Moment, als Harold sagte: »Ich wollte gerade zu dir zurück und dich holen kommen.« Dann erstarb seine Stimme unter dem Schlag eines 35 Unzen schweren Hickoryschlägers.

☆ ☆ ☆

Das Geräusch folgte Joe, als wäre derjenige direkt hinter ihm. Doch er kam nicht näher. Dieser Jemand verfolgte eine ganz andere Absicht. Er nannte sie Qual. Joe spürte es und beschleunigte sein Tempo, um der Qual zu entkommen, doch wer entkam ihr schon, wenn sie einem erst einmal auf den Fersen war. Joe bekam kaum noch Luft und er stolperte und japste zugleich. Er würde nicht mehr lange durchhalten können. Dann hätte der Fremde ihn eingeholt, sofern es ein Fremder war. Hätte er doch nicht diese Feigheit besessen und sich einfach aus dem Staub gemacht. Was hatte er sich dabei gedacht, seinen Bruder, der um so vieles schwächer war als er, einfach allein zu lassen? Man wurde immer auf die eine oder andere Art bestraft, wenn man eine falsche Entscheidung trifft. Er hätte seinen Bruder mitnehmen sollen, egal, wie hinderlich er auf der Flucht gewesen wäre – es wäre die richtige Entscheidung gewesen. Joe hatte es zu spät bemerkt. Nun befand er sich auf dem Heimweg, und doch sollte die Qual ihn einholen. Die Strafe würde schlimm werden, das wusste er bereits

Als Joe am Ende seiner Kräfte war, gab er auf und stellte sich seinem Verfolger. Das Rascheln hinter ihm erstarb im gleichen Moment, als er sich umdrehte. Mein Schatten, etwas kleiner als er, stand vor ihm. Gesichtslos, aber ebenfalls außer Atem. Unsere gequälten Seelen standen sich gegenüber und keuchten sich an. Die Jagd war beendet. Meine Seele war mit ihm gelaufen. »Ich würde es so gerne abwenden«, raunte ich ihm durch die Dunkelheit zu.

»Daryl?«, fragte Joe in den nebligen Frost hinein.

Ich vollendete meinen Satz: »… aber ich kann es nicht.«

»Daryl, bist du das?«

Er kam auf mich zu, konnte mich aber nicht erreichen. Wandernde Seelen erreicht man nicht im irdischen Leben.

Ich hörte hinter mir ein Rascheln und konnte es nicht verhindern. Ich rief noch: »Lauf!«, als das Rascheln über mich hinwegzog und auf Joe zuging.

Randy hob den Baseballschläger in dem Moment, als Joe sagte: »Ich wollte gerade zu dir zurück und dich holen kommen.« Dann erstarb seine Stimme unter dem Schlag eines 35 Unzen schweren Hickoryschlägers.

Ich sah meinen Bruder zu Boden fallen. Sein Körper klappte zusammen und ließ sein Leben hinaus. Ich sah, wie ein Nebel seine Seele umspielte und sie gen Himmel trug. Ich ließ ihn ziehen, denn es wäre jetzt zu viel, ihm alles zu erklären. Es würde nicht mehr lange dauern, dann wären wir wieder zusammen und würden nach unseren Eltern schauen. Im Grunde ist es egal, wo und wann Seelen sich begegnen.

Ich saß oben in Randys Zimmer und hörte ihn das Haus verlassen. Ich hörte den schweren Truck, wie er den Hof überquerte und vor dem Tor stoppte. Das Tor quietschte beim Öffnen und blieb dann offen stehen. Der Truck verließ das Grundstück und entfernte sich in die Dunkelheit.

Ich wusste, was Randy vorhatte, doch wie hätte ich es verhindern sollen? Er war durch die Situation im Wohnzimmer wieder in sein früheres Leben getragen worden und durchlebte die gleichen Gefühle noch einmal. Er hegte die gleichen Bedürfnisse wie damals und vollbrachte die gleiche Tat ein zweites Mal.

Ich wollte Joe warnen, aber ich schaffte es nicht. Ich saß auf dem Bett und wartete, bis Randy wiederkommen würde.

Es dauerte keine Stunde, als ich den Truck wieder durch die Einfahrt auf den Hof rasen hörte. Ich hörte, wie die Fahrertür sich öffnete und mit Gewalt wieder zugeschlagen wurde, lief hinunter und sah von der Haustür aus zu, wie Randy einen schweren Sack hinter die Stallruinen schleppte. Das war's also. Damit hatte Randy auch seinen letzten Widersacher beseitigt.

Ich hatte keine Empfindungen bei dieser Sache. Ich hatte bereits gewusst, was passieren würde, und auch, dass ich es nicht verhindern können würde.

Meine Seele hat kein leichtes Leben. Wenn man viele Dinge ahnt, sieht und weiß, dann hat das Gefühl einen schweren Stand im Körper eines Menschen. Eine Vereinbarkeit ist oft unmöglich. Ich verharre in einer Art Stillstand, wenn die Dinge passieren. Was soll ich mich aufregen? Warum soll ich Empfindungen verspüren? Es ist doch nur ein Körper, der geht. Was mir viel mehr Sorgen machte, war Randys Seele.

Er kam auf mich zu, Kopf gesenkt wie ein räudiger Hund, der um Vergebung bettelte. Sein Blick glitt an mir vorbei, als er das Haus betrat und unter die Dusche ging. Er war von oben bis unten voller Dreck und Blut.

Ich schloss die Haustür, um die Wärme im Haus zu halten, und räumte das Wohnzimmer auf. Ich schmiss die restlichen Chips in den Mülleiner und kippte die Limo in den Abfluss. Der

Tag war vorbei. Er hatte ein weiteres Opfer gefordert, aber auch Schlimmeres verhindert.

☆☆☆

»Warum musstest du das machen?«, fragte ich ihn am nächsten Morgen.

Randy sah nicht auf. Er saß mir am Küchentisch gegenüber und schlürfte Milch mit Müsli.

Ich bekam zunächst keine Antwort und sah zu, wie er frühstückte. Ich vermutete, dass er Joes Leiche gleich vergraben wollte.

»Warum Joe?«, fragte ich nach einer Weile.

Jetzt hielt Randy inne. Er sah mich an und sagte: »Ich konnte nicht anders.«

In meinen Augen stand die nächste Frage.

»Ich hasse Ungerechtigkeit. Ich hasse es, wenn jemand gemein ist«, sagte er.

Ich sah ihm in die Augen. Er litt.

»Ich hasse es, wenn man mich verlässt.«

»Joe hat dich nicht verlassen. Er hat mich verlassen.«

»Das ist das Gleiche. Du bist mein bester Freund. Für einen besten Freund tut man so was.«

Ich schüttelte den Kopf. »Du hast es für dich getan, nicht für mich. Du hast das Gefühl nicht ausgehalten.«

Er erhob sich und räumte schweigend den Tisch ab.

Ich begleitete ihn nach draußen und sah zu, wie er eine Schaufel suchte, den Sack, in dem mein Bruder lag, weit auf das Grundstück hinaus schleifte und dort ein tiefes Loch grub. Er befreite Joe aus dem Plastiksack und besah sich den eingeschlagenen Schädel. Von seinem Gesicht war praktisch nichts mehr zu erkennen. Mir machte es nichts aus, weil ich wusste, dass seine Seele längst entglitten war. Das hier war nur eine Hülle aus verwesender Masse.

Dann sah ich etwas, was ich bei Randy nie für möglich gehalten hätte. Er faltete seine Hände und versank in einem Gebet für meinen Bruder. Das veranlasste mich ebenfalls, meine Hände zu falten und den Worten zu lauschen, die meinem Bruder den letzten Frieden geben sollten.

»Herr, nimm dieses Opfer in deine Obhut und versorge seine Seele besser, als ich es konnte. Vergib mir. Ich kann nicht anders. Meine Mom hat mich nichts anderes gelehrt. Bitte hole mich, wenn ich aufhören soll, denn ich schaffe es nicht von alleine. Hindere mich, weiterhin Opfer zu suchen, um mich gut zu fühlen. Ich will mich nicht mehr gut fühlen. Bereite mir einen Ort in deinem Reich, an dem ich Buße tun kann. Und hindere mich daran, fortzufahren.«

Mich berührt so schnell nichts, aber diese Worte berührten mich zutiefst.

Randy beugte sich zu dem Körper meines Bruders nieder und küsste ihn auf die mit Blut überströmte Stirn. Dann zog er die Leiche in das Loch und sah hinein, wie der Körper sich dort verschlungen niederlegte. Kein schöner Anblick.

Randy blickte zu mir herüber und erbettelte mit seinem Blick eine Umarmung. Ich verstand und nahm ihn in den Arm. Seine Seele litt, und ich tröstete sie. Wir weinten. Wir hatten beide unsere Brüder verloren und schlossen das Grab gemeinsam. Ich schaufelte mit meinen Händen und Randy mit der großen Schaufel.

Als wir fertig waren, gingen wir ins Haus und setzten uns schweigend in die Küche. Randy hatte einen Kaffee vor sich stehen, ich ein Glas Milch. Wir feierten unsere Trauerfeier.

Als ich das Gefühl hatte, dass Randy unruhig wurde, fragte ich: »Wie war das damals mit deiner Mom?«

Er sah auf, wurde rot und verlor jede Freundlichkeit aus seinem Blick.

»Wie meinst du das?«, fragte er und begann schwer zu atmen.

»Deine Mom. Was hatte sie gemacht?«

Er sah mich an.

Ich sagte. »Ich habe dein Gebet gehört. Deine Mom muss irgendwas mit dir gemacht haben.« Obwohl ich es bereits wusste, wollte ich es aus seinem Mund hören.

»Sie wollte es nicht …«, begann er.

»Wie bitte?«, entfuhr es mir ungebremst.

»Sie … sie war auch irgendwie lieb.«

Das ließ ich erst mal sacken.

»Sie war eben so lieb vorher.«

Vorher.

»Wir haben ihr so vertraut, weil sie so zärtlich und fröhlich war.«

Ich nickte.

»Dann begann sie mit unserem Dad zu streiten. Immer mehr. Nachher jeden Tag.«

»Warum?«, fragte ich. Randy sah mich an, und ich sah den Zorn in sein Gesicht strömen. Ich sah seine ganze Kindheit durch seine Augen ziehen. Es war kein schöner Anblick. Ich sah ihn zum Teenager werden, zum Mörder, dann zum Mann. Ich sah seine gebeugte Seele und die Narben darauf. Manche Narben bluteten immer noch. Gestern war die Narbe seines Bruders wieder aufgerissen und hatte zu bluten begonnen. Randy hatte sie mit dem Blut meines Bruders verschlossen. Welche Narbe würde als nächstes aufreißen? Ich saß vor ihm und überlegte, ob es noch weiter Opfer geben würde, die Narben verschließen könnten. Meine Mutter hatte die Narbe seiner Mutter verschlossen, die von Sergeant Leads die seines Vaters und schlussendlich Joe die seines Bruders Harold. Randy hatte jeweils eine gute Person gesucht, die die Bösartigkeit und das Versagen seiner eigenen Familie wieder ausglich. Er müsste sich jetzt in einem Gleichgewicht befinden, aber er befand sich weiterhin in der Hölle. Es fehlte nämlich jemand. Er hatte sich selbst vergessen. Ich saß vor ihm, und mich überkam große Angst. Sollte ich etwa seine letzte blutende Narbe schließen? Ich spürte, wie mir die Luft knapp wurde. Warum konnte ich nicht vorhersehen, was er mit mir machen würde?

Ich kann mein eigenes Schicksal nicht vorhersehen.

»Hilf mir!«, hörte ich ihn flehen.

Ich nickte. Sicher war ich hier, um ihm zu helfen. Deswegen

war ich doch zurückgekehrt.

»Was soll ich tun?«, fragte er und begann vor meinen Augen zu weinen.

Natürlich kam mir erst einmal in den Sinn, dass er ab sofort mit dem Töten aufhören sollte. Aber wie konnte ich das bei ihm bewirken? Ich wusste, dass der nächste, der Randys Hof betreten würde, so gut wie tot war. Jeder, der seine Nähe suchte, bedrohte ihn zwangsläufig. Ich konnte ihn auch nicht der Polizei melden. Wer würde mir schon glauben? Wer würde mir schon zuhören?

Ich sah ihn weinen und fühlte mich entsetzlich hilflos. Mir kam keine Idee, doch eine Ahnung schlich sich ein. Ich spürte plötzlich, wie sich Gefahr näherte, wusste aber nicht woher. Ich fragte: »Was möchtest du denn tun?«

Die Frage irritierte ihn. »Ich will das alles nicht mehr fühlen.«

Das verstand ich. Deswegen fragte ich: »Wie kannst du es dann abstellen?«

»Gar nicht. Es kommt einfach, und mein Gehirn schaltet in gewissen Situationen regelrecht ab. Dann habe ich nur noch das eine Ziel, alles, was mich bedroht, zu beseitigen.«

»Randy«, sagte ich, »du beseitigst nicht, du tötest. Beseitigen ist, wenn man Müll in den Mülleimer bringt oder Gartenabfälle verbrennt. Aber du tötest Menschen und verbrennst ihre Körper.«

»Ich weiß nicht, warum das so ist!«, schrie er plötzlich.

»Was hat deine Mom mit dir gemacht, dass du die Dinge im Leben so verwechselst?«

Er schrie noch lauter: »Ich weiß es nicht! Oh Gott, ich weiß es nicht!«

Jetzt war der Moment gekommen, in dem ich ihm die Wahrheit mitteilte: »Sie hat dich bei den Dingen gut fühlen lassen, die falsch sind. Das hat dir ein Gefühl für falsche Gefühle gegeben.«

Randy sah mich an. »Aber es fühlte sich so gut an.«

»Was?«, fragte ich.

»Wenn sie mich streichelte.«

»Hat es das?«, fragte ich.

Randy ging zum Fenster und dachte nach. Ich verschwand nach oben, während er in seine Kindheit eintauchte und alles wieder vor sich sah ...

Fünfundzwanzig Jahre früher. Randy 10 Jahre alt.

»Hey!«, schrie sie über den ganzen Hof.

Sie war seit Wochen übelster Laune. Es hatte sich nicht nur ihr Körper verändert, der immer gewaltiger wurde, sondern auch ihre Stimme wurde von Tag zu Tag rauer und angsteinflößender, wenn sie jemanden rief. Wenn sie Hey! schrie, wussten Harold und Randy, dass sie ihren Ehemann Joseph meinte. Die Jungen wussten nicht, was in letzter Zeit zwischen den beiden vorging, aber es war nichts Gutes. Sie kannten von klein auf diese Geräusche aus dem Schlafzimmer – unangenehm und schlafraubend, aber nicht zu ändern. Harold und Randy versuchten sich alles Mögliche vorzustellen, was diese Geräusche verursachen könnte, aber so wirklich passte nichts von dem, was ihre kindliche Fantasie ihnen zuspielte. Sie waren zu jung, um dem Stöhnen und Quengeln aus dem Schlafzimmer ihrer Eltern eine Bedeutung beizumessen. Irgendwann gewöhnten sie sich dran. Umso ungewöhnlicher wurde es, als diese Geräusche vor einigen Wochen plötzlich erstarben. Nun raubte die Stille den Jungs den Schlaf, denn die Stille verbanden sie mit dem Gefühl, dass ihre Eltern nicht in ihrem Zimmer waren. Das wiederum verursachte die Angst, allein im Haus zu sein, allein auf diesem Hof, in dieser einsamen Gegend.

Doch ihre Eltern hatten sie nicht verlassen, sie hatten nur die seltsamen Spiele eingestellt. Das war Josephs Schuld, und deswegen wurde er angeschrien. Joseph konnte und wollte nicht mehr.

Als er vor elf Jahren Josephine Clatter kennengelernt hatte, fand er sie großartig, schon alleine wegen ihres passenden Namens. Sie war genauso auf Sex versessen gewesen wie er. Und sie hatten es getrieben, bei jeder Gelegenheit und an jedem Ort, der ihnen angemessen erschien. Dieses Gefühl wollte ein Jahr lang nicht enden. Dann brachte Josephine Zwillinge zur Welt. Damit begann eine Heidenarbeit. Das Geld wurde knapp, Josephines Figur war nicht mehr dieselbe und der Haushalt begann zu verwahrlosen. Dafür fing Joseph an, immer mehr Schrott und Müll auf seinen Hof zu sammeln und sich vorzustellen, eines Tages ein reicher Mann damit zu werden. Seine Jungs wuchsen heran. Ihre Kleidung war ständig dreckig oder mit Öl beschmiert. In der Schule wurden sie gehänselt und verlacht, was dazu führte, dass Harold aggressiv wurde. Da landete schon mal ein Tritt im Hoden eines Freundes oder eine Faust auf der Nase, die einen Bruch erlitt. Randy war stets der Ruhigere von beiden, aber auch in ihm kochte die Wut langsam über. Nur verarbeitete er seine Probleme anders als Harold.

Randy erinnerte sich an ein Gespräch mit seinem Bruder nach dem ersten Mal mit seiner Mutter.

»Was hast du mit Mom unter der Decke gemacht?«, fragte er ahnungslos.

»Ich durfte ihren Busen streicheln«, antwortete Harold grinsend.

In Randy löste diese Vorstellung ein merkwürdiges Gefühl aus. Er wusste, dass sein Bruder viel mehr Temperament besaß und mit vielen Dingen viel offener umging, aber den Busen seiner Mutter zu streicheln erschien ihm unangenehm. Harold hingegen schien es großen Spaß zu machen. Er lachte und sagte: »Ich werde es morgen wieder tun. Dafür bekomme ich Chips.«

Ja, die Chips! Bei den Breckenridges gab es selten Knabbereien oder Süßigkeiten, weil das Geld einfach zu knapp war. Aber Josephine Breckenridge hatte sich etwas einfallen lassen. Sie konnte es kaum aushalten, nicht von ihrem Mann befriedigt zu werden, und hatte plötzlich diese Idee im Kopf, wie es sich anfühlen würde, wenn eines ihrer Kinder sie streicheln würde. Der Gedanke erregte sie. Harold war ihr Lieblingssohn. Es hatte wohl etwas mit seinem Temperament zu tun. Sie waren sich ziemlich ähnlich und verstanden sich auf eine Art und Weise, die sie mit Randy nicht teilen konnte. Als sie sah, wie sehr Harold Spaß an der Sache hatte, fühlte sie sich ermutigt, weiterzumachen. Sie fuhr am nächsten Tag in die Stadt und holte zehn weitere Chipstüten. Es würde keinen irritieren, denn sie legte derzeit sowieso an Gewicht zu.

Harold entwickelte eine richtige Freude an dem Spiel, sodass seine Mutter immer mehr forderte. Sie band Randy ein, der zunächst zurückhaltend und unsicher reagierte. Aber es gab ihm das Gefühl, ebenso von seiner Mutter geliebt zu werden wie Harold. Doch es fühlte sich eine lange Zeit unanständig und unangenehm an. Er konnte es nicht erklären, aber er hatte das Gefühl, dass irgendetwas nicht stimmte. Er suchte Gespräche zu Harold, aber seine Bruder fand es aufregend und lustig. Bis der Tag kam, als sie zu viel forderte. Als sie Harold zum ersten Mal an seinem Geschlechtsteil berührte, wich er erschrocken zurück. Sie versprach ihm neue Knabbereien und Süßigkeiten, doch Harold erkannte langsam in diesen Versprechungen eine Falle. Er wollte nicht mit Randy darüber reden und entwickelte die ersten Pläne, von zu Hause abzuhauen. Doch das sollte noch viele Wochen dauern.

Während Harolds und Randys Vater immer gebeugter den Hof überquerte, wurde ihre Mutter immer dicker, lauter und fordernder.

Es kam der Tag, an dem die Brüder vor lauter Scham nicht mehr miteinander redeten. Und es wurde schlimmer. Alles, was Randys Mutter an seinem Bruder ausprobierte, probierte sie Tage später an ihm aus. Am schlimmsten wurde es, als sie Randy aufforderte, ihre Scheide zu berühren. An jenem Abend verschwand Harold.

Randy erinnerte sich, wie er völlig verstört die ganze Ranch nach seinem Bruder abgesucht hatte. Er konnte sich daran erinnern, dass Harold diese Flucht vor einigen Tagen angekündigt hatte. Er schien seine Ankündigung wahr gemacht zu haben. In Randy entstand ein unerträglicher Druck. Nicht nur, dass seine

Leistungen in der Schule mittlerweile sehr schlecht geworden waren, nein, seine ganze Konzentration, wenn er seinem Vater beim Reparieren eines Motors half, war weg. Er begann sich zurückzuziehen und klaute Bücher in der Stadt. Die halfen ihm, die Probleme hin und wieder zu vergessen. Aber dass sein Bruder nun verschwunden war, brachte ein unüberwindbares Problem mit sich. Sein Bruder hatte die Hälfte ihrer Bedürfnisse befriedigt. Wenn er nun nicht mehr da wäre, müsste Randy sich dieser Misshandlung doppelt so oft hingeben. Das machte ihn so wütend und überforderte seine Vorstellungskraft dermaßen, dass mit seinen Gefühlen etwas geschah. Sie gerieten außer Kontrolle und entwickelten eine Eigendynamik. Die erste Mordlust wuchs. Sie galt seinem Bruder. Randy wusste nicht, woher dieses Verlangen plötzlich kam, aber es wurde immer überwältigender, während er auf der Ranch nach seinem Bruder suchte. Die Suche war natürlich erfolglos, und als er das Haus betrat, sah er diesen alten Hickoryschläger im Flur stehen, mit dem er hin und wieder mit Harold gespielt hatte. Dieser Schläger wurde zum Symbol seiner weiteren Handlungen. Er besaß genug Wut, genug Überzeugung zum Töten und genug Kraft, um Harold zu finden. Er kannte Harolds Lieblingsplätze und auch die Wege, die er im Wald immer ging. Er war noch nicht allzu lange weg, deswegen sah Randy durchaus eine Chance, ihn zu finden. Er packte den Schläger und machte sich auf den Weg. Es war sein erster Weg in das Verderbnis. Seine Gefühle waren durch die Forderungen seiner Mutter dermaßen konfus, dass er keine Bedenken hatte, das zu tun, was er vorhatte. Er fand es nur gerecht. Man ließ seinen Bruder nicht im Stich.

Als er Harold fand, erschlug er ihn. Einfach so. Und er fand es richtig in dem Moment, als der Schläger auf Harolds Kopf niedersauste. Er hörte die Worte seines Bruders nicht mehr, die ihm mitteilen sollten, dass er es sich anders überlegt hatte. Hätte Randy ihm nur drei Sekunden lang zugehört, hätte er die Worte seines Bruders gehört und die Tat wäre verhindert worden. Aber so war es nicht geschehen. Die reuelose Tat veränderte Randys

Gefühle. Er zog den toten Körper seines Bruders durch den Wald und lamentierte über die Gründe, die ihn berechtigt hätten, das alles zu tun. Er erklärte und beschrieb die Situation mehrmals lautstark, aber er entschuldigte sich nicht. Er fühlte keine Reue und keine Angst. Er versteckte Harolds Körper im Keller in einer Kiste und legte stark riechende Kräuter dazu, die den Verwesungsgeruch eindämmen sollten. Das hatte er in irgendeinem Buch gelesen. Da Randys Mutter aber bereits einiges an Müll in der Küche angesammelt hatte, fiel der Geruch nach einigen Tagen nicht mehr auf.

Josephine Breckenridge war vollkommen irritiert, dass Harold plötzlich verschwunden war. Sie scheuchte ihren Mann Joseph durch die Gegend, um ihn zu finden. Sie war überzeugt, dass ihr Sohn irgendwo im Wald kauerte und darauf wartete, gefunden zu werden. Das war nichts Ungewöhnliches in diesem Alter. Harold war kurz vor seinem vierzehnten Lebensjahr. Da spielten die Hormone schon mal verrückt. Aber noch verrückter spielte seine Mutter, die so gut auf ihn eingespielt war. Als ihr Mann den Jungen nicht fand, gedachte sie, die Polizei einzuschalten, aber sie schämte sich für ihren verwahrlosten Haushalt, den die Deputys entdecken würden. Zudem hatte sie mächtig Angst davor, dass Randy etwas erzählen könnte. Sie kannte die geschickten Fragen der Polizei. Randy würde in die kleinste Falle tappen. Also ließ sie es.

Sie weinte und fraß gleichzeitig.

In Randy begannen sich während dieser Zeit plötzlich merkwürdige Gefühle zu regen. Er sah, wie seine Mutter litt, und er genoss es. Sie ließ ihn in Ruhe, aber das war ihm gar nicht recht. Das Weinen und Fressen löste das Gefühl in ihm aus, sie anfassen zu wollen. Man konnte es nicht Trost nennen, nein, es war irgendetwas anderes. Es war eine Form der Erregung, die er bisher nicht gekannt hatte. So näherte er sich ihr eines Abends völlig selbstständig und holte die Decke hervor, als sie vor dem Fernseher saß. Er holte die Chips und ließ sie wissen, dass er jetzt bereit wäre. In diesem Moment geschah etwas ebenso Irritierendes in Josephine Breckenridge. Sie sah Randy an und sah plötzlich Harold vor sich. Die beiden waren sich ziemlich ähnlich. Randy hatte nur eine etwas andere Augenstellung als Harold, aber von Weitem konnte man die beiden nicht unterscheiden. In Josephines Kopf veränderte sich die Wahrnehmung. Sie erkannte in Randy plötzlich ihren verschwundenen Lieblingssohn Harold. Der Gedanke verfestigte sich in ihrem Gehirn, und so begann das fatale Verhältnis zwischen ihr und ihrem Sohn Harold, eine bizarre Richtung anzunehmen.

Randy war es egal, dass sie ihn Harold nannte, wie ihm seit diesem Tag vieles egal war. Er hatte mit vierzehn Jahren eine Art von Gefühl kennen und lieben gelernt, für das andere in eine Klinik eingesperrt wurden. Doch da sich niemand zu der Müllhalde der Breckeridges verirrte oder sich um diese Familie scherte, bekam auch niemand etwas von Randys krankhaften Gefühlen mit, die sich immer stärker ausprägten.

Damals passierte dieser Zwischenfall mit Randys Lehrerin. Das war knapp gewesen. Hätte sie den Vorfall im Haus der Breckenridges gemeldet, wären schlimme Dinge auf die Familie zugekommen. Aber die Lehrerin hatte vor Scham stillgehalten. So etwas durfte nie wieder geschehen.

Randy entwickelte seine eigene Fantasie bei den Spielen mit seiner Mutter, und sie wurde immer unerträglicher. Es war, als hätte sich in Randy eine Eigendynamik entwickelt, seine Mutter in einem ewigen Leidenszustand zu halten, der ihm ständig Lust auf Sex machte. Er fütterte sie und befriedigte sie zwei Jahre lang auf eine perverse Art und Weise, die seinen hilflosen Vater immer gebeugter den Hof überqueren ließ. Dann war ihr Körper so mächtig geworden, dass Randy ihr ein Bett in das Wohnzimmer direkt neben der Küche baute.

Randys Vater sah weiterhin weg. Was sollte er auch anders tun? Er hatte nichts anderes als Wegschauen von seinen Eltern gelernt. Dass er seinen eigenen Sohn mit seiner Ignoranz im Stich ließ, kam ihm nicht in den Sinn. Er hatte nie gelernt zu kämpfen. Deswegen wurde sein Gang immer gebeugter. Schon im Alter von fünfzig Jahren überquerte er den Hof wie ein Greis.

Randy betrachtete seinen Vater aus zweierlei Perspektiven. Zum einen hatte jener ihm das handwerkliche Können und Wissen beigebracht, zum anderen hatte er ihn aber auch, gemeinsam mit seinem Bruder, elend zugrunde gehen lassen. Randy duldete seinen Vater eben. Bis die Geduld nachließ. Es kam der Tag, an dem er den großen Hausputz machte. Er beseitigte jeden Dreck und jedes Unheil in diesem Haus, quälte es zu Tode und verbrannte es zwischen alle dem anderen Müll, den er im Haus fand.

In seinen Träumen sah er unzählige Mädchen, die er geschändet hatte. Er spürte die Freude, die er dabei empfunden hatte. Sie war zu etwas ganz normalem in seinem Leben geworden, und er empfand immer mehr Lust dabei, ihre Körper zu berühren und die Seelen zu verwüsten.

Die Freude machte ihn krank.

Seine Mutter hatte ihn sich bei den Dingen gut fühlen lassen, die falsch waren. Das hatte ihm ein Gefühl für falsche Gefühle gegeben.

☆☆☆

Jetzt stand Randy am Wohnzimmerfenster und sah in den Tag hinaus, der sich grau und nebelig über das Land zog. Er sagte: »Daryl, ich glaube …«, dann aber erstarben seine Worte plötzlich auf seinen Lippen, und er sah sich um. Ich war nicht mehr da. Das Sofa war leer und in der Küche blubberte die Kaffeemaschine. Wer hatte sie eingeschaltet?

Soeben war seine ganze Kindheit vor seinem inneren Auge abgelaufen, und sie hatte nicht eine Träne von ihm eingefordert. Er war bis zur Wurzel vorgedrungen und hatte sie herausgerissen. Ein rein gedanklicher Prozess. Aber bekanntlich kann man Wurzeln nicht immer ganz entfernen, wenn man das Umfeld außer Acht lässt. Manchmal bleiben kleine Ableger in der Erde stecken, die zu neuem Wachstum führen.

Randy ging in die Küche und holte sich Kaffee. Dann kehrte er ins Wohnzimmer zurück und betrachtete den Raum. Er sah recht ordentlich und gemütlich aus. Das Bett seiner Mutter hatte er entfernt und wieder die Atmosphäre geschaffen, die vor den ganzen Vorfällen geherrscht hatte. Er war also wieder am Anfang, stellte die Tasse Kaffee auf den Tisch und ging zum Hof hinaus, suchte sich den Weg zu Joes Grab und stellte sich davor. Ich war in der Zwischenzeit wieder nach unten gekommen und beobachtete Randy vom Wohnzimmerfenster aus. Er stand vor dem Grab und war in einer Zeremonie der Bitten um Vergebung versunken. Ich hörte ihn reden, konnte seine Worte aber nicht verstehen. Ich spürte aber, dass er etwas sehr Richtiges tat: Er setzte sich zum ersten Mal mit einem seiner Opfer auseinander. Ob er wirklich Reue empfand, konnte ich nicht sagen, aber es ist immer ein guter Anfang, wenn man sich mit Reue beschäftigt. Irgendwann geht sie in echte Reue über. Man muss es nur ehrlich meinen.

Reue und Vergebung sind immer wieder sehr spannende Themen für mich. Ich bin zwar noch nicht sehr erfahren, glaubt man, aber ich habe in vielerlei Hinsicht eine Meinung. Ich denke, wenn man etwas falsch gemacht hat, sollte man immer Reue zeigen und um Vergebung bitten. Das erleichtert enorm!

Ich sah, wie Randy sich niederkniete und in Worten und Gebeten versank.

Doch Randy betete auf seine eigene Art und Weise. Er schrie dabei innerlich seine Seele an und riss sie in Gedanken aus sich heraus. Er würde alles tun, um sich selbst nicht mehr zu spüren, denn er verabscheute sich zutiefst.

Joe war sein letztes Opfer, und er versuchte all seinen Hass gegen sich selbst in dieses Grab zu legen.

Ich sah vom Fenster aus, wie sein Körper sich wieder im Dreck zu suhlen begann, wie er sich quälte und schrie. Die Qual schien nicht aus ihm zu weichen. Ich wurde unruhig, denn ich spürte Gefahr herannahen. Ein sehr unpassender Moment. Es erschien mir ratsam, Randy zu warnen.

»Gefahr?«, fragte mich Randy. Er saß völlig verdreckt auf dem Boden und sah mich mit großen Augen an. »Welche Gefahr?«

»FBI«, sagte ich und verschwand, so schnell ich konnte. Man durfte mich hier auf keinen Fall finden.

Randy wurde von Panik ergriffen. Er hatte Joes Grab nicht gut versteckt. Es war ganz deutlich ein frisch zugeschüttetes Loch zu erkennen. Von weitem hörte er bereits mehrere Wagen herannahen. Sie kamen um die Biegung der Einfahrtsstraße und hielten auf das geöffnete Tor zu. Randy stand auf dem Hof und sah, dass er es gestern Abend nicht verschlossen hatte. Sein verdreckter Anblick ließ viele Fragen offen. Seine Erklärung für das frisch zugeschaufelte Loch war bestenfalls kläglich. Dies konnte nur sein Ende sein. Doch ein Breckenridge war kein Breckenridge, wenn er kampflos aufgeben würde.

Ich ahnte es und ging in Deckung, verschwand oben in meinem Zimmer und versteckte mich hinter einem alten stinkenden Sessel. Randy rannte ins Haus und verriegelte die Tür, seinen Hickoryschläger einsatzbereit. Er würde jedem den Schädel einschlagen, der versuchen würde, sein Haus zu betreten. »Daryl!«, schrie er. Ich gab keine Antwort. »Du Scheißkerl, wo bist du?«

Ich hatte es geahnt. Randy hatte nichts begriffen. Seine Reue war unecht gewesen; sein Gott würde ihn weiter in dieser Qual verharren lassen. Warum sollte er eine Seele zu retten versuchen, die keine Rettung mehr empfangen konnte? Es ging nur noch ums nackte Überleben.

Die Zeit war leider zu kurz gewesen, um ihn zur Einkehr zu bewegen. Ich hätte einige Tage länger gebraucht, um ihn dahin zu bekommen, wo er widerstandslos nachgab und sich der Polizei freiwillig stellen konnte. Wie immer im Leben ist für die wirklich wichtigen Dinge die Zeit zu kurz.

Er rief erneut nach mir, doch meine Angst war zu groß, um mich zu melden. Erst als er in mein Zimmer gestürzt kam und mich hinter dem Sessel hervorzerrte, gab ich eine Antwort.

»Du musst mir helfen!«, flehte er mich an. »Was soll ich tun?«

Mir stand natürlich das Wort Aufgeben ins Gesicht geschrieben, aber in Randys Gesicht stand Kämpfen. Wie ich sagte: Er war noch nicht soweit. Was konnte ich jetzt noch für ihn tun?

»Wir könnten in den Wald laufen«, schlug ich vor, und schon spürte ich, wie er mich an meiner Hand hinter sich herzog und in das Schafzimmer seiner Eltern schleifte, das nun seins war. Er öffnete das Zimmerfenster und zeigte auf einen Heuballen unter dem Fenster, den er dort ständig für den Notfall platziert hatte. Jetzt war so ein Notfall eingetreten, und wir sprangen nacheinander in den Heuballen hinein, um anschließend über den Zaun in den Wald zu verschwinden. Ich versprach mir keine große Hoffnung, denn das FBI hatte Randy längst auf dem Hof gesehen und wusste, dass er daheim war. Sie würden innerhalb kürzester Zeit in sein Haus eindringen und unsere Spur verfolgen. Es würde keine Stunde dauern, und die Spürhunde würden uns in die Waden beißen. Doch was half mir diese Ahnung, wenn Randy mich am Arm mit sich zerrte?

Harold

Der Wald war dunkel wie Randys Seele. Er verschlang uns beide mit Haut und Haar. Ich versuchte, Widerstand zu leisten, aber Randy war groß und stark. Was war nur aus unserer Idee geworden, das Buch von Darwin zusammen zu lesen? Irgendwie hatte alles eine andere Dynamik bekommen. Wir führten skurrile Experimente auf unsere eigene Art und Weise durch.

»Ich werde ihn finden«, hörte ich Randy plötzlich rufen. Wen würde er finden? Ich fragte nach.

»Jacob!«, schrie er zurück.

Jacob? »Wer ist Jacob?!«, keuchte ich während des Laufens.

»Ein Freund!«, krächzte er atemlos.

»Du hast keinen Freund!«, schrie ich zurück. Ich versuchte mich aus seinem Griff zu befreien, doch es gelang mir nicht. Ich rief erneut und wehrte mich dabei gegen das Rennen: »Wer ist Jacob, Randy?«

Randy stoppte abrupt und warf mich zugleich zu Boden. Der Sturz machte meinem Körper nichts aus, aber meine Seele blutete. Ich sah ihn über mir, wie er zum Schlag ausholen wollte, und er schrie: »Du Plage!«

Ja, ich war eine wahre Plage! Für jeden! Das war schon immer so gewesen. Ich sah, wie seine schlagbereite Faust über mir verharrte und hörte seinen kranken Atem aus dem Körper herausstoßen.

»Schlag zu!«, schrie ich. »Schlag endlich zu! Dann bist du all deine Last los!«

Ja, es wäre der Befreiungsschlag schlechthin für ihn gewesen. Ich war sein letztes Problem. Ich lag vor ihm auf dem Boden und war bereit, endlich zu sterben. Ich wusste, dass es passieren würde, und provozierte ihn erneut: »Schlag endlich zu, du Feigling!«

Seine Faust zitterte. Ich sah, wie er darum kämpfte, die Aggression, die sich darin bereits gesammelt hatte, direkt in mein Gesicht abzuleiten. Ich war bereit. Der eine Schlag würde reichen, um mein junges Leben komplett auszulöschen.

»Randy!«, hörte ich plötzlich jemanden rufen, und die Faust verschwand aus meinem Blickfeld. Es war eine männliche Stimme, unweit der Stelle, an der ich lag.

»Randy, mach's nicht wieder!«, hörte ich die Stimme rufen. Ich versuchte mich umzusehen, aber ich konnte zunächst niemanden entdecken. Randy wich erschrocken zurück und erhob sich. Er sah zu einem Gebüsch hinter mir, wo die Stimme herkam. Hatte das FBI uns gefunden?

Ich nutzte die Gelegenheit, um mich wieder aufzurichten. Offensichtlich war Rettung gekommen. Warum habe ich sie nicht gespürt?

»Hör endlich auf damit«, sagte die Stimme hinter dem Gebüsch. Ich konnte niemanden erblicken, hörte aber ein Rascheln, als sich jemand entfernte.

»Jacob?«, rief Randy hinterher. »Ich wollte es nicht.«

Er bekam keine Antwort und lief den raschelnden Schritten hinterher.

»Es tut mir leid! Ich wollte das alles nicht!«

Ich folgte Randy.

»Aber du wolltest es wieder tun«, gab die fremde Stimme zurück.

Ich verlor Randy aus den Augen vor lauter Grünzeug vor meinem Gesicht. Es ist nicht immer von Vorteil, klein zu sein, aber ich gab mir große Mühe, den beiden Stimmen zu folgen, solange ich sie hörte.

»Es blieb mir keine andere Möglichkeit«, sagte Randy, und ich hörte ihn jammern.

Der Fremde lockte uns irgendwo hin, und wir folgten ihm wie zwei sterbende Hunde, die nach dem Leben suchten.

Ich hörte die beiden in weiter Entfernung vor mir reden. Ihre Stimmen klangen ziemlich ähnlich, was mich zusätzlich verwirrte. Ich folgte ihnen neugierig.

Weit entfernt hörte ich den Suchtrupp nahen. Sie hatten Hunde dabei, die kläffend im Wald umherliefen.

Ich hatte es erst gar nicht bemerkt, aber ganz plötzlich verschlang mich ein Höhleneingang. Er fügte sich unmerklich zwischen Bäume und Gebüsch ein. Es fiel mir nur auf, dass sich von einem Moment zum anderen der Klang der Stimmen von Randy und diesem Fremden veränderte.

Der Eingang war mit einer Fackel erleuchtet und sah furchteinflößend aus. Ich mag keine Höhlen. Sie sind kalt und nass. Seelen suchen Wärme und Geborgenheit. Ich musste unweigerlich zittern.

Ich hörte die beiden tief im Inneren reden und folgte den Geräuschen.

Plötzlich verstummte alles, und ich hörte nur noch meine eigenen Schritte. Das flößte mir Angst ein. Ich ging langsam und zitternd weiter.

Wer war dieser Fremde? Meine Seele durchfuhr ein unglaublicher Gedanke …

Die Fähigkeit, eine Ahnung zu haben und zu wissen, was vor meinem eigenen Dasein auf dieser Welt passiert ist, sind zwei völlig verschiedene Dinge. Ich kann zwar manchmal in die Vergangenheit sehen, aber manchmal ist mir der Weg auch versperrt. Ich habe bis heute nicht herausbekommen, warum das so ist. Aber diesmal schaffte ich es, einen kurzen Blick in die Vergangenheit zu werfen. Was ich da sah, war schier unglaublich …

Einundzwanzig Jahre früher. Randy, 14 Jahre alt.

Randy lief wie ein Irrer in den Wald, um Harold zu verfolgen. Er kannte die Wege seines Bruders und vermutete, dass jener auch diesmal den gleichen Weg suchen würde. Als er Harold allerdings nicht fand, wurde er unruhig und rief nach ihm. Angst hatte ihn eingeholt, denn die Dämmerung umspielte die hoch gewachsenen Bäume bereits. Lange Schatten schwirrten wie Geister um ihn herum, als er ein Knacken im Untergehölz unweit seiner Position hörte. Es knackte ein zweites und ein drittes Mal. Er hatte Harold gefunden, dachte er und rannte in die Richtung, aus der das Geräusch kam. »Harold?«, rief er und hörte, wie jemand davonrannte. Den Hickoryschläger fest in der Hand, verfolgte Randy die Geräusche des Flüchtenden. Der Abstand verringerte sich, und Randy vernahm ein erschöpftes Japsen vor sich. Die Dunkelheit stieg von unten auf und suchte sich den Weg zu den Baumkronen ins Freie. Es war nur noch die Verfolgungsjagd zu hören und Schatten der Furcht zu erkennen, bis Randy ihn eingeholt hatte. Er schmiss ihn zu Boden und holte mit dem Schläger zu einem kräftigen Schlag aus. Er hörte eine Stimme, die etwas in die Dunkelheit flüsterte, doch der Schlag war bereits beschlossene Sache und zerschmetterte das Gesicht des Jungen, der vor ihm lag. Ein Schlag reichte, und Randy spürte, wie das Leben aus dem Körper unter ihm wich. Er packte den Leichnam, zerrte ihn nach Hause und schmiss ihn in eine Kiste, die er im Keller fand.

Harold hatte danebengestanden und alles mit angesehen.

Randy hatte Jacob Miller erschlagen, den Sohn des Buchhändlers Jeff Miller. Harold hatte ihn im Wald getroffen. Jacob hatte sich verirrt, und Harold hatte versprochen, ihn bei der Morgendämmerung nach Hause zu bringen, um anschließend zu Randy zurückzukehren. Er wollte seinen Bruder nun doch nicht allein auf der Ranch zurücklassen, sondern ihn holen. Doch als er Randys Stimme plötzlich im Wald hörte, bekam er Angst und rannte mit Jacob davon.

Als Harold sah, wie Randy diesen Jacob Miller fing und zu Boden riss, wollte er dazwischengehen, aber seine Angst war zu groß. Er spürte die Mordlust seines Bruders und war nur noch in der Lage, ihm mitzuteilen, dass er wieder zurückkommen und ihn holen wolle. Doch dann sah er den Schläger, der auf Jacobs

Schädel zuraste. Das ließ ihn entsetzt zurückweichen. Er sah zu, wie Randy Jacob davonzerrte, erstarrte selbst und hörte, wie die stampfenden Schritte seines Bruders in weiter Ferne verklangen. Harolds Gedanken fanden tagelang keine Ruhe. Er irrte im Wald wie eine verlorene Seele umher und fand schließlich eine Höhle in der Nähe der Ranch, die durch dichtes Gestrüpp verborgen wurde. Dort lebte er und holte sich in der Nacht die nötigsten Gebrauchsgegenstände vom Hof seines Vaters. Durch die Unmengen von Müll, die sich dort türmten, fiel ihr Fehlen keinem auf.

Doch vor einem Jahr, als Harold wieder einmal nachts auf dem Hof herumstreunte, stand Randy plötzlich vor ihm. Ihm war nicht entgangen, dass sich irgendjemand heimlich an seinem Eigentum bereicherte, und so schob er in dieser Nacht in einer Ecke des Stalls Wache. Sein Vater mochte zwar nie bemerkt haben, wenn etwas verschwand, aber er, Randy, hatte eine exakte Liste mit jedem Gegenstand, den er besaß, in seinem Kopf angelegt. So stießen die Brüder nach einundzwanzig Jahren wieder aufeinander, nur dass Randy nicht wusste, dass es sein Bruder war. Harold hatte sich durch seine Lebensform in eine ziemlich wilde Gestalt verwandelt. Sein Haar war lang, und sein verfilzter Bart entstellte das Gesicht so sehr, dass ihn niemand aus dem Ort wiedererkennen würde. Nicht einmal sein eigener Bruder.

Randy hatte schon den Stein in der Hand gehalten und zum Schlag ausgeholt, als Harold log: »Ich bin Jacob Miller, Randy. Der Junge, der damals verschwunden ist. Ich lebe hier im Wald in einer Höhle.«

Das brachte Randy völlig aus der Fassung. Er konnte sich dunkel erinnern, dass ein Junge namens Jacob zur gleichen Zeit verschwunden war, als er seinen Bruder Harold getötet hatte. Das Verschwinden von Jeff Millers Sohn hatte im Ort eine große Suchaktion ausgelöst, zumal bekannt war, dass sich der Junge gerne in den Wäldern aufhielt. Da man niemals seinen Leichnam fand, vermutete man, dass ihn entweder ein wildes Tier geholt hatte oder er davongelaufen war. Das war nicht undenkbar; Jacob Miller litt unter einer leichten Form des Tourette-Syndroms, einer Erkrankung, die mit nervösem Zucken, unkontrollierten Bewegungen oder ungewollten Lautäußerungen einhergeht. Das hatte ihm eine Außenseiterposition beschert, der er nur entkam, wenn er sich im Wald aufhielt. Dort fühlte er sich weitgehend befreit von seinen Ticks und traf am besagten Abend auf den flüchtenden Harold Breckenridge.

Als Randy den Namen des Fremden damals in seinem Stall vernahm, überkam ihn eine große Wut. Er spürte die Gefühle von früher hochkochen, schleuderte den Stein, den er in der Hand hatte, in eine Ecke des Stalls und griff unwissentlich seinen eigenen Bruder an. Der aber war in all den Jahren durch die Herausforderung des Überlebens zu einem ebenso kräftigen Mann herangewachsen wie Randy, und der Kampf endete in einer Schlacht vergangener Gefühle und Kriege. Randy prügelte und prügelte, während sein Bruder Harold alles abwehrte und schlichtete, was ihn töten sollte. Der Kampf endete in schlichter Erschöpfung beider Körper, die wie explodierte Seelen im Stall herumlagen. Ihre Lungen schöpften kaum noch Luft, und Harold konnte nicht deuten, ob sein Bruder ihm einen Lungenflügel verletzt hatte. Doch er tippte eher auf eine gebrochene Rippe. Sie brauchten lange, um sich zu erholen, sich aufzusetzen und sich anzusehen. Blicke, die um Hilfe schrien, Hände die um Halt baten und Seelen, die nach Geborgenheit lechzten. Keiner von beiden wagte, das erste Wort zu sagen. Es vergingen viele Minuten in tiefer Dunkelheit, ehe Randy den ersten klaren Gedanken fasste. »Jacob Miller?«, fragte er weinend. »Du haust in einer Höhle?«

»Ja. Ich fand es besser, als wieder zurück zu kehren. Es mochte mich keiner mehr.«

Randy nickte. »Wem sagst du das? Du hast direkt in meiner Nähe gelebt, und ich habe es nicht bemerkt.«

Randy hatte Mitleid mit dem Schicksal von Jacob, und Harold fühlte sich erleichtert, als sein Bruder ihm diese Lüge abkaufte. Immerhin hatte er beobachtet, was auf diesem Hof alles geschah seit seinem Verschwinden. Er fand nicht den Mut, Randy die Wahrheit mitzuteilen, denn er sah in den Augen seines Bruders die pure Mordlust. Also trafen sie eine Vereinbarung: Jacob würde sich jederzeit etwas holen können, wenn er etwas benötigte. Dafür sollte er im Gegenzug versprechen, wenn Randy einmal in Not geriete, für ihn da zu sein.

Sie besiegelten diese Vereinbarung mit einem Händedruck.

Jetzt war der Moment gekommen, in dem Jacob sein Versprechen einlösen musste, fand Randy. Es war aber auch ein anderer Moment gekommen: Harold war der Ansicht, dass es nun an der Zeit war, seinem Bruder die Wahrheit mitzuteilen …

Ich fand Randy und Harold tief in der Höhle in einem Raum wieder, der jeden Architekten neidisch gemacht hätte. Harold hatte in dieser Höhle einen gemütlichen und warmen Wohnraum geschaffen, und ich erkannte das Bett seiner Mutter, das Randy letzte Woche aus dem Wohnzimmer entfernt hatte. Ich blieb in einiger Entfernung stehen und sah zu, wie die beiden miteinander redeten. Sie sahen sich ziemlich ähnlich, obwohl Harold einen wilden Bart und langes Haar hatte. Seine Kleidung war verschlissen, aber seine Augen strahlten eine gewisse Ruhe aus. Ich betrachtete seine Seele und erkannte, dass er in dieser Höhle die Ruhe wiedergefunden hatte, die er bereits in seinem zehnten Lebensjahr verloren hatte. Er war all die Jahre nicht in der Lage gewesen, sich wieder in die Gesellschaft zu integrieren. Der Lebensraum, den er sich geschaffen hatte, war überschaubar und frei von allen Reizen, die ihn überfordert hätten. Immer noch kämpften seine Gefühle um Ruhe und Geborgenheit und sehnten sich nach Verständnis und Frieden. In zahllosen Nächten war er von den Monstern der Vergangenheit heimgesucht worden und hatte Waffen des Kampfes geschmiedet, um sie wieder loszuwerden. Grausame Schreie hatten die Wände der Höhle widerhallen lassen und zerstäubten die Verzweiflung wie Nebel im Raum. Harold hatte es bis heute nicht geschafft, seine Seele zu beruhigen. Während der ganzen Zeit hatte er aus der Entfernung auf seinen Bruder Randy Acht gegeben und letzte Woche die Verzweiflung verspürt, falsch gehandelt zu haben. Er hatte zugesehen, wie sein Bruder Menschenleben für Menschenleben auslöschte und wusste nicht einzugreifen aus Angst, Randys Wut sei so groß, dass es auch ihn das Leben kosten würde. Doch als er diesen letzten geplanten Schlag gegen meine Seele sah, griff er ein. Dieser Schlag galt Randys eigenem Leben, als wollte er mit mir den Spiegel seines Ichs endlich vernichten. Sich selbst zu vernichten, hätte aber auch Harold zerstört, denn sie waren in einem Mutterleib herangewachsen und hatten das gleiche Schicksal zu tragen gehabt. Es verband sie mehr als nur Brüderlichkeit, es verband sie Schmerz, Qual, Sehnsucht und Liebe. Harold war nie in der Lage gewesen, seinen Bruder wirklich zu verlassen, und seit letzter Woche quälte ihn die Gewissheit, dass Randy ein kranker und gewissenloser Mörder geworden war. Er bekam sein eigenes Verfehlen in seinen Träumen vorgehalten, und er fühlte sich gezwungen, endlich einzugreifen, bevor weiteres Unheil geschah. Er war es seiner Seele schuldig, um die Schuld loszuwerden, die das Wegschauen geschaffen hatte.

Ich trat näher an den Raum heran, in dem sich beide niedergelassen hatten, sah ihnen zu und hörte, wie Harold sprach.

»Ich war mit Jacob im Wald unterwegs, und als wir dich hörten, sind wir davongerannt. Du hast Jacob erwischt, nicht mich.«

Randy nickte und rollte seinen Körper auf dem Boden zusammen.

»Ich wollte wieder zu dir zurück«, fuhr Harold fort, »aber als ich sah, was du mit Jacob gemacht hast, überkam mich so große Angst, dass ich nicht mehr wusste, was ich machen sollte.« Er sah Randy nicken.

»Ich fand eine Höhle, nicht weit von hier. Dort habe ich mich eingerichtet.«

Harold nickte. »Ich habe alles gesehen, Randy!«

»Alles?«

»Mom und Dad, wie sie starben. Wie du sie zu Tode gequält und beseitigt hast.«

»Warum hast du mir nicht geholfen?«, wimmerte Randy.

»Damit du mich auch tötest?«

»Nein, damit du mich dort heraus holst.«

»Randy, du warst ein Mörder geworden! Du hattest einen riesigen Hass auf mich. Welche Chance hätte ich gehabt?«

»Kommst du jetzt zurück?«, fragte Randy und wischte sich die Tränen aus dem Gesicht. Harold hatte sich inzwischen erhoben. »Nein, Randy, ich kann nicht mehr zurück. Ich habe mich an das Leben in dieser Höhle gewöhnt. Ich möchte gerne hierbleiben.«

»Du warst nie wirklich weit weg von mir, Harold. Du warst immer in meiner Nähe! Warum hast du mir nicht geholfen?«

»Ich sagte es dir doch bereits ... ich hatte Angst, dass du auch mich tötest.«

»Das würde ich nie tun!«

»Randy, das hast du bereits getan! Du hast nur den falschen Körper erwischt! Das war Grund genug, dir nie wieder begegnen zu wollen.«

»Dafür hast du mich und Dad jahrelang bestohlen.«

»Ja, Randy, das stimmt. Es war das Einzige, was ich mir von euch zurückholte. – Du musst dich ergeben, Randy«, hörte ich Harold flehen, aber Randy verbarg sein Gesicht in beiden Händen und schüttelte den Kopf.

»Randy, du schaffst das nicht mehr, du brauchst dringend Hilfe.«

»Nein!«, schrie sein Bruder, erhob sich und begann durch die Höhle zu laufen. »Sie müssen mich nur in Ruhe lassen!«

»Sie werden dich nicht in Ruhe lassen! Sie wissen bereits, dass du sie alle umgebracht hast.«

»Woher? Es gibt keine Beweise!«

Sie graben gerade Joe aus, Randy, dachte ich, aber ich wollte das Gespräch nicht stören. Danach werden sie das ganze Grundstück nach weiteren Leichen absuchen und alles finden. Ich sah, dass sie bereits begonnen hatten. Der Hof war zu einer riesigen Baustelle geworden.

»Ich könnte bei dir bleiben«, flehte Randy und sah seinen Bruder an, doch Harold schüttelte den Kopf. »Ich würde mich benehmen und dir viele Dinge von der Ranch schenken, die du hier gut gebrauchen könntest.« Doch sein Bruder schüttelte weiter den Kopf. »Ich habe das ganze Haus voller Essen. Das würde über Monate für uns beide ausreichen.«

Harold erhob sich und stelle sich seinem Bruder gegenüber. Die Seele beider hatte sich nach außen gekehrt, und ich sah zwei vollkommen verkrüppelte Kinder vor mir.

»Ich kann dich nicht mehr schützen, Randy. Ich habe selbst kaum Kraft für mich.«

»Zusammen werde wir es schaffen«, flehte Randy.

»Nein, Randy. Es gibt kein Zusammen. Wir sind von Mom schon vor vielen Jahren entzweit worden. Ich habe mich dafür entschieden, mich aus der Gesellschaft zurückzuziehen, um keinem Menschen Leid anzutun. Glaub mir, ich hatte über all die Jahre genug Lust, es zu tun, weil ich nicht mehr wusste, wohin mit der Wut und Demütigung, aber ich habe es nicht getan. Ich habe hier im Wald Holz gehackt und meinen Körper geschunden, weil ich dachte, er muss bestraft werden für all das, was er zugelassen hat. Es hat viele Jahre gedauert, bis ich Mom aus mir herausgestoßen hatte. Doch du hast sie weiter in dich aufgenommen, ihr Gift getrunken und die Wut an andere weiter gegeben. Du hast nie aufgehört, die perverse Lust zu stoppen, die in dir entstanden ist. Als dir das Schänden fremder Menschen nicht mehr genug war, hast du begonnen, sie zu töten. Du bist im Grunde nicht anders als Mom. Sie hat auch getötet, auf die eine oder andere Weise. Wie soll ich dir helfen wollen? Ich würde mich wieder schuldig machen, die alte Wut wieder aufkeimen lassen und dann einen Krieg gegen dich beginnen, der einen von uns beiden töten würde. Randy, das macht keinen Sinn!«

»Aber mich ausliefern, das macht Sinn!«

Ich spürte, wie es zwischen den beiden zu brennen begann. Harold hatte, bildlich gesehen, das Stroh in der Hand und Randy das Feuerzeug. Ich hörte, wie Randy das Feuerzeug schnappen ließ und das Stroh in Brand setzte. Mich überkam große Traurigkeit, denn ich sah Harolds Seele um Gnade wimmern und die Kraft seines Bruders, sie zwischen seinen Händen zu zerquetschen. Randy benutzte keine Worte für seine Gefühle, er hatte zwei gesunde Hände, die seinen Bruder an der Kehle packten und ihn in den Schacht seitlich der Höhle drückten, wo Harold ein warmes Feuer entfacht hatte. Harold wehrte sich, aber die Flammen erfassten sein zerfleddertes Gewand und fraßen ihn von hinten auf. Wie sollte er vorne kämpfen, wenn ihn jemand von hinten tötete? Was sollte ich als kleiner Junge schon ausrichten? Ich konnte mich nicht in die Flammen werfen und sie löschen. Deswegen verharrte ich am Eingang des Höhlenraums und wusste, die Flucht würde weitergehen. Ich sah Harolds Leib gekrümmt und verkohlt zu Boden gehen und seine Seele nach oben entschwinden. Ich winkte, weil ich wusste, dass wir uns gleich wiedersehen würden. Er würde in den Bereich der guten Seelen aufsteigen, denn er hatte sich im Leben für den richtigen Weg entschieden. Randys Seele hingegen war weiterhin zur Qual verdammt und zeigte sich in grausamen Zügen auf seinem Gesicht. Als er den Blick von seinem Bruder abwendete, entdeckte er mich am Eingang. »Jetzt ist Harold tot«, sagte er zu mir und lächelte mich an.

Wir hätten eine Chance gehabt, wenn wir in der Höhle geblieben wären, aber Randy ergriff eine neue Gier: Niemand hatte sich an seinem Eigentum zu bereichern. Deswegen beschloss er, zu seiner Ranch zurückzukehren.

»Lass mich hier«, flehte ich, doch er ergriff meinen Arm und ich sah noch, wie das Bett seiner Mutter Feuer fing. Ihre Schandtaten verbrannten gleich mit. Dann würde es nicht lange dauern, bis der gesamte Raum in Flammen stünde und nach draußen durch das Gebüsch der Rauch aufstiege. Damit wäre Harolds Versteck entlarvt. Gesetzmäßigkeiten der Natur nehmen immer ihren Lauf.

Randy zerrte mich aus der Höhle in den Wald hinein. Ich hatte kaum eine Chance, selbst zu laufen, so schnell zerrte er mich hinter sich her. Ich schrie: »Nein, tu's nicht!«, aber sein Griff wurde immer brutaler, sein Vorhaben immer grausamer.

Unweit seiner Ranch hörten wir die Spürhunde. Am Zaun sahen wir, wie Randys Bagger seinen Hof umgrub und hörten, wie viele uniformierte Menschen herumschrien, sie hätten etwas gefunden. Sie fanden weit mehr, als ich geahnt habe. Meine Ahnung war mit zehn Jahren noch nicht sehr ausgeprägt, aber ehrlich gesagt hatte ich schon genug miterlebt und gesehen.

Randy warf mich plötzlich zu Boden und begann, im Gebüsch nach etwas zu tasten. Ich sah, wie er eine alte Winchester herauszog und aus seiner Hosentasche Patronen holte. Er füllte elf Patronen in das Magazin und ließ die Waffe zusammenschnappen. Das Geräusch erregte die Aufmerksamkeit eines FBI-Mitarbeiters auf dem Hof. Er sah verdutzt in unsere Richtung, als bereits eine Patrone auf seinen Kopf zuflog. Ich beobachtete, wie das Gesicht verschwand und der Körper zusammensackte. Leider konnte ich nicht wirklich weinen, sonst hätte ich es getan. Der Mann war ein Vater von vier Kindern und hatte eine krebskranke Frau zu Hause.

Der Schuss brachte das gesamte Geschehen auf dem Hof zum Erliegen, und jeder rannte in Deckung. Randy zielte und traf zwei weitere Leute des FBI. Ich vermutete, tödlich. Randy war sehr zielsicher und gründlich. Er füllte die drei fehlenden Patronen nach und nahm mich an der Hand. »Komm, wir gehen von hinten auf den Hof.«

Mit von hinten meinte er hinter seinem Wohnhaus, weil dort kein Fenster war, aus dem geschossen werden konnte. Randy kannte die Schleichwege und Verstecke und zerrte mich wieder hinter sich her. »Warum muss ich mit?«, fragte ich angsterfüllt.

»Weil ich dich brauche«, keuchte er.

Wofür? »Wofür?«

»Als Schutz.«

»Ich biete dir aber keinen Schutz«, versuchte ich ihm zu erklären.

Er schlug mich, direkt ins Gesicht. Jetzt bekam ich wirklich Angst. Gewalt zu sehen und selbst zu spüren ist ein großer Unterschied. Der Schlag versetzte mich in eine Starre. Als Randy sah, dass ich starr und schwer an seiner Hand hing, begann er mich zu treten. Ich spürte nichts, denn meine Starre schaltet jedes Gefühl aus. Aber meine Seele sah ihm zu und weinte. Er packte mich unter dem Arm und trug mich wie einen nassen Sack zum Zaun, schmiss mich hinüber und kletterte hinterher. Dann nahm er mich wieder auf und warf mich vor die Hauswand. Er überprüfte beide Hausseiten, fand aber niemanden vor. Wieder spürte ich, wie sein rechter Arm mich kraftvoll umschloss und mitschleppte. Dann schleuderte er mich erneut zu Boden und ich hörte zwei weitere Schüsse aus seinem Gewehr. Alles ging so schnell, dass ich nicht mitbekam, was wirklich geschah. Ich hörte Schüsse, Kämpfe, Schreie und den Motor von Randys Bagger. Dann hörte ich wieder Schreie, die so erbärmlich klangen, dass ich mir wünschte, taub zu sein. Alles versank in einem Taumel von Klagen, und ich spürte, wie viele Seelen von diesem Ort gen Himmel flogen – unschuldige Seelen. Randy vernichtete sie alle. Er tötete elf Menschen mit elf Kugeln. Wie gewieft musste ein Mensch sein, um einer Spezialeinheit von elf Leuten zu entkommen? Doch Randy hatte sein Leben lang nichts anderes geübt als zu entkommen. Er kannte jeden Winkel dieser Ranch, jede seiner Bewegungen und seine Fähigkeit, die Winchester zu gebrauchen. Er hörte Geräusche, bevor sie erklangen, dank endloser Übungen nachts auf seinem Hof. Er sah Menschen aus Winkeln hervorkriechen, bevor sie erschienen, aufgrund seiner Überfähigkeit, bei jedem Lichtverhältnis die kleinsten Bewegungen zu registrieren. Randy war ein Überlebenskünstler der Sinne auf ganzer Linie. Er war zu einem gewissenlosen Monster verkommen, das nur noch danach trachtete, es allen heimzuzahlen. Ihm war keiner gewachsen. Nur mich ließ er am Leben. Warum?

»Steh auf!«, hörte ich seine strenge Stimme über mir, obwohl meine Augen wie bei einem Maulwurf zugeklebt waren. Ich wollte sie nie wieder öffnen. Es reichte mir völlig aus, dass ich alles hörte. Mein Körper flog an die Wand, weil er dem Tritt in den Rücken nach physikalischen Gesetzen nachgab. Sauerstoff brauchte ich schon lange nicht mehr, denn Randy trat seine eigene Seele.

»Ich sagte, steh auf!«

Ich gehorchte letztendlich und erhob mich gepeinigt. Was hatte er als Nächstes vor? Er zerrte mich ins Haus, schmiss mich aufs Sofa und lud seine Winchester neu.

»Ich will dir was zeigen«, sagte er plötzlich, doch ich schüttelte den Kopf, hatte genug gesehen. Die Grausamkeiten reichten mir.

Ich sah ihn in die Küche gehen, wie er den Kühlschrank öffnete und Schinken und Salat herausholte. Hörte, wie er den Brotkasten öffnete und Sandwichbrot aus der Tüte schüttelte. Ein quatschendes Geräusch teilte mir mit, dass er Mayonnaise aus einer Plastikflasche drückte.

Als er zurück ins Wohnzimmer kam, hatte er zwei Sandwiches für uns gemacht, was mich sehr erstaunte. Auf der einen Seite war er nicht im Geringsten daran interessiert, wie es mir ging, und doch kümmerte er sich um mein leibliches Wohl.

»Iss«, befahl er mir und griff selbst nach dem Snack. Er biss voller Appetit hinein und grinste mich an. Ich wollte ihn nicht enttäuschen, nahm das andere Sandwich und biss auch hinein, allerdings appetitlos.

»Wir fahren gleich los«, sagte er kauend, und ich sah ihn erstaunt an. Wohin?

»Wir fahren zu deiner Ranch«, sagte er, als hätte er meine Frage gehört.

»Warum?« Ich verstand nicht.

»Ich will dir was zeigen.«

Was konnte er mir schon zeigen, was ich nicht selber wusste? Das machte mich neugierig. Also aß ich brav mein Sandwich und folgte ihm, als er zum Wagen ging. Ich sah auf die Leichen, die rings um uns herumlagen, und gewöhnte mich langsam daran. Randy war ein Kopftöter. Er hatte es immer und immer wieder auf die Köpfe seiner Opfer abgesehen, als wolle er den Blick dieser Menschen damit vernichten. Es war nichts mehr rückgängig zu machen. Ich war auch nicht mehr gewillt, Randy vor weiteren Morden zu schützen, denn es machte keinen Sinn. Seine Gedanken waren unerreichbar, egal wie sehr ich mich auch bemühte. Ich setzte mich neben ihn in den Truck, und wir verließen seinen Hof. Das Tor blieb offen. Was konnte es schon verhindert, was früher oder später doch passierte? Ich fragte mich, wie lange es dauern würde, bis hier der nächste Trupp auftauchte. Hatte man überhaupt noch Personen in Reserve, die sich hier sehen lassen konnten? Ich meine, wer hätte schon damit gerechnet, dass ein einzelner Mann elf Leute einer Spezialeinheit niederschoss? Spätestens heute Abend würde man sie vermissen. Dann würde es elf weitere schlimme Familienschicksale geben. Doch anstatt darüber nachzudenken, konzentrierte ich mich auf die Fahrt quer durch Jackson Hole zu meiner Ranch. Ja, jetzt war es meine, ganz allein meine.

Das Ende

Ich zeigte Randy noch einmal die Stelle, an der Brightfull sein Buch über Darwin in die Pfütze geschmissen hatte, und sah ihn nicken. Er sagte, er habe es gefunden und es läge hinten im Wagen Stimmt, da lag es, völlig zerstört. Wenn das nicht passiert wäre, würden Joe und Brightfull noch leben. Gedanken, die mir Angst machten.

Wir bogen auf den Hof, und ich sah längst vergangene Szenen vor mir. Meine Mutter war gerade verschwunden und alle suchten sie. Ich sah, dass die Schuppentür offen stand, und erinnerte mich an den blutigen Schuh meines Vaters, den ich einst im Arm gehalten hatte. Gleichzeitig sah ich meinen Vater am Balken auf dem Dachboden baumeln, sah wie verdreht seine Füße mir im Freien entgegenhingen. Ich spürte den Sturz die Dachbodentreppe hinunter auf meinen Steiß und wie sehr ich meine Mom in dem Moment vermisste. Alles kam durcheinander und ein Strom von vermischten Erinnerungen durchflutete meinen Verstand. Erst das abrupte Bremsen von Randys Truck befreite mich aus der Qual der Erinnerung.

»Steig aus!«, befahl mir Randy. Was hatte er jetzt vor? Warum mussten wir in die Hölle, der ich so gerne entkommen würde? Ich sah ihn um den Wagen eilen und meine Tür aufreißen. »Steig aus!«, brüllte er erneut.

Ich gehorchte und sprang in den Dreck, über den Joe und ich so oft gelaufen waren, in den ich meine Galgenmännchen gezeichnet hatte und auf dem Ralphs Wagen einst breite Spuren hinterlassen hatten. Randy zerrte mich an der Hand zum

Schuppen. Der Geruch war mir immer noch vertraut. Ein Tritt beförderte mich mitten in den Raum und ließ meinen Körper zusammengekrümmt in eine Ecke rollen. Mein Gesicht landete vor der Holzwand und wollte nichts mehr spüren, doch Randys Hände, die so groß wie Baumäste waren, packten mich und rollten mich zurück, sodass ich ihn ansehen musste. Er hatte Tränen in den Augen. »Warum muss das alles so sein?«, fragte er voller Kummer. Ja, das fragte ich mich auch.

»Weißt du, wie ich gelitten habe?«, fragte mich Randy und setzte sich zu mir auf den Boden. Ich schüttelte den Kopf. Wie sollte ich nun reagieren, um ihn nicht zu verärgern? Ich wusste nicht, wie gewaltbereit er mir gegenüber jetzt war.

»Weißt du, wie oft ich euch beobachtet habe?«

Wieder schüttelte ich den Kopf, denn ich wusste es wirklich nicht.

»Ich war fast jeden Abend hier und habe gesehen, wie glücklich eine Familie sein kann.«

Konnte, dachte ich. Sie kann nicht mehr glücklich sein, denn es gibt diese Familie nicht mehr. Ich bekam Angst.

»Als ihr neu nach Jackson Hole gekommen seid, sah ich deinen Vater in der Stadt. Er war der Einzige, der mich freundlich grüßte. Der mich auch dann noch freundlich grüßte, als er mich schon näher kannte.«

Das konnte ich mir gut vorstellen, denn mein Dad war großartig!

»Deine Mutter war auch immer freundlich zu mir. Und so sauber. Und sie konnte so gut backen!«

Auch das stimmte. Was wollte Randy damit sagen?

»Weißt du, warum ich deinen Vater in meiner Werkstatt anstellte?«

Ich sah ihn an.

»Weil ich ein Teil deiner Familie werden wollte.«

Okay, das verstand ich.

»Aber weißt du was?«

Nein?

»Dein Vater hat mich nicht reingelassen. Dabei habe ich ihm all mein Geld gegeben, damit es euch gut geht. Ich wollte euch so gerne besuchen, aber er hat es mir verboten.«

Das wusste ich nicht.

»Ich sah euch abends und am Wochenende gemeinsam Ausflüge machen, sah, wie dein Vater mit dir in die Berge wanderte und mit Joe im Schuppen arbeitete.«

Ich bekam immer mehr Angst. Randy hatte uns die ganze Zeit beobachtet? Er war ein krankhafter Stalker!

»Ich sah, wie er deine Mutter küsste und sie umarmte.«

Ich sah zu Boden, kurz davor zu schreien. Ja, mein Vater hatte meine Mutter oft in den Arm genommen. Sie wie einen Engel mit seiner Kraft umfangen. So schmerzhafte Erinnerungen!

Randy sprach weiter: »Er hat sich um seine Söhne gekümmert. Und eure Mutter hatte dafür gesorgt, dass ihr saubere Kleidung tragt und nicht in der Schule gehänselt wurde. Eure Mutter hat euch versorgt und … nicht angefasst.« Er weinte, als er das aussprach. »Ich wollte so gerne dazu gehören, aber ihr wolltet mich nicht. Ich begann, deinen Vater zu hassen, weil er mich außen vor ließ. Ich bot ihm an, ihm kostenlos auf eurem Hof zu helfen, nur damit ich in eurer Nähe sein konnte, aber er lehnte es ab! Er lehnte meine Hilfe ab!«

Randy erhob sich und verließ den Schuppen. Ich hörte den Knall der Tür und dass er sie mit einem Schloss verriegelte. Was hatte er vor? Ich hörte ein schabendes Geräusch, als kratze er an der Tür.

»Ich rannte in die Kirche und begann, deinen Vater zu verfluchen! Auch wenn Gott nie meine Gebete erhört hatte, dieses Gebet erhörte er.«

Ich sah durch den dunklen Raum auf die massive Holztür, durch deren Ritzen kleine Lichtstrahlen drangen. Es sah aus, als würde Gott selbst davorstehen, aber Randy versperrte ihm den Weg. Seine letzten Worte verursachten große Schmerzen in mir. Ich hatte die ganze Zeit gespürt, dass ein Fluch auf meinem Vater gelastet haben muss. Anders war seine Erkrankung nicht zu erklären.

»Ich schickte deinem Vater die Kündigung und Gott schickte ihm den Tod für seine Ignoranz!«

Ich hörte Randy lachen und spürte endlose Qual.

»Jeder bekommt das, was er verdient!«

Sollte ich zurückschreien, dass er auch das bekommen würde, was er verdiente? Ich hörte, wie er von außen mit den Fäusten auf die Tür einschlug. In diesem Moment wurde mir klar, weshalb er die Tür geschlossen und verriegelt hatte. Er wollte mich vor seinen Gewaltausbrüchen schützen. Er hatte mich bereits getreten und gedemütigt. Ich hörte, wie Randy den letzten Satz wiederholte. Er hatte sich auf die Mitte des Hofes begeben und schrie in den Himmel: »JEDER BEKOMMT DAS, WAS ER VERDIENT!«

Was verdiente Randy? Ich erhob mich leise und sah durch die sonnendurchfluteten Ritzen der Tür. Es war sein Gesicht, das mir zeigte, welche Qualen er litt. Er wollte nur geliebt werden, nichts weiter. Er wollte Liebe spüren und geben. Beides hatte nicht funktioniert. Nach der Liebe kam der Hass. Ich hörte ihn weiterschreien: »Selbst als dein Vater tot war, ließ man mich nicht in deine Familie. Ich war so nett zu deiner Mutter gewesen! So nett! Ich habe ihr angeboten, alles kostenlos zu reparieren, aber sie hatte es abgelehnt! Stattdessen holte sie ständig Ralph! Sie bezahlte Geld an dieses Arschloch, das andere nach Strich und Faden betrog! Ein Arschloch, das seine Frau vernachlässigte, um die ich mich auch noch kümmern musste!«

Ich hielt mir die Ohren zu, denn ich ahnte, was jetzt kommen würde. Doch ich irrte mich. Es wurde still auf dem Hof. Wieder blinzelte ich durch die Lichtritzen. Randy saß mitten auf dem Hof und ritzte sich mit einem Messer seinen rechten Arm auf. In diesem Moment war ich so dankbar, dass diese massive Holztür zwischen uns für meinen Schutz sorgte. Dass Randy ein Messer bei sich trug, hatte ich nicht gewusst. Ich sah, wie vorsichtig er seine Haut durchtrennte und den Schmerz genoss, das Einzige, was er spürte – Schmerzen, ein Leben lang. Er weinte nicht. Es waren nicht die Schmerzen, die normale Menschen beim Durchtrennen der Haut spürten, es waren befriedigende Schmerzen. Sie beruhigten ihn, denn damit erlangte er das Gefühl, zu leben.

Er saß eine ganze Weile dort, bis er sich wieder erhob und zu mir an die Tür kam.

»Ich habe sie geliebt«, hörte ich ihn sagen und wusste, dass er von meiner Mutter sprach. »Sie hat sich so rührend um euch gekümmert! Ihr wart Brüder und habt euch so gut verstanden. Sie war eine perfekte Mutter und Ehefrau.«

Das stimmte, Joe und ich hatten nie eine ernsthafte Auseinandersetzung gehabt, und sie war meinem Vater immer treu geblieben.

»Ich wollte nur mit ihr reden und ihr erklären, dass sie für Ralph nicht immer so viel Geld ausgeben musste. Ich habe erzählt, dass mein Bagger kaputt ist, damit er diesen Auftrag nicht ausführen kann. Ich bin extra zu euch gekommen, um ihr zu erklären, dass ich alles umsonst machen würde. Ich hatte sogar noch neuwertige Leitungen bei mir im Stall liegen. Das hätte euch eine Menge Geld gespart, aber sie wollte das alles nicht. Warum, frage ich mich. Warum? Wie kann man einem Menschen noch stärker seine Liebe beweisen als dadurch, dass man für ihn sorgt? Ich wollte ihr alles geben. Ich wollte, dass sie mich versteht, aber sie hat mich nicht verstanden.«

Ich sah die Szene plötzlich vor mir. Ich sah, wie er sie im Wald bedrängte ... Mein Gehirn schickte mir Bilder, die ich nicht sehen wollte. Es gab keine Hand, die mir die Sicht versperren konnte. Hätte mir in diesem Moment meine Stimme einen Ton geschenkt, hätte ich geschrien. Wir saßen irgendwann Rücken an Rücken an dieser Holztür, die unsere Seelen trennte. Jetzt erfasste ich das gesamte Szenario. Randy lebte seit vielen Jahren unbemerkt mit unserer Familie mit. Es war seine Sehnsucht, die ihn zu uns trieb. Es war seine Suche nach der perfekten Familie. Er hatte sie gefunden und gleichzeitig zerstört. Er hatte meinem Vater den Job gekündigt und ihn durch seinen Fluch zum Krüppel werden lassen. Danach hatte er sich meine Mutter vorgenommen und sie zum Krüppel getreten.

Die Hirnblutung war ihr Glück gewesen, nicht ihr Schicksal. Dann hatte er mich und dann Joe geholt. Er war derjenige gewesen, der ständig um unser Haus geschlichen war, der Spuren seiner Taten verwischt und falschen Spuren gelegt hatte. Seine letzte Rettung war ich gewesen, als er mit mir das Buch von Darwin lesen wollte. Doch Brightfull hatte auch dieses Band durchschnitten und dafür mit seinem Leben gebüßt. Randy kannte keine Gnade. Jeder, der ihn tötete, den tötete er zurück. So einfach war es für ihn. Er kannte keine Grauzone. Alles oder nichts. Wie sehr muss die Not in Randy gewütet haben, bis sie ihn hier vor diese Holztür getrieben hatte, eine Tür, die nie etwas Gutes hinter sich verborgen hatte. Hier hatte mein Vater lieblos mit Joe gewerkelt, um überhaupt etwas mit ihm zu machen; hier hatte Joe im Gegenzug die Behindertenmöbel für meinen Vater gebaut, was ihn dem Tod immer näher brachte. So revanchiert sich das Leben. Hier lag der mit Blut besudelte Schuh meines Vaters, denn er war nicht perfekt gewesen, er hatte durch die fehlende Liebe zu meinem Bruder Joe einen kalten Sohn herangezogen, der so große Not litt, dass er sich für die Einsamkeit entschied und dadurch verstarb. Er hätte mich nie verlassen, wenn mein Vater nicht diesen Keil zwischen uns getrieben hätte. Ich hatte nur einen biologischen Bruder, keinen herzverbundenen. Jeder hat im Leben auf die eine oder andere Art Blut an seinen Fingern kleben. Kein Mensch ist frei von Schuld. Keiner! Auch ich nicht. Ich habe meiner Mutter großes Unrecht angetan, weil ich sie dafür hasste, was sie meinem Vater antat. Ich war zwar klein, aber ich hatte genügend Mittel gehabt, um es ihr zu beweisen. Ihr Druck muss unerträglich gewesen sein.

»Wir waren keine perfekte Familie«, sagte ich, und meine Worte trugen sich als Wahrheit durch die Tür in die Freiheit.

»Wie konnte Joe dich nur verlassen haben?«, hörte ich ihn fragen.

»Weil er mich nie geliebt hat, Randy«, antwortete ich ehrlich.

»Aber ihr wart immer füreinander da.«

»Nein, Randy, das waren wir nicht. Es hatte nur den Anschein.«

Zwischen uns breitete sich eine lange Stille aus. Was sollten wir uns erklären, was wir beide noch nicht wussten? Wir teilten auf die eine oder andere Art das gleiche Schicksal. Wir hatten beide unsere Eltern und unseren Bruder verloren, doch wie unterschiedlich sich Verluste zeigen konnten, zeigte diese Tür, die uns Rücken an Rücken verband.

»Warum hast du mich getötet, als du mich von der Schule abholtest?«, fragte ich Randy.

Meine Seele wartete auf einen Antwort.

☆☆☆

Der Truck verließ unseren Hof.

Seine Hände umgriffen weich das große Lenkrad.

Aus dem Radio erklang Ring of Fire von Johnny Cash.

An der Biegung hinter unserer Ranch stoppte er den großen Wagen und stieg aus.

Er holte das Buch von Darwin von der Ladefläche und schleuderte es tief in den Wald hinein.

Dann stieg er wieder hinter das Steuer und drehte das Radio lauter.

Der rote Truck durchquerte den Ort, als wäre dies ein Tag wie jeder andere, doch das war er nicht.

Auf der Straße war keine Menschenseele zu sehen.

Niemand arbeitete in seinem Vorgarten, obwohl die Sonne schien.

Nirgends war eine offene Haustür zu sehen, obwohl die Menschen in diesem Ort gerne vor ihren Türen tratschten.

Brightfull's Discount war geschlossen, denn es gab weder Waren darin noch einen Geschäftsinhaber.

Am Eingang hing ein Schild, dass Jason Brightfull eine neue Arbeitskraft suche.

Das englische Pub am Ende der Straße war geschlossen.

Niemand traute sich auf die Straße.

Der Weg zur Breckenridge-Ranch war voller Schlamm, und der alte Truck schaukelte durch die Pfützen und Schlammlöcher, bis er hinter dem Tor zum Stehen kam.

Randy hatte das Vorhängeschloss in der Hosentasche.

Auf der Houston-Ranch fand es keine Verwendung mehr.

Er vergeudete nichts.

Er zog das große Tor zu und verriegelte es sorgfältig.

Den Truck fuhr er hinter das Haus und holte einen Eimer frisches Wasser aus der Küche, womit der die Schlammspritzer entfernte.

Vielleicht sollte er den Wagen auch gleich von innen reinigen.

Nachher, nach einer Tasse Kaffee.

Er musste auch den Hof aufräumen.

So eine Unordnung!

Ein Hausputz war auch vonnöten.

Sie hatten sein schönes Loch mit Brentons Wagen etwas ausgehoben, sodass das Wagendach zu sehen war.

Schade wegen all der Mühe!

Auch das musste er wieder in Ordnung bringen.

Ein langer Arbeitstag lag vor ihm!

Der Kaffee war lecker.

Im Schuppen fand er einen Kanister Benzin und brachte ihn ins Haus.

Dann machte er sich auf dem Hof an die Arbeit und schaufelte ein großes Loch.

»Wie findest du es?«, fragte er mich.

Ich sagte: »Passt.«

Er holte alle kopflosen Körper, die auf seinem Hof und im Haus herumlagen, und warf sie hinein.

»Du meinst, das funktioniert?«, fragte ich ihn.

»Immer«, sagte er.

Er glättete mit dem Bagger den Hof und ging wieder ins Haus.

»Was ist mit den Wagen des FBI?«, fragte ich.
»Fahr ich nachher in den Wald. Willste mit?«, fragte er.
Ich schüttelte den Kopf.
Er sah auf die Uhr. »Ist auch schon spät. Du musst gleich ins Bett. Die Schule fängt morgen früh an.«
Richtig, die Schule!
Ich nickte und ging ins Haus.
Während er die Wagen in den Wald brachte, putzte ich mir die Zähne und zog mir den Schlafanzug an.
Als Randy fertig war, war es bereits dunkel, aber ich hatte das Licht für ihn in der Küche brennen lassen.
Ich wusste, dass er es mochte, wenn Licht brannte.
Er brachte mich ins Bett und gab mir einen Kuss auf die Stirn.
»Schlaf gut, Daryl.«
Er ging ins Wohnzimmer und holte sein Tagebuch aus dem Schrank.
Im Küchenschrank fand er einen mit Öl verschmierten Kuli.
In der Küche holte er sich einen Kaffee aus der Maschine und setzte sich an den Küchentisch.
Er schlug das Buch auf und begann zu schreiben:

Liebe Mom!
Ich bin's wieder, Randy, und möchte dir gerne etwas mitteilen.
Im Grunde weiß ich gar nicht, wo ich anfangen soll, denn ich habe dir so viel zu sagen.
Hier war die Hölle los! Elf Leute waren da, aber sie haben nichts gefunden!
Daryl schläft oben wie ein Murmeltier. Ich werde gut auf ihn Acht geben. Hatte heute ein sehr interessantes Gespräch mit ihm.
Wusstest du, dass er mit seiner Familie viele Probleme hat? Also, da denkt man immer, die Leute hätten keine Probleme, und dann das. Aber es war sehr interessant,

mich mit ihm zu unterhalten. Ich habe ihm gesagt, dass er bei mir wohnen kann, wenn er es zu Hause nicht mehr aushält. Weißt du, sein Bruder ist abgehauen, genau wie Harold. Das ist mies, nicht wahr?
Ich glaube, ich werde mit Daryl gut auskommen. Wir verstehen uns recht gut. Er interessiert sich genauso für Darwin wie ich. Und der Clou ist, dass ich auch zehn Jahre alt war, als ich mich für ihn zu interessieren begann.
Ich werde versuchen, den Jungen gut zu erziehen. Habe viele gesunde Sachen im Haus und werde ihn jeden Morgen pünktlich zur Schule fahren. Habe heute extra den Wagen gereinigt, damit wir einen guten Eindruck hinterlassen und Daryl nicht gehänselt wird. Das ist wichtig, damit er gut lernt.
Daryl ist mir ziemlich ähnlich. Er redet nicht viel, ist aber sehr klug.
Sein Vater ist sehr krank und seine Mutter kann sich deswegen nicht um ihren Sohn kümmern. Genau wie bei uns. Wir sind also eine ganz normale Familie.
Der Hof ist wieder gut aufgeräumt. Ich werde morgen damit beginnen, die Reste von dem verbrannten Stall abzureißen und dann einen neuen zu bauen, damit unsere Ranch wieder gut aussieht. Vielleicht hat Daryl Lust, mir dabei zu helfen. Ich werde ja auch nicht jünger. Bin ziemlich müde. War ein langer Tag. Ich melde mich morgen wieder.
Randy

»Randy?«, fragte ich und stand im Türrahmen der Küche.

Randy sah sich erschrocken um. Es war ihm offensichtlich peinlich, dass ich ihn beim Schreiben seines Tagebuchs ertappt hatte.

»Was gibt's? Kannst du nicht schlafen?«

Ich sah zur Haustür und sagte: »Gefahr naht.«

Randy erhob sich, brachte mich wieder nach oben ins Bett und versprach, gut auf mich aufzupassen.

Er öffnete den Benzinkanister und verteilte das gesamte Benzin in der Küche und im Wohnzimmer. Von draußen hörte er, wie jemand mit Gewalt das Schloss am Tor zu öffnen versuchte.

Er suchte die Streichhölzer und fand sie in einer Schublade im Wohnzimmerschrank.

Die Wagen kamen knirschend auf seinem Hof zum Stehen.

Er strich ein Streichholz seitlich an der Schachtel entlang und besah sich die klare gelbe Flamme, während jemand an seine Haustür hämmerte. Als man die Tür durchbrach, ließ er das Streichholz fallen …

Eine wohlige Wärme durchflutete uns. Wir fanden endlich Frieden.

Am nächsten Tag.

Der Hof sah wie eine Kraterlandschaft aus. Überall klafften dunkle tiefe Löcher. Graue Herren rannten umher und lichteten mit ihren Kameras die Objekte grausamer Szenen ab, die es zwischen Dreck und Steinen hier zuhauf gab. Man zog einen Leichnam nach dem anderen aus dem Schlund der Tiefe.

Ich hielt Jerry Clouthams Hand, als man unsere Körper zusammen herauszog. Wir hatten uns schon zu Lebzeiten gut verstanden. In weiter Entfernung sahen wir Alan Leads. Er wartete noch auf seine Frau Lydia, die immer noch mit einem Gehirnschlag im Koma lag. Ich konnte Sergeant Leads trösten. Sie würde nur noch 12 Tage brauchen, dann wäre sie bei ihm. Er sah mich an, lächelte und ließ die Reste seines Körpers von grauen Herren in schwarzen Wagen wegfahren.

Ich begegnete Dad, meiner Mom und Joe. Wir waren wieder vereint. Ganz weit entfernt sah ich Randy und Harold, wie sie hinter ihren Eltern herumspazierten. Sein Vater sah gar nicht so gebeugt aus, wie ich in Erinnerung hatte. Seine Mutter war auch nicht so dick, wie Randy immer erzählt hatte.

Als Randy sich umblickte, sah mich die Seele eines neunjährigen Jungen an. Seine Hand hielt die seines Bruders.

Ich zwinkerte ihm zu. Er hatte eine neue Chance … genau wie ich.

Nachwort

Zum Buch: Ich habe mich in dem Buch mit der Thematik der weiblichen Pädophilie beschäftigt und diese wieder mit meiner Art der Spannung verbunden, die den Leser durch die Geschichte tragen soll. Bis heute ist das Thema der weiblichen Begierde und Lust auf pubertäre Jugendliche ein Tabu, obwohl sie wahrscheinlich mit einer hohen Dunkelziffer in unserer Gesellschaft gelebt wird. Ich bin noch einen Schritt weiter gegangen und habe in dieser Geschichte ein Verhältnis zwischen einer Mutter mit ihren beiden Söhnen entstehen lassen. Ich bin davon überzeugt, dass auch diese Fälle existieren, aber totgeschwiegen werden, genauso, wie einst der sexuelle Missbrauch von Jungen tabuisiert wurde, wovon meine erste Trilogie handelt. Es geht mir nicht um die Tat an sich, sondern um das, was solche Taten in den Seelen der Kinder anrichten können, wenn sie keine Hilfe bekommen und schlimmstenfalls die Vorfälle nicht mehr kompensieren können. Meine Geschichte ist frei erfunden und beschäftigt sich mit einer der extremsten möglichen Entwicklungen.

Das Buch wurde in Exford/West Somerset geschrieben, wo ich auf der Westermill Farm in stiller Abgeschiedenheit die Charaktere und Szenen entstehen lassen konnte. Eine alte Holztür dort inspirierte mich zu dem mysteriösen Schuppen auf der Houston-Ranch.

Ich hoffe, dass alle Leser mit dem Ablauf gut klargekommen sind und keine Angst haben, nach Jackson Hole zu reisen. Jackson Hole ist ein traumhaft schöner Ort mit sehr liebenswerten Menschen!